BASTEI LÜBBE
Paperback

MARGARET WEIS & TRACY HICKMAN

DIE VERGESSENEN REICHE

ELFEN STERN

Fantasy-Roman

Ins Deutsche übertragen
von Eva Eppers

BASTEI LÜBBE
Paperback

BASTEI-LÜBBE-PAPERBACK
Band 28201

Erste Auflage: Juli 1991
Zweite Auflage: September 1992

Deutsche Lizenzausgabe 1991
Bastei-Verlag Gustav H. Lübbe GmbH & Co.,
Bergisch Gladbach
Originaltitel: Elven Star
Lektorat: Reinhard Rohn
Titelillustration: Keith Parkinson
Umschlaggestaltung: Quadro Grafik, Bensberg
Satz: KCS GmbH, 2110 Buchholz/Hamburg
Druck und Verarbeitung:
Clausen & Bosse, Leck
Printed in Germany
ISBN 3-404-28201-9

Der Preis dieses Bandes versteht sich
einschließlich der gesetzlichen Mehrwertsteuer.

... und die Liebe ist sein Zeichen über mir.

– Hohelied Salomos

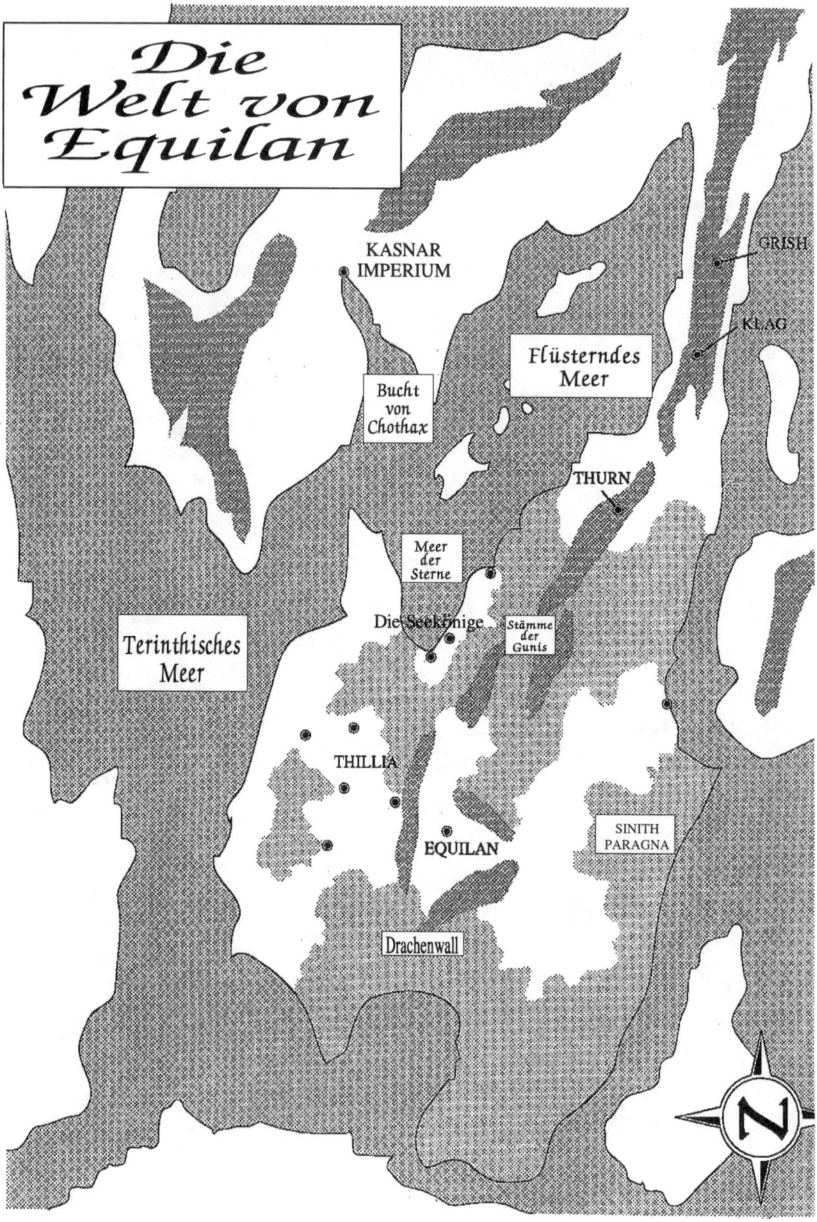
Die Welt von Equilan
KASNAR IMPERIUM
GRISH
KLAG
Flüsterndes Meer
Bucht von Chothax
THURN
Meer der Sterne
Die Seekönige
Stämme der Gunis
Terinthisches Meer
THILLIA
EQUILAN
SINITH PARAGNA
Drachenwall
N

Prolog

»... die Weltherrschaft war zum Greifen nahe. Unsere alten Feinde, die Sartan, hatten nicht die Macht, unseren Aufstieg zu verhindern. Das Wissen, daß sie gezwungen sein würden, unter unserer Herrschaft zu leben, war ihnen unerträglich, daher entschlossen sie sich zu einer fast unvorstellbaren Verzweiflungstat. Statt uns die Welt zu überlassen, zerstörten die Sartan sie.

An ihrer Statt schufen sie vier neue Welten, aus den Elementen derer, die sie vernichtet hatten: Luft, Feuer, Fels und Wasser. Diejenigen Völker, die die Zerstörung überlebt hatten, wurden von den Sartan in diesen neuen Welten angesiedelt. Uns, ihre Widersacher von Anbeginn an, sperrten sie in ein magisches Gefängnis, das Labyrinth.

Wie aus ihren Aufzeichnungen hervorgeht, die ich im Nexus entdeckte, hofften die Sartan, das Leben in diesem Gefängnis würde uns ›bessern‹ und mäßigend auf unseren dominanten oder, wie sie es nannten, ›grausamen‹ Charakter einwirken, aber irgend etwas an ihrem Plan schlug fehl. Unsere Gefängniswärter – die Sartan mit dem Auftrag, das Labyrinth zu kontrollieren – verschwanden. Das Labyrinth entwickelte ein Eigenleben und wandelte sich vom Gefängnis zum Henker.

Viele, allzu viele Angehörige unseres Volkes haben an diesem fürchterlichen Ort den Tod gefunden. Ganze Generationen wurden ausgelöscht, doch nicht, ohne zuvor ihre Kinder ausgesandt zu haben, und jede weitere Generation kam der Freiheit ein Stück näher. Mit der Hilfe meiner außergewöhnlich großen magischen Fähigkeiten gelang es mir, das Labyrinth zu besiegen, zu entkommen. Ich durchschritt das letzte Tor und befand mich in dieser Welt, dem Nexus. Hier fand ich heraus, was die Sartan uns angetan hatten. Doch was noch wichtiger ist: Ich entdeckte die Existenz von vier neuen Welten und wie man dorthin gelangen konnte. Ich entdeckte das Todestor.

Ich kehrte ins Labyrinth zurück – nicht zum letztenmal, wie du weißt – und benutzte meine Zauberkraft, um es zu bekämpfen und Teile davon zu stabilisieren, als Refugien für den Rest meines Volkes, das immer noch danach strebte, dem Kerker zu entfliehen. Alle, denen es gelingt, kommen in den Nexus und arbeiten in meinen Diensten auf den Tag hin, da wir erneut den uns zustehenden Platz als Herrscher des Universums einnehmen werden. Um auf diesen Tag gebührend vorbereitet zu sein, sende ich Kundschafter durch das Todestor in jede der vier Welten.«*

»Mehrere Gründe veranlaßten mich, Haplo aus der großen Schar meiner Gefolgsleute auszuwählen: seine Besonnenheit, sein rasches Denkvermögen, seine Kenntnis der verschiedenen Sprachen und nicht zuletzt seine magischen Fähigkeiten. Auf seiner ersten Reise zu der Luftwelt Arianus hat Haplo die Richtigkeit meiner Wahl bestätigt. Nicht nur gelang es ihm, dort Unruhe zu stiften und die Welt in einen vernichtenden Krieg zu stürzen, er brachte mir außerdem wertvolle Informationen mit sowie einen jungen Schüler – ein bemerkenswertes Kind, mit dem ungewöhnlichen, aber wie Haplo mir versichert zutreffenden Namen Gram.

Ich bin zufrieden mit Haplo und seiner Arbeit. Wenn ich trotzdem ein scharfes Auge auf ihn habe, dann wegen seiner unglücklichen Neigung zu selbständigem Denken. Ich habe ihn bisher nicht darauf angesprochen; wie die Dinge stehen, ist diese Eigenart für mich von größtem Wert. Tatsächlich bin ich der Ansicht, daß er selbst sich dessen nicht bewußt ist. Er glaubt, mir völlig ergeben zu sein. Bestimmt würde er ohne Zögern sein Leben für mich opfern. Doch es ist etwas ganz anderes, seine Seele hinzugeben.

Die vier Welten, die, vergessen, nichts von einander wissen, wieder vereinen, die Sartan besiegen – ehrgeizige Pläne, deren Verwirklichung mir

* Der Fürst des Nexus: *Geschichte der Patryns nach der Zerstörung der Welt*

große Befriedigung bereiten wird. Noch besser wird es sein, Haplo und die anderen, die mir dienen wie er, niederknien zu sehen, um mit Herz *und* Sinn mir zu huldigen, ihrem absoluten Herrn und Meister.«*

Haplo, mein lieber Sohn.
Ich hoffe, ich darf Dich so nennen. Du bist mir ebenso lieb wie meine leiblichen Kinder. Vielleicht deshalb, weil ich eine gewisse Rolle bei deiner Geburt – oder Wiedergeburt – spielen durfte, immerhin habe ich Dich aus dem Rachen des Todes gerettet. Was tut dagegen ein leiblicher Vater, um sich einen Sohn zu verschaffen, außer daß er ein paar angenehme Augenblicke mit einer Frau verbringt?

Ich hatte gehofft, vor Deiner Abreise nach Pryan, dem Reich des Feuers, persönlich von dir Abschied nehmen zu können. Leider erhielt ich von den Wächtern die Nachricht, daß in der Nähe des vierhundertdreiundsechzigsten Tores das magische Feld zusammenbricht. Das Labyrinth hat ein Heer fleischfressender Ameisen hervorgebracht, dem einige hundert unseres Volkes zum Opfer gefallen sind. Dort ist jetzt mein Platz, und deshalb werde ich Dich nicht verabschieden können. Unnötig zu sagen, daß ich wünschte, Dich, wie in zahllosen anderen Kämpfen, an meiner Seite zu haben, aber Deine Mission ist dringend, und ich will Dich nicht aufhalten.

Meine Anweisungen lauten nicht viel anders als bei Deiner Abreise nach Arianus damals. Selbstverständlich wirst Du keinen Gebrauch von Deinen magischen Kräften machen. Wir müssen unser Tun unter allen Umständen geheimhalten. Wenn die Sartan Verdacht schöpfen, bevor meine Pläne zur Reife gelangt sind, werden sie Himmel und Erde in Bewegung setzen (wie sie es schon einmal getan haben), um mich aufzuhalten.

Bedenke, Haplo, daß Du als Kundschafter fungierst. Beschränke Dich, wenn möglich, darauf, zu beobachten und nur indirekt in die Geschehnisse einzugreifen. Ich möchte keinesfalls, daß mein Name als Herrscher mit der Erinnerung an Greueltaten verknüpft ist, die von meinen Sendboten begangen wurden. Du hast Dich auf Arianus bestens bewährt, mein Sohn, und nur weil soviel davon abhängt, kann ich nicht umhin, Dich erneut zur Vorsicht zu mahnen.

Über Pryan, die Welt des Feuers, wissen wir kaum etwas, außer, daß sie aller Wahrscheinlichkeit nach ungeheuer groß ist. Das von den Sartan zurückgelassene Modell stellt eine gigantische Felskugel dar, die einen feurigen Kern umschließt, ähnlich der alten Welt, aber um ein Vielfaches größer. Diese Größe ist es, die mich vor ein Rätsel stellt. Weshalb hielten die Sartan es für nötig, einen Planeten von so gewaltigen Ausmaßen zu

* Auszug aus dem persönlichen Tagebuch des Fürsten des Nexus

erschaffen? Noch etwas gibt es, das ich nicht verstehe: Wo ist seine Sonne? Das sind nur zwei der vielen Fragen, auf die Du versuchen sollst, eine Antwort zu finden.

Wegen der enormen Fläche Pryans kann ich nur annehmen, daß die Bevölkerung weit verstreut auf dem Planeten lebt, in kleinen, isolierten Gruppen. Diese Annahme stützt sich auf die geschätzte Zahl von Überlebenden, die von den Sartan nach Pryan geschafft wurden. Selbst als Folge einer kolossalen Bevölkerungsexplosion könnten die Elfen, Menschen und Zwerge unmöglich in der Lage gewesen sein, ein so ungeheures Areal zu besiedeln. Ein Schüler, wie Du ihn mir von Arianus mitgebracht hast, damit er später in meinem Namen die Völker eint, wäre unter solchen Umständen für uns ohne jeden Nutzen.

Du gehst vornehmlich als Beobachter nach Pryan. Bring so viel wie möglich über diese Welt und ihre Bewohner in Erfahrung. Und – wie auf Arianus – halt sorgfältig Ausschau nach irgendwelchen Hinweisen auf die Sartan. Obwohl Du in der Welt der Lüfte nicht fündig geworden bist (von einer Ausnahme abgesehen), besteht doch die Möglichkeit, daß sie von dort geflohen sind und auf Pryan Zuflucht gesucht haben.

Sei vorsichtig, Haplo. Tu nichts, um die Aufmerksamkeit auf Dich zu lenken. In meinem Herzen umarme ich Dich, und ich freue mich darauf, Dich nach Deiner sicheren und erfolgreichen Rückkehr in die Arme schließen zu können.

Dein Fürst und Vater.«*

* Haplo: *Pryan, Welt des Feuers,* Band 2 der *Todestordiarien*

Kapitel 1

Equilan,
Haus der
Familie Quindiniar.

Calandra Quindiniar saß an dem großen polierten Aktentisch und rechnete die Einnahmen des vergangenen Monats zusammen. Ihre weißen Finger huschten flink über den Abakus und schoben klickend die Perlen hin und her, während sie Zahlen murmelnd die Betrage in das alte, ledergebundene Hauptbuch eintrug. Ihre Schrift hatte Ähnlichkeit mit ihr selbst: dünn, aufrecht, präzise und schnörkellos.

Über ihrem Kopf drehten sich vier Wedel aus Schwanenfedern und hielten die Luft in Bewegung. Trotz der drückenden Mittzyklushitze draußen war es im Haus angenehm kühl. Es stand auf der höchsten Erhebung der Stadt und fing den leichten Wind ein, der sich sonst in der Dschungelvegetation verlor.

Das Haus war nach dem königlichen Palast das größte der Stadt. (Lenthan Quindiniar hatte das Geld, sich ein Haus bauen zu lassen, das den königlichen Palast in den Schatten stellte, aber er war ein bescheidener Elf und kannte seinen Platz.) Die Zimmer waren geräumig und luftig, mit hoher Decke und großen Fenstern, und in jedem gab es wenigstens einen der magischen Drehfächer. Die Wohnräume befanden sich im zweiten Stock; sie waren offen und nicht nur luxuriös, sondern auch geschmackvoll eingerichtet. Herabgelassene Rouleaus sorgten in der größten Hitze für ein angenehm kühles Zwielicht; während der Sturmzeit wurden sie aufgezogen, um die frische, regenfeuchte Luft einzulassen.

Calandras jüngerer Bruder Paithan saß nicht weit von ihrem Tisch entfernt in einem Schaukelstuhl. Er hielt einen Palmwedel in der Hand, wiegte sich gemächlich vor und zurück und schaute zu, wie der Schwanenfächer sich über dem Kopf seiner Schwester drehte. Von seinem Platz aus konnte er auch den Fächer im Wohnzimmer sehen und den im Speiseraum. Die trägen Bewegungen der Flügel, das Klicken der Abakusperlen und das rhythmische Knarren des Stuhls übten eine beinahe hypnotische Wirkung auf ihn aus.

Eine heftige Explosion erschütterte das dreistöckige Haus und ließ Paithan jäh emporfahren.

»Verdammt«, sagte er und beobachtete verärgert, wie sich der herabrieselnde Deckenputz* als weiße Schicht auf seinem eisgekühlten Getränk ablagerte.

Seine Schwester stieß nur einen gereizten Schnaufer aus und rechnete unbeirrt weiter, nachdem sie den Staub von der aufgeschlagenen Seite geblasen hatte. Aus dem unteren Stockwerk tönte entsetztes Gezeter herauf.

»Das wird das Küchenmädchen sein«, bemerkte Paithan und stand auf. »Ich gehe lieber hinunter, um sie zu beruhigen und ihr zu sagen, daß es nur Vater . . .«

»Nichts dergleichen wirst du tun!« schnappte Calandra, ohne den Kopf zu heben oder in ihrer Tätigkeit innezuhalten. »Du wirst genau da sitzen bleiben und warten, bis ich fertig bin, damit wir deine nächste Reise in den Norinth besprechen können. Das ist kaum zuviel verlangt. Was tust du schon, um deinen Lebensunterhalt zu verdienen! Ständig treibst du dich mit deinen vornehmen Freunden herum, und Orn weiß, was ihr alles anstellt. Außerdem ist das neue Mädchen ein Mensch und häßlich obendrein.«

Calandra widmete sich erneut ihren Addi- und Subtraktionen. Paithan ließ sich widerspruchslos zurück in den Stuhl sinken.

Ich hätte es mir denken können, sinnierte er. Wenn Calandra überhaupt ein Menschenmädchen einstellt, dann nur einen potthäßlichen Trampel. Das nennt man nun schwesterliche Liebe. Nun ja, bald bin ich wieder unterwegs und dann gilt: Was die gute Calandra nicht weiß, macht sie nicht heiß.

* Man gewinnt Kalzium aus Tierknochen und mischt es mit anderen organischen Elementen zu einer geschmeidigen Masse.

Paithan schaukelte, seine Schwester murmelte Zahlen vor sich hin, und die Fächer drehten sich zufrieden.

Die Elfen verehren das Leben über alles und hauchen es fast all ihren Schöpfungen ein, so waren zum Beispiel die Federn überzeugt, immer noch mit dem Schwan verbunden zu sein. Paithan, der sie gedankenverloren betrachtete, überlegte, daß sie eine gute Analogie zu seiner eigenen Familie darstellten: auch deren Mitglieder gaben sich der Illusion hin, noch mit irgend etwas verbunden zu sein, vielleicht sogar miteinander.

Diese besinnliche Stimmung wurde von dem Auftauchen eines rußigen, versengten und derangierten Mannes zerstört, der händereibend ins Zimmer stürmte.

»Das war recht ordentlich, oder?« fragte er.

Der Mann war klein – für einen Elf – und schien früher einmal recht stämmig gewesen zu sein, doch jetzt wirkte er aufgedunsen, und seine Haut war schlaff und blaß. Der schüttere, wild zerzauste Haarschopf um die große kahle Stelle am Hinterkopf war grau unter der Rußschicht und verriet, daß er in mittleren Jahren stand. Ohne das graue Haar wäre es schwierig gewesen, das Alter des Elfen zu schätzen, denn sein Gesicht war faltenlos und glatt – zu glatt. Seine Augen hatten einen unnatürlichen Glanz. Er rieb sich die Hände und blickte erwartungsvoll von der Tochter zum Sohn.

»Das war recht ordentlich, oder?« wiederholte er.

»Klar, Senior«, nickte Paithan gutmütig. »Hat mich fast umgeworfen.

Lenthan Quindiniar lächelte verkrampft.

»Calandra?« wandte er sich an seine Tochter.

»Du hast der Küchenhilfe einen hysterischen Anfall beschert und ein paar neue Risse in der Decke verursacht, wenn du das meinst, Vater«, gab Calandra zur Antwort und ließ energisch die Perlen klappern.

»Du hast einen Fehler gemacht!« fiepte der Abakus plötzlich.

Calandra bedachte ihn mit einem bitterbösen Blick, doch der Abakus ließ sich nicht einschüchtern. »Vierzehntausendsechshundertfünfundachtzig plus siebenundzwanzig ergibt nicht vierzehntausendsechshundertzwölf, sondern vierzehntausendsiebenhundertzwölf. Du hast vergessen, die Eins mitzurechnen.«

»Es wundert mich, daß ich überhaupt noch rechnen kann! Da siehst du, was du angerichtet hast, Vater.«

Für einen kurzen Moment sah Lenthan niedergeschlagen aus, doch schon im nächsten Augenblick war er wieder vergnügt.

»Jetzt dauert es nicht mehr lange«, verkündete er und schnippte unternehmungslustig mit den Fingern. »Diesmal ist die Rakete ein gutes Stück in die Höhe gestiegen, bis über meinen Kopf. Es kann nicht mehr viel an der richtigen Mischung fehlen. Ich bin im Labor, meine Lieben, falls jemand mich braucht.«

»Nicht sehr wahrscheinlich!« murmelte Calandra.

»Sei nicht so hart mit dem alten Herrn«, sagte Paithan, der belustigt zuschaute, wie der Elf sich unbeholfen einen Weg zwischen den kostbaren Möbelstücken suchte und schließlich durch eine Tür in der Rückwand des Speisezimmers verschwand. »Möchtest du ihn wieder in dem Zustand sehen wie damals, nach Mutters Tod?«

»Ich möchte gerne, daß er wieder zu Verstand kommt, aber ich vermute, das ist zuviel verlangt! Theas Herumkokettieren und Papas Spinnereien haben uns mittlerweile zum Gespött der ganzen Stadt werden lassen.«

»Mach dir keine Sorgen, Schwesterherz. Die Leute mögen kichern, aber in Anbetracht deiner Geschäftstüchtigkeit tun sie es hinter vorgehaltener Hand. Wäre der Alte außerdem bei Verstand, würde er wieder die Führung des Geschäfts übernehmen.«

»Schon gut«, sagte Calandra. »Und hör auf, diesen Jargon zu benutzen. Du weißt, ich kann das nicht ausstehen. Daran ist nur dein Umgang schuld! Diese faule, arbeitsscheue Bande von ...«

»Falsch!« meldete sich der Abakus. »Das Ergebnis lautet ...«

»Ich mache das!« Calandra überprüfte stirnrunzelnd ihren letzten Eintrag und rechnete erneut die Beträge zusammen.

»Warum läßt du das ... das Ding nicht die Arbeit tun?« fragte Paithan und zeigte auf den Abakus.

»Ich habe kein Vertrauen zu Maschinen. Still jetzt!« fauchte Calandra, als Paithan den Mund öffnete, um etwas zu sagen.

Paithan saß eine Zeitlang schweigend in seinem Stuhl, fächelte sich Kühlung zu und spielte mit dem Gedanken, von einem Diener ein frisches Glas Vindrech bringen zu lassen – eines, in dem kein Deckenmörtel schwamm, aber er brachte die Energie nicht auf. Nach einer Weile wurde ihm das Schweigen zuviel, denn er war ein gesprächiger junger Elf.

»Da wir von Thea sprechen, wo steckt sie?« fragte er und schaute sich um, als erwartete er, sie unter einem der Antimakassare hervorkommen zu sehen.

»Im Bett, selbstverständlich. Es ist noch nicht Weinzeit«, antwortete seine Schwester. Sie bezog sich auf den Ausklang der ›Sturm‹ genannten Phase eines jeden Zyklus'*, wenn die Elfen ihre Arbeit niederlegen und sich bei einem Glas gewürzten Weins entspannen.

Paithan schaukelte, er begann sich zu langweilen. Lord Durndrun hatte zum Segeln auf seinem Baumteich eingeladen und zu einem anschließen-

* In Equilan berechnen die Elfen die Zeit wie folgt: 100 Minuten = 1 Stunde; 21 Stunden = 1 Zyklus; 50 Zyklen = 1 Quintal; 5 Quintale = 1 Jahr. Die Zeiteinteilung ist auf Pryan nicht überall gleich, sondern entspricht dem jeweiligen Klima. Anders als auf Arianus gibt es auf Pryan keinen Tag und keine Nacht, da die Sonne niemals untergeht.

den Souper im Freien, und wenn Paithan daran teilnehmen wollte, wurde es höchste Zeit, sich umzukleiden und auf den Weg zu machen. Obwohl nicht von hoher Geburt, war der junge Elf reich genug, hübsch genug und charmant genug, um Eingang in die bessere Gesellschaft zu finden. Ihm mangelte die Bildung und Erziehung des Adels, doch er war klug genug, das einzugestehen und sich nicht als etwas anderes auszugeben als das, was er war – der Sohn eines mittelständischen Geschäftsmanns. Die Tatsache, daß dieser mittelständische Vater der reichste Mann von Equilan war, reicher sogar (wurde gemunkelt) als die Königin, machte Paithans gelegentliche Ausrutscher auf dem glatten gesellschaftlichen Parkett mehr als wett.

Der junge Elf war ein angenehmer Gesellschafter. Wie hatte einer der Lords von ihm gesagt: »Er ist ein faszinierender Teufelskerl – weiß die wildesten Geschichten zu erzählen . . .«

Paithan hatte seine Lektionen vom Leben gelernt, nicht aus Büchern. Seit dem Tod der Mutter vor acht Jahren und dem darauffolgenden geistigen und körperlichen Verfall des Vaters hatten Paithan und seine ältere Schwester das Familiengeschäft übernommen. Calandra blieb zu Hause und kümmerte sich um die finanzielle Seite des gutgehenden Waffenhandels. Zwar hatten die Elfen seit über hundert Jahren keinen Krieg mehr geführt, aber die Menschen mochten von dieser lieben Gewohnheit nicht lassen und schätzten nach wie vor die magischen Elfenwaffen, mit denen sie sich gegenseitig bekämpften. Paithan fiel die Aufgabe zu, in der Welt herumzureisen, Verträge abzuschließen, für pünktliche Lieferung zu sorgen und die Kunden bei Laune zu halten.

Infolgedessen hatte er ganz Thillia bereist und war einmal sogar bis zum Reich der Seekönige im Norinth vorgedrungen. Die Angehörigen der Adelsfamilien dagegen verließen nur selten ihre Besitzungen in den Baumwipfeln. Viele von ihnen hatten noch nie die tiefergelegenen Regionen von Equilan besucht, ihrem eigenen Königreich. Deshalb betrachtete man Paithan als ein interessantes Unikum und hofierte ihn entsprechend.

Paithan wußte, daß man ihn mehr oder weniger aus demselben Grund in der vornehmen Gesellschaft duldete, wie man sich dort kleine, dressierte Äffchen hielt – zur Belustigung. Er wurde nicht wirklich akzeptiert. Seine Familie wurde lediglich einmal pro Jahr in den königlichen Palast eingeladen – das Zugeständnis der Königin an all jene, die ihre Schatztruhen gefüllt hielten. Paithan fühlte sich davon nicht getroffen. Anders seine Schwester.

Das Wissen, daß Elfen, die nicht halb so klug oder ein Viertel so reich waren, auf die Quindiniars herabschauten, weil diese ihre Ahnenreihe nicht bis zur Großen Pest zurückverfolgen konnten, schwärte wie eine Pfeilwunde in Calandras Brust. Sie hatte nichts übrig für die Hautevolee und machte daraus kein Hehl, wenigstens nicht ihrem jüngeren

Bruder gegenüber. Es ärgerte sie gewaltig, daß Paithan ihre Gefühle nicht teilte.

Paithan seinerseits fand die adligen Elfen beinahe ebenso amüsant wie sie ihn. Er wußte, wenn es ihm einfallen sollte, irgendeiner Grafentochter die Ehe anzutragen, würde es Tränen und Wehklagen geben bei der Vorstellung, daß das ›arme Kind‹ einen Bürgerlichen heiraten sollte – um dann, so rasch es der Anstand erlaubte, die Hochzeit auszurichten. Fürstenhäuser sind nun einmal kostspielig im Unterhalt.

Der junge Elf hatte nicht die Absicht zu heiraten, wenigstens vorläufig noch nicht. Er entstammte einer abenteuer- und reiselustigen Familie, deren Forscherdrang unter anderem die Entdeckung von Ornit zu verdanken war. Er hatte jetzt fast ein ganzes Quintal zu Hause verbracht, und es wurde Zeit, daß er wieder auf Reisen ging – das war auch der Grund, weshalb er hier bei seiner Schwester saß, statt eine liebreizende junge Dame in einem Boot durch die Gegend zu rudern. Doch sie schien über ihren Berechnungen seine Anwesenheit ganz vergessen zu haben. Paithan glaubte allmählich, wenn er noch eine Perle klicken hörte, würde er ›durchdrehen‹ – ein Ausdruck seiner ›Clique‹, bei dem Calandra sicher die Haare zu Berge gestanden hätten. Er dachte an die Neuigkeiten, die er eigens für eine solche Situation aufgespart hatte. Das würde eine Explosion geben, ähnlich dem Raketenabschuß, der vorhin das Haus erschüttert hatte, aber vielleicht lenkte er damit Calandras Aufmerksamkeit in eine andere Richtung und konnte endlich entkommen.

»Was hältst du davon, daß Vater nach diesem Menschenpriester geschickt hat?« fragte er.

Zum erstenmal, seit er das Zimmer betreten hatte, unterbrach seine Schwester ihre Rechnerei, hob den Kopf und sah ihn an.

»Wie bitte?«

»Dem Menschenpriester. Ich dachte, du wüßtest davon.« Paithan bemühte sich um einen unschuldigen Gesichtsausdruck.

Calandras dunkle Augen begannen zu glitzern; sie schürzte die schmalen Lippen. Nachdem sie den Federhalter nachdrücklich und sorgfältig an einem tintenfleckigen, ausschließlich zu diesem Zweck bestimmten Tuch abgewischt und an dem dafür vorgesehenen Platz am oberen Rand der Schreibunterlage abgelegt hatte, drehte sie sich um und schenkte ihrem Bruder ihre ungeteilte Aufmerksamkeit.

Calandra war niemals hübsch gewesen. Alle Schönheit der Familie, sagte man, war an ihre jüngere Schwester gegangen. Callie war nicht schlank oder dünn, sondern spindeldürr. (Als Kind handelte sich Paithan eine Tracht Prügel ein, weil er gefragt hatte, ob die Nase seiner Schwester in eine Traubenpresse geraten sei.) Inzwischen war der Schmelz der Jugend längst dahin, und ihr ganzes Gesicht wirkte hager und verkniffen. Das Haar pflegte sie mit drei scharfzackigen, gefährlich aussehenden Kämmen oben auf dem Kopf zu einem Knoten festzustecken. Ihre Haut war von fahler Blässe, weil sie kaum aus dem Haus ging und bei den seltenen Gelegenheiten, wenn sie es doch tat, einen Schirm trug, um sich vor der Sonne zu schützen. Ihre schlichten Kleider wurden alle nach demselben strengen Schnitt gefertigt – hochgeschlossen, mit langen Röcken bis zum Boden. Calandra hatte es nie als schmerzlich empfunden, daß sie nicht schön war. Schönheit wurde einer Frau geschenkt, damit sie sich einen Mann angeln konnte, und Callie hatte nie einen Mann gewollt.

»Was sind Männer denn anderes«, pflegte sie zu sagen, »als Leute, die dein Geld ausgeben und sich in dein Leben einmischen.«

Alle, außer mir, dachte Paithan. Und das nur, weil Calandra mich anständig erzogen hat.

»Ich glaube dir nicht«, sagte seine Schwester.

»O doch, das tust du.« Paithan genoß die Situation. »Du weißt genau, daß der Alte – 'tschuldige, ist mir so rausgerutscht –, daß Vater verrückt genug ist, um auf die unmöglichsten Ideen zu kommen.«

»Wie hast du das herausgefunden?«

»Ich habe mir letztens beim alten Rory einen genehmigt – ein Glas getrunken – bevor ich zu Lord . . .«

»Es interessiert mich nicht, wohin du gegangen bist.« Auf Calandras Stirn erschien eine Falte. »Du hast das Gerücht nicht etwa vom alten Rory gehört, oder doch?«

»Leider ja, Schwesterherz. Unser spinnerter Vater hat in der Schänke von seinen Raketen erzählt und dann die Sache mit dem Menschenpriester ausgeplaudert.«

»In der Schänke!« Calandras Augen weiteten sich vor Entsetzen. »Waren . . . waren viele da, die ihn gehört haben?«

»O ja«, erwiderte Paithan fröhlich.

»Du weißt doch, wann er seinen Schoppen nimmt; es war genau zur Weinzeit und brechend voll.«

Calandra stöhnte verzweifelt, ihre Finger umkrampften den Rahmen des Abakus, der laut protestierte.

»Vielleicht war es nur ein Hirngespinst.« Doch es sprach keine große Hoffnung aus ihrer Stimme. Manchmal war ihr Vater nur allzu vernünftig in seinem Wahnsinn.

Paithan schüttelte den Kopf. »Kaum. Ich habe mit dem Vogelmann gesprochen. Sein Strax* hat die Botschaft zu Lord Gregory von Thillia gebracht. Die Nachricht besagt, daß Lenthan Quindiniar aus Equilan mit einem Menschenpriester über Reisen zu den Sternen zu disputieren

* Ein Vogel aus der Familie der Segrouse, der zur Nachrichtenübermittlung über große Entfernungen eingesetzt wird. Ein ausgebildeter Strax fliegt auf kürzestem Weg und ohne sich beirren zu lassen von einem Punkt zum anderen.

wünscht. Geboten wird eine Vergütung von 500 Steinen*, bei freier Kost und Logis.«

Calandra schüttelte gequält den Kopf. »Man wird uns die Tür einrennen!« Sie nagte an der Unterlippe.

»Nein, nein, das glaube ich nicht.« Paithan tat es fast leid, seiner Schwester einen solchen Schock versetzt zu haben. Er beugte sich vor und tätschelte ihre zur Faust geballte Hand. »Vielleicht haben wir Glück, Callie. Menschenpriester leben in Klöstern und müssen ewige Armut und dergleichen geloben. Sie dürfen kein Geld annehmen. Außerdem führen sie in Thillia ein recht gutes Leben, abgesehen von der Tatsache, daß sie in eine strikte Hierarchie eingebunden sind. Sie unterstehen samt und sonders einer Art von Superior, und keiner von ihnen kann einfach seine Sachen packen und in die weite Welt hinausziehen.«

»Aber die Chance, einen Elf zu bekehren . . .«

»Pah! Sie sind nicht wie unsere Priester. Sie haben keine Zeit, jemanden zu bekehren. Statt zu missionieren, beschäftigen sie sich hauptsächlich mit Politik und bemühen sich, die verschwundenen Götter zurückzuholen.«

»Bist du sicher?« Calandras Wangen bekamen wieder etwas Farbe.

»Nicht hundertprozentig«, gestand Paithan. »Aber ich habe viel mit Menschen zu tun gehabt und kenne sie. Erstens kommen sie nicht gern in unser Land, weil sie – zweitens – uns nicht besonders mögen. Ich glaube nicht, daß wir uns Sorgen wegen irgendeines Priesters machen zu brauchen, der plötzlich vor unserer Tür steht.«

»Aber warum?« wollte Calandra wissen. »Warum sollte Papa so etwas tun?«

»Wegen des Glaubens der Menschen, daß das Leben von den Sternen kam, die in Wahrheit Städte sind, und daß eines Tages, wenn in unserer Welt hier unten Chaos herrscht, die verschwundenen Könige zurückkehren werden, um uns wieder dorthin zu führen.«

»Das ist Unsinn!« konstatierte Calandra barsch. »Jeder weiß, daß das Leben von Peytin Sartan stammt, der Matriarchin des Himmels, die diese Welt für ihre sterblichen Kinder erschuf. Die Sterne sind ihre unsterblichen Kinder, die über uns wachen.« Sie schaute ihren Bruder erschreckt an. »Du willst doch nicht behaupten, daß Vater das wirklich glaubt? Aber das . . . das wäre Lästerung!«

»Meiner Meinung nach liebäugelt er bis jetzt nur damit, aber für ihn muß es sich durchaus plausibel anhören, wenn du es genau betrachtest, Callie. Schon vor Mutters Tod experimentierte er mit Raketen – zum

* In Equilan gültige Währung. Es handelt sich um das papierne Äquivalent von Steinen, die selbst äußerst selten sind. Man findet sie im allgemeinen nur am tiefsten Grund der Welt.

Warentransport. Dann stirbt sie, und unsere Priester erzählen ihm, sie sei in den Himmel gegangen, um eins der unsterblichen Kinder zu werden. Sein Gehirn macht einen Schlenker, und er hat den Einfall, mit Raketen auf die Suche nach Mutter zu gehen. Noch ein Schlenker, und er bildet sich ein, daß sie vielleicht nicht unsterblich ist, sondern dort oben gesund und munter in einer Art Stadt lebt.«

»Heiliger Orn!« Calandra stöhnte wieder. Sie schwieg, starrte auf den Abakus und schob eine der Perlen hin und her, hin und her. »Ich werde gehen und mit ihm reden«, sagte sie endlich.

Paithan bemühte sich um einen gleichmütigen Gesichtsausdruck. »Ja, das ist vielleicht eine gute Idee, Callie. Rede mit ihm.«

Calandras gestärkte Röcke knisterten, als sie sich erhob. Sie schaute auf ihren Bruder hinab. »Wir wollten eigentlich über diese nächste Schiffsladung sprechen . . .«

»Das hat Zeit bis morgen. Die Sache mit Vater ist doch erheblich wichtiger.«

»Hm. Du brauchst nicht so bemüht teilnahmsvoll dreinzuschauen. Ich weiß, was du vorhast, Paithan. Du wirst dich gleich verdrücken, zu irgendeinem albernen Ausflug mit deinen vornehmen Freunden, statt zu Hause zu bleiben und dich um das Geschäft zu kümmern, wie es deine Pflicht wäre. Aber du hast recht, obwohl du es vermutlich nicht einmal begreifst: Diese Sache ist tatsächlich wichtiger.« Von unten tönte eine gedämpfte Explosion herauf, das Klirren fallender Teller und ein Schrei aus der Küche. Calandra strich sich mit einer Geste der Erschöpfung über die Stirn. »Ich werde mit ihm reden, auch wenn ich bezweifle, daß es etwas nützt. Wenn ich ihn nur dazu bringen könnte, den Mund zu halten!«

Sie schlug das Buch zu und marschierte mit zusammengepreßten Lippen kerzengerade zur Tür am Ende des Speisezimmers. Ihre Hüften wirkten so steif wie ihr Rücken; bei Calandra Quindiniar gab es kein verführerisches Schwingen der Röcke.

Paithan schüttelte den Kopf. »Der arme alte Herr«, meinte er mit einem Anflug von aufrichtigem Mitleid. Dann schnippte er den Palmfächer in die Luft und ging sich umkleiden.

Kapitel 2

Equilan, Wipfelebene

Calandra stieg die Treppe hinunter und betrat die Küche im ersten Stock des Hauses. In den tiefergelegenen Etagen war es merklich heißer als in dem luftigen Obergeschoß. Die Küchenhilfe – mit geröteten Augen und das Gesicht von der breiten Hand der Köchin gezeichnet – kehrte mürrisch das zerbrochene Geschirr zusammen. Sie war ein Mensch und häßlich, wie Calandra gesagt hatte, auch trugen die roten Augen und die geschwollene Lippe nicht dazu bei, ihr Aussehen zu verbessern.

Doch für Calandra waren alle Menschen häßlich und unkultiviert, wenig mehr als Barbaren und Wilde. Das Mädchen war eine Sklavin und zusammen mit einem Sack Mehl und einem Kochtopf aus Steinholz gekauft worden. Sie würde mindestens fünfzehn Stunden des 21-Stunden-Tags auf den Beinen sein und unter der gestrengen Aufsicht der Köchin die niedrigsten Arbeiten verrichten. Sie würde sich mit der Scheuermagd ein winziges Zimmer teilen, keinen eigenen Besitz haben dürfen und einen Lohn erhalten, der es ihr im hohen Alter vielleicht ermöglichte, sich freizukaufen. Und doch war Calandra überzeugt, der Menschenfrau einen ungeheuren Gefallen erwiesen zu haben, indem sie es ihr ermöglichte, in einer zivilisierten Umgebung zu leben.

Der Anblick des Mädchens in der Küche fachte Calandras schwelende Gereiztheit erneut an. Ein Menschenpriester! Was für eine hirnverbrannte Idee! Ihr Vater sollte mehr Verstand haben. Geistesgestört zu sein war eine Sache; jeden Sinn für Anstand und Sitte zu verlieren eine andere. Calandra durchquerte die Küche, riß die Kellertür auf und stieg die Stufen in die kühle Dunkelheit hinab.

Das Haus der Quindiniars stand auf einer Moossteppe der oberen Vegetationsebenen der Welt Pryan. Der Name bedeutete ›Reich des Feuers‹ in einer Sprache, die angeblich von den ersten Ankömmlingen in dieser Welt gesprochen wurde. Die Bezeichnung war zutreffend, denn auf Pryan ging die Sonne nicht unter. Ein noch passenderer Name wäre ›Grünes Reich‹ gewesen, weil – bedingt durch den ständigen Sonnenschein und die häufigen Regenfälle – der Pflanzenwuchs auf Pryan so üppig gedieh, daß kaum einer der jetzigen Bewohner je die Oberfläche des Planeten zu Gesicht bekommen hatte.

Riesige Moossteppen erstreckten sich zwischen und über den Ästen gigantischer Bäume, deren Stämme im unteren Teil die Ausmaße von Kontinenten hatten. Laub und die verschiedenartigsten Pflanzen türmten sich Schicht um Schicht in die Höhe; oft bildete eine untere Ebene den Nährboden für die nächsthöhere. Das Moos bildete ein unvorstellbar dickes, solides Fundament; die große Stadt Equilan lag auf einem Moospolster. Seen und sogar Ozeane breiteten sich auf der braungrünen Fläche aus. Die obersten Zweige der Bäume durchstießen die Schicht und bildeten ausgedehnte, dschungelähnliche Wälder. Hier, in den Wipfeln oder auf den Moossteppen, errichteten die meisten Zivilisationen Pryans ihre Städte.

Die Moossteppen bedeckten nicht die ganze Welt. Sie endeten an den Drachenwällen – tiefe Kerben in der strotzenden Vegetation. An ihrem Rand stehend, konnte der Betrachter tief, tief hinunterblicken. Er sah die glatten, grauen Stämme der Bäume und das wuchernde, zu einer schier undurchdringlichen Masse verwobene Grün, bis der Blick sich in der stickigen Düsternis der Unterwelt verlor.

Drachenwälle galten als schaurige, furchteinflößende Orte, und kaum jemand wagte sich in ihre Nähe. Wasser aus den Moorseen stürzte in die Tiefe; das Tosen der schäumenden Kaskaden ließ die mächtigen Bäume erzittern. Stürme tobten unablässig. Unermeßliche Flächen der verschiedensten Grünschattierungen erstreckten sich so weit das Auge reichte, bis zu dem leuchtendblauen Horizont. Jedes denkende Wesen, das am Rand des Abgrunds stand und auf diesen endlosen Teppich hinabsah, fühlte sich klein und zerbrechlich wie das jüngste, eben entfaltete Blatt.

Hin und wieder, wenn der Betrachter genügend Mut aufbrachte, um etwas länger auszuharren und genauer in die Tiefe zu spähen, bemerkte er vielleicht geheimnisvolle Bewegungen – ein geschmeidiger Körper wölbte sich schlangengleich aus dem Astgewirr und glitt davon, tauchte so rasch in die grünen Schatten, daß man an eine Täuschung des Auges glaubte. Diesen Geschöpfen verdankten die Drachenwälle ihren Namen – den Drachen von Pryan. Wenige hatten sie je zu Gesicht bekommen, denn die Drachen waren vor den kleinen, merkwürdigen Wesen in den Baumwipfeln ebenso auf der Hut wie die Menschen, Zwerge und Elfen vor den Drachen. Man stellte sich die Drachen als riesenhafte, ungeflügelte Geschöpfe mit großer Intelligenz vor, die tief drunten ihr Leben führten, vielleicht sogar auf dem sagenumwobenen Grund.

Lenthan Quindiniar hatte nie einen Drachen gesehen. Sein Vater aber mehrere. Quintan Quindiniar war ein legendärer Erfinder und Entdecker gewesen. Er hatte beim Aufbau der Elfenstadt Equilan mitgewirkt. Er hatte zahlreiche Waffen und andere Gerätschaften entwickelt, die großen Anklang bei den menschlichen Siedlern der Umgegend fanden. Er hatte das damals schon beträchtliche, aus dem Vertrieb des Ornits* stammende Familienvermögen benutzt, um eine Handelsgesellschaft zu gründen, die von Jahr zu Jahr besser florierte. Trotz seines Erfolgs war Quintan es nicht zufrieden gewesen, ruhig zu Hause zu sitzen und seine Münzen zu zählen. Kaum daß sein einziger Sohn Lenthan alt genug war, übergab Quintan ihm das Geschäft und zog wieder in die Welt hinaus. Seither war er verschollen, und nach hundert Jahren hielt man ihn allgemein für tot.

Lenthan hatte die Wanderlust seiner Familie geerbt, konnte ihr aber niemals nachgeben, weil er die Verantwortung für die Belange der Firma trug. Er besaß auch das Talent zum Geldverdienen, aber Lenthan hatte nie das Gefühl, als ob das Geld, das er einnahm, *sein* Geld wäre. In seinen Augen tat er nichts anderes, als etwas zu verwalten, das sein Vater aufgebaut hatte. Lenthan hatte lange nach einer Möglichkeit gesucht, selbst etwas zu vollbringen, doch gab es unglücklicherweise nicht mehr viel zu entdecken und zu erforschen. Die Menschen besiedelten die Gebiete im Norinth; im Est und Vars verhinderte das Terinthische Meer eine weitere Ausbreitung, und der Drachenwall bildete die Grenze im Sorinth. Lenthan stand also keine andere Richtung mehr offen als der Weg in den Himmel.

Calandra raffte die Röcke, damit sie nicht über den schmutzigen Boden schleiften, und betrat das Kellerlaboratorium. Der Ausdruck ihres Gesichts hätte ein ganzes Herr von Drachen in die Flucht geschlagen – erst recht ihren Vater. Lenthan, der wußte, daß seine Tochter diesen Ort

* Magnetgestein. Quindiniar entdeckte und erkannte als erster die Eigenschaften des Steins, der zum erstenmal Überlandreisen ermöglichte. Vor der Entdeckung des Ornits verfügten Reisende über keinerlei Orientierungshilfen und gingen im Dschungel hoffnungslos in die Irre. Die Lage des Fundorts ist ein streng gehütetes Familiengeheimnis.

verabscheute, erbleichte bei ihrem Anblick und rückte schutzsuchend an einen zweiten Elf heran, der im Labor anwesend war. Dieser zweite Elf lächelte und verbeugte sich übertrieben. Calandras Gesicht verdüsterte sich noch mehr.

»Wie nett . . . nett, dich hier unten zu sehen, mei. . . meine Liebe«, stammelte der bedauernswerte Lenthan und stellte einen Krug mit einer übelriechenden Flüssigkeit auf eine schmutzige Tischplatte.

Calandra rümpfte die Nase. Wände und Fußboden aus Moos verströmten einen intensiven, muffigen Geruch, zu dem sich die verschiedenen chemischen Dämpfe gesellten – vornehmlich Schwefel –, die stechend und schwer in der Luft hingen.

»Verehrtes Fräulein Quindiniar«, sprach der zweite Elf sie an, »ich hoffe, Ihr befindet Euch bei guter Gesundheit?«

»Allerdings, Sir, danke der Nachfrage. Und ich hoffe, Ihr desgleichen, Meister Sterndeuter?«

»Ein leichter Anflug von Rheumatismus, aber damit muß man in meinem Alter rechnen.«

»Ich wünschte, du wärst sonstwo mit deinem Rheumatismus, alter Scharlatan«, murmelte Calandra leise.

»Was kann die alte Hexe bloß hier unten wollen?« brummte der Astrologe in den hohen, spitzen Kragen, der fast sein ganzes Gesicht umgab.

Lenthan stand zwischen den beiden, bekümmert und schuldbewußt, obwohl er keine Ahnung hatte, was er getan haben sollte.

»Vater«, sagte Calandra streng, »ich möchte mit dir sprechen. Allein.«

Der Astrologe neigte verständnisvoll den Kopf und wollte sich abwenden. Lenthan, der seinen Schutzschild entschwinden sah, hielt den Magier am Ärmel fest.

»Aber, meine Liebe, Elixnoir ist ein Mitglied der Familie . . .«

»Jedenfalls ißt er genug für ein Mitglied der Familie«, schnappte Calandra, deren Geduld durch das Wissen um die Missetat ihres Vaters aufgezehrt wurde. »Er ißt genug für einen ganzen Familienzweig!«

Der Astrologe richtete sich hoch auf und schaute beleidigt an seiner langen Nase hinab, die beinahe ebenso spitz war wie die Ecken des nachtblauen Kragens, zwischen denen sie hervorragte.

»Callie, bedenke, er ist unser Gast!« mahnte Lenthan, der schockiert genug war, um sein ältestes Kind zurechtzuweisen. »Und ein Meistermagier!«

»Gast, ja, das kann man sagen. Er verpaßt keine Mahlzeit und keine Gelegenheit, unseren Wein zu trinken oder in unserem Gästezimmer zu nächtigen. Aber daß er ein Meistermagier ist, möchte ich doch bezweifeln. Ich warte bis jetzt noch darauf, ihn etwas anderes tun zu sehen, als ein paar Worte über die stinkende Brühe zu murmeln, die du zusammenbraust, um dann zurückzutreten und zuzuschauen, wie sie brodelt und dampft. Ihr zwei werdet uns eines Tages das Haus über dem Kopf anzünden! Magier! Ha! Er setzt dir Flausen in den Kopf mit blasphemischen Geschichten über alte Völker, die in Schiffen mit Segeln aus Feuer zu den Sternen fuhren . . .«

»Das sind wissenschaftliche Fakten, junge Frau«, warf der Astrologe indigniert ein. »Und was Euer Herr Vater und ich hier tun, ist wissenschaftliche Forschung und hat ganz und gar nichts mit Religion zu tun . . .«

»Oh, tatsächlich?« rief Calandra. Sie hatte keine Skrupel, ihren verbalen Speer stracks in das Herz des Opfers zu schleudern. »Und weshalb hat mein Vater dann nach einem Menschenpriester geschickt?«

Die runden Augen des Sterndeuters weiteten sich entsetzt. Der hohe Kragen wandte sich von Calandra dem bestürzten Lenthan zu, der nicht wußte, wie ihm geschah.

»Ist das wahr, Lenthan Quindiniar«, verlangte der entrüstete Magier zu wissen, »Ihr habt einen Menschenpriester gerufen?«

»Ich . . . ich . . . ich«, war alles, was Lenthan herausbrachte.

»Ihr habt mich getäuscht, Sir«, verkündete der Astrologe mit unnachahmlicher Würde, während seine Kragenspitzen sich drohend reckten. »Ihr habt mich glauben gemacht, Ihr teiltet unser Interesse an den Sternen, ihren Bahnen und ihrem Platz am Himmel.«

»Das tat ich! Das tue ich!« Lenthan rang die rußgeschwärzen Hände.

»Ihr habt vorgegeben, an den wissenschaftlichen Studien darüber interessiert zu sein, wie diese Sterne unser Leben beeinflussen . . .«

»Blasphemie!« rief Calandra schaudernd aus.

»Und doch erlebe ich jetzt, wie Ihr gemeinsame Sache macht mit . . . mit . . .«

Dem Magier fehlten die Worte. Der spitze Kragen schien seinen Kopf einzuhüllen, so daß darüber nur seine glitzernden, erzürnten Augen zu sehen waren.

»Nein!« Bitte laßt mich erklären!« rief Lenthan aus. »Seht Ihr, mein Sohn, Paithan, erzählte mir von dem Glauben der Menschen, daß in diesen Sternen Leute wohnen, und ich dachte . . .«

»Paithan hat es dir erzählt!« seufzte Calandra, die sofort den neuen Sündenbock ins Auge faßte.

»Leute sollen dort wohnen!« ächzte der Astrologe gedämpft aus der Umfriedung seines Kragens.

»Aber mir erscheint es glaubhaft, und es erklärt jedenfalls, weshalb die Ahnen zu den Sternen reisten; es stimmt auch mit den Lehren unserer Priester überein, die besagen, daß wir im Tode eins werden mit den Sternen, und ich vermisse Elithenia so sehr . . .«

Die letzten Worte wurden in einem kummervollen, flehenden Ton gesprochen, der Calandras Mitleid erregte. Calandra liebte ihren Vater auf ihre Art – genau wie sie ihren Bruder und ihre jüngere Schwester liebte.

Es war eine strenge, unnachgiebige und ungeduldige Art von Liebe, aber dennoch Liebe. Sie trat an ihren Vater heran und legte ihm die dünnen, kalten Finger auf den Arm.

»Aber, Papa, reg dich nicht auf. Ich wollte dich nicht betrüben. Ich finde nur, du hättest das mit mir besprechen sollen und nicht ... nicht mit den Trunkenbolden im Goldenen Krug!« Calandra vermochte ein Schluchzen nicht zu unterdrücken. Sie zog ein blütenweißes, spitzengesäumtes Taschentuch hervor und hielt es vor Nase und Mund.

Die Tränen seiner Tochter hatten die (nicht unbeabsichtigte) Wirkung, Lenthan Quindiniar am Boden zu zerstören. Ihr Weinen und die bebenden Kragenspitzen des Magiers waren zuviel für den ältlichen Mann.

»Ihr habt beide recht«, sagte Lenthan und schaute bekümmert von einem zum anderen. »Ich sehe es ein. Ich habe einen schrecklichen Fehler begangen, und wenn der Priester kommt, werde ich ihn sofort wieder wegschicken.«

»Wenn er kommt!« Calandra hob die trockenen Augen und starrte ihren Vater an. »Was soll das heißen ›wenn er kommt‹? Paithan sagte, er würde nicht kommen!«

»Woher will Paithan das wissen?« fragte Lenthan merklich verwundert. »Hat er nach mir mit ihm gesprochen?« Der Elf schob eine wächserne Hand in die Tasche der Seidenweste und zog ein zerknittertes Blatt Kanzleipapier heraus. »Hier bitte, meine Liebe.« Er reichte ihr den Brief.

Calandra riß ihm das Blatt aus der Hand und las; ihre Augen schienen Löcher in das Papier zu brennen.

»›Wenn ich da bin, bin ich da. Gezeichnet: Menschenpriester.‹ Pah!« Calandra gab ihrem Vater den Brief zurück. »Das ist das lächerlichste ... Paithan spielt uns einen Streich. Keine Person, die ihre Sinne beisammen hat, würde einen Brief wie diesen schreiben, nicht einmal ein Mensch. ›Menschenpriester‹, also wirklich!«

»Vielleicht hat er seine Sinne *nicht* beisammen«, gab der Sterndeuter in unheilvollem Ton zu bedenken.

Ein verrückter Menschenpriester würde demnächst in ihr Heim eindringen.

»Orn, erbarme dich!« hauchte Calandra und lehnte sich haltsuchend an den Labortisch.

»Aber, aber, meine Liebe.« Lenthan legte seine Tochter den Arm um die Schultern. »Ich werde mich schon darum kümmern. Überlaß alles mir. Bald ist alles wieder in schönster Ordnung.«

»Und wenn ich irgendwie behilflich sein kann« – der Astrologe schnüffelte beglückt; der Duft von Schmorbraten wehte aus der Küche herunter – »stelle ich mich gern zur Verfügung. Ich werde sogar gewisse Dinge aus meinem Gedächtnis verbannen, die in der ersten Aufregung gesagt wurden.«

Calandra achtete nicht auf den Magier. Sie hatte ihre Selbstbeherrschung wiedergewonnen, und all ihr Sinnen und Trachten richtete sich jetzt darauf, ihren nichtsnutzigen Bruder zu finden und ihm ein Geständnis zu entreißen. Für sie stand fest, daß sie es mit einem von Paithans Scherzen zu tun hatten; das Ganze entsprach seinem Sinn für Humor. Vermutlich lachte er sich gerade jetzt ins Fäustchen. Ob er auch noch lachte, wenn sie ihm das Taschengeld um die Hälfte kürzte?

Calandra stürmte die Treppen hinauf. Es kümmerte sie nicht mehr, ob ihr Vater und der Sterndeuter sich unten im Keller in die Luft sprengten. Mit wutentbrannten Schritten marschierte sie durch die Küche, wo die Magd sich hinter einem Geschirrtuch versteckte, bis die grausige Erscheinung verschwunden war. In der dritten Etage -- wo sich die Schlafräume befanden – blieb Calandra vor der Tür ihres Bruders stehen und klopfte energisch an.

»Paithan! Öffne augenblicklich die Tür!«

»Er ist nicht da«, rief eine schläfrige Stimme vom anderen Ende des Flurs.

Calandra musterte die Tür mit zusammengezogenen Brauen, klopfte wieder und rüttelte an dem hölzernen Griff. Kein Laut. Sie wandte sich ab, ging den Flur hinunter und trat in das Zimmer ihrer jüngeren Schwester.

Bekleidet nur mit einem rüschenbesetzten Nachthemd, das ihre weißen Schultern entblößte und eben soviel von ihren Brüsten, um die Sache interessant zu machen, räkelte Aleatha sich auf einem Stuhl vor dem Frisiertisch, bürstete mit trägen Strichen ihr Haar und bewunderte sich im Spiegel. Das durch Magie belebte Glas wisperte Schmeicheleien und wartete zwischendurch mit Vorschlägen hinsichtlich des vorteilhaftesten Lidschattens auf.

Schockiert blieb Calandra in der Tür stehen; fast hätte es ihr die Sprache verschlagen. »Was fällt dir ein! Sitzt am hellichten Tag halbnackt vor dem Spiegel, während die Tür offensteht! Und wenn jetzt einer von den Dienern vorbeikommt?«

Aleatha hob die Augen. Sie tat es langsam und bedächtig, denn sie kannte und genoß ihre Wirkung. Die Augen des jungen Elfenmädchens waren von einem klaren, strahlenden Blau, doch im Schatten der gesenkten Lider und langen, dichten Wimpern verdunkelten sie sich zu einem geheimnisvollen Purpur. Ein wohlbedachter Augenaufschlag bewirkte daher einen verblüffenden Wechsel der Farbe. Zahlreiche Elfenmänner hatten diese Augen in Sonnetten gerühmt, und einer – wurde gemunkelt – war sogar dafür gestorben.

»Oh, ein Diener ist bereits vorbeigekommen«, meinte Aleatha ungerührt. »Der Hausknecht. In der letzten halben Stunde ist er mindestens dreimal den Flur hinauf und hinunter gegangen.« Sie ordnete die Rüschen am Ausschnitt des Nachthemds, um ihren langen, schlanken Hals besser zur Geltung zu bringen.

Aleathas Stimme war dunkel und hörte sich stets so an, als wäre sie im Begriff, in tiefen Schlaf zu sinken. Vereint mit den halbgeschlossenen Augen, vermittelte ihre Stimme den Eindruck süßer Trägheit, ganz gleich wohin die junge Frau ging oder was sie tat. Inmitten der hektischen Fröhlichkeit eines königlichen Balls tanzte Aleatha – ohne den Rhythmus der Musik zu beachten – in fast tranceähnlicher Versunkenheit, völlig dem Partner hingegeben, der den beglückenden Eindruck gewann, ohne den Halt seiner starken Arme würde sie zu Boden sinken. Die verschleierten Augen hingen an seinem Gesicht und der winzige glosende Funke in den purpurfarbenen Tiefen verleitete den betreffenden jungen Mann zu Überlegungen, was er wohl tun konnte, damit diese Augen sich weit öffneten und ihn zur Kenntnis nahmen.

»Du bist das Gesprächsthema von ganz Equilan, Thea!« schnappte Calandra, die ihr Spitzentuch wieder vor das Gesicht gehoben hatte. Aleatha besprühte Hals und Busen mit Parfum. »Wo bist du letzte Dunkelzeit* gewesen?«

Die purpurfarbenen Augen öffneten sich noch ein Stück weiter. Aleatha hatte nicht die Absicht, sich wegen ihrer Schwester sonderlich ins Zeug zu legen, was ihre Wirkung betraf.

»Seit wann kümmert es dich, wo ich gewesen bin? Was für eine Wespe ist dir zu dieser frühen Stunde ins Korsett geraten, Callie?«

»Frühe Stunde! Es ist fast Weinzeit! Du hast den halben Tag verschlafen!«

»Wenn du es denn wissen mußt, ich war mit Lord Kevanish zusammen, und wir gingen zum Schwarz . . .«

»Kevanish!« Calandra holte zischend Luft. »Dieser Lump! Wegen der Affäre mit diesem Duell wird er in kein anständiges Haus mehr eingeladen. Er war der Grund, weshalb die arme Lucillia sich erhängt hat, und was erst ihrem armen Bruder zugestoßen ist! Und du, Aleatha – daß du dich in der Öffentlichkeit mit ihm zeigst . . .« Calandra versagte die Stimme.

»Unsinn. Lucillia war ein Dummkopf, wenn sie sich einbildete, ein Mann wie Kevanish könnte sich wirklich in sie verlieben. Ihr Bruder war ein noch größerer Dummkopf, weil er Satisfaktion verlangte. Kevanish ist der beste Armbrustschütze in Equilan.«

* Es ist nicht so zu verstehen, daß während der Dunkelzeit nächtliches Dunkel herrscht. Der Ausdruck bezeichnet die Phase eines jeden Zyklus, wenn man die Rouleaus herunterläßt und anständige Leute schlafen gehen. Es ist auch die Zeit, in der die tiefergelegenen, ›dunkleren‹ Bezirke der Stadt zum Leben erwachen, weshalb der Begriff eine recht düstere Nebenbedeutung erhalten hat.

»Es gibt so etwas wie Ehre, Aleatha!« Calandra stand hinter ihrer Schwester, ihre Hände umklammerten die Stuhllehne. Es sah aus, als fehlte nicht viel, dann hätte sie mit demselben Nachdruck den zarten Hals ihrer Schwester umklammert. »Oder hat diese Familie das vergessen?«

»Vergessen?« meinte Thea mit ihrer verschlafener Stimme. »Nein, liebe Callie, nicht vergessen. Nur schon vor langer Zeit gekauft und bezahlt.«

Ohne den geringsten Anflug von Schamhaftigkeit erhob sich Aleatha von ihrem Stuhl und löste die Seidenbänder, die ihr Nachthemd notdürftig geschlossen hielten. Als sie ihre Schwester im Spiegel betrachtete, entdeckte Calandra blutunterlaufene Stellen auf der weißen Haut von Schultern und Brüsten – die Spuren der Lippen eines feurigen Liebhabers. Angeekelt wandte sie sich ab, durchquerte das Zimmer und schaute zum Fenster hinaus.

Aleatha schenkte dem Spiegel ein schläfriges Lächeln und ließ das Hemd zu Boden gleiten. Der Spiegel erging sich in überschwenglichen Lobpreisungen.

»Du wolltest Paithan sprechen?« erinnerte sie ihre Schwester. »Er stürmte in sein Zimmer wie eine Fledermaus aus der Tiefe, warf sich in seinen Freizeitanzug und verschwand. Ich vermute, er wollte zu Lord Durndrun. Ich war auch eingeladen, aber ich weiß nicht recht, ob ich hingehen soll. Paithans Freunde sind solche Langweiler.«

»Die Familie bricht auseinander!« Calandra preßte die Hände zusammen. »Vater schickt nach einem Menschenpriester! Paithan ist ein gewöhnlicher Vagabund, der keine anderen Interessen hat, als sich herumzutreiben! Und du! Du wirst irgendwann schwanger werden, ohne verheiratet zu sein, und dich wahrscheinlich aufhängen wie die arme Lucillia.«

»Bestimmt nicht, Callie, Liebes.« Aleatha stieß das Nachthemd mit dem Fuß beiseite. »Zumindest der Freitod wäre mir viel zu anstrengend.« Während sie ihren schlanken Körper im Spiegel bewunderte, der mit Komplimenten nicht sparte, runzelte sie plötzlich die Stirn, griff nach einer Glocke aus der Schale vom Ei des Jubelvogels und läutete. »Wo bleibt nur diese Kammerzofe? Du solltest dir weniger Sorgen um deine Familie machen, Callie, und statt dessen mehr auf die Dienstboten achten. Ich habe nie eine faulere Bande gesehen.«

»Es ist mein Fehler!« Calandra seufzte und drückte die gefalteten Hände an die Lippen. »Ich hätte Paithan zwingen sollen, zur Schule zu gehen. Ich hätte dich besser im Auge behalten müssen. Ich bin schuld, daß Vater sich jetzt zum Narren macht. Aber wer hätte dann die Geschäfte weitergeführt? Wir standen damals kurz vor dem Ruin! Wir hätten alles verloren! Alles. Wenn es nach Vater gegangen wäre . . .«

Die Zofe betrat eilig das Zimmer.

»Wo bist du gewesen?« frage Aleatha schläfrig.

»Es tut mir leid, Herrin! Ich habe Euch nicht läuten gehört.«

»Ich habe nicht geläutet. Aber du solltest wissen, wann ich dich brauche. Leg mir das blaue Kleid heraus. Ich bleibe diese Dunkelzeit zu Hause. nein, lieber doch nicht. Nicht das blaue. Das grüne mit den Moosrosen. Ich glaube, ich werde doch zu Lord Durndruns Picknick gehen. Es *könnte* ja doch etwas Unterhaltsames passieren. Und wenn nicht, bleibt mir immer noch die Möglichkeit, den Baron zu peinigen, der aus Liebe zu mir förmlich dahinsiecht. Nebenbei, Callie, was hat es mit diesem Menschenpriester auf sich? Ist er hübsch?«

Calandra schluchzte erstickt. Aleatha warf ihr einen Blick zu. Nachdem die Zofe ihr ein hauchdünnes Négligé umgelegt hatte, trat Thea zu ihrer Schwester ans Fenster. Sie war ebenso groß wie Calandra, aber statt knochig und ungelenk wie ihre Schwester wirkte sie weiblich und verführerisch. Üppige aschblonde Locken umrahmten Aleathas Gesicht, fielen auf ihre Schultern und über den Rücken. Das Elfenmädchen verzichtete darauf, ihr Haar zu frisieren, wie es Mode war. Wie ihre ganze Erscheinung vermittelte auch ihr Haar stets den Eindruck, als wäre sie soeben aus dem Bett aufgestanden. Sie legte ihrer Schwester weich die Hände auf die Schultern.

»Die Stundenblume hatte ihre Blätter über der Vergangenheit geschlossen, Callie. Sehne dich weiter vergebens danach, daß sie sich wieder öffnen, und du bist schon bald ebenso verrückt wie Vater. Wenn Mutter am Leben geblieben wäre, hätten sich die Dinge vielleicht anders entwickelt...« – Aleatha zog die Schwester an sich – »aber das läßt sich nun einmal nicht ändern. Und damit hat sich's.« Sie trat zurück und zuckte mit den Schultern. »Du hast getan, was du tun mußtest, Callie. Du konntest uns nicht verhungern lassen.«

»Ich glaube, du hast recht«, sagte Calandra forsch, als ihr zu Bewußtsein kam, daß es kaum angebracht war, Familienangelegenheiten vor den Ohren des Personals zu besprechen. Sie straffte die Schultern und glättete die gestärkten Röcke. »Also bist du zum Essen nicht zu Hause?«

»Nein. Ich werde der Köchin Bescheid sagen, wenn du es möchtest. Warum begleitest du mich nicht zu Lord Durndrun, Schwester?« Aleatha ging zum Bett, wo die Zofe die seidene Unterwäsche bereitgelegt hatte. »Randolphus kommt auch. Er hat nie geheiratet, Callie. Du hast ihm das Herz gebrochen.«

»Wohl eher sein Portemonnaie«, bemerkte Calandra nüchtern. Sie musterte sich im Spiegel, strich ein paar Haarsträhnen zurück, die sich gelöst hatten, und steckte die drei mörderischen Kämme wieder zurecht. »Er wollte nicht mich, er wollte das Geschäft.«

»Mag sein.« Aleatha hielt im Ankleiden inne und begegnete mit ihren purpurfarbenen Augen dem Blick ihrer Schwester im Spiegel. »Aber du hättest Gesellschaft gehabt, Callie. Du bist zuviel allein.«

»Und deshalb soll ich einen Mann in mein Leben lassen, der alles übernimmt und vermutlich ruiniert, was ich in langen Jahren aufgebaut habe, nur damit ich jeden Morgen sein Gesicht neben mir auf dem Kissen sehe, ob ich Wert darauf legte oder nicht? Nein, vielen Dank. Es gibt Schlimmeres, als allein zu sein, Kleines.«

Aleathas Augen verdunkelten sich, bis sie fast schwarz aussahen. »Ich wüßte nicht, was«, meinte sie leise.

Die Schwester hörte es nicht.

Das Elfenmädchen warf die Haare zurück und schüttelte gleichzeitig die düstere Stimmung ab, die sie überkommen hatte. »Soll ich Paithan sagen, daß du ihn sprechen willst?«

»Nicht nötig. Inzwischen dürfte ihm das Geld ausgehen. In der nächsten Schaffenszeit wird er von ganz allein bei mir auftauchen.« Calandra schritt zur Tür. »Ich muß mich um die Bücher kümmern. Vielleicht bemühst du dich, zu einer vernünftigen Stunde nach Hause zu kommen. Vor Tagesanbruch wenigstens.«

Aleatha lächelte über den Sarkasmus ihrer Schwester und senkte demütig die schlafschweren Lider. »Wenn du darauf bestehst, Callie, werde ich Lord Kevanish nicht mehr sehen.«

Ihre Schwester blieb in der Tür stehen und drehte ich um. Ihr strenges Gesicht erhellte sich, aber sie sagte nur: »Das will ich hoffen!« Hoch aufgerichtet ging sie hinaus und schlug die Tür hinter sich zu.

»Er fängt ohnehin an, mir auf die Nerven zu gehen«, bemerkte Aleatha zu sich selbst. Sie nahm ihren Platz am Frisiertisch wieder ein und studierte ihre makellosen Züge in den geschwätzigen Spiegeln.

Kapitel 3

Griffith, Terncia, Thillia

Calandra kehrte zu ihrer Arbeit an den Rechnungsbüchern zurück, um fern der Launen und Schrullen der Familie ihre Seelenruhe wiederzufinden. Das Haus war still. Ihr Vater und der Sterndeuter pütscherten im Keller herum, aber da er wußte, daß seine gestrenge Tochter dichter vor einer Explosion stand als sein magisches Pulver, hielt Lenthan es für geraten, von weiteren Experimenten in dieser Richtung Abstand zu nehmen.

Nach dem Essen erledigte Calandra noch eine letzte Geschäftsangelegenheit. Sie schickte einen Diener mit einer Nachricht zu dem Vogelmann, adressiert an Meister Roland von Griffith, Gasthaus ›Zur Dschungelblume‹:

Eintreffen der Schiffsladung Anfang Brachen* –
Zahlung bei Lieferung
Calandra Quindiniar

* Die Jahreszeiten auf Pryan sind nach dem Turnus der Feldfrüchte benannt: Wachting, Saatung, Grünung, Ernting, Brachen. Wechselnde Fruchtfolge ist eine Methode der Menschen. Im Gegensatz zu den in Mechanimagie begabten Elfen sind die in Naturmagie versierten Menschen die weitaus besseren Landwirte.

Der Vogelmann befestigte die Nachricht an dem Bein eines Strax, der darauf trainiert war, in diesem Teil von Thillia zu fliegen, und warf den farbenprächtigen Vogel in die Luft. Er flog in Richtung Norinth-Vars davon, über das Land und die Herrenhäuser des Elfenadels und über den Enthial-See.

Der Strax schwebte mühelos durch den Himmel; er nutzte die Luftströmungen zwischen den turmhoch aufragenden Bäumen. Der Vogel – ein Weibchen – strebte, ohne sich beirren zu lassen, seinem Ziel entgegen, wo sein Gefährte, der in einem Käfig eingeschlossen war, ihn erwartete. Er brauchte nicht nach Raubvögeln Ausschau zu halten, es gab kein Lebewesen, das ihn hätte fressen mögen. Der Strax sondert eine ölige Flüssigkeit ab, die während der häufigen Regenfälle sein Gefieder trockenhält. Dieses Öl ist ein tödliches Gift für alle anderen Lebewesen.

Der Flug führte über die von den Elfen landwirtschaftlich genutzten Gebiete, die die oberen Moospolster mit einem Netz unnatürlich grader Linien überzogen. Menschensklaven arbeiteten auf den Feldern. Das Straxweibchen war nicht besonders hungrig, man hatte es vor dem Abflug gefüttert, aber eine Maus als Dessert wäre durchaus willkommen gewesen. Es konnte allerdings keine erspähen und flog enttäuscht weiter.

Das bebaute Land ging bald in den wuchernden Dschungel über. Bäche, genährt von den täglichen Regenfällen, sammelten sich zu Flüssen. Auf ihrem gewundenen Weg durch den Urwald gelangten manche Wasserläufe an eine Lücke in den oberen Moosschichten und ergossen sich brausend in die finstere Tiefe darunter.

Erste Wolkenfetzen tauchten auf, und der Strax schwang sich höher hinauf, um die Stürme der Regenstunde zu überfliegen. Innerhalb weniger Momente machte es die schwarze, von Blitzen durchzuckte Wolkendecke unmöglich, den Boden zu erkennen. Nur sein Instinkt verriet dem Strax, wo er sich befand. Unter ihm erstreckten sich die Lord Marcins-Forste; sie hatten ihren Namen von den Elfen erhalten, wurden aber weder von ihnen noch von den Menschen genutzt, weil die üppige Vegetation undurchdringlich war.

Der Sturm kam und ging wie schon immer seit der Erschaffung der Welt. Die Sonne schien hell, und der Vogel sah vor sich besiedeltes Land – Thillia, Reich der Menschen. Aus seiner großen Höhe erspähte der Vogel drei der glitzernden, sonnenbeschienenen Türme, die die fünf Bezirke des Königreichs markierten. Die Türme, nach menschlichem Maßstab sehr alt, waren aus Kristallziegeln erbaut, deren Herstellungsgeheimnis den Menschenmagiern unter der Herrschaft von König Georg dem Einzigen bekannt gewesen war. Das Geheimnis ging wie auch viele der Magier in dem vernichtenden Krieg der Liebe verloren, der nach dem Tod des alten Königs entbrannte.

Der Strax orientierte sich an den Türmen, dann ließ er sich aus dem

Himmel fallen und flog tief über das Land der Menschen. Es war flach, von Straßen durchzogen und mit kleinen Ortschaften betupft. Hier und dort waren einige Bäume von der Kultivierung verschont geblieben – als Schattenspender. Auf den Straßen herrschte viel Betrieb; die Menschen haben das seltsame Bedürfnis nach viel Bewegung, eine Eigenart, die den seßhaften Elfen bis heute unverständlich ist und von ihnen als barbarisch angesehen wird.

Um die Jagd war es in dieser Gegend besser bestellt, und das Straxweibchen nutzte die Gelegenheit, um sich mit einer Ratte zu stärken. Nach dem Mahl reinigte es mit dem Schnabel die Krallen, glättete die Federn und schwang sich wieder in die Luft. Als das Flachland allmählich in dichten Dschungel überging, wußte der Vogel, daß er sich dem Ende seiner langen Reise näherte. Er befand sich über Terncia, dem am weitesten im Norinth gelegenen Königreich. Schließlich erreichte er die um den Kristallziegelturm erbaute Hauptstadt von Terncia und hörte den schrillen Ruf seines Gefährten. Er begann zu kreisen und schraubte sich aus der Luft, bis er auf dem lederumhüllten Arm eines thillanischen Vogelmannes landete. Der Mann nahm die Botschaft an sich, las den Bestimmungsort und setzte den müden Strax in den Käfig zu seinem Gefährten – der den Ankömmling mit zärtlichem Schnabelknabbern begrüßte.

Dann übergab der Vogelmann die Nachricht einem reitenden Boten. Einige Tage später erreichte der Reiter ein armseliges Dorf am Rand des Urwalds und lieferte die Botschaft in dem einzigen Gasthaus ab.

An seinem bevorzugten Tisch in der Dschungelblume studierte Meister Roland von Griffith die kleine Schriftrolle. Dann schob er sie grinsend der jungen Frau zu, die ihm gegenübersaß.

»Da siehst du! Was habe ich dir gesagt, Rega?«

»Thillia sei Dank, kann ich nur sagen.« Regas Stimme klang ernst, und sie lächelte nicht. »Jetzt haben wir wenigstens etwas vorzuweisen, und vielleicht bringt das den alten Schwarzbart dazu, sich noch etwas zu gedulden.«

»Ich frage mich, wo er bleibt.« Roland warf einen Blick auf die Stundenblume*, die in einem Topf auf der Theke stand. Fast zwanzig Blätter hatten sich eingerollt. »Es ist schon ziemlich spät.«

»Er wird kommen. Die Sache ist ihm zu wichtig.«

»Allerdings, und das macht mich nervös.«

* Eine immerblühende Pflanze, deren Blütenblätter sich in Übereinstimmung mit dem Wetterturnus öffnen und schließen. Alle Völkerschaften bedienen sich dieser Pflanze, um die Tageszeit abzulesen, obwohl sie in jedem Volk unter einem anderen Namen bekannt ist. Die Menschen benutzen die Pflanze selbst, während die Elfen mechanimagische Geräte entwickelt haben, die das Verhalten der Pflanze nachahmen.

»Nanu? Plötzlich Gewissensbisse?« Rega leerte ihren Krug Dünnbier und hielt nach dem Schankmädchen Ausschau.

»Nein, es gefällt mir nur nicht, ausgerechnet hier Geschäfte zu machen, in einer Kneipe . . .«

»Das kann uns nur recht sein. Keine Heimlichtuerei, kein Geflüster in dunklen Ecken. Wer sollte auf die Idee kommen, uns zu verdächtigen. Ah, da ist er ja. Was habe ich dir gesagt?«

Die Tür hatte sich geöffnet, und ein Zwerg stand im hellen Sonnenlicht der Würfelstunde. Er war eine imposante Erscheinung; und fast sämtliche Anwesenden unterbrachen ihr Spiel oder ihre Unterhaltung, um ihn anzustarren. Er war ein wenig größer als die meisten Angehörigen seines Volkes. Er hatte eine rötlichbraune Gesichtsfarbe, dichtes, schwarzes, lockiges Haupthaar und einen mächtigen Bart, dem er seinen Spitznamen bei den Menschen verdankte. Dicke, schwarze Brauen, die über einer kühn gebogenen Nase zusammenwuchsen, und blitzende schwarze Augen verliehen seinem Gesicht einen kämpferischen, drohenden Ausdruck, der ihm in der Fremde gut zupaß kam. Ungeachtet der Hitze trug er ein rot-weiß-gestreiftes, seidenes Hemd und darüber das bei seinem Volk übliche derbe Lederwams. Die grellroten Hosen hatte er in die hohen, festen Stiefel gesteckt.

Die Gäste in der Schänke kicherten über die farbenprächtige Kleidung des Zwergs und tauschten vielsagende Blicke. Hätten sie auch nur ein wenig mehr über die Gesellschaft der Zwerge und die Bedeutung der leuchtenden Farben gewußt, wäre ihnen das Lachen vergangen.

Der Zwerg blieb in der geöffneten Tür stehen und blinzelte, weil er nach dem hellen Sonnenlicht draußen im ersten Moment so gut wie blind war.

»Schwarzbart, mein Freund«, rief Roland und stand auf. »Hier drüben!«

Der Zwerg setzte sich mit schweren Schritten in Bewegung; die schwarzen Augen wanderten durch den Gastraum und starrten jeden nieder, der sich zu kühn gebärdete. Zwerge tauchten nur selten in Thillia auf. Das Zwergenreich lag weit entfernt im Norinth-Est, und zwischen den beiden Völkern gab es wenig Kontakt. Dieser eine Zwerg hielt sich allerdings schon seit fünf Tagen im Ort auf und war längst uninteressant geworden. Griffith war ein Kaff an der Grenze zweier Königreiche, von denen keines Anspruch auf das Dorf erhob. Die Einwohner lebten ganz nach ihrer eigenen Fasson – ein Arrangement, das den meisten von ihnen sehr behagte, weil sie aus solchen Gegenden Thillias hergekommen waren, wo ihre Fasson ihnen über kurz oder lang einen Strick um den Hals eingetragen hätte. Die Bürger von Griffith fragten sich vielleicht, was ein Zwerg in ihrer Stadt wollte, aber man würde diese Frage nicht laut stellen.

»Wirt, noch drei!« bestellte Roland und hielt seinen Krug in die Höhe. »Wir haben Grund zu feiern, mein Freund«, sagte er dann zu dem Zwerg, der sich langsam auf einem Stuhl niederließ.

»Ja?« brummte der Zwerg und musterte die beiden mit Mißtrauen.

Roland ignorierte das offensichtliche Unbehagen seines Gastes und überreichte ihm grinsend die Nachricht.

»Ich vermag diese Worte nicht zu lesen«, sagte der Zwerg und warf die Schriftrolle auf den Tisch.

Das Auftauchen des Schankmädchens unterbrach sie. Krüge wurden ausgeteilt. Das Mädchen, das ziemlich schlampig aussah, wischte mit einem schmutzigen Lappen flüchtig über die Tischplatte, schenkte dem Zwerg einen neugierigen Blick und schlurfte davon.

»Tut mir leid, ich vergaß, daß Ihr die Elfensprache nicht beherrscht.« Roland bemühte sich um einen möglichst lässigen Tonfall. »Die Ladung ist unterwegs, Schwarzbart. Anfang Brachen wird sie hier eintreffen.«

»Mein Name ist Drugar. Und das ist es, was auf diesem Papier geschrieben steht?« Der Zwerg tippte mit einem dicken Finger auf das Blatt.

»Genau das, Schwarzbart, mein Freund.«

»Ich bin nicht dein Freund, Mensch«, murmelte der Zwerg, aber er sagte es in seiner Sprache. Seine Lippen verzogen sich zu der Andeutung eines Lächelns. »Das sind gute Neuigkeiten.« Es klang widerwillig.

»Darauf trinken wir.« Roland hob den Krug und stieß Rega an, die den Zwerg ebenso mißtrauisch beobachtete wie er sie. »Auf unser Geschäft.«

»Das ist mir recht«, nickte der Zwerg nach kurzem Nachdenken. Auch er hob den Krug. »Auf unser Geschäft.«

Roland leerte seinen Krug mit kräftigen Schlucken. Rega nippte nur. Sie pflegte beim Trinken stets Maß zu halten. Einer mußte schließlich nüchtern bleiben. Außerdem trank auch der Zwerg nicht. Er befeuchtete sich nur die Lippen. Zwerge machen sich nichts aus Dünnbier, das – wie man zugeben muß – einem Vergleich mit ihrem eigenen würzigen Bier nicht standhält.

»Mich würde interessieren, mein Freund«, sagte Roland und beugte sich vor, »was Ihr mit diesen Waffen vorhabt?«

»Plötzlich Gewissensbisse, Mensch?«

Roland schaute zu Rega, die nur die Schultern zuckte und den Blick abwandte. Der Zwerg hatte ihre eigenen Worte wiederholt, und sie fragte sich im stillen, welche Antwort Roland auf eine dermaßen dumme Frage wohl zu erhalten gehofft hatte.

»Ihr werdet gut genug bezahlt, um keine Fragen zu stellen, aber ich werde Euch trotzdem antworten, weil mein Volk ein Volk von Ehre ist.«

»So ehrenhaft, daß Ihr mit Schmugglern Geschäfte macht?« Roland grinste wegen der gelungenen Revanche.

Die schwarzen Brauen senkten sich drohend, die schwarzen Augen funkelten. »Ich hätte einen offenen und ehrlichen Handel vorgezogen, aber die Gesetze Eures Landes verhindern das. Mein Volk braucht diese Waffen. Ihr habt von der Gefahr aus dem Norinth gehört?«

»Die Seekönige?«

Roland winkte dem Schankmädchen. Rega legte ihre Hand auf die seine, aber er schob sie weg.

»Pah! Nein!« Der Zwerg schnaufte verächtlich. »Ich meine Norinth von unserem Land. Weit im Norinth. Doch jetzt nicht mehr weit genug.«

»Nein. Kein Wort hab' ich davon gehört, Schwarzbart, alter Kumpel. Worum geht's denn?«

Rega bemerkte, wie das Gesicht des Zwergs sich verdüsterte und sich ein Schleier der Furcht über seine Augen legte. Und sie glaubte, den Charakter des Zwergs gut genug zu kennen, um zu wissen, daß er noch nicht oft in seinem Leben Angst gehabt hatte.

»Menschen – groß wie Berge. Sie kommen aus dem Norinth und zerstören alles auf ihrem Weg.«

Roland verschluckte sich an seinem Bier und wollte laut herausplatzen. Der Zwerg schien vor Zorn förmlich anzuschwellen, und Rega grub die Fingernägel in den Arm ihres Partners. Mit einiger Mühe unterdrückte Roland seinen Heiterkeitsausbruch.

»Tut mir leid, Freund, tut mir leid. Aber die Geschichte hab' ich schon von meinem lieben alten Vater gehört, wenn er zu tief ins Glas geschaut hatte. Also werden die Tytanen uns angreifen. Vermutlich werden zur gleichen Zeit die Verschwundenen Könige von Thillia wieder auftauchen.« Roland klopfte dem ärgerlichen Zwerg auf die Schulter. »Behalt dein Geheimnis nur für dich, mein Freund. Solange wir unser Geld bekommen, ist es meiner Frau und mir gleich, was ihr tut und wen ihr tötet.«

Der Zwerg wich grollend vor der Berührung des Menschen zurück.

»Hast du nicht noch etwas zu erledigen, Liebster?« fragte Rega bedeutungsvoll.

Roland stand auf. Er war groß und muskulös, blond und hübsch. Das Schankmädchen, das ihn sehr gut kannte, streifte ihn unauffällig im Vorbeigehen.

»Entschuldigt mich. Muß einem Baum einen Besuch abstatten. Das verflixte Bier drückt.« Er durchquerte den Gastraum, in dem es immer voller und immer lauter wurde.

Rega setzte ihr gewinnendstes Lächeln auf, ging um den Tisch herum und setzte sich neben den Zwerg. Die junge Frau war äußerlich das genaue Gegenteil von Roland. Klein und wohlgerundet, war sie sowohl für die Hitze wie auch für eine geschäftliche Besprechung gekleidet – in eine Leinenbluse, die mehr preisgab als verhüllte, da sie unter den Brüsten zusammengeknotet war und den Bauch frei ließ. Lederhosen, an den Knien abgeschnitten, umhüllten ihre Beine wie eine zweite Haut. Ihre Haut war zu einem tiefen Goldton gebräunt und wegen der Hitze im Schankraum von einem feinen, schimmernden Schweißfilm überzogen. Das braune Haar war in der Mitte gescheitelt und fiel glatt und glänzend wie regenfeuchte Baumrinde über ihren Rücken.

Rega wußte, daß der Zwerg sich körperlich nicht im mindesten von ihr angezogen fühlte. Vermutlich, weil ich keinen Bart habe, sinnierte sie, weil ihr einfiel, was sie über die Zwergenfrauen erzählen gehört hatte. Jedenfalls schien er unbedingt über dieses Märchen sprechen zu wollen, das sein Volk sich ausgedacht hatte. Es gehörte zu Regas Prinzipien, einen Kunden nie im Zorn gehen zu lassen.

»Vergebt meinem Gemahl, Herr. Er hat ein wenig zuviel getrunken. Aber ich würde gern mehr über die Tytanen hören.«

»Tytanen.« Der Zwerg schien das fremde Wort auf der Zunge schmecken zu wollen. »So nennt ihr sie in eurer Sprache?«

»Soweit ich weiß. Unsere Sagen berichten von riesenhaften Menschen, gewaltigen Kriegern, die vor langer Zeit von den Sternengöttern erschaffen wurden, um ihnen zu dienen. Doch schon seit der Zeit vor den Verschwundenen Königen hat man in Thillia keine solchen Wesen gesehen.«

»Ich weiß nicht, ob diese . . . Tytanen . . . dieselben sind, von denen man in eurem Volk erzählt.« Schwarzbart schüttelte den Kopf. »In unseren Sagen kommen solche Kreaturen nicht vor. Wir interessieren uns nicht für die Sterne. Wir, die wir unter dem Moos leben, bekommen sie kaum je zu Gesicht. Unsere Sagen berichten von den Formern, jenen, die zusammen mit dem Vater aller Zwerge, Drakar, diese Welt erschufen. Man sagt, daß eines Tages die Former zurückkehren werden, um uns zu lehren, Städte zu bauen, deren Größe und Pracht jedes Vorstellungsvermögen übersteigen.«

»Wenn ihr glaubt, diese Riesen seien die . . . äh . . . Former, warum dann die Waffen?«

Schwarzbarts Gesicht verschloß sich, die Falten auf der Stirn wurden tiefer. »Das ist, was ein Teil meines Volkes glaubt. Es gibt andere von uns, die mit Flüchtlingen aus den Ländern im Norinth gesprochen haben. Sie berichten von entsetzlichen Gemetzeln und Verwüstungen. Ich glaube, daß unsere Legenden vielleicht unrecht haben. Deshalb die Waffen.«

Rega hatte zuerst angenommen, daß der Zwerg log. Sie und Roland waren der Ansicht gewesen, daß Schwarzbart die Waffen haben wollte, um ein paar abseits liegende Menschensiedlungen zu überfallen. Doch Gesichtsausdruck und Stimme des Zwergs veranlaßten sie, ihre Meinung zu ändern. Schwarzbart zumindest glaubte an diesen fantastischen Feind, und nur das war der Grund für den Waffenkauf. Ein tröstlicher Gedanke. Sie und Roland schmuggelten zum erstenmal Waffen, und ganz egal, was Roland sagen mochte, es erleichterte Rega zu wissen, daß sie nicht für den Tod von Angehörigen ihres eigenen Volkes verantwortlich sein würde.

»He, Schwarzbart, was soll das werden? Ein bißchen mit meiner Frau schmusen, wie?« Roland setzte sich wieder an den Tisch. Ein frisch gefüllter Krug erwartete ihn, und er nahm einen tiefen Schluck.

Rega bemerkte den erst verständnislosen und dann grimmigen Ausdruck auf Schwarzbarts Gesicht und versetzte Roland unter dem Tisch einen raschen, schmerzhaften Tritt. »Wir haben über Sagen gesprochen. Ich habe gehört, daß Zwerge große Musikliebhaber sind. Mein Gemahl hat eine ausgezeichnete Stimme. Würdet Ihr vielleicht gern die ›Ballade von Thillia‹ hören? Sie erzählt die Geschichte von den fünf Bruderkönigen unseres Landes und wie die fünf Königreiche entstanden.«

Schwarzbarts Gesicht hellte sich auf. »Ja, das würde ich in der Tat gern hören.«

Rega dankte den Sternen, daß sie sich die Zeit genommen hatte, möglichst viel Wissenswertes über die Zwerge zusammenzutragen und es zu studieren. Es ist keineswegs so, daß Zwerge Musik gerne mögen – sie sind *versessen* darauf. Alle Zwerge spielen Musikinstrumente, die meisten haben eine exzellente Singstimme und das absolute Gehör. Sie brauchen ein Lied nur einmal zu hören, um die Melodie im Kopf zu haben, und nach dem zweiten Hören können sie auch den Text auswendig.

Roland besaß eine sehr schöne Tenorstimme, und er sang die volkstümliche Ballade mit viel Gefühl. Die übrigen Gäste verstummten, um ihm zuzuhören, und nicht wenige von dem wüsten Haufen wischten sich verstohlen die Augen. Der Zwerg lauschte hingerissen, und Rega wußte, daß sie wieder einen zufriedenen Kunden hatten.

Es währet kein Leben ewig:
Glück und Leid, Lieben, Hassen,
das Licht, die Erde muß es lassen
und steigt empor, der Fesseln ledig.

Es rief der König seine fünf Söhne
und sprach zu ihnen: »Ich sterbe.
Empfange nun jeder sein Erbe
aus seines Vaters und Königs Hand:
fünf Reiche, daß nicht einer nur herrsche,
bestimme ich jedem Krone und Land

Dem ersten die Felder –
das Säen, die Ernte, das Brot;
dem zweiten das Meer –
die Ferne, den Sturm, den Hafen;
dem dritten die Wälder –
die Stille, das Dunkel, den lichten Schatten;
dem vierten das Grasland –
die Weite, die Herden, das Dorf;
dem letzten die erhabene Sonne –
die Wärme, das Licht, das Leben.«

So geschah es. Fünf Könige herrschten
– aus demselben edlen Geschlecht –
ohne Neid, besonnen, gerecht,
brachten fünf Reichen eine goldene Zeit.
Doch nach des Schicksals grausamen Plan
wurden die Brüder durch Liebe entzweit.

Thillia, deine Schönheit, dein Zauber
brachten nur Tod und Verderben.
Tausende mußten leiden und sterben,
fielen in einem sinnlosen Krieg:
Pflugscharen zu Schwertern, Glück zu Asche,
blutige Schlachten und doch kein Sieg.

Thillia stand inmitten der Toten:
»Um meinetwillen all das Morden,
schuldlos bin ich schuldig geworden,
fühle nur noch Scham, Kummer und Leid.
Das Leben ist für mich ohne Freude,
alleine der Tod hält Frieden bereit.«

Der bittere Schmerz versöhnte die Brüder,
sie hießen die Kämpfe enden,
doch ließ sich das Schicksal nicht wenden.
Sie brachten den Völkern Elend und Not,
mehr als die Pflicht galt ihnen die Liebe,
so folgten sie Thillia in den Tod.

Es währet kein Leben ewig:
Glück und Leid, Lieben, Hassen,
das Licht, die Erde muß es lassen
und steigt empor, der Fesseln ledig.

Rega erzählte den Rest der Geschichte: »Thillias Leichnam wurde aus dem See geborgen, in den sie sich gestürzt hatte, und in einem geheiligten Schrein beigesetzt, an einem Ort, an dem alle fünf Königreiche zusammentreffen. Die Leichen der fünf Brüder blieben verschwunden, und daraus entstand die Sage, daß sie eines Tages, wenn das Volk in großer Gefahr ist, zurückkehren werden, um es zu retten.«

»Das hat mir gefallen!« rief der Zwerg und schlug mit der flachen Hand auf den Tisch, um seiner Begeisterung Ausdruck zu verleihen. Er überwand sich sogar, Roland mit dem kurzen, dicken Zeigefinger auf den Arm zu tippen, das erstemal in den fünf Tagen, daß er einen der beiden

Menschen berührte. »Das hat mir sehr gefallen. Stimmt die Melodie?« Schwarzbart summte in tiefem Baß vor sich hin.

»Ja! Wunderbar!« nickte Roland belustigt. »Soll ich Euch die Worte lehren?«

»Die sind schon hier oben.« Schwarzbart tippte sich gegen die Stirn. »Ich lerne schnell.«

»Scheint so!« Roland zwinkerte der Frau zu.

Rega grinste zurück.

»Ich würde es gerne nochmals hören, aber leider muß ich mich auf den Weg machen«, meinte Schwarzbart mit aufrichtigem Bedauern, stemmte die Hände auf die Tischplatte und stand auf. »Ich will meinem Volk die gute Nachricht bringen.« Wieder ernst geworden, fügte er hinzu: »Man wird sehr erleichtert sein.« Er nahm den breiten Gürtel ab, den er über dem Wams trug, und warf ihn auf den Tisch. »Die Hälfte der Summe. Die zweite Hälfte bei Lieferung.«

Roland legte rasch die Hand auf den Gürtel und schob ihn zu Rega hinüber. Sie öffnete ihn, schätzte mit einem Blick den Inhalt ab und nickte.

»Schön, mein Freund.« Roland machte sich nicht die Mühe aufzustehen. »Wir treffen uns Ende Brachen an dem verabredeten Platz.«

Rega, die befürchtete, der Zwerg könnte sich vor den Kopf gestoßen fühlen, erhob sich und streckte ihm in der uralten menschlichen Geste der Freundschaft die Hand entgegen – mit der Innenseite nach oben, um zu zeigen, daß sie keine Waffe verborgen hielt. Die Zwerge kennen diese Sitte nicht, denn sie haben zu keiner Zeit untereinander Krieg geführt, doch Schwarzbart hatte oft genug mit Menschen zu tun gehabt, um zu wissen, daß dieses Gegeneinanderlegen der Handflächen für sie von großer Bedeutung war. Er tat, was man von ihm erwartete, und eilte gleich darauf aus der Schänke, wobei er sich die Hand an seinem Lederwams abwischte und die ›Ballade von Thillia‹ summte.

»Nicht schlecht für einen Abend«, sagte Roland, legte den Gürtel um und zog ihn stramm, denn er war erheblich schlanker als der untersetzte Zwerg.

»Nicht dein Verdienst!« dämpfte Rega seine Selbstzufriedenheit. Sie zog das Raztar* aus der kleinen runden Tasche am Oberschenkel und begann,

* Ursprünglich ein ›Bandalore‹ genanntes Kinderspielzeug, wurde das Raztar von den Elfen zu einer Waffe umfunktioniert. In einem runden Behältnis, das bequem in der hohlen Hand gehalten werden kann, befinden sich sieben hölzerne Klingen an einer magischen Spindel. Das zu einer kleinen Schlinge geknüpfte Ende einer um die Spindel gewickelten Schnurranke wird über den Mittelfinger geschoben. Durch einen scharfen Ruck des Handgelenks wird die Waffe mit durch Magie aufgeklappten Klingen gegen das Ziel geschleudert. Ein weiterer Ruck holt sie – mit eingeklappten Klingen – zurück in die Hand. Ein Meister dieser Kunst vermag das Raztar drei Meter weit zu schleudern; die hölzernen Klingen tun ihr Werk, bevor der Gegner überhaupt weiß, wie ihm geschieht.

die sieben hölzernen Klingen zu schärfen, als deutliche Warnung an die Adresse all jener, die etwas zu großes Interesse an ihren und Rolands Angelegenheiten bekundeten. »Ich habe das Geschäft gerettet. Schwarzbart hätte den Handel platzen lassen, wenn ich nicht gewesen wäre.«

»Ach was, ich hätte ihm den Bart abschneiden können und er hätte es nicht gewagt, sich zu mucksen. Er kann es sich nicht leisten.«

»Weißt du«, meinte Rega ungewöhnlich ernst und nachdenklich, »er hatte Angst, wirkliche, richtige Angst.«

»Er hatte Angst? Um so besser fürs Geschäft, Schwesterlein«, entgegnete Roland wenig beeindruckt.

Nach einem hastigen Blick durch den Schankraum beugte Rega sich vor. »Nenn mich nicht ›Schwesterlein‹. Bald sind wir mit diesem Elf unterwegs, und ein einziger Versprecher könnte alles ruinieren!«

»Tut mir leid, geliebtes Weib.« Roland trank den letzten Schluck Dünnbier und schüttelte bedauernd den Kopf, als das Mädchen in seine Richtung blickte. Mit soviel Geld am Leib, mußte er wenigstens halbwegs klaren Kopf bewahren. »Also planen die Zwerge einen Überfall auf irgendeine Menschensiedlung. Vermutlich eine Niederlassung der Seekönige. Ich frage mich, ob wir unsere nächste Ladung ihnen anbieten sollten.«

»Du glaubst nicht, daß die Zwerge Thillia angreifen wollen?«

»Und wer hat jetzt plötzlich Gewissensbisse? Was interessiert das uns? Wenn die Zwerge Thillia nicht angreifen, tun es die Seekönige. Und wenn die nicht, wird Thillia mit sich selbst Krieg führen. Wie auch immer, das Geschäft blüht.«

Nachdem sie eine Handvoll Kronen aus Holz auf den Tisch gelegt hatten, verließen die beiden das Gasthaus. Roland ging voran, eine Hand am Griff des Klingenholzschwerts. Rega folgte in ein bis zwei Schritt Abstand, um ihm den Rücken zu decken. Sie waren ein beeindruckendes Paar und lebten lange genug in Griffith, um sich den Ruf erworben zu haben, hart, schnell und nicht eben pingelig zu sein. Einige Passanten warfen ihnen forschende Blicke zu, aber niemand belästigte sie. Die beiden erreichten mitsamt ihrem Geld unbeschadet die Hütte, die sie ihr Heim nannten.

Rega schloß die schwere Holztür und verriegelte sie sorgfältig. Nach einem Blick hinaus zog sie die Lumpen vor, die als Gardinen herhalten mußten, und nickte Roland zu. Er nahm einen dreibeinigen Holztisch und stellte ihn gegen die Tür. Unter einem Flickenteppich kam eine Falltür zum Vorschein und darunter ein in den Moosboden gegrabenes Loch. Roland warf den Geldgürtel hinein, schlug die Falltür zu, legte den Teppich darüber und stellte den Tisch wieder an seinen Platz.

Rega brachte einen Kanten altes Brot und einen Laib muffigen Käse. »Apropos Geschäft, was weißt du über diesen Elf, diesen Paithan Quindiniar?«

Roland biß mit starken Zähnen ein Stück Brot ab und schob sich einen Happen Käse in den Mund. »Nichts«, brumme er kauend. »Er ist ein Elf, also ein Schlappschwanz, außer was dich betrifft, mein bezauberndes Schwesterlein.«

»Ich bin dein bezauberndes Weib. Vergiß das nicht.« Rega klopfte ihrem Bruder spielerisch mit einer der hölzernen Klingen ihres Raztar auf die Hand. Dann legte sie die Waffe beiseite und schnitt sich eine Scheibe Käse ab. »Glaubst du wirklich, daß es funktioniert?«

»Selbstverständlich. Der Knabe, der mir davon erzählt hat, sagt, daß der Trick immer klappt. Du weißt, daß Elfen verrückt sind nach Menschenfrauen. Wir stellen uns vor als Mann und Frau, aber unsere Ehe ist nicht mehr die beste. Du sehnst dich nach Liebe. Du schäkerst mit dem Elf und forderst ihn heraus, und wenn er eine Hand auf deine Brust legt, erinnerst du dich plötzlich daran, daß du eine anständige, verheiratete Frau bist, und schreist lauthals um Hilfe.

Ich erscheine als Retter und drohe, dem Elf die spitzen . . . hm . . . Ohren abzuschneiden. Er zieht sich aus der Schlinge, indem er uns die Waren für den halben Preis läßt. Wir verkaufen an die Zwerge für den vollen Preis, plus einen kleinen Aufschlag für unsere Mühe, und sind für die nächsten paar Quintale saniert.«

»Aber wir wollten auch in Zukunft mit der Quindiniar-Familie Geschäfte machen . . .«

»Warum auch nicht. Ich habe gehört, dieser weibliche Elf, der im Geschäft *und* in der Familie das Sagen hat, soll eine sauertöpfische, prüde Jungfer sein. Der kleine Bruder traut sich bestimmt nicht, seiner Schwester zu beichten, daß er unser ›trautes Glück‹ zerstören wollte. Und wir können dafür sorgen, daß er uns auch das nächstemal einen besonders günstigen Preis macht.«

»Jedenfalls klingt alles ganz einfach«, gab Rega zu. Sie griff nach dem Weinschlauch, ließ die Flüssigkeit in den Mund rinnen und gab den Schlauch an ihren Bruder weiter. »Auf den wonnigen Stand der Ehe, mein liebster Gemahl!«

»Auf den Ehebruch, geliebtes Weib!«

Sie lachten beide und tranken.

Drugar trat aus der ›Dschungelblume‹, aber der Zwerg verließ Griffith nicht gleich. Im Schatten einer riesigen Zeltpalme wartete er, bis der Mann und die Frau hinauskamen. Gern wäre er ihnen gefolgt, aber er kannte seine Grenzen. Die schwerfälligen Zwerge sind nicht für das verstohlene Anschleichen geschaffen. Und in der ausschließlich von Menschen bewohnten Stadt Griffith war es für ihn unmöglich, in der Menge unterzutauchen.

Er begnügte sich, den beiden nachzuschauen, als sie die Straße hinuntergingen. Drugar traute ihnen nicht, aber er hätte auch der heiligen Thillia nicht getraut, wäre sie ihm erschienen. Es behagte ihm nicht, sich auf einen Mittelsmann verlassen zu müssen; viel lieber hätte er mit den Elfen direkt verhandelt. Das aber war unmöglich. Es bestand eine Übereinkunft zwischen den gegenwärtigen Herrschern Thillias und der Familie Quindiniar, worin letztere sich verpflichteten, weder die Zwerge noch die barbarischen Seekönige mit ihren magischen, denkenden Waffen zu beliefern. Im Gegenzug verpflichteten sich die Thillaner zur Abnahme einer garantierten Anzahl von Waffen pro Quintal.

Die Elfen waren mit der Vereinbarung zufrieden. Und wenn Elfenwaffen in die Hände von Seekönigen oder Zwergen gelangten, war es gewiß nicht die Schuld der Quindiniars. Wie Calandra unwirsch zu bemerken pflegte. Wie konnte man von ihr erwarten, einen Waffenschieber von einem legitimen Abgesandten der Herrscher Thillias zu unterscheiden? Für sie sahen alle Menschen gleich aus. Ihr Geld ebenso.

Kurz bevor Roland und Rega aus seinem Blickfeld verschwanden, griff Drugar nach einem schwarzen Runenstein, der an einer Lederschnur um seinen Hals hing. Der Stein war rund und glatt, abgenutzt von vielen liebevollen Berührungen, und er war alt – älter als Drugars Vater, einer der ältesten lebenden Bewohner von Pryan.

Drugar hob den Stein vor seine Augen, bis er Roland und Rega zu verdecken schien. Er bewegte den Stein hin und her und zeichnete so die darin eingeritzte Rune in die Luft, während er halblaut die überlieferten Worte sprach. Anschließend barg er den Stein wieder in den Falten seiner Kleidung.

»Ich habe die Rune nicht für euch gesungen, weil ich eine Zuneigung für euch empfinde«, sagte er laut in Richtung der beiden Waffenschmuggler, die eben im Begriff waren, um eine Hausecke zu biegen. »Ich habe euch mit dem Schutzzauber belegt, damit ich sicher sein kann, die Waffen zu bekommen, die mein Volk braucht. Sobald der Handel abgeschlossen ist, werde ich den Zauber von euch nehmen. Und Drakar soll euch beide holen.«

Drugar spuckte aus, drehte sich um und schlug den Weg ein, der aus der Stadt in den Dschungel führte.

Kapitel 4

Equilan, Enthial-See

Calandra Quindiniar gab sich keinen Illusionen bezüglich des Charakters der beiden Menschen hin, mit denen sie Geschäftsbeziehungen unterhielt. Sie war ziemlich sicher, daß es sich um Schmuggler handelte, aber das kümmerte sie nicht. Nach ihrer Meinung war ohnehin kein Mensch fähig, ein korrektes und ehrliches Geschäft zu führen. Sie hielt alle Menschen für Schmuggler, Betrüger und Diebe.

Deshalb beobachtete Calandra mit einiger Belustigung – ein Luxus, den sie sich nur selten erlaubte –, wie Aleatha aus ihrem Elternhaus trat und über den moosigen Hof zur Gondelbahn ging. Der Wind, der raschelnd durch die Baumwipfel strich, faßte ihr Kleid und bauschte den hauchzarten Stoff zu luftigen, grünen Wellen um ihren Körper. Die jetzige Elfenmode schrieb eine lange, enggeschnürte Taille vor, steife, hohe Kragen und schmale Röcke. Diese Mode kleidete Aleatha nicht, und deshalb ignorierte sie die Mode. Ihr Kleid war tief dekolletiert, um die herrlichen Schultern zur Geltung zu bringen, das leicht geraffte Oberteil betonte schmeichelnd die wunderschönen Brüste. Der fließende, zarte Stoff umhüllte ihre Gestalt wie eine mit Schlüsselblumen bestickte Wolke und unterstrich ihre anmutigen Bewegungen.

Der Stil war zu Lebzeiten ihrer Mutter modern gewesen. Jede andere Frau hätte in diesem Kleid fade und altmodisch gewirkt. Aleatha brachte es fertig, daß die aktuelle Mode fade wirkte.

Sie erreichte die Gondelbahn. Calandra sah nur ihren Rücken, aber die ältere Schwester wußte, was sich abspielte: Aleatha schenkte dem Menschensklaven, der ihr in die Kutsche half, ein Lächeln.

Das Lächeln war absolut damenhaft – die Augen niedergeschlagen, wie es sich schickte, das Gesicht fast gänzlich von dem breitkrempigen, mit Rosen besetzten Hut verborgen. Die Schwester konnte ihr nie einen Vorwurf machen. Doch Calandra, die vom Fenster im oberen Stockwerk auf die Szene hinunterschaute, war mit Aleathas Tricks vertraut. Ihre Lider mochten sittsam gesenkt sein, nicht aber die purpurnen Augen, die zwischen den langen schwarzen Wimpern hervorglänzten. Die vollen Lippen waren leicht geöffnet und schimmerten feucht. Der Menschensklave mußte schwere Arbeit leisten und war entsprechend muskulös. Wegen der Hitze hatte er das Hemd ausgezogen und trug nur die von den Menschen bevorzugten engen Hosen aus Leder. Calandra sah, wie er das Lächeln erwiderte, wie er sich unnötig viel Zeit nahm, um ihrer Schwester in die Gondel zu helfen, und wie ihre Schwester absichtlich beim Einsteigen den Körper des Mannes streifte. Sie überließ dem Sklaven sogar für einen Augenblick ihre Hand! Dann besaß sie die Dreistigkeit, sich aus der Gondel zu lehnen, unter der zurückgebogenen Hutkrempe hervor nach oben zu blicken und Calandra zuzuwinken!

Der Sklave, der Aleathas Blick gefolgt war, besann sich plötzlich auf seine Pflicht und nahm eilig seine Position ein. Die Gondel bestand aus den Blättern des Benthanbaums, die man zu einem runden, vorne offenen Korb geflochten hatte. Dieser Korb hing, gehalten von mehreren Klammergreifern, an einem starken Seil, das von Aleathas Elternhaus in den Dschungel hinabführte. Aus ihrer dumpfen Lethargie aufgeschreckt, krochen die Klammergreifer das Seil entlang und zogen die Gondel zum Haus hinauf. Nach getaner Arbeit sanken die Greifer wieder in Schlaf und glitten das Seil hinunter bis zu einer Kreuzung, wo Aleatha in eine andere Gondel umsteigen mußte, deren Klammergreifer sie an ihr Ziel brachten.

Der Sklave schob die Gondel an, und Calandra schaute zu, wie ihre Schwester mit flatternden grünen Röcken in die üppige Dschungelvegetation eintauchte.

Calandra hatte nur ein verächtliches Lächeln für den Sklaven, der sehnsüchtig und bewundernd der entschwindenden Gondel hinterhersah. Was für Einfaltspinsel diese Menschen waren! Sie merkten es nicht einmal, wenn sie zum Narren gehalten wurden. Aleatha war flatterhaft, aber immerhin beschränkte sie sich bei ihren Affären auf Männer ihres eigenen

Volkes. Den Sklaven machte sie nur deshalb schöne Augen, weil es vergnüglich war, ihre primitiven Reaktionen zu beobachten. Aleatha würde sich eher von ihrem Schoßhund küssen lassen als von einem Menschen.

Bei Paithan lagen die Dinge anders. Während sie sich wieder an ihre Arbeit setzte, beschloß Calandra, dem Küchenmädchen eine Arbeit in der Packerei zuzuweisen.

Aleatha lehnte sich in der Gondel zurück und genoß den kühlen Luftzug auf ihrem Gesicht. Sie nahm sich vor, irgendeinen ihrer Verehrer auf Lord Durndruns Fest mit der Geschichte von dem liebestrunkenen Sklaven in Aufregung zu versetzen. Natürlich würde sich alles ein wenig anders anhören.

»Ich schwöre Euch, Fürst, daß er meine Hand drückte, bis ich dachte, er würde sie zerquetschen, und dann besaß der Unhold die Unverfrorenheit, seinen schweißbedeckten Körper an mich zu pressen!«

»Abscheulich!« würde Lord Irgendwer sagen, das blasse Elfengesicht vor Widerwillen gerötet . . . oder vielleicht wegen der Vorstellung von Körpern, die sich aneinanderpreßten? Aleatha malte sich aus, wie er näherrückte. »Und was habt Ihr getan?«

»Ihn ignoriert, selbstverständlich. Das ist die beste Art, diese Barbaren zu behandeln – abgesehen von der Peitsche. Aber schließlich konnte ich ihn doch nicht schlagen, oder?«

»Nein, aber ich!« hörte sie den Lord mit ritterlicher Begeisterung ausrufen.

»O Thea, du bringst die Sklaven noch zur Verzweiflung mit deiner Koketterie.«

Aleatha fuhr zusammen. Von wem stammte dieser störende Einwurf? Von einem imaginären Paithan, der sich ungebeten in ihren Tagtraum eingeschlichen hatte. Sie hielt ihren Hut fest, bevor der Fahrtwind ihn entführen konnte, und nahm sich vor, darauf zu achten, daß ihr Bruder anderweitig beschäftigt war, bevor sie ihre bezaubernde kleine Geschichte zum besten gab. Paithan war ein netter Kerl, der es nicht darauf anlegte, seiner Schwester mit Absicht den Spaß zu verderben, aber in seiner Naivität merkte er oft gar nicht, was er anrichtete.

Die Gondel wurde langsamer und kam an der Kreuzung zum Halten. Ein weiterer Menschensklave – zu häßlich, um ihn eines Lächelns zu würden – reichte ihr beim Aussteigen die Hand.

»Zur Lord Durndrun«, informierte sie ihn kühl, und der Sklave half ihr in eine von den an der Kreuzung wartenden Gondeln, in denen man jeweils zu einem anderen Punkt des Dschungels reisen konnte. Der Sklave scheuchte die Klammergreifer auf, die sich träge in Bewegung setzten, und die Gondel schwebte mit ihrem Passagier durch die zunehmende Dunkelheit dem Zentrum der Stadt Equilan entgegen.

Die Gondeln waren eine Annehmlichkeit für die reiche Oberschicht, deren Angehörige den Stadtvätern eine Benutzungsgebühr entrichteten. Wer sich diese Ausgabe nicht leisten konnte, begnügte sich mit den Hängebrücken, die sich durch den Dschungel spannten. Diese Brücken führten von Haus zu Haus, von Geschäft zu Geschäft und von Haus zu Geschäft und wieder zurück. Sie stammten aus der Zeit, als die ersten Elfensiedler Equilan gründeten, und dienten damals als Verbindungswege zwischen den wenigen Häusern, Warenlagern und Handwerkbetrieben, die man aus Sicherheitsgründen in den Bäumen erbaut hatte. Mit der Stadt wuchs auch das Brückensystem; ohne besonderen Plan oder bewußte Ordnung verband es die Häuser mit ihren Nachbarn und dem Herzen der Stadt.

Mittlerweile hatte Equilan mehrere tausend Einwohner und fast ebenso viele Brücken. Zu Fuß konnte man leicht die Orientierung verlieren; selbst alteingesessene Bürger fanden sich nicht mehr zurecht. Niemand von einigem gesellschaftlichen Rang benutzte die Brücken, abgesehen vielleicht von einem wagemutigen Beutezug während der Dunkelheit. Allerdings waren die Brücken eine ausgezeichnete Verteidigung gegen die benachbarten Menschen, die in früheren Zeiten begehrliche Blicke auf die Baumstädte der Elfen geworfen hatten.

Die Menschen errichteten ihre Siedlungen unmittelbar auf den Moospolstern, nie in den Bäumen. Einst hatte man ein Heer ausgesandt, um Equilan zu erobern, aber die großen und kräftigen Menschensoldaten in ihren plumpen Lederrüstungen und mit den langen Klingenholzschwertern warfen nur einen Blick auf die schmalen Stege aus Korkholz und Rankentauen, die Hunderte von Metern über dem Moosboden schwebten, machten auf dem Absatz kehrt und marschierten wieder nach Hause. Es dauert einige Zeit, bis Menschensklaven sich an das Leben in der Höhe gewöhnt haben, und selbst dann scheinen die meisten von ihnen sich nie recht wohl zu fühlen.

Als im Lauf der Zeit Equilan immer reicher und stärker wurde, gelangten die Nachbarn im Norinth zu der Auffassung, daß es klüger wäre, die Elfen unbehelligt zu lassen und sich statt dessen untereinander zu bekriegen. Thillia zerfiel in fünf Königreiche, jedes der Feind der anderen vier, und die Elfen lebten gut davon, daß sie alle Parteien mit Waffen belieferten. Die weitläufigere Verwandtschaft der königlichen Familie sowie jene Angehörigen der Mittelschicht, die zu Reichtum und Macht gekommen waren, verlegten ihren Wohnsitz weiter nach oben. Lenthan Quindiniars Haus stand auf dem höchsten Berg* von Equilan, ein Statussymbol in seinen Kreisen, aber nicht in den Augen des höheren Adels, der sich rund um den Enthial-See angesiedelt hatte. Was nützte es, daß Lenthan über die Mittel verfügte, die meisten Häuser am Seeufer aufzukaufen – man würde ihm nie erlauben, dort zu wohnen.

* Moospolster in den höchsten Wipfeln der gigantischen Dschungelbäume

Um ehrlich zu sein, Lenthan legte auch keinen Wert darauf. Er fühlte sich durchaus wohl in seinem Zuhause, mit einem ungehinderten Blick auf die Sterne und einem freien Platz inmitten der Dschungelvegetation, von dem aus er seine Raketen abschießen konnte.

Aleatha jedoch war entschlossen, eines Tages am Seeufer zu wohnen. Sie konnte sich mit ihrem Charme und ihrem Körper und ihrem Erbteil in den Adel einkaufen. Doch welchen Grafen, Baron oder Prinzen Aleatha sich anzueignen gedachte, stand noch nicht fest. Sie waren allesamt solche Langweiler. Vor Aleatha lag die Aufgabe, sich umzuschauen und einen zu finden, der etwas weniger langweilig war als der Rest.

Die Gondel kam mit einem leichten Ruck bei Lord Durndruns reich verziertem Begrüßungspavillon zum Stillstand. Ein Sklave machte Anstalten, ihr hinauszuhelfen, doch ein junger Edelmann, der zur gleichen Zeit eintraf, kam ihm zuvor. Der junge Mann war verheiratet; Aleatha schenkte ihm dennoch ein strahlendes Lächeln. Er war so bezaubert, daß er mit ihr davonging und es dem Sklaven überließ, seiner Frau aus der Gondel zu helfen.

Nachdem sie in Gedanken die mit nützlichen Kommentaren versehene Liste des Elfenadels durchgegangen war, die sie im Kopf hatte, erkannte Aleatha ihren Kavalier als einen nahen Vetter der Königin, mit dem viertschönsten Haus am See. Sie ließ sich von ihm dem Gastgeber und der Gastgeberin vorstellen, bat ihn, ihr das Haus zu zeigen (sie kannte es von zahlreichen früheren Besuchen) und errötete allerliebst bei seinem Vorschlag, zu zweit einen kleinen Rundgang durch den lauschigen Garten zu unternehmen.

Lord Durndruns Haus war wie alle anderen am Enthial-See am Rand einer großen Senke erbaut worden. Der Palast Ihrer Majestät, der Königin, lag oben am jenseitigen Hang, weit entfernt von der überbevölkerten Stadt ihrer Untertanen. Die anderen Villen, die das Tal säumten, wandten alle dem Palast wie in beständiger Huldigung die Frontseite zu.

In der Mitte der Senke lag der See, eingebettet in eine dicke Moosschicht, umfangen von den Armen mächtiger Bäume. Die meisten Seen der Umgegend hatten aufgrund des Moosbodens eine klare, kristallgrüne Farbe. Wegen einer seltenen Fischart (ein Geschenk des Vaters von Lenthan Quindiniar an Ihre Majestät) war das Wasser des Enthial-Sees von einem tiefen, leuchtenden Blau und galt als eines der Wunder Equilans.

Lord Durndruns Gärten erstreckten sich von seinem Haus bis ans Seeufer. Den Elfenprinzipien entsprechend, hatte man große Mühe darauf verwendet, den Anschein natürlicher Verwilderung zu erwecken. Die Regenbögen der Blumenrabatten wetteiferten mit den Regenbögen, die das Sonnenlicht in die feuchte Luft zauberte, um die farbenprächtigsten Effekte. Gefiederte Farne schützten die zarte weiße Haut der Elfenmädchen vor der Sonne. Es gab Orchideen im Überfluß; sie hingen von den

Bäumen oder gediehen auf dem dicken Teppich verwesender Pflanzen, der den Moosboden bedeckte. Vögel und andere Tiere (aber nur solche, die bunt, interessant und gesittet waren) tummelten sich in dem üppigen Grün. Bänke aus Teakholz (kostspieliger Import aus den von Menschen besiedelten Gebieten) standen in schattigen Lauben und boten einen herrlichen Ausblick auf den See und den Park des königlichen Palastes am anderen Ufer.

Die ganze Pracht war an Aleatha verschwendet, die das alles bereits kannte und deren ganzes Sinnen und Trachten darauf gerichtet war, es sich zu eigen zu machen. Sie konnte sich erinnern, Lord Daidlus bei einer früheren Gelegenheit bereits vorgestellt worden zu sein, aber erst jetzt bemerkte sie, daß er geistreich, intelligent und nicht unattraktiv war. Er saß schmachtend neben ihr auf einer der Bänke, und Aleatha war eben im Begriff, ihm ihre Geschichte mit dem Sklaven zu erzählen, als – genau wie in ihrem Tagtraum – eine fröhliche Stimme sie unterbrach.

»Oh, hier bist du, Thea. Ich hörte, daß du gekommen bist. Seid Ihr das, Daidlus? Wißt Ihr, daß Eure Frau Euch sucht? Sie schien mir ziemlich verärgert zu sein.«

Auch Lord Daidlus machte keinen erfreuten Eindruck. Er warf Paithan einen finsteren Blick zu, aber dessen liebenswürdiges Gesicht drückte nichts weiter aus als das unschuldige Bestreben, einem Freund zu helfen.

Aleatha fühlte sich versucht, den jungen Mann zum Bleiben zu bewegen und Paithan abzuwimmeln, aber dann überlegte sie, daß es vielleicht nicht die schlechteste Taktik war, das Feuer langsam zu schüren. Außerdem mußte sie mit ihrem Bruder sprechen.

»Wie rücksichtslos von mir«, hauchte sie errötend. »Ich habe Euch von Eurer Familie ferngehalten. Ihr müßt mir verzeihen, aber ich habe Eure Gesellschaft so sehr genossen . . .«

Paithan lehnte sich mit gekreuzten Armen gegen die Gartenmauer und verfolgte die Szene mit Interesse. Lord Daidlus beteuerte hoch und heilig, daß er sich nichts Schöneres vorstellen könne, als für immer bei ihr zu bleiben. »Nein, nein, mein Freund«, sagte Aleatha mit einem Hauch nobler Selbstlosigkeit. »Geht jetzt zu Eurer Frau. Ich bestehe darauf.«

Aleatha streckte die Hand aus; der junge Mann küßte sie mit erheblich mehr Inbrunst, als die Gesellschaft gebilligt haben würde.

»Aber ich möchte so gern das Ende Eurer Geschichte hören«, klagte der liebestrunkene Daidlus.

»Das werdet Ihr auch, mein Freund«, antwortete Aleatha mit gesenkten Wimpern, zwischen denen das Funkeln ihrer purpurfarbenen Augen zu sehen war. »Das werdet Ihr auch.«

Mit Mühe gelang es dem jungen Fürsten, sich loszureißen. Paithan setzte sich auf die Bank neben seine Schwester, die den Hut abgenommen hatte und sich mit der Krempe Luft zufächelte.

»Tut mir leid, Thea. Kam ich ungelegen?«

»Ja – und auch wieder nicht. Es ging alles zu schnell.«

»Er ist recht glücklich verheiratet, weißt du. Hat drei Sprößlinge.«

Aleatha zuckte die Schultern. Was ging sie das an?

»Eine Scheidung wäre ein riesiger Skandal«, fuhr Paithan fort und schnupperte an der Blume, die er in das Knopfloch seines weißen Leinenanzugs gesteckt hatte. Die weit geschnittene, lange Jacke fiel über bauschige, an den Knöcheln geraffte Hosen.

»Ganz und gar nicht. Vaters Geld würde helfen, die Sache zu vertuschen.«

»Die Königin müßte ihr Einverständnis geben.«

»Selbstverständlich. Vaters Geld würde helfen, es zu erkaufen.«

»Callie wäre außer sich.«

»Falsch. Sie wäre heilfroh, mich endlich ehrbar unter der Haube zu sehen. Mach dir keine Sorgen *meinet*wegen, Bruderherz. Du selbst steckst in erheblichen Schwierigkeiten. Callie hat dich heute nachmittag gesucht.«

»Tatsächlich?« fragte Paithan scheinbar gleichgültig.

»Ja, und der Ausdruck ihres Gesichts war geeignet, einen von Vaters gräßlichen Apparaten zu zünden.«

»Hat sie mit dem Senior gesprochen, ja?«

»Vermutlich. Ich habe kaum ein Wort gesagt, um sie nicht in Fahrt zu bringen, sonst säße ich immer noch da. Ich glaube, sie hat etwas von einem Menschenpriester erwähnt, kann das sein? Ich ... Was in Orns Namen war das?«

»Donner.« Paithan schaute zu dem dichten Laubdach empor, das den Himmel verdeckte. »Bestimmt ist ein Sturm im Anzug. Verflixt. Das bedeutet, die Bootsfahrt fällt aus.«

»Unsinn. Es ist viel zu früh. Außerdem habe ich gespürt, wie der Boden zitterte. Du nicht?«

»Vielleicht ist es Callie, auf der Suche nach mir.« Paithan nahm die Blume aus dem Knopfloch, zupfte die Blätter ab und warf sie der Schwester in den Schoß.

»Wie schön, daß du es von der heiteren Seite nimmst, warte, bis sie dein Taschengeld kürzt. Und jetzt möchte ich wissen, was es mit diesem Menschenpriester auf sich hat.«

Paithan lehnte sich zurück. Er senkte den Blick auf die Blume, die er zerpflückte, und sein jungenhaftes Gesicht war ungewöhnlich ernst. »Als ich von meiner letzten Reise zurückkam, Thea, war ich erschrocken darüber, wie Vater sich verändert hat. Dir und Callie, euch fällt das nicht auf. Ihr seht ihn jeden Tag. Aber ... er sah so ... ich weiß nicht ... so grau aus. Und so traurig.«

Aleatha seufzte. »Du hast ihn in einem seiner lichteren Momente erlebt.«

»Ja, und diese verdammten Raketen, die er baut, kommen nicht einmal über die Baumspitzen hinaus, geschweige denn in die Nähe der Sterne. Dann fing er an von Mutter zu sprechen ... du weiß ja, wie das ist.«

»Ja, ich weiß, wie das ist.« Aleatha sammelte die Blütenblätter in ihrem Schoß und arrangierte sie unbewußt zu einem winzigen Grab.

»Ich wollte ihn aufheitern, also platzte ich mit dem ersten lustigen Einfall heraus, der mir in den Sinn kam. ›Warum nicht einen Menschenpriester rufen?‹ sagte ich. ›Die wissen bestens über die Sterne Bescheid, weil sie glauben, daß sie von dort gekommen sind. Die Sterne sollen wirkliche Städte sein ...‹ Nun«, Paithan schien durchaus mit sich zufrieden zu sein, »der alte Knabe blühte tatsächlich auf. Ich hatte ihn nicht mehr so aufgeregt gesehen seit dem Tag, an dem seine Rakete in die Stadt flog und die Mülldeponie in die Luft sprengte.«

»Du hast gut lachen, Paithan!« Gereizt schüttelte Aleatha die Blätter von ihrem Rock. »Du machst dich davon und gehst wieder auf eine von deinen Geschäftsreisen. Aber Callie und ich müssen mit dem Unhold in einem Haus wohnen! Als wäre dieser geile alte Sterndeuter, mit dem Vater ewig zusammenhockt, nicht schon schlimm genug.«

»Es tut mir leid, Thea. Ich habe einfach nicht überlegt.« Paithan klang aufrichtig beschämt. Er war ein Bruder Leichtfuß. Seine ältere Schwester war eine eiskalte Geschäftsfrau. Seine jüngere Schwester war herzlos und selbstsüchtig. Der einzige helle Funke, der in ihnen allen brannte, war ihre Liebe und Zuneigung füreinander – eine Zuneigung, die sich leider nicht auf den Rest der Welt erstreckte.

Paithan ergriff die Hand seiner Schwester und drückte sie. »Aber du kannst sicher sein, daß kein Menschenpriester je hier auftauchen wird. Ich kenne sie, weißt du, und ...«

Der Moosgrund hob sich plötzlich unter ihren Füßen und senkte sich wieder. Die Bank, auf der sie saßen, schwankte und bebte, und flache Wellen kräuselten die bisher ruhige und glatte Oberfläche des Sees. Ein Grollen wie ferner Donner tönte statt vom Himmel aus der Tiefe herauf, begleitet von einem neuerlichen Zittern des Bodens.

»Das ist kein Gewitter«, meinte Aleatha und schaute sich erschreckt um.

In einiger Entfernung waren Rufe und Schreie zu hören.

Paithan machte ein besorgtes Gesicht und stand auf. »Ich glaube, Thea, es ist besser, wenn wir zum Haus zurückgehen.« Er streckte seiner Schwester die Hand entgegen. Aleatha erhob sich sofort und raffte eilig, aber beherrscht ihre langen Röcke.

»Weißt du, was das sein könnte?«

»Ich habe nicht die leiseste Ahnung«, antwortete Paithan und hastete neben ihr durch den Park. »Ah, Durndrun! Was hat das zu bedeuten? Irgendein neues Gesellschaftsspiel?«

»Schön wär's!« Der Lord machte einen ziemlich verwirrten Eindruck.

»Die Wand im Speisesaal hat einen großen Riß bekommen und Mutter einen hysterischen Anfall.«

Das Grollen begann wieder, diesmal lauter; der Boden schlug Wellen. Paithan stolperte rückwärts gegen einen Baum. Aleatha klammerte sich bleich an eine Ranke. Lord Durndrun fiel hin und wäre beinahe von dem herabstürzenden Bruchstück einer Statue erschlagen worden. Das Beben dauerte etwa so lange, wie ein Mann braucht, um dreimal tief Atem zu holen, dann war es vorüber. Ein seltsamer Geruch stieg von dem Moosgrund auf – der Geruch von kalter, dumpfiger Feuchtigkeit. Der Geruch von Dunkelheit. Der Geruch von etwas, das in der Dunkelheit lebt.

Paithan half seinem Gastgeber aufzustehen.

»Ich glaube«, bemerkte Durndrun halblaut, »daß wir uns bewaffnen sollten.«

»Ja«, stimmte Paithan leise zu, nachdem er einen raschen Blick auf seine Schwester geworfen hatte. »Das wollte ich auch vorschlagen.«

Aleatha hatte den kurzen Wortwechsel gehört und begriff. Angst breitete sich prickelnd in ihrem Körper aus, ein recht angenehmes Gefühl. Zumindest trug es dazu bei, einen Abend, in den sie eigentlich keine großen Erwartungen gesetzt hatte, interessant zu gestalten.

»Wenn die Herren mich entschuldigen wollen«, sagte sie und rückte den Hut besonders vorteilhaft zurecht, »ich werde zum Haus gehen und sehen, ob ich der Fürstenmutter behilflich sein kann.«

»Ich danke Euch, Mistreß Quindiniar. Das wäre mir sehr lieb. Wie tapfer sie ist«, fügte Lord Durndrun hinzu, während er Aleatha nachschaute, die allein und furchtlos zum Haus schritt. »Die anderen Frauen kreischen und laufen kopflos durcheinander, sofern sie nicht gleich in Ohnmacht gefallen sind. Eure Schwester ist eine bemerkenswerte junge Dame!«

»Ja, nicht wahr!« nickte Paithan, der wußte, daß seine Schwester den größten Spaß an der Sache hatte. »Wie steht es mit den Waffen?«

Gemeinsam liefen sie den Hang hinauf, wobei der Fürst dem jungen Elf an seiner Seite wiederholt einen beunruhigten Blick zuwarf. »Quindiniar ...« – Durndrun legte ihm die Hand auf den Arm – »das hat doch wohl nichts mit den Gerüchten zu tun, von denen Ihr uns neulich abends erzählt habt? Ihr wißt schon, die Sache mit diesen ... Riesen.«

Eine leichte Röte stieg dem jungen Elf in die Wangen. »Habe ich Riesen erwähnt? Bei Orn, das war ein starker Wein, den Ihr an jenem Abend ausgeschenkt habt, Durndrun!«

»Vielleicht sind es nicht nur Gerüchte«, sagte Durndrun grimmig.

Paithan dachte an das unterirdische Grollen, den Geruch nach Dunkelheit. Er schüttelte den Kopf. »Ich fürchte, wir werden uns bald wünschen, es mit Riesen zu tun zu haben, Fürst. So eine Gutenachtgeschichte der Menschen wäre mir jetzt ganz lieb.«

Die beiden kamen beim Haus an, wo sie die Liste der im Haus befindlichen Waffen durchsahen. Der größte Teil der männlichen Gäste gesellte sich zu ihnen; es wurde geschrien, gejammert und gestikuliert. Nach Paithans Ansicht gebärdeten sie sich keinen Deut weniger hysterisch als ihre Ehefrauen. Er betrachtete sie mit einer Mischung aus Amüsement und Ungeduld, als er plötzlich merkte, daß alle ihn anschauten und sehr ernst geworden waren.

»Was schlagt Ihr vor, das wir tun sollen?« fragte Lord Durndrun.

»Ich . . . ich . . .« stotterte Paithan und musterte ratlos die Gruppe von dreißig Angehörigen des Elfenadels, »ich meine, ganz bestimmt wißt Ihr . . .«

»Ziert Euch nicht, Quindiniar«, schnappte Lord Durndrun. »Ihr seid der einzige von uns, der in der Außenwelt gewesen ist. Ihr seid der einzige, der sich mit einer solchen Situation auskennt. Wir brauchen einen Anführer, und der seid Ihr!«

Und wenn etwas schiefgeht, könnt ihr es mir in die Schuhe schieben, dachte Paithan, doch natürlich sprach er es nicht aus, auch wenn ein kleines wissendes Lächeln um seine Lippen zuckte.

Wieder begann das Grollen, und der Boden geriet so heftig in Bewegung, daß einige Elfen auf die Knie fielen. Man hörte das Weinen und Schreien der Frauen und Kinder, die man zur Sicherheit ins Haus geschickt hatte. Aus dem Dschungel ertönte das Krachen und Bersten splitternder Äste, gefolgt von dem heiseren Krächzen erschreckter Vögel.

»Seht doch! Dort! Im See!« schrie ein nobler Elf.

Alle drehten sich um und schauten in die angegebene Richtung. Die sonst glatte blaue Wasserfläche kochte und brodelte, aus der Mitte sah man einen glitzernden, schuppenbedeckten, gewaltigen Leib emporwachsen und schlangengleich wieder untertauchen.

»Aha, das hab' ich mir gedacht«, murmelte Paithan.

»Ein Drache!« rief Lord Durndrun. Er packte den jungen Elf an den Schultern. »Mein Gott, Quindiniar! Was sollen wir tun?«

»Ich würde vorschlagen«, sagte Paithan mit einem Lächeln, »daß wir alle hineingehen und unseren voraussichtlich letzten Drink nehmen.«

Kapitel 5

Equilan, Enthial-See

Aleatha bedauerte augenblicklich, daß sie sich zu den Frauen gesellt hatte. Angst ist eine ansteckende Krankheit, und im Salon hing der Geruch von Angst schwer in der Luft. Die Männer hatten vermutlich ebenso große Angst wie die Frauen, aber sie wahrten tapfer den Schein – wenn schon nicht vor sich selbst, dann wenigstens vor den anderen. Die Frauen hingegen waren nicht fähig, ihren Gefühlen freien Lauf zu lassen, man erwartete es sogar von ihnen. Doch selbst die Furcht hat ihre gesellschaftlich bedingten Abstufungen.

Die verwitwete Fürstin – Lord Durndruns Mutter und alleinige Herrin des Hauses, da ihr Sohn noch unverheiratet war – besaß das absolute Vorrecht auf Hysterie. Sie war die Älteste, die Ranghöchste, und es war ihr Haus. Keine der übrigen anwesenden Damen hatte deshalb das Recht, im selben Maß vom Entsetzen übermannt zu werden wie die Fürstin. (Eine simple Herzogin, die in einer Ecke ohnmächtig geworden war, fiel der allgemeinen Mißbilligung anheim.)

Die Fürstin lag kraftlos auf dem Diwan hingestreckt, neben ihr kniete die weinende Zofe, badete ihre Schläfen mit Lavendelwasser und betupfte den stattlichen, heftig wogenden Busen mit Rosenöl.

»Oh . . . oh . . . oh!« stöhnte die Fürstin und griff sich ans Herz.

Um sie herum hatten sich die anderen Ehefrauen versammelt, rangen die Hände oder fielen sich gegenseitig leise schluchzend in die Arme. Ihre Angst griff auf die Kinder über, die auf die merkwürdigen Vorfälle anfangs mit mäßiger Neugier reagiert hatten, jetzt aber ein gemeinschaftliches Heulkonzert veranstalteten und jedermann im Weg waren.

»Oh . . . oh . . . oh!« japste die Fürstin und lief blau an.

»Gebt ihr eine Ohrfeige«, schlug Aleatha vor.

Die Zofe schien nicht abgeneigt zu sein, aber die Frauen erwachten lange genug aus ihrer Panik, um schockiert auszusehen. Aleatha wandte sich mit einem Schulterzucken ab und ging zu den hohen Fenstern, die sich wie Doppeltüren zu der weitläufigen Veranda öffneten, von der aus man einen ungehinderten Ausblick auf den See hatte. Hinter ihr wurde das krampfhafte Atmen der Fürstin leiser, und das Ächzen verstummte. Vielleicht hatte sie Aleathas Vorschlag gehört und gesehen, wie die Hand ihrer Zofe unwillkürlich zuckte.

»In den letzten paar Minuten war alles still«, flüsterte die Frau eines Grafen. »Vielleicht ist es vorbei.«

Ein unbehagliches Schweigen antwortete ihr. Es war nicht vorbei. Aleatha wußte es und auch jede andere Frau im Zimmer. Im Augenblick herrschte Stille, aber es war eine lastende, furchteinflößende Stille, in der Aleatha sich nach dem Jammern der Fürstin sehnte. Die Frauen rückten zusammen, die Kinder weinten.

Wieder ertönte das Grollen aus der Tiefe, diesmal lauter und bedrohlicher. Das Haus bebte unheilverkündend. Stühle schlitterten über den Boden, kleine Dekorationsgegenstände fielen von Tischen und zerbrachen auf dem Fußboden. Wer günstig stand, hielt sich an etwas fest, andere verloren das Gleichgewicht und stürzten. Von ihrem Platz am Fenster sah Aleatha den grünen, schuppigen Leib die Wasserfläche durchbrechen.

Glücklicherweise bemerkte keine der anderen Frauen das Ungeheuer. Aleatha biß sich auf die Lippen, um nicht aufzuschreien. Dann war es verschwunden – so schnell, daß sie sich fragte, ob sie wirklich etwas gesehen hatte oder einer aus Furcht entstandenen Sinnestäuschung erlegen war.

Das Grollen verstummte. Die Männer draußen kamen zum Haus gelaufen, ihr Bruder an der Spitze. Aleatha riß die Tür auf und stürmte die breite Treppe hinunter.

»Paithan! Was war das?« Sie hielt ihn am Ärmel fest.

»Ein Drache, fürchte ich«, erwiderte ihr Bruder.

»Und was wird jetzt aus uns?«

Paithan überlegte. »Wir werden alle sterben, nehme ich an.«

»Das ist nicht gerecht!« empörte sich Aleatha und stampfte mit dem Fuß.

»Nein, vermutlich nicht.« In Paithans Augen war das eine ziemlich merkwürdige Beurteilung ihrer verzweifelten Situation, aber er strich seiner Schwester tröstend über die Hand. »Nun, Thea, verlier bloß nicht den Kopf, wie die anderen da drin. Hysterie ist äußerst unattraktiv.«

Aleatha legte die Handflächen an die Wangen; ihr Gesicht fühlte sich heiß an. Er hat recht, dachte sie. Ich muß grauenhaft aussehen. Sie holte tief Atem, strich sich über das Haar und ordnete den Faltenwurf ihrer Röcke. Die fiebrige Röte wich aus ihrem Gesicht.

»Was sollen wir also tun?« fragte sie ruhig.

»Wir werden uns bewaffnen. Orn weiß, daß es hoffnungslos ist, aber wenigstens können wir uns das Ungeheuer eine Zeitlang vom Leib halten.«

»Was ist mit der Garde der Königin?«

Am anderen Seeufer konnte man sehen, wie die Palastwache herausstürzte und die Soldaten zu ihren Stellungen liefen.

»Sie schützen Ihre Majestät, Thea. Sie können das Gelände nicht verlassen. Ich habe eine Idee – du nimmst die anderen Frauen und die Kinder, und ihr geht in den Keller . . .«

»Nein. Ich will nicht sterben wie eine Ratte im Loch!«

Paithan musterte seine Schwester und versuchte sich darüber klar zu werden, was er ihr zutrauen konnte. »Aleatha, es gäbe tatsächlich etwas für dich zu tun. Jemand muß zur Stadt hinunter und das Militär alarmieren. Von den Männern können wir keinen entbehren, und die anderen Frauen hier sind nicht in der Verfassung für ein solches Unternehmen. Es ist gefährlich. Am schnellsten geht es mit der Gondel, aber wenn dieses Biest uns überrennt . . .«

Aleatha stellte sich vor, wie der riesige Kopf des Drachen vor ihr in die Höhe wuchs, wie die gewaltigen Kiefer nach den Haltetauen der Gondel schnappten, und sah sich fallen . . . fallen . . .

Dann stellte sie sich vor, wie sie mit der Fürstinmutter zusammen in einem dunklen, feuchten Keller hockte.

»Ich werde gehen.« Aleatha raffte die langen Röcke.

»Warte, Thea! Hör zu. Geh nicht zu weit in die Stadt hinein; du würdest dich verirren. Am besten versuchst du dein Glück bei dem Wachposten an der Varseite. Für das erste Stück kannst du die Gondel nehmen, dann mußt du zu Fuß weitergehen, aber du kannst den Posten schon von der Station aus sehen. Es ist ein Ausguck im Geäst eines Karabethbaums. Sag ihnen . . .«

»Paithan!« Lord Durndrun kam mit dem Kehlbogen aus dem Haus gelaufen. Er deutete auf den See. »Wer zum Teufel ist das da unten? Sind nicht alle mit uns zum Haus gekommen?«

»Ich war ganz sicher.« Paithan kniff die Augen zusammen. Das Sonnenlicht auf dem Wasser blendete ihn, es war schwierig, etwas zu erkennen. Doch dann sah er eine Gestalt am Seeufer entlanggehen. »Gebt mir den

Bogen: Ich werde gehen. In der ganzen Aufregung können wir ohne weiteres jemanden vergessen haben.«

»Dort ... dorthin ... wo der Drache ist?« Der Fürst starrte Paithan fassunglos an.

Wie bei so vielen anderen Dingen in seinem Leben war Paithan vorgeprescht, ohne nachzudenken. Bevor er eine andere, dringende Verabredung vorschützen konnte, um sich aus der Affäre zu ziehen, drückte Lord Durndrun ihm schon den Bogen in die Hand und murmelte etwas von einer Tapferkeitsmedaille. Posthum, höchstwahrscheinlich.

»Paithan!« Aleatha hielt ihn fest.

Der Elf nahm die Hand der Schwester in die seine und gab sie an Lord Durndrun weiter, nachdem er sie gedrückt hatte. »Aleatha hat sich erboten, die Schattenwachen* zur Hilfe zu rufen.«

»Tapferes Mädel!« sagte Lord Durndrun und küßte die eiskalte Hand.

»Nicht tapferer als ihr anderen, die ihr zurückbleibt, Fürst. Ich habe das Gefühl, euch im Stich zu lassen.« Aleatha holte tief Luft und warf ihrem Bruder einen kühlen Blick zu. »Gib auf dich acht, Paithan.«

»Du auch, Thea.«

Paithan nahm die Waffe und lief zum See hinunter.

Aleatha schaute ihm nach, ein schreckliches, erstickendes Gefühl in der Brust – ein Gefühl, das sie bisher nur in der Nacht erlebt hatte, als ihre Mutter starb.

»Mistreß Aleatha, gestattet, daß ich Euch begleite.« Lord Durndrun hielt ihre Hand fest umklammert.

»Nein, Fürst. Das ist Unsinn!« antwortete Aleatha scharf. Ihr Magen verkrampfte sich. Warum war Paithan gegangen! Warum hatte er sie allein gelassen? Sie wollte nichts weiter als fort von diesem fürchterlichen Ort. »Ihr werdet hier gebraucht.«

»Aleatha! Ihr seid so tapfer, so schön!« Lord Durndrun legte ihr den Arm um die Taille und zog sie an sich, während er seine Lippen auf ihren Handrücken preßte. »Wenn wir durch irgendein Wunder diesem Ungeheuer entkommen, möchte ich, daß Ihr mich heiratet!«

Aleatha erwachte mit einem Ruck aus ihren unerfreulichen Überlegungen. Lord Durndrun war einer der bedeutendsten Elfen am Hof und einer der begütertsten Elfen von Equilan. Er hatte sich immer höflich ihr gegenüber verhalten, aber doch kühl und distanziert. Paithan war so freundlich gewesen, sie wissen zu lassen, daß der Fürst meinte, ›Sie sei zu wild, ihr Benehmen ungehörig.‹ Offenbar hatte er seine Meinung geändert.

* Die Streitkräfte der Elfen teilen sich in drei Gruppen: Palastgarde, Schattengarde und Stadtwache. Die Schattengarde ist in den Außenbezirken Equilans stationiert und besonders für den Kampf mit den verschiedenen Ungeheuern ausgebildet, die unter den Moossteppen hausen.

»Bitte, Fürst, ich muß jetzt gehen!« Aleatha versuchte – nicht sehr nachdrücklich – sich aus seiner Umschlingung zu befreien.

»Ich weiß. Ich will Euch an der Ausführung Eurer hochherzigen Tat nicht hindern. Doch versprecht mir, daß Ihr die meine werdet, sollten wir mit dem Leben davonkommen.«

Aleatha hörte auf sich zu wehren und senkte die purpurfarbenen Augen. »In der gegenwärtigen Situation sind wir alle nicht ganz wir selbst, Fürst. Falls wir überleben, würde es mir der Anstand verbieten, Euch beim Wort zu nehmen. Aber« – Sie neigte sich zu ihm und senkte ihre Stimme zu einem Flüstern – »ich verspreche, daß ich Euch erhören werde, solltet Ihr später noch einmal fragen.«

Aleatha versank in eine tiefe Verbeugung, drehte sich um und lief anmutig über den Moosrasen zum Gondelhaus. Sie wußte, daß seine Blicke ihr folgten.

Ich habe ihn! Ich werde Lady Durndrun – und erste Hofdame der Königin, statt der alten Fürstin.

Aleatha lächelte vor sich hin, während sie mit hochgerafften Röcken weitereilte. Die alte Fürstin hatte sich über einen Drachen aufgeregt? Wartet nur, bis sie diese Neuigkeit hörte! Ihr einziger Sohn, Neffe der Königin, vermählt mit Aleatha Quindiniar, einem (reichen) Flittchen. Der Skandal des Jahres!

Nun aber gebe die gesegnete Mutter, daß wir mit dem Leben davonkommen.

Paithan trabte den Hang hinunter zum Seeufer. Wieder geriet der Boden in Bewegung, er blieb sofort stehen und hielt unbehaglich Ausschau nach irgendeinem Anzeichen für das Auftauchen des Drachens. Doch das Rumpeln und Beben hörte sehr schnell auf, und der junge Elf ging weiter.

Er war über sich selbst und seinen Mut erstaunt. Zwar verstand er mit dem Bogen umzugehen, aber was konnte die armselige Waffe schon gegen einen Drachen ausrichten? Orns Blut! Was tue ich hier unten? Nach einigen ernsthaften Überlegungen, die er anstellte, während er hinter einem Busch versteckt gründlich Ausschau hielt, kam er zu dem Schluß, daß von Mut keine Rede sein konnte. Was ihn trieb, war reine Neugier. Neugier, die seine Familie seit jeher in Schwierigkeiten gebracht hatte.

Wer immer es war, der am Seeufer entlangwanderte, er stellte Paithan zunehmend vor ein Rätsel. Er konnte jetzt erkennen, daß es sich um einen Mann handelte und daß er nicht zu ihrer Gesellschaft gehörte. Er gehörte nicht einmal derselben Rasse an! Es war ein Mensch – ein alter Mann, nach dem Aussehen zu urteilen: Langes weißes Haar fiel über seinen Rücken; ein langer weißer Bart bedeckte seine Brust. Bekleidet war er mit einem langen, ramponierten, mausgrauen Gewand. Ein komischer, schäbiger Hut mit eingedrückter Spitze saß schief auf seinem Kopf. Und er schien – unglaublich! – gerade eben aus dem See gestiegen zu sein! Ohne die Gefahr zu ahnen, stand der alte Mann am Ufer, wrang seinen Bart aus, schaute aufs Wasser und murmelte etwas vor sich hin.

»Irgend jemandes Sklave, vermutlich«, bemerkte Paithan zu sich selbst. »Kriegt einen Vogel, läuft ins Blaue hinein und verirrt sich. Allerdings kann ich mir nicht vorstellen, weshalb jemand einen so alten und klapprigen Sklaven in seinem Dienst behalten sollte. Heda! Alter Mann!« Paithan schlug alle Vorsicht in den Wind und rannte den Hügel hinunter.

Der alte Mann schenkte ihm keine Beachtung. Er hob einen langen hölzernen Wanderstab, der eindeutig schon bessere Tage gesehen hatte, vom Boden auf und begann damit im Wasser herumzustochern!

Paithan sah den monströsen Schuppenleib beinahe aus den blauen Tiefem emporwachsen. Die Brust wurde ihm eng, seine Lungen brannten. »Nein! Alter Mann! Väterchen!« rief er in der Menschensprache, die er fließend beherrschte. »Väterchen! He, laßt das sein!«

»Hä?« Der alte Mann drehte sich um und sah Paithan mit kurzsichtigen Augen an. »Was? Bist du das, Sohnemann?« Er ließ den Stock fallen und breitete so vehement die Arme aus, daß er ins Taumeln geriet. »Komm an meine Brust, Sohn! Komm zu deinem Vater!«

Paithan versuchte, rechtzeitig seinen Schwung zu vermindern und stehenzubleiben, um den alten Mann festzuhalten, der am Rand des Wassers schwankte. Doch der Elf rutschte auf dem feuchten Moos aus, schlitterte auf den Knien weiter, und der alte Mann stürzte mit heftig rudernden Armen hinterrücks in den See.

Ein geifernder Rachen, der in die Höhe schoß und sie beide zerriß ... Paithan watete hinter dem Alten her, bekam ihn irgendwie zu fassen – vielleicht am Bart, vielleicht bei einem mausgrauen Ärmel – und schleifte ihn ans Ufer.

»Verdammt liebenswürdige Art für einen Sohn, seinen betagten Vater zu behandeln!« Der alte Mann hörte auf zu spucken und zu prusten und schaute Paithan böse an. »Stößt mich in den See!«

»Ich bin nicht Euer Sohn, Vä ... ich meine, Sir. Und es war ein Unfall.« Paithan zog den alten Mann hinter sich her, den Hügel hinauf. »Und jetzt sollten wir schleunigst von hier verschwinden! Da ist ein Drache. . .«

Der Alte blieb so unvermittelt stehen, daß der ahnungslose Paithan beinahe hingefallen wäre. Er zerrte an dem knochigen Arm, um seinen störrischen Begleiter zum Weitergehen zu bewegen, aber der Alte stand fest wie ein Wortelbaum. »Nicht ohne meinen Hut«, sagte der alte Mann.

»Zum Orn mit Eurem Hut!« Paithan knirschte mit den Zähnen. Er blickte angstvoll über die Schulter, weil er jeden Moment damit rechnete, daß das Wasser zu brodeln begann. »Trottel, der Ihr seid! Da ist ein Dra ...« Er drehte sich zu dem alten Mann herum, starrte ihn an und meinte schließlich aufgebracht: »Euer Hut sitzt auf Eurem Kopf!«

»Lüg mich nicht an, Sohn«, sagte der Alte beleidigt. Er bückte sich nach seinem Stock, und der Hut rutschte ihm über die Augen. »Mit Blindheit geschlagen, mein Gott!« flüsterte er überwältigt und streckte tastend die Hände aus.

»Das ist Euer Hut!« Paithan sprang auf ihn zu und riß ihm den Hut vom Kopf. »Hut! Hut!« schrie er und wedelte dem alten Mann damit vor dem Gesicht herum.

»Der gehört nicht mir«, behauptete der Alte und begutachtete die Kopfbedeckung mißtrauisch. »Du hast ihn vertauscht. Meine war in viel besserem Zustand...«

»Kommt jetzt mit!« rief Paithan, der Mühe hatte, ein irres Lachen zu unterdrücken.

»Mein Stock!« zeterte der alte Mann, stemmte die Füße gegen den Boden und rührte sich nicht vom Fleck.

Paithan spielte mit dem Gedanken, den Verrückten einfach stehenzulassen, bis er Wurzeln geschlagen hatte, aber er war doch nicht fähig, tatenlos zuzusehen, wie jemand von einem Drachen verschlungen wurde — auch wenn es sich um einen Menschen handelte. Paithan lief zurück, holte den Stab, drückte ihn dem Alten in die Hand und schleppte ihn mit sich zum Haus.

Der Elf befürchtete, der betagte Mensch könnte auf halbem Weg erschöpft liegenbleiben, denn der Weg war lang und führte hügelauf. Paithan hörte seine eigenen schweren Atemzüge, und die Beine begannen ihn zu schmerzen; aber der alte Mann schien über eine unglaubliche Ausdauer zu verfügen; er stapfte unverdrossen hinter ihm her und rammte bei jedem Schritt seinen langen Wanderstab in das Moos.

»Ich würde sagen, ich glaube, daß wir verfolgt werden!« rief er plötzlich.

»Wirklich?« Paithan fuhr herum.

»Wo? Was?« Der alte Mann schwang den Stock und verfehlte Paithan nur um Haaresbreite. »Ich werd' ihm...«

»Halt! Ist schon gut!« Der Elf bekam den Stock zu fassen und hielt ihn fest. »Da ist nichts. Ich dachte, Ihr hättet gesagt, daß wir verfolgt werden...«

»Nun, wenn nicht, weshalb zwingst du mich dann, diesen verwünschten Hügel hinaufzurennen?«

»Weil ein Drache in dem See...«

»Im See!« Der Bart des alten Mannes schien sich zornig aufzuplustern, die buschigen Augenbrauen sträubten sich. »Da steckt er also! Er hat mich absichtlich dort reingeworfen!« Der alte Mann schüttelte die geballte Faust in Richtung des Sees. »Ich werd's dir zeigen, du übergroßer Regenwurm! Komm heraus! Komm heraus und zeig dich!« Der erzürnte Greis ließ den Stab fallen und rollte sich die nassen Ärmel hoch. »Ich bin bereit. Ja, Verehrtester, diesmal verpasse ich dir einen Spruch, daß es...«

»Warte einen Augenblick!« Paithan spürte, wie der Schweiß auf seiner Haut kalt wurde. »wollt Ihr behaupten, alter Mann, dieser Drache gehört ... Euch?«

»Mir! Natürlich gehörst du mir, etwa nicht, du glitschige Ausgeburt eines Reptils?«

»Heißt das, Ihr habt den Drachen unter Kontrolle?« Plötzlich fiel ihm das Atmen erheblich leichter. »Dann seid Ihr ein Zauberer?«

»Bin ich das?« Der alte Mann schien sehr verwundert über diese Neuigkeit zu sein.

»Ihr müßt ein mächtiger Zauberer sein, um einen Drachen zu kontrollieren.«

»Nun ... hm ... weißt du, Söhnchen«, der Alte strich sich verlegen über den Bart. »Darüber besteht noch eine gewisse Uneinigkeit zwischen uns – dem Drachen und mir.«

»Uneinigkeit?« Paithan hatte ein flaues Gefühl im Magen.

»Nun ja – wer von uns das Sagen hat. Nicht, daß ich da irgendwelche Zweifel hätte, bewahre! Es ist der ... hm ... Drache, der es immer wieder vergißt.«

Ich hatte recht. Der Alte ist verrückt. Ich habe einen Drachen und einen wahnsinnigen Menschen am Hals. Aber was in Mutter Peytins heiligem Namen hat dieser alte Narr im See verloren?

»Wo bist du, du in die Länge gezogene Kröte?« fing der Magier wieder an zu schreien. »Komm heraus! Es hat keinen Zweck, sich zu verstecken! Ich finde dich ...«

Ein gellender Schrei unterbrach die wütende Tirade.

»Aleatha!« rief Paithan, wirbelte herum und starrte zur Hügelkuppe.

»Hilfe! Bitte ...« Der Schrei endete mit einem erstickten Röcheln.

»Thea, ich komme!« Der Elf schüttelte die Lähmung ab und stürmte auf das Haus zu.

»He, Söhnchen!« schrie der alte Mann ihm nach und stemmte die Fäuste in die Hüften. »Was fällt dir ein, mit meinem Hut auf und davon zu gehen?«

Kapitel 6

Equilan, Enthial-See

Paithan schloß sich einer Gruppe von Männern an, die, geführt von Lord Durndrun, in die Richtung eilten, aus der die Hilferufe ertönt waren. Sie umrundeten die Norinthecke des Hauses und kamen stolpernd zum Halten. Aleatha stand regungslos auf einer kleinen Mooskuppe; zwischen ihr und dem Gondelhaus befand sich der Drache.

Er war gigantisch. Sein Kopf ragte über die Bäume hinaus, während sich die volle Länge seines ungeheuren Körpers in den schattigen Tiefen des Dschungels verlor. Er hatte keine Flügel, denn er verbrachte sein ganzes Leben in der Finsternis unter dem Moos, auf der Oberfläche des Planeten, zwischen den Stämmen von Pryans gewaltigen Bäumen. Starke, krallenbewehrte Tatzen vermochten sich überall einen Pfad zu bahnen oder mit einem Hieb einen Mann zu töten. Der lange Schweif peitschte durch das Unterholz und schlug breite Schneisen – unübersehbare Spuren, die jeder Abenteurer kannte und fürchtete. Die intelligenten roten Augen des Drachen waren auf die Frau gerichtet.

Das Untier schien keinen unmittelbaren Angriff zu beabsichtigen, der gewaltige Rachen war geschlossen, trotzdem sah man die oberen und unteren Reißzähne aus dem Kiefer ragen. Zwischen den Zähnen schnellte die rote Zunge vor und zurück. Die bewaffneten Männer verharrten unschlüssig, ohne sich zu rühren. Auch Aleatha machte nicht die geringste Bewegung.

Der Drache legte den Kopf schräg und musterte sie von Kopf bis Fuß.

Paithan drängte sich zwischen den anderen hindurch nach vorne. Lord Durndrun löste verstohlen den Sicherungshebel des Kehlbogens. Die Waffe erwachte, als Durndrun den Kolben an die Schulter hob. Der Bolzen im Schaft fistelte: »Ziel? Ziel?«

»Der Drache«, befahl Durndrun.

»Drache?« Der Bolzen schien beunruhigt zu sein und wollte eine Diskussion anfangen, ein lästiges Problem bei denkenden Waffen. »In diesem Fall verweise ich auf die Bedienungsanleitung, Paragraph B, Absatz 3. Ich zitiere: ›Nicht einzusetzen gegen Kontrahenten, die größer sind als ...‹«

»Triff einfach mitten ins Herz!«

»In welches?«

»Was zum Teufel habt Ihr vor?« Paithan umklammerte den Arm des Fürsten.

»Ich will versuchen, seine Augen zu treffen ...«

»Seid Ihr verrückt? Wenn Ihr ihn verfehlt, stürzt er sich auf meine Schwester!«

Der Fürst war bleich, sein Gesicht starr, aber er setzte die Waffe nicht ab. »Ich bin ein ausgezeichneter Schütze, Paithan. Geht zur Seite.«

»Auf keinen Fall!«

»Es ist die einzige Chance, die wir haben! Verflucht, Mann, mir gefällt das alles ebensowenig wie Euch, aber ...«

»Entschuldige, Söhnchen«, meldete sich eine gereizte Stimme aus dem Hintergrund. »Aber du zerknitterst meinen Hut!«

Paithan fluchte. Er hatte den Alten vergessen, der sich jetzt durch die Gruppe der angespannten, finsteren Männer drängte. »Kein Respekt vor dem Alter! In euren Augen sind wir wohl nur tattrige, verkalke Narren, wie? Oh, ich kannte mal einen Spruch, der hätte euch allen die Socken in Brand gesetzt. Ist mir entfallen, leider. Feuerglocke? Nein, das nicht. Ich hab's – Ausverkauf! Nein, auch falsch. Na, es fällt mir schon wieder ein. Aber, Söhnchen!« Der alte Mann war sichtlich empört. »Sieh nur, was du meinem Hut angetan hast!«

»Nehmt den verdammten Hut und ...« In seiner Erregung bemerkte Paithan überhaupt nicht, daß der Alte fließend Elfisch sprach.

»Pst!« raunte Durndrun. Der Drache hatte langsam den Kopf gewandt; die roten Augen wurden schmal.

»Du!« brüllte der Drache mit der Urgewalt einer Stimme, die das Haus des Fürsten bis in die Grundmauern erbeben ließ.

Der alte Mann war damit beschäftigt, seinen mißhandelten Hut wieder einigermaßen in Form zu bringen. Bei dem Klang des markerschütternden ›Du!‹ schaute er verdutzt umher und entdeckte endlich den gewaltigen grünen Schädel zwischen den höchsten Baumwipfeln.

»Aha!« rief der Alte und trat stolpernd ein paar Schritte zurück. Er reckte einen zitternden, anklagenden Finger in die Höhe. »Du überproportionierter Frosch! Du wolltest mich ertränken!«

»Frosch!«

Der Drache schnaubte, seine Vordertatzen gruben sich tief in das Moos, der Boden erzitterte. Aleatha taumelte und fiel mit einem Aufschrei hin. Paithan und Lord Durndrun nutzten die Ablenkung, um der Frau zur Hilfe zu eilen. Paithan kniete neben ihr nieder und nahm sie in die Arme, während Lord Durndrun mit erhobener Waffe neben ihnen stehenblieb. Aus dem Haus ertönte das Jammergeschrei der Frauen, die überzeugt waren, das Ende sei gekommen.

Das Haupt des Drachen fuhr so schnell herab, daß der heftige Luftzug die Blätter von den Bäumen riß. Die meisten der Elfen warfen sich flach auf den Boden; ein paar der tapfersten hielten stand. Lord Durndrun feuerte einen Bolzen ab. Unter lautem Protestgeschrei klirrte er gegen den grünen, irisierenden Schuppenpanzer, prallte ab, landete auf dem Moos und sauste irgendwo ins Unterholz. Der Drache schien es überhaupt nicht zur Kenntnis zu nehmen. Aus knapp einem Meter Entfernung starrte er dem alten Mann ins Gesicht.

»Du traurige Parodie eines Magiers! Du hast verdammt recht, daß ich versucht habe, dich zu ertränken. Aber inzwischen habe ich meine Meinung geändert. Ertränken ist noch zu gut für dich, du mottenzerfressenes Relikt! Nachdem ich mich an Elfenfleisch delektiert habe, werde ich dir das Fell nach allen Regeln der Kunst abziehen. Beginnen werde mit dem kleinen Finger . . .«

»Ja wirklich?« schrie der alte Mann. Er stülpte sich den Hut auf den Kopf, schleuderte den Stab zu Boden und rollte wieder die Ärmel hoch. »Wir werden ja sehen!«

»Ich werde jetzt schießen, während er uns nicht beachtet«, flüsterte Lord Durndrun. »Paithan, Ihr nehmt Aleatha und lauft . . .«

»Ihr seid ein Narr, Durndrun! Gegen das Ungeheuer kommen wir nicht an. Warten wir ab, was der alte Mann ausrichtet. Er hat mir gesagt, daß er den Drachen beherrscht!«

»Paithan!« Aleatha krallte die Nägel in seinen Arm. »Er ist nur ein übergeschnappter alter Mensch. Laß seine Hoheit gewähren!«

»Pst!« Die Stimme des Alten erhob sich zu einem zitterigen Diskant. Er schloß die Augen, streckte die Hände in die ungefähre Richtung des Drachen, wackelte mit den Fingern und begann zu singen, wobei er im Rhythmus der Worte hin und her schwankte.

Das Maul des Drachen öffnete sich; furchterregende scharfe Zähne blitzten, die vorschnellende rote Zunge verriet steigende Erregung.

Aleatha schloß die Augen und barg den Kopf an Lord Durndruns Schulter. Dabei stieß sie gegen den Kehlbogen, der empört quiekte. Der Fürst nahm die Waffe in die andere Hand, legte unbeholfen den Arm um die junge Frau und drückte sie an sich.

»Ihr sprecht die Menschensprache, Paithan. Versteht Ihr, was er sagt?«

In jungen Jahren zog ich aus
mit frischem Mut von Hof und Haus,
um Liebe zu suchen und Glück;
Stock und Hut, die steh'n mir gut,
warf keinen Blick zurück.
Viele Träume – kein Verstand,
glaubt nicht, daß ich säumte!
Doch die Welt, wie ich sie fand,
war nicht, wie ich sie träumte.

Erst lockten Krieg und Waffen
mich und andre dumme Laffen,
doch man ließ uns kuschen, schaffen,
statt ruhmreich fechten in der Schlacht.
Ich stand auf Wache Stunden,
fühlte mich geprellt, geschunden,
fand schließlich, es sei Zeit zu gehn
und schlich davon bei Nacht.

Ich hab' die Welt befahren
seit fünfundzwanzig Jahren,
hab' dies und das erfahren
und küßte manch' kecke Maid.
Ich verschmähte keinen Becher,
traf viele frohe Zecher,
doch keiner von allen, auf mein Wort
konnte trinken wie Junker Veit!

Paithan schluckte krampfhaft. »Ich bin nicht . . . nicht sicher. Vermutlich ist es eine magische Beschworungsformel.« Er suchte mit den Blicken den Boden nach einem starken Ast ab oder einen anderen Gegenstand, der sich als Waffe eignete. Er hielt es nicht für geraten, dem Fürsten zu erklären, daß der alte Mann dem Drachen eins der in Thillia beliebtesten Trinklieder vorsang.

Ein König lud mich ein,
im Schloß sein Gast zu sein
und lehrt' mich obendrein
noch höfische Manier.
Er ließ mich, ach, nicht ruhen,
ich leerte seine Truhen,
und schwer bepackt mit Gut und Geld
verließ ich das Quartier.

Eine Dame sah ich gerne
(und nicht nur aus der Ferne),
ich versprach ihr alle Sterne,
versuchte ihr Herz zu gewinnen.
Wir schwelgten in Empfindung,
Die Familie sprach von Bindung,
mit einem Preis auf meinem Kopf
machte ich mich von hinnen.

Ich hab' die Welt befahren,
seit fünfundzwanzig Jahren,
hab' dies und das erfahren
und küßte manch' kecke Maid.
Ich verschmähte keinen Becher,
traf viele frohe Zecher,
doch keiner von allen, auf mein Wort,
konnte trinken wie Junker Veit!

»Heiliger Orn!« flüsterte Lord Durndrun. »Es wirkt!«

Paithan traute kaum seinen Augen. Der Kopf des Drachen nickte im Takt der Musik auf und ab.

Der alte Mann fuhr fort zu singen und zog mit Junker Veit durch unzählige Strophen. Die Elfen wagten nicht, sich zu rühren, weil sie fürchteten, den Zauber zu brechen. Aleatha und Lord Durndrun hielten sich noch fester umschlungen. Die Lider des Drachen sanken herab, die Stimme des alten Mannes wurde zu einem einlullenden Singsang. Fast schien es, als wäre das Ungeheuer eingeschlummert, als sich plötzlich die Augen öffneten und der Kopf in die Höhe fuhr.

Die Elfen umklammerten ihre Waffen. Lord Durndrun schob Aleatha hinter sich, und Paithan hob kampfbereit den dicken Knüppel, den er auf dem Boden gefunden hatte.

»Aber gnädiger Herr!« rief der Drache aus und musterte den alten Mann mit deutlichem Mißfallen. »Ihr seid ja völlig durchnäßt! Was habt Ihr nur angestellt?«

Der Gescholtene senkte schuldbewußt den Blick. »Nun, ich . . .«

»Ihr müßt diese feuchten Kleider ablegen, oder Ihr holt Euch den Tod. Dann braucht Ihr ein ordentliches Kaminfeuer und ein heißes Bad.«

»Ich hatte schon genug Wasser . . .«

»Bitte, gnädiger Herr, ich weiß, was das beste für Euch ist.« Der Drache schaute sich um. »Wer ist der Herr dieses schönen Hauses?«

Lord Durndrun warf Paithan einen fragenden Blick zu,.

»Los doch! Geht darauf ein!« zischte der junge Elf.

»Das . . . das bin ja wohl ich.« Der Fürst schien einigermaßen ratlos zu sein. Er zerbrach sich den Kopf, ob die Etikette etwas darüber aussagte, wie man sich einem monströsen, geifernden Reptil vorzustellen hatte. Im Zweifelsfall war es immer gut, sich möglichst kurz zu fassen. »Ich . . . ich bin Durndrun. Lord Durndrun.«

Die roten Augen hefteten sich auf den stotternden Ritter. »Ich bitte um Vergebung, Fürst. Ihr müßt die Störung Eurer Festlichkeit verzeihen, aber ich kenne meine Pflichten und muß darauf bestehen, daß meinem Zauberer umgehend die angemessene Pflege zuteil wird. Er ist ein gebrechlicher alter Herr . . .«

»Wen nennst du gebrechlich, du moosbewachsenes . . .«

»Ich vertraue darauf, daß Ihr meinen Zauberer als Gast in Euer Haus aufnehmt, Fürst?«

»Gast?« Lord Durndrun blinzelte verwirrt. »Gast? Nun – äh . . .«

»Selbstverständlich ist er unser Gast!« rief Paithan entnervt.

»O ja. Ich verstehe, was Ihr meint«, murmelte der Fürst. Er verneigte sich. »Ich würde mich sehr geehrt fühlen, den . . . äh . . . Wie heißt er?« fragte er halblaut.

»Woher soll ich das wissen!«

»Findet es heraus!«

Paithan näherte sich dem alten Mann. »Sir . . . Vielen Dank, daß Ihr uns gerettet habt . . .«

»Hast du gehört, was er von mir gesagt hat?« wurde ihm aufgebracht erwidert. »Gebrechlich! Ich gebe ihm gebrechlich! Der kann was erleben!«

»Guter Mann! Bitte hört mir zu. Lord Durndrun, der Gentleman dort drüben, möchte Euch einladen, eine Zeitlang Gast in seinem Haus zu sein. Wenn wir Euren Namen wüßten . . .«

»Kann ich unmöglich tun.«

Paithan legte die Fingerspitzen an die Schläfen. »Was könnt Ihr unmöglich tun?«

»Diese Einladung annehmen. Ich bin bereits anderswo zugesagt.«

»Weshalb zögert Ihr?« verlangte der Drache zu wissen.

»Wie bitte? Ich fürchte, ich habe nicht recht verstanden.« Paithan warf einen unbehaglichen Blick auf den Drachen. »Seht Ihr, wir wollen doch nach Möglichkeit vermeiden, den . . .«

»Erwartet«, verkündete der alte Mann, »ich werde anderenorts erwartet. Irgendein Dingsbums. Ich hab's versprochen. Und ein Magier bricht niemals sein Versprechen. Hat fürchterliche Auswirkungen auf die Nase.«

»Vielleicht könntet Ihr mir sagen, wo Ihr eingeladen seid. Es ist Euer Drache, seht Ihr. Er gebärdet sich . . .«

»Überbesorgt? Wie ein Butler in einem schlechten Film? Wie irgendeine jiddische Mama? Ganz recht«, brummte der alte Mann düster. »So benimmt er sich immer, wenn er verzaubert ist. Treibt mich zum Wahnsinn. Anders gefällt er mir besser, aber er hat die irritierende Eigenart, Leute zu verspeisen, wenn ich ihn nicht an der Kandare halte.«

»Bitte, guter Mann!« rief Paithan verzweifelt, denn er sah, wie die Augen des Drachen zu glühen begannen. »Wer hat Euch eingeladen?«

»Aber, Söhnchen. Wer wird sich denn gleich so aufregen. Ihr jungen Leute, immer alles schnell, schnell, schnell. Warum hast du nicht einfach gefragt? Quindiniar. Ein gewisser Lenthan Quindiniar. Er hat mich herbestellt«, erläuterte der Alte vornehm. »Gesucht – ein Menschenpriester. Genaugenommen bin ich kein Priester. Ich bin ein Magier. Die Priester waren allesamt unterwegs, um Spenden zu sammeln, als die Nachricht eintraf . . .«

»Bei Orns Ohren!« murmelte Paithan. Er konnte sich des Gefühls nicht erwehren, in einem verrückten Traum befangen zu sein. Wenn es stimmte, dann war es höchste Zeit, daß Calandra ihm ein Glas kaltes Wasser ins Gesicht schüttete. Er wandte sich wieder an Lord Durndrun. »Es . . . es tut mir leid, Fürst. Aber der . . . hm . . . Gentleman hat bereits eine Verabredung getroffen. Er wird im Haus . . . meines Vaters zu Gast sein.«

Aleatha fing an zu lachen. Lord Durndrun tätschelte ihr besorgt die Schulter, weil er fürchtete, sie sei hysterisch geworden, aber sie warf nur den Kopf zurück und lachte noch lauter.

Der Drache schien zu glauben, der Heiterkeitsausbruch gelte ihm. Die roten Augen verengten sich bedrohlich.

»Thea! Hör auf damit!« befahl Paithan. »Nimm dich zusammen! Die Gefahr ist noch nicht gebannt. Ich traue keinem von den beiden. Und ich bin nicht sicher, wer verrückter ist – der alte Mann oder sein Drache.«

Aleatha wischte sich über die tränenden Augen. »Arme Callie!« Sie kicherte. »Arme Callie!«

»Ich möchte Euch daran erinnern, meine Herren, daß mein Zauberer noch immer seine nasse Kleidung trägt!« donnerte der Drache. »Bestimmt wird er sich erkälten, und das bei seiner angegriffenen Lunge!«

»Meine Lunge ist kerngesund . . .«

»Wenn jemand so liebenswürdig sein möchte, mir den Weg zu beschreiben«, fuhr der Drache im Ton eines Märtyrers fort, »werde ich vorausgehen und ein heißes Bad vorbereiten.«

»Nein!« entfuhr es Paithan ungewollt scharf. »Das heißt . . .« Er versuchte zu überlegen, aber sein Verstand hatte Schwierigkeiten, sich der augenblicklichen Situation anzupassen. Verzweifelt wandte er sich an den alten Mann. »Unser Haus steht auf einem Hügel über der Stadt. Der Anblick eines Drachen, der plötzlich . . . Ich möchte wirklich nicht unhöflich sein, aber könntet Ihr ihm nicht sagen, er soll . . . nun ja . . .«

»Verduften? Sich verdrücken, dünne machen?« Der alte Mann seufzte. »Einen Versuch ist es wert. He, hallo! Cyril!«

»Gnädiger Herr?«

»Ich kann mich selbst um mein Bad kümmern. Und ich erkälte mich niemals! Außerdem kannst du nicht einfach durch die Elfenstadt watscheln mit deinem unkultivierten Korpus. Den Leuten stehen ja die Haare zu Berge.«

»Zu Berge? Die Haare?« Der Drache legte den Kopf schräg.

»Vergiß es! Geh einfach« – der alte Mann wedelte mit der knorrigen Hand – »und mach irgendwo ein Nickerchen, bis ich dich rufe.«

»Sehr wohl, gnädiger Herr«, antwortete der Drache in einem Ton, der keinen Zweifel daran ließ, daß er sich verletzt fühlte. »Wenn das Euer Wunsch ist.«

»Das ist es. Und jetzt fort mit dir.«

»Ich habe nur das Wohl des gnädigen Herrn im Auge.«

»Ja, ja. Ich weiß.«

»Ihr bedeutet mir sehr viel.« Der Drache setzte sich schwerfällig in Bewegung. Nach ein paar Schritten blieb er stehen, schwenkte das gigantische Haupt herum und faste Paithan ins Auge. »Ihr werdet darauf achten, Herr, daß mein Zauberer seine Überschuhe anzieht, bevor er in die Nässe hinausgeht?«

Paithan vermochte nur stumm zu nicken.

»Und daß er sich ordentlich einpackt und sich den Schal um den Hals wickelt und sich den Hut über die Ohren zieht? Und daß er jeden Morgen nach dem Aufwachen gleich seinen heißen Trunk bekommt? Seht Ihr, mein Zauberer ist an ein geregeltes Leben gewöhnt, und Abweichungen verursachen ihm Unpäßlichkeiten.«

Paithan hielt den alten Mann zurück, der die Fäuste schüttelte, Verwünschungen heulte und Anstalten machte, sich auf den Drachen zu stürzen. »Mein Familie und ich werden ihn bestens versorgen, Cyril. Schließlich ist er unser geehrter Gast.«

Aleatha hatte das Gesicht in ihrem Taschentuch vergraben. Es war schwer festzustellen, ob sie weinte oder lachte.

»Vielen Dank, Herr«, sagte der Drache ernst. »Ich lasse meinen Zauberer in Eurer Obhut. Sorgt gut für ihn, oder Ihr werdet die unangenehmen Konsequenzen zu tragen haben.«

Die gewaltigen Vordertatzen des Ungeheuers wühlten sich in das Moos, und gemächlich verschwand der riesenhafte Leib in der so geschaffenen

Öffnung. Aus immer größerer Tiefe hörte man das Bersten und Knacken dicker Zweige und Äste. Ein leises Poltern und Grollen verklang und schließlich herrschte Stille. Zögernd begannen die Vögel zu zwitschern.

»Sind wir auch wirklich sicher vor ihm?« fragte Paithan besorgt den alten Mann. »Wir müssen doch nicht damit rechnen, daß er den Zauber abschüttelt und über uns herfällt, oder?«

»Nein, nein. Kein Anlaß zur Sorge. Ich bin ein mächtiger Zauberer, Söhnchen. Einmal kannte ich einen Spruch, der . . .«

»Wirklich? Wie interessant. Wenn Ihr mich jetzt begleiten wollt, Herr.« Paithan bugsierte seinen Schutzbefohlenen zum Gondelhaus, denn er hielt es für geraten, diesem Ort so rasch wie möglich den Rücken zu kehren. Außerdem sah es ganz so aus, als wäre das Fest zu Ende, auch wenn man zugeben mußte, daß es Durndruns bisher bestes gewesen war. Es würde bis zum Ende der Saison für Gesprächsstoff sorgen.

Der Fürst trat zu Aleatha, die sich mit dem Taschentuch die Augen betupfte. Er reichte ihr den Arm. »Darf ich Euch zur Gondel begleiten?«

»Wenn Ihr möchtet, Fürst«, antwortete Aleatha mit einem leichten Erröten und schob mit feinem Anstand die Fingerspitzen in die Beuge seines Ellenbogens.

»Welches wäre die geeignete Zeit für einen Besuch?« erkundigte sich Lord Durndrun halblaut.

»Besuch, Fürst?«

»Bei Eurem Vater«, erklärte der Fürst ernsthaft. »Ich habe etwas mit ihm zu besprechen.« Er legte seine Hand über die ihre. »Etwas, das seine Tochter betrifft.«

Aus den Augenwinkeln schaute Aleatha zum Haus zurück. Die verwitwete Fürstin stand am Fenster und beobachtete sie. Beim Auftauchen des Drachen hatte die alte Dame fröhlicher ausgesehen. Aleatha senkte den Blick und lächelte verschämt.

»Ihr könnt jederzeit vorsprechen, Fürst. Mein Vater ist immer zu Hause und würde sich geehrt fühlen, Euch zu begrüßen.«

Paithan half dem alten Mann in die Gondel.

»Ich fürchte, ich weiß immer noch nicht Euren Namen«, bemerkte der Elf, nachdem er sich neben den Magier gesetzt hatte.

»Ihr wißt ihn nicht?« fragte der alte Mann erschreckt.

»Nein. Ihr habt ihn mir nicht genannt.«

»Zu dumm.« Der Magier strich sich über den Bart. »Ich hoffte, Ihr wüßtet ihn. Seid Ihr sicher, daß Ihr ihn nicht kennt?«

»Ganz sicher.« Paithan warf unbehaglich einen Blick nach draußen und wünschte, seine Schwester würde sich etwas beeilen, doch sie und Lord Durndrun ließen sich Zeit.

»Nun ja, sehen wir mal.« Der alte Mann brummelte vor sich hin. »Fiz . . . Nein, das kann ich nicht nehmen. Man würde mich verklagen.

Pelzball. Das klingt nicht würdevoll genug. Ich hab's!« rief er aus und schlug Paithan auf den Arm. »Zifnab!«

»Gesundheit!«

»Nein, nein! Mein Name! Zifnab! Was ist los, Söhnchen?« Der alte Mann beobachtete ihn unter forschend gesenkten Brauen. »Stimmt was nicht damit?«

»Nun . . . hm . . . aber ja doch. Es ist ein hübscher Name, wirklich. Ein durchaus hübscher Name. Oh, da bist du endlich, Thea!«

»Ich danke Euch, Fürst«, sagte sie und gestattete Lord Durndrun, ihr beim Einsteigen behilflich zu sein. Nachdem sie hinter Paithan und dem Magier Platz genommen hatte, danke sie ihrem Kavalier mit einem Lächeln.

»Ich würde Euch nach Hause begleiten, meine Freunde, aber ich fürchte, ich muß mich um die Sklaven kümmern. Wie es scheint, haben die feigen Memmen beim Anblick des Drachen Reißaus genommen. Mögen gute Träume Eure Dunkelzeit erhellen. Übermittelt Eurem Vater und Eurer Schwester meine respektvollsten Grüße.«

Lord Durndrun weckte eigenhändig die Klammergreifer und versetzte der Gondel einen Stoß, der sie ein gutes Stück voran brachte. Aleatha, die über die Schulter zurückblickte, sah, daß er noch stehenblieb und ihnen wie in Trance versunken nachschaute. Sie rückte sich auf ihrem Sitz bequem zurecht und strich ihren Rock glatt.

»Sieht aus, als hättest du auf der ganzen Linie Erfolg gehabt, Thea«, sagte Paithan grinsend, beugte sich über die Lehne und versetzte seiner Schwester einen liebevollen Rippenstoß.

Aleatha hob die Hände, um ihr zerzaustes Haar zu richten. »Ach, ich habe meinen Hut vergessen. Aber was soll's. Er kann mir einen neuen kaufen.«

»Wann ist die Hochzeit?«

»So bald wie mög . . .«

Ein Schnarchen unterbrach sie. Mit gelindem Widerwillen stellte sie fest, daß der alte Mann eingeschlafen war; sein Kopf lehnte an Paithans Schulter.

»Bevor die Fürstenmutter Zeit hat, ihrem Sohn den Kopf zurechtzusetzen, wie?« Der Elf zwinkerte.

Aleatha hob die Augenbrauen. »Sie wird es versuchen, zweifellos, jedoch ohne Erfolg. Meine Hochzeit ist . . .«

»Hochzeit?« Zifnab erwachte und setzte sich ruckartig auf. »Hochzeit, habt Ihr gesagt? O nein, meine Liebe. Ich fürchte, das wird nicht möglich sein. Keine Zeit, versteht Ihr?«

»Und warum nicht, Alterchen?« fragte Aleatha vergnügt, um sich einen Spaß zu machen. »Warum ist nicht genug Zeit für eine Hochzeit?«

»Weil, meine Kinder«, erwiderte der Magier in unvermittelt ernstem und bekümmertem Ton, »weil ich gekommen bin, das Ende der Welt zu verkünden.«

Kapitel 7

Equilan, Wipfelhöhe

»Schlimm, schlimm«, sagte der alte Mann kopfschüttelnd. »Tod und... na, wie heißt es noch. Ist mir momentan entfallen.«

»Verderben?« schlug Paithan vor.

Zifnab warf ihm einen dankbaren Blick zu. »Ja, Verderben. Tod und Verderben. Furchtbar.« Er legte Lenthan Quindiniar die knorrige Hand auf den Unterarm. »Und Ihr werdet derjenige sein, der sein Volk geleitet.«

»Ja, wirklich?« fragte Lenthan mit einem nervösen Seitenblick auf Calandra, die es bestimmt nicht erlauben würde. »Und wohin?«

»Aus der Gefahr«, antwortete Zifnab und beäugte hungrig ein gebratenes Hühnchen. »Ist es gestattet? Nur ein Flügelchen. Die Beschäftigung mit dem Magischen, versteht Ihr. Macht Appetit...«

Calandra schniefte, erwiderte aber nichts.

»Callie, also wirklich.« Paithan zwinkerte seiner verärgerten Schwester zu. »Dieser Mann ist unser geehrter Gast. Hier, erlaubt mir, Euch zu bewirten. Sonst noch etwas? Ein paar Tohahs?«

»Nein, vielen Dank...«

»Ja, sehr gerne sogar!« ertönte eine Stimme wie unterirdisches Donnergrollen.

Erschreckte Mienen bei den am Tisch Sitzenden; Zifnab wand sich verlegen.

»Ihr müßt Euer Gemüse essen, gnädiger Herr.« Die Stimme schien durch den Fußboden zu dringen. »Denkt an Euren Grimmdarm!«

Aus der Küche war ein Aufschrei zu hören, gefolgt von erbarmungswürdigem Wehklagen.

»Das Küchenmädchen. Wieder die Nerven«, bemerkte Paithan, legte die Serviette neben den Teller und stand auf. Er wollte sich davonmachen, bevor seine gestrenge Schwester das ganze Ausmaß der Situation begriff. »Ich will nur eben . . .«

»Wer war das?« Calandra hielt ihn am Arm fest.

» . . .nachsehen, was dort unten vorgeht – falls du meinen Arm losläßt.«

»Reg dich nicht so auf, Callie«, warf Aleatha träge ein. »Es war doch nur ein Donner.«

»Mein Grimmdarm geht dich überhaupt nichts an!« wetterte Zifnab zum Fußboden hin. »Ich kann Gemüse nicht ausstehen!«

»Wenn du recht hast, und es war *nur* Donner«, sagte Aleatha in unüberhörbar ironischem Tonfall, »dann diskutiert der Alte seine Verdauungsprobleme mit seinen Schuhen. Er ist ein Verrückter. Paithan, wirf ihn hinaus!«

Lenthan schaute seinen Sohn flehend an. Paithan richtete den Blick auf Aleatha, die nur die Schultern zuckte und den Kopf schüttelte. Der junge Elf griff nach der Serviette und setzte sich wieder hin.

»Er ist nicht verrückt, Callie. Er spricht mit seinem . . . hm . . . Drachen. Und wir können ihn nicht hinauswerfen, weil der Drache es als Affront betrachten würde.«

»Sein Drache.« Calandra schob die Unterlippe vor und kniff die Augen zusammen. Die gesamte Familie wie auch der zu Besuch weilende Astrologe kannte diesen Gesichtsausdruck, der bei den jüngeren Geschwistern insgeheim als ›Beißzange‹ bekannt war. Calandra konnte furchtbar sein, wenn sie in dieser Stimmung war.

Paithan starrte angestrengt auf seinen Teller, schob mit der Gabel die Speisereste zu einem kleinen Berg zusammen und bohrte ein Loch hinein. Aleatha betrachtete ihr Spiegelbild auf dem glänzenden Bauch der Porzellanteekanne, neigte leicht den Kopf und bewunderte die Wirkung des Sonnenlichts auf ihrem Haar. Lenthan versuchte sich hinter einer Vase mit Blumen unsichtbar zu machen, während der Sterndeuter sich zur Beruhigung der Nerven eine dritte Portion Tohahs auf den Teller häufte.

»Das Ungeheuer, das bei Lord Durndruns Fest seine Familie und seine Gäste in Angst und Schrecken versetzt hat.« Calandras Blick wanderte von einem zum andern. »Soll das heißen, ihr habt es hierher gebracht? In mein Haus?« Das Eis in ihrer Stimme schien sich als weißer Reif auf ihrem Gesicht niederzuschlagen, wie das magische Eis auf den gekühlten Weingläsern.

Paithan stieß seine jüngere Schwester unter dem Tisch mit der Fußspitze an. »Bald gehe ich wieder auf Reisen und kann diesem ganzen Theater den Rücken kehren«, murmelte er kaum hörbar.

»Bald bin ich Herrin in meinem eigenen Haus«, entgegnete Aleatha ebenso leise.

»Hört auf zu flüstern, ihr zwei! Man wird uns alle im Schlaf ermorden«, rief Calandra in steigender Erregung. Je hitziger ihr Zorn, desto kälter ihr Ton. »Ich hoffe nur, Paithan, dann bist du zufrieden mit dir. Und du, Thea, ich habe gehört, wie ihr diesen Unsinn über eine Heirat getuschelt habt . . .«

Calandra ließ den Satz mit Absicht unvollendet. Die Gegenüberstellung der beiden Gedanken in ein und demselben Atemzug – Heirat und im Schlaf ermordet werden – ließ wenig Zweifel an dem, was sie ausdrücken wollte. Niemand rührte sich, außer dem Astrologen (der gebutterte Tohahs in den Mund schaufelte) und dem alten Mann. Scheinbar ohne zu ahnen, daß er den Familienstreit ausgelöst hatte, zerlegte er in aller Seelenruhe das gebratene Hähnchen. Man hörte überdeutlich das melodische Klingen eines mechanischen Blütenblatts, das die nächste Stunde ›entfaltete‹.

Das Schweigen wurde ungemütlich. Paithan betrachtete seinen Vater, der kläglich auf seinem Stuhl kauerte, und mußte wieder denken, wie gebeugt und grau er aussah. Armer, alter Mann, er hatte nichts, außer seinen grotesken Hirngespinsten. Sollte er damit glücklich werden. Wem schadete es? Er beschloß, das Risiko einzugehen, den Zorn seiner Schwester auf sich herabzubeschwören.

»Wohin, sagtet Ihr, wird Vater sein . . . sein Volk führen, Zifnab?«

Calandra schenkte ihm einen düsteren Blick, aber sein Vater lebte auf, wie Paithan gehofft hatte. »Ja, wohin?« fragte Lenthan schüchtern, während seine fahlen Wangen sich röteten.

Der alte Mann deutete mit dem Hühnerbein nach oben.

»Das Dach?« Lenthan war verwirrt.

Der alte Mann hob das Hühnerbein höher.

»Der Himmel? Die Sterne?«

Zifnab nickte kauend.

»Meine Raketen! Ich wußte es! Habt Ihr das gehört, Elixnoir?« Lenthan wandte sich an den Elfenastrologen, der aufgehört hatte zu essen und den Konkurrenten finster musterte.

»Mein verehrter Lenthan, wir wollen doch realistisch bleiben. Eure Raketen sind wahre Wunderwerke, und wir sind zweifellos auf dem besten

Weg, sie demnächst bis über die Baumwipfel aufsteigen zu lassen, aber wir sollten noch nicht davon reden, Angehörige unseres Volkes könnten auf diese Weise zu den Sternen fliegen! Laßt es mich an einem Beispiel erläutern. Hier ist ein Modell unserer Welt, gemäß den uns von den Vorfahren überlieferten Legenden und bestätigt durch unsere eigenen Beobachtungen. Gebt mir diesen Feigenkaktus bitte. Dies hier«, er hielt die Frucht in die Höhe, »ist Pryan – und das ist unsere Sonne.«

Elixnoir verstummte und hielt Ausschau nach einer passenden Sonne.

»Unsere Sonne«, kam Paithan ihm zur Hilfe und reichte ihm eine Kumquat.

»Vielen Dank.« Der Astrologe war erleichtert. »Würdet Ihr vielleicht so freundlich sein? Sonst habe ich gleich keine freie Hand mehr.«

»Aber sicher doch.« Paithan hatte einen Riesenspaß. Er vermied es, Aleatha anzusehen, um nicht laut herauszuplatzen. Elixnoirs Anweisung folgend, hielt er die Kumquat zwischen Daumen und Zeigefinger in einiger Entfernung von dem Feigenkaktus in die Höhe.

»Dies hier« – der Astrologe nahm einen Zuckerwürfel aus der Schale und führte ihn in einem weiten Kreis um die Kumquat und die Kaktusfrucht herum – »stellt einen der Sterne dar. Seht nur, wie weit er von unserer Welt entfernt ist! Ihr könnt Euch vorstellen, welch ungeheure Entfernung Ihr würdet zurücklegen müssen . . .«

»Mindestens sieben Kumquats«, flüsterte Paithan seiner Schwester zu.

»Er hat nur zu gern an Vater geglaubt, wenn es darum ging, sich eine freie Mahlzeit zu sichern«, bemerkte Aleatha kühl.

»Lenthan!« Der Astrologe deutete mit verantwortungsbewußtem Ernst auf Zifnab. »Dieser Mann ist ein Scharlatan! Ich . . .«

»Wen nennt Ihr einen Scharlatan?«

Die Stimme des Drachen erschütterte das Haus. Wein schwappte aus den Gläsern auf das Spitzentischtuch. Kleine, zerbrechliche Gegenstände rutschten von Beistelltischchen und fielen zu Boden. Im Arbeitszimmer stürzte polternd ein Bücherschrank um. Durch das Fenster sah Aleatha ein Mädchen schreiend und gestikulierend aus der Küche rennen.

»Ich glaube, wegen des Küchenmädchens brauchst du dir keine Gedanken mehr zu machen, Callie.«

»Das alles ist unerträglich.« Calandra erhob sich. Wer sie ansah, fröstelte, so kalt und starr war ihr Gesicht. Ihr schmaler, hagerer Körper schien nur aus Ecken und Kanten zu bestehen, an denen man sich verletzen konnte, sollte man es wagen, ihr zu nahe zu kommen. Lenthan duckte sich eingeschüchtert. Paithan, dessen Lippen zuckten, konzentrierte sich darauf, die Serviette zu einem spitzen Hut zu falten. Aleatha seufzte und trommelte mit den Fingerspitzen auf den Tisch.

»Vater«, sagte Calandra mit furchtbarer Stimme, »ich bestehe darauf, daß sofort nach dem Essen dieser alte Mann und sein . . . sein . . .«

»Vorsicht, Callie«, mahnte Paithan, ohne aufzublicken, »du beschwörst eine Katastrophe herauf.«

»Ich will sie aus dem Haus haben!« Calandra umfaßte die Stuhllehne; ihre Knöchel traten weiß hervor. Der kalte Wind ihres Zorns schüttelte sie, der einzige kalte Wind, der in diesem tropischen Land wehte. »Alter Mann!« Ihre Stimme klang schrill. »Hast du mich verstanden?«

»Wie bitte?« Zifnab schaute auf, lächelte seine Gastgeberin liebenswürdig an und schüttelte den Kopf. »Nein, vielen Dank, meine Liebe. Ich könnte keinen Bissen mehr herunterbringen. Was gibt's zum Nachtisch?« Paithan konnte ein Kichern nicht unterdrücken und hielt sich rasch die Serviette vor sein Gesicht.

Calandra drehte sich um und stürmte mit frostig knisternden Röcken aus dem Zimmer.

»Callie!« rief Paithan ihr versöhnlich hinterher. »Es tut mir leid. Ich wollte dich nicht auslachen!«

Eine Tür schlug zu.

»Genaugenommen, Lenthan, alter Freund«, sagte Zifnab und fuchtelte mit dem Hühnerbein, das er inzwischen abgenagt hatte, »werden wir Eure Raketen gar nicht benutzen. Nein, sie sind nicht annähernd groß genug. Wir haben eine Menge Leute zu transportieren, seht Ihr, und dazu braucht's ein großes Schiff.« Er klopfte sich gedankenvoll mit dem Knochen gegen die Nase. »Und – wie er da drüben mit dem Kragen schon gesagt hat – es ist ein weiter Weg zu den Sternen.«

»Wenn Ihr mich entschuldigt, Quindiniar« – der Elfenastrologe war aufgestanden, seine Augen schleuderten Blitze – »werde ich mich jetzt auch zurückziehen.«

»... besonders da es aussieht, als würde das Dessert ausfallen«, bemerkte Aleatha laut genug, daß der Astrologe es keinesfalls überhören konnte. Er verstand sehr gut: Seine Kragenspitzen bebten, seine Nase reckte sich in einem fast unmöglichen Winkel in die Luft.

»Aber macht Euch keine Sorgen«, fuhr Zifnab fort, ohne sich von der gespannten Atmosphäre aus der Ruhe bringen zu lassen, »wir werden ein Schiff haben – ein echtes Superding. Es wird Krachbumm im Hinterhof landen, und es gibt auch jemanden, der es fliegt. Ein junger Mann mit einem Hund. Nur mit seinen Händen stimmt irgendwas nicht. Sind immer bandagiert. Das ist der Grund, weshalb wir auch weiterhin die Raketen abfeuern müssen, versteht Ihr? Ungeheuer wichtig, Eure Raketen.«

»Wahrhaftig?« Lenthan war immer noch verwirrt.

»Ich gehe!« verkündete der Astrologe.

»Immer diese leeren Versprechungen.« Paithan nahm seufzend einen Schluck Wein.

»Aber ja, selbstverständlich sind die Raketen wichtig. Wie sollte er uns sonst finden?« sagte der alte Mann.

»Wer?« fragte Paithan.
»Er, dem das Schiff gehört. Paß doch auf, Söhnchen«, schnappte Zifnab ungeduldig.
»Oh, *der.*« Paithan beugte sich zu seiner Schwester. »Er hat einen Hund«, erklärte er ihr vertraulich.
»Siehst du, Lenthan – ich darf dich doch so nennen, ja?« erkundigte sich der alte Mann höflich. »Siehst du, Lenthan, wir brauchen ein großes Schiff, schon allein deshalb, weil deine Frau bestimmt die Kinder wiedersehen will. Es ist immerhin ziemlich lange her, nicht wahr? Und wie sie gewachsen sind.«
»Was?« Lenthan riß die Augen auf, sein Gesicht erbleichte. Er drückte eine zitternde Hand auf sein Herz. »Was habt Ihr gesagt? Meine Frau?«
»Blasphemie!« schrie der Astrologe.
Das leise Schwirren der Fächer und das sanfte Wispern der gefiederten Schwingen waren die einzigen Geräusche im Zimmer.
»Dieses eine Mal stimme ich mit dem Parasiten dort drüben überein.« Aleatha erhob sich von ihrem Stuhl, sie trat hinter ihren Vater und legte ihm die Hände auf die Schultern. »Papa«, sagte sie mit einer für sie ungewöhnlichen Sanftheit, »es war ein anstrengender Tag. Glaubst du nicht, daß du zu Bett gehen solltest?«
»Nein, Liebes. Ich bin kein bißchen müde.« Lenthan hatte den Blick nicht von dem alten Mann gewandt. »Bitte, Sir, was habt Ihr von meiner Frau gesagt?«
Zifnab schien ihn nicht zu hören. In der eingetretenen Stille war der Kopf des alten Mannes nach vorn gesunken, das bärtige Kinn ruhte auf der Brust, und er schnarchte leise.
Lenthan streckte die Hand aus. »Zifnab . . .«
»Papa, bitte!« Aleatha schloß die weichen Finger um die geschwärzte und mit Brandwunden übersäte Hand ihres Vaters. »Unser Gast ist erschöpft. Paithan, ruf die Diener; sie sollen den Magier auf sein Zimmer bringen.«
Bruder und Schwester tauschten vielsagende Blicke; beide hatten denselben Gedanken: Mit etwas Glück gelingt es uns, ihn heute nacht aus dem Haus zu schmuggeln. Vielleicht verfüttern wir ihn an seinen eigenen Drachen. Dann, wenn er am Morgen nicht aufzufinden ist, glaubt Vater uns hoffentlich, daß er nichts weiter gewesen ist als ein verrückter alter Mensch.
»Sir . . .« sagte Lenthan, schüttelte die Hand seiner Tochter ab und griff nach der des alten Mannes. »Zifnab!«
Der Magier erwachte mit einem Ruck. »Wer?« fragte er und schaute mit glasigen Augen durchs Zimmer. »Wo?«
»Papa!«
»Pscht, Liebes. Geh hinaus spielen, sei ein gutes Mädchen. Papa hat zu tun. Also, Sir, Ihr habt meine Frau erwähnt . . .«

Aleatha schaute hilfesuchend zu Paithan, doch ihr Bruder konnte nur die Schultern zucken. Sie biß sich auf die Lippen, strich ihrem Vater sanft übers Haar und verließ fluchtartig den Raum. In einer Ecke des Wohnzimmers, wo keiner sie sehen konnte, blieb sie stehen, legte die Hand vor den Mund und schluchzte . . .

. . . Das Kind saß vor der Tür zum Schlafzimmer der Mutter. Das kleine Mädchen war seit drei Tagen allein, und es fürchtete sich immer mehr. Paithan hatte man zu Verwandten geschickt.

»Der Junge ist zu wild«, hatte Aleatha jemanden sagen gehört. »Im Haus muß Ruhe herrschen.« Und so war Paithan gegangen.

Jetzt gab es niemanden mehr, mit dem sie sprechen konnte, niemand schenkte ihr Beachtung. Sie sehnte sich nach ihrer Mutter – ihrer wunderschönen Mutter, die mit ihr spielte und ihr vorsang -- aber man wollte sie nicht zu ihr lassen. Im Haus wimmelte es von fremden Leuten: Heiler mit ihren Körben voll seltsam riechender Kräuter; Astrologen, die an den Fenstern standen und den Himmel beobachteten.

Das Haus war still, entsetzlich still. Die Dienstboten weinten bei der Arbeit, wischten sich mit dem Schürzenzipfel die Augen. Einer von ihnen, der Aleatha im Flur kauern sah, meinte, daß sich wirklich jemand um das Kind kümmern sollte, aber niemand tat es.

Wann immer sich die Tür zum Schlafzimmer öffnete, sprang Aleatha auf und versuchte hineinzukommen, aber wer auch hinaustrat – meistens ein Heiler oder sein Gehilfe –, scheuchte das Mädchen zurück.

»Aber ich will zu Mama!«

»Deine Mama ist sehr krank. Sie braucht Ruhe. Du willst sie doch nicht aufregen, oder?«

»Ich werde sie nicht aufregen.« Aleatha wußte es genau. Sie konnte still sein und ganz ruhig dasitzen. Seit drei Tagen tat sie nichts anderes. Bestimmt vermißte die Mutter sie schrecklich. Wer kämmte jetzt Mamas schönes blondes Haar? Das war Aleathas Aufgabe, ihre allmorgendliche Pflicht. Sie gab acht, nicht an den Locken zu reißen, sondern entwirrte sie behutsam und geduldig. Sie nahm dazu den Schildpattkamm mit den Rosenknospen aus Elfenbein, der Mamas Hochzeitsgeschenk gewesen war.

Aber die Tür blieb verschlossen und verriegelt. Was sie auch versuchte, es gelang Aleatha nicht, hindurchzuschlüpfen.

Und dann eines Nachts öffnete sich die Tür und wurde nicht wieder geschlossen. Aleatha wußte, daß sie jetzt hineingehen konnte, aber plötzlich hatte sie Angst.

»Papa?« fragte sie den Mann in der Tür, der ihr fremd vorkam.

Lenthan nahm sie nicht wahr. Er nahm überhaupt nichts wahr. Seine Augen waren matt, die Wangen eingefallen, die Bewegungen kraftlos. Plötzlich sank er mit einem erstickten Schluchzen zu Boden und blieb regungslos liegen. Heiler kamen gelaufen, hoben ihn auf und trugen ihn den Flur entlang in sein Zimmer.

Aleatha drückte sich mit dem Rücken gegen die Wand.

»Mama!« wimmerte sie. »Ich will zu Mama!«

Callie trat aus dem Zimmer. Sie bemerkte das weinende Kind als erste.

»Mama ist fortgegangen, Thea«, sagte Calandra. Sie war bleich, aber gefaßt. Ihre Augen waren trocken. »Wir sind jetzt allein.«

Allein. Allein! Nein, nicht wieder. Niemals wieder.

Aleatha schaute wie gehetzt durch das leere Zimmer, in dem sie stand, und eilte zurück in den Speiseraum, aber dort war niemand mehr.

»Paithan!« rief sie und lief die Treppe hinauf. »Calandra!«

Unter der Tür des Arbeitszimmers ihrer Schwester schimmerte Licht. Aleatha stürzte darauf zu. Die Tür öffnete sich, und Paithan kam heraus. Sein für gewöhnlich fröhliches Gesicht war grimmig. Bei Aleathas Anblick grinste er reuevoll.

»Ich . . . ich habe dich gesucht.« Aleatha spürte, wie ihre Gelassenheit zurückkehrte. Sie hob die kalten Hände, um sich die brennenden Wangen zu kühlen und ihrem Gesicht wieder die vornehme Blässe zu verleihen. »War's schlimm?«

»Ja, ziemlich.« Paithan lächelte matt.

»Laß uns einen Spaziergang machen. Durch den Garten.«

»Tut mir leid, Thea. Ich muß packen. Calandra will, daß ich morgen aufbreche.«

»Morgen schon!« Aleatha runzelte verärgert die Stirn. »Aber das paßt mir gar nicht. Lord Durndrun kommt, um mit Vater zu sprechen, und dann all die Verlobungsfeierlichkeiten – du mußt einfach dabei sein.«

»Es läßt sich nicht ändern, Thea.« Paithan bückte sich und küßte sie auf die Wange. »Geschäft ist Geschäft.« Er wandte sich ab, um zu seinem Zimmer zu gehen. Nach ein paar Schritten blieb er stehen und blickte über die Schulter. »Ein guter Rat«, sagte er. »Geh da jetzt nicht rein.« Er deutete mit dem Kinn auf Calandras Tür.

Aleatha zog langsam die Hand vom Türgriff zurück. Verborgen in den seidenen Falten der langen Ärmel, ballte sie eine Faust.

»Gesegnete Schlummerzeit, Thea.« Paithan trat in sein Zimmer und schloß Tür hinter sich.

Eine Explosion an der Rückseite des Hauses ließ die Fenster klirren. Bei einem Blick nach draußen entdeckte Aleatha ihren Vater und den alten Mann, wie sie vergnügt die Raketen zündeten. Durch die geschlossene Tür des Arbeitszimmers hörte sie das Rascheln von Calandras Röcken und das Pochen der Absätze ihrer hochhackigen, festgeschnürten Schuhe. Ihre Schwester wanderte im Zimmer auf und ab. Ein schlechtes Zeichen. Nein, Paithan hatte ganz recht, es war nicht geraten, die Schwester jetzt zu stören.

Aleatha schaute wieder aus dem Fenster und sah den Menschensklaven auf seinem Posten in der Nähe des Gondelhauses stehen. Er bewunderte das Schauspiel der aufsteigenden und verglühenden Raketen. Während sie ihn beobachtete, reckte er die Arme über den Kopf und gähnte. An seinem bloßen Rücken spielten die Muskeln.

Er begann zu pfeifen, eine weitverbreitete Unsitte der Menschen. Zu dieser späten Stunde gab es nichts mehr zu tun, und bald war sein Dienst für diesen Zyklus beendet.

Aleatha eilte den Flur entlang zu ihrem Zimmer. Dort bürstete und frisierte sie vor dem Spiegel ihr üppiges, glänzendes Haar. Sie griff nach einem Schal, legte ihn um die Schultern und tänzelte -- wieder vergnügt – die Treppe hinunter und aus dem Haus.

Früh am nächsten Tagbeginn trat Paithan seine Reise an. Er war allein, denn die Karawane erwartete ihn in den Außenbezirken Equilans. Calandra war aufgestanden, um ihn zu verabschieden. Die Arme fest vor der Brust verschränkt, musterte sie ihn streng, kalt und herrisch. Ihre Laune hatte sich während der Nacht nicht gebessert. Die beiden waren allein. Wenn man Aleatha jemals um diese Zeit zu Gesicht bekam, dann nur, weil sie noch gar nicht im Bett gewesen war.

»Hör mir gut zu, Paithan. Behalte die Sklaven im Auge, wenn ihr die Grenze überschritten habt. Du weißt, daß diese Kretins nichts anderes im Kopf haben als Flucht, sobald ihnen die Witterung von ihresgleichen in die Nase gerät. Ich rechne damit, daß wir ein paar verlieren; daran läßt sich nichts ändern, aber sorg dafür, daß sich unsere Verluste in Grenzen halten. Folgt den Nebenstrecken, und macht einen weiten Bogen um bewohnte Gebiete. Wenn keine Ansiedlungen in der Nähe sind, lassen sie sich leichter unter Kontrolle halten.

»Selbstverständlich, Callie, du kannst dich auf mich verlassen.« Paithan, der zahlreiche Reisen nach Thillia unternommen hatte, war in diesen Dingen erfahrener als seine Schwester, doch jedesmal wenn er aufbrach, hielt sie ihm genau denselben Vortrag, bis es zu einer Art Ritual geworden war. Der gutmütige Elf lauschte und lächelte und nickte. Er wußte, daß seine Schwester das Gefühl brauchte, auch diese Seite des Geschäfts fest in der Hand zu haben.

»Paß auf diesen Kerl Roland auf. Ich traue ihm nicht.«

»Du traust keinem Menschen, Callie.«

»Von unseren anderen Abnehmern *wußte* ich, daß sie Betrüger waren. Ich wußte, auf welche Weise sie versuchen würden, uns zu übervorteilen. Diesen Roland und seine Frau kenne ich nicht. Ich hätte lieber mit unseren üblichen Kunden abgeschlossen, aber die beiden machten das höchste Gebot. Laß sie erst bezahlen, bevor du ihnen auch nur eine einzige Klinge aushändigst, und vergewissere dich, daß man dir kein Falschgeld angedreht hat.«

»Ja, Callie.« Paithan lehnte sich gemütlich an einen Zaunpfahl. Die Flut der Instruktionen war noch lange nicht zu Ende. Er hätte seiner Schwester sagen können, daß die meisten Menschen ehrlich waren, aber er wußte, sie würde ihm nicht glauben.

»Für das Geld kaufst du neues Material ein. Du hast die Liste mit dem, was wir brauchen; verlier sie nicht. Und überzeuge dich, daß das Klingenholz von guter Qualität ist, nicht wie der Ramsch, den Quintin mitgebracht hat. Drei Fünftel davon waren Ausschuß.«

»Habe ich dir je schlechte Ware gebracht, Callie?« Paithan lächelte seine Schwester an.

»Nein. Aber irgendwann ist immer das erste Mal.« Calandra strich sich einige Haarsträhnen aus dem Gesicht, tastete nach ihrem strengen Dutt und steckte mit energischen Bewegungen die monströsen Haarnadeln fester. »In letzter Zeit geht alles schief. Nicht genug damit, daß ich mir um Vater Sorgen machen muß, jetzt habe ich auch noch diesen übergeschnappten alten Mann am Hals! Ganz zu schweigen von Aleatha und dieser aberwitzigen Hochzeit ...«

Paithan legte der älteren Schwester die Hand auf die knochige Schulter. »Laß Thea den Willen, Callie. Durndrun ist gar kein übler Bursche. Und wenigstens ist er nicht wegen des Geldes hinter ihr her.«

Calandra schnaufte verächtlich und wich der Berührung ihres Bruder aus.

»Laß sie den Burschen heiraten ...«

»Ich soll sie lassen!« Calandra explodierte. »Ich werde dabei nicht viel zu sagen haben, dessen kannst du sicher sein! Oh, du hast gut grinsen, Paithan Quindiniar, aber du bist weit weg und brauchst den Skandal nicht mitzuerleben. Diese Heirat wird das Gespräch der Saison. Ich habe gehört, daß die alte Fürstin sich ins Bett legen mußte, als sie die Neuigkeit erfuhr. Sie wird sich an die Königin wenden, da habe ich nicht den geringsten Zweifel. Und natürlich bleibt es wieder an mir hängen, die Wogen zu glätten. Vater ist ja alles andere als eine Hilfe.«

»Worum geht es, meine Liebe?« fragte eine milde Stimme hinter ihnen.

Lenthan Quindiniar stand in der Haustür, neben ihm der alte Mann.

»Ich sagte eben, du wärst keine Hilfe dabei, Aleatha diese verrückte Idee auszureden, Lord Durndrun zu heiraten«, schnappte Calandra ungehalten.

»Aber warum sollten sie nicht heiraten? Wenn sie einander lieben ...«

»Lieben? Thea?« Paithan lachte prustend. Als er den verwirrten Ausdruck auf dem Gesicht seines Vaters bemerkte und die gerunzelte Stirn seiner Schwester, beschloß der junge Elf, daß es höchste Zeit war, sich auf den Weg zu machen. »Ich muß mich eilen, sonst glaubt Quintin noch, ich wäre durchs Moos gefallen oder von einem Drachen verspeist worden.« Er gab seiner Schwester einen Kuß auf die kalte, magere Wange. »Du wirst Thea keine Steine in den Weg legen, oder?«

»Ich fürchte, sie wird sich ohnehin nicht aufhalten lassen. Seit Mutter starb, hat sie immer und in allen Dingen ihren Kopf durchgesetzt. Vergiß nicht, was ich dir gesagt habe, und komm gesund zurück.« Calandra spitzte die Lippen und streifte flüchtig Paithans Kinn. Der Kuß war nicht viel sanfter als der Schnabelhieb eines Vogels, und Paithan unterdrückte den Impuls, sich das Kinn zu massieren.

»Vater, auf Wiedersehen.« Sie schüttelten sich die Hände. »Und viel Glück mit den Raketen.«

Lenthans Gesicht hellte sich auf. »Hast du letzte Nacht zugesehen? Herrliche Feuerbälle über den Wipfeln. Wir haben eine beachtliche Höhe erreicht. Ich wette, man konnte die Blitze sogar bis Thillia sehen.«

»Das glaube ich auch, Vater«, stimmte Paithan zu. Er wandte sich an den alten Mann. »Zifnab . . .«

»Wo?« Der Alte wirbelte herum.

Paithan hüstelte und verkniff sich ein Lächeln. »Nein, Sir. Ich meine Euch. Euer Name.« Der Elf streckte ihm die Hand entgegen. »Erinnert Ihr Euch? Zifnab?«

»Ah, sehr erfreut, Euch kennenzulernen, Zifnab«, sagte der alte Mann und ergriff die dargebotene Hand. »Wißt Ihr, daß der Name mir bekannt vorkommt? Sind wir verwandt?«

Calandra gab ihm einen leichten Schubs. »Es wird höchste Zeit, Paithan.«

»Grüß Thea von mir!«

Seine Schwester kniff die Lippen zusammen und schüttelte grimmig den Kopf.

»Alles Gute, Sohn«, meinte Lenthan sehnsüchtig. »Ich muß sagen, hin und wieder habe ich das Gefühl, ich sollte auch nochmal eine Reise unternehmen. Vielleicht würde es mir gefallen . . .«

Paithan sah, wie Calandras Augen sich verengten, und holte tief Luft. »Laß mich das Reisen für dich übernehmen, Vater. Du mußt hierbleiben und an deinen Raketen arbeiten. Immerhin sollst du das Volk vor dem Verderben retten und so weiter.«

»Ja, du hast recht«, antwortete Lenthan wichtig. »Und am besten fangen wir gleich jetzt an. Kommt Ihr, Zifnab?«

»Was? Oh, meint Ihr mich? Ja, lieber Freund. Nur ein Momentchen. Es wäre nicht schlecht, den Anteil an Sinkbaumasche zu vergrößern. Ich glaube, dadurch erzielen wir größeren Schub.«

»Ja, natürlich! Warum habe ich nicht früher daran gedacht!« Lenthan strahlte, winkte geistesabwesend seinem Sohn und eilte ins Haus.

»Kostet uns vermutlich die Augenbrauen«, murmelte der alte Zauberer.

»Aber wir erzielen einen größeren Schub. Nun, Söhnchen, du verläßt uns also?«

»Ja, Sir.« Paithan grinste und flüsterte vertraulich: »Untersteht Euch, ohne mich mit diesem Tod und Verderben anzufangen, hört Ihr!«

»Keinesfalls.« Die Augen des alten Mannes waren plötzlich bestürzend listig und verschlagen. Er stieß Paithan mit dem knorrigen Zeigefinger gegen die Brust. »Du wirst das Unheil über uns bringen!«

Kapitel 8

Der Nexus

Haplo ging um das Drachenschiff herum und inspizierte es sorgfältig, um sich zu vergewissern, daß alles für den Flug bereit war. Im Gegensatz zu den ursprünglichen Erbauern und Kapitänen des Drachenschiffs schenkte er den Lenkseilen und der Takelage, mittels derer die riesigen Flügel bewegt wurden, keine Beachtung. Er begutachtete den hölzernen Rumpf, aber nicht wegen der Kalfaterung. Er strich mit der Hand über die Drachenhautbespannung der Flügel, doch nicht, weil er nach Rissen oder Löchern suchte. Statt dessen studierte er die seltsamen und verschnörkelten Zeichen, die, geschnitzt, eingebrannt und aufgemalt, Flügel und Außenseite des Schiffes bedeckten.

Jeder verfügbare Raum war mit den phantasievollen Mustern ausgefüllt – Schnecken und Spiralen; Linien, Punkte und Kleckse; Kreise und Quadrate. Während er mit dem Finger die Symbole nachzeichnete, sprach er halblaut die Namen vor sich hin. Die Sigel dienten nicht nur dazu, das Schiff zu schützen, sie würden es fliegen!

Die Elfen, die das Schiff gebaut hatten – und es im Andenken an Haplos

Reise nach Arianus *Himmelsstürmer* nannten –, wären vermutlich einigermaßen befremdet gewesen über die Veränderungen, die man an ihrem Werk vorgenommen hatte. Haplos eigenes Schiff war bei der ersten Reise durch das Todestor zerstört worden. Auf Arianus war er Kommandant des Elfenschiffs gewesen. Wegen der Gefahr, von einem alten Feind aufgespürt zu werden, war er gezwungen gewesen, Arianus überstürzt zu verlassen, und hatte das Schiff nur mit den Runen versehen, die für sein Überleben (und das seines jungen Passagiers) bei der Fahrt durch das Todestor unbedingt notwendig waren. Während des Aufenthalts im Nexus hatte der Patryn allerdings Gelegenheit gehabt, Zeit und Zauberkraft darauf zu verwenden, das Gefährt seinen Wünschen entsprechend herzurichten.

Das Schiff, entworfen von den Elfen des Tribus-Empires, funktionierte ursprünglich auf der Basis von Elfenmagie in Verbindung mit technischen Vorrichtungen. Da er selbst über außergewöhnlich große magische Fähigkeiten verfügte, konnte der Patryn auf die Technik ganz verzichten. Er entfernte die gesamte Takelage sowie die Gurtwerke der Sklaven, die die Flügel bedienten. Die Flügel selbst ließ er ausgespannt und bemalte die Drachenhaut mit Runen für Auftrieb, Stabilität, Geschwindigkeit und Schutz. Runen festigten den Holzrumpf; es existierte keine Macht, die ihn beschädigen oder zerschmettern konnte. Sigel, in die Glasfenster der Brücke graviert, verhinderten, daß die Scheiben splitterten oder zerbrachen, und ermöglichten gleichzeitig einen ungehinderten Blick auf das überflogene Gelände.

Haplo betrat das Schiff durch den Niedergang achtern und wanderte durch die Gänge bis zur Brücke, wo er einen kurzen Moment wie lauschend stehenblieb. Er war zufrieden, denn er konnte fühlen, wie die volle Kraft der Runen an diesem Punkt konvergierte.

Im Lauf der Arbeiten an dem Schiff hatte er auch die komplizierten Maschinen entfernt, die den Elfen Navigation und Steuerung erleichterten. Die Brücke, im ›Brustkorb‹ des Drachen gelegen, war jetzt eine große, geräumige Kabine, leer bis auf einen bequemen Sessel und eine Kugel aus Obsidian, die auf dem Boden stand.

Haplo ging vor der Kugel in die Hocke, um sie genau zu betrachten. Er hütete sich, sie zu berühren. Die in den Obsidian eingeritzten Runen waren so außerordentlich empfindlich, daß selbst ein Atemhauch die Zauberkraft aktivieren und einen verfrühten Start verursachen konnte.

Der Patryn studierte die Sigel und wiederholte in Gedanken ihre Bedeutung. Die Flug-, Navigations- und Schutzzauber waren besonders komplex. Es dauerte Stunden, bis er sie vollständig überprüft hatte, doch am Ende war er zufrieden – er hatte keinen Fehler gefunden.

Haplo stand ächzend auf und reckte sich. Nachdem er in dem Sessel Platz genommen hatte, schaute er auf die Stadt hinaus, die er bald verlassen würde. Eine feuchte Zunge schleckte über seine Hand.

»Na, alter Junge?« Haplo senkte den Blick auf den unauffälligen, schwarzen Hund mit der weißen Zeichnung. »Glaubst du, ich hätte dich vergessen?«

Der Hund öffnete das Maul zu einem stummen Lachen und wedelte mit dem Schwanz. Während der Überprüfung der Navigationskugel war er gelangweilt eingeschlafen und freute sich jetzt, von seinem Herrn wieder beachtet zu werden. Die weißen Brauenflecke über den klaren, braunen Augen verliehen dem Tier einen Ausdruck ungewöhnlicher Intelligenz. Haplo streichelte die seidigen Ohren des Hundes und starrte blind auf die Welt, die sich vor ihm ausbreitete ...

... Der Herrscher des Nexus schritt durch die Straßen seiner Welt – einer von seinen Feinden für ihn geschaffene Welt und ihm deshalb besonders kostbar. Jede kunstvoll gemeißelte Marmorsäule, jeder hochragende Granitturm, jedes grazile Minarett, jede majestätisch gewölbte Kuppel eines Tempels war ein Denkmal der Sartan, ein Denkmal der Ironie. Der Fürst liebte es, zwischen ihnen umherzugehen, und dabei lachte er unhörbar in sich hinein.

Nur selten erlaubte der Fürst sich ein freies Lachen. Allen, die im Labyrinth gefangen sind, ist gemein, daß sie selten lachen, und wenn sie es tun, erreicht das Lachen nie ihre Augen. Selbst jene, die dem höllischen Kerker entkommen sind und in der herrlichen Welt des Nexus leben, lachen nicht. Bei ihrer Ankunft, nachdem sie das Letzte Tor überwunden haben, tritt ihnen der Herrscher des Nexus entgegen, der als erster das Labyrinth besiegte. Er sagt zu ihnen nur drei Worte: »Denk immer daran!«

Die Patryn vergessen nicht. Sie gedenken stets all derer ihres Volkes, die noch gefangen sind. Sie gedenken der Freunde und Familienangehörigen, die durch Magie vernichtet wurden – eine durch keine übergeordnete Kraft mehr gebändigte, pervertierte Magie. Sie vergessen nicht die Wunden, die ihnen selbst geschlagen wurden. Auch sie lachen innerlich, wenn sie die Straßen des Nexus entlanggehen. Und wenn sie dem Herrscher begegnen, verneigen sie sich ehrerbietig vor ihm. Er – als einziger von ihnen – wagt es, in das Labyrinth zurückzukehren.

Und selbst für ihn ist die Rückkehr nicht ohne Gefahren.

Niemand kennt die Vergangenheit des Fürsten. Er spricht nie darüber, und er ist ein Mann, dem man nicht so ohne weiteres Fragen stellt. Niemand kennt sein Alter, obwohl man aus verschiedenen Bemerkungen schließen zu können glaubt, daß er mehr als neunzig Tore* zählt. Der

* Früher berechnete man im Labyrinth das Alter einer Person danach, wie viele Tore er oder sie bei dem Versuch, zu entkommen, überwunden hatte. Dieses System wurde später von dem Herrscher des Nexus standardisiert, um genau Buch über die Bevölke-

Fürst ist ein Mann von scharfer, kalter Intelligenz. Seine magischen Fähigkeiten sind Gegenstand ehrfürchtiger Bewunderung von seiten seines Volkes, deren eigene Begabung ihnen in den Welten ringsumher den Status von Halbgöttern sichern würden. Er ist viele, viele Male in das Labyrinth zurückgekehrt, seit ihm die Flucht gelang, um durch die Kraft seiner Magie dort sichere Freistätten für sein Volk zu schaffen. Und jedesmal, bevor er erneut das Wagnis auf sich nimmt, fühlt dieser Mann, wie ein Zittern durch seinen Körper läuft. Nur unter Einsatz seiner ganzen Willenskraft kann er sich überwinden, wieder einmal das Letzte Tor zu durchschreiten. Immer quält ihn die Furcht, tief drinnen, daß diesmal das Labyrinth die Oberhand behalten wird. Dieses Mal wird es ihn vernichten. Dieses Mal wird er den Rückweg nicht finden.

Auch an jenem Tag stand der Fürst vor dem Letzten Tor, umgeben von seinem Volk, Patryn, denen es gelungen war zu entkommen. Einige waren von Kopf bis Fuß tätowiert – Runen als Schild, Harnisch und Waffe –, und sie hatten beschlossen, sich zusammen mit ihrem Fürsten den Gefahren des Labyrinths zu stellen.

Er sprach nicht zu ihnen, aber er akzeptierte ihre Gegenwart. Mit gemessenen Schritten trat er an das Tor aus Gagat heran und legte die Handflächen auf ein Sigel, das er selbst dort eingraviert hatte. Bei seiner Berührung leuchtete das Zeichen blau, die Sigel auf seinen Handrücken begannen ebenfalls blau zu schimmern, und das Tor, das bestimmt gewesen war, sich nur nach außen zu öffnen, fügte sich dem Willen des Fürsten und gab den Blick frei auf die schrecklichen, verzerrten, in stetem Wandel begriffenen und tödlichen Vista des Labyrinths.

Der Fürst schaute diejenigen an, die neben ihm standen. Alle Augen waren auf das Labyrinth gerichtet. Der Fürst sah, wie das Blut aus den Gesichtern wich, wie Hände sich zu Fäusten ballten und Schweiß über tätowierte Haut rann.

»Wer geht mit mir?« fragte er.

Er schaute von einem zum anderen. Jeder versuchte, dem Blick des Fürsten standzuhalten, und jeder senkte schließlich die Augen. Einige machten tapfer Anstalten vorzutreten, aber Muskeln und Sehnen können nicht handeln ohne den Befehl des Bewußtseins, und das Bewußtsein dieser Männer und Frauen war gelähmt von der Erinnerung an unvorstellbare Schrecken. Manche weinten unverhohlen, als sie sich mit trostlosem Kopfschütteln abwenden mußten.

Der Fürst trat zu ihnen und legte ihnen der Reihe nach tröstend die Hand auf den Arm oder die Schulter. »Schämt euch nicht eurer Furcht.

rung führen zu können. Jeder, dem die Flucht gelungen ist, wird ausführlich befragt, und je nachdem, was er oder sie zu berichten hat, wird von dem Herrscher ein Alter errechnet und dem/der Betreffenden zugewiesen.

Macht Gebrauch davon, denn sie bedeutet Stärke. Vor langer Zeit strebten wir danach, die Welt zu erobern, um über jene schwachen Völker zu herrschen, die nicht imstande waren, sich selbst zu regieren. Unsere Kraft und unsere Zahl waren groß, und wir hatten unser Ziel fast erreicht. Die Sartan vermochten uns nur dadurch zu besiegen, daß sie die Welt aufspalteten, in vier verschiedene Teile. In diesem Chaos unterlagen wir der Macht der Sartan, und sie sperrten uns in ein von ihnen erschaffenes Gefängnis – das Labyrinth. Ihre ›Hoffnung‹ richtete sich darauf, daß wir ›geläutert‹ daraus hervorgehen würden.

Wir sind herausgekommen, aber die Kämpfe und die Mühsal haben uns nicht gebeugt und geschwächt, wie unsere Feinde es planten. Das Feuer unserer Prüfungen hat uns zu kaltem, scharfem Stahl geschmiedet. Wir sind ein Schwert, unsere Feinde zu zerschmettern; wir sind ein Schwert, das eine Krone erobern wird.

Kehrt zurück. Kehrt zurück zu euren Pflichten. Denkt immer daran, wie es sein wird, wenn der Tag kommt, an dem wir wieder die Welten beherrschen. Behaltet stets im Gedächtnis, wie es war, gefangen zu sein und machtlos.«

Als er geendet hatte, richteten die Patryn den Kopf wieder auf. Sie schauten zu, wie ihr Herrscher das Labyrinth betrat, mit festem, entschlossenem Schritt, und sie verehrten ihn wie einen Gott.

Das Tor wollte sich hinter ihm schließen, doch mit einem scharfen Befehl hieß der Fürst es innehalten. Nicht weit von dem Tor entfernt hatte er einen jungen Mann am Boden liegen gesehen. An dem muskulösen, tätowierten Körper waren die Spuren furchtbarer Wunden zu erkennen – Wunden, die der junge Mann offenbar durch seine eigene Zauberkraft geheilt hatte, und doch schienen sie ihn das Leben zu kosten. Der Fürst, der den jungen Patryn besorgt untersuchte, gewann den Eindruck, daß er nicht mehr atmete.

Als er sich bückte und die Hand ausstreckte, weil er am Hals des jungen Mannes nach dem Puls fühlen wollte, ließ ihn ein leises Knurren zurückzucken. Ein struppiger Kopf kam hinter der Schulter des Bewußtlosen – oder Toten – zum Vorschein.

Ein Hund, stellte der Fürst verwundert fest.

Auch das Tier war schwer verletzt. Obwohl das Knurren drohend klang, war der Hund nicht in der Lage, den Kopf erhoben zu halten. Die Schnauze sank matt wieder auf die blutigen Vorderpfoten. Doch das Knurren hielt an.

»Wenn du ihm etwas antust«, schien es zu sagen, »werde ich irgendwie die Kraft finden, dich in Stück zu reißen.«

Nur selten zeigte sich ein Lächeln auf dem Gesicht des Fürsten, aber jetzt lächelte er, als er das weiche Fell des Hundes streichelte.

»Ganz ruhig, kleiner Bruder. Ich will deinem Herrn nichts Böses.«

Der Hund ließ sich beschwichtigen. Er kroch auf dem Bauch über den Boden, hob mühsam den Kopf und schnupperte am Hals des jungen Mannes. Die Berührung der kalten Nase weckte den Patryn. Er blickte auf, wurde des Fremden ansichtig, der sich über ihn beugte, und getrieben von dem Instinkt, der ihm das Überleben ermöglicht hatte, bemühte er sich aufzustehen.

»Du bedarfst keiner Waffe gegen mich, mein Sohn«, sagte der Fürst. »Du stehst vor dem Letzten Tor. Dahinter liegt eine neue Welt – eine Welt des Friedens und der Sicherheit. Ich bin ihr Herrscher, und ich heiße dich willkommen.«

Der junge Mann hatte sich auf Hände und Knie aufgerichtet. Während er schwankend am Boden kauerte, hob er den Kopf und schaute durch das Tor. Ein Schleier lag vor seinen Augen, und er vermochte kaum etwas von den Wundern dort draußen zu erkennen, trotzdem überzog der Schatten eines Lächelns seine Züge.

»Ich habe es geschafft!« flüsterte er heiser, mit steifen, blutverkrusteten Lippen. »Ich habe sie geschlagen!«

»Das waren auch meine Worte, als ich vor diesem Tor stand. Wie nennt man dich?«

Der junge Mann schluckte und mußte husten, bevor er antworten konnte. »Haplo.«

»Ein passender Name.« Der Fürst legte dem jungen Mann den Arm um die Schultern. »Laß mich dir helfen.«

Zum Erstaunen des Fürsten schob Haplo ihn zurück. »Nein. Ich will ... aus eigener Kraft ... hindurchgehen.«

Der Fürst sagte nichts, doch sein Lächeln wurde breiter. Er stand auf und trat zur Seite. Mit vor Schmerz zusammengebissenen Zähnen mühte Haplo sich auf die Füße. Als es ihm gelungen war, blieb er einen Augenblick stehen und kämpfte gegen das Schwindelgefühl. Aus Angst, er könnte wieder hinfallen, tat der Fürst einen Schritt auf ihn zu, doch Haplo wehrte ihn mit der ausgestreckten Hand ab.

»Hund«, befahl er mit brüchiger Stimme. »Zu mir!«

Das Tier erhob sich mühsam und hinkte zu seinem Herrn. Haplo legte dem Tier die Hand auf den Kopf und suchte sein Gleichgewicht zu finden. Der Hund hielt geduldig still.

»Gehen wir«, sagte der junge Mann.

Zusammen, Schritt für Schritt, näherten sie sich schwankend dem Tor. Der Herrscher des Nexus folgte ihnen, von Staunen erfüllt. Die Patryn auf der anderen Seite, die den jungen Mann herauskommen sahen, ehrten ihn mit respektvollem Schweigen statt mit Beifall und Jubelrufen. Niemand bot ihm Hilfe an, obwohl jeder Schritt dem Fremden unverkennbar Schmerzen bereitete. Sie alle wußten, was es hieß, allein dieses letzte Tor zu durchschreiten.

Haplo stand im Nexus und schaute blinzelnd in das helle Sonnenlicht. Dann sank er mit einem Seufzer in sich zusammen. Der Hund winselte und leckte seinem Herrn übers Gesicht.

Der Fürst kniete neben dem jungen Mann nieder. Haplo war noch bei Bewußtsein, und der Fürst ergriff seine kalte, bleiche Hand.

»Denk immer daran!« flüsterte der Herrscher des Nexus und drückte die Hand fest an seine Brust.

Haplo hob den Blick zu dem Fürsten und lächelte...

»Na gut, alter Junge«, sagte der Patryn mit einem letzten prüfenden Blick durch die Kabine. »Ich glaube, es ist soweit. Was hältst du davon? Bist du bereit?«

Das Tier spitzte die Ohren und stieß ein kurzes, lautes Bellen aus.

»Gut, gut. Wir haben den Segen des Fürsten und seine letzten Instruktionen. Dann wollen wir sehen, wie dieser Vogel fliegt.«

Er hielt die ausgestreckten Hände über den Sigelstein und begann die ersten Runen zu rezitieren. Von Zauberkraft getragen, hob sich der Stein vom Boden bis zu Haplos nach unten gekehrten Handflächen. Blaues Licht quoll zwischen seinen Fingern hindurch und mischte sich mit dem roten Schimmer der Runen auf seinen Händen.

Haplos Selbst erfüllte das Schiff; er ließ seine Magie in den Rumpf strömen, fühlte sie wie Blut in den Segeln aus Drachenhaut pulsieren, um zu lenken und zu kontrollieren. Seine Gedanken stiegen empor und mit ihnen das Schiff; langsam und bedächtig löste es sich vom Boden.

Haplo steuerte das Schiff mit seinen Augen, seinen Gedanken und seiner Zauberkraft. Er breitete die Schwingen in den Wind und verlieh seinem Gefährt eine größere Geschwindigkeit, als die ursprünglichen Erbauer je zu träumen gewagt haben würden; rasch hatte er an Höhe gewonnen und schwebte über dem Nexus. Der Hund zu seinen Füßen stieß einen Seufzer aus und ergab sich in sein Schicksal. Vielleicht erinnerte er sich an die erste Reise durch das Todestor; eine Reise, die beinahe ein fatales Ende genommen hätte.

Haplo erprobte sein Schiff. Auf dem gemächlichen Flug über den Nexus genoß er den ungewöhnlichen Anblick der Stadt aus der Drachenperspektive.

Der Nexus war eine bemerkenswerte Schöpfung, ein Wunder der Baukunst. Breite, von Bäumen gesäumte Boulevards erstreckten sich wie die Speichen eines Rades von einem zentralen Punkt bis zu dem verschwommen erkennbaren Horizont der weit entfernten Grenze. Grandiose Bauwerke aus Kristall und Marmor, Stahl und Granit standen entlang der Straßen. Parks und Gärten, Seen und Teiche lockten als Orte besinnlicher Schönheit, wo man spazierengehen, nachdenken und grübeln konnte. In der Ferne, nahe der Grenze, wellten sich grüne Hügel und Felder, die nur bestellt zu werden brauchten.

Doch keine Landleute pflügten jenen Boden. Keine Müßiggänger spazierten durch die Parkanlagen. In den Straßen der Stadt waren keine Passanten unterwegs. Die Felder, die Parks, die Straßen, die Gebäude warteten stumm auf das Leben, das sie erfüllten sollte.

Haplo steuerte das Schiff um den Mittelpunkt des Nexus herum, ein Gebäude mit Türmen aus Kristall, das sein Fürst sich zur Residenz erwählt hatte. In den Kristalltürmen hatte der Herrscher des Nexus seinerzeit die von den Sartan zurückgelassenen Bücher entdeckt; Bücher, die von der Großen Teilung berichteten und der Schaffung der vier Welten. Von dem Sieg über die Patryn war die Rede und der Hoffnung auf die Besserung ihrer Feinde. Der Herrscher des Nexus lernte, die Schriften zu entziffern, und hatte so von der Hinterlist der Sartan erfahren, die sein Volk zu einem Leben in Elend und Qual verdammte. Nach dem gründlichen Studium der Bücher hatte der Fürst begonnen, seinen Racheplan zu entwerfen. Haplo dippte die Flügel des Schiffs als Geste des Respekts für seinen Fürsten.

Es war von den Sartan vorgesehen, daß die Patryn diese herrliche Welt besiedeln sollten – nach ihrer Läuterung selbstverständlich. Lächelnd rückte Haplo sich noch bequemer in seinem Sessel zurecht. Er gab die bewußte Kontrolle auf und ließ das Schiff mit dem Strom seiner Gedanken treiben. Schon bald würde der Nexus bewohnt sein, allerdings nicht ausschließlich von Patryn, sondern auch von Elfen, Menschen und Zwergen – den minderen Rassen. Sobald der Rücktransport dieser Völkerschaften durch das Todestor bewerkstelligt war, wollte der Herrscher des Nexus die vier von den Sartan erschaffenen, fehlerhaften Welten zerstören und die alte Ordnung wiederherstellen. Nur würden dieses Mal die Patryn herrschen, wie es ihnen von Rechts wegen zustand.

Eine von Haplos Aufgaben bei seinen Erkundungsreisen bestand darin herauszufinden, ob die Sartan noch die vier neuen Welten bewohnten. Er hoffte darauf, ein paar von ihnen aufzustöbern – und daß sie von anderem Format waren als Alfred, diese erbärmliche Karikatur eines Halbgottes, mit dem er es auf Arianus zu tun gehabt hatte. Er wünschte sich, daß das gesamte Volk der Sartan Zeuge des eigenen Untergangs sein sollte.

»Und nachdem die Sartan mitangesehen haben, wie alles, was sie erbauten, in Trümmer fiel, und wie die Völker, die sie zu regieren hofften, unter unserer Herrschaft leben, ist der Zeitpunkt der wahren Vergeltung gekommen. Wir werden *sie* zu einer Existenz im Labyrinth verurteilen!«

Haplos Blick wanderte zu dem rot-schwarz geflammten Wirbel des Chaos, der am äußersten Rand des Fensters zu erkennen war. Von Entsetzen geprägte Erinnerungen lösten sich aus dem Mahlstrom der Wolken und berührten ihn mit ihren fleischlosen Klauen. Er gebrauchte seinen Haß als Waffe und trieb sie zurück. Vor seinem inneren Auge sah er statt seiner die Sartan um das Überleben kämpfen, sah sie unterliegen, wo er gesiegt hatte, sah sie sterben, wo er am Leben geblieben war.

Das warnende Bellen des Hundes schreckte ihn aus seinen düsteren Gedanken auf, und er merkte, daß er – versunken in seine Träume von Rache – beinahe in das Labyrinth hineingeflogen wäre. Hastig legte er die Hände auf den Sigelstein und steuerte einen neuen Kurs. *Himmelsstürmer* segelte in den blauen Himmel des Nexus und entfernte sich stetig von den gierigen Tentakeln destruktiver Magie, die es festzuhalten suchten.

Haplo richtete den Blick und seine ungeteilte Aufmerksamkeit auf den sternenlosen Himmel und nahm Kurs auf die Durchfahrt zu den anderen Welten – das Todestor.

Kapitel 9

Von Cahndar nach Estport, Equilan

Paithan hatte noch viel zu tun, bis seine Karawane bereit war, und er vergaß die Worte des alten Mannes. Er traf Quintin, seinen Vorarbeiter, am Stadtrand von Cahndar – der Stadt der Königin. Die beiden Elfen inspizierten die Ladung und vergewisserten sich, daß die Körbe mit den Kehlbogen, Bolzenschleudern und Raztars sicher auf den Tyros* festgeschnürt waren. Paithan öffnete einige der Packen und stellte fest, daß man die Waffen sorgfältig unter Spielzeug verborgen hatte. Alles schien in bester Ordnung zu sein. Der junge Elf gratulierte Quintin zu seiner guten Arbeit und versprach, ihn vor seiner Schwester lobend zu erwähnen.

Nach dem Abschluß der letzten Vorbereitungen zeigten die Stundenblumen an, daß die Schaffenszeit fast verstrichen war und es bald Mittzyklus

* Das Tyro ist eine riesenhafte Spinne mit gepanzertem Leib. Sechs der acht Beine dienen dem Klettern im Netz und in Bäumen, die beiden mit einer mehrgliedrigen Klauen›hand‹ versehenen Vordergliedmaßen werden zum Greifen und Hantieren benutzt. Bei der Verwendung als Lasttier wird die Ladung auf dem Rücken des Brustsegments untergebracht.

sein würde. Nachdem er seinen Platz an der Spitze der Karawane eingenommen hatte, gab Paithan dem Aufseher das Zeichen zum Abmarsch. Quintin schwang sich auf das Leittyro und setzte sich in den Sattel zwischen den Hörnern. Die Sklaven überredeten mit vielen Schmeicheleien und Koseworten die anderen Tyros, sich hinter dem Anführer einzureihen, und dann setzte sich die Karawane in Bewegung. Bald war sie im Dschungel verschwunden und ließ die Zivilisation weit hinter sich.

Paithan legte ein rasches Tempo vor, und man kam gut voran. Die Verbindungswege zwischen den Ländern der Menschen und Elfen werden mit großer Mühe instand gehalten, trotzdem gibt es schwierige Strecken. Der Handel zwischen den Reichen ist ein lukratives Geschäft. Die Menschen liefern die Rohstoffe – Teakholz, Klingenholz, Drahtranken, Nahrungsmittel. Die Elfen sind geschickt in der Weiterverarbeitung dieser Materialien zu begehrten und leicht verkäuflichen Gebrauchsgütern. Es herrscht ein reger Warenverkehr zwischen den Reichen.

Die größte Gefahr für die Handelskarawanen waren Straßenräuber, Raubtiere und die gelegentlichen Abgründe, die sich in den Moossteppen auftaten. Die Tyros waren allerdings in schwierigem Gelände besonders brauchbar – der Hauptgrund, weshalb Paithan sich für sie als Lasttiere entschieden hatte. (Viele Treiber, besonders Menschen, verstehen mit dem sensiblen Tyro nicht umzugehen. Die Tiere pflegen sich zu einem Ball zusammenzukugeln und zu schmollen, wenn man ihre Gefühle verletzt.) Das Tyro krabbelt über die Moossteppen, klettert Bäume hinauf und überwindet Abgründe, indem es ein Netz spinnt und hinüber turnt. Diese Netze sind dermaßen stabil, daß man einige zu ständigen Brücken umfunktioniert hat, die von den Elfen gewartet werden.

Paithan war nicht das erste Mal auf dieser Route unterwegs. Er kannte die Gefahren und war darauf vorbereitet, folglich machte er sich keine großen Sorgen. Mit einem Überfall durch Straßenräuber war kaum zu rechnen. Seine Karawane war groß und mit Elfenwaffen ausgestattet. Räuberische Menschen zogen es vor, einsamen Reisenden aufzulauern, insbesondere Angehörigen ihrer eigenen Rasse. Falls die Wegelagerer allerdings herausfanden, was er transportierte, würden sie einiges riskieren, um in den Besitz der Waren zu kommen. Bei den Menschen stehen Elfenwaffen hoch im Kurs – besonders die ›denkenden‹ Waffen.

So ähnelt der Kehlbogen der bei den Menschen gebräuchlichen Armbrust – es handelt sich um eine Pfeilwaffe, bestehend aus Bogen, Sehne, Schaft und Kolben, mit einem Mechanismus zum Spannen und Lösen der Sehne. Das Geschoß ist ein durch Magie mit Intelligenz ausgestatteter Pfeil, der die Fähigkeit besitzt, ein Ziel wahrzunehmen und selbständig eventuell erforderliche Richtungsänderungen vorzunehmen. Die magische Bolzenschleuder, eine erheblich kleinere Version des Kehlbogens, trägt man in einem Holster an der Hüfte; zum Feuern genügt eine Hand. Weder die Menschen- noch die Zwergenmagie ist geeignet, intelligente Waffen zu produzieren; wer diese Ware auf dem Schwarzen Markt anbietet, kann den Preis diktieren.

Paithan hatte Vorkehrungen getroffen, um die Gefahr eines Überfalls auf ein Minimum zu reduzieren. Quintin (ein Elf, der schon für die Familie gearbeitet hatte, als Paithan noch ein Säugling war) hatte die Körbe mit eigener Hand gepackt, und nur er und Paithan wußten, was unter den Puppen, Segelschiffen und Kastenteufeln verborgen lag. Die Menschensklaven, deren Pflicht es war, sich um die Tyros zu kümmern, ahnten nicht, daß ihre Schützlinge außer dem Spielzeug für Kinder auch das tödliche Spielzeug der Erwachsenen auf dem Rücken trugen.

Insgeheim hielt Paithan all diese Vorsichtsmaßnahmen für überflüssiges Brimborium. Quindiniar-Waffen waren von allerfeinster Qualität, nicht zu vergleichen mit den Produkten sonstiger Hersteller. Zu einem Quindiniar-Kehlbogen gehörte ein bestimmtes Codewort, das der Besitzer kennen mußte, um die magischen Eigenschaften zu aktivieren. Über die entsprechenden Informationen verfügte nur Paithan, der sie an den Käufer weitergab. Doch Calandra huldigte unbeirrt der Überzeugung, daß jeder Mensch ein Dieb war, ein Spion und ein Mörder, der nur darauf wartete zu rauben und zu morden, zu plündern und zu schänden.

Einmal hatte Paithan versucht, seiner Schwester vor Augen zu führen, daß ihre Vorurteile unlogisch waren – einerseits gestand sie den Menschen beachtliche Schläue und einen bemerkenswerten Intellekt zu, während sie andererseits behauptete, sie seien wenig besser als Tiere.

»Die Menschen sind gar nicht so verschieden von uns, Callie«, hatte Paithan bei dieser denkwürdigen Gelegenheit geäußert.

Es blieb bei dem einmaligen Versuch. Calandra war über seine liberalen Ansichten dermaßen bestürzt gewesen, daß sie ernsthaft erwogen hatte, ihm weitere Reisen in die Menschenländer zu verbieten. Die entsetzliche Drohung, zu Hause bleiben zu müssen, hatte ausgereicht, um ihn von jeden weiteren Bekehrungsversuchen abzuhalten.

Die erste Etappe war leicht zu bewältigen. Das einzige Hindernis, mit dem sie rechnen mußten, war der Kithni-Golf, die große Wasserfläche zwischen dem Land der Elfen und dem Land der Menschen, und der lag weit im Vars. Paithan gewöhnte sich wieder an das Wanderleben, genoß die Bewegung, die neuen Eindrücke und das Gefühl, wieder sein eigener Herr zu sein. Die Sonne durchdrang das Laubdach mit einem ständigen Wechsel flirrender Grünschattierungen, der Duft von Myriaden Blumen erfüllte die Luft, und gelegentliche Regenschauer boten angenehme Kühlung nach einem langen Marsch in der Hitze. Manchmal hörte er ein Huschen oder Gleiten neben dem Pfad, doch er schenkte den wilden Tieren des Dschungels wenig Beachtung. Nachdem er einem Drachen gegenübergestanden hatte, fand Paithan, daß ihn so gut wie nichts mehr erschüttern konnte. Doch ausgerechnet während dieser ruhigen, ereignislosen Zeit begannen die Worte des Magiers in seinem Kopf zu summen.

Du wirst das Unheil über uns bringen!

Paithan erinnerte sich, daß ihm als kleinem Jungen eines Tages eine Biene ins Ohr geflogen war. Das aufgeregte Summen des Insekts hatte ihn beinahe zum Wahnsinn getrieben, bis es seiner Mutter schließlich gelungen war, es zu entfernen. Wie jene Biene damals hatte sich jetzt Zifnabs Prophezeiung in seinen Gedanken festgesetzt und ließ sich nicht vertreiben.

Er versuchte, das unbehagliche Gefühl mit einem Lachen und einem Schulterzucken abzutun. Immerhin war der alte Knabe total übergeschnappt. Kaum glaubte er, sich selbst überzeugt zu haben, sah Paithan wieder die Augen des Zauberers vor sich – schlau, wissend und unbeschreiblich traurig. Es war die Traurigkeit, die den Elf beunruhigte und ihm einen Schauer über den Rücken jagte. Erinnerungen an seine Mutter tauchten auf, und Paithan fiel ein, daß der alte Mann gesagt hatte, seine Mutter wollte die Kinder wiedersehen.

Der Gedanke erfüllte den Elf mit einem Gefühl, das teils freudig war, teils reuevoll und unbehaglich. Was wäre, wenn sein Vater recht hatte? Was wäre, wenn es tatsächlich soweit kam, daß Paithan nach all diesen Jahren wieder seiner Mutter gegenüberstand? Er stieß einen leisen Pfiff aus und schüttelte den Kopf.

»Tut mir leid, Mama. Vermutlich wärst du nicht sehr erfreut.«

Seine Mutter hatte nach Bildung gestrebt, für ihn und alle ihre Kinder. Elithenia war eine Fabrikzauberin gewesen, als Lenthan sie erblickte und sein Herz an sie verlor. Unbestritten eine der schönsten Frauen von Equilan, hatte Elithenia sich in Adelskreisen stets fehl am Platze gefühlt, eine Haltung, die Lenthan nie zu begreifen vermochte.

»Deine Kleider sind schöner, mein Herz. Deine Juwelen sind kostbarer. Was haben diese hochwohlgeborenen Herrschaften, das sie über die Quindiniars stellt? Sage es mir, und ich gehe noch heute hin und kaufe es!«

»Was sie haben, kannst du nicht kaufen«, hatte seine Frau ihm betrübt geantwortet.

»Was denn nur?«

»Sie haben *Wissen.*«

Und Elithenia hatte beschlossen, daß auch ihre Kinder Wissen haben sollten.

Zu diesem Zweck engagierte sie eine Gouvernante, die ihren Kindern eine Erziehung angedeihen lassen sollte, wie sie eigentlich nur die Angehörigen des Adels genossen. Leider erlebte Elithenia eine Enttäuschung. Calandra wußte schon in jungen Jahren, was sie vom Leben erwartete, und nahm von der Gouvernante nur das an, was ihr brauchbar erschien und sie in die Lage versetzte, mit Menschen und Zahlen umzugehen. Paithan wußte nicht, was er wollte, doch wußte er um so genauer, was er *nicht* wollte – langweilige Stunden im Schulzimmer. Er entfloh der Gouvernante, wann immer sich die Möglichkeit bot, und saß dösend die Zeit ab, wenn es ihm einmal nicht gelungen war zu entwischen. Aleatha, die sich schon früh ihrer Macht bewußt war, lächelte bezaubernd, schmiegte sich in den Schoß der Gouvernante und lernte nur, ihren eigenen Namen zu schreiben.

Nach dem Tod der Mutter behielt der Vater die Gouvernante weiter im Dienst. Erst Calandra entließ die Frau, um Geld zu sparen, und das war das Ende der intellektuellen Periode im Hause Quindiniar.

Nein, ich fürchte, Mutter wäre nicht erfreut, uns zu sehen, grübelte Paithan, von einem vagen Schuldgefühl gepeinigt. Als ihm klar wurde, wohin seine Gedanken gingen, lachte er verlegen und schüttelte den Kopf. Ich werde noch verrückt wie der arme alte Senior, wenn ich nicht damit aufhöre.

Um auf andere Gedanken zu kommen und die trübe Stimmung abzuschütteln, schwang Paithan sich an dem Horn des Leittyros hinauf und begann einen Schwatz mit seinem Vorarbeiter und Karawanenführer – ein Elf mit Verstand und Welterfahrung. Erst zur Sorgenzeit in dieser Nacht, dem ersten Zyklus nach der Regenstunde, mußte Paithan wieder an Zifnab denken und die Prophezeiung, aber nur kurz, dann war er eingeschlafen.

Die Reise nach Estport, dem Fährhafen, verlief ohne Zwischenfall, und Paithan vergaß die Prophezeiung vollkommen. Das Vergnügen, unterwegs zu sein, das berauschende Gefühl der Freiheit nach der bedrückenden Atmosphäre zu Hause versetzten den Elf in eine gehobene Stimmung. Nach ein paar Zyklen auf der Straße war er imstande, herrlich über den alten Mann und seine krausen Ideen zu lachen, und er unterhielt Quintin mit Anekdoten über Zifnab. Als sie schließlich den Kithni-Golf erreichten, konnte Paithan es kaum glauben. Es schien viel zu schnell gegangen zu sein.

Der Kithni-Golf ist ein Meeresarm, der die Grenze zwischen Thillia und Equilan bildet. Hier gab es die erste Verzögerung. Eine der beiden Fähren war ausgefallen, und die zweite vermochte den Andrang nicht zu bewältigen. Eine große Anzahl Karawanen wartete am Moosufer darauf, überzusetzen.

Paithan schickte seinen Vorarbeiter los, um in Erfahrung zu bringen, wie lange sie würden warten müssen. Quintin kehrte mit einer Nummer zurück, die ihren Platz in der Warteschlange bezeichnete, und dem Bescheid, daß sie frühestens irgendwann am folgenden Zyklus an die Reihe kämen.

Paithan zuckte die Schultern. Er hatte keine besondere Eile, und es sah aus, als machten die Leute das Beste aus einer mißlichen Situation. Der Anlegeplatz ähnelte einer Zeltstadt. Die Händler schlenderten herum, statteten sich gegenseitig Besuche ab, tauschten Neuigkeiten aus und besprachen die aktuelle Marktlage. Nachdem Paithan veranlaßt hatte, daß seine Sklaven etwas zu essen und einen Schlafplatz bekamen, überließ er die sichere Unterbringung der Ladung sowie alles weitere den fähigen Händen seines Vorarbeiters und ging weg, um sich dem geselligen Treiben anzuschließen.

Ein geschäftstüchtiger Elfenfarmer, der von der Verzögerung im Fährbetrieb erfahren hatte, lud einige Fässer hausgemachten Vingins auf einen Wagen, packte sie in Eis* und fuhr zur Anlegestelle, wo er nicht lange auf Kundschaft zu warten brauchte. Vingin ist ein starkes Getränk aus gepreßten Trauben, versetzt mit einem Gebräu aus vergorenen Tohahs. Der feurige Geschmack erfreut sich bei Elfen und Menschen großer Beliebtheit. Paithan hatte ein besonderes Faible dafür, und als er sah, wie sich immer mehr Händler und Karawanenführer mit durstigen Kehlen um den Wagen sammelten, gesellte er sich hinzu.

Etliche alte Freunde Paithans befanden sich in der Menge, und der junge Elf wurde mit großen Hallo begrüßt. In dieser Branche lernt mit der Zeit jeder jeden kennen, und es kommt nicht selten vor, daß man sich unterwegs zusammenschließt, der größeren Sicherheit und der Gesellschaft wegen. Menschen wie Elfen machten Paithan Platz, und ein kühler, schäumender Krug wurde ihm in die Hand gedrückt.

»Pundar, Ulaka, Gregor – schön, euch wiederzusehen!« Der Elf begrüßte gute Freunde und wurde denen vorgestellt, die er noch nicht kannte. Nachdem er sich auf eine Kiste neben Gregor gesetzt hatte – ein großer, rothaariger Mensch mit einem stachligen Bart – trank Paithan einen Schluck Vingin und gönnte sich einen Moment der Dankbarkeit, daß Calandra ihn nicht sehen konnte.

Es folgten einige höfliche Fragen über seine Gesundheit und die seiner Familie, auf die Paithan in gleicher Weise antwortete.

»Welche Ladung führst du?« erkundigte sich Gregor und leerte seinen Krug auf einen Zug. Er rülpste zufrieden und reichte dem Farmer seinen Krug zum Nachfüllen. »Spielzeug«, erwiderte Paithan grinsend.

Verständiges Gelächter und wissendes Augenzwinkern.

»Dann bist du unterwegs nach Norinth«, sagte ein Mensch, der ihm als Hamish vorgestellt worden war.

*Auf Pryan gibt es kein von der Natur hervorgebrachtes Eis. Menschen stießen bei magischen Experimenten mit dem Wetter auf diese ungewöhnliche Substanz, die sich bald allgemeiner Beliebtheit erfreute. Eis ist eins der wenigen von Menschen hergestellten Produkte, für die es bei den Elfen einen Markt gibt.

»Ja, in der Tat«, nickte Paithan. »Woher weißt du das?«

»Da oben hat man Bedarf an ›Spielzeug‹, hört man«, antwortete Hamish.

Das Lachen erstarb und machte bei den Menschen bedrückten Mienen Platz. Die Elfen wunderten sich und verlangten zu erfahren, was der Stimmungswechsel zu bedeuten hatte.

»Krieg mit den Seekönigen?« fragte Paithan und reichte seinen leeren Krug zurück. Diese Nachricht würde Calandra in Entzücken versetzen; er mußte bei nächster Gelegenheit einen Botenvogel nach Hause schicken. Wenn irgend etwas seine Schwester in fröhliche Stimmung brachte, dann ein Krieg unter den Menschen. Er sah schon vor sich, wie sie die Profite durchrechnete.

»Nein«, sagte Gregor. »Die Seekönige haben ihre eigenen Schwierigkeiten, wenn es stimmt, was man erzählt. Fremde, die in primitiven Schiffen über das Flüsternde Meer kamen, wurden an die Küste der Seekönige getrieben. Anfangs haben die Seekönige die Flüchtlinge gastlich aufgenommen, aber es kommen immer mehr, und inzwischen fällt es ihnen schwer, sie alle unterzubringen und zu ernähren.«

»Sie können sie behalten«, meinte ein anderer Mensch, der ebenfalls Händler war. »Wir in Thillia haben genug Probleme, ohne daß wir uns noch fremde Hungerleider ins Land holen.«

Die umsitzenden Elfen lächelten. Sie lauschten dem Gespräch mit dem selbstgefälligen Behagen jener, die nicht betroffen sind, außer vielleicht in bezug auf ihre Geschäfte. Ein Anwachsen der Bevölkerung in der Region bedeutete unzweifelhaft bessere Umsätze.

»Aber ... woher kommen diese Fremden überhaupt?« wollte Paithan wissen.

Seine Frage löste eine hitzige Debatte unter den Menschen aus, die erst ein Ende fand, als Gregor sagte: »Ich weiß es. Ich habe selbst mit einigen gesprochen. Sie behaupten, sie kämen aus Kasnar, einem Reich weit im Norinth, jenseits des Flüsternden Meeres.«

»Warum fliehen sie aus ihrer Heimat? Herrscht Krieg dort?« Paithan überlegte, ob es schwierig sein würde, ein Schiff zu chartern und mit einer Ladung Waffen zu diesem neuen Reich zu segeln.

Gregor schüttelte den Kopf; der rote Bart strich raschelnd über den mächtigen Brustkorb. »Kein Krieg«, erklärte er dumpf. »Zerstörung. Totale Vernichtung.«

Tod und Verderben.

Paithan spürte, wie jemand über sein Grab schritt; seine Hände und Füße prickelten seltsam. Das mußte der Vingin sein, sagte er sich und stellte hastig den Krug ab.

»Sind es Drachen? Ich kann es kaum glauben. Seit wann greifen Drachen Ortschaften an?«

»Nein, sogar die Drachen fliehen vor dieser Bedrohung.«

»Ja, was denn für eine Bedrohung?«

Gregor sah mit düsterem Blick in die Runde.

»Tytanen.«

Paithan und die anderen Elfen holten tief Luft, schauten sich an und begannen prustend zu lachen.

»Gregor, du alter Schwindler! Du hast mich tatsächlich drangekriegt!« Paithan wischte sich die Lachtränen aus den Augen. »Die nächste Runde geht auf mich. Flüchtlinge und Schiffswracks!«

Die Menschen schwiegen. Ihre Gesichter waren finster und verschlossen.

Paithan sah, daß sie grimmige Blicke tauschten, und mäßigte seine Heiterkeit.

»Komm schon, Gregor, ein Scherz ist ein Scherz. Du hast mich drangekriegt. Ich gebe zu, ich habe in Gedanken schon das Geld gezählt.« Er winkte in die Richtung seiner Landsleute. »Und nicht nur ich – wir alle. Also laß es genug sein.«

»Ich fürchte, es ist kein Scherz, meine Freunde«, sagte Gregor. »Ich habe mit diesen Menschen gesprochen. Das Entsetzen stand ihnen auf den Gesichtern geschrieben, und man hörte es aus ihrer Stimme. Riesenhafte Kreaturen mit dem Körperbau und den Zügen unserer Rasse, aber größer als die höchsten Bäume, kamen aus dem Norinth herunter in ihr Land. Ihre Stimmen allein vermögen Felsen zu spalten. Sie zerstören alles in ihrem Weg. Sie ergreifen Menschen und zerschmettern sie oder zerquetschen sie in ihren gewaltigen Fäusten. Keine Waffe vermag sie aufzuhalten. Pfeile sind für sie wie Mückenstiche für uns. Schwerter dringen nicht durch ihre dicke Haut, und selbst wenn, könnten sie ihnen keine ernsthaften Verletzungen zufügen.«

Der Ernst von Gregors Worten verfehlte nicht seine Wirkung auf die Zuhörer. Alle lauschten in aufmerksamem Schweigen, auch wenn dieser oder jener immer noch ungläubig den Kopf schüttelte. Andere Händler wurden auf die stille Versammlung aufmerksam, kamen heran und trugen auch ihr Scherflein bei zu den unerfreulichen Gerüchten, die sich rasch verbreiteten.

»Das Kasnar-Imperium war groß«, meinte Gregor. »Jetzt ist es untergegangen. Von einer mächtigen Nation ist nichts weiter übriggeblieben als eine Handvoll Menschen, die in Schiffen über das Flüsternde Meer geflohen sind.«

Der Farmer, der merkte, daß sein Umsatz nachließ, schlug ein neues Faß an.

Alle standen auf, um sich nachschenken zu lassen, und begannen dann sofort wieder aufgeregt zu reden.

»Tytanen? Die Vasallen von San? Das sind doch nur Mythen!«

»Lästere nicht, Paithan! Wenn du an die Mutter* glaubst, dann mußt du auch an San und seine Vasallen glauben, die Herrscher des Dunkels.«

»Schon gut, Umbar, wir wissen, wie religiös zu bist. Wenn du einen Tempel der Mutter betrittst, stürzt er vermutlich über dir zusammen. Hör mal, Gregor, du bist ein verständiger Mann. Du glaubst doch nicht an Trolle und Kobolde, oder?«

»Nein, aber ich glaube an das, was ich sehe und höre. Und in den Augen jener Flüchtlinge habe ich furchtbare Dinge gesehen.«

Paithan betrachtete den Mann eine geraume Weile. Er kannte Gregor seit etlichen Jahren und hatte ihn stets als verläßlich, aufrichtig und furchtlos empfunden. »Also gut. Ich will glauben, daß diese Menschen vor *irgend etwas* geflohen sind. Aber warum regen wir uns auf? Was immer es ist, es kann unmöglich das Flüsternde Meer überqueren.«

»Die Tytanen . . .«

»Was auch immer . . .«

». . . könnten den Weg durch die Zwergenreiche Grish und Klag und Thurn nehmen«, fuhr Gregor pessimistisch fort. »Tatsächlich haben wir Gerüchte gehört, daß die Zwerge für einen Krieg rüsten.«

»Allerdings. Für einen Krieg gegen *euch*, nicht gegen baumlange Dämonen. Das ist der Grund, weshalb eure Könige dieses Waffenembargo verhängt haben!«

Gregor zuckte die Schultern und grinste dann über das ganze rotbärtige Gesicht. »Was immer auch geschieht, Paithan, ihr Elfen braucht euch keine Sorgen zu machen. Wir Menschen werden sie aufhalten, Tytanen, Zwerge, was es sein mag. Unsere Sagen berichten, daß der Gehörnte Gott uns immer wieder übermächtige Feinde schickt, um unseren Mut zu prüfen. Vielleicht werden diesmal die Verschwundenen Könige zurückkehren, um uns beizustehen.

Er wollte einen Schluck nehmen, zog ein enttäuschtes Gesicht und kehrte den Krug um. Er war leer. »Nachschenken!«

Der Farmer drehte am Zapfhahn, doch ohne Erfolg. Er klopfte an die Fässer. Alle gaben einen traurigen, hohlen Ton von sich. Seufzend standen die Händler auf, reckten sich und gingen davon.

»Paithan, mein Freund«, meinte Gregor, »es gibt da eine Taverne am Landungssteg. Es wird um diese Zeit gerammelt voll sein, aber ich glaube,

*Peytin, Matriarchin des Himmels. Die Elfen glauben, daß Peytin eine Welt für ihre sterblichen Kinder erschuf und ihre ältesten Zwillingssöhne, Orn und Obi, zu deren Herrschern bestimmte. Ihr jüngerer Bruder, San, wurde eifersüchtig, und mit Hilfe der habgierigen, kriegerischen Menschen führte er Krieg gegen seine Brüder. Dieser Krieg spaltete die alte Welt. San wurde in die Tiefe verbannt. Die Menschen wurden aus der alten Welt verstoßen. Peytin erschuf das Volk der Elfen und sandte es aus, um die Reinheit der Welt wiederherzustellen.

ich könnte für uns ein freies Plätzchen finden.« Der breitschultrige Mensch ließ die Muskeln spielen und lachte.

»Gern«, stimmte Paithan bereitwillig zu. Sein Vorarbeiter war ein tüchtiger Mann. Mit Schwierigkeiten war nicht zu rechnen. »Du besorgst uns einen Tisch, und ich zahle die ersten zwei Runden.«

»Das ist ein Angebot!«

Die Arme um die Schultern gelegt – wobei der zierliche Elf fast in der freundschaftlichen Umschlingung verschwand –, schwankten die beiden vergnügt in Richtung Steg.

»Sag mal, Gregor, du kommst doch viel rum«, meinte Paithan. »Hast du je von einem Menschenmagier namens Zifnab gehört?«

Kapitel 10

Varsport, Thillia

Paithan und seine Karawane konnten am folgenden Zyklus übersetzen. Die Überfahrt dauerte lange, und der Elf war nicht in der Verfassung, sie zu genießen, er hatte unter den Nachwirkungen des Vingins zu leiden.

Die Elfen sind bekannt dafür, daß sie keinen Alkohol vertragen, und Paithan wußte, daß er besser nicht versucht hätte, mit Gregor mitzuhalten. Doch er fand, daß er einen Grund zum Feiern hatte – keine Calandra, die ihm strafende Blicke zuwarf, weil er sich beim Abendessen ein zweites Glas Wein einschenkte. Außerdem war der Vingin bestens geeignet, Paithans Erinnerung an den irren alten Magier zu vernebeln, an dessen Prophezeiung und Gregors düstere Geschichten über Riesen.

Das unablässige Knarren der Winde, das Grunzen und Quicken der fünf eingeschirrten Eber, die das Spill drehten, sowie die ständigen Anfeuerungsrufe der menschlichen Treiber hallten dröhnend in Paithans Kopf. Das mit Algen behangene, glitschige Tau, an dem die Fähre über das Wasser gezogen wurde, glitt Stück für Stück an ihm vorbei und wickelte sich um das Spill. Im Schatten einer aufgespannten Plane an einen Deckenstapel gelehnt, eine feuchte Kompresse auf der Stirn, schaute Paithan zu, wie das Wasser am Bootsrumpf entlangströmte, und tat sich selbst unendlich leid.

Die Fähre am Kithni-Golf gab es seit ungefähr sechzig Jahren. Paithan konnte sich erinnern, sie als kleines Kind auf einer Reise mit seinem Großvater gesehen zu haben – die letzte Reise, die sie zusammen unternommen hatten, bevor der alte Elf in der Wildnis verschwand. Damals hielt Paithan die Fähre für die tollste Erfindung der Welt, und es hatte ihn erschüttert zu erfahren, daß es sich um ein Projekt der Menschen handelte.

Die Elfen hatten keine Skrupel, die Vorteile der Erfindung zu nutzen, immerhin wurde der Warenaustausch zwischen den Reichen dadurch erheblich beschleunigt, doch sie hielten unbeirrt an der Überzeugung fest, daß es mit der Fähre wie mit allem Menschenwerk ein böses Ende nehmen werde. In der Zwischenzeit allerdings gestatteten die Elfen den Menschen großzügig, ihnen zu Diensten zu sein.

Eingelullt vom Plätschern des Wassers, dämmerte Paithan langsam ein. Verschwommene Erinnerungen tauchten auf – an eine Schlägerei, die Gregor provoziert hatte und in deren Verlauf Paithan um ein Haar sang- und klanglos untergegangen wäre. Der Elf wachte auf, als Quintin ihn heftig schüttelte.

»Auana! Auana* Quindiniar! Wach auf. Das Schiff legt an.«

Paithan richtete sich stöhnend auf. Er fühlte sich etwas besser. Zwar schmerzte sein Kopf immer noch, doch hatte er wenigstens nicht mehr das Gefühl, beim ersten Schritt platt aufs Gesicht zu fallen. Kraftlos schlurfte er über das Deck zu der Stelle, wo unter freiem Himmel die Sklaven hockten. Ihnen schien die Hitze nichts auszumachen. Sie waren nur mit einem Lendenschurz bekleidet, wogegen niemand Einwände erhoben hatte, da sich keine weiblichen Sklaven an Bord befanden. Paithan, der peinlich genau darauf achtete, daß kein Zentimeter seiner weißen Haut der Sonne ausgesetzt war, betrachtete die dunkelbraun- oder fast schwarzgebrannten Leiber der Menschen und fühlte sich wieder an die unüberbrückbare Kluft zwischen den beiden Rassen erinnert.

»Callie hat recht«, sagte er zu sich selbst. »Sie sind nichts weiter als Tiere, und alle Zivilisation kann daran nichts ändern. Ich hätte es besser wissen sollen, als gestern abend mit Gregor loszuziehen. In Zukunft halte ich mich an meine eigenen Landsleute.«

Dieser feste Entschluß hielt keine Stunde, dann schwatzte Paithan mit einem zerschlagenen, aber trotzdem grinsenden Gregor, während beide Schlange standen und darauf warteten, daß sie an die Reihe kamen, ihre Papiere der Hafenbehörde vorzulegen. Paithan ließ sich durch die lange Wartezeit nicht verdrießen. Als Gregor aufgerufen wurde, unterhielt sich

*Elfenwort für ›Chef‹

der Elf damit, den Gesprächen seiner Sklaven zu lauschen, die ganz aus dem Häuschen zu sein schienen, weil sie ihre Heimat wiedersahen.

Wenn sie es so liebten, warum ließen sie es dann geschehen, daß man sie in die Sklaverei verkaufte? fragte sich Paithan müßig, während die Reihe der Wartenden im Tempo einer Moosschnecke weiterrückte, weil Hafenbeamte unzählige dumme Fragen stellten und die Waren seiner Berufsgenossen befingerten. Wortwechsel entstanden, hauptsächlich zwischen Menschen, die – wenn man sie beim Schmuggeln ertappte – der Auffassung zu huldigen schienen, daß das Gesetz für alle galt, nur nicht für sie. Elfen hatten kaum jemals Schwierigkeiten an der Grenze. Entweder hielten sie sich peinlich genau an die Vorschriften oder tüftelten raffinierte Methoden aus, um sie zu umgehen.

Endlich winkte ihm einer der Beamten. Paithan und sein Vorarbeiter trieben die Sklaven und die Tyros vorwärts.

»Welche Ladung?« Der Beamte musterte die Körbe mit scharfen Blicken.

»Magisches Spielzeug, Sir«, antwortete Paithan liebenswürdig.

Das Gesicht des Menschen legte sich in strenge Falten. »Scheint mir eine merkwürdige Zeit zu sein, um Spielzeug auf den Markt zu bringen.«

»Was meint Ihr damit, Sir?«

»Nun, die Kriegsgerüchte. Sagt nicht, Ihr hättet nichts davon gehört.«

»Nicht ein Wort, Sir. Gegen wen geht es denn diesmal? Strethia vielleicht, oder Dourglasia?«

»Nein. Wir verschwenden unsere Pfeile nicht an diesen Abschaum. Man erzählt von Riesen, furchteinflößende Giganten aus dem hohen Norinth.«

»Oh!« Paithan zuckte die Schultern. »Davon habe ich gehört, ohne dem Gerede jedoch Bedeutung beizumessen. Ihr Menschen seid doch bestens vorbereitet, um einer solchen Herausforderung zu begegnen, oder?«

»Selbstverständlich sind wir das«, antwortete der Beamte. Er konnte sich des Verdachts nicht erwehren, daß man sich über ihn lustig machte, deshalb betrachtete er Paithan mißtrauisch.

Das Gesicht des Elfen war von nichtssagender Liebenswürdigkeit.

»Die Kinder lieben unser magisches Spielzeug so sehr. Und bald ist Sankt Thilliastag. Wir wollen die kleinen Schlingel doch nicht enttäuschen, oder?« Paithan beugte sich vertraulich vor. »Ich wette, Ihr seid Großvater, stimmt's? Wie wär's, wenn Ihr mich ohne den üblichen Firlefanz passieren laßt?«

»Ganz recht, ich bin Großvater«, entgegnete der Beamte mit finster gerunzelter Stirn. »Zehn Enkel habe ich, allesamt unter vier Jahren, und alle wohnen in meinem Haus! Öffnet die Körbe.«

Paithan begriff, daß er einen taktischen Fehler begangen hatte. Mit dem Seufzer eines zu Unrecht Beschuldigten hob er resigniert die Achseln und trat neben den ersten Korb. Quintin – ganz Zuvorkommenheit und

Diensteifer – öffnete die Verschnürung. Die in der Nähe stehenden Sklaven beobachteten die Prozedur mit dem Ausdruck unterdrückter Schadenfreude, was Paithan ein gewisses Unbehagen verursachte. Was, in Teufels Namen, hatten sie zu grinsen? Fast konnte man glauben, sie wüßten...

Der Zollbeamte lüftete den Korbdeckel; buntes Spielzeug leuchtete im Sonnenschein. Ohne Paithan aus den Augen zu lassen, steckte er die Hand in den Korb.

Sogleich riß er sie mit einem Aufschrei wieder zurück und umklammerte seine Finger. »Etwas hat mich gebissen!« verkündete er anklagend.

Die Sklaven brüllten vor Lachen. Quintin ließ die Peitsche knallen, und bald war die Ordnung wieder hergestellt.

»Es tut mir schrecklich leid, Sir.« Paithan schlug den Deckel zu. »Das müssen die Kastenteufel gewesen sein. Sie sind berüchtigt für ihre Beißwut. Ich muß mich wirklich entschuldigen.«

»Und solche Ungeheuer verkauft Ihr als Kinderspielzeug?« entrüstete sich der Beamte und saugte an dem verletzten Daumen.

»Manche Eltern begrüßen ein gewisses Maß an Aggressivität bei einem Spielzeug, Sir. Schließlich will man vermeiden, daß die kleinen Schlingel zu sehr verweichlichen. O Sir, bei dem Korb wäre ich besonders vorsichtig. Da sind die Püppchen drin.«

Der Beamte streckte die Hand aus, zögerte und ließ sie fallen. »Dann macht, daß Ihr weiterkommt. Weiter, weiter! Der nächste!«

Paithan gab Quintin einen Wink, und der Vorarbeiter scheuchte die Sklaven auf. Einige von ihnen grinsten trotz der frischen Peitschenstriemen immer noch, und Paithan wunderte sich wieder einmal über diese merkwürdige Charaktereigenschaft der Menschen, die sie veranlaßte, sich über das Mißgeschick eines anderen zu freuen.

Seine Frachtpapiere wurden hastig überprüft und zurückgegeben. Paithan steckte sie in die Tasche seines Reisemantels, verneigte sich zum Abschied und wollte gehen, als sich eine Hand auf seinen Arm legte. Der Elf spürte, wie ihm die Geduld ausging. Seine Schläfen pochten.

»Ja, Sir?« fragte er mit einem Lächeln und drehte sich herum.

Der Zollbeamte beugte sich zu ihm. »Was verlangt Ihr für zehn von den Teufeln?«

Auch die Reise durch die Länder der Menschen verlief ereignislos. Einer von Paithans Sklaven entfloh, aber das hatte er einkalkuliert und genügend Arbeitskräfte mitgenommen, um den Verlust verschmerzen zu können, und wegen der anderen Sklaven machte er sich nur wenig Sorgen.

Unter dem Einfluß von Gregors Geschichten begann der Elf sich wieder mit Zifnabs Prophezeiung zu beschäftigen. Er bemühte sich, so viel wie möglich über die im Anmarsch befindlichen Riesen herauszufinden, und traf in jeder Schänke jemanden, der etwas zu berichten wußte. Doch nach und nach wuchs in ihm die Überzeugung, daß es sich um hohles Geschwätz handelte. Außer Gregor schien es keinen Menschen zu geben, der je persönlich mit einem der Flüchtlinge gesprochen hatte.

»Der Onkel meiner Mutter hat drei von ihnen getroffen, und sie haben ihm gesagt, und er hat meiner Mutter gesagt . . .«

»Der Sohn von meinem zweiten Vetter war letzten Monat in Jendi, als die Schiffe einliefen, und er sagte meinem Vetter, er sollte es meinem Vater erzählen, der mir erzählt hat . . .«

Paithan kam schließlich mit einige Erleichterung zu dem Schluß, daß Gregor ihm Soompralinen* untergejubelt hatte. Der Elf löschte Zifnabs Prophezeiung ein für allemal aus seinem Gedächtnis.

Paithan überschritt die Grenze von Marcinia nach Terncia, ohne daß einer der Wachtposten auch nur einen Blick in die Körbe geworfen hatte. Sie kontrollierten flüchtig die Frachtpapiere mit der Unterschrift des Beamten in Varsport und winkten ihn hindurch. Der Elf war des Wanderlebens noch längst nicht überdrüssig und ließ sich Zeit. Das Wetter war außergewöhnlich schön, die Menschen überwiegend freundlich und liebenswürdig. Natürlich mußte er sich die gelegentliche Bemerkung über ›Frauenräuber‹ oder ›dreckige Sklavenhalter‹ anhören, aber Paithan, der alles andere als aufbrausend war, hörte entweder darüber hinweg oder lachte nur und spendierte die nächste Runde.

Wie alle Elfen hatte Paithan eine Schwäche für Menschenfrauen, aber auf seinen weiten Reisen hatte er gelernt, daß nichts einen schneller die Ohren kosten konnte als unvorsichtiges Herumtändeln mit dem weiblichen Teil der Spezies. Er war klug genug, seine Gelüste im Zaun zu halten, und beschränkte sich auf bewundernde Blicke oder einen raschen Kuß in einer dunklen Ecke. Wenn in der Stille der Schlummerzeit die Tochter des Wirts an seine Tür kam, um sich von dem legendären erotischen Talent der Elfenmänner zu überzeugen, achtete Paithan darauf, sie gleich bei Tagbeginn aus der Tür zu komplimentieren, bevor das Haus aufwachte.

Der Elf erreichte sein Ziel – den kleinen und wenig reizvollen Ort Griffith – einige Wochen nach dem angekündigten Termin. Er war in Anbetracht der schwierigen Reisebedingungen in den verfeindeten fünf Staaten Thillias durchaus mit sich zufrieden. Nach der Ankunft in der *Dschungelblume* veranlaßte er, daß Sklaven und Tyros im Stall untergebracht wur-

*Ein bei den Elfen gebräuchlicher Ausdruck für einen Schwindel im Gewand der Wahrheit. Eigentlich sind Soompralinen ein von Menschen erfundenes Konfekt, das bei den naschhaften Elfen begeisterte Aufnahme gefunden hat. Die Pralinen schmecken köstlich, haben aber – im Übermaß genossen – verheerende Auswirkungen auf das Verdauungssystem der Elfen.

den, besorgte seinem Aufseher einen Schlafplatz auf dem Heuboden und nahm sich selbst ein Zimmer im Gasthaus.

Die *Dschungelblume* hatte anscheinend noch nicht oft Elfen in ihren Mauern beherbergt, denn der Inhaber nahm sich viel Zeit, die Münze zu betrachten, die Paithan ihm in die Hand gedrückt hatte, und klopfte sogar damit auf den Tisch, um sich von ihrer Echtheit zu überzeugen. Nachdem er festgestellt hatte, daß es Hartholz war, wurde er etwas höflicher.

»Wie ist Euer Name?«

»Paithan Quindiniar.«

»Aha«, brummte der Mann. »Ich habe zwei Botschaften für Euch. Die eine wurde hier abgegeben, die andere kam durch Strax.«

»Ich danke Euch sehr«, sagte Paithan und reichte ihm eine zweite Münze.

Die Höflichkeit des Wirts nahm merklich zu.

»Ihr müßt durstig sein. Setzt Euch in den Gastraum, und ich bringe Euch einen ordentlichen Trunk.«

»Keinen Vingin«, meinte Paithan, nahm die Briefe und suchte sich einen gemütlichen Platz.

Die eine Nachricht konnte nur von Menschen stammen – ein Stück billiges Pergament, das schon einmal benutzt worden war. Man hatte den Versuch unternommen, die Schrift zu entfernen, jedoch ohne großen Erfolg. Nachdem er die schmutzige Schnur aufgeknotet hatte, entzifferte Paithan mit einiger Mühe die für ihn bestimmte Botschaft zwischen den verwischten Zeilen eines alten Steuerbescheids.

Quindiniar. Ihr kommt spät. Das... Euch. Wir... gezwungen... Reise... Kunden bei Laune... zurück.

Paithan trat an Fenster und hielt das Pergament ins Licht. Nein, er konnte nicht lesen, wann sie zurück sein wollten. Signiert waren die Zeilen mit einem krakligen Namenszug – *Roland Redleaf.* Er zog den abgegriffenen Frachtbrief aus der Tasche und suchte nach dem Namen des Kunden. Das stand es in Calandras akkurater aufrechter Schrift. *Roland Redleaf.* Mit einem Schulterzucken warf Paithan das Schreiben in den Spucknapf und wischte sich gründlich die Hände ab. Man konnte nicht wissen, wo es schon überall gewesen war.

Der Wirt kam mit einem Krug Bier herbeigeeilt. Nachdem er probiert hatte, lobte Paithan das Bier als ausgezeichnet und machte sich damit den hocherfreuten Wirt zum ergebenen Diener – fürs ganze Leben oder wenigstens so lange sein Geld reichte. Paithan setzte sich in eine Nische, legte die Füße auf den Stuhl gegenüber, lehnte sich zurück und öffnete erwartungsvoll die zweite Rolle.

Es war ein Brief von Aleatha, der vermutlich keine Antwort verlangte.

Kapitel 11

Haus Quindiniar, Equilan

Lieber Paithan,

Du bist vermutlich überrascht, von mir zu hören. Ich bin keine eifrige Briefeschreiberin. Wie ich Dich kenne, wirst Du aber nicht beleidigt sein, wenn ich Dir die Wahrheit sage – ich schreibe aus schierer Langeweile. Ich hoffe von ganzem Herzen, daß diese Verlobung nicht allzu lange dauert, oder ich verliere den Verstand.

Ja, lieber Bruder, ich habe mein ›sündhaftes Treiben‹ aufgegeben. Wenigstens vorübergehend. Sobald ich eine ›tugendsame alte Ehefrau‹ bin, gedenke ich, ein unterhaltsameres Leben zu führen, dazu braucht es nur ein wenig Geschick und Diskretion.

Wie vorauszusehen, hat es wegen der bevorstehenden Hochzeit einen kleinen Skandal gegeben. Die Fürstinmutter ist eine mißgünstige alte Hexe und hätte beinahe alles ruiniert. Sie hatte den Nerv, Durndrun meine Affäre mit Lord R. auf die Nase zu binden und ihm zu sagen, daß ich in gewissen Etablissements Drunten verkehrt und mich sogar mit Menschensklaven eingelassen hätte! Kurz, ich bin ein Flittchen, nicht würdig, den guten, alten Namen Durndrun zu tragen.

Glücklicherweise hatte ich so etwas vorhergesehen und meinem ›Herzblatt‹ das Versprechen abgeschwatzt, mich über alle Anschuldigungen seiner Frau Mama zu informieren und mir Gelegenheit zu geben, mich zu verteidigen. Er hielt sich daran, kam zu mir und wollte mich sprechen. Bei TAGBEGINN, ausgerechnet! Das ist eine Gewohnheit, die ich ihm gleich nach der Hochzeit austreiben werde! Bei Orn! Was tut man zu so unheiliger Stunde? Es ließ sich nicht ändern. Ich mußte mich sprechen lassen. Anders als viele Frauen sehe ich zum Glück auch gleich nach dem Aufstehen recht passabel aus.

Durndrun wartete in Gesellschaft von Calandra im Salon, die die ganze Angelegenheit immens zu genießen schien.

Sie ließ uns allein – durchaus korrekt bei Verlobten, mußt Du wissen –, und sogleich begann dieser Mann mir die von seiner Mutter ausgesprochenen Beschuldigungen entgegenzuschleudern!

Ich war natürlich vorbereitet.

Sobald ich begriff, woher der Wind wehte, sank ich ohnmächtig zu Boden. (Nebenbei, richtig in Ohnmacht fallen ist eine Kunst. Man darf keinen Schaden anrichten und sich möglichst keine unansehnlichen Prellungen zuziehen. Es ist nicht so einfach, wie es aussieht.) Nun, Durndrun erschreckte sich gehörig und konnte nicht anders, als mich aufzuheben und auf das Sofa zu legen.

Ich kam grade rechtzeitig zur Besinnung, um ihn daran zu hindern, nach der Dienerschaft zu klingeln, nannte ihn einen ›Schuft‹ und brach in Tränen aus.

Wieder konnte er nicht anders, als mich in die Arme nehmen. Während ich schluchzend meine besudelte Ehre beklagte und daß ich niemals einen Mann lieben könnte, der kein Vertrauen zu mir hätte, versuchte ich ihn wegzuschieben, sorgte aber dafür, daß in dem Handgemenge mein Kleid zerriß und Seine Hochwohlgeboren feststellen mußte, daß seine Hand an eine Stelle geraten war, wo sie nicht hingehörte.

»Aha! Dafür hältst du mich also!« Ich warf mich auf das Sofa, wobei ich in dem verzweifelten Bemühen, den Schaden zu reparieren, alles noch schlimmer machte. Meine einzige Sorge war, daß er die Diener rufen könnte, daher durfte ich des Guten nicht zuviel tun und etwa hysterisch werden.

Er stand auf, und aus den Augenwinkeln konnte ich beobachten, welcher Kampf in seiner Brust entbrannt war. Ich mäßigte mein Schluchzen, wandte den Kopf und sah durch einen Schleier goldener Haare zu ihm auf. Aus Erfahrung weiß ich, wie ich den Kopf halten muß, damit meine Augen einen besonders unwiderstehlichen Glanz bekommen.

»Ich gebe zu, daß man mich durchaus verantwortungslos nennen könnte«, sagte ich mit erstickter Stimme, »aber ich habe auch nie eine Mutter gehabt, um mir zu raten! So lange habe ich nach jemandem

gesucht, den ich von ganzem Herzen lieben und ehren kann, und jetzt, da ich dich gefunden habe . . .«

Mir versagte die Stimme. Ich drehte das Gesicht zur Wand und streckte den Arm aus. »Geh nur!« forderte ich ihn auf. »Deine Mutter hat ganz recht! Ich bin solcher Liebe nicht wert!«

Nun, Bruderherz, ich bin sicher, den Rest kannst Du Dir denken. Bevor man ›Heiliger Stand der Ehe‹ sagen konnte, lag Lord Durndrun mir zu Füßen und erbat MEINE Verzeihung. Ich gestattete ihm noch einen Kuß und einen langen Blick, bevor ich die ›Schätze‹ wieder verhüllte, die er erst in unserer Hochzeitsnacht besitzen wird.

Er war so überwältigt von seinen Gefühlen, daß er sogar davon sprach, seine Mutter aus dem Haus zu weisen! Es hat mich große Überredungskunst gekostet, ihn zu überzeugen, daß die alte Fürstin mir lieb sein wird wie die Mutter, die ich niemals hatte. Ich habe Pläne mit der guten Frau. Sie weiß es nicht, aber sie wird meine kleinen Eskapaden tarnen, wenn ich das Gefühl habe, dem eintönigen Eheleben wieder einmal entfliehen zu müssen.

Und so bin ich auf dem besten Weg zum Altar. Lord Durndrun hat seine Frau Mama in die Schranken gewiesen und ihr gesagt, er gedenke mich zu heiraten, und wenn sie sich damit nicht abfinden könne, würden wir eben irgendwo anders leben. Das würde ich selbstverständlich keinesfalls zulassen. Das Haus ist der Hauptgrund, weshalb ich ihn heirate. Aber ich machte mir deswegen keine großen Sorgen. Die alte Frau ist vernarrt in ihren Sohn und gab nach, genau wie ich es mir gedacht hatte.

In ungefähr vier Monaten wird die Hochzeit sein. Ich hatte auf einen früheren Zeitpunkt gehofft, aber es gibt einige Formalitäten zu beachten, und Calandra besteht darauf, daß alles überaus korrekt zugeht. In der Zwischenzeit bleibt mir nichts anderes übrig, als den Eindruck zu erwecken, daß ich ein anständiges, wohlerzogenes Mädchen bin. Bestimmt wirst Du lachen, wenn ich Dir jetzt sage, daß ich den ganzen letzten Monat mit keinem Mann zusammengewesen bin. In der Hochzeitsnacht wird selbst Durndrun mir wie eine Offenbarung erscheinen!

(Ich bin gar nicht sicher, daß ich so lange warten kann. Du hast es vermutlich nicht bemerkt, aber einer unserer Menschensklaven ist ein wirklich hübscher Vertreter seiner Spezies. Man kann sich gut mit ihm unterhalten, und er hat mich sogar einige Worte seiner barbarischen Sprache gelehrt. Apropos Barbaren – glaubst du, es stimmt, was man von den Menschenmännern erzählt?)

. . .

Entschuldige die verwischte Schrift. Callie kam herein, und ich mußte die Blätter zwischen meiner Unterwäsche verstecken, bevor die Tinte trocken war. Kannst du dir vorstellen, was passiert wäre, wenn sie den letzten Absatz gelesen hätte?!

Glücklicherweise besteht kein Grund zur Sorge. Wenn ich darüber nachdenke, glaube ich nicht, daß ich mich zu dieser Affäre mit einem Menschen überwinden könnte. Sei bitte nicht beleidigt, Paithan, aber wie bringst Du es über Dich, sie anzufassen? Für einen Mann ist es wahrscheinlich anders.

Fragst Du Dich, was Callie um diese Stunde der Sturmzeit in meinem Zimmer wollte? Die Raketen raubten ihr den Schlaf.

Da wir von Raketen sprechen, zu Hause ist es schlimmer denn je. Paps und dieser verrückte alte Zauberer verbringen die ganze Schaffenszeit unten im Keller und basteln die Raketen, die sie dann während der Dunkelheit im Hinterhof zünden. Was die Zahl der Diener betrifft, die in letzter Zeit gegangen sind, müssen wir einen neuen Rekord aufgestellt haben. Callie war gezwungen, einigen Familien in der Stadt Entschädigungen zu zahlen, weil ihre Häuser in Brand gerieten. Paps und der Zauberer lassen die Raketen aufsteigen, damit dieser ›Mann mit den verbundenen Händen‹ sie sieht und weiß, wo er landen muß!

O Paithan, ich weiß, Du lachst jetzt, aber es ist gar nicht komisch. Die arme Callie ist völlig verzweifelt. Natürlich denkt sie ständig an das Geld und das Geschäft und daran, daß plötzlich der Bürgermeister mit einer Petition vor der Tür steht, in der die Abschaffung des Drachen gefordert wird.

Ich mache mir Sorgen um Paps. Der raffinierte alte Mensch hat es geschafft, Paps ganz und gar von der Existenz dieses Schiffs zu überzeugen und daß er zu den Sternen fliegen wird, um Mama wiederzusehen. Paps redet von nichts anderem mehr. Er ist so aufgeregt, daß er nicht essen mag und täglich dünner wird. Die beiden sind mittlerweile so vertraut miteinander, daß sie sich duzen! Callie und ich sind überzeugt, daß der Alte etwas im Schilde führt – womöglich will er sich mit Paps' Vermögen davonmachen. Doch wenn er das vorhat, ist es ihm bisher meisterhaft gelungen, sich zu verstellen.

Callie hat zweimal versucht, Zifnab zu bestechen, und bot ihm mehr Geld, als die meisten Menschen in ihrem ganzen Leben zu sehen bekommen, wenn er verschwindet und uns in Ruhe läßt. Der alte Mann nahm ihre Hand, machte ein kummervolles Gesicht und sagte: »Aber, meine Liebe, Geld wird dann nichts mehr bedeuten.«

Nichts bedeuten! Geld und nichts bedeuten! Callie hielt ihn von Anfang an für verrückt, aber jetzt ist sie überzeugt, daß er völlig den Verstand verloren hat und eingesperrt gehört. Ich bin ziemlich sicher, daß sie es tun würde, aber sie hat Angst, Paps könnte außer sich geraten. Und dann kam der Tag, an dem der Drache sich fast befreit hätte.

Du erinnerst Dich, daß der alte Mann sich mit einem Zauber den Drachen gefügig macht? (Orn weiß, wie oder warum.) Wir setzten uns eben an den Frühstückstisch, als es draußen plötzlich einen fürchterlichen

Tumult gab, das Haus bebte, als wolle es einstürzen, Äste splitterten, und am Fenster des Eßzimmers erschien ein rotglühendes Auge.

»Nimm dir noch ein Brötchen, alter Mann!« ertönte diese entsetzliche, zischende Stimme. »Mit viel Honig. Du kannst noch ein paar Pfündchen auf den Rippen vertragen. Genau wie die anderen saftigen Happen da am Tisch!«

Er fletschte die Zähne, Geifer troff von seiner Zuge. Ein paar Diener, die uns noch geblieben waren, rannten schreiend aus der Tür.

»Aha!« brüllte der Drache. »Schneller Imbiß!«

Das Auge verschwand. Wir liefen zur Vordertür und kamen grade recht, um zu sehen, wie das Untier den Hals reckte und seine Kiefer sich über der Köchin schließen wollten!

»Nein, sie nicht!« schrie der alte Mann. »Ihre Hähnchenkasserolle ist ein Gedicht. Nimm den Butler.« Er wandte sich an Vater. »Den konnte ich noch nie leiden«, meinte er. »Eingebildeter Schnösel.«

»Aber«, stotterte unser bedauernswerter Vater, »du kannst ihn doch nicht das Personal verschlingen lassen!«

»Warum nicht? Soll er uns alle verschlingen! Was kümmert's dich?«

Du hättest Callie sehen sollen, Paithan. Es war furchterregend. Sie blieb stocksteif auf der Eingangstreppe stehen, mit verschränkten Armen und einem Gesicht wie aus Stein gemeißelt. Der Drache schien mit seinen Opfern zu spielen, hetzte sie wie Schafe, sah zu, wie sie sich hinter Bäume duckten, und fuhr auf sie los, wenn sie sich blicken ließen.

»Und wenn wir ihm doch den Butler überlassen?« fragte der alte Mann nervös. »Und vielleicht einen oder zwei von den Lakaien? Um den schlimmsten Hunger zu stillen, sozusagen.«

»Ich . . . ich fürchte, das geht nicht«, antwortete Paps, der zitterte wie Espenlaub.

Der alte Mann seufzte tief. »Du hast recht, nehme ich an. Es wäre unfein, deine Gastfreundschaft auszunutzen. Wie schade. Elfen sind so wunderbar leicht verdaulich. Rutschen runter wie nichts. Nur daß sie nicht lange vorhalten.« Der alte Mann fing an, die Ärmel hochzukrempeln. »Zwerge sind etwas anderes. Ich würde ihn nie einen Zwerg fressen lassen. Nicht seit dem letztenmal. Ich mußte die ganze Nacht mit ihm aufbleiben. Nun wollen wir mal sehen. Wie ging diese Beschwörung noch? Ich brauche einen Klumpen Fledermausdung und eine Prise Schwefel. Nein. Verflixt! Ich bin ganz durcheinander!«

Der alte Mann schlenderte in aller Gemütsruhe über den Rasen und schwatzte über Fledermausdung. Mittlerweile hatten sich einige bewaffnete Leute aus der Stadt eingefunden. Der Drache war entzückt, sie zu sehen, und grölte etwas wie: »Freie Auswahl! Essen Sie soviel Sie können!« Callie stand auf der Treppe und kreischte: »Friß uns alle!« Paps rang die Hände, bis er schließlich auf eine Chaiselongue niedersank.

Es ist mir furchtbar peinlich, Paithan, aber ich fing an zu lachen. Wie kommt das? Irgendein Dämon in mir scheint sich an Katastrophen zu ergötzen, und ich muß einfach kichern. Ich wünschte mir von ganzem Herzen, Du wärst da, um uns zu helfen, Paps war keine Hilfe, Callie auch nicht. In meiner Verzweiflung lief ich die Treppe hinunter, über den Rasen und ergriff den Arm des alten Mannes, bevor er eine neue Beschwörung anfangen konnte.

»Solltet Ihr nicht singen?« fragte ich. »Irgend etwas mit Onkel Veit?«

Das war alles, was ich von dem kuriosen Lied verstanden hatte. Der alte Mann blinzelte, und sein Gesicht erhellte sich. Dann wirbelte er zu mir herum und starrte mich an, während sein Bart sich sträubte. Inzwischen jagte der Drache die Bewohner der Stadt über den Rasen.

»Was hast du vor?« fauchte er mich an. »Willst du meinen Job übernehmen?«

»Nein, ich . . .«

»›Misch dich nicht in die Angelegenheiten von Zauberer ein, denn sie sind reizbar und schwer zu durchschauen.‹ Ein Kollege hat das gesagt. Ziemlich tüchtig, Experte in punkto Juwelen. Sein Feuerwerk war auch nicht schlecht. So schick wie Merlin war er allerdings nicht. Wie hieß er nur? Raist – nein, das war der unerträgliche junge Bursche, der immer mit der Axt zugange war und Blut spuckte. Scheußlich. Der andere hieß Gand-irgendwas . . .«

Ich fing schallend an zu lachen. Ich konnte nicht anders. Ich hatte keine Ahnung, was er da schwafelte. Alles war so absolut blödsinnig. Ich muß ein durch und durch böses Geschöpf sein. »Der Drache!« Ich packte den Alten und schüttelte ihn, bis seine Zähne klapperten. »Haltet ihn auf!«

»Ja, du hast leicht reden.« Zifnab warf mir einen resignierten Blick zu. »Du mußt nachher nicht mit ihm leben.«

Nachdem er noch einmal tief geseufzt hatte, begann er wieder mit dieser Fistelstimme zu singen, wobei einem ganz schwindlig wird. Genau wie damals hob der Drache den Kopf und blickte starr auf den alten Mann. Die Augen des Untiers wurden glasig, und bald wiegte es sich im Takt der Musik. Plötzlich schien er wie aus einem Traum zu erwachen, fixierte den alten Mann und bog den Hals zurück.

»Gnädiger Herr!« donnerte die Kreatur. »Was tut Ihr im Vorgarten, nur mit Nachthemd bekleidet? Habt Ihr kein Schamgefühl?«

Der Kopf des Drachen schlängelte sich über den Rasen und verharrte vor der Chaiselongue, unter die Papa sich geflüchtet hatte. Die Equilaner, die merkten, daß das Ungeheuer abgelenkt war, hoben die Waffen und pirschten sich verstohlen an.

»Vergebt mir, Meister Quindiniar«, sagte der Drache mit rollendem Baß, »es ist ganz allein meine Schuld. Er ist heute morgen aus dem Haus gelaufen, bevor ich ihn zurückhalten konnte.« Der Drache schaute über die

Schulter zu dem alten Magier. »Sir, ich hatte das malvenfarbene Morgenjacket bereitgelegt, dazu die Nadelstreifenhose und die gelbe Weste ...«

»Malvenfarbenes Jackett?« zeterte der Magier. »Hast du jemals Merlin in Camelot mit einem malvenfarbenen Jackett bekleidet herumspazieren sehen? Nein, bei allen warzigen Kröten, hast du nicht! Und mich wirst du schon gar nicht in eine solche Scheußlichkeit stecken!«

Den Rest der Unterhaltung bekam ich nicht mit, weil ich die herbeiströmenden Leute überreden mußte, nach Hause zu gehen. Ich wäre den Drachen nur zu gerne losgeworden, aber mir war klar, daß ihre armseligen Waffen ihm nichts anhaben konnte. Nicht lange nach diesem Vorfall tauchte übrigens tatsächlich der Bürgermeister mit einer Petition auf.

Seither ist Callie nicht mehr die alte, Paithan. Sie ignoriert den Magier und auch den Drachen völlig. Weder würdigt sie den alten Mann eines Blicks, noch redet sie mit ihm. Ihre Zeit verbringt sie entweder in den Werkstätten oder schließt sich in ihr Büro ein. Kaum daß sie mit unserem Vater spricht. Nicht, daß er es merkt. Er ist zu sehr mit seinen Raketen beschäftigt.

Nun ja, Paithan, das ›Feuerwerk‹ draußen ist für diesmal zu Ende. Ich werde schließen und zu Bett gehen. Morgen nehme ich den Tee mit der alten Fürstin. Ich habe mir vorgenommen, heimlich die Tassen zu vertauschen, nur für den Fall, daß sie der Versuchung nicht widerstehen kann, mich zu vergiften.

Oh, fast hätte ich's vergessen, Callie sagt, ich soll Dir mitteilen, daß das Geschäft einen unerwarteten Aufschwung genommen hat. Wenn ich recht verstanden habe, liegt es an Gerüchten von einer Gefahr aus dem Norinth. Tut mir leid, daß ich nicht besser aufgepaßt habe, aber Du weißt ja, wie diese geschäftlichen Dinge mich langweilen. Ich glaube, wir verdienen jetzt noch mehr Geld, aber, wie der alte Mann gesagt hat, was bedeutet das schon!

Komm schnell zurück, Paithan, und erlöse mich aus diesem Irrenhaus!

In Zuneigung
Deine Schwester Aleatha

Kapitel 12

Griffith, Terncia, Thillia

Paithan hörte, wie jemand den Schankraum betrat, aber er war in den Brief seiner Schwester vertieft und hob erst den Blick, als der Stuhl, den er als Fußschemel benutzte, mit einem Tritt unter seinen Beinen weggestoßen wurde.

»Höchste Zeit!« sagte eine Stimme in der Menschensprache.

Paithan schaute auf. Ein Mann stand vor ihm, groß, muskulös, mit langem, blondem Haar, das er mit einer Lederschnur im Nacken zusammengebunden hatte. Seine Haut war tiefgebräunt, bis auf die von der Kleidung verdeckten Stellen; dort war sie ebenso hell und glatt wie der Körper eines Elfen. Die blauen Augen blickten offen und freundlich, die Lippen waren zu einem gewinnenden Lächeln verzogen. Er trug die fransenbesetzten Lederhosen und das ärmellose Lederhemd – die bei seinem Volk so überaus beliebte Tracht.

»Quincyjones?« fragte der Mensch und streckte die Hand aus. »Ich bin Roland. Roland Redleaf. Erfreut, Eure Bekanntschaft zu machen.«

Paithan schaute auf den Stuhl, der umgekippt mitten im Gastraum lag.

Barbaren. Nun ja, es war sinnlos, sich darüber aufzuregen. Er stand auf und tauschte mit dem Menschen einen Händedruck, womit er der Sitte Genüge tat, die sowohl Elfen wie Zwerge unverständlich und ein wenig lächerlich fanden.

»Mein Name ist Quindiniar. Und setzt Euch doch zu mir«, sagte Paithan und nahm wieder Platz. »Was darf ich Euch zu trinken bestellen?«

»Ihr sprecht unsere Sprache ziemlich gut, ohne dieses alberne Lispeln, das die meisten Elfen sich nicht abgewöhnen können.« Roland zog sich einen Stuhl heran. »Was habt Ihr denn da?« Er griff nach Paithans fast vollem Krug und roch daran. »Ist das Zeug genießbar? »Meistens schmeckt das Bier hier wie Pferdepisse. He, Wirt! Bring uns noch zwei!«

»Auf das Spielzeug«, sagte Roland und hob seinen Krug.

Paithan trank ihm zu, doch als er nach einem Schluck den Humpen wieder absetzte, hatte der Mensch seinen schon geleert. Er blinzelte, wischte sich über die Augen und meinte: »Nicht übel. Und was ist mit Euch? Trinkt Ihr nicht aus? Nein? Ich nehm's Euch gerne ab. Man soll nichts umkommen lassen.« Er trank auch Paithans Krug aus und stellte ihn schwungvoll auf den Tisch zurück.

»Worauf haben wir getrunken? Ah, ich erinnere mich. Das Spielzeug. Höchste Zeit, wie schon gesagt.« Roland beugte sich über den Tisch und atmete seinem Gegenüber die Bierfahne ins Gesicht. »Die Kinder werden langsam ungeduldig! Ich hatte verdammte Mühe, die kleinen Herzchen zu beschwichtigen – wenn Ihr versteht, was ich meine.«

»Ich bin nicht ganz sicher«, antwortete Paithan milde. »Trinkt Ihr noch einen Krug?«

»Klar. Wirt! Noch mal dasselbe.«

»Auf meine Rechnung«, fügte der Elf hinzu, denn er sah, daß der Inhaber die Stirn runzelte.

Roland dämpfte die Stimme. »Die Kinder – die Käufer, die Zwerge. Sie werden wirklich ungeduldig. Der alte Schwarzbart hätte mir fast den Kopf abgerissen, als ich ihm sagte, es gäbe eine Verzögerung.«

»Ihr verkauft das ... hm ... Spielzeug an die Zwerge?«

»Allerdings. Ist das ein Problem für Euch, Quinquillion?«

»Quindiniar. Nein, aber jetzt begreife ich, weshalb Ihr die anderen Interessenten überbieten konntet.«

»Ganz unter uns, die Idioten hätten auch das Doppelte gezahlt, um das Zeug zu kriegen. Sie sind ganz aus dem Häuschen wegen irgendeines Kindermärchens über riesenhafte Menschen. Aber Ihr werdet es ja selbst erleben.« Roland nahm einen großen Schluck Bier.

»Ich?« Paithan schüttelte den Kopf. »Da irrt Ihr Euch. Sobald ich mein Geld habe, gehört das ›Spielzeug‹ Euch. Ich muß zurück nach Hause. Grade jetzt haben wir viel zu tun.«

»Und wie sollen wir, bitte schön, das Geraffel transportieren?«

Roland wischte sich mit dem Unterarm über den Mund. »Auf dem Kopf vielleicht? Ich habe Eure Tyros in den Ställen gesehen. Alles ist hübsch säuberlich verschnürt und verpackt. Wir ziehen los und sind in Windeseile wieder zurück.«

»Tut mir leid, Redleaf, aber das war nicht abgemacht. Gib mir das Geld und . . .«

»Aber glaubt Ihr nicht, das Zwergenreich wäre eine Reise wert?« ertönte eine Frauenstimme hinter Paithan.

»Quinpennium«, sagte Roland und schwenkte den Krug. »Meine Frau.«

Der Elf war aufgestanden, drehte sich um und stand einer Menschenfrau gegenüber.

»Mein Name lautet Quindiniar.«

»Freut mich, Euch kennenzulernen. Ich bin Rega.«

Sie war nicht besonders groß, dunkelhaarig und hatte dunkle Augen. Wie Roland trug auch sie fransenbesetzte, knappe Lederkleidung, die der Phantasie des Betrachters kaum noch Spielraum ließ. Die von langen, schwarzen Wimpern überschatteten braunen Augen bargen ungelöste Rätsel; die vollen Lippen bewahrten süße Geheimnisse. Sie streckte die Hand aus. Statt sie zu schütteln, wie es die Frau offenbar erwartet hatte, führte Paithan die Hand an die Lippen und küßte sie.

Der Frau stieg eine leichte Röte in die Wangen. Sie zögerte, Paithan die Hand zu entziehen. »Sieh nur, Roland, du bist nie so galant.«

»Du bist meine Frau«, erwiderte Roland schulterzuckend, als wäre damit alles erklärt. »Setz dich, Rega. Was willst du trinken? Das Übliche?«

»Ein Glas Wein für die Dame«, bestellte Paithan. Er holte einen Stuhl von einem anderen Tisch und rückte ihn zurecht, damit Rega Platz nehmen konnte. Sie setzte sich. Ihre Bewegungen waren von geschmeidiger Anmut, fließend, schnell, präzise.

»Wein. Ja, warum nicht?« Rega lächelte den Elf an; das dunkle, schimmernde Haar glitt weich über ihre nackte Schulter.

»Überrede unseren Freund Quisquilien dazu, daß er mit uns kommt, Schatz.«

Ohne den Blick von Paithan abzuwenden oder das Lächeln zu verlieren, bemerkte die Frau: »Hast du nicht eine gewisse Verabredung, Roland?«

»Stimmt. Das verdammte Bier will raus.«

Roland verließ den Schankraum durch die Tür zum Hinterhof.

Regas Lächeln wurde noch eine Spur herzlicher. Paithan sah die scharfen, weißen Zähne hinter ihren Lippen, die anscheinend mit dem Saft irgendwelcher Beeren rotgefärbt worden waren. Wer diese Lippen küßte, würde die Süße . . .

»Ich würde mich so freuen, wenn Ihr Euch entschließen könntet, uns zu begleiten. Es ist wirklich keine übermäßig weite Reise. Wir kennen die beste Route durch das Land der Seekönige. Dort gibt es keine Grenzpatrouillen. Der Pfad ist stellenweise schwer zu begehen, aber Ihr seht nicht aus wie jemand, der sich leicht ins Bockshorn jagen läßt.« Sie neigte sich zu ihm, und er wurde sich eines schwachen Moschusgeruchs bewußt, der von ihrer schweißglänzenden Haut aufstieg. »Mein Mann und ich, wir sind es ziemlich leid, immer allein unterwegs zu sein. Auf die Dauer hat man sich nichts mehr zu sagen.«

Paithan war durchaus in der Lage, eine inszenierte Verführung zu erkennen. Kein Wunder – seine Schwester Aleatha hätte das Fach an der Universität lehren können, und dieser etwas ungeschliffenen jungen Dame hier ermangelte noch die erforderliche Raffinesse. Der Elf fand die ganze Angelegenheit höchst amüsant. Nach einer langen, zuletzt doch ermüdenden Reise konnte man sich kaum eine bessere Unterhaltung wünschen. Er fragte sich nur, aus welchem Grund Rega diese Komödie aufführte, und hätte auch gern gewußt, ob sie bereit war, ihren Andeutungen die entsprechenden Taten folgen zu lassen.

Ich bin noch nie im Zwergenreich gewesen, überlegte Paithan. Und auch kein anderer Elf. Es wäre tatsächlich eine Reise wert.

Vor seinem inneren Auge erschien Calandras Gesicht – zusammengepreßte Lippen, weiße Nase, funkelnde Augen. Sie würde toben. Mindestens ein Quintal würde verstreichen, bis er wieder zu Hause war.

»Aber Callie, sieh doch«, hörte er sich sagen, »ich habe Handelsbeziehungen zu den Zwergen hergestellt. Direkte Handelsbeziehungen. Keine Mittelsmänner, die Prozente fordern . . .«

»Sagt, daß Ihr mit uns kommt.« Rega drückte seine Hand. Der junge Elf stellte fest, daß die junge Dame über eine undamenhafte Kraft verfügte; die Haut ihrer Handflächen war rauh und voller Schwielen.

»Es sind zu viele Tyros für drei Personen . . .« versuchte er sich herauszuwinden.

»Wir brauchen sie nicht alle.« Ihr Benehmen wurde praktisch und geschäftsmäßig, aber sie zog die Hand nicht zurück. »Ihr führt zur Tarnung Spielzeug mit, richtig? Seht zu, daß Ihr es loswerdet. Verkauft es. Wir werden die . . . wertvollere Ware neu verpacken und die Ladung auf drei Tyros verteilen.«

Kein übler Vorschlag, mußte Paithan zugeben. Außerdem würde der Verkauf des Spielzeugs mehr einbringen, als Quintin für die Heimreise brauchte. Der Profit besänftigte vielleicht Calandras Zorn.

»Wie könnte ich Euch etwas abschlagen«, antwortete Paithan und umfaßte die warme Hand ein wenig fester.

Man hörte eine Tür klappen. Rega zog hastig die Hand zurück. »Mein Mann«, murmelte sie. »Er ist schrecklich eifersüchtig!«

Roland kam in den Schankraum geschlendert. Er war noch damit beschäftigt, die Lederverschnürung an seiner Hose zu verknoten. An der Theke setzte er sich unrechtmäßig in den Besitz von drei Bierkrügen, die dort für andere Gäste bereitstanden, trug sie zu Paithan und seiner Frau an den Tisch, stellte sie hin und schwappte Bier über alles und jeden. Er grinste.

»Nun, Quiproquo, mein liebliches Weib hat Euch also überredet, mit uns zu kommen?«

»Ja«, bestätigte Paithan und dachte dabei, daß Redleaf sich keineswegs wie ein eifersüchtiger Ehemann aufführte – jedenfalls nicht, soweit er es zu beurteilen vermochte. »Aber ich muß den Vorarbeiter und die Sklaven zurückschicken. Sie werden zu Hause gebraucht. Und mein Name lautet Quindiniar.«

»Gute Idee. Je weniger Leute Bescheid wissen, desto besser. Nun, dann gehörst du also jetzt zu uns. Macht es dir etwas aus, wenn ich dich einfach Quin nenne?«

»Nein. Aber mein Rufname lautet Paithan.«

»Klar doch, Quin. Also, ein Prost auf die Zwerge. Auf ihre Bärte und ihr Geld. Sollen sie das eine behalten, und ich nehme das andere!« Roland lachte. »Rega, Schatz, laß doch diesen Traubensaft. Ich weiß, du kannst das Zeug nicht ausstehen.«

Rega errötete wieder. Mit einem um Verständnis heischenden Blick auf Paithan schob sie das Glas beiseite. Dann hob sie den Bierkrug an die roten Lippen und leerte ihn mit der Anmut langer Übung.

Na ja, was soll's! dachte Paithan und tat es ihr gleich.

Kapitel 13

Irgendwo über Pryan

Ein hartnäckiges Winseln weckte Haplo aus der Besinnungslosigkeit. Er setzte sich auf und wußte sofort, wo er sich befand, trotz der Ohnmacht, von der er nicht wußte, was sie verursacht hatte.

Er befand sich in seinem Schiff, in der Kapitänskoje – eine Matratze über einem in den Schiffsrumpf eingelassenen hölzernen Bettgestell. Der Hund saß neben ihm, betrachtete ihn mit glänzenden Augen und hechelte. Offenbar hatte das Tier sich gelangweilt und beschlossen, daß es für seinen Herrn Zeit war aufzustehen.

Sie hatten es also geschafft – wenigstens sah es so aus. Wieder einmal hatten sie das Todestor passiert.

Der Patryn rührte sich nicht. Er verlangsamte die Atmung, lauschte, erforschte die Situation mit dem Gefühl. Alles schien in Ordnung zu sein – anders als beim letzten Mal. Das Schiff stand senkrecht über dem Kiel. Er spürte keine Bewegung, aber es mußte noch in der Luft sein, denn er hatte nicht den magischen Befehl zur Landung gegeben. Einige der Runen leuchteten, also waren sie aktiviert. Bei genauem Hinsehen stellte er fest, daß es sich um Sigel handelte, die Luftbeschaffenheit, Druck und Schwerkraft kontrollierten. Merkwürdig.

Haplo lehnte sich entspannt zurück und spielte mit den Ohren des Hundes. Helles Sonnenlicht strömte durch die Luke über seinem Bett. Der Patryn drehte sich träge herum und schaute durch ein Bullauge auf diese neue Welt, in die sein Auftrag ihn geführt hatte.

Er sah nichts außer Himmel und weit entfernt einen verschwommenen Kreis hellen Lichts – die Sonne. Immerhin besaß die Welt eine Sonne, vier sogar, um genau zu sein. Sein Fürst hatte ihn eigens auf diese Tatsache hingewiesen, und Haplo wunderte sich flüchtig, weshalb die Sartan nicht daran gedacht hatten, die Sonnen in ihre Karten einzuzeichnen. Vielleicht, weil der Todesstern – wie er herausgefunden hatte – mitten in dem Kreis der vier Sonnen lag.

Haplo stieg aus dem Bett und ging zur Brücke. Die Runen auf Rumpf und Schwingen bewahrten das Schiff vor Kollisionen, aber es war doch geraten, sich zu überzeugen, daß er nicht bewegungslos vor einer gigantischen Granitwand schwebte.

Nichts dergleichen. Auch durch das Fenster der Brücke sah er nur den schier endlosen Himmel – oben, unten, überall.

Haplo ging in die Hocke und kraulte geistesabwesend den Kopf des Hundes, um das Tier zu beruhigen. Mit einer solchen Entwicklung hatte er nicht gerechnet und war nicht sicher, was er tun sollte. Die grünlich-blaue, dunstige Leere war auf ihre Art nicht weniger furchteinflößend als der verheerende, unablässig tobende Sturm, in den er auf Arianus geraten war. Die Stille rings umher dröhnte ebenso laut wie der ohrenbetäubende Donner damals. Zugegeben, sein Schiff wurde nicht herumgeworfen wie ein Spielzeug in den Händen eines ungebärdigen Kindes; es prasselte kein Regen auf das Schiff herab, das bereits bei der Durchfahrt durch das Todestor beschädigt worden war. Hier erstreckte sich der Himmel wolkenlos, bedrückend gewaltig – und nichts war zu sehen als die gleißende Sonne.

Der eintönige Himmel übte auf Haplo eine hypnotische Wirkung aus. Er riß den Blick davon los und trat zu dem Sigelstein auf der Brücke. Er legte die Hände links und rechts um den Obsidian und schloß damit den Kreis: linke Hand, linker Arm, Körper, rechter Arm, rechte Hand und zwischen den Händen die Kugel. Er nannte die Runen. Der Stein begann unter seinen Händen blau zu leuchten, das Licht durchdrang seine Finger, bis er die Adern darin erkennen konnte. Er wurde greller, und er kniff die Augen zusammen. Noch heller, bis plötzlich intensiv blaue Strahlen aus der Kugel hervorschossen und sich nach allen Richtungen ausbreiteten.

Geblendet drehte Haplo den Kopf zur Seite. Er mußte die Kugel beobachten. Sobald einer der Navigationsstrahlen auf feste Materie traf – Land, hoffentlich –, wurde er zum Schiff reflektiert und aktivierte eine andere Rune, die mit ihrem roten Schimmer einen möglichen Kurs bezeichnete. Haplo konnte dann in die angegebene Richtung steuern.

Vertrauensvoll gespannt wartete er.

Nichts.

Geduld war eine Tugend, die die Patryn im Labyrinth gelernt hatten. Einmal die Geduld verlieren und unüberlegt handeln, und das Labyrinth gewann die Oberhand. Wenn man Glück hatte, bedeutete es den Tod. Wenn man überlebte, blieb man von dieser Lektion ein Leben lang gezeichnet. Aber man lernte.

Die Hände um den Sigelstein gelegt, wartete Haplo.

Neben ihm saß der Hund mit gespitzten Ohren und wachen Augen, das Maul zu einem erwartungsvollen Lächeln geöffnet. Die Zeit verstrich. Der Hund legte sich, die Vorderläufe ausgestreckt, während der buschige Schwanz über den Boden wischte. Die Zeit verstrich. Der Hund gähnte. Der Kopf sank auf die Vorderpfoten, in die auf Haplo gerichteten Augen trat ein vorwurfsvoller Ausdruck. Haplo wartete. Die blauen Strahlen waren längst erloschen. Das einzige, was er am Himmel sehen konnte, waren die gleißenden Sonnen, die an eine Münze erinnerten.

Haplo begann sich zu fragen, ob das Schiff überhaupt noch flog. Dank der überall auf dem Schiff wirksamen Magie knarrten weder die Taue, noch regten sich die Flügel; das Schiff verursachte kein Geräusch. Haplo hatte keinen Bezugspunkt, er sah keine Wolken vorüberziehen, sah kein Land auftauchen oder entschwinden, es gab keinen Horizont. Der Hund legte sich auf die Seite und schlief ein.

Die Runen unter Haplos Händen blieben dunkel und leblos. Er spürte, wie die kleinen, scharfen Zähne der Furcht an ihm zu nagen begannen. Er redete sich ein, daß er ein Angsthase war, ein Dummkopf; es gab nichts, wovor man sich fürchten mußte.

»Genau!« antwortete eine Stimme in seinem Innern. »Es gibt nichts. *Nichts.*«

Vielleicht funktionierte die Kugel nicht richtig? Haplo schob diesen Gedanken sofort beiseite. Magie war niemals fehlerhaft. Die sie anwandten, begingen Fehler, aber Haplo war sicher, daß ihm bei der Aktivierung der Strahlen keiner unterlaufen war. Er stellte sie sich vor, wie sie mit unvorstellbarer Geschwindigkeit ins Nichts tauchten. Über ungeheure Entfernungen hinweg. Was hatte es zu bedeuten, wenn sie nicht zurückkehrten?

Haplo dachte nach. Ein Lichtstrahl in einer dunklen Höhle reicht bis in eine gewisse Entfernung, dann wird er schwächer und verblaßt schließlich ganz. An seinem Ausgangspunkt ist der Strahl hell und konzentriert, doch je weiter er sich von seinem Ursprung entfernt, desto stärker wird die Diffusion. Haplo überlief ein Schauer, die Haare an seinen Armen richteten sich auf. Gleichzeitig erwachte der Hund, fletschte die Zähne und knurrte.

Die blauen Strahlen waren ungeheuer stark. Sie konnten unvorstellbare Entfernungen zurücklegen, bevor sie zu schwach wurden, um noch reflektiert werden zu können. Oder vielleicht waren sie auf eine Art von Hindernis getroffen? Langsam nahm Haplo die Hände von der Kugel.

Er kauerte sich neben den Hund und streichelte ihn beruhigend. Das Tier spürte, daß sein Herr sich Sorgen machte, schaute ihn bekümmert an, als wolle es fragen, was zu tun sein.

»Ich weiß es nicht«, murmelte Haplo und starrte in den flimmernden, leeren Himmel.

Zum erstenmal in seinem Leben fühlte er sich vollkommen hilflos. Während des verzweifelten Überlebenskampfs auf Arianus hatte er nicht das Entsetzen empfunden, das ihn jetzt erfüllte. Im Labyrinth hatte er zahllosen Feinden gegenübergestanden – Gegnern, die ihm an Kraft und manchmal auch an Intelligenz überlegen gewesen waren –, ohne von der Panik ergriffen zu werden, die er in diesem Moment in sich aufkommen fühlte.

»Das ist Unsinn!« sagte er laut und sprang so plötzlich auf, daß der Hund sich erschreckte und vor ihm zurückwich.

Haplo stürmte durch das Schiff, schaute durch jedes Bullauge, lugte durch jeden Spalt und hoffte verzweifelt, etwas anderes zu sehen als endlosen, blaugrünen Himmel und diese verdammten, gleißenden Sonnen. Er ging auf Deck. Der Wind auf seinem Gesicht vermittelte ihm endlich ein Gefühl dafür, daß sie sich tatsächlich fortbewegten. An der Reling stehend, starrte er in die Tiefe, in einen endlosen, blaugrünen Abgrund. Und fragte sich plötzlich, ob er tatsächlich nach unten blickte. Vielleicht blickte er nach oben. Vielleicht stand das Schiff kopf. Woher sollte er das wissen.

Der Hund stand am Fuß der Leiter, schaute zu seinem Herrn empor und winselte. Das Tier fürchtete sich, nach oben zu kommen. Haplo malte sich aus, wie er über Bord fiel und fiel und fiel, und er konnte dem Tier nicht verübeln, daß es zögerte, ihm zu folgen.

Die Hände des Patryn, die die Reling umklammerten, waren schweißnaß. Es kostete ihn Überwindung, den Halt loszulassen, und er beeilte sich, unter Deck zu kommen.

Wieder auf der Brücke, wanderte er ruhelos hin und her und schimpfte sich selbst einen Feigling. »Verdammt!« fluchte er und schlug mit der Faust gegen das Schott aus dicken Brettern.

Die eintätowierten Runen bewahrten ihn vor Verletzungen; dem Patryn blieb sogar die Befriedigung versagt, Schmerz zu empfinden. In seiner hilflosen Wut hob er wieder die Faust, als ein scharfes, gebieterisches Bellen ihn veranlaßte innezuhalten. Der Hund stand auf den Hinterläufen, kratzte mit den Vorderpfoten wild an seiner Kleidung und wollte ihn offenbar dazu bringen aufzuhören. Haplo konnte sein Spiegelbild in den feuchten Augen des Tieres erkennen: eine Gestalt, dem Wahnsinn nahe, mit gehetztem Blick.

Die Schrecken des Labyrinths hatten ihn nicht zerbrochen. Weshalb also verlor er wegen dieser Bagatelle die Beherrschung? Nur, weil er keine Ahnung hatte, wo er sich befand? Nur, weil er oben und unten nicht auseinanderzuhalten vermochte; nur, weil er sich des grauenhaften Gefühls nicht erwehren konnte, für alle Ewigkeit durch diesen leeren, blaugrünen Himmel treiben zu müssen ... Schluß!

Haplo holte tief Atem und klopfte dem Hund die Flanke.

»Schon gut, alter Junge. Alles in Ordnung. Ich habe mich beruhigt.«

Der Hund fiel auf alle viere zurück, ließ seinen Herrn jedoch nicht aus den Augen.

»Beherrschung«, sagte Haplo. »Ich muß meine Selbstbeherrschung zurückgewinnen.« Er nickte mit dem Kopf. »Selbst im Labyrinth war ich Herr meiner selbst und Herr meines Schicksals. Ich war in der Lage, etwas zu tun, um mein Schicksal zu beeinflussen. Im Kampf gegen die Chaodyn war ich hoffnungslos unterlegen, aber ich konnte handeln. Zu guter Letzt entschloß ich mich zu sterben. Dann kamst du« – er streichelte den Hund – »und ich entschloß mich zu leben. Aber hier habe ich keine Wahl. Es gibt nichts, was ich tun könnte ...«

Oder doch? Die Panik verebbte, das Angstgefühl verflog. Vernunft, logisches Denken traten an ihre Stelle. Haplo stellte sich vor den Sigelstein, aber diesmal legte er die Hände über eine andere Gruppe von Runen. Hand, Stein, Hand, Körper, Hand. Wieder war der Kreis geschlossen. Er nannte die Runen, und wieder schossen die Strahlen in alle Richtungen davon, diesmal mit einem anderen Ziel.

Er hatte sie nicht ausgesandt, um Materie zu suchen – Land oder Fels. Diesmal hatte er sie auf die Suche nach Anzeichen für Leben geschickt.

Das Warten schien kein Ende zu nehmen, und Haplo spürte, wie sich erneut der dunkle Abgrund der Furcht vor ihm auftat, als das blaue Licht plötzlich zurückkehrte. Haplo glaubte seinen Augen nicht zu trauen. Die Strahlen kamen von überallher, strömten in den Stein wie ein Schwall blauen Wassers.

Das war unmöglich, es ergab keinen Sinn. Wie konnte er auf allen Seiten von Leben umgeben sein? Er rief sich die Welt ins Gedächtnis, wie er sie in dem Diagramm der Sartan gesehen hatte – ein im Raum schwebender Ball. Resultate hätten nur aus einer Richtung kommen dürfen. Haplo studierte die Lichtflut konzentriert und kam endlich zu dem Schluß, daß die Strahlen, die schräg über seine linke Schulter einfielen, stärker waren als die anderen. Erleichtert beschloß er, in diese Richtung zu steuern.

Haplo wölbte die Hände über einem anderen Teil der Obsidiankugel, das Schiff begann langsam, sich zu drehen, und änderte den Kurs. In der Kabine, die bis jetzt von hellem Sonnenlicht erfüllt gewesen war, wurde es dämmrig, Schatten wanderten über den Fußboden. Als der ausgewählte Strahl mit der entsprechenden Stelle der Kugel übereinstimmte, flammte das Sigel rot auf. Der Kurs war festgelegt. Haplo trat zurück.

Er setzte sich neben dem Hund auf den Boden. Fürs erste hatte er getan, was er konnte. Sie segelten einen Kurs, der sie zu einem Ort brachte, wo es Leben gab. Was diese anderen Signale betraf, konnte Haplo nur annehmen, daß er einen Fehler begangen hatte.

Fehler unterliefen ihm nur selten. Diesen einen konnte er in Anbetracht der Umstände sich verzeihen, beschloß er.

Kapitel 14

Irgendwo, Gunis

»Wir kennen die besten Wege«, hatte Rega Paithan versichert.

Wie sich herausstellte, gab es keinen *besten* Weg. Es gab *einen* Weg. Weder Bruder noch Schwester waren je im Zwergenreich gewesen, eine Tatsache, die sie sich hüteten, dem Elf auf die Nase zu binden.

»Wie schlimm kann's schon werden?« hatte Roland seiner Schwester gegenüber bemerkt. »Die Wege im Dschungel sind sich alle gleich.«

Leider handelte es sich bei diesem um die bekannte Ausnahme von der Regel, und nachdem sie einige Zeit unterwegs gewesen waren, wuchs in Rega die Überzeugung, daß sie einen Fehler begangen hatten.

Den Weg, sofern er diese Bezeichnung überhaupt verdiente, gab es nicht sehr lange. Er war von Zwergen angelegt worden, und das bedeutete, er befand sich weit unterhalb der Wipfelregionen, in denen die Menschen und Elfen sich heimisch fühlten. Er wand und schlängelte sich durch das Halbdunkel; nur wenig Helligkeit sickerte durch das nahezu undurchdringliche Laubdach.

Die Atmosphäre war stickig, die Luft schal, heiß und feucht. Der

Regen, der in Sturzbächen auf die Oberwelt niederging, machte sich dort unten nur mehr als stetiges Tröpfeln bemerkbar, gefiltert durch unzählige Zweige, Äste, Blätter und Moospolster. Das Wasser dort war nicht hell und klar, sondern bräunlich-trüb und schmeckte unangenehm nach Moos. Nach einem Penthon* hatten die beiden Menschen diese so andersartige und bedrückende Welt herzlich satt. Der stets allem Neuen aufgeschlossene Elf fand sie faszinierend und bewahrte seine scheinbar unverwüstliche gute Laune.

Der Weg war außerdem nicht für beladene Karawanen gedacht. Oft waren Gestrüpp und Unterholz so dicht, daß es für die beladenen Tyros kein Durchkommen gab. Also mußten die schweren Körbe abgeladen und eigenhändig durch den Wald geschleppt werden; zusätzlich wollten die sensiblen Tyros mit vielen guten Worten zum Weitergehen überredet werden.

Mehrere Male endete der Pfad am Rand eines trostlos grauen Moospolsters und führte erst tief unten weiter, ohne daß es eine begehbare Verbindung gegeben hätte. Wieder mußten die Tyros abgeladen werden, damit sie sich an ihrem Spinnfaden hinunterlassen konnten. Die schweren Körbe wurden von Hand abgeseilt.

Am Rand der Klippe suchten Männer festen Stand, gaben langsam das Seil aus und ließen behutsam die Körbe tiefer sinken. Der schwerste Teil der Arbeit blieb Roland überlassen; Paithan mit seinem eher schmächtigen Körperbau war keine große Hilfe. Er übernahm die Aufgabe, das Seil um einen Baumstamm zu legen und zu sichern, während Roland mit einer Kraft, die dem Elfen unglaublich erschien, das Abseilen allein bewerkstelligte.

Rega, die man zuerst hinunterließ, band die Körbe los, sobald sie unten anlangten, und paßte auf, daß die Tyros nicht davonkrabbelten. Mutterseelenallein am Fuß der Klippe, umhüllt von der stickigen, graugrünen Dunkelheit, umklammerte Rega ihr Raztar und verfluchte den Tag, an dem sie sich von Roland zu diesem Unterfangen hatte überreden lassen. Nicht nur wegen der Gefahr, sondern noch aus einem anderen Grund: Rega war im Begriff, sich zu verlieben.

»Und die Zwerge leben tatsächlich in einer solchen Umgebung?« fragte Paithan, der den Kopf in den Nacken gelegt hatte, nach oben schaute und trotzdem keine Sonne sah, nur Zweige, Laub und Moos.

»Ja«, antwortete Roland kurzangebunden. Er war nicht erpicht auf ein Gespräch über die Lebensgewohnheiten der Zwerge, in dessen Verlauf Paithan ihm möglicherweise mehr Fragen stellte, als er zu beantworten in der Lage war.

* Begriff aus der Zeitrechnung der Menschen; entspricht einem Zeitraum von vierzehn Tagen.

Nachdem sie den bisher steilsten Abhang überwunden hatten, wurde eine Rast eingelegt. Rega hatte einen Baum hinaufsteigen müssen, um die Körbe loszubinden, weil die Hanfseile ungefähr zwei Meter zu kurz gewesen waren.

»Du liebe Güte, Eure Hände sind ja ganz blutig!« rief Rega aus.

»Oh, das ist nichts«, wehrte Paithan ab und betrachtete reuevoll seine zerschundenen Handflächen. »Das letzte Stück bin ich hinuntergerutscht.«

»Das liegt an dieser verdammten feuchten Luft«, murmelte Rega. »Man kommt sich vor wie unter dem Meer. Zeigt her, ich werde sehen, was ich tun kann. Roland, sei so gut und bring mir frisches Wasser.«

Roland, der sich erschöpft fallengelassen hatte, hob den Kopf und warf seiner Schwester einen unwilligen Blick zu: Warum ich?

Rega erwiderte den Blick auf eine Art, die unmißverständlich ausdrückte: Daß ich ihn verführen sollte, war deine Idee!

Mürrisch stand Roland auf, nahm den Wassersack und verschwand im Unterholz.

Es war die ideale Gelegenheit, in der Verführungskomödie Fortschritte zu erzielen. Paithan bewunderte Rega ganz offensichtlich und begegnete ihr stets mit Höflichkeit und Respekt. Tatsächlich war sie noch nie einem Mann begegnet, der sie so gut behandelte. Doch als sie die schmalen weißen Hände in ihren kurzen, braunen Fingern hielt, fühlte Rega sich plötzlich schüchtern und befangen wie ein junges Mädchen auf ihrem ersten Tanzfest.

»Eure Berührung ist sehr sanft«, meinte Paithan.

Rega errötete und schaute unter ihren langen schwarzen Wimpern zu ihm auf. Paithan betrachtete sie mit einem für den leichtfertigen Elf ungewöhnlichen Ernst.

Ich wünschte, du wärst nicht die Frau eines andern.

Das bin ich auch nicht! hätte Rega gerne geschrien.

Ihre Hände begannen zu zittern, ärgerlich kramte sie in dem Beutel mit Verbandszeug. Was ist los mit mir? Er ist ein Elf! Sein Geld, das allein zählt. Alles andere ist unwichtig.

»Ich habe eine Salbe aus Spornrinde. Sie brennt ziemlich schlimm, aber bis morgen früh sind Eure Hände geheilt.«

»Die Wunde in meinem Herzen wird niemals heilen.« Paithan streichelte zärtlich Regas Arm.

Sie hielt still, während seine Hand ihren Arm hinaufglitt und ein Feuer entfachte. Ihre Haut brannte, die Flammen ergriffen von ihr Besitz und nahmen ihr den Atem. Der Elf umfaßte ihre Taille und zog sie an sich. Rega, die sich hilfesuchend an die Salbenflasche klammerte, ließ es geschehen. Sie vermied es, ihm in die Augen zu sehen; es war ihr unmöglich. Wie geplant, dachte sie. Es läuft alles wie geplant.

Die Arme des Elfen waren schlank und glatt, sein Körper geschmeidig. Sie bemühte sich, die Tatsache zu ignorieren, daß ihr Herz so heftig klopfte, als wolle es zerspringen.

Roland wird zurückkommen und uns finden ... wie wir uns küssen ... und er und ich, wir werden diesen Elf bluten lassen ...

»Nein!« keuchte Rega und befreite sich aus Paithans Umarmung. Ihr wurde abwechselnd heiß und kalt. »Laßt das sein!«

»Es tut mir leid«, sagte Paithan und trat zurück. Auch sein Atem ging schnell. »Ich weiß nicht, was über mich gekommen ist. Ihr seid verheiratet. Das muß ich akzeptieren.«

Rega antwortete nicht. Während sie ihm den Rücken zukehrte, wünschte sie sich mehr als alles andere, er möge sie in die Arme nehmen, und wußte doch, daß sie sich ihm wieder entziehen würde, sollte er es versuchen.

Das ist Wahnsinn! sagte sie zu sich selbst und wischte sich mit dem Handballen eine Träne aus dem Auge. Ich habe mich mit Männern eingelassen, dir mir völlig gleichgültig waren. Und jetzt ... ich will ihn ... aber ich kann nicht ...

»Es wird nicht wieder vorkommen, ich verspreche es«, sagte Paithan.

Rega wußte, er meinte es ernst, und fluchte innerlich, weil ihr Herz sich bei dem Gedanken schmerzlich zusammenzog. Er mußte die Wahrheit erfahren, aber –

– was sollte sie ihm sagen? Daß Roland und sie nicht Mann und Frau waren, sondern Bruder und Schwester; daß sie gelogen hatte, um den Elf zu einer unehrenhaften Liebschaft zu verleiten und ihn dann zu erpressen. Sie konnte sich den Ausdruck von Abscheu und Haß auf seinem Gesicht vorstellen. Vielleicht kehrte er einfach um, und sie sah ihn nie wieder!

Es wäre besser so, flüsterte die kalte Stimme der Logik. Welche Aussichten auf Glück hättest du bei einer Liaison mit einem Elf? Selbst wenn du einen Weg fändest, ihm begreiflich zu machen, daß du für ihn frei bist, wie lange würde es gutgehen? Er liebt dich nicht wirklich; kein Elf ist fähig, einen Menschen wirklich zu lieben. Ihm geht es um ein kurzlebiges Vergnügen. Das ist alles, womit du rechnen kannst. Eine Liebelei für ein Quintal oder zwei. Dann läßt er dich sitzen, kehrt zu seinem Volk zurück, und du bist eine Ausgestoßene in deinem eigenen Land, weil du dich mit einem Elf eingelassen hast.

Nein, antwortete Rega störrisch. Er liebt mich. Ich kann es in seinen Augen lesen. Und es gibt einen Beweis – er hat nicht versucht, mir seine Zärtlichkeiten aufzuzwingen.

Na gut, sagte die hämische Stimme, dann liebt er dich also. Und dann? Ihr heiratet. Ihr seid beide Ausgestoßene. Er kann nicht nach Hause und du auch nicht. Eure Liebe bleibt unfruchtbar, denn Elfen und Menschen können miteinander keine Nachkommen zeugen. Einsam durchstreift ihr die Welt, die Zeit vergeht, du wirst alt und gebrechlich, während er jung und vital bleibt . . .

»He, was geht hier vor?« verlangte Roland zu wissen, der unvermutet aus dem Dickicht auftauchte. Er blieb abrupt stehen.

»Nichts«, antwortete Rega abweisend.

»Das kann ich sehen«, murmelte Roland und trat zu seiner Schwester. Sie und der Elf standen an entgegengesetzten Seiten der Lichtung, so weit voneinander entfernt wie möglich. »Was ist los, Rega? Habt ihr gestritten?«

»Nichts. Alles in Ordnung. Laß mich in Ruhe!« Rega schaute an den düsteren, knorrigen Bäumen hinauf und schlang fröstelnd die Arme um den Leib. »Dies ist nicht unbedingt ein romantisches Plätzchen«, fügte sie halblaut hinzu.

»Nun hör aber auf, Schwesterlein.« Roland grinste. »Du würdest es in einem Schweinestall treiben, wenn der Kerl genug bezahlte.«

Rega versetzte ihm eine Ohrfeige. Der Schlag war hart und gut gezielt. Roland legte die Hand an die schmerzende Wange und betrachtete seine Schwester verblüfft.

»Womit habe ich das verdient? Ich wollte dir ein Kompliment machen!«

Rega wandte sich mit einer schroffen Bewegung ab und ging davon. Kurz bevor sie zwischen den Bäumen verschwand, drehte sie sich halb herum und warf dem Elf etwas zu. »Hier, für Eure Hände.«

Es stimmt schon, sagte sie vor sich hin, während sie nach einem Platz suchte, wo sie unbeobachtet ihren Tränen freien Lauf lassen konnte. Alles nur Hirngespinste. Wir liefern die Waffen, er geht seiner Wege und damit Schluß. Ich werde lächeln, ihn necken und nie merken lassen, daß er mir mehr bedeutet als ein flüchtiges Abenteuer . . .

Paithan war so verdutzt, daß er die Flasche erst im letzten Moment auffing. Er sah Rega im Dickicht verschwinden und hörte, wie ihre Schritte sich langsam entfernten.

»Frauen!« meinte Roland, rieb sich die gerötete Wange und schüttelte den Kopf. Er ging mit dem Wasserschlauch zu dem Elf hinüber. »Scheint ihre Tage zu haben.«

Paithan wurde dunkelrot und bedachte Roland mit einem tadelnden Blick.

Der Mensch zwinkerte ihm zu. »Was ist denn, Quin? Habe ich Euer Feingefühl verletzt?«

»In meinem Land sprechen Männer nicht über diese Dinge«, sagte Paithan.

»Ach ja?« Roland schaute zu der Stelle, an der Rega im Wald verschwunden war, dann sah er den Elf an, und sein Grinsen verbreiterte sich. »Ich nehme an, in Eurem Land tun Männer so manches nicht.«

Paithans zornige Röte vertiefte sich zu einem heißen Schuldgefühl. Hat Roland mich und Rega zusammen gesehen? Ist das seine Art, mich wissen zu lassen, daß ich die Finger von ihr lassen soll?

Um Regas willen war Paithan gezwungen, die Beleidigung hinunterzuschlucken. Er setzte sich hin und fing an, die Salbe auf seine blutigen Handflächen zu streichen. Die braune, zähflüssige Substanz brannte in den tiefen Abschürfungen, doch er begrüßte den Schmerz. Alles war besser als die dumpfe Verzweiflung, die er empfand.

Während der ersten ein oder zwei Zyklen hatte Paithan Regas kleine Avancen genossen, bis ihm plötzlich klar wurde, daß er sie zu sehr genoß. Er ertappte sich dabei, wie er gebannt das Muskelspiel ihrer schön geformten Beine beobachtete, den Widerschein des Lagerfeuers in ihren warmen braunen Augen und wie sie sich mit der Zungenspitze über die Lippen fuhr, wenn sie tief in Gedanken versunken war.

Bei der zweiten Rast, als sie und Roland sich mit ihren Decken entfernten und im Zwielicht der Regenstunde nebeneinander schlafen legten, hatte Paithan zum erstenmal die Qualen der Eifersucht gespürt. Es half nichts, daß er niemals sah, wie die beiden sich küßten oder auch nur zärtlich berührten. Tatsächlich behandelten sie sich mit einer gleichgültigen Vertrautheit, die ihm befremdlich erschien. Nach dem vierten Zyklus kam er zu dem Schluß, daß Roland – obwohl für einen Menschen kein übler Bursche – nicht zu schätzen wußte, was für ein Juwel er zur Frau hatte.

Diese Erkenntnis war für Paithan ein Grund, seine Gefühle für die Menschenfrau zu hegen und zu pflegen, obwohl die Stimme der Vernunft ihm riet, sie mit Stumpf und Stiel auszureißen. Inzwischen stand das Pflänzlein in voller Blüte und hatte sein Herz umrankt. Zu spät sah er ein, daß sie in der Falle saßen – alle beide.

Rega liebte ihn. Er wußte es; hatte es am Zittern ihres Körpers gemerkt; an dem einen, kurzen Blick, den sie ihm zugeworfen hatte. Sein Herz hätte singen müssen vor Glück, statt dessen war es schwer vor Kummer. Was für eine Dummheit! Was für eine grenzenlose Dummheit! O natürlich, er konnte die Gelegenheit zu einem flüchtigen Vergnügen nutzen, wie er es bei anderen Menschenfrauen auch getan hatte. Ein bißchen Spaß, dann Schluß. Sie erwarteten nicht mehr, sie *wollten* nicht mehr. Und er auch nicht. Bis jetzt.

Nur – was wollte er denn? Eine Beziehung, die sie beide zu Heimatlosen machte? Eine Beziehung, die in beiden Welten mit Abscheu betrachtet wurde? Eine Beziehung, die ihnen nichts gab, nicht einmal Kinder? Eine Beziehung, die ein unvermeidliches, bitteres Ende nehmen mußte?

Nein, seine Gefühle hatten ihn in eine Sackgasse geführt. Ich gebe auf, dachte er. Ich werde ihnen die Tyros überlassen und umkehren. Mit Callie habe ich's ohnehin verdorben. Man kann mich für ein Schaf nicht höher hängen als für eine Ziege, wie das Sprichwort sagt. Also mache ich mich davon. Am besten gleich jetzt. Auf der Stelle!

Doch er blieb sitzen und verarztete geistesabwesend seine Hände. Er glaubte, irgendwo, jemanden weinen zu hören. Eine Zeitlang bemühte er sich, nicht darauf zu achten, aber dann konnte er es nicht mehr ertragen.

»Hört Ihr nicht?« sagte er zu Roland. »Eure Frau weint. Vielleicht ist ihr etwas zugestoßen.«

»Rega?« Roland, der damit beschäftigt war, die Tyros zu füttern, hob den Kopf. Er wirkte belustigt. »Weinen? Nein, das bildet Ihr Euch ein. Oder es ist ein Vogel. Rega weint nie; selbst als sie in dem Raztarduell damals verwundet wurde, hat sie keine Träne vergossen. Ist Euch die Narbe nicht aufgefallen? Am linken Oberschenkel, ungefähr hier ...«

Paithan stand auf und entfernte sich mit steifen Schritten. In die entgegengesetzte Richtung, die Rega eingeschlagen hatte.

Roland schaute dem Elf aus den Augenwinkeln hinterher und summte ein zweideutiges Liedchen, das gegenwärtig in den Kneipen die Runde machte.

»Er ist ihr vor die Füße gefallen wie ein morscher Ast im Sturm«, erzählte er den Tyros. »Rega läßt es langsamer angehen als sonst, aber vermutlich weiß sie, was sie tut. Immerhin ist er ein Elf. Trotzdem, Sex ist Sex. Auch kleine Elfen kommen irgendwoher, und ich bezweifle, daß sie vom Himmel fallen.

Aber Elfenfrauen! Dürr und knochig – man könnte ebensogut einen Besenstiel mit ins Bett nehmen. Kein Wunder, daß der gute alte Quin Rega mit heraushängender Zunge nachläuft. Es ist nur noch eine Frage der Zeit, bis ich ihn mit heruntergelassenen Hosen erwische, und dann haben wir ihn in der Hand. Er legte den Wasserschlauch auf den Boden, lehnte sich müde gegen einen Baum und reckte die Arme. »Irgendwie fange ich an, den Burschen zu mögen.«

Kapitel 15

Das Königreich der Zwerge, Thurn

Die Zwerge von Pryan liebten das Graben in die Tiefe und das Anlegen von unterirdischen Gängen, deshalb bauten sie ihre Städte weder in den Baumwipfeln wie die Elfen noch auf den Moossteppen wie die Menschen. Die Zwerge waren auf der Suche nach der Erde und dem Fels, ihrem Erbe, auch wenn dieses Erbe nur noch als vage Erinnerung an eine ferne Vergangenheit in einer anderen Welt existierte.

Das Königreich Thurn erstreckte sich über mehrere Vegetationsschichten. Die Behausungen und Arbeitsstätten der Zwerge befanden sich in den Stämmen gigantischer Schlotbäume. Sie trugen diesen Namen, weil das Holz schwer brennbar war und der Rauch der Feuer durch natürliche Schächte im Herz der Bäume abziehen konnte. Ausgehöhlte Äste und Wurzeln dienten als Verbindungswege und Straßen, die von Fackeln beleuchtet wurden. Die Elfen und Menschen lebten an einem Tag, der kein Ende nahm. Die Zwerge lebten in endloser Nacht – eine Nacht, die sie liebten und als Segen empfanden, von der Drugar jedoch befürchtete, sie könne zu einem Symbol des Untergangs werden.

Die Botschaft seines Königs erreichte Drugar zur Mittagsstunde. Es sprach für ihre Wichtigkeit, daß man es für unumgänglich hielt, ihn zur Essenszeit zu behelligen, obwohl bei den Zwergen jede Ablenkung von der Nahrungsaufnahme und dem anschließenden, überaus wichtigen Verdauungsprozeß für schädlich gehalten wird. Während des Essens ist jede Unterhaltung verpönt, und in der Zeitspanne danach pflegt man ausschließlich angenehme Themen zu diskutieren, um zu vermeiden, daß die Magensäfte in Aufruhr geraten.

Der Bote des Königs entschuldigte sich wortreich für die unverzeihliche Störung, jedoch nicht ohne zu betonen, die Angelegenheit sei tatsächlich von größter Bedeutung. Drugar sprang so hastig von seinem Stuhl auf, daß Tassen und Teller klirrten und sein alter Diener mürrisch die bedenklichsten Folgen für den Magen-Darmtrakt seines Herrn prophezeite.

Drugar, der den Grund für die unzeitige Störung zu kennen glaubte, hätte dem Mann beinahe gesagt, die Zwerge könnten sich glücklich schätzen, wenn ihnen andere Sorgen als die um ihre Verdauung erspart blieben, doch er schwieg. Bei den Zwergen ehrt man das Alter.

Seines Vaters Baumhaus lag gleich nebenan, und Drugar hatte nicht weit zu gehen. Er legte die kurze Strecke im Laufschritt zurück, doch vor der Tür blieb er stehen und zögerte einzutreten; er hätte gerne darauf verzichtet zu hören, was er doch hören mußte. Er stand in der Dunkelheit, legte die Hand um den Runenstein an seinem Hals und flehte den Einen Zwerg an, ihm Mut und Weitsicht zu verleihen. Nach einem tiefen Atemzug öffnete er die Tür und trat ein.

Seines Vaters Haus sah genauso aus wie Drugars Heimstatt, und die wiederum glich jeder anderen Zwergenbehausung in Thurn. Das Holz des Baums war geglättet und poliert worden, bis es in einem warmen, gelben Ton glänzte. Der Boden war eben, die Wände neigten sich zu einer gewölbten Decke. Die Einrichtung war sparsam und schlicht. König zu sein verlieh seinem Vater keine besonderen Privilegien, nur zusätzliche Verantwortung. Der König war der Kopf des Einen Zwergs, und der Kopf, auch wenn er für den Körper das Denken übernimmt, ist für den gesamten Organismus dennoch nicht wichtiger als zum Beispiel das Herz oder der Magen.

Drugar traf seinen Vater beim Essen, doch er hatte die halbvollen Teller zur Seite geschoben. In der Hand hielt er ein Stück Rinde, deren glatte Seite dicht mit den kantigen Schriftzeichen der Zwerge bedeckt war.

»Was gibt es für Neuigkeiten, Vater?«

»Die Riesen kommen«, sagte der alte Zwerg. (Drugar war der Sohn aus einer späten Ehe. Seine Mutter stand zwar im besten Einvernehmen mit seinem Vater, doch sie führte ein eigenes Haus, wie es bei den Zwergenfrauen üblich ist, sobald ihre Kinder erwachsen sind.) »Die Kundschafter haben sie beobachtet. Die Riesen haben Krasnar vernichtet – das Volk, die Städte, alles. Jetzt marschieren sie auf uns zu.«

»Vielleicht«, meinte Drugar, »hält das Meer sie auf.«

»Das Meer wird sie aufhalten, aber nicht für lange«, entgegnete sein Vater. »Sie verstehen nicht mit Werkzeug umzugehen, berichten die Kundschafter. Wenn sie Hilfsmittel benutzen, dann nur um zu zerstören, nicht zu erschaffen. Es wird ihnen nicht einfallen, Schiffe zu bauen. Aber sie werden auf dem Landweg in unser Reich gelangen.«

»Vielleicht kehren sie um. Vielleicht wollten sie nur Krasnar erobern.«

Seine Worte entsprangen der Hoffnung, nicht der Überzeugung, und kaum hatte er ausgesprochen, wurde ihm auch schon bewußt, daß es selbst für Hoffnung keinen Grund gab.

»Sie haben Krasnar nicht erobert«, erklärte sein Vater mit einem tiefen Seufzer. »Sie haben es zerstört – ganz und gar. Ihr Ziel ist nicht, zu erobern, sondern zu töten.«

»Dann weißt du, was wir tun müssen, Vater. Wir müssen die Narren ignorieren, die behaupten, die Riesen wären unsere Brüder! Wir müssen die Stadt befestigen und unser Volk mit Waffen ausrüsten. Ich muß dir etwas sagen, Vater.« Drugar beugte sich vor und dämpfte die Stimme, obwohl sich außer ihnen niemand in der Wohnung aufhielt, der sie hätte belauschen können. »Ich habe Verbindung zu einem Waffenhändler, einem Menschen, aufgenommen. Kehlbogen von den Elfen, Bolzenschleudern! Eine ganze Ladung ist unterwegs!«

Der alte Zwerg schaute seinen Sohn an, ein Feuer schwelte in den eben noch glanzlosen Augen. »Das ist gut!« Er legte die altersfleckige Haut auf die geballte Faust des Sohnes. »Du bist klug, Drugar. Du wirst ein guter König sein.« Er wiegte den Kopf und strich über den eisengrauen Bart, der ihm fast bis zu den Knien reichte. »Aber ich bezweifle, daß die Waffen noch rechtzeitig eintreffen werden.«

»Das sollten sie aber«, knurrte Drugar, »oder jemand wird dafür büßen!« Der Zwerg stand auf und ging in dem kleinen, dunklen Zimmer auf und ab, das tief unter der Moossteppe lag.

»Ich werde die Armee . . .«

»Nein«, sagte der alte Zwerg.

»Vater, du bist unvernünftig . . .«

»Und du bist ein Khadak*!« Drugars Vater hob den Krückstock, der ebenso knorrig und krumm war wie er selbst, und deutete damit auf seinen Sohn. »Ich habe gesagt, du wirst ein guter König sein. Und das ist die Wahrheit. *Falls* du imstande bist, das Feuer unter Kontrolle zu halten! Die Flammen deiner Gedanken lodern stark und hoch, aber statt sie zu bändigen, läßt du sie ungezügelt emporschlagen!«

Drugars Gesicht verfinsterte sich, er zog die dicken Brauen zusammen.

* Kienspan – ein harzgetränktes Stück Holz, das mittels einer bestimmten Rune in Brand gesetzt werden kann.

Das Feuer, von dem sein Vater sprach, brannte heiß und drängte ihn, eine verletzende Antwort zu geben. Er bekämpfte sein hitziges Temperament, denn er liebte und ehrte seinen Vater, auch wenn er glaubte, die furchtbare Bedrohung, mit der er sich im hohen Alter konfrontiert sah, hätte dem Greis das Rückgrat gebrochen.

Er zwang sich, ruhig zu sprechen. »Vater, die Armee . . .«

». . . wird sich in zwei Lager spalten, die sich gegenseitig bekämpfen!« sagte der Zwerg mit leiser Stimme. »Ist es das, was du willst, Drugar?«

Der König richtete sich auf, aber der gebeugte Rücken vermochte die Last der Jahre nicht zu verleugnen, und der alte Zwerg mußte sich auf den Krückstock stützen, weil die Beine zu schwach waren, den Körper zu tragen. Trotzdem erkannte Drugar, der seinen Vater überragte, die Würde der gebrechlichen Gestalt, die Weisheit in den trüben Augen und hatte das Gefühl, wieder ein Kind zu sein.

»Die eine Hälfte der Soldaten wird sich weigern, gegen ihre ›Brüder‹, die Riesen, die Waffen zu erheben. Und was dann, Drugar? Willst du ihnen befehlen zu kämpfen? Und wie willst du sie zwingen zu gehorchen? Soll die andere Hälfte der Armee die Waffen gegen *ihre* Brüder erheben?«

»Nein!« rief der alte König und stieß mit dem Krückstock auf den Boden. »Niemals wird der Tag kommen, da der Eine Zwerg uneins wird! Niemals wird der Tag kommen, da der Körper sein eigenes Blut vergießt!«

»Vergib mir, Vater. Ich habe unüberlegt gesprochen.«

Der alte König seufzte. Müde sank er in sich zusammen und tastete nach der Hand des Sohnes. Mit Hilfe des Krückstocks und von Drugar geleitet, setzte der Greis sich wieder auf seinen Stuhl. »Beherrsche die Flammen, mein Sohn. Laß dich nicht von ihnen überwältigen. Oder sie werden alles auf ihrem Weg verzehren, auch dich, Drugar.«

Drugar kehrte in sein Haus zurück, aber nicht an den Tisch. Statt dessen wanderte er ruhelos auf und ab. Er gab sich große Mühe, das Feuer in seinem Innern einzudämmen, aber es gelang ihm nicht. Die Flammen der Sorge um sein Volk ließen sich nicht wieder ersticken. Er konnte und wollte seinem Vater nicht den Gehorsam verweigern, immerhin war der alte Mann auch sein König. Und doch sah er sich außerstande, das Feuer ganz zu löschen. Wenn der Feind kam, sollte er hellodernde Flammen vorfinden und nicht kalte, tote Asche.

Die Zwergenarmee wurde nicht mobilisiert. Doch ohne Wissen seines Vaters entwarf Drugar insgeheim Schlachtpläne und ermahnte Freunde und Gleichgesinnte, die Waffen bereitzuhalten. Er ließ sich von den Kundschaftern regelmäßig Bericht erstatten und konnte so den Vormarsch der Riesen verfolgen. An der Küste des Flüsternden Meeres, das für sie ein unüberwindliches Hindernis darstellte, waren sie nach Est abgebogen und strebten unbeirrt auf dem Landweg ihrem Ziel entgegen – was immer es sein mochte.

Drugar glaubte nicht daran, daß sie vorhatten, sich mit den Zwergen zu verbünden. Dunkle Gerüchte erreichten Thurn, von Massakern an Zwergen in den norinthwärts gelegenen Siedlungen Grishs und Klags, aber die Riesen im Auge zu behalten war schwierig, und die Berichte der Kundschafter, die immer spärlicher eintrafen, ergaben wenig Sinn.

»Vater«, bestürmte Drugar den alten König, »du mußt mir jetzt gestatten, die Armee zu mobilisieren! Diese Hiobsbotschaften kann man unmöglich ignorieren!«

»Menschen«, antwortete sein Vater seufzend. »Der Rat vertritt die Auffassung, daß es Menschen sind, auf der Flucht vor den Riesen, die diese Greueltaten begehen! Man hält an dem Glauben fest, daß die Riesen sich mit uns verbünden und wir dann in der Lage sind, Vergeltung zu üben.«

»Ich habe persönlich mit den Kundschaftern gesprochen, Vater«, wandte Drugar mit zunehmender Ungeduld ein. »Mit denen, die sich noch in Sicherheit bringen konnten. Täglich kehren weniger und weniger zurück. Und die wenigen sind halb verrückt vor Angst!«

»Ach ja?« meinte sein Vater und musterte Drugar mit wissendem Blick. »Und was behaupten sie denn, gesehen zu haben?«

Drugar zögerte. »Also gut, Vater *gesehen* haben sie eigentlich nichts!«

Der alte Zwerg nickte müde. »Ich habe auch mit den Kundschaftern gesprochen, mein Sohn. Ich kenne die phantastischen Geschichten über den ›wandernden Dschungel‹. Wie kann ich mit solchem Elfenkrat vor die Ratsversammlung treten?«

Es lag Drugar auf der Zunge, seinem Vater zu sagen, was der Rat mit seinem eigenen Krat tun konnte, doch er wußte, daß ein solcher Ausbruch nichts ändern und nur seinen Vater verärgern würde. Den König traf keine Schuld. Drugar zweifelte nicht daran, daß sein Vater dem Rat dasselbe vorgehalten hatte, wie er eben seinem Vater. Der Eine Zwerg, der sich aus den Stammesältesten zusammensetzte, stellte sich taub.

Drugar preßte die Lippen zusammen, damit ihm kein unbedachtes Wort entschlüpfte, verließ seines Vaters Haus und machte sich auf den Weg durch das ausgedehnte und verzweigte Netz von Gängen, die zur Oberwelt hinaufführten. Blinzelnd trat er ins Sonnenlicht hinaus.

Da draußen lauerte Gefahr. Und sie kam unaufhaltsam näher. Er glaubte nicht an die Mär von der Verbrüderung mit diesen Unholden und wartete mit verzweifelter Ungeduld auf das Eintreffen der magischen Elfenwaffen.

Wenn diese beide Menschen ihn betrogen hatten, dann – gelobte er bei Leib, Verstand und Seele des Einen Zwergs – würden sie dafür bezahlen, und zwar mit ihrem Leben.

Kapitel 16

Irgendwo anders, Gunis

»Ich hab's satt!« verkündete Rega. Nach zwei weiteren Zyklen befanden sie sich noch tiefer im Dschungel, noch weiter entfernt von Sonnenschein, frischer Luft und kühlem Regen. Wieder einmal endete der Weg am Rand einer Moosebene; vor ihren Füßen öffnete sich eine tiefe Schlucht, deren steile Wände sich in der Dunkelheit verloren.

Sie lagen nebeneinander bäuchlings im Moos, starrten in die Tiefe und bemühten sich vergeblich, die schwarzen Schatten mit den Blicken zu durchdringen. Das dichte Laub der Zweige über und vor ihnen ließ kaum noch Helligkeit hindurchdringen. Dort unten würden sie ihre Reise in nahezu völliger Dunkelheit fortsetzen müssen.

»Wie weit ist es noch?« wollte Paithan wissen.

»Bis zu den Zwergen? Vielleicht noch zwei Zyklen, würde ich sagen.«

»Wißt Ihr es nicht genau?«

Roland erhob sich schwerfällig. »Da unten verliert man jedes Zeitgefühl. Keine Stundenblume weit und breit, überhaupt keine Blumen.«

Paithan schwieg. Er spähte über den Rand, als sei er von der düsteren Atmosphäre fasziniert.

»Ich werde nach den Tyros sehen.«

Rega sprang auf, warf einen vielsagenden Blick auf den Elf und gab ihrem Bruder ein Zeichen. Sie entfernten sich leise und kehrten zu der kleinen Lichtung zurück, wo sie die Tyros angebunden hatten.

»Das geht so nicht weiter. Du mußt ihm die Wahrheit sagen«, meinte Rega, während sie die Riemen an einem der Körbe festzog.

»Ich?« fragte Roland.

»Nicht so laut! Also gut – wir.«

»Und welchen Teil der Wahrheit gedenkst du ihm zu offenbaren, geliebtes Weib?«

Rega warf ihrem Bruder aus den Augenwinkeln einen giftigen Blick zu und schaute dann mürrisch auf ihre Hände. »Nur, daß wir noch nie in dieser Gegend gewesen sind und keine Ahnung haben, wo zum Teufel wir uns befinden oder wohin zum Teufel wir gehen.«

»Er wird auf der Stelle umkehren.«

»Soll er doch!« Rega zog den Gurt so stramm, daß das Tyro einen protestierenden Laut ausstieß. »Schön wär's!«

»Was ist in dich gefahren?« fragte Roland ungläubig.

Rega schaute sich um und fröstelte. »Es ist diese Gegend hier. Scheußlich. Und ...« – sie wendete geistesabwesend den Gurt hin und her – »der Elf. Er ist anders, nicht so, wie du es mir erzählt hast. Er ist nicht eingebildet und überheblich. Er hat keine Angst, sich die Hände schmutzig zu machen. Er ist kein Feigling. Er übernimmt seinen Anteil an der Wache und hat sich an diesen Seilen die Hände blutig gescheuert. Er ist immer fröhlich und guter Dinge. Er kocht sogar, und das ist mehr, als man von dir sagen kann, Roland! Er ist ... nett, das ist alles. Er verdient es nicht ... nun ja, was wir mit ihm vorhaben.«

Roland starrte seine Schwester an und sah, wie ihr ein schwacher roter Schimmer in die gebräunten Wangen stieg. Sie hielt den Blick gesenkt. Er umfaßte ihr Kinn und zwang sie mit sanfter Gewalt, ihm ins Gesicht zu schauen. Dann stieß er einen leisen Pfiff aus.

»Ich glaube, du hast dich in diesen Burschen verguckt!«

Zornig schlug Rega seine Hand zu Seite.

»Nein, habe ich nicht. Schließlich ist er trotz allem ein Elf.«

Erschreckt von ihren eigenen Gefühlen und wütend über sich selbst und ihren Bruder sprach Rega mit größerem Nachdruck, als sie beabsichtigt hatte. Ihr Mund verzog sich bei dem Wort ›Elf‹, sie schien es angewidert auszuspucken.

Wenigstens hörte es sich für Paithan so an.

Der Elf hatte seinen Ausguck am Rand der Schlucht verlassen, um Roland mitzuteilen, seiner Ansicht nach wären die Seile zu kurz und deshalb sei es so gut wie unmöglich, das Gepäck unbeschadet nach unten zu schaffen. Es war nicht seine Absicht gewesen, sich anzuschleichen, doch weil er sich mit der den Elfen eigenen Leichtfüßigkeit bewegte, blieb sein Kommen unbemerkt. Als er Regas letzte Bemerkung hörte, duckte er sich in den Schatten einer Evirranke, deren große, herzförmige Blätter ihn verbargen, und lauschte.

»Mach keine Geschichten, Rega. Wir sind soweit gekommen, und ich finde, wir sollten unseren Plan ausführen. Er ist verrückt nach dir. Er wird schwach werden. Du brauchst nichts weiter zu tun, als ihn in eine dunkle Ecke zu locken. Dann komme ich, um deine Ehre zu retten, und drohe, alles auszuplaudern. Er kommt mit der Penunze rüber, und wir sind gemachte Leute. Mit dem Profit aus dem Waffenhandel leben wir das nächste Quintal wie die Fürsten.« Roland streichelte Rega liebevoll über das lange dunkle Haar. »Denk nur an das schöne Geld, Kleines. Wir haben viel zu oft gehungert, um uns diese Chance entgehen zu lassen. Wie du gesagt hast, er ist nur ein Elf.«

Paithan drehte sich der Magen um. Hastig und lautlos zog er sich zurück, ohne besonders darauf zu achten, wohin er ging. Regas Antwort hörte er nicht mehr, aber das war auch gut so. Wenn er sich vorstellte, wie sie mit einem verschwörerischen Lächeln zu Roland aufschaute oder noch einmal in diesem Ton das Wort ›Elf‹ aussprach, glaubte er fähig zu sein, sie zu töten.

Von Übelkeit und einem plötzlichen Schwindelgefühl gepackt, sank Paithan gegen einen Baum, rang nach Atem und staunte über sich selbst. Weshalb regte er sich eigentlich so auf? Also hatte die kleine Schlampe ihr Spiel mit ihm getrieben? Er hatte es bereits gewußt, bevor sie überhaupt zu dieser Reise aufgebrochen waren. Was also hatte ihn blind gemacht?

Sie natürlich! Er war tatsächlich einfältig genug gewesen, zu glauben, sie sei im Begriff, sich in ihn zu verlieben. Diese Gespräche unterwegs. Er hatte ihr von seiner Heimat erzählt, Geschichten über seine Schwestern, seinen Vater und den verrückten alten Zauberer. Sie hatte gelacht, interessiert zugehört. Aus ihren Augen sprach Bewunderung.

Und dann all die zufälligen Berührungen. Hatte er sich das eingebildet – die gesenkten Wimpern, die raschen Atemzüge, die geröteten Wangen?

»Du bist tüchtig, Rega!« flüsterte er mit zusammengebissenen Zähnen. »Wirklich tüchtig. Ja, ich bin verrückt nach dir. Ich wäre schwach geworden. Aber jetzt nicht mehr. Jetzt durchschaue ich dich, du kleine Hure!« Der Elf kniff die Augen zusammen, um die Tränen zurückzuhalten, und lehnte den Kopf an den Baumstamm. »Heilige Peytin, unser aller gesegnete Mutter, warum hast du mir das angetan?«

Vielleicht lag es an dem Gebet – einem der wenigen, zu denen der Elf sich je bemüßigt gefühlt hatte –, aber sein Gewissen meldete sich. Er hatte gewußt, daß sie einem anderen Mann gehörte. Der Elf hatte sich durch Rolands Gegenwart nicht von seinen Tändeleien abhalten lassen. Er mußte sich eingestehen, daß er es aufregend gefunden hatte, die Ehefrau vor den Augen des Ehemanns zu verführen.

Du hast bekommen, was du verdienst, schien Mutter Peytin ihm sagen zu wollen. Leider hatte die Stimme der Göttin eine verhängnisvolle Ähnlichkeit mit der Calandras, und das machte Paithan noch ärgerlicher.

Es war doch alles nur Spaß, rechtfertigte er sich. Ich hätte es nie bis zum Äußersten kommen lassen, bestimmt nicht. Und ganz bestimmt hatte ich nicht vor, mich zu ... zu verlieben.

»Was ist los, Paithan? Was fehlt Euch?«

Der Elf öffnete die Augen und wandte den Kopf. Rega stand vor ihm und streckte die Hand nach seinem Arm aus. Er zuckte vor der Berührung zurück. »Nichts«, antwortete er heiser.

»Aber Ihr seht furchtbar aus! Seid Ihr krank?« Wieder streckte Rega die Hand nach ihm aus. »Habt Ihr Fieber?«

Er trat noch einen Schritt zurück. *Wenn sie mich anrührt, schlage ich sie!*

»Ja. Nein ... nein, kein Fieber. Der Magen. Vielleicht liegt es am Wasser. Es geht schon wieder, aber ich möchte allein sein.«

Ja, es geht mir wieder besser. Ich bin fast kuriert. Kleine Hure! Es fiel ihm schwer, sich seinen Haß und Abscheu nicht anmerken zu lassen, deshalb wich er ihrem Blick aus und schaute über ihren Kopf hinweg.

»Ich glaube, ich sollte besser bei Euch bleiben«, meinte Rega. »Ihr seht überhaupt nicht gut aus. Roland ist auf die Suche nach einem besseren Abstieg gegangen, vielleicht eine Stelle, wo es nicht so tief ist. Es wird eine Zeitlang dauern ...«

»Ach ja?« Paithan schaute sie an, mit einem derart seltsamen und durchdringenden Blick, daß es diesmal Rega war, die vor ihm zurückwich. »Wird er lange wegbleiben?«

»Ich weiß nicht ...« Rega verstummte.

Paithan sprang auf sie zu, packte sie an den Schultern und küßte sie wild. Er schmeckte Beerensaft und Blut.

Rega stemmte die Hände gegen seine Brust und versuchte ihn wegzustoßen. Natürlich, es galt ja, den Schein zu wahren!

»Wehr dich nicht!« flüsterte er. »Ich liebe dich! Ich kann ohne dich nicht leben!«

Jetzt mußte sie dahinschmelzen und ihn mit Küssen überschütten, damit anschließend Rolands Auftritt erfolgen konnte. Nur Geld vermochte den Schmerz zu lindern, die besudelte Ehre reinzuwaschen.

Und ich werde lachen! Ich werde sie beide auslachen! Und dann sage ich ihnen, wohin sie sich ihr Geld stecken können ...

Einen Arm um ihren Rücken gelegt, drückte der Elf den halbnackten Körper der Frau an sich. Mit der anderen Hand strich er über ihren Schenkel.

Der Tritt in den Unterleib traf Paithan wie ein Blitz. Er krümmte sich zusammen. Ein Schlag gegen das Schlüsselbein schleuderte ihn ins Gebüsch.

Mit zornrotem Gesicht und funkelnden Augen beugte sich Rega über ihn. »Untersteh dich, mich noch einmal anzurühren! Komm mir nicht in die Nähe! Nicht einmal *reden* will ich mit dir!«

Ihr dunkles Haar sträubte sich wie das Fell einer erschreckten Katze. Sie machte auf dem Absatz kehrt und schritt hochaufgerichtet davon.

Paithan, der sich schmerzerfüllt auf dem Boden wand, mußte zugeben, daß er nicht mehr wußte, was er von der ganzen Sache halten sollte.

Bei seiner Rückkehr von der Suche nach einem weniger schwierigen Weg in die Schlucht hinunter bewegte Roland sich mit äußerster Vorsicht und Behutsamkeit, denn er hoffte wieder einmal, Rega und ihren ›Liebhaber‹ in flagranti zu erwischen. Er erreichte die Stelle, wo er seine Schwester und den Elf zurückgelassen hatte, holte tief Atem für den empörten Aufschrei des gehörnten Ehemannes und lugte um den Stamm einer besonders großen Schattenhainpflanze. Enttäuscht und aufgebracht stieß er den Atem durch die Zähne.

Rega saß am Rand der Mooslichtung, zusammengekauert wie ein Stachelhörnchen, den Rücken gekrümmt und die Arme um die angezogenen Knie geschlungen. Er sah ihr Profil, und bei dem finsteren, aggressiven Ausdruck ihres Gesichts konnte er sich fast ausmalen, wie ihr am ganzen Leib die Stacheln zu Berge standen. Ihr ›Liebhaber‹ stand weit von ihr entfernt am anderen Rand der Schluchtkante. Roland wunderte sich über die merkwürdig vorgebeugte Haltung des Elfs, als schmerzte ihn ein edler Körperteil.

»Das ist die verdammt komischste Art, eine Liebesaffäre anzuleiern, die ich je erlebt habe«, knurrte Roland vor sich hin. »Muß ich dem Burschen etwa ein Bild malen? Vielleicht werden kleine Elfen ja tatsächlich bei Nacht unter der Türe durchgeschoben! Oder vielleicht bildet *er* sich das ein. Wir werden ein kleines Gespräch von Mann zu Mann führen müssen, wie's scheint.«

»He«, rief er laut und stapfte möglichst geräuschvoll durch die Büsche, »ich habe eine Stelle gefunden, wo ein Felsvorsprung aus dem Moos ragt. Bis dahin können wir die Körbe abseilen und sie dann hinunterwerfen. Was ist passiert?« fügte er an Paithan gewandt hinzu, der sich vornübergebeugt und mit vorsichtigen Schritten näherte.

»Er ist gefallen«, erklärte Rega.

»Tatsächlich?« Roland betrachtete seine Schwester mit gelindem Mißtrauen. Rega hatte sich nicht ausdrücklich geweigert, den Elf zu verführen, doch wenn er es recht bedachte, hatte sie auch nicht ausdrücklich zugestimmt. Er hielt es allerdings für besser, vorläufig nichts weiter zu sagen. Regas Gesicht sah aus, als hätte ein Basilisk es zu Stein erstarren lassen, und der Blick, den sie ihrem Bruder zuwarf, war geneigt, ihm ein ähnliches Schicksal anzudrohen.

»Ich bin gefallen«, bestätigte Paithan mit angestrengt ausdrucksloser Stimme. »Ich ... hm ... bin breitbeinig auf einem Ast gelandet.«

»Tut verdammt weh!« sagte Roland voll Mitgefühl.

»Ja«, bestätigte der Elf. Er sah Rega nicht an. Rega sah Paithan nicht an. Mit starrem Gesicht und zusammengepreßten Lippen starrten beide unverwandt auf Roland, ohne ihn überhaupt wahrzunehmen.

Roland wußte sich keinen Rat. Er glaubte die Geschichte nicht und hätte zu gerne mit seiner Schwester gesprochen, um ihr die Wahrheit zu entlocken, aber er konnte Rega nicht beiseite nehmen, ohne das Mißtrauen des Elfen zu erregen.

Darüber hinaus legte Roland, wenn Rega in dieser Stimmung war, keinen gesteigerten Wert darauf, mit ihr allein zu sein. Regas Vater war der Dorfmetzger gewesen, Rolands Vater der Dorfbäcker. (Trotz aller Fehler hatte ihre Mutter stets darauf geachtet, daß genug zu essen auf dem Tisch stand.) Es gab Zeiten, in denen Rega eine geradezu unheimliche Ähnlichkeit mit ihrem Vater entwickelte. Roland konnte sie förmlich über einem frischen Kadaver stehen stehen, ein blutrünstiges Leuchten in den Augen.

Roland räusperte sich und wedelte mit der Hand. »Diese Stelle, die ich ... die ich gefunden habe, liegt in dieser Richtung, ein paar hundert Meter weiter. Schafft Ihr es bis dahin?«

»Ja!« Paithan knirschte mit den Zähnen.

»Ich werde mich um die Tyros kümmern«, sagte Rega.

»Quin kann dir helfen ...«

»Ich brauche keine Hilfe!« schnappte Rega.

»Sie braucht keine Hilfe«, brummte Paithan.

Rega entfernte sich in die eine Richtung, der Elf in die andere. Roland blieb allein mitten auf der Lichtung zurück und rieb sich den braun-blonden Stoppelbart.

»Also wirklich, ich glaube, ich habe mich geirrt. Sie kann ihn wirklich nicht leiden. Und wie's aussieht, färbt ihre Abneigung schon auf unseren Freund ab. Dabei sah es anfangs so vielversprechend aus. Wenn ich nur wüßte, was da passiert ist! Mit Rega ist jetzt nicht zu reden – nicht, solange sie in dieser Laune ist. Aber irgendwas muß ich doch tun können.« Er hörte seine Schwester bitten, flehen und schmeicheln, um die unwilligen Tyros dazu zu bringen, sich in Bewegung zu setzen. Paithan, der am Rand des Moospolsters entlanghumpelte, warf einen vernichtenden Blick in ihre Richtung.

»Mir bleibt nur eins übrig«, grübelte Roland. »Dafür zu sorgen, daß sie so oft wie möglich allein sind. Früher oder später muß einfach was passieren!«

Kapitel 17

In der Tiefe, Gunis

»Seid Ihr sicher, daß das Fels ist?« fragte Paithan und spähte zu einem grauweißen Fleck an der Steilwand hinab, der von dem Gewirr aus Ranken und Laub fast ganz verdeckt wurde.

»Sicher bin ich sicher«, antwortete Roland. »Schließlich kennen Rega und ich uns hier aus.«

»Es ist nur, weil ich noch nie von Felsformationen so weit oben gehört habe.«

»Aber so weit oben sind wir gar nicht mehr. Denkt an die vielen ähnlichen Hänge, die wir hinuntergeklettert sind.«

»Nun, jedenfalls führt es zu nichts, wenn wir hier herumstehen und nichts unternehmen!« warf Rega ein. Sie hatte die Hände in die Hüften gestützt. »Wir haben den Liefertermin ohnehin schon um einige Zyklen überschritten, und ihr könnt euch drauf verlassen – Schwarzbart wird versuchen, den Preis zu drücken. Also … Ich werde zuerst gehen, wenn Ihr Angst habt, Elf!«

»Ich gehe«, konterte Paithan. »Ich bin leichter als Ihr, und wenn der Vorsprung brüchig sein sollte, kann ich . . .«

»Leichter als ich! Soll das heißen, ich bin zu . . .«

»Ihr geht beide«, meldete Roland sich begütigend zu Wort. »Ich werde Euch und Rega bis zu dem Vorsprung abseilen, Quin, dann könnt Ihr Rega das letzte Stück bis zum Boden hinablassen. Anschließend nehmt Ihr die Körbe in Empfang und gebt sie weiter an meine Schwes . . . äh . . . meine Frau.«

»Sieh mal, Roland, ich finde, der Elf sollte hier oben bleiben und dich und mich . . .«

»Ja, Redleaf, das scheint mir eine viel bessere Lösung zu sein!«

»Unsinn!« Roland war sehr zufrieden mit seiner eigenen Gerissenheit; neue Intrigen, um das widerspenstige Liebespaar zu verkuppeln, schwirrten ihm durch den Kopf. »Ich bin hier derjenige mit den Muskeln, und bis zu dem Felsen da unten ist es ein gutes Stück am Seil. Irgendwelche Einwände?«

Paithan betrachtete das männliche Exemplar der Spezies Mensch, musterte das kantige, hübsche Gesicht, begutachtete den imponierenden Bizeps und schüttelte den Kopf. Rega schenkte ihrem Bruder keinen Blick. Sie biß sich auf die Lippen, verschränkte die Arme und starrte in die schwarzen Schatten am Boden der Schlucht.

Paithan befestigte das Seil an einem Ast, schlang sich das andere Ende um den Leib und hatte sich über den Rand geschwungen, kaum daß Roland zur Stelle war, um ihn zu sichern. Er stemmte die Füße gegen die Steilwand und ließ sich mühelos Stück für Stück tiefer hinab.

Plötzlich wurde das Seil schlaff.

»Alles klar!« tönte es von unten herauf. »Ich bin angekommen!« Einen Augenblick Stille, dann hallte Paithans Stimme aus der Tiefe. »Das ist kein Fels! Es ist ein verdammter Pilz!«

»Ein was?« Roland beugte sich so weit vor wie möglich.

»Ein Pilz! Und was für einer!«

Roland bemerkte den vorwurfsvollen Blick seiner Schwester und zuckte die Schultern. »Woher sollte ich das wissen?«

»Ich denke, er ist trotzdem stabil genug«, rief Paithan nach einer kurzen Pause.

»Mehr wollte ich nicht wissen«, meinte Roland heiter. »Also gut Schwesterlein . . .«

»Hör auf, mich so zu nennen! Das ist heute schon das zweite Mal. Was hast du vor!«

»Nichts. Tut mir leid. Ich hab' eben den Kopf voll. Los jetzt.«

Rega wickelte sich das Seil zweimal um die Hüften, zögerte aber noch. Sie blieb stehen, starrte in das Urwalddickicht und rieb sich fröstelnd die Arme. »Ich hab's satt.«

»Das sagst du ständig, und allmählich wird's langweilig. Mir gefällt es hier auch nicht. Aber je eher es vorbei ist, desto schneller ist's zu Ende, wie das Sprichwort sagt. Nun hopp!«

»Nein, es ist nicht nur die Dunkelheit da unten. Es ist noch etwas anderes. Irgendwas stimmt nicht. Kannst du es nicht fühlen? Es ist zu . . . zu still.«

Roland stutzte, hob den Kopf und lauschte. Er und seine Schwester hatten gemeinsam schwere Zeiten durchlebt. Seit sie denken konnten, standen sie allein in einer feindlichen Welt und hatten gelernt, nur auf sich selbst und einander zu vertrauen. Rega besaß einen intuitiven, beinahe animalischen Instinkt für Menschen und die Natur. Die wenigen Male, die Roland den Rat oder die Warnung seiner Schwester in den Wind geschlagen hatte, war es ihn teuer zu stehen gekommen. Er war ein erfahrener Waldläufer, und jetzt, nachdem sie ihn darauf aufmerksam gemacht hatte, fiel auch ihm die ungewöhnliche Stille auf.

»Vielleicht ist es in dieser Tiefe immer so still«, meinte er. »Hier unten regt sich ja kein Lüftchen. Wir sind eben daran gewöhnt, daß der Wind in den Blättern raschelt.«

»Das ist es nicht allein. Mindestens seit einem Zyklus habe ich kein Tier mehr gesehen oder gehört. Nicht einmal nachts. Kein Vogel singt.« Rega schüttelte den Kopf. »Es kommt einem vor, als hätten alle Geschöpfe weit und breit die Flucht ergriffen oder sich versteckt.«

»Möglicherweise liegt es daran, daß wir uns dem Zwergenreich nähern. Das muß der Grund sein, Kleines. Was sonst?«

»Ich weiß es nicht«, sagte Rega und versuchte die Schatten mit den Blicken zu durchdringen. »Ich weiß es nicht. Hoffen wir, daß du recht hast. Aber jetzt genug davon«, fügte sie plötzlich hinzu. »Sehen wir zu, daß wir weiterkommen!«

Roland hielt das Seil. Paithan, der unten wartete, streckte die Arme aus, um Rega in Empfang zu nehmen, aber der Blick, den sie ihm aus ihren dunklen Augen zuwarf, ermahnte ihn, Abstand zu halten. Rega begutachtete mit angewidert verzogenen Lippen die häßliche, weißlich-graue Masse, auf der sie stand. Das Seil, von Roland über die Kante geworfen, schlängelte sich herab und fiel ihr in einem Knäuel vor die Füße. Paithan fing an, sein eigenes Seil um einen Zweig zu knoten.

»Was ist das eigentlich für ein Gewächs?« fragte Rega. Ihre Stimme klang kühl und geschäftsmäßig.

»Ein Baumpilz«, erklärte Paithan im gleichen Tonfall. Er deutete auf die Furchen in der Rinde, in denen der Elf und die Frau ohne weiteres nebeneinander Platz gefunden hätten.

»Hält er was aus?« erkundigte sie sich nach einem unbehaglichen Blick über den Rand. Es war gar nicht so tief, vorausgesetzt, man konnte sich an einem stabilen Seil hinunterlassen, aber für jemanden ohne Hilfsmittel bestand die Gefahr, sich alle Knochen zu brechen.

»Ich würde nicht darauf herumhüpfen«, gab Paithan zur Antwort.

Rega hörte den Sarkasmus aus seinen Worten heraus, warf ihm einen zornigen Blick zu und rief ungeduldig nach oben: »Beeil dich, Roland! Was ist los?«

»Nur eine Minute, Liebes!« tönte es zurück. »Eins von den Tyros will nicht so wie ich.«

Roland saß grinsend am Rand der Schlucht, lehnte sich gegen einen Baumstamm und streckte behaglich die Beine aus. Hin und wieder stach er eines der Tyros mit dem Stock und entlockte dem Tier ein ärgerliches Grunzen.

Rega machte ein böses Gesicht, kaute auf ihrer Unterlippe und zog sich an den äußersten Rand des Pilzhuts zurück. Paithan tat, als ob er nichts bemerkte, pfiff leise vor sich hin, ruckte prüfend an dem Befestigungsknoten und griff anschließend nach Regas Seil, um es gleichfalls um einen Ast zu binden.

Er wollte sie nicht ansehen, aber er konnte nicht anders. Seine Augen warfen immer wieder Blicke in ihre Richtung und erzählten seinem Herzen Dinge, die sein Herz gar nicht wissen wollte.

Sieh doch nur. Wir stehen mutterseelenallein mitten in diesem ornverlassenen Land, auf einem Pilz, sechs Meter über dem Boden, und sie ist kühl wie der Enthial-See. Ich habe noch nie eine solche Frau getroffen.

Mit etwas Glück, höhnte der infame Teil seines Charakters, wird dir auch nie wieder so eine über den Weg laufen!

Ihr Haar ist so weich. Ich wüßte gerne, wie es aussieht, wenn es ihr offen über die nackten Schultern und die Brüste fällt . . . ihr Kuß schmeckte genauso süß, wie ich es mir vorgestellt hatte . . .

Stürz dich doch gleich hier in die Tiefe! schlug die boshafte Stimme vor. Damit ersparst du dir eine Menge Seelenqualen. Sie hat nichts anderes im Sinn, als dich zu verführen und dann zu erpressen. Du weißt doch genau, daß sie dich zum Narren . . .

Rega holte tief Atem, trat blindlings einige Schritte zurück und tastete haltsuchend nach dem Baumstamm hinter ihr.

»Was ist?« Paithan ließ das Seil los und war mit einem Sprung an ihrer Seite.

Sie starrte unverwandt geradeaus, auf die schemenhaft erkennbare Mauer aus Pflanzen. Paithan folgte ihrem Blick.

»Was denn?« wiederholte er.

»Sehr Ihr es nicht?«

»Was?!«

Rega blinzelte und rieb sich die Augen. »Ich . . . ich weiß es nicht.« Sie hörte sich verwirrt an. »Es kam mir vor, als würde der Dschungel sich . . . bewegen!«

»Wind«, sagte Paithan beinahe ärgerlich, weil er nicht zugeben wollte, wie sehr er sich erschreckt hatte.

»Aber es geht doch gar kein Wind.«

Sie hatte recht. Die Luft war unbewegt, heiß und drückend. Drachen kamen ihm in den Sinn, aber nein, der Boden bewegte sich nicht. Er hörte auch nicht das Poltern und Rumpeln, mit dem diese Kreaturen durch das Unterholz brachen. Paithan hörte überhaupt nichts. Es war still, viel zu still.

Plötzlich ertönte über ihnen ein überraschter Ausruf. »He! Hiergeblieben! Was fällt euch ein . . .«

»Was ist los?« Rega drehte sich um, lief bis zum äußersten Rand des Pilzhuts und mühte sich vergeblich, etwas zu sehen. »Roland!« Ihre Stimme klang brüchig vor Sorge.

»Was hast du?«

»Diese dämlichen Tyros! Sie sind alle abgehauen.« Rolands wütende Flüche verhallten. Rega und Paithan hörten das Rascheln und Knacken von Laub und Zweigen, spürten die Vibrationen seiner hastigen Schritte, dann nichts mehr.

»Tyros sind gutmütige Geschöpfe, sie geraten nicht einfach in Panik«, sagte Paithan und schluckte, um seine trockene Kehle zu befeuchten. »Es sei denn, irgend etwas jagt ihnen einen gewaltigen Schrecken ein.«

»Roland!« schrie Rega. »Laß sie laufen!«

»Still, Rega. Er kann sie nicht laufen lassen. Sie tragen die Waffen . . .«

»Ich pfeif' drauf!« rief sie leidenschaftlich. »Die Waffen und die Zwerge und das Geld und Ihr auch – von mir aus kann sich alles miteinander in Luft auflösen! Roland, komm zurück!« Sie trommelte mit den geballten Fäusten gegen den Stamm. »Laß uns hier unten nicht allein. Roland!«

»Was war das . . .?«

Rega wirbelte schweratmend herum. Paithan starrte mit aschgrauem Gesicht in den Wald.

»Schon gut. Es war nichts«, sagte er mit steifen Lippen.

»Ihr lügt. Ihr habt es gesehen!« zischte sie. »Ihr habt gesehen, wie sich der Dschungel bewegte.«

»Das ist unmöglich. Es muß Einbildung sein. Wir sind müde . . . zu wenig Schlaf . . .«

Ein entsetzlicher Schrei zerriß die Luft.

»Roland!« stieß Rega verzweifelt hervor. Sie krallte die Finger in die Baumrinde und versuchte, den Stamm hinaufzuklettern. Paithan packte sie und zog sie zurück, obwohl sie sich gegen seinen Griff sträubte und erbittert um sich schlug.

Wieder ein heiserer Schrei, dann ein ersticktes »Reg . . .«

Regas Kampfgeist erlosch, sie sank an Paithans Brust. Er hielt sie fest, bis sie sich etwas beruhigt zu haben schien, dann schob er sie gegen den Baum und stellte sich schützend vor sie. Sobald sie begriff, was er tat, versuchte sie ihn beiseite zu schieben.

»Rega, nicht. Bleib, wo du bist.«

»Ich will sehen, was passiert, verdammt!« Das Raztar funkelte in ihrer Hand. »Ich kann kämpfen . . .«

»Aber gegen was«, flüsterte Paithan. »Und wie?«

Er trat zur Seite. Rega kam hinter ihm hervor, mit weit aufgerissenen, verständnislosen Augen. Sie blieb dicht neben ihm stehen, und ohne daß sie es merkte, schob sich ihr Arm um seine Taille. Aneinandergeklammert beobachteten sie, wie der Dschungel langsam näherrückte und sie unerbittlich einkreiste.

Sie sahen keine Köpfe, keine Augen, keine Arme, keine Beine, keine Körper, aber beide hatten sie das intensive Gefühl, beobachtet und belauscht und bedroht zu werden – von außerordentlich intelligenten, außerordentlich bösen Wesen.

Und dann sah Paithan sie. Ein Teil des Dschungels löste sich von dem Ganzen und kam näher. Doch erst nach einer ganzen Weile stellte er fest, daß es sich dem Anschein nach um ein menschenähnliches, wenn auch ins riesenhafte verzerrte Geschöpf handelte. Er erkannte die Umrisse von zwei Beinen und zwei Füßen, die über den Boden schritten; der Kopf befand sich ungefähr auf gleicher Höhe mit ihm und Rega. Das Wesen näherte sich ihnen unbeirrt, doch was Paithan mit unbeschreiblichem Grauen erfüllte, war die Tatsache, daß es sein Opfer gar nicht zu sehen vermochte.

Es besaß keine Augen, nur ein großes Loch befand sich mitten in der Stirn.

»Beweg dich nicht«, hauchte Rega. »Sei still! Vielleicht findet es uns nicht.«

Paithan drückte sie an sich und schwieg, um ihre Hoffnung nicht zu zerstören. Noch vor einem Moment hatten sie einen solchen Lärm veranstaltet, daß ein blinder, tauber und volltrunkener Elfenfürst imstande gewesen wäre, sie aufzustöbern.

Der Riese kam näher, und jetzt begriff Paithan, warum es ausgesehen hatte, als würde der Dschungel sich bewegen. Er war von Kopf bis Fuß mit Blättern und Ranken bedeckt, seine Haut hatte die Farbe und Beschaffenheit von Baumrinde. Selbst als der Riese dicht vor ihm stand, fiel es Paithan schwer, die Umrisse der Gestalt auszumachen. Der Schädel war unbedeckt, und die weiße, kahle Stirnpartie hob sich von dem Grün der Umgebung ab.

Bei einem raschen Blick in die Runde sah der Elf, daß sie es mit zwanzig oder dreißig dieser Geschöpfe zu tun hatten, die aus dem Dschungel hervorkamen. Sie bewegten sich mit grotesker Anmut und vollkommen lautlos.

Paithan suchte an dem Baumstamm Rückendeckung und zog Rega mit. Es war eine sinnlose Geste, denn es gab kein Entkommen. Die Köpfe mit der grausigen schwarzen, augenlosen Höhle in der Stirnmitte waren alle ihnen zugewandt. Der erste Riese griff nach dem Pilz und zerrte daran.

Die klebrige Masse bebte. Ein zweiter Riese kam seinem Gefährten zur Hilfe, Finger wie Baumwurzeln gruben sich in das Pilzfleisch. Paithan musterte sie mit gräßlicher Faszination und bemerkte, daß getrocknetes Blut daran klebte.

Der Pilz brach auseinander. Engumgeschlungen kämpften der Elf und die Frau darum, das Gleichgewicht zu bewahren.

»Paithan!« rief Rega mit zitternder Stimme. »Es tut mir leid! Ich liebe dich! Ich liebe dich wirklich!« Paithan wollte ihr antworten, doch er konnte es nicht. Die Angst schnürte ihm die Kehle zu und machte ihn stumm.

»Küß mich!« flehte Rega. »Dann sehe ich wenigstens nicht, wie . . .«

Er legte die Hände um ihr Gesicht, schloß selbst die Augen und preßte die Lippen auf ihren Mund.

Sie verloren den Boden unter den Füßen.

Kapitel 18

Pryans Himmel

Den Hund zu seinen Füßen, saß Haplo neben dem Sigelstein auf der Brücke und schaute müde, hoffnungslos aus dem Fenster des Drachenschiffes. Wie lange dauerte der Flug schon?

»Einen Tag«, gab Haplo sich selbst mit bitterer Ironie zur Antwort. »Einen langen, langweiligen, öden, endlosen Tag.«

Die Patryn verfügten über keine Geräte zur Zeitmessung und brauchten sie auch nicht. Ihr magisches Einssein mit der Welt, in der sie lebten, trug das Wissen um die Zeit mit sich. Doch Haplo hatte durch die Erfahrung gelernt, daß die Fahrt durch das Todestor und der Eintritt in eine andere Welt die Magie veränderten. Sein Körper und sein inneres Wahrnehmungsvermögen paßten sich nach und nach den neuen Gegebenheiten an, doch vorläufig hatte er keine Ahnung, wieviel Zeit seit seiner Ankunft in Pryan vergangen war.

Er war nicht gewöhnt an ewigen Sonnenschein; sein Leben wurde beherrscht von dem natürlichen Wechsel zwischen Dunkel und Licht. Selbst im Labyrinth gab es Tag und Nacht. Haplo hatte oft Grund gehabt, den Anbruch der Nacht zu verfluchen, denn mit der Nacht kam die Dunkelheit, und in ihrem Schutz näherten sich die Feinde. Jetzt war er fast so weit, auf die Knie zu fallen und um diese gesegnete Erlösung von der gleißenden Sonne zu flehen, den köstlichen Schatten, der Erholung und Schlaf brachte – und sei er im Bewußtsein der Gefahr noch so ruhig und leicht.

Der Patryn hatte sich dabei ertappt, wie er – nach einer weiteren schlaflosen ›Nacht‹ – ernsthaft daran dachte, sich selbst die Augen auszustechen.

Da wußte er, daß er im Begriff war, den Verstand zu verlieren.

Die Schrecken des Labyrinths hatten ihn nicht zerbrechen können, doch was einem anderen vielleicht wie das Paradies erscheinen mochte – Ruhe und Frieden und immerwährende Helligkeit –, würde ihn über kurz oder lang zugrunde richten.

»Wie angemessen«, sagte er und lachte und fühlte sich besser. Für diesmal hatte er den Wahnsinn abgewendet, doch er wußte, es war kein dauerhafter Sieg.

Haplo hatte Lebensmittel, und er hatte Wasser. Solange von beidem etwas vorhanden war, konnte er sich mittels seiner Zauberkraft Nachschub verschaffen, denn er vermochte nur zu reproduzieren, nicht aber das Gegebene zu verändern und etwas Neues zu erschaffen. Bald hatte er Trockenfleisch und Erbsen dermaßen satt, daß er sich zwingen mußte, etwas zu essen. Ihm war nicht der Gedanke gekommen, sich eigens mit abwechslungsreichem Proviant zu versehen, denn er hatte nicht damit gerechnet, in eine himmelblaue, scheinbar ausweglose Falle zu geraten. Als Mann der Tat zur Untätigkeit verurteilt, verbrachte er einen Großteil seiner Zeit damit, unverwandt aus dem Fenster zu starren. Die Patryn glauben nicht an Gott. Sie betrachten sich selbst (und widerwillig auch ihre Feinde, die Sartan) als die Wesen, die der Vorstellung von Göttern am nächsten kommen. Deshalb konnte Haplo nicht darum beten, aus dieser Lage befreit zu werden. Er konnte nur warten.

Als er die Wolken entdeckte, bewahrte er Stillschweigen, denn er schreckte davor zurück, auch nur dem Hund gegenüber der Hoffnung Ausdruck zu verleihen, die Falle hätte sich vielleicht geöffnet. Es konnte sich um eine optische Täuschung handeln, eine Illusion, wie sie dem Verdurstenden in der Wüste Wasser vorspiegelt. Schließlich war es genau genommen nichts weiter als eine kaum merkliche Verfärbung des grünblauen Himmels zu einem weißlichen Grau.

Er eilte durch das Schiff, um das Panorama am Heck und an den Längsseiten mit dem zu vergleichen, was er von der Brücke aus gesehen hatte.

Während er auf dem Oberdeck stand und den Himmel absuchte, geschah es, daß er den Stern entdeckte.

»Das ist das Ende«, sagte er zu dem Hund und schaute blinzelnd zu dem weißen Lichtpunkt auf, der über ihm in der diesigen, blaugrünen Weite funkelte. »Die Augen lassen mich im Stich.« Warum hatte er bis jetzt keine Sterne gesehen? Falls es ein Stern war ...

»Irgendwo an Bord habe ich ein Gerät, das die Elfen benutzten, um in die Ferne zu sehen.«

Der Patryn hätte seine Zauberkraft aufbieten können, um den Lichtpunkt genauer zu betrachten, aber damit wäre er gezwungen gewesen, wieder auf sich selbst zurückzugreifen. Er hatte das vage Gefühl, wenn er diese Erscheinung durch einen gänzlich neutralen Gegenstand betrachtete, würde dieser Punkt ihm die Wahrheit enthüllen.

Nach einigem Suchen fand er das Fernglas in einer Truhe, wo es als Kuriosität verstaut worden war. Er hob es an die Augen und stellte es auf den funkelnden, zwinkernden Lichtpunkt ein. Eigentlich rechnete er damit, der ›Stern‹ würde sich tatsächlich als optische Täuschung entpuppen, aber da war er – größer, heller und strahlend weiß.

Wenn es ein Stern war, weshalb hatte er ihn nicht schon früher bemerkt? Sein Fürst hatte gesagt, die alte Welt wäre von zahllosen Sternen umgeben. Doch bei der Spaltung der Welt durch die Sartan waren die Sterne erloschen. Nach den Worten seines Fürsten dürften von keiner der neuen Welten aus Sterne zu sehen sein.

Beunruhigt und gedankenvoll kehrte Haplo auf die Brücke zurück. Ich sollte den Kurs ändern, zu dem Licht fliegen und herausfinden, was es ist. Es kann unmöglich ein Stern sein ... Mein Fürst hat es gesagt.

Haplo legte die Hände auf den Sigelstein, doch ohne die Worte zu sprechen, ohne die Runen zu aktivieren. Zweifel regten sich in ihm.

Und wenn mein Fürst sich irrt?

Haplo umklammerte den Obsidian, die scharfen Kanten der Runenzeichen schnitten in das weiche, ungeschützte Fleisch seiner Handflächen. Der Schmerz war die angemessene Strafe dafür, daß er an seinem Fürsten zu zweifeln wagte; an dem Mann, der sie vor dem höllischen Labyrinth gerettet und ihnen im Nexus eine neue Heimat geschaffen hatte; an dem Mann, der sie hinausführen würde, um neue Welten zu erobern.

Sein Fürst hatte gestützt auf sein astronomisches Wissen gesagt, es gäbe keine Sterne. Ich werde zu diesem Licht fliegen und es erforschen. Ich werde Vertrauen haben. Mein Fürst hat mir nie Grund gegeben, an ihm zu zweifeln.

Und dennoch zögerte Haplo, die Runen zu nennen.

Wenn er nun zu diesem Licht flog, und sein Fürst hatte sich doch geirrt? Wenn sich herausstellte, diese Welt war ein um eine Sonne kreisender Planet im kalten, dunklen und leeren Raum? Dann fliege ich ins Nichts, bis ich sterbe. Andererseits habe ich hier etwas gesichtet, von dem ich hoffe und glaube, daß es Wolken sind, und wo es Wolken gibt, gibt es möglicherweise auch Land.

Mein Fürst ist mein Herrscher. In allen Dingen will ich ihm bedingungslos gehorchen. Er ist klug und weise und allwissend. Ich werde gehorchen. Ich werde . . .

Haplo löste die Hände von der Kugel, wandte sich bekümmert ab, trat ans Fenster und schaute hinaus.

»Da ist es, alter Junge«, brummte er. »Land. Endlich. Wir haben's geschafft.

Der Hund, der die Unschlüssigkeit aus der Stimme seines Herrn heraushörte, winselte leise und wischte mit seinem Schwanz über den Boden, um Haplo mitzuteilen: »Ich bin für dich da, wenn du mich brauchst.«

Der Patryn war ganz sicher, Land entdeckt zu haben. Die Wolken hatten sich geteilt und gaben den Blick frei auf dunkles Grün, das sich beim Näherkommen zu verschiedenen Schattierungen präzisierte – ein regelloses Muster aus hellem Grau, intensivem Blau, sattem Smaragdgrün und gesprenkeltem und gelblichem Grün.

»Wie könnte ich jetzt umkehren?«

Den Kurs zu ändern wäre unlogisch, sagte eine innere Stimme. *Du solltest hier landen, Verbindung zu den Leuten aufnehmen, wie es dein Auftrag vorsieht, und dann, bei der Rückkehr, kannst du hinfliegen und nachsehen, was es mit dem Licht am Himmel auf sich hat.*

Das klang vernünftig – zu Haplos großer Erleichterung. Es war nicht seine Art, Zeit mit sinnlosen Selbstvorwürfen oder Seelenerforschung zu verschwenden, also begann er ohne weitere Umschweife mit der Arbeit, das Schiff für die Landung vorzubereiten. Der Hund spürte die wachsende Erregung seines Herrn, sprang um ihn herum und schnappte spielerisch nach seinen Beinen.

Doch unter der Aufregung, dem Gefühl des Triumphs und der Freude hatte sich ein düsterer Abgrund aufgetan. Die letzten Augenblicke waren eine erschreckende Offenbarung gewesen. Haplo fühlte sich unrein, unwürdig. Er hatte gewagt zu denken, sein Fürst könne fehlbar sein.

Das Schiff näherte sich dem Land, und Haplo wurde bewußt, mit welcher Geschwindigkeit es sich bewegte. Es hatte den Anschein, als käme ihm der Boden rasend schnell entgegen, und er sah sich gezwungen, den Fluß der Magie in den Flügeln neu zu bemessen – ein Manöver, das die Geschwindigkeit verringerte. Mittlerweile konnte er die Bäume erkennen und weite, leere Flächen, die sich als Landeplatz zu eignen schienen. Während er hoch über einem Meer schwebte, entdeckte er in der Ferne noch andere Wasserflächen – Seen und Flüsse, die kaum auszumachen waren in der üppig wuchernden Vegetation. Doch nirgends sah er Anzeichen von Zivilisation.

Er flog weiter und weiter, hielt sich dicht über den Baumwipfeln und sah keine Städte, keine Burgen, keine Mauern. Schließlich, als er es leid war, die eintönige grüne Landschaft vorüberziehen zu sehen, setzte Haplo sich mutlos vor den großen Fenstern auf den Boden. Der Hund schlief. Keine Schiffe auf den Meeren oder Boote auf den Seen. Keine Straßen durchzogen die Ebenen, keine Brücken überspannten die Flüsse.

Nach den von den Sartan im Nexus zurückgelassenen Unterlagen sollte diese Welt von Elfen, Menschen und Zwergen besiedelt sein und vielleicht sogar von den Sartan selbst. Doch wo waren sie? Er hätte längst eine Spur von ihnen entdecken müssen! Oder vielleicht nicht?

Zum erstenmal kam Haplo die ungeheure Größe dieser Welt zu Bewußtsein. Selbst bei einer in die Millionen gehenden Bevölkerung konnte er sein ganzes Leben lang suchen, ohne einen von ihnen zu Gesicht zu bekommen. Ganze Städte konnten im Schutz der dichten Wälder liegen. Nur wenn man landete und versuchte, in diese Wildnis einzudringen, bestand Aussicht, etwas zu finden.

»Unmöglich!« murmelte Haplo.

Der Hund wachte auf und stieß mit der kalten Nase gegen die Hand seines Herrn. Haplo streichelte das weiche Fell und kraulte geistesabwesend die seidigen Ohren. Der Hund schnaufte zufrieden und schloß die Augen.

»Eine ganze Armee wäre nötig, um dieses Land abzusuchen! Und auch dann könnte es sein, daß wir keinen Erfolg haben. Vielleicht sollten wir uns die Mühe sparen. Ich ... Was zum ... Halt! Einen Moment!«

Haplo sprang auf und erschreckte den Hund, der losbellte. Der Patryn legte die Hände auf die Navigationskugel, ließ das Schiff ein langsames Wendemanöver vollführen und schaute angespannt nach unten, auf den kleinen, graugrünen Fleck, der ihm aufgefallen war.

»Ja! Das ist es!« schrie er aufgeregt und zeigte aus dem Fenster, als gälte es, seine Entdeckung einem großen Publikum zu verkünden und nicht einem einzigen treuen Hund.

Winzige bunte Lichtfontänen, gefolgt von kleinen schwarzen Rauchwolken, stiegen aus dem grünen Pflanzenteppich. Er hatte sie aus den Augenwinkeln wahrgenommen und sofort kehrt gemacht, um sich zu vergewissern. Eine kurze Pause, dann stieg wieder eine Funkengarbe auf. Es konnte sich um ein Naturphänomen handeln, ermahnte er sich, um seinen Überschwang zu dämpfen.

Was auch immer – er würde landen und sich Gewißheit verschaffen. Zumindest kam er von diesem verflixten Schiff herunter und konnte frische Luft atmen.

Haplo ging kreisend tiefer, wobei er sich an den Lichteruptionen orientierte. Als er zwischen den Wipfeln der allerhöchsten Bäume schwebte, bot sich ihm ein Anblick, für den er seinem Gott gedankt haben würde, hätte er an einen Gott geglaubt.

Ein Gebäude, offenbar von denkenden Wesen errichtet, stand am Saum des freien Geländes. Von dieser Stelle kamen die Lichtfontänen. Und jetzt konnte er auch Leute erkennen, kleine Gestalten wie Käfer auf einem grünen Blatt. Die Eruptionen erfolgten in immer kürzeren Abständen. Es sah aus, als stiegen die Lichter aus dem Kreis der versammelten Leute auf.

Haplo war auf eine Begegnung mit den Bewohnern dieser neuen Welt vorbereitet. Er hatte eine Geschichte parat, ähnlich der, die er dem Zwerg Limbeck auf Arianus erzählt hatte.

»Ich komme aus einem anderen Teil von Pryan, meinem Volk geht es genau wie euch – wir haben uns erhoben, um das Joch der Unterdrücker abzuschütteln. Wir haben unseren Kampf gewonnen, und ich wurde ausgesandt, um anderen zu helfen.«

Natürlich bestand immer die Möglichkeit, daß diese Leute – Elfen, Menschen, Zwerge – in Frieden und Eintracht miteinander lebten, daß es keine Unterdrücker gab, daß die Herrschaft der Sartan für sie ein goldenes Zeitalter bedeutete und sie gar nicht befreit werden wollten. Haplo überdachte diese Möglichkeit, grinste und verwarf sie als unwahrscheinlich: Es lag nicht in der Natur eines Nichtigers*, in Harmonie mit seinesgleichen zu leben.

Haplo konnte die Leute auf dem Boden allmählich deutlicher erkennen und wußte, daß auch sie ihn sahen. Weitere Gestalten kamen aus dem Gebäude gelaufen und schauten zum Himmel. Andere hasteten den Hügel hinauf zum Ort des Geschehens. Unter dem schützenden Dach der überhängenden und dicht verwobenen Äste und Zweige schien sich eine große Stadt zu verbergen. Durch eine Lücke in dieser grünen Kuppel entdeckte er einen See, umgeben von imposanten Bauwerken.

Haplo bemerkte, daß die Leute aufgeregt zu seinem geflügelten Drachenschiff hinaufschauten, das man aufgrund der kunstvollen Bemalung aus einiger Entfernung durchaus für einen echten Drachen halten konnte. Inzwischen mußte es jedem klar geworden sein, daß Haplo zu landen beabsichtigte, und die meisten Zuschauer drängten sich in den Schutz der Bäume, neugierig, aber zu vorsichtig, um sich unnötig in Gefahr zu begeben.

Es versetzte Haplo in Staunen, daß nicht *alle* in panischer Angst die Flucht ergriffen. Tatsächlich standen ein paar besonders Unerschrockene, von denen ihm zwei besonders auffielen, genau unter ihm, hatten den Kopf in den Nacken gelegt und beschirmten mit den Händen die Augen vor dem grellen Sonnenlicht. Er konnte sehen, wie einer von ihnen – eine Gestalt in langen, mausgrauen Gewändern – die Arme schwenkte und auf eine freie, ebene Stelle wies. Wenn es nicht einfach zu unmöglich gewesen wäre, um es auch nur entfernt in Betracht zu ziehen, hätte Haplo geglaubt, erwartet zu werden!

»Ich bin zu lange hier oben allein gewesen«, sagte er zu dem Hund. Das

* Ein sowohl bei den Sartan wie auch den Patryn gebräuchlicher Ausdruck für die Angehörigen der minderen Rassen – Menschen, Elfen und Zwerge. Gilt unterschiedslos für alle.

Tier hatte die Pfoten gegen den Baum gestemmt, schaute aus dem großen Fenster und bellte aufgeregt die unten wartenden Leute an.

Haplo hatte keine Zeit, weiter zu beobachten, was draußen vor sich ging. Er hatte die Hände auf den Obsidian gelegt, verringerte die Fluggeschwindigkeit und aktivierte die Runen für eine ruhige und sichere Landung. Mit einem Auge sah er die graugewandete Gestalt auf und ab hüpfen und einen schäbigen alten Hut schwenken.

Das Schiff setzte auf, doch Haplo bemerkte zu seinem Schrecken, daß es immer noch tiefer sank! Ein Blick nach draußen zeigte ihm, daß er nicht auf festem Boden, sondern auf einem Moospolster gelandet war, das unter dem Gewicht des Drachenschiffs nachgab. Er war im Begriff, mittels seiner magischen Fähigkeiten dem Sinken Einhalt zu gebieten, als das Schiff sich in das Moospolster schmiegte, wie ein Hund in eine warme Decke, und stillag. Endlich war Haplo am Ziel seiner langen, viel zu langen Reise angelangt.

Er schaute aus dem Fenster, aber sie waren im Moos eingesunken. Es gab nichts weiter zu sehen als eine graugrüne Masse. Um das Schiff zu verlassen, mußte er aufs Oberdeck hinaufsteigen.

Gedämpfte Stimmen drangen in die Kabine, doch Haplo vermutete, daß die Leute von seinem Schiff zu eingeschüchtert waren, um sich zu nähern. Und wenn sie es doch taten, traf sie der Schlag. Im wahrsten Sinne des Wortes. Er hatte das Schiff mit einem magischen Schutzschild versehen, und jeder, der es berührte, würde glauben, vom Blitz getroffen zu sein.

Nun, da er sein Ziel erreicht hatte, war Haplo wieder er selbst. Sein Verstand arbeitete logisch, nüchtern und sagte ihm, was als nächstes zu tun war. Er wechselte die Kleidung und verwendete große Sorgfalt darauf, jedes Stück seiner mit Runen bedeckten Haut zu verhüllen. Über Hosen aus Leder zog er weiche, geschmeidige Stiefel. Anschließend schlüpfte er in ein Hemd mit langen, bauschigen Ärmeln und ein ledernes Wams und band sich einen Schal um den Hals.

Die Tätowierungen ließen den Kopf und das Gesicht frei, weil die Möglichkeit bestand, daß die Magie die Denkvorgänge beeinträchtigte. Von einem Punkt über dem Herzen ausgehend, erstreckten sich die Runen über den gesamten Körper: den Rumpf, die Lenden, die Schenkel, die Waden und die Füße, mit Ausnahme der Fußsohlen. Kreise und Spiralen und verschlungene Muster bedeckten die Schulterblätter, wanden sich um die Arme und überzogen die Hände bis auf die Finger. Der Kopf wurde nicht tätowiert, denn er regierte die Magie; Augen, Nase, Ohren und Mund blieben frei, um Wahrnehmungen zugänglich zu sein; Fußsohlen und Finger blieben frei, um zu tasten und zu fühlen.

Haplos letzte Vorsichtsmaßnahme bestand darin, seine Hände zu bandagieren. Er wickelte die Stoffstreifen um das Handgelenk, bedeckte die

Handfläche und schlang sie zwischen den Fingern hindurch; Finger und Daumen ließ er unbedeckt.

Eine Hautkrankheit, hatte er den Leuten auf Arianus erklärt. *Nicht schmerzhaft, aber die roten, eitrigen Pusteln sind kein schöner Anblick.* Die Geschichte hatte den gewünschten Erfolg gehabt. Jeder vermied es, mit Haplos verbundenen Händen in Berührung zu kommen.

Nun, fast jeder.

Ein Mann hatte erraten, daß er log; ein Mann hatte Haplo mit einem Zauber eingeschläfert, unter die Bandagen geschaut und die Wahrheit entdeckt. Alfred war es gewesen, der Sartan, der bereits geahnt hatte, was er vorfinden würde. Es war Haplo aufgefallen, daß er ein ungewöhnliches Interesse an seinen Händen zeigte, aber er hatte sich nichts dabei gedacht – ein Fehler, an dem seine Pläne beinahe gescheitert wären. Diesmal wußte er, worauf er achten mußte; diesmal war er vorbereitet.

Haplo erschuf ein Abbild von sich selbst, ging einmal um es herum und musterte es von Kopf bis Fuß, bis er endlich zufrieden war. Von den Tätowierungen war nichts zu sehen. Er ließ die Truggestalt verschwinden. Nachdem er nochmals die Bandagen an den Händen zurechtgezupft hatte, öffnete er die Luke und trat blinzelnd in den hellen Sonnenschein hinaus. Bei seinem Anblick verstummten die Gespräche. Er blieb stehen, schaute sich um und atmete tief ein. Die Luft hatte einen hohen Feuchtigkeitsgehalt. Wenn er den Blick senkte, sah er emporgewandte Gesichter, offene Münder und weitaufgerissene Augen.

Elfen, stellte er fest. Mit einer Ausnahme. Die Gestalt in dem mausgrauen Gewand war ein Mensch – ein alter Mann mit langem, weißem Haar und langem, weißem Bart. Er als einziger betrachtete Haplo nicht voll Staunen und Ehrfurcht. Er strich sich offenbar hochzufrieden den Bart und wandte sich einmal hierhin, einmal dorthin.

»Ich hab's euch gesagt«, rief er. »Hab' ich's euch nicht gesagt? Bei meinem Hut, jetzt müßt ihr mir wohl glauben!«

»Bei Fuß, Hund!« Haplo pfiff, und das Tier erschien an Deck, zum größten Erstaunen aller Betrachter.

Haplo kümmerte sich nicht um die Leiter; das Schiff war bis zu den Flügeln ins Moos eingesunken, und so konnte er ohne Mühe vom Oberdeck auf den Boden springen. Die Elfen, die sich der *Himmelsstürmer* genähert hatten, wichen hastig zurück und musterten den Steuermann des fliegenden Schiffes mit zweifelndem Mißtrauen. Haplo holte tief Atem, um mit seiner vorbereiteten Geschichte zu beginnen, während sein Verstand sich die Elfensprache zu eigen machte.

Er kam nicht dazu, auch nur ein Wort zu sagen.

Der alte Mann stürzte auf ihn zu und ergriff die bandagierte Hand.

»Unser Retter! Gerade zur rechten Zeit!« rief er und bewegte Haplos Arm wie einen Pumpenschwengel auf und ab. »Guten Flug gehabt?«

Kapitel 19

Grenzgebiet, Thurn

Roland streckte und krümmte sich, um seine Lage zu verändern und die verkrampften Muskeln zu entspannen. Es half, aber nicht für lange, dann begannen die Arme und Schenkel wieder zu schmerzen. Mit verzerrtem Gesicht versuchte er, die Handgelenke aus den Ranken zu winden, mit denen man ihn gefesselt hatte. Die Schmerzen zwangen ihn aufzuhören. Die Ranken waren zäh wie Leder; er hatte sich die Haut blutig geschürft.

»Du vergeudest deine Kraft«, sagte eine Stimme.

Roland hob mühsam den Kopf und schaute sich um.

»Wo steckst du?«

»Auf der anderen Seite des Baumes. Sie benutzten Pytharanken. Je mehr du dich abmühst, desto fester ziehen sie sich zusammen.«

Ohne seine Peiniger aus den Augen zu lassen, schob Roland sich Stück für Stück um den dicken Stamm herum. Auf der anderen Seite entdeckte er einen dunkelhäutigen Mann, einen Menschen, der leuchtend bunte Gewänder trug. An seinem linken Ohrläppchen baumelte ein goldener Ring. Man hatte ihn sorgfältig gefesselt; Ranken schlangen sich um seine Brust, die Arme und Handgelenke.

»Andor«, stellte er sich vor und grinste. Eine Hälfte seines Mundes war geschwollen, getrocknetes Blut klebte an seinem Gesicht.

»Roland Redleaf. Du bist ein Seekönig?« fragte er mit einem Blick auf den Ohrring.

»Allerdings. Und du stammst aus Thillia. Was habt ihr Leute im Thurn-Gebiet zu suchen?«

»Thurn? Wie kommst du auf Thurn. Wir sind auf dem Weg nach Fernhin.«

»Spiel nicht den Dummen, Thillier. Du weißt genau, wo du bist. Also treibst du Handel mit den Zwergen . . .« Andor verstummte und leckte sich über die trockenen Lippen. »Ich könnte etwas zu trinken vertragen.«

»Ich bin Forscher«, sagte Roland mit einem verstohlenen Blick auf ihre Peiniger, um zu sehen, ob man sie beobachtete.

»Keine Sorge. Denen ist egal, was wir reden. Es gibt auch keinen Grund zu lügen, weißt du. Wenn man nicht mehr lange zu leben hat, ist es unsinnig, sich noch etwas vorzumachen.«

»Wie? Was soll das heißen?«

»Sie haben alles niedergemetzelt . . . alle zwanzig Mann meiner Karawane. Und auch die Tiere. Warum die Tiere? *Sie* haben keinem was getan. Es ergibt keinen Sinn, oder?«

Tot? Zwanzig Leute tot? Roland versuchte am Gesicht des Mannes abzulesen, ob er vielleicht Lügengeschichten erzählte, weil er hoffte, den Thillier von den Handelsrouten der Seekönige fernzuhalten. Andor lehnte mit geschlossenen Augen an dem Baumstamm. Roland bemerkte Schweißtropfen auf der Stirn des Mannes, dunkle Ringe unter den eingesunkenen Augen, die blutleeren Lippen. Nein, er log nicht. Angst schnürte Roland die Kehle zu. Regas verzweifelter Aufschrei kam ihm in den Sinn, wie sie seinen Namen gerufen hatte. Er schluckte mühsam.

»Und du?« brachte er heraus.

Andor regte sich, öffnete die Augen und grinste wieder. Es war ein schiefes Grinsen und jagte Roland einen kalten Schauer über den Rücken.

»Ich war nicht im Lager. Ein menschliches Rühren – du weißt schon. Ich hörte den Kampflärm, die Schreie. Nach Anbruch der Dunkelzeit . . . beim Gott der Fluten, ich bin durstig!« Er befeuchtete sich wieder die Lippen. »Ich blieb, wo ich war. Hölle, was hätte ich tun können? Nach Anbruch der Dunkelzeit schlich ich zurück und fand sie – meine Gefährten, meinen Onkel . . .« Er schüttelte den Kopf. »Ich floh. Nahm die Beine in die Hand. Aber sie erwischten mich und schafften mich her, kurz bevor sie dich anschleppten. Es ist unheimlich, wie sie alles sehen können – ohne Augen.«

»Wer oder was um Orns willen sind sie?« fragte Roland.

»Das weißt du nicht? Es sind die Tytanen.«

Roland schnaufte verächtlich. »Kindermärchen!«

»Ja! Kinder.« Andro lachte. »Mein kleiner Neffe war sieben. Ich fand seine Leiche. Sein Schädel war aufgeplatzt, als hätte jemand draufgetreten.« Er verstummte und hustete gequält.

»Nimm's nicht so schwer«, flüsterte Roland.

Andor holte tief Atem. »Es sind Tytanen, du kannst es glauben; Sie haben das Kasnar-Imperium zerstört. Nicht ein Stein blieb auf dem anderen, die Bevölkerung wurde ausgerottet, nur wenigen gelang es, rechtzeitig zu fliehen. Und jetzt ziehen sie nach Süden, durch die Königreiche der Zwerge.«

»Aber die Zwerge werden sie doch aufhalten?«

Andor seufzte, verzog das Gesicht und rückte sich bequemer zurecht. »Man erzählt sich, die Zwerge steckten mit ihnen unter einer Decke; sie würden diese Ungeheuer anbeten. Angeblich planen die Zwerge, sich unsere Länder einzuverleiben, nachdem die Tytanen uns aus dem Weg geräumt haben.«

Roland glaubte sich vage zu erinnern, daß Schwarzbart etwas über sein Volk und die Tytanen erzählt hatte, aber es war schon zu lange her.

Eine aus den Augenwinkeln wahrgenommene Bewegung veranlaßte ihn, sich herumzudrehen. Weitere Riesen kamen unter den Bäumen hervor und traten auf die Lichtung. Sie bewegten sich lautloser als der Wind; nicht ein Blatt regte sich, wenn sie vorübergingen.

Roland musterte die Neuankömmlinge wachsam und sah, daß sie längliche Bündel auf den Armen trugen. Er entdeckte einen Schopf langer, dunkler Haare . . .

»Rega!« Er setzte sich auf und zerrte wild an seinen Fesseln.

Andor lächelte schief. »Freunde von dir! Und ein Elf ist dabei! Gott der Fluten, wenn ihr *uns* in die Hände gefallen wärt . . .«

Die Tytanen trugen ihre neuen Gefangenen zu dem Baum, unter dem die beiden anderen lagen. Roland bemerkte erleichtert, daß sie behutsam mit ihnen umgingen und sie vorsichtig zu Boden gleiten ließen. Beide, Rega und Paithan, waren bewußtlos. Zum Glück schienen sie unverletzt zu sein; Roland sah kein Blut, keine Anzeichen von Blutergüssen oder gebrochenen Knochen. Die Tytanen fesselten ihre Gefangenen sorgfältig, schauten wie sinnend einen Moment auf sie hinab und entfernten sich. In der Mitte der Lichtung versammelten sie sich zu einem Kreis und wandten einander die blinden Gesichter zu.

»Gespenstische Bande«, meinte Roland. Er rückte so dicht wie möglich an Rega heran und legte das Ohr an ihre Brust. Ihr Herzschlag war kräftig und regelmäßig. Er stieß sie mit dem Ellbogen an. »Rega!«

Ihre Lider flatterten. Sie schlug die Augen auf, erkannte Roland und blinzelte verwirrt. Die Erinnerung an das erlebte Grauen spiegelte sich in ihrem Blick. Sie versuchte sich zu bewegen, entdeckte, daß sie gefesselt war, und hielt erschrocken den Atem an.

»Rega! Pst, lieg still. Nein, laß es sein. Diese verdammten Ranken ziehen sich nur noch fester zusammen!«

»Roland! Was ist geschehen? Wer sind diese ...« Rega schaute zu den Tytanen hinüber und erschauerte.

»Die Tyros müssen die Gefahr gewittert haben und sind auf und davon. Ich lief hinterher, um sie wieder einzufangen, als plötzlich um mich herum der Dschungel lebendig wurde. Sie packten mich, schlugen mich, und ich verlor die Besinnung.«

»Paithan und ich, wir standen auf diesem ... diesem Vorsprung. Auf einmal waren sie da und rissen ...«

»Schon gut, schon gut. Es ist alles vorbei. Wie steht's mit Quin? Hat er sich verletzt?«

»Ich ... ich glaube nicht.« Rega betrachtete ihre sporenbedeckte Kleidung. »Der Pilz muß den Aufprall gedämpft haben.« Sie neigte sich zu dem Elf hinüber und rief leise: »Paithan! Paithan, kannst du mich hören?«

»Aaaah!« Paithan erwachte mit einem Aufschrei.

»Er soll die Klappe halten!« grollte Andor.

Die Tytanen hatten ihre stumme Konferenz beendet und richteten den augenlosen Blick auf ihre Gefangenen. Einer nach dem anderen setzten sie sich lautlos, anmutig in Bewegung und näherten sich dem Baumstamm, an dem die vier lagen.

»Das war's dann!« sagte Andor grimmig. »Auf Wiedersehen in der Hölle, Thillier!«

Irgend jemand stieß einen wimmernden Laut aus. Roland wußte nicht, ob es Rega oder Paithan war; er vermochte die Augen nicht lange genug von den Riesen abzuwenden, um es herauszufinden. Er spürte, wie Rega sich zitternd an ihn schmiegte. Das Rascheln von Blättern deutete darauf hin, daß Paithan versuchte, sich an Rega heranzuschieben.

Roland, der die Tytanen beobachtete, sah keinen Grund, sich besonders zu fürchten. Sie waren groß, aber ihr Benehmen wirkte nicht eigentlich drohend oder unheilverkündend.

»Sieh mal, Schwesterlein«, raunte er, »wenn sie uns töten wollten, hätten sie es längst getan. Also bleib ganz ruhig. Sie sehen nicht besonders helle aus. Es gelingt uns bestimmt, sie zu beschwatzen.«

Andor lachte, ein schreckliches Geräusch, bei dem seinen Leidensgefährten das Blut in den Adern erstarrte. Die Tytanen – zehn von ihnen – blieben in einem Halbkreis vor den Gefangenen stehen. Die augenlosen Gesichter wandten sich ihnen zu. Eine sehr sanfte, sehr leise Stimme begann zu sprechen.

Wo ist die Zitadelle?

Roland schaute verblüfft zu ihnen auf. »Habt ihr etwas gesagt?« Er hätte schwören können, daß ihre Lippen sich nicht bewegten.

»Ja, ich habe es auch gehört«, meinte Rega ehrfurchtsvoll.

Wo ist die Zitadelle?

Die Frage wurde wiederholt; Roland spürte das leise Raunen der Worte in seinem Kopf.

Andor stieß erneut sein abgehacktes Lachen aus; er schien dem Wahnsinn nahe zu sein. »Ich weiß es nicht!« kreischte er plötzlich und warf den Kopf wild hin und her. »Ich weiß nicht, wo diese gottverdammte Zitadelle ist!«

Wo ist die Zitadelle? Was sollen wir tun?

Jetzt war es kein Raunen mehr, sondern ein Schrei, der wie ein gefangenes Tier durch Rolands Schädel tobte.

Wo ist die Zitadelle? Was müssen wir tun? Sagt es uns! Befehlt uns!

Zuerst nur störend, wurde das stimmlose Schreien bald zu einem kaum noch erträglichen Schmerz. Er zermarterte sich das gepeinigte Hirn, versuchte nachzudenken, aber er hatte nie von einer ›Zitadelle‹ gehört, wenigstens nicht in Thillia.

»Fragt ... den ... Elf!« stieß er zwischen zusammengebissenen Zähnen hervor.

Ein entsetzlicher Schrei hinter ihm bekundete, daß die Tytanen seinen Rat befolgt hatten. Paithan krümmte sich zusammen, warf sich von einer Seite auf die andere und brüllte etwas in der Elfensprache.

»Aufhören! Hört auf!« flehte Rega, und plötzlich schwiegen die Stimmen.

Es war sehr still in seinem Kopf; Roland sank erschöpft in seinen Fesseln zusammen. Paithan lag schluchzend auf dem Moos, Rega kauerte neben ihm. Die Tytanen musterten ihre Gefangenen und dann hob einer von ihnen einen Ast und rammte ihn in Andors hilflos ausgestreckten Körper.

Der Seekönig konnte nicht schreien; der Ast zertrümmerte seinen Brustkasten und durchbohrte die Lunge. Der Tytan hob den Ast wieder und ließ ihn ein zweitesmal niedersausen. Der Hieb zerschmetterte den Schädel des Unglücklichen.

Warmes Blut spritzte bis zu Roland. Andors Augen blickten starr auf seinen Mörder, der Seekönig war mit seinem schiefen Grinsen auf dem Gesicht gestorben, als amüsierte er sich über irgendeinen grausigen Scherz. Sein gepeinigter Körper wand sich in Todeszuckungen.

Der Tytan schlug wieder und wieder zu und zermalmte den Leichnam zu einer blutigen Masse. Als der Körper des Seekönigs bis zur Unkenntlichkeit entstellt war, wandte der Tytan sich Roland zu.

Außer sich vor Entsetzen schnellte Roland unter Auferbietung all seiner Kräfte nach hinten, wobei er Rega zu Boden stieß. Sogleich rollte er sich herum und warf sich schützend über sie. Sie lag still, viel zu still, und er fragte sich, ob sie vielleicht in Ohnmacht gefallen war. Er hoffte es. Das würde es ihr leichter machen. Paithan lag neben ihnen und starrte mit aufgerissenen Augen auf das, was von Andor übriggeblieben war. Das Gesicht des Elfen war aschgrau. Er schien aufgehört haben zu atmen.

Roland straffte sich und betete darum, gleich von dem ersten Schlag tödlich getroffen zu werden. Er hörte das scharrende Geräusch im Moosboden, fühlte die Hand, die sich um seinen Gürtel krallte, aber diese Hand war für ihn nicht wirklich – nicht so wirklich wie der Tod, der über ihm aufragte. Der plötzliche Ruck und der Sturz durch die Moosschicht rissen ihn schlagartig aus seiner Betäubung. Er keuchte und spuckte und zappelte, wie ein Schlafwandler, der in eiskaltes Wasser stolpert.

Die Rutschpartie nahm ein abruptes und schmerzhaftes Ende. Roland öffnete die Augen. Er befand sich in einem stockfinsteren Tunnel, der in die dicke Moosschicht gegraben worden zu sein schien. Eine starke Hand schob ihn vorwärts, eine scharfe Klinge zerschnitt seine Fesseln.

»Weiter, weiter! Sie begreifen langsam, aber sie werden uns verfolgen!«

»Rega!« ächzte Roland und wollte umkehren.

»Ich habe sie *und* den Elf. Jetzt geh!«

Rega wurde von hinten gegen ihn gestoßen. Sie prallte mit dem Wangenknochen gegen seine Schulter, und der Kopf flog ihr in den Nacken.

»Schnell!« drängte die Stimme.

Roland packte seine Schwester, zerrte sie an sich vorbei und schob sie in den Tunnel, der immer tiefer in die Moosschicht hineinführte. Rega duckte sich und begann zu laufen. Roland folgte ihr; die Angst diktierte seinem Körper, was er tun mußte, um sich zu retten, denn sein Verstand war immer noch wie betäubt.

Er kroch und taumelte und stolperte blindlings durch die graugrüne Dunkelheit. Die kleinere, schmalere Rega kam in dem engen Tunnel besser voran. Hin und wieder blieb sie stehen und schaute an Roland vorbei und zum Elf zurück.

Paithans Gesicht schimmerte geisterhaft bleich, er schien mehr tot als lebendig zu sein, aber er hielt verbissen Schritt, kroch auf Händen und Knien durch den Gang und manchmal sogar auf dem Bauch. Die körperlose Stimme in ihrem Rücken trieb sie gnadenlos an: »Vorwärts! Schneller!«

Nicht lange, und bei Roland machte sich Erschöpfung bemerkbar. Seine Muskeln schmerzten, die Knie waren aufgeschürft, seine Lungen brannten. Wir sind längst in Sicherheit, sagte er zu sich selbst. Der Gang ist viel zu eng für diese Unholde . . .

Ein berstendes, knirschendes Geräusch, als ob der Boden von riesigen Händen aufgerissen würde, verlieh Roland ungeahnte Kräfte. Wie ein Mungo auf der Jagd nach einer Schlange gruben die Tytanen sich in den Tunnel, um ihre Beute aufzustöbern und zu packen.

Der Gang führte stetig abwärts, manchmal kaum merklich, dann plötzlich so steil, daß die Fliehenden den Halt verloren und hinunterrutschten, weil sie in der Dunkelheit nichts sehen konnten. Die Angst vor den Verfolgern ließ sie trotz ihrer Erschöpfung nicht innehalten. Dann aber vernahm

Roland hinter sich ein Ächzen und ein Poltern und wußte, daß den Elf die Kräfte verlassen hatten.

»Rega!« rief er. Seine Schwester blieb stehen, drehte sich langsam herum und betrachtete ihn mit vor Müdigkeit verschleierten Augen. »Quin ist erledigt. Komm und hilf mir!«

Sie nickte wortlos und kroch zu ihm zurück. Roland griff nach ihrem Arm und spürte, daß sie am ganzen Leib zitterte. Genau wie er hatte sie sich völlig verausgabt.

»Warum der Aufenthalt?« fragte die Stimme.

»Der Elf!« Roland rang nach Atem. »Er ist erledigt. Wir alle müssen ausruhen!«

Rega sank gegen ihn, ihre Brust hob und senkte sich unter angestrengten Atemzügen. Roland hörte das Blut in seinen Ohren rauschen, sein Herzschlag dröhnte, und er vermochte nicht einmal zu sagen, ob sie immer noch verfolgt wurden. Nicht, dachte er, daß es etwas ausgemacht hätte.

»Dann rasten wir hier«, sagte die barsche Stimme. »Aber nicht lange. Tiefer. Wir müssen noch tiefer hinab.«

Roland musterte seine Umgebung, aber ihm tanzten grelle Punkte vor den Augen, und er mußte ein paarmal blinzeln. Auch dann gab es nicht viel zu sehen, die Dunkelheit in dem Tunnel war so gut wie undurchdringlich.

»Aber sie können uns unmöglich bis hierher folgen!«

»Du kennst sie nicht. Sie sind furchtbar.«

Die Stimme klang vertraut.

»Schwarzbart? Bist du's?«

»Ich hab's dir schon einmal gesagt. Mein Name ist Drugar. Wer ist dieser Elf?«

»Paithan«, sagte Paithan, der am Boden kauerte und sich an den Tunnelwänden abstützte. »Paithan Quindiniar. Es ist mir eine Ehre, Euch kennenzulernen, Sir, und ich möchte Euch danken für . . .«

»Keine Zeit für Formalitäten!« knurrte Drugar. »Wir müssen weiter nach unten. So weit wie möglich!«

Roland bewegte seine Hände. Er hatte sich die Innenflächen an den rauhen Tunnelwänden blutig gescheuert.

»Rega?« fragte er besorgt.

»Schon gut. Ich werde es schaffen.« Er hörte, wie sie seufzte. Dann löste sie sich von ihm und setzte kriechend ihren Weg fort.

Roland holte tief Atem, wischte sich den Schweiß von der Stirn und folgte ihr tiefer und tiefer in die Dunkelheit.

Kapitel 20

Die Tunnel, Thurn

Die Flüchtlinge quälten sich durch den Tunnel, der immer weiter in die Tiefe führte, unerbittlich angetrieben von den Befehlen Drugars. Bald wußten sie nicht mehr, wo sie waren oder was sie taten. Sie waren Maschinen und bewegten sich durch die Finsternis wie aufgezogene Spielzeugfiguren, zu erschöpft, zu ausgebrannt, um noch zu denken.

Plötzlich das Gefühl von Raum. Sie streckten die Arme aus und konnten die Tunnelwände nicht mehr fühlen. Es ging kein Wind, trotzdem war die Luft erstaunlich kühl und hatte einen Geruch nach Feuchtigkeit und Leben.

»Wir haben den Grund erreicht«, sagte der Zwerg. »Jetzt könnt ihr ausruhen.«

Sie ließen sich fallen, rollten auf den Rücken und schnappten nach Luft, reckten und streckten sich und lockerten die verkrampften Muskeln. Drugar bewahrte Stillschweigen, nur seine lauten Atemzüge verrieten, daß er nicht weggegangen war und sie allein zurückgelassen hatte. Nach einiger Zeit, als sie sich etwas erholt hatten, wurden sie sich ihrer Umgebung bewußt. Der ›Grund‹, auf dem sie lagen, war hart und unnachgiebig und fühlte sich feucht und körnig an.

»Was ist das für ein Zeug?« fragte Roland und stützte sich auf einen Ellenbogen. Er nahm eine Handvoll und ließ die Krümel durch die Finger rinnen.

»Wen interessiert das?« fragte Rega. Ihre Stimme klang schrill, sie atmete heftig. »Ich halte das nicht mehr aus! Die Dunkelheit. Es ist schrecklich! Ich kann nicht atmen. Ich ersticke . . .«

Drugar sprach Worte in der Zwergensprache, die sich anhörten wie niederprasselnde Steine. Ein Licht flammte auf; die unvermittelte Helligkeit schmerzte in den Augen. Der Zwerg hielt eine brennende Fackel in der Hand.

»Ist das besser, Menschenfrau?«

»Nein, nicht viel«, antwortete Rega. Sie richtete sich auf und hielt furchtsam Umschau. »Jetzt kommt mir die Dunkelheit noch dunkler vor. Ich finde es scheußlich hier unten! Ich halte es nicht aus!«

»Dann möchtest du wieder nach oben?« Drugar wies mit dem Finger in die Höhe.

Rega erbleichte und riß die Augen auf. »Nein«, flüsterte sie und rückte dicht an Paithan heran.

Der Elf machte Anstalten, tröstend den Arm um sie zu legen, als sein Blick auf Roland fiel. Mit rotem Gesicht erhob sich der Elf und ging beiseite. Rega schaute ihm nach.

»Paithan?«

Er drehte sich nicht um. Rega vergrub das Gesicht in den Händen und schluchzte bitterlich.

Roland war unschlüssig, wie er sich verhalten sollte. Als ihr ›Ehemann‹ erwartete man wohl von ihm, daß er Rega tröstete, doch ein Gefühl sagte ihm, damit würde er alles noch verschlimmern. Außerdem konnte er selbst Trost brauchen. Er schaute an sich hinunter und entdeckte im Fackelschein rote Flecken auf seiner Kleidung – Blut, Andors Blut.

»Erde«, wiederholte Paithan. »Boden. Ihr meint, wir befinden uns tatsächlich auf dem Grund?«

»Wo sind wir?« mischte Roland sich ein.

»Wir befinden uns an einer K'tark. In deiner Sprache würde man Wegkreuzung sagen«, erklärte Drugar. »Mehrere Tunnel münden hier. Wir benutzen sie als Treffpunkte und Vorratslager.« Er deutete auf mehrere schemenhaft erkennbare Gegenstände. »Dort sind Proviant und Wasser. Bedient euch.«

»Ich habe keinen großen Hunger«, murmelte Roland und rieb verbissen an den Blutflecken auf seinem Hemd. »Aber Wasser hätte ich gerne.«

»Ja, Wasser!« Rega hob den Kopf, auf ihren Wangen glitzerten Tränen.

»Ich hole welches«, erbot sich der Elf.

Die schemenhaften Gegenstände entpuppten sich als Holzfässer. Der Elf nahm von einem den Deckel ab, schaute hinein und roch. »Wasser«, verkündete er. Er tauchte die Kelle ein und brachte sie Rega.

»Trink das«, sagte er leise und legte ihr die Hand auf die Schulter.

Rega umfaßte die Kelle mit beiden Händen und trank durstig. Ihr Blick hing an dem Elf, der seine an ihr. Roland, der die Szene beobachtete, spürte einen bitteren Geschmack im Mund. Ich habe mich geirrt. Die beiden mögen sich, sogar sehr. Und das war nicht vorgesehen. Es ist mir egal, wenn Rega einen Elf verführt, aber ich will verdammt sein, wenn ich zulasse, daß sie sich in einen verliebt.

»He«, sagte er, »ich könnte auch einen Schluck vertragen.«

Paithan stand auf, nahm den Schöpfer, den Rega ihm mit einem schwachen Lächeln reichte, und ging zum Wasserfaß. Rega warf Roland einen bösen, durchdringenden Blick zu, den Roland mit gerunzelter Stirn erwiderte. Rega warf die dunkle Haarmähne über die Schulter zurück.

»Ich hab's satt!« sagte sie. »Ich will hier raus!«

»Selbstverständlich«, entgegnete Drugar. »Wie ich schon sagte, dort ist der Tunnel, der nach oben führt. Sie warten auf dich.«

Rega erschauerte. Sie unterdrückte einen Aufschrei und barg den Kopf in den verschränkten Armen.

»Es gibt keinen Grund, so grob mit ihr umzuspringen, Zwerg. Das war ein ziemlich unangenehmes Erlebnis da oben! Und wenn Ihr mich fragt« – Paithan musterte ihre Umgebung mit grimmigen Blicken – »hier unten sieht es nicht viel erfreulicher aus.«

»Der Elf hat nicht unrecht«, warf Roland ein. »Du hast uns das Leben gerettet. Warum?«

Drugar betastete die hölzerne Axt, die in seinem breiten Gürtel steckte. »Wo sind die Kehlbogen?«

»Wie ich's mir gedacht habe.« Roland nickte. »Nun, wenn das für dich der Grund war, uns zu retten, hast du deine Zeit verschwendet. Du wirst diese Kreaturen danach fragen müssen. Aber vielleicht hast du das schon getan! Der Seekönig hat mir erzählt, daß ihr diese Ungeheuer anbetet. Er sagte, du und dein Volk, ihr hättet vor, mit den Tytanen gemeinsame Sache zu machen und euch die Menschenhändler in die Tasche zu stecken. Stimmt das, Drugar? Wolltest du deshalb die Waffen haben?«

Rega hob den Kopf und starrte den Zwerg an. Paithan betrachtete Drugar über den Rand der Kelle hinweg, während er trank. Roland hatte eine ungute Vorahnung. Ihm behagte weder das Glitzern in den dunklen Augen des Zwergs noch das frostige Lächeln auf den bärtigen Lippen.

»Mein Volk ...« sagte Drugar leise, »mein Volk ist nicht mehr.«

»Was? Red kein dummes Zeug, Schwarzbart!«

»Er redet kein dummes Zeug«, sagte Rega. »Sieh ihn doch an! Heilige Thillia! Er meint, daß sein Volk nicht mehr existiert!«

»Orns Blut!« fluchte Paithan erschüttert in seiner Muttersprache.

»Stimmt das?« fragte Roland eindringlich. »Hat sie recht? Dein Volk ist – ausgelöscht?«

»Du brauchst ihn doch bloß anzusehen!« schrie Rega hysterisch.

Verwirrt, geblendet von ihrer eigenen Angst, hatte keiner von ihnen den Zwerg genauer angeschaut. Jetzt bemerkten sie seine zerrissene und blutbefleckte Kleidung; sein Bart, den er stets mit großer Sorgfalt gepflegt hatte, war zottig und verfilzt, sein Haar wirr und ungekämmt. Am Unterarm hatte er eine lange häßliche Schnittwunde, an der Stirn klebte getrocknetes Blut. Seine großen Hände umklammerten die Axt in seinem Gürtel.

»Mit den Waffen«, sagte Drugar, den Blick starr und unverwandt auf die Schatten in den Tunneleingängen gerichtet, »hätten wir uns zur Wehr setzen können. Mein Volk wäre nicht ausgelöscht worden.«

»Es ist nicht unsere Schuld.« Roland hob beide Hände, die Innenflächen nach außen gekehrt. »Wir kamen so schnell wir konnten. Der Elf hatte sich verspätet.«

»Ich hatte keine Ahnung, was auf dem Spiel stand! Woher sollte ich es wissen? Es lag an Eurem verdammten Weg, Redleaf, und dann habt Ihr uns diesen Kreaturen gradewegs in die Arme geführt.«

»Aha, jetzt bin ich auf einmal an allem schuld!«

»Hört auf zu streiten!« schrie Rega mit brüchiger Stimme. »Es ist doch ganz unwichtig, wer die Schuld hat. Wichtig ist einzig und allein, hier herauszukommen.«

»Ja, Ihr habt recht«, sagte Paithan leise und zerknirscht. »Ich muß zurückkehren und mein Volk warnen.«

»Pah! Ihr Elfen braucht euch keine Sorgen zu machen. Wir Menschen werden diesen ungehobelten Gesellen heimleuchten, verlaßt Euch drauf.« Roland sah den Zwerg an und zuckte die Schultern. »Nimm's mir nicht übel, Schwarzbart, alter Junge, aber wirklichen Kriegern wird es nicht schwerfallen, mit den Scheusalen fertig zu werden.«

»Habt Ihr Kasnar vergessen?« wandte Paithan ein. »Wie ist es den Soldaten des Kasnar-Imperiums ergangen?«

»Handwerker! Bauern!« Roland tat den Einwand mit einer Handbewegung ab. »Wir Thillier sind Kämpfer. Wir haben Erfahrung.«

»Darin, euch gegenseitig die Köpfe einzuschlagen, vielleicht. Ihr habt da oben auch keine großartige Figur gemacht.«

»Es kam so überraschend! Was erwartet Ihr, Elf? Sie waren über mir, bevor ich reagieren konnte. Vielleicht braucht es mehr als einen Pfeil, um so einen Riesen umzubringen, aber ich garantiere Euch, mit fünf oder sechs Speeren durch das Loch in ihrer Stirn stellen sie keine albernen Fragen mehr über irgendwelche Zitadellen . . .«

. . . Wo ist die Zitadelle?

Die Frage hallte in Drugars Kopf wie ein Hammerschlag wider. Von seinem Platz in einer der Myriaden Zwergenbehausungen schaute Drugar auf die Ebene hinab, wo sein Vater und ein Großteil des Volkes die Vorhut der Riesen erwarteten.

Nein, *Vorhut* war nicht das richtige Wort. *Vorhut* weckt die Vorstellung von zielgerichteter Bewegung. Drugar kam es vor, als wäre dieser Trupp Riesen rein zufällig über die Zwerge gestolpert, bei einem kleinen Abstecher von ihrem eigentlichen Vorhaben, um – nach dem Weg zu fragen?

»Geh nicht hinaus, Vater!« hatte Drugar sich versucht gefühlt, den alten Mann zu bestürmen. »Laß mich mit ihnen sprechen . . . wenn du schon nicht einsehen willst, daß es unsinnig ist. Bleib hier, wo du in Sicherheit bist!«

Doch er wußte, wenn er sich hätte verleiten lassen, so zu seinem Vater zu sprechen, wäre die Antwort vermutlich ein Schlag mit dem Stock gewesen, und nicht zu Unrecht, gestand Drugar sich ein. Immerhin ist er der König, und ich sollte unten neben ihm stehen.

Doch er stand nicht dort.

»Vater, befiehl den Leuten, in den Häusern zu bleiben. Du und ich, wir verhandeln mit diesen . . .«

»Nein, Drugar. Wir sind der Eine Zwerg. Ich bin König, aber trotzdem nur der Kopf. Der ganze Körper muß anwesend sein, um zu hören und zu sehen und zu beraten. So ist es seit dem Tag unserer Erschaffung gewesen.« Ein Schatten fiel auf das Gesicht des alten Mannes. »Wenn es denn unser Ende sein sollte, möge man von uns sagen, daß wir gestorben sind, wie wir gelebt haben – wie eins.«

Der Eine Zwerg war anwesend; sie kamen aus ihren Häusern geströmt und sammelten sich auf der riesigen Moosebene, die das Dach ihrer Stadt bildete. Dort standen sie, blinzelten und rieben sich die Augen und verfluchten den grellen Sonnenschein. In der Aufregung über die Ankunft ihrer ›Brüder‹, deren riesenhafte Gestalten an Darkar, den Zwergengott, gemahnte, bemerkten die Zwerge nicht, daß eine stattliche Anzahl von ihnen am Stadttor zurückblieb. Hier hatte Drugar seine Kämpfer postiert, in der Hoffnung, den Rückzug zu decken, sollte es dazu kommen.

Der Eine Zwerg sah den Dschungel auf die Ebene vorrücken.

Halb geblendet von der ungewohnten Helligkeit, beobachteten sie, wie die Schatten zwischen den Bäumen oder vielleicht die Bäume selbst mit lautlosen Schritten über das Moos glitt. Drugar kniff die Augen zusammen und bemühte sich, die Zahl der Riesen festzustellen, aber ebensogut hätte er versuchen können, die Blätter im Wald zu zählen. Staunend fragte er sich angstvoll, wie man gegen etwas kämpfen sollte, das man nicht sah.

Mit den magischen Waffen der Elfen hätten die Zwerge möglicherweise eine Chance gehabt.

Was sollen wir tun?

Die Stimme in seinem Kopf klang nicht drohend. Sie klang sehnsüchtig, traurig, ratlos.

Wo ist die Zitadelle? Was sollen wir tun?

Die Stimme forderte eine Antwort. Sie verlangte nach einer Antwort. Drugar machte eine seltsame Erfahrung – für eine kurzen Augenblick teilte er trotz seiner Furcht die Traurigkeit dieser Wesen. Er bedauerte aufrichtig, ihnen nicht helfen zu können. »Wir haben niemals von irgendwelchen Zitadellen gehört, aber wir werden euch gerne bei der Suche helfen, wenn ihr . . .«

Das waren die letzten Worte seines Vaters.

Aus heiterem Himmel, ohne ein erkennbares Zeichen von Wut oder Haß bückten sich zwei Riesen, packten den alten Mann mit ihren großen Händen und rissen ihn entzwei. Die blutigen Leichenteile warfen sie so gleichgültig zu Boden, als wäre es Abfall.

Drugar schaute zu, fassungslos, hilflos. Sein Verstand konnte immer noch nicht begreifen, was er gesehen hatte, aber sein Instinkt veranlaßte ihn zu handeln. Er griff nach dem Kurthhorn, setzte es an die Lippen und blies ein lautes Signal, das sein Volk aufforderte, in die Stadt zurückzukehren und sich in Sicherheit zu bringen.

Er und seine Krieger, von denen einige hoch in den Bäumen postiert waren, schossen ihre Pfeile auf die Riesen ab. Die scharfen Spitzen, die auch den stärksten Menschen zu fällen vermochten, prallten von der dicken Haut der Unholde ab. Sie reagierten auf den Pfeilhagel, als wären es Stechmücken, und wischten sie achtlos beiseite, sofern sie sich überhaupt die Zeit nahmen, in ihrem blutigen Geschäft innezuhalten.

Der Rückzug der Zwerge artete nicht in panische Flucht aus. Der Körper war eins – was einem Zwerg geschah, geschah dem ganzen Volk. Sie blieben stehen, um den Gestürzten aufzuhelfen. Die Älteren bildeten die Nachhut und trieben die Jüngeren zur Eile an. Die Starken trugen die Schwachen. Folglich waren die Zwerge leichte Beute.

Die Riesen folgten ihnen, holten sie mühelos ein und metzelten sie erbarmungslos nieder. Der Moosboden verwandelte sich in blutigen Morast. Leichen türmte sich zuhauf, hingen im Geäst der Bäume, wohin sie geschleudert worden waren. Die meisten waren bis zur Unkenntlichkeit verstümmelt.

Drugar wartete bis zum letzten Moment, bevor er an seine eigene Sicherheit dachte, und vergewisserte sich, daß die wenigen, die auf dem grausigen Schlachtfeld noch am Leben waren, die Stadttore erreichten. Selbst dann wollte er seinen Platz nicht verlassen. Zwei von seinen Männern mußten ihn buchstäblich in die schützenden Tunnel zerren.

Von oben drang das Krachen und Bersten von Ästen und Zweigen zu ihnen herab. Ein Teil des ›Daches‹ der unterirdischen Stadt brach ein. Als der Tunnel hinter ihnen einstürzte, machten Drugar und die Reste seiner

Streitmacht kehrt, um sich dem Feind zu stellen. Es hatte keinen Sinn mehr zu fliehen. Wohin?

Als Drugar aus seiner Bewußtlosigkeit erwachte, fand er sich in einem eingestürzten Tunnel wieder, begraben unter den Leichen einiger seiner Gefolgsleute. Nachdem er unter den leblosen Körpern hervorgekrochen war, hielt er inne, um zu lauschen, ob er irgend etwas hören konnte, das auf die Anwesenheit der Scheusale schließen ließ. Ihn umgab nur Stille, grauenhaft, unheilverkündend. Den Rest seines Lebens würde er diese Stille hören und mit ihr die Worte, die in seinem Herzen brannten,

»Alle tot . . .«

»Ich werde euch zu eurem Volk führen«, brach Drugar plötzlich sein langen Schweigen.

Die Menschen und der Elf hörten auf zu streiten, drehten sich um und schauten ihn an.

»Ich kenne den Weg.« Er zeigte auf die undurchdringliche Dunkelheit außerhalb des Lichtkreises der Fackel. »Diese Tunnel führen bis zur Grenze von Thillia. Solange wir hier unten bleiben, sind wir sicher.«

»Den ganzen Weg – hier unten!« Rega wurde blaß.

»Du kannst gerne wieder nach oben steigen, an die Oberfläche«, meinte Drugar mit einer auffordernden Handbewegung.

Rega hob den Blick und schluckte, dann schüttelte sie langsam den Kopf.

»Warum?« fragte Roland.

»Ja«, fügte Paithan hinzu. »Warum wollt Ihr das für uns tun?«

Drugar starrte ihn an. In seinem Innern brannte verzehrender Haß. Er haßte sie, haßte ihre knochigen Leiber, ihre glattrasierten Gesichter; haßte ihren Geruch, ihren Hochmut; haßte ihre Größe.

»Weil es meine Pflicht ist«, antwortete er.

Was immer einem Zwerg geschieht, geschieht dem ganzen Volk.

Drugars unter dem langen Bart verborgene Hand schob sich in den Gürtel, die Finger schlossen sich um den Griff eines Jagdmessers aus Faultierknochen. Grausame Freude erfüllte des Zwergen Herz.

Kapitel 21

Wipfelhöhe, Equilan

»Und wie viele Leute, glaubst du, haben in deinem Schiff Platz?« erkundigte sich Zifnab.

»Warum fragst du?«

»Familienrabatt auf allen Flügen. In meinem lila Luftballon. Vom Winde verweht. Hinter dem Regenbogen. Wenn ich ein Vöglein wär'... Na, dann hätten wir das Problem nicht.«

»Ich verstehe nicht recht. Mein Schiff wird nirgendwo fliegen...«

»Na, aber selbstverständlich wird es das, mein lieber Junge. Du bist der Erretter. Jetzt wollen wir mal sehen.« Zifnab begann murmelnd an seinen Fingern zu zählen. »Die Tribus-Elfen haben eine Mannschaft von soundsoviel, dazu kommen die Galeerensklaven, das sind... und mit Passagieren wären es dann soundsoviel plus, die Eins im Kopf...«

»Was wißt Ihr über Tribus-Elfen?« unterbrach ihn Haplo.

»... macht zusammen...« Der alte Magier blinzelte verwirrt. »Tribus-Elfen? Nie gehört.«

»Ihr habt sie eben erwähnt...«

»Nein, mein Junge. Mit deinen Ohren muß etwas nicht stimmen. Und das in deinem Alter, bedauerlich. Vielleicht liegt es an dem langen Flug. Du mußt vergessen haben, den Druck in der Kabine richtig einzustellen. Passiert mir dauernd. Anschließend bin ich tagelang stocktaub. Ich weiß genau, daß ich gesagt habe ›die hiesigen Elfen‹. Reich mir doch bitte den Brandywein.«

»Ich würde sagen, Ihr habt genug gehabt, gnädiger Herr«, meldete sich eine dröhnende Stimme unter dem Fußboden. Der Hund, der vor Haplos Füßen lag, hob den Kopf, sträubte das Nackenfell und knurrte.

Der alte Mann stellte die Karaffe hastig wieder auf den Tisch. »Keine Angst«, meinte er verlegen. »Das ist nur mein Drache. Er hält sich wohl für Butler Martin.«

»Ein Drache«, wiederholte Haplo, schaute sich im Zimmer um und blickte aus dem Fenster. Die Runen auf seiner Haut prickelten und juckten. Unter dem Tisch schob er die Bandagen zurück, um für alle Fälle gerüstet zu sein.

»Ja, ein Drache«, schnappte eine der am Tisch sitzenden Elfenfrauen aufgebracht. »Wenn er sich nicht aufführt wie eine unterbezahlte Gouvernante, vergnügt er sich damit, die Bewohner der Stadt zu terrorisieren. Dann ist da noch mein Vater. Ihr habt ihn kennengelernt. Lenthan Quindiniar. Er plant, mit uns zu den Sternen zu fliegen, um meine Mutter wiederzusehen, die seit vielen Jahren tot ist. Als wäre all das nicht genug, müßt Ihr noch auftauchen, Ihr und Euer geflügeltes Teufelsding da draußen.«

Haplo musterte seine Gastgeberin. Sie war groß und dünn und bewegte sich so steif wie ein Ritter aus Volkaran in voller Rüstung.

»Rede nicht so über Papa, Callie«, murmelte die zweite Elfenfrau, die ihr Spiegelbild in der Fensterscheibe bewunderte. »Das gehört sich nicht.«

»Das gehört sich nicht?« Calandra erhob sich von ihrem Stuhl. Der ohnehin verstörte Hund richtete sich auf und begann wieder zu knurren. Haplo legte ihm beruhigend die Hand auf den Kopf. Die Frau war dermaßen außer sich, daß sie nichts davon bemerkte. »Wenn du ›Lady Durndrun‹ bist, Fräulein, dann kannst du mir vorschreiben, was sich gehört, aber vorher nicht!«

Calandras funkelnder Blick wanderte von einem zum anderen. »Es ist schlimm genug, daß ich Verrückte unter diesem Dach beherbergen muß, aber es ist das Haus meines Vaters, und ihr seid seine ›Gäste‹! Deshalb will ich euch hier Nahrung und Unterkunft gewähren, dann soll mich San holen, wenn ich auch noch mit euch am Tisch sitzen und euren Anblick ertragen muß. Von jetzt an, Papa, nehme ich die Mahlzeiten in meinem Zimmer ein!«

Die Frau beugte sich über den Stuhl. Ihre Hände umklammerten die Lehne mit solcher Gewalt, daß die Adern als leuchtend blaue Linien an den weißen, mageren Armen hervortraten. »Und niemand wird glücklicher sein als ich, wenn ihr euch alle miteinander zu den Sternen aufmacht und ich endlich wieder meine Ruhe habe!«

Calandra fuhr herum; Röcke und Unterröcke raschelten wie Blätter an einem von Windböen geschüttelten Baum. Sie stürmte aus dem Zimmer und knallte die Tür zur Diele mit solchem Nachdruck zu, daß der Holzrahmen bebte. Als der Sturm vorübergezogen war, senkte sich Stille auf die Zurückgebliebenen.

»In meinen ganzen elftausend Jahren habe ich ein solches Benehmen nicht erlebt«, tat die Stimme unter dem Fußboden in schockiertem Tonfall kund. »Wenn ihr meinen Rat hören wollt . . .«

»Eigentlich nicht«, sagte Zifnab hastig.

». . . dieser jungen Frau würde eine ordentliche Tracht Prügel nichts schaden«, schloß der Drache.

Haplo schob unauffällig die Bandagen wieder über seine Hände.

»Es ist meine Schuld«. Lenthan kauerte zusammengesunken auf seinem Stuhl.

»Sie hat recht. Ich *bin* verrückt. Diese Träume, zu den Sternen reisen und meine geliebte Frau wiederzufinden . . .«

»Nein, alter Freund, nein!« Zifnab schlug mit der flachen Hand auf den Tisch, um seinen Worten Nachdruck zu verleihen. »Wir haben das Schiff.« Er deutete auf Haplo. »Und den Mann, der weiß, wie man damit umgeht. Unser Retter! Habe ich nicht gesagt, er wird kommen? Und er ist gekommen!«

Lenthan hob den Kopf und richtete den Blick seiner milden, verschwommenen Augen auf Haplo. »Ja. Der Mann mit den verbundenen Händen. Du hast es gesagt, aber . . .«

»Nun denn!« unterbrach ihn Zifnab mit triumphierend gesträubtem Bart. »Ich habe meine Ankunft angekündigt, und hier bin ich. Ich sagte, wir fliegen zu den Sternen, also fliegen wir. Uns bleibt nicht viel Zeit«, fügte er leise hinzu. Sein Gesicht verzog sich kummervoll. »Das Unheil naht. Während wir hier sitzen, rückt es unaufhaltsam näher.«

Aleatha seufzte. Sie wandte dem Fenster den Rücken, trat zu ihrem Vater, legte ihm die Hände auf die Schultern und gab ihm einen Kuß. »Du mußt dich wegen Callie nicht kränken, Papa. Sie arbeitet einfach zuviel. Du weißt, daß sie nicht immer meint, was sie sagt.«

»Ja, Kleines«, meinte Lenthan und tätschelte seiner Tochter geistesabwesend die Hand. Er sah mit neuerwachtem Interesse den alten Magier an. »Also glaubst du ernsthaft, daß wir mit diesem Schiff zu den Sternen segeln können?«

»Ohne Zweifel.« Zifnab blickte nervös über die Schulter, dann beugte er sich über den Tisch und flüsterte vernehmlich: »Ihr habt nicht zufällig eine Pfeife und etwas Tabak im Haus . . .«

»Das habe ich gehört!« grollte der Drache.

Der alte Mann wand sich auf seinem Stuhl. »Gandalf hat auch gerne ein gemütliches Pfeifchen geraucht!«

»Und warum glaubst du wohl, hieß er Gandalf der Graue? Bestimmt nicht wegen der Farbe seiner Gewänder«, wies ihn der Drache vielsagend zurecht.

Aleatha ging aus dem Zimmer.

Während Haplo aufstand, um ihr zu folgen, gab er dem Hund, der seinen Herrn kaum je aus den Augen ließ, ein Zeichen. Gehorsam erhob sich das Tier, trottete zu Zifnab hinüber und legte sich dem Magier zu Füßen. Haplo fand Aleatha im Speisezimmer, wo sie den zerbrochenen Nippes aufhob, der Calandra zum Opfer gefallen war.

»Diese Scherben haben scharfe Ränder. Ihr werdet Euch schneiden. Laßt mich das tun.«

»Eigentlich wäre das eine Arbeit für die Dienstboten«, meinte Aleatha mit einem entschuldigenden Lächeln, »nur haben sie alle gekündigt – bis auf die Köchin, und die bleibt vermutlich nur deshalb, weil sie nicht weiß, was sie ohne uns anfangen sollte. Sie ist bei uns, seit Mutter starb.«

Haplo betrachtete die zerbrochene Figur, die er in der Hand hielt. Es war eine Frauengestalt, eine Göttin vermutlich, denn sie hielt wie segnend die Hände erhoben. Der Kopf war abgebrochen, als Haplo ihn wieder anfügte, sah er, daß sie langes, weißes Haar hatte.

»Das ist Mutter Peytin, die Göttin der Elfen – aber vielleicht habt Ihr das schon gewußt«, sagte Aleatha, die in die Hocke gegangen war. Das Kleid aus schleierähnlichem Stoff umhüllte sie wie eine rosige Wolke; die einmal purpurn, dann wieder tiefblau schillernden Augen suchten verführerisch, lockend Haplos Blick.

Er lächelte sie an, ein bescheidenes, zurückhaltendes Lächeln. »Nein, ich wußte es nicht. Ich weiß gar nichts über Euer Volk.«

»Gibt es keine Elfen, wo Ihr herkommt? Übrigens, wo kommt Ihr her? Ihr seid schon mehrere Zyklen bei uns, und ich kann mich nicht entsinnen, daß Ihr von Eurer Heimat gesprochen hättet.«

Der Zeitpunkt für seinen Vortrag war gekommen, der Augenblick, um ihr die Geschichte zu erzählen, die er sich während der Reise zurechtgelegt hatte. Im angrenzenden Raum hörte man den alten Magier reden und reden.

Aleatha zog eine Grimasse, stand auf und schloß die Verbindungstür zwischen den beiden Räumen. Haplo konnte immer noch verstehen, was gesprochen wurde, denn er hörte die Worte durch die Ohren seines Hundes.

»... die hitzebeständigen Platten wollten einfach nicht halten. Große Probleme beim Wiedereintritt. Unser Schiff da im Vorgarten besteht aus einem Material, das erheblich strapazierfähiger ist als die eben erwähnten Platten. *Drachen*schuppen«, sagte er in durchdringendem Flüsterton.

»Aber wir sollten das für uns behalten. Ein gewisser Jemand könnte sich deswegen echauffieren . . .«

»Möchtet Ihr versuchen, das zu kleben?« Haplo hielt die zwei Teile der zerbrochenen Statuette in die Höhe.

»Also zieht Ihr es vor, der geheimnisvolle Fremde zu bleiben«, meinte Aleatha. Sie nahm Haplo die Stücke ab und streifte dabei seine Finger. »Es ist auch nicht wichtig. Papa würde Euch glauben, auch wenn Ihr behauptet, vom Himmel gefallen zu sein, und Callie hält Euch von vornherein für einen Lügner. Ich hoffe nur, Eure Geschichte – ob wahr oder erfunden – ist wenigstens interessant.«

Sie fügte die Bruchstücke zusammen und hielt die Figur ins Licht. »Woher will man eigentlich wissen, wie sie ausgesehen hat? Ihr Haar zum Beispiel. Niemand hat solches Haar – weiß am Scheitel und braun in den Spitzen.« Die purpurnen Augen musterten Haplo. »Ich nehme es zurück. Es ist fast wie Euer Haar, nur umgekehrt. Eures ist braun mit weißen Spitzen. Merkwürdig, nicht wahr?«

»Nicht in meiner Heimat. Dort haben alle Haare wie ich.« Das zumindest entsprach der Wahrheit. Die Patryn haben bei der Geburt braunes Haar. Mit Beginn der Pubertät färben sich die Haarspitzen weiß. Was Haplo verschwieg, war die Tatsache, daß es bei den Sartan anders ist. Sie werden mit weißem Haar geboren, das sich mit der Zeit braun färbt. Er richtete den Blick auf die kleine Statue in der Hand der Elfenfrau. Hier war der Beweis, daß die Sartan sich in dieser Welt aufgehalten hatten. Waren sie immer noch hier?

Seine Gedanken wanderten zu dem alten Mann. Zifnab hatte Haplo nicht täuschen können. Das Gehör des Patryn war ausgezeichnet. Der alte Mann hatte gesagt ›Tribus‹-Elfen – Tribus-Elfen, die auf Arianus lebten, in einer anderen Welt, weit entfernt.

». . . Feststoffraketenantrieb. Explodierte auf der Startrampe. Furchtbar. Aber sie wollten mir nicht glauben, weißt du. Ich sagte ihnen, Magie wäre erheblich sicherer. Die Sache mit dem Fledermausdung hat sie irritiert. Man braucht Tonnen davon, verstehst du, um genügend Schub zu bekommen . . .«

Was der alte Zauberer da schwafelte, ergab nicht unbedingt einen Sinn. Dennoch hatte sein Wahnsinn unzweifelhaft Methode. Der Sartan auf Arianus, Alfred, schien auch nichts anderes gewesen zu sein als ein vertrottelter Kammerdiener. Aleatha verstaute die zerbrochene Statuette in einer Schublade. Die Scherben einer zerbrochenen Tasse und Untertasse wanderten in den Abfallkorb.

»Möchtet Ihr etwas trinken? Der Weinbrand ist ausgezeichnet.«

»Nein, vielen Dank«, lehnte Haplo ab.

»Ich dachte, Ihr könntet vielleicht eine Stärkung brauchen. Sollen wir zu den anderen zurückgehen?«

»Ich würde gern allein mit Euch sprechen, wenn es erlaubt ist.«

»Ihr meint, ob wir beide allein in einem Zimmer sein dürfen, ohne Anstandsdame? Aber selbstverständlich.« Aleathas Lachen klang heiter. »Meine Familie kennt mich. Ihr braucht Euch keine Sorgen wegen meines guten Rufs zu machen. Wir könnten uns auf die Veranda vor dem Haus setzen, aber die Leute stehen immer noch draußen und bestaunen Euer ›geflügeltes Teufelsding‹. Am besten gehen wir ins Wohnzimmer. Dort ist es kühl.«

Aleatha ging voran, ihre Bewegungen waren ebenso beschwingt wie ihr Lachen. Haplo war vor weiblichem Zauber geschützt – nicht durch Magie, denn auch die stärksten, je auf einen Körper tätowierten Runen halfen nicht gegen das schleichende Gift der Liebe –, ihn schützte Erfahrung. Im Labyrinth ist es gefährlich zu lieben. Doch der Patryn besaß die Freiheit, weibliche Schönheit zu bewundern, wie er oft den kaleidoskopischen Himmel im Nexus bewundert hatte.

»Bitte tretet ein«, sagte Aleatha und streckte einladend die Hand aus. Haplo ging ins Wohnzimmer. Aleatha folgte ihm, schloß die Tür, lehnte sich mit dem Rücken dagegen und sah ihn an.

In der Mitte des Hauses gelegen, war der fensterlose Raum ein stiller, abgeschiedener Zufluchtsort. Der Ventilator an der Decke drehte sich leise raschelnd – das einzige Geräusch. Haplo wandte sich seiner Gastgeberin zu, die ihn mit einem heiteren Lächeln bedachte.

»Als Elf wäre es für Euch gefährlich, mit mir allein zu sein.«

»Vergebung, aber Ihr seht nicht gefährlich aus.«

»Oh, aber ich bin es. Ich langweile mich. Ich bin verlobt. Das eine bedingt das andere, versteht Ihr? Ihr seid für einen Menschen außergewöhnlich gut gebaut. Die meisten Menschenmänner, die ich bis jetzt gesehen habe, sind so groß und ungeschlacht. Ihr seid schlanker und geschmeidiger.« Aleatha streichelte ihm mit der Hand über den Arm. »Eure Muskeln sind hart, wie ein Zweig an einem Baum. Schmerzt Euch die Berührung?«

»Nein«, antwortete Haplo mit seinem stillen Lächeln. »Warum sollte sie?«

»Nun – die Hautkrankheit, von der Ihr gesprochen habt.«

Der Patryn erinnerte sich an seine Lügengeschichte. »Nein, das beschränkt sich auf die Hände.« Er streckte sie aus.

Aleatha streifte die Verbände mit einem leicht angewiderten Blick.

»Zu schade. Ich langweile mich entsetzlich.« Sie lehnte sich wieder gegen die Tür und musterte ihn träge. »Der Mann mit den verbundenen Händen. Genau wie es dieser alte Spinner vorhergesagt hat. Ich frage mich, ob er mit seinen übrigen Prophezeiungen auch noch recht behält.« Zwei nachdenkliche Falten zeigten sich auf ihrer glatten, weißen Stirn.

»Hat er das wirklich gesagt?« fragte Haplo.

»Was gesagt?«

»Das über meine Hände. Und er hat mein Kommen vorhergesagt?«

Aleatha zuckte die Schultern. »Ja, hat er. Zusammen mit einer Menge anderem Unsinn – daß ich nicht heiraten werde, daß Tod und Verderben über uns kommen, daß wir mit einem Schiff zu den Sternen fliegen. Aber ich werde heiraten!« Sie preßte die Lippen zusammen. »Ich habe zu hart gearbeitet und zuviel durchgemacht. Und ich bleibe nicht länger in diesem Haus, als es unbedingt sein muß.«

»Aus welchem Grund will Euer Vater denn unbedingt zu den Sternen fliegen?« Haplo erinnerte sich an den Lichtpunkt, den er vom Schiff aus entdeckt hatte, den glitzernden Funken am sonnengesättigten Himmel. Er hatte nur einen gesehen. Offenbar gab es mehrere. »Was weiß er über sie?«

». . . Spezialfahrzeug für die Forschungsarbeiten auf dem Mond. Sah aus wie ein Käfer.« Die Stimme des alten Mannes hatte einen schrillen, verdrossenen Beiklang angenommen. »Kroch herum und sammelte Steine.«

»Über sie wissen!« Aleatha lachte wieder. Ihre Augen schimmerten warm und dunkel und geheimnisvoll. »Er weiß gar nichts über sie. Niemand weiß etwas. Möchtet Ihr mich küssen?«

Eigentlich nicht. Es war Haplo wichtiger, daß sie weitersprach.

»Aber es muß bei euch doch irgendwelche Sagen oder Legenden über die Sterne geben, wie bei uns auch.«

»Nun, das schon.« Aleatha verließ ihren Platz an der Tür und kam näher. »Es hängt davon ab, von wem die Geschichte stammt. Ihr Menschen zum Beispiel huldigt der albernen Vorstellung, es wären Städte. Aus diesem Grund hat der alte Mann . . .«

»Städte!«

»Liebe Güte! Ihr wollt mich doch nicht etwa fressen? Weshalb macht Ihr so ein Gesicht?«

»Verzeiht Ich wollte Euch nicht erschrecken. Mein Volk glaubt jedenfalls nicht an diese Städte.«

»Nein?«

»Nein. Ich meine, es ist wirklich albern.« Er hoffte, daß es ihm gelang, ihr einige Informationen zu entlocken. »Städte können nicht am Himmel kreisen wie Sterne . . .«

»Kreisen! Eure Landsleute schauen wohl nur selten zum Himmel. *Unsere* Sterne verändern nie ihre Position. Sie kommen und gehen, aber sie bleiben immer an derselben Stelle.«

»Kommen und gehen?«

»Ich habe meine Meinung geändert.« Aleatha beugte sich nach vorn. »Friß mich.«

»Vielleicht später«, erwiderte Haplo liebenswürdig. »Was meint Ihr damit, die Sterne kommen und gehen?«

Aleatha seufzte, lehnte sich wieder gegen die Tür und betrachtete ihn unter den dichten, schwarzen Wimpern hervor. »Ihr und der alte Mann. Ihr steckt in dieser Sache unter eine Decke, nicht wahr? Ihr habt vor, meinem Vater sein Vermögen abzuschwindeln. Ich werde es Callie sagen . . .«

Haplo trat auf sie zu und streckte die Hände aus.

»Nein, nicht anfassen«, befahl Aleatha. »Ihr sollt mich nur küssen.«

Lächelnd hielt Haplo die verbundenen Hände zur Seite, beugte sich vor und küßte die weichen Lippen. Dann trat er einen Schritt zurück. Aleatha musterte ihn nachdenklich.

»Das war nicht viel anders als der Kuß von einem Elf.«

»Tut mir leid. Wenn ich meine Hände mit ins Spiel bringen kann, bin ich besser.«

»Vielleicht liegt es an den Männern im allgemeinen. Oder vielleicht sind es die Dichter mit ihrem Geschwafel von Liebesglück. Habt Ihr je so etwas empfunden, wenn Ihr mit einer Frau zusammen wart?«

»Nein«, antwortete Haplo. Es war eine Lüge. Er konnte sich an eine Zeit erinnern, als er einzig für diesen Rausch gelebt hatte.

»Nun ja, hat nichts zu sagen.« Aleatha seufzte. Sie wandte sich zum Gehen und faßte nach dem hölzernen Türgriff. »Ich bin etwas müde. Wenn Ihr mich entschuldigen wollt . . .«

»Und was ist mit den Sternen?« Haplo stützte sich mit der Hand gegen die Tür und hielt sie geschlossen.

Gefangen zwischen der Tür und Haplos Körper, hob die Elfenfrau den Blick zu Haplos Gesicht. Er lächelte in die purpurnen Augen hinein, rückte näher und deutete an, daß er das Gespräch nur aus einem bestimmten Grund fortsetzen wollte. Aleatha senkte die Wimpern, doch in ihrem Schutz beobachtete sie ihn wachsam.

»Vielleicht habe ich Euch unterschätzt. Nun gut, wenn Ihr mit mir über Sterne sprechen wollt . . .«

Haplo wand sich eine Strähne ihrer aschblonden Haare um den Finger. »Erzählt mir von denen, die ›kommen und gehen‹.«

»Da gibt es nicht viel zu erzählen.« Aleatha zog ihn an der Haarsträhne zu sich heran, wie einen Fisch an der Angel.

»Sie leuchten einige Jahre, dann erlöschen sie und bleiben einige Jahre erloschen.«

»Alle auf einmal?«

»Nein. Einige kommen, einige gehen, wie schon gesagt. Ich weiß nicht besonders viel darüber. Dieser lüsterne alte Astrologe, ein Freund meines Vaters, könnte Euch mehr erzählen, wenn es Euch *wirklich* interessiert.« Aleatha schaute zu ihm auf. »Ich finde es doch merkwürdig, daß Euer Haar dem der Göttin so ähnlich ist. Vielleicht *seid* Ihr ein Erretter – einer von Mutter Peytins Söhnen, der gekommen ist, um mich von meinen Sünden zu erlösen. Ich werde Eurem Kuß eine zweite Chance geben, mich zu überzeugen, wenn Ihr wollt.«

»Nein, Ihr habt mich zutiefst getroffen. Ich werde nie mehr derselbe sein.«

Haplo stieß in Gedanken einen Pfiff aus. Die Frau kam mit ihren gedankenlosen Bemerkungen der Wahrheit bedenklich nahe. Er mußte sie loswerden und in Ruhe nachdenken. Es kratzte an der Tür.

»Mein Hund«, sagte Haplo und zog die Hand zurück.

Aleatha schnitt ein Gesicht. »Laßt ihn doch.«

»Das wäre nicht klug. Bestimmt muß er mal raus.«

Das Kratzen wurde lauter, fordernder. Der Hund begann zu winseln.

»Ihr möchtet bestimmt nicht, daß er ... na ja ... im Haus ...«

»Callie würde Euch die Ohren abschneiden und zum Frühstück servieren. Dann geht mit dem Köter nach draußen.« Aleatha öffnete die Tür, und der Hund kam ins Zimmer gelaufen. Er sprang an Haplo empor und stemmte ihm die Pfoten gegen die Brust.

»Hallo, alter Junge! Hast du mich vermißt?« Haplo zauste dem Hund die Ohren und klopfte ihm die Seiten. »Komm schon, wir machen einen Spaziergang.«

Der Hund jaulte beglückt, sprang davon und kam gleich wieder zurück, um sich zu überzeugen, daß Haplo es ernst meinte.

»Unser Gespräch hat mir gefallen«, sagte er zu Aleatha.

Sie stand an der offenen Tür, die Hände auf dem Rücken. »Ich habe mich weniger gelangweilt als sonst.«

»Vielleicht ergibt sich wieder einmal die Gelegenheit, über Sterne zu sprechen.«

»Kaum. Ich bin zu einem Entschluß gekommen. Dichter sind Lügner. Ihr seht besser zu, daß Ihr mit dem Hund nach draußen kommt. Callie wird das Geheul nicht dulden.«

Haplo ging an ihr vorbei und wandte den Kopf, um etwas über Dichter zu sagen, doch sie schlug ihm die Tür vor der Nase zu.

Er ließ den Hund hinaus, schlenderte zu dem freien Platz, auf dem er mit seinem Schiff gelandet war, blieb stehen und starrte in den sonnigen Himmel. Die Sterne waren deutlich zu erkennen. Sie leuchteten hell und gleichmäßig, ohne zu ›zwinkern‹, wie es die Poeten auszudrücken pflegten.

Er versuchte sich zu konzentrieren; versuchte, den Widerspruch zu durchschauen, mit dem er es hier zu tun hatte – ein Retter, der gekommen war, um zu zerstören. Doch seine Gedanken weigerten sich, ihm zu gehorchen.

Dichter. Er war im Begriff gewesen, Aleatha eine Antwort auf ihre letzte Bemerkung zu geben. Sie irrte. Dichter sagten die Wahrheit.

Das Herz war der Lügner ...

... In seinem neunzehnten Jahr im Labyrinth traf Haplo die Frau. Sie war ein Läufer wie er und ungefähr im selben Alter. Auch ihr Ziel war dasselbe – zu entkommen. Sie fanden Gefallen aneinander und setzten den Weg gemeinsam fort. Liebe ist im Labyrinth zwar nicht unbekannt, doch sie wird geleugnet. Lust ist akzeptabel – die Notwendigkeit, Kinder in die Welt zu setzen, um gegen das Labyrinth zu kämpfen. Bei Tag zogen die beiden weiter, auf der Suche nach dem nächsten Tor. Bei Nacht fanden sich ihre tätowierten Körper zu leidenschaftlicher Umarmung.

Eines Tages trafen sie auf eine Gruppe von Siedlern – diejenigen Bewohner des Labyrinths, die sich zu Horden zusammenschließen, langsam von Ort zu Ort ziehen und die Zivilisation repräsentieren, soweit in jenem höllischen Gefängnis überhaupt von Zivilisation die Rede sein kann. Wie es Sitte war, brachten Haplo und seine Gefährtin ein Geschenk an Fleisch mit, und dafür boten die Siedler ihnen Unterkunft in ihren primitiven Behausungen an.

Von seinem Platz am Feuer sah Haplo zu, wie die Frau mit den Kindern spielte. Die Frau war grazil und schön. Ihr dichtes, braunes Haar fiel über straffe, runde Brüste, tätowiert mit den Runen, die sowohl Waffe als auch Schild waren. Der Säugling auf ihren Armen war in gleicher Weise tätowiert, wie jedes Kind vom Tag der Geburt an. Sie blickte zu Haplo auf, und etwas Geheimnisvolles geschah mit ihnen. Sein Puls jagte. »Komm«, flüsterte er und kniete neben ihr nieder, »laß uns in die Hütte gehen.«

»Nein«, antwortete sie lächelnd und betrachtete ihn durch den Schleier ihrer seidigen Haare. »Es ist noch zu früh. Unsere Gastgeber wären beleidigt.«

»Zum Teufel mit unseren Gastgebern!« Haplo sehnte sich danach, sie in den Armen zu halten, sich in ihrer Wärme und der süßen Dunkelheit zu verlieren.

Sie tat, als wäre er nicht da, sang dem Kind Lieder vor und ließ ihn den ganzen restlichen Abend leiden, bis er lichterloh in Flammen stand. Als sie sich endlich in die Abgeschiedenheit der Hütte zurückzogen, gab es für sie beide in jener Nacht keinen Schlaf.

»Hättest du gerne ein Kind?« fragte sie in einer der ruhigen Phasen der Erschöpfung.

»Was soll das heißen?« Er betrachtete sie mit gespannter, hungriger Erwartung.

»Nichts. Nur ... würde es dir gefallen? Du müßtest dieses Leben aufgeben und ein Siedler werden, weißt du.«

»Nicht unbedingt. Meine Eltern waren Läufer und hatten trotzdem ein Kind – mich.«

Haplo sah seine Eltern tot am Boden liegen, in Stücke gehackt. Sie hatten ihn bewußtlos geschlagen, damit er das Grauen nicht sah, damit er nicht schrie und sich verriet.

Am nächsten Morgen gab es Neuigkeiten – weiter vorn hatte sich offenbar ein Tor geöffnet. Es bestand trotzdem noch Gefahr, doch jedes Tor, das sie durchschritten, bedeutete einen weiteren Schritt auf dem Weg in die Freiheit, einen weiteren Schritt auf dem Weg zum sicheren Hafen des Nexus, von dem so viele Gerüchte erzählten. Haplo und seine Gefährtin verließen das Dorf der Siedler.

Sie bahnten sich vorsichtig, wachsam einen Weg durch das wuchernde Unterholz des Waldes. Beide waren erfahrene Kämpfer, und sie verstanden die Anzeichen zu deuten: den Geruch und das Prickeln der Runen auf ihrer Haut. Deshalb erfolgte der Angriff nicht überraschend.

Eine große, zottige Gestalt schnellte sich aus dem Gebüsch, sprang Haplo an und versuchte, ihn mit einem raschen Biß in den Hals zu töten. Haplo ergriff die mit langem Fell bewachsenen Arme, beugte sich ruckartig nach vorn und schleuderte den Angreifer über den Kopf. Der Wolfsmensch stürzte zu Boden, doch hatte er sich herumgeworfen und war auf den Beinen, bevor Haplo ihn mit dem Speer durchbohren konnte. Die brennenden, gelben Augen hefteten sich auf seine Kehle. Das Wesen sprang wieder auf ihn zu und begrub ihn unter sich. Während er im Fallen nach seinem Dolch griff, sah Haplo aus den Augenwinkeln den blauen Schimmer, der die Frau einhüllte. Eine der Kreaturen stürzte sich auf sie, knisternd entlud sich die magische Aura, und dann versperrte ihm ein haariger Körper die Sicht, der ihn mit Zähnen und Klauen in Stücke reißen wollte.

Die Kiefer des Wolfsmenschen schnappten nach seinem Hals, doch die Runen schützten ihn, und das Wesen knurrte gereizt. Haplo stach mit dem Dolch auf den über ihm liegenden Körper ein, hörte das schmerzerfüllte Grunzen und sah das zornige Funkeln der gelben Augen. Wolfsmenschen haben eine dicke Haut und sind schwer zu töten. Haplo hatte kaum mehr getan, als die Bestie wütend zu machen. Jetzt hatte sie es auf sein Gesicht abgesehen, die einzige Stelle seines Körpers, die nicht von Runen geschützt wurde.

Haplo schützte sich mit dem rechten Arm, versuchte das Wesen abzuwehren und stieß wieder und wieder mit dem Dolch zu. Die Krallenhand der Bestie umklammerte seinen Kopf. Eine Drehung genügte, um ihm das Genick zu brechen.

Die Krallen zogen tiefe Furchen durch sein Gesicht. Plötzlich versteifte sich der haarige Leib, das Wesen stieß einen gurgelnden Schrei aus und sank über ihm zusammen. Haplo schob den Leichnam von sich herunter und sah die Frau vor sich stehen. Der blaue Schimmer der Runen verblaßte. Ihr Speer ragte aus dem Rücken des Wolfsmenschen. Sie reichte Haplo die Hand und zog ihn auf die Füße. Er dankte ihr nicht für die Hilfe, und sie erwartete auch keinen Dank. Bald würde er seine Schuld begleichen. So war das Leben ... im Labyrinth.

»Nur zwei«, sagte er und schaute auf die Leichen hinab.

Seine Gefährtin riß den Speer aus dem Leib der Bestie und vergewisserte sich, daß er keinen Schaden genommen hatte. Der verkrümmte Körper des zweiten Wolfsmenschen schwelte immer noch. Sie hatte Zeit gehabt, mit Hilfe der Runen Elektrizität zu erzeugen und ihn zu töten.

»Kundschafter«, meinte sie. »Ein Rudel auf der Jagd.« Sie schüttelte sich das kastanienbraune Haar aus dem Gesicht. »Sie werden es auf die Siedler abgesehen haben.«

»Ja.« Haplo schaute den Weg zurück, den sie gekommen waren.

Wolfsmenschen jagten in Rudeln von dreißig, vierzig Stück. Es waren fünfzehn Siedler, fünf davon Kinder.

»Sie haben keine Chance.« Es war eine gleichgültig hingeworfene Bemerkung. Haplo wischte das Blut von seinem Dolch.

»Wir könnten umkehren und ihnen beistehen«, schlug seine Gefährtin vor.

»Wozu? Wir würden mit ihnen sterben, das weißt du.«

In der Ferne ertönten heisere Warnrufe – die Siedler machten sich gegenseitig auf die Gefahr aufmerksam. Dazwischen hörte man die helleren Stimmen der Frauen, die die Runen sangen. Und darüber erhob sich das schrille Weinen eines Kindes.

Ein Schatten flog über das Gesicht der Frau. Sie blickte unentschlossen in die Richtung des Dorfes.

»Komm schon«, drängte Haplo und steckte den Dolch in den Gürtel. »Vielleicht sind noch mehr von ihnen hier in der Gegend.«

»Nein. Sie helfen alle mit, die Beute zu reißen.«

Das Weinen des Kindes steigerte sich zu entsetztem Geschrei.

»Es sind die Sartan«, sagte Haplo mit harter Stimme. »Sie haben uns zu dieser Existenz verdammt. Sie tragen die Verantwortung für all das Böse, das hier geschieht.«

Seine Gefährtin schaute ihn an, in ihren braunen Augen tanzten goldene Lichtpunkte. »Manchmal habe ich Zweifel. Vielleicht ist das Böse in uns.«

Sie umklammerte den Speerschaft und setzte sich in Bewegung. Haplo blieb stehen und sah ihr nach. Sie schlug einen anderen Weg ein als den, auf dem sie gekommen waren. Er konnte hören, wie der Kampfeslärm abebbte.

Das klägliche Schreien verstummte abrupt.

»Trägst du mein Kind?« rief Haplo ihr nach.

Falls die Frau ihn gehört hatte, gab sie keine Antwort, sondern ging einfach weiter. Die flimmernden Schatten der Blätter nahm sie auf, dann war sie verschwunden. Er strengte die Ohren an und lauschte auf ihre Schritte, aber sie war eine Läuferin. Sie war gut. Sie verstand es, sich lautlos zu bewegen.

Haplo senkte den Blick auf die reglosen Körper zu seinen Füßen. Die

Wolfsmenschen waren vorerst mit den Siedlern beschäftigt, aber schließlich würde der Geruch nach frischem Blut sie herlocken.

Nun ja, weshalb sich aufregen. Ein Kind wäre ohnehin nur eine Belastung gewesen. Er wandte sich ab und folgte dem Pfad, für den er sich entschieden hatte – dem Pfad, der zum nächsten Tor führte und an dessen Ende die Freiheit winkte.

Kapitel 22

Die Tunnel, Von Thurn nach Thillia

Die Zwerge hatten Jahrhunderte an dem unterirdischen System von Gängen gebaut. Die Nebenarme verzweigten sich in alle Richtungen; die Haupttunnel führten norinthwärts zu den Zwergenstaaten Klag und Grish, über denen jetzt unheilvolles Schweigen lastete, und nach Vars-Sorinth, zum Land der Seekönige, und bis nach Thillia. Die Zwerge hätten über Land reisen können, aber sie zogen die Dunkelheit und Stille ihrer unterirdischen Gänge vor. Sie hegen keine freundlichen Gefühle für die ›Lichtsucher‹, wie sie die Menschen und Elfen verächtlich nennen.

Die beiden Menschen und der Elf wußten, daß es unvernünftig und gefährlich gewesen wäre, an die Oberfläche zurückzukehren, aber Drugar war sich mit grimmiger Freude bewußt, daß seine ›Opfer‹ die Tunnel haßten, die Dunkelheit und das Gefühl, eingeschlossen zu sein.

Die Menschen und der hochgewachsene Elf mußten sich bücken und manchmal sogar auf Händen und Knien weiterkriechen. Die unvermeidlichen Folgen waren ein schmerzender Rücken, zerschrammte Knie und aufgeschürfte Hände. Es bereitete Drugar große Befriedigung, sie schwitzen zu sehen; zu hören, wie sie nach Luft rangen und vor Schmerzen stöhnten. Sein einziger Kummer war, daß sie viel zu schnell vorankamen. Besonders der Elf hatte es eilig, seine Heimat zu erreichen. Rega und Roland konnten es kaum abwarten, wieder freien Himmel über sich zu sehen.

Sie legten erst dann kurze Pausen ein, wenn sie vor Erschöpfung fast zusammenbrachen. Oft blieb Drugar wach, betrachtete die Schläfer sinnend und drehte das Messer in den Händen. Er hätte sie jederzeit ermorden können, denn die Narren vertrauten ihm. Doch sie zu töten wäre eine bedeutungslose Geste gewesen, ebensogut hätte er sie den Tytanen überlassen können. Nein, er hatte sein Leben nicht aufs Spiel gesetzt, nur um die Elenden einfach im Schlaf zu erstechen. Erst sollten sie leiden, wie Drugar gelitten hatte. Sie sollten erleben, wie ihre Familien, Freunde, Liebsten abgeschlachtet wurden; sollten das Entsetzen spüren und die Hilflosigkeit. Sie sollten kämpfen, ohne Hoffnung auf Sieg, in dem Wissen, daß ihrem ganzen Volk der Untergang bestimmt war. Erst dann würde Drugar ihnen erlauben zu sterben. Dann war auch seine Zeit gekommen.

Doch der Körper kann nicht von Besessenheit allein existieren. Auch Drugar mußte schlafen, und sobald man ihn laut schnarchen hörte, begannen seine Opfer sich zu unterhalten.

»Habt Ihr eine Ahnung, wo wir sind?« Paithan kroch mühsam zu Roland hinüber, der seine blutigen Handflächen untersuchte.

»Nein.«

»Und wenn er uns nun in die falsche Richtung führt? Nach Norinth?«

»Warum sollte er? Ist noch etwas von Regas Wundermittel übrig?«

»Ein wenig, glaube ich. Es ist in ihrem Bündel.«

»Weckt sie nicht auf. Die arme Kleine ist ziemlich erledigt. Gebt her.« Roland strich sich die Salbe auf die Hände und zuckte zusammen. »Autsch, das brennt. Wollt Ihr auch?«

Paithan schüttelte den Kopf. Sie konnten sich nicht sehen, der Zwerg bestand darauf, daß während der Ruhepausen die Fackel gelöscht wurde. Zwar bestand sie aus einem Holz, das langsam brannte, aber mittlerweile war doch ein Ende abzusehen. Roland steckte den fast aufgebrauchten Salbenvorrat in das Gepäck seiner Schwester zurück.

»Ich glaube, wir sollten es riskieren, zur Oberwelt zurückzukehren«, sagte Paithan nach kurzem Schweigen. »Ich habe meinen Etherilit* dabei. Mit seiner Hilfe kann ich feststellen, wo wir uns befinden.«

* Ein von den Quindiniars entwickeltes Navigationsgerät, bestehend aus einem Ornitsplitter in einer Kugel aus unzerbrechlichem Glas. Weil Ornit stets in eine bestimmte Richtung zeigt (beeinflußt durch einen magnetischen Pol, wie die Elfenastrologen vermuten), wird diese Richtung als *Norinth* gekennzeichnet und dient als Fixpunkt für die Bestimmung der anderen Himmelsrichtungen.

Roland zuckte die Schultern. »Wie Ihr wollt. Ich für mein Teil habe nicht das Verlangen, diesen Scheusalen noch einmal über den Weg zu laufen. Ich denke daran, für immer hier unten zu bleiben. Man gewöhnt sich dran.«

»Was wird aus Euren Landsleuten?«

»Was um Himmels willen könnte ich tun, um ihnen zu helfen?«

»Ihr könntet sie warnen ...«

»Wie ich diese Ungeheuer einschätze, käme ich viel zu spät. Sollen die Ritter sich mit ihnen herumschlagen. Das ist ihr Beruf.«

»Ihr seid ein Feigling. Jemand wie Ihr ist gar nicht gut genug für ...« Paithan merkte, daß er sich um ein Haar verraten hätte und schwieg.

Roland beendete den Satz für ihn. »Nicht gut genug für wen? Meine Frau? Rega mit dem goldenen Herzen?«

»Hört auf, in diesem Ton von ihr zu sprechen!«

»Ich kann über sie sprechen, wie es mir paßt! Sie ist meine Frau, oder habt Ihr diese unbedeutende Tatsache vergessen? Bei Orn, ich glaube, Ihr *habt* sie vergessen!«

Roland steigerte sich immer mehr in seine Rolle hinein. Die gespielte Entrüstung, die Drohungen dienten ihm als Maske, hinter der er vor sich und den anderen verbergen konnte, wie es tatsächlich in ihm aussah. Er prahlte gerne damit, was für ein gefahrvolles Leben er führte, aber das war maßlos übertrieben. Einmal wäre er bei einer Kneipenprügelei fast erstochen worden, ein anders Mal hatte ein wütender Eber ihn übel zugerichtet. Bei einer Meinungsverschiedenheit über den Freihandel mußten Rega und er sich gegen allzu handfeste Argumente anderer Schmuggler zur Wehr setzen. Stark und gerissen, war Roland aus diesen Abenteuern bis auf ein paar Schrammen und blaue Flecke unbeschadet hervorgegangen.

Im Kampf mutig zu sein ist leicht – man erlebt die Gefahr wie im Rausch. An einen Baum gebunden, besudelt mit dem Blut des ermordeten Nebenmannes, ist es ungleich schwerer, Mut zu beweisen.

Roland hatte das grauenhafte Erlebnis zutiefst erschüttert. Sobald er die Augen schloß, sah er die blutige Szene wieder vor sich; die Erinnerung daran verfolgte ihn. Er gewöhnte sich nicht nur an die Dunkelheit, sie erschien ihm wie ein Segen, denn niemand konnte sehen, wie er zitterte. Mehrmals ertappte er sich dabei, wie er mit einem Schrei auf den Lippen aus dem Schlaf emporschreckte.

Der Gedanke, den Schutz der unterirdischen Gänge zu verlassen und sich diesen Ungeheuern zu stellen, war mehr, als er ertragen konnte. Roland klammerte sich an die einzige Sache, die ihm Sicherheit zu bieten schien: Geld.

Nach der Heimsuchung durch die Tytanen würde die Welt dort oben nie wieder dieselbe sein: Städte zerstört, die Bevölkerung tot. Den Überlebenden gehörte alles, besonders, wenn sie Geld hatten – Elfengeld.

Der Gewinn, den er aus dem Waffengeschäft zu erzielen gehofft hatte, war verloren, doch ihm blieb immer noch der Elf. Roland glaubte, ziemlich genau über Paithans wahre Gefühle für Rega Bescheid zu wissen. Er hatte vor, den Elf anzuzapfen und bis zur letzten Münze auszuquetschen.

»Ich hab' dich im Auge, Quin. Laß die Finger von meiner Frau, oder du wirst dir wünschen, die Tytanen hätten dir auch den Kopf eingeschlagen, wie dem armen Andor.« Ein Zittern schlich sich in Rolands Stimme, davon hatte er nicht anfangen wollen. Es war dunkel, der Elf konnte nichts sehen. Vielleicht glaubte er, der gerechte Zorn hätte ihm die Sprache verschlagen.

»Ihr seid ein Feigling und ein Rüpel«, sagte Paithan mit zusammengebissenen Zähnen. Er mußte sich beherrschen, um dem widerlichen Patron nicht an die Gurgel zu springen. »Rega ist zehn von Eurer Sorte wert! Ich . . .« Er war zu wütend, um weiterzusprechen. Vielleicht fürchtete er, daß ihm in der Aufregung etwas entschlüpfte, was er später bereute. Roland hörte, wie der Elf sich entfernte und an der gegenüberliegenden Tunnelwand zu Boden fallen ließ.

Wenn ihn das nicht dazu bringt, ernst zu machen, dann weiß ich auch nicht. Roland starrte in die Dunkelheit und dachte verbissen an Geld.

Ein Stück entfernt von ihrem Bruder und dem Elf, lag Rega ganz still, stellte sich schlafend und schluckte die Tränen hinunter.

»Hier ist der Tunnel zu Ende«, verkündete Drugar.

»Wo ist ›hier‹?« fragte Paithan.

»Wir befinden uns an der Grenze nach Thillia, in der Nähe von Griffith.«

»So weit sind wir gekommen?«

»Der Weg durch die Tunnel ist kürzer und leichter als der in der Oberwelt. Wir bewegten uns in einer graden Linie und waren nicht gezwungen, den Windungen der Dschungelpfade zu folgen.«

»Einer von uns sollte nach oben gehen«, meinte Rega, »und nachsehen, was . . . nun ja, eben nachsehen.«

»Warum gehst du nicht, Rega. Du konntest es doch kaum abwarten, endlich hier rauszukommen«, schlug ihr Bruder vor.

Rega wich seinem Blick aus. »Das stimmt, aber ich glaube, jetzt habe ich's nicht mehr so eilig.«

»Ich werde gehen«, erbot sich Paithan. Ihm war alles recht, wenn er nur einmal Gelegenheit hatte, in Ruhe nachzudenken, ohne daß die Gegenwart der Frau seine Gedanken durcheinanderwirbelte wie zerbrochenes Spielzeug.

»Dieser Gang führt nach oben«, erklärte ihm der Zwerg, hob die Fackel und deutete auf die Tunnelöffnung. »Er mündet in einer Farnmooshöhle.

Der Ort Griffith liegt zur Rechten, ungefähr eine Meile entfernt. Der Pfad ist leicht zu erkennen.«

»Ich werde Euch begleiten«, sagte Rega beschämt. »Und Roland kommt auch mit, nicht wahr?«

»Darauf lege ich keinen Wert!« schnappte Paithan.

Der Tunnel wand sich am Stamm eines mächtigen Baums in die Höhe, ganz ähnlich einer Wendeltreppe. Er stand in der Öffnung und schaute nach oben, als eine Hand seinen Arm berührte.

»Seid vorsichtig«, flüsterte Rega.

Die Berührung ihrer Fingerspitzen jagte eine Hitzewelle durch Paithans Körper. Er wagte nicht, sich umzudrehen; wagte nicht, in ihre braunen, im Fackelschein glänzenden Augen zu sehen. Ohne ein Wort oder einen Blick machte Paithan sich los und begann, den Tunnel hinaufzukriechen.

Das Licht der Fackel reichte nicht sehr weit, bald war er auf seinen Tastsinn angewiesen und kam nur mühsam voran. Es störte ihn nicht. Einerseits sehnte er sich danach, wieder in die Welt zurückzukehren, andererseits schreckte er davor zurück. Sobald er in den Sonnenschein hinaustrat, erhielt er Antwort auf seine Fragen und war gezwungen, Entscheidungen zu treffen.

Hatten die Tytanen Thillia erreicht? Wie zahlreich waren sie? Wenn die Gruppe, der sie im Dschungel in die Hände gefallen waren, ihre gesamte Streitmacht darstellte, erschien Rolands Prahlerei, die Ritter der fünf Königreiche könnten mit ihnen fertig werden, gar nicht mehr so unverfroren. Paithan hätte nur zu gerne daran geglaubt, doch leider schlug die Logik ihre scharfen Krallen in die rosaroten Seifenblasen der Hoffnung.

Diese Tytanen hatten ein Kaiserreich zerstört. Sie hatten die Zwergennation vernichtet. *Tod und Verderben*, hatte der alte Mann gesagt. *Du wirst es über uns bringen.*

Nein, das darf nicht geschehen. Ich werde noch rechtzeitig kommen, um mein Volk zu warnen. Wir werden vorbereitet sein. Und Rega kommt mit mir.

Elfen sind im allgemeinen äußerst gesetzestreu. Sie verabscheuen das Chaos und verehren Recht und Ordnung. Der Familienverbund und die Heiligkeit der Ehe zählen zu den höchsten Werten im Gemeinwesen der Elfen. Paithan war anders. Seine ganze Familie war anders. Calandra waren Geld und Erfolg heilig, Aleatha glaubte an Geld und Status, und für Paithan war das oberste Gebot, sich nach Kräften zu amüsieren.

Paithan wußte, er sollte eigentlich Gewissensbisse empfinden bei dem Gedanken, Rega zu bitten, mit ihm davonzulaufen. Es freute ihn, daß er nichts dergleichen empfand. Wenn Roland seine Frau nicht festzuhalten vermochte, war das sein Problem, nicht Paithans. Der Elf hatte immer wieder an das von ihm belauschte Gespräch zwischen Rega und Roland denken müssen, in dem die Rede davon gewesen war, ihn zu erpressen. Er sah aber auch Regas Gesicht vor sich, als die Tytanen sie einkreisten und der Tod ihnen gewiß zu sein schien. Sie hatte gesagt, daß sie ihn liebte. Konnte sie in einer solchen Situation gelogen haben? Nein. Deshalb war Paithan zu dem Schluß gekommen, daß der hinterhältige Plan von Roland stammte und Rega sich nur zum Schein damit einverstanden erklärt hatte. Vielleicht zwang er sie mitzumachen und drohte ihr mit Schlägen.

Ganz von seinen Gedanken und dem schwierigen Aufstieg in Anspruch genommen, stellte Paithan überrascht fest, daß er bereits oben angekommen war. Der Tunnel mußte die letzten paar Meter steil in die Höhe geführt haben, ohne daß es ihm aufgefallen war. Vorsichtig steckte er den Kopf aus der Tunnelöffnung und bemerkte enttäuscht, daß er immer noch von Dunkelheit umgeben war. Dann fiel ihm ein, daß Drugar von einer Höhle gesprochen hatte. Lebhaft schaute er sich um und entdeckte in einiger Entfernung einen Lichtschimmer. Er holte tief Atem und roch frische, sonnenwarme Luft.

Der Elf fühlte sich plötzlich wie neugeboren. Fast kam es ihm vor, als wären die Tytanen nur ein schlechter Traum gewesen. Er konnte sich kaum zurückhalten, aus dem Tunnel zu springen und in den gesegneten Sonnenschein hinauszustürmen. Statt dessen schob er sich vorsichtig aus dem Gang und huschte lautlos durch die Höhle bis zum Ausgang.

Er spähte nach draußen. Alles schien zu sein wie immer. Dem Auftauchen der Tytanen im Dschungel war eine lastende Stille vorausgegangen, deshalb erleichterte es ihn, Vögel pfeifen und zwitschern zu hören und das Scharren und Rascheln anderer Tiere auf ihren Streifzügen durch das Unterholz. Einige Greevils tauchten auf und musterten ihn mit ihren vier Augen – ihre legendäre Neugier hatten sich als stärker erwiesen als die Furcht. Paithan lächelte, kramte in der Tasche und warf ihnen ein paar Brotkrumen zu.

Nachdem er sich vergewissert hatte, daß keine Gefahr drohte, trat der Elf aus der Höhle, reckte sich zu voller Höhe und beugte sich nach hinten, um die verkrampften Muskeln zu entspannen. Vorsichtshalber hielt er Umschau nach allen Richtungen, obwohl er nicht damit rechnete, den Dschungel lebendig werden zu sehen. Er glaubte den Tieren: Sie sagten ihm, daß keine Tytanen in der Nähe waren.

Vielleicht waren sie schon hier und sind weiter gezogen. Vielleicht, wenn du Griffith erreichst, findest du eine tote Stadt.

Nein, Paithan konnte es nicht glauben. Die Welt war zu schön, zu sonnig und zu sehr voller Leben. Vielleicht war es ja wirklich nur ein böser Traum gewesen.

Er beschloß zurückzugehen und die anderen zu rufen. Es gab keinen Grund, weshalb sie nicht zusammen nach Griffith gehen sollten. Er drehte sich herum und zögerte noch, weil ihm der Gedanke an den finsteren Gang nicht behagte.

»Paithan?« Regas Stimme hallte merkwürdig durch die Moosgrotte. »Ist alles in Ordnung?«

»In Ordnung?« rief Paithan. »Rega, es ist herrlich! Kommt heraus. Die Sonne scheint. Kommt schon. Es besteht keine Gefahr. Hört Ihr die Vögel zwitschern?«

Rega kam aus der Höhle gelaufen. Sie wandte ihr Gesicht dem sonnigen Himmel zu und atmete tief.

»Phantastisch!« seufzte sie. Ihr Blick fiel auf Paithan. Bevor sie wußten, wie ihnen geschah, lagen sie sich in den Armen, und ihre Lippen trafen sich.

»Dein Mann«, sagte Paithan, sobald er wieder zu Atem gekommen war. »Wenn er jetzt kommt und uns sieht ...«

»Nein!« schnurrte Rega und klammerte sich leidenschaftlich an ihn. »Nein, er wollte unten bleiben, um den Zwerg im Auge zu behalten. Außerdem« – sie holte tief Luft und beugte sich zurück, um Paithan ins Gesicht sehen zu können – »außerdem wäre es egal, wenn er uns erwischte. Ich bin zu einem Entschluß gekommen. Es gibt etwas, das ich dir sagen muß.«

Paithan strich ihr über das Haar und vergrub die Finger in dem dunklen, glänzenden Schopf. »Du hast dich entschlossen, mit mir zu kommen. Ich weiß. In meinem Land wird er uns niemals finden ...«

»Bitte hör zu und unterbrich mich nicht!« Rega schüttelte den Kopf und schmiegte ihn in Paithans Hand wie eine Katze, die gestreichelt werden will. »Roland ist nicht mein Mann.« Sie schien sich die Worte förmlich abringen zu müssen.

Paithan starrte sie konsterniert an. »Wie bitte?«

»Er ist mein ... mein Bruder. Mein Halbbruder.« Rega mußte schlucken, um weitersprechen zu können.

Paithan hielt sie immer noch fest, aber seine Hände waren plötzlich kalt. Das Gespräch auf der Lichtung fiel ihm ein; es bekam eine neue und düstere Bedeutung.

»Warum hast du mich angelogen?«

Rega fühlte, daß seine Hände zitterten. Sein Gesicht war blaß und starr. Sie vermochte seinem durchdringenden, forschenden Blick nicht standzuhalten und schaute auf ihre Füße.

»Wir haben nicht nur dich angelogen«, sagte sie und bemühte sich um einen lockeren Tonfall. »Wir haben alle belogen. Es ist sicherer, verstehst du? Die Männer belästigen mich nicht, wenn sie glauben, daß ich verheiratet bin ...« Sie spürte, daß er sich versteifte, und schaute zu ihm auf. Ihre Stimme klang brüchig. »Was ist denn? Ich dachte, du würdest dich freuen! Glaubst du mir nicht?«

Paithan stieß sie von sich. Ihr Fuß blieb an einer Ranke hängen, sie stolperte und fiel. Sie wollte aufspringen, aber der Elf stand vor ihr, und sein eisiger Blick ließ sie erstarren.

»Dir glauben? Nein! Welchen Grund hätte ich? Du hast mich die ganze Zeit belogen. Und du lügst auch jetzt. Sicherheit! Ich habe dich und deinen Bruder« – er spie das Wort aus – »belauscht. Ich weiß von eurem entzückenden Plan, mich zu verführen und dann zu erpressen! Du gemeines Luder!«

Paithan wandte ihr den Rücken zu und stapfte zu dem Pfad hinüber, der nach Griffith führte. Stur setzte er einen Fuß vor den anderen, fest entschlossen, den Schmerz und den Schrecken dieser Reise hinter sich zu lassen. Allerdings ging er nicht sehr schnell und verlangsamte seinen Schritt noch mehr, als er hörte, daß jemand ihm folgte.

Eine Hand berührte seinen Arm. Paithan blieb nicht stehen und schaute sich nicht um.

»Ich hab's verdient«, sagte Rega. »Du hast recht – ich bin ein gemeines Luder. Ich habe schreckliche Dinge getan. Oh, ich könnte dir erzählen« – sie hielt ihn am Ärmel fest – »ich könnte dir erzählen, daß es nicht meine Schuld gewesen ist. Man könnte sagen, das Leben war zu Roland und mir wie eine Mutter: Wann immer wir uns umdrehen, schlägt es uns ins Gesicht. Ich könnte dir erzählen, daß wir dieses Leben führen, weil uns keine andere Wahl bleibt, aber das stimmt nicht.

Nein, Paithan! Schau mich nicht an. Eines will ich noch sagen, und dann kannst du deiner Wege gehen. Wenn du von unserem Plan weißt, dann hast du auch gemerkt, daß ich nicht mitgemacht habe. Das war kein Edelmut von mir, sondern Selbstsucht. Wenn du mich anschaust, dann komme ich mir so . . . häßlich vor. Es stimmt, was ich dir gesagt habe – ich liebe dich. Und deshalb lasse ich dich gehen. Leb wohl, Paithan.« Ihre Hand glitt von seinem Arm.

Paithan drehte sich um, hielt ihre Hand fest, küßte sie und schaute ihr mit einem reuigen Lächeln in die braunen Augen. »Ich bin auch nicht unbedingt der Hauptgewinn, mußt du wissen. Sieh mich nur an. Ich war bereit, eine verheiratete Frau zu verführen und sie zu überreden, ihren Mann zu verlassen und mit mir zu kommen. Ich liebe dich, Rega. Das war meine Entschuldigung. Aber die Dichter sagen, wenn man jemanden liebt, will man nur sein Bestes, und das heißt, du bist mir haushoch überlegen, denn du wolltest das Beste für mich.« Ein Hauch von Selbstironie mischte sich in sein Lächeln. »So wie ich.«

»Du liebst mich, Paithan? Du liebst mich wahrhaftig?«

»Ja, aber . . .«

»Nein.« Sie legte ihm die Hand auf den Mund. »Nein, sag nichts mehr. Ich liebe dich auch, und wenn wir beide uns lieben, ist alles andere unwichtig. Nicht später, nicht jetzt, ganz gleich was geschieht.«

Tod und Verderben. Die Worte des Magiers ließen Paithan nicht los, doch er beschloß, sie zu ignorieren. Er nahm Rega in die Arme und verbannte seine Furcht energisch in einen dunklen Winkel seines Herzens, zusammen mit anderen nagenden Zweifeln, wie zum Beispiel ›Wohin soll diese Liebe führen? Was wird aus Rega und mir?‹. Paithan war nicht in der Stimmung, sich über eine Antwort auf diese Fragen den Kopf zu zerbrechen. Im Augenblick waren die unmittelbaren Zukunftsaussichten durchaus vergnüglich, und alles andere zählte nicht.

»Ich habe dich gewarnt, Elf!«

Anscheinend war Roland des Wartens müde geworden. Er und der Zwerg standen vor ihnen. Der Mensch hatte den Raztar aus dem Gürtel gerissen. »Ich habe dir gesagt, du sollst die Finger von ihr lassen! Schwarzbart, du bist Zeuge . . .«

Rega schmiegte sich in Paithans Umarmung und lächelte ihrem Bruder zu. »Es ist vorbei, Roland. Er kennt die Wahrheit.«

»Wirklich?« Roland starrte sie verblüfft an.

»Ich habe ihm alles gesagt«, seufzte Rega mit einem langen Blick in Paithans Augen.

»Na, das ist ja großartig. Phantastisch!« Roland warf das Raztar auf den Boden und verbarg seine Angst hinter einem Wutausbruch. »Erst verlieren wir das Geld aus dem Waffengeschäft und jetzt auch noch den Elf. Wovon sollen wir in Zukunft leben . . .«

Der dröhnende Klang einer großen Schlangenhauttrommel rollte durch den Dschungel und erschreckte die Vögel, die krächzend und schimpfend aufflogen. Wieder ein Trommelwirbel und noch einer. Roland lauschte mit angehaltenem Atem, er war blaß geworden. Rega versteifte sich in den Armen des Elfen, ihr Blick wanderte in die Richtung der Ortschaft.

»Was hat das zu bedeuten?« fragte Paithan.

»Sie geben Alarm. Die Trommel ruft die Männer zusammen, um das Dorf gegen einen Angriff zu verteidigen.« Rega schaute sich furchtsam um. Die Vögel hatten sich beim Klang der Trommel in die Luft erhoben, aber ihr krächzendes Protestgeschrei war verstummt. Der Dschungel war plötzlich still, totenstill.

»Du weißt nicht, wovon ihr in Zukunft leben sollt?« Paithan sah Roland an. »Ich glaube, der Sorge wird man dich entheben.«

Keiner von ihnen achtete auf den Zwerg, oder sie hätten gesehen, daß die Lippen des Zwergs sich unter dem Bart zu einem breiten Grinsen verzogen.

Kapitel 23

Griffith, Thillia

Sie eilten im Dauerlauf dem nahen Dorf entgegen, um sich möglichst schnell in Sicherheit zu bringen. Die Angst, die ihnen im Nacken saß, verlieh ihnen zusätzlich Flügel. Sie befanden sich in Sichtweite des Dorfes, als Roland plötzlich stehenblieb.

»Wartet!« japste er. »Schwarzbart!«

Rega und Paithan stützten sich gegenseitig und rangen nach Atem.

»Warum . . .?«

»Der Zwerg. Er kann nicht mithalten«, erklärte Roland schnaufend. »Und sie lassen ihn nicht passieren, wenn wir nicht für ihn bürgen.«

»Dann kehrt er eben wieder in die Tunnel zurück«, sagte Rega. »Vielleicht hat er das eh schon getan. Ich kann ihn jedenfalls nicht hören.« Sie drängte sich gegen Paithan. »Beeilen wir uns lieber.«

»Nur zu«, meinte Roland barsch. »Ich warte.«

»Was ist in dich gefahren?«

»Der Zwerg hat uns das Leben gerettet.«

»Dein Mann – dein Bruder hat recht«, sagte Paithan. »Wir sollten auf ihn warten.«

Rega schüttelte mit gerunzelter Stirn den Kopf. »Mir gefällt das nicht. *Er* gefällt mir nicht. Ich habe gesehen, wie er uns manchmal anschaut, und ich . . .«

Sie wurden von dem Geräusch schwerer Schritte und keuchender Atemzüge unterbrochen. Drugar kam um eine Biegung gestolpert. Er lief mit gesenktem Kopf und angewinkelten Armen. Da er auf den Boden schaute, wäre er fast in Roland hineingerannt, wenn der ihn nicht mit der ausgestreckten Hand aufgehalten hätte.

Der Zwerg hob den verschwommenen Blick und blinzelte heftig, als der Schweiß ihm in die Augen rann. »Warum . . . stehengeblieben?« fragte er, als sein Atem wieder ruhiger ging.

»Um auf dich zu warten«, antwortete Roland.

»Na gut, jetzt hat er uns eingeholt; also sehen wir zu, daß wir weiterkommen!« sagte Rega mit einem unbehaglichen Blick in die Runde. Die Trommelwirbel dröhnten ihnen in den Ohren wie ihr eigener Herzschlag, sonst war kein Laut zu hören.

»Ich habe einen Vorschlag, Schwarzbart. Vielleicht hilft es, wenn du meine Hand nimmst.«

»Laß mich in Ruhe!« fauchte Drugar und zuckte zurück. »Ich brauche keine Hilfe.«

»Wie du willst.« Roland zuckte die Schultern, und sie setzten sich wieder in Bewegung, etwas langsamer diesmal, um dem Zwerg die Möglichkeit zu geben, Schritt zu halten.

Als sie Griffith erreichten, fanden sie nicht nur die Tore geschlossen, sondern die Einwohner damit beschäftigt, eine Barrikade zu errichten. Fässer, Möbelstücke und anderes Gerät wurden von der in Panik geratenen Bevölkerung zusammengetragen.

Roland winkte und rief, und nach geraumer Zeit schaute jemand über den Schutzwall.

»Wer da?«

»Ich bin's, Roland. Harald, du Einfaltspinsel. Wenn du mich nicht erkennst, dann aber doch Rega! Laß uns rein!«

»Was sind das für Leute bei dir?«

»Ein Elf mit Namen Quin, er kommt aus Equilan. Und ein Zwerg, Schwarzbart, aus Thurn – oder was davon noch übrig ist. Wirst du uns jetzt einlassen, oder sollen wir uns hier draußen die Beine in den Bauch stehen?«

»Du und Rega, ihr könnt passieren.« Ein kahler Schädel tauchte über einem umgekippten Faß auf. »Die anderen zwei nicht.«

»Harald, du Bastard, wenn ich dich zu fassen kriege, breche ich dir . . .«

»Harald!« Regas klare Stimme übertönte die drohenden Worte ihres

Bruder. »Dieser Elf ist ein Waffenhändler! Elfenwaffen! Magische Waffen! Und der Zwerg hat Informationen über die – die...«

»Über den Feind«, warf Paithan rasch ein.

»Über den Feind.« Regas Hals war plötzlich trocken, und sie mußte schlucken.

»Bleibt da stehen und wartet«, ordnete Harald an. Der Kopf verschwand, statt dessen spähten andere Augenpaare zu den vier Neuankömmlingen hinab.

»Es bleibt uns ja wohl kaum was anderes übrig«, brummte Roland. Er warf einen Blick über die Schulter.

»Was war das? Da drüben?«

Alle drehten sich um und schauten angstvoll in die angegebene Richtung.

»Nichts! Nur der Wind«, sagte Paithan nach einem Moment.

»Tu das nicht wieder, Roland!« fauchte Rega. »Du hast mich zu Tode erschreckt.«

Paithan musterte die Barrikade. »Das wird sie nicht aufhalten, wißt ihr...«

»Doch wird es sie aufhalten!« wisperte Rega und verschränkte ihre Finger mit denen des Elfen. »Es muß sie aufhalten!«

Kopf und Schultern eines anderes Mannes erschienen über der Barrikade. Auf dem Kopf saß ein auf Hochglanz polierter Helm aus dem Rückenschild eines Tyros.

»Du sagst, diese Leute stammen hier aus dem Dorf?« fragte der behelmte Kopf die Halbglatze, die ebenfalls wieder zum Vorschein gekommen war.

»Allerdings. Zwei von ihnen. Der Zwerg und der Elf sind Fremde.«

»Aber der Elf ist ein Waffenhändler? Also gut. Laßt sie herein. Bringt sie zum Hauptquartier.«

Der Helmträger verschwand. Es gab eine kurze Verzögerung; Fässer und Kisten mußten weggeräumt und Karren zur Seite geschoben werden. Endlich öffneten sich die hölzernen Torflügel, aber nur eben so weit, daß die vier sich hindurchzwängen konnten. Der stämmige Zwerg in seinem dicken Lederwams blieb stecken, und Roland mußte von hinten nachschieben, während Paithan vorne zog.

Hinter ihnen wurde das Tor sofort wieder geschlossen.

»Ihr meldet euch bei Sir Lathan«, befahl Harald und deutete mit dem Daumen auf die Schänke. Auf dem Dorfplatz hatte sich eine ganze Anzahl gepanzerter Ritter versammelt, die ihre Waffen prüften oder beisammenstanden und sich unterhielten. Sie hielten sich von den besorgten Dorfbewohnern fern.

»Lathan?« fragte Rega und zog die Augenbrauen hoch. »Reginalds jüngerer Bruder? Ich kann's nicht glauben!«

»Ja, ich hätte nie gedacht, daß wir ihm soviel bedeuten«, fügte Roland hinzu.

»Reginald wer?« erkundigte sich Paithan. Die drei gingen über den Platz zur Schänke, während der Zwerg in einigem Abstand folgte und düstere Blicke um sich warf.

»Unser Lehnsherr. Reginald von Terncia. Wie's scheint, hat er ein Regiment von Rittern hergeschickt, unter dem Kommando seines kleinen Bruders. Vermutlich planen sie, die Tytanen hier abzufangen, bevor sie die Hauptstadt erreichen.«

»Sie müssen nicht wegen dieser – dieser Kreaturen hergekommen sein«, wandte Rega ein und fröstelte trotz des warmen Sonnenscheins. »Ihre Anwesenheit kann alle möglichen Gründe haben. Ein Raubzug der Seekönige. Du weißt nichts Genaues, also halt den Mund!«

Sie blieb stehen, starrte auf das Gasthaus und die verängstigte Menschenmenge davor. »Ich gehe nicht mit hinein. Ich gehe nach Hause und – und wasche mir die Haare.« Rega warf Paithan die Arme um den Hals, stellte sich auf die Zehenspitzen und drückte ihm einen Kuß auf den Mund. »Bis heute nacht«, raunte sie atemlos.

Er wollte sie festhalten, aber sie machte sich los und verschwand in der Menge.

»Vielleicht sollte ich mit ihr gehen . . .«

Roland legte dem Elf die Hand auf den Arm. »Laß sie in Ruhe. Sie hat Angst, große Angst, und sie braucht etwas Zeit, um sich wieder in den Griff zu bekommen.«

»Aber ich könnte ihr helfen . . .«

»Nein, das würde ihr nicht gefallen. Rega hat viel Stolz. Als wir noch Kinder waren und Mutter sie geschlagen hatte, bis das Blut floß, ließ sie nie jemanden ihre Tränen sehen. Außerdem scheint es, als hättest du keine Wahl.«

Roland deutete auf die Ritter. Paithan sah, daß sie ihre Gespräche unterbrochen hatten und alle Blicke auf ihn gerichtet waren. Der Mensch hatte recht, wenn Paithan jetzt wegginge, würde man ihn verdächtigen, etwas im Schilde zu führen.

Er und Roland setzten ihren Weg zur Schänke fort, Drugar stapfte lärmend hinter ihnen her. Im Ort herrschte ein völliges Durcheinander – hier eilte eine Gruppe bewaffneter Bürger zum Tor, während andere von dort zurückkamen; Familien packten ihre Habseligkeiten zusammen und trafen Vorbereitungen zur Flucht. Plötzlich trat Roland vor den Elf und stellte sich ihm mit ausgebreiteten Armen entgegen. Wenn Paithan ihn nicht umrennen wollte, mußte er stehenbleiben.

»Sieh mal, Quindiniar, nachdem wir mit diesem Ritter gesprochen und ihn überzeugt haben, daß du nicht mit dem Feind im Bunde stehst, könntest du dich anschließend doch auf den Heimweg machen – allein.«

»Ich gehe nicht ohne Rega«, erwiderte Paithan ruhig.

Roland kniff die Augen zusammen und lächelte. »Oh? Du willst sie heiraten?«

Die Frage kam für Paithan überraschend. Er hatte die feste Absicht, mit ›Ja‹ zu antworten, aber plötzlich stand ihm das Bild seiner älteren Schwester vor Augen. »Ich – ich ...«

»Sieh mal, ich versuche nicht etwa, Regas Ehre zu verteidigen. Wir hatten nie welche, keiner von uns, den Luxus konnten wir uns nicht leisten. Unsere Mutter war die Dorfhure. Auch Rega ist schon durch etliche Betten gehüpft, aber du bist der erste Mann, für den sie etwas zu empfinden scheint. Ich lasse nicht zu, daß man ihr weh tut. Du verstehst, was ich meine?«

»Du hast sie sehr lieb, stimmt's?«

Roland zuckte die Schultern, wandte sich brüsk ab und ging weiter. »Unsere Mutter verließ uns, als ich fünfzehn war und Rega zwölf. Danach hatten wir nur noch uns. Wir mußten uns allein durchschlagen und haben nie jemanden um Hilfe gebeten. Also hau ab, und laß uns in Ruhe. Ich werde Rega erzählen, du hättest es nicht abwarten können, nach Hause zu kommen, um deine Familie zu warnen. Sie wird es sich zu Herzen nehmen, aber nicht so sehr, als wenn du – nun ja, du weißt schon.«

»Ja, ich weiß«, sagte Paithan. Roland hat recht. Ich sollte auf der Stelle gehen. Regas und meine Liebe ist zum Scheitern verurteilt. Ich weiß es, wußte es von Anfang an, aber noch keine Frau hat mir so den Kopf verdreht wie Rega!

Sein Verlangen war so stark, daß es schmerzte. Als sie ihn vorhin umarmt hatte, als er ihr in die Augen sah und das Versprechen darin las, glaubte er, es nicht ertragen zu können. Heute nacht würde es geschehen! Heute nacht würde er sie lieben.

Und sie morgen verlassen?

Dann nehme ich sie mit – mit nach Hause zu Calandra. Er konnte sich die Entrüstung seiner Schwester ausmalen, ihre ätzenden Bemerkungen. Nein, das war unzumutbar, das hatte Rega nicht verdient.

»He.« Roland stieß ihm den Ellenbogen in die Seite.

Paithan schaute auf und merkte, daß sie das Gasthaus erreicht hatten. Ein Ritter hielt vor der Tür Wache; sein Blick glitt über Roland hinweg, durchbohrte Paithan und wanderte zu Drugar, der hinter ihnen stand.

»Geht hinein«, forderte der Ritter sie auf und öffnete die Tür.

Paithan trat über die Schwelle und blieb verdutzt stehen. Er hätte die Schänke nicht wiedererkannt. Den Gastraum hatte man in ein Arsenal verwandelt. Schilde mit den Wappen der einzelnen Ritter lehnten an den Wänden, davor lagen säuberlich aufgereiht ihre Waffen. In der Mitte des Zimmers hatte man noch mehr Waffen aufgestapelt, vermutlich, um sie im Ernstfall an die Bevölkerung zu verteilen. Paithan entdeckte auch Elfenwaffen bei der Ausrüstung der Ritter, aber nicht sehr viele.

Der Raum war leer, bis auf einen offenbar adligen Herrn, der essend und trinkend an einem der Tische saß.

»Das ist er«, sagte Roland aus dem Mundwinkel.

Lathan war ein junger Mann, nicht älter als achtundzwanzig Jahre. Er sah recht gut aus, mit dem schwarzen Haar und Schnurrbart des Herrscherhauses von Thillia. Wegen einer gezackten Narbe an der Oberlippe schien er ständig höhnisch zu lächeln.

»Verzeiht mir, daß ich so unmanierlich bin, in eurer Gegenwart zu speisen«, begrüßte er sie, »aber ich habe den ganzen letzten Zyklus nichts bekommen.«

»Wir hatten auch nicht eben reichlich zu essen«, sagte Paithan.

»Oder zu trinken«, fügte Roland hinzu und beäugte den vollen Humpen des Ritters.

»Es gibt noch andere Wirtshäuser in der Stadt«, meinte Sir Lathan. »Wirtshäuser für Gäste eures Schlages.« Er schaute lange genug von seinem Teller auf, um dem Elf und dem Zwerg einen bedeutungsvollen Blick zuzuwerfen, dann widmete er sich wieder dem Essen. Er schob sich ein Stück Fleisch in den Mund, kaute und spülte es mit Bier hinunter. »Nachschub!« rief er und schlug mit dem Krug auf den Tisch. Der Wirt erschien, einen mürrischen Ausdruck auf dem Gesicht.

»Diesmal«, sagte Sir Lathan und warf ihm den Humpen an den Kopf, »zapfst du aus dem guten Faß. Ich will ein ordentliches Bier, nicht diese fade Brühe.«

Der Wirt runzelte finster die Stirn.

»Mach dir keine Sorgen. Die Rechnung wird aus der königlichen Schatzkammer bezahlt.«

Das Gesicht des Wirts verfinsterte sich noch mehr. Sir Lathan musterte ihn kalt. Der Wirt bückte sich nach dem Krug und verschwand.

»So, du bist also im Norinth gewesen, Elf. Was mag dich dorthin geführt haben, und weshalb bist du mit so einem unterwegs?« Der Ritter zeigte mit der Gabel auf den Zwerg.

»Ich bin Forschungsreisender«, erklärte Paithan. »Dieser Mann, Roland Redleaf, ist mein Führer. Das ist Schwarzbart, wir . . .«

»Drugar«, grollte der Zwerg. »Mein Name ist Drugar.«

»Aha.« Sir Lathan nahm den nächsten Bissen und spuckte ihn gleich wieder aus. »Bah! Knorpel. Nun, was kann ein Elf bei den Zwergen wollen? Geheime Bündnisse schließen, vielleicht?«

»Und wenn es so wäre, wäre es ausschließlich meine Angelegenheit.«

»Die Könige von Thillia könnten es zu ihrer Angelegenheit machen. Wir haben euch Elfen lange Zeit unbehelligt gelassen. Manche sind der Ansicht, zu lange. Zu letzteren gehört auch mein König.«

Paithan antwortete nicht, sondern warf nur einen sprechenden Blick auf die Elfenwaffen bei den Ausrüstungsgegenständen der Ritter. Sir Lathan bemerkte den Blick, verstand und grinste. »Du glaubst wohl, wir kämen ohne euch nicht zurecht? Nun, wir haben inzwischen auch so einiges ausgetüftelt, bei dem euch Elfen die Augen übergehen werden.« Er nickte in Richtung der aufgereihten Waffen. »Siehst du das? Man nennt es Armbrust. Verschießt einen Pfeil oder Bolzen, der jede Art von Rüstung durchschlägt, auch eine Mauer, wenn's sein muß.«

»Gegen die Riesen wird euch das auch nichts nützen«, bemerkte Drugar. »Ebensogut könnt ihr mit Stöcken nach ihnen werfen.«

»Woher willst du das wissen? Hast du schon mit ihnen zu tun gehabt?«

»Sie haben mein Volk ausgerottet. Blutig hingemordet.«

Sir Lathan, der eben ein Stück Brot zum Mund führte, hielt mitten in der Bewegung inne. Er musterte den Zwerg unter gesenkten Brauen, dann biß er ab.

»Zwerge«, nuschelte er mit vollem Mund.

Paithan warf einen schnellen Blick auf Drugar, um zu sehen, wie er reagierte. Der Zwerg betrachtete den Ritter mit einem rätselhaften Gesichtsausdruck; der Elf hätte schwören können, es war Schadenfreude. Verwundert begann der Elf sich zu fragen, ob der Zwerg womöglich den Verstand verloren hatte. In Gedanken versunken, verlor er den Faden des Gesprächs und wurde erst wieder aufmerksam, als das Wort *Seekönige* fiel.

»Was ist mit den Seekönigen?« fragte er.

Sir Lathan grunzte. »Schläfst du mit offenen Augen? Ich sagte, die Tytanen hätten sie angegriffen. Wie's aussieht, sind sie mächtig aufs Haupt geschlagen worden. Die Bastarde hatten wahrhaftig die Chuzpe, uns um Hilfe zu bitten.«

Der Wirt kam mit dem gefüllten Bierkrug und stellte ihn vor dem Ritter auf den Tisch.

»Verschwinde!« befahl ihm Lathan mit einem Wink seiner fettigen Hand.

»Und habt Ihr Entsatz geschickt?«

»Sie sind von jeher unsere Feinde. Es hätte ein Trick sein können.«

»Aber es war kein Trick, oder?«

»Nein«, gab der Ritter zu. »Vermutlich nicht. Sie haben eine verheerende Schlappe erlitten – nach den Berichten einiger Flüchtlinge, mit denen wir sprachen, bevor wir sie vom Stadttor verjagten.«

»Vom Stadttor verjagten?!«

Sir Lathan hob den Krug, nahm einen tiefen Schluck und wischte sich mit dem Handrücken über den Mund. »Was würde passieren, wenn wir nach Sorinth um Hilfe schickten, Elf? Was hätten wir zu erwarten, wenn wir bei deinem Volk um Unterstützung nachsuchten?«

Paithan fühlte, wie ihm das Blut heiß in die Wangen stieg. »Aber Ihr und die Seekönige, Ihr gehört beide zum Volk der Menschen.« Es war eine lahme Rechtfertigung, aber etwas Besseres fiel ihm nicht ein.

»Was heißen soll, ihr würdet uns helfen, vorausgesetzt, wir wären eures Blutes? Nun, du wirst Gelegenheit haben, den Beweis dafür zu erbringen, denn uns sind Gerüchte zu Ohren gekommen, daß deine Landsleute in den Fernhin-Landen ebenfalls angegriffen worden sind.«

»Das bedeutet«, sagte Roland nach kurzem Nachdenken, »daß die Tytanen nach Est und Vars vorrücken und uns einschließen – *Equilan* einschließen«, berichtigte er sich mit Nachdruck.

»Ich muß fort! Ich muß sie warnen«, murmelte Paithan. »Wann rechnet Ihr, daß sie Griffith erreicht haben werden?«

»Jeden Tag«, erwiderte Lathan. Er wischte sich die Hände am Tischtuch ab und stand auf. Die Tyro-Rüstung klapperte. »Es treffen keine Flüchtlinge mehr ein, das bedeutet, es gibt niemanden mehr, der noch imstande wäre zu fliehen. Und wir hören nichts mehr von unseren Kundschaftern, was vermutlich bedeutet, daß sie ebenfalls tot sind.«

»Ihr scheint es mit Fassung zu tragen.«

»Wir werden den Vormarsch des Feindes aufhalten«, sagte Sir Lathan und legte den Schwertgurt um.

Roland starrte auf das Schwert mit der geschärften hölzernen Klinge und fing unvermittelt an zu lachen. Es war kein gelöstes Lachen, sondern ein grelles, schrilles Kichern, bei dem Paithan ein kalter Schauer über den Rücken lief. Bei Orn, vielleicht war der Zwerg nicht der einzige, der allmählich überschnappte.

»Ich habe sie gesehen!« schrie Roland mit hohler Stimme. »Ich sah, wie sie einen Mann totschlugen – einen wehrlosen, gefesselten Mann. Sie schlugen auf ihn ein und schlugen ihn . . .«

»Roland!«

Der Mann zog den Kopf zwischen die Schultern, seine Finger zuckten krampfhaft. Er schien nicht mehr Herr seiner selbst zu sein.

»Roland!« Paithan umfaßte seine Oberarme und hielt ihn fest.

»Schafft ihn raus!« befahl Sir Lathan verächtlich. »Feiglinge kann ich nicht brauchen.« Er verstummte, überdachte seine nächsten Worte und drehte sie im Mund, als hätten sie einen üblen Geschmack. »Hast du denn die Möglichkeit, uns Waffen zu liefern, Elf?« fragte er widerwillig.

Nein, hätte Paithan fast geantwortet, doch er biß sich noch rechtzeitig auf die Zunge. Ich muß zurück nach Equilan. So schnell wie möglich. Und das läßt sich nur bewerkstelligen, wenn ich nicht an jeder Grenze angehalten und befragt werde.

»Ja, ich kann Waffen besorgen. Aber es ist ein weiter Weg nach Hause . . .«

Roland hob das zerquälte Gesicht. »Du wirst sterben! Wir alle werden sterben!«

Einige Ritter, von den lauten Stimmen angelockt, schauten durch das Fenster herein. Der Wirt war aschgrau im Gesicht. Er begann angstvoll zu stammeln, und seine Frau rang jammernd die Hände. Sir Lathan legte die Hand an den Schwertgriff. »Bringt ihn zum Schweigen, sonst durchbohre ich ihn!«

Roland stieß den Elf zur Seite und stürzte zur Tür. Er warf Stühle um, einen Tisch und hätte fast zwei Ritter zu Boden geschlagen, die ihn aufhalten wollten. Lathan gab ihnen ein Zeichen, und sie ließen ihn gehen. Durch das Fenster sah Paithan Roland über die Straße torkeln wie einen Betrunkenen.

»Ich gebe dir einen Passierschein«, sagte Lathan.

»Einen Passierschein – und Cargans*.« Der Elf dachte an die kümmerlichen Barrikaden und sah vor sich, wie die Tytanen darüber hinwegschritten, als wären es nur zusammengekehrte Laubhaufen in ihrem Weg. Griffith war so gut wie tot.

Paithan faßte einen Entschluß. Ich werde Rega mit nach Equilan nehmen. Sie geht nicht ohne Roland, also kommt er auch mit. Wenn man es genau bedenkt, ist er gar kein so übler Bursche.

»Cargans für mich und meine Freunde.«

Sir Lathan zog unwillig die Brauen zusammen.

»Entweder Ihr willigt ein, oder das Geschäft kommt nicht zustande«, sagte Paithan.

»Was ist mit dem Zwerg? Gehört er auch zu deinen Freunden?«

Paithan hatte Drugar ganz vergessen, der schweigend und abwartend neben ihm stand. Jetzt schaute der Zwerg zu ihm auf, und in den schwarzen Augen flackerte wieder diese rätselhafte Belustigung.

»Du kannst uns selbstverständlich begleiten, Drugar«, meinte Paithan, um einen möglichst aufrichtigen Tonfall bemüht. »Aber wenn du andere Pläne hast . . .«

»Ich komme mit«, sagte der Zwerg. Paithan dämpfte die Stimme. »Du könntest in die Tunnel zurückkehren. Dort bist du in Sicherheit.«

»Und was erwartet mich, wenn ich zurückgehe, Elf?« fragte Drugar gleichmütig, während er mit der einen Hand über seinen langen Bart strich. Die andere Hand hatte er in den Gürtel geschoben.

»Wenn er mitkommen will, kommt er mit«, sagte Paithan. »Wir sind ihm etwas schuldig. Er hat uns das Leben gerettet.«

»Packt eure Sachen, und haltet euch bereit. Die Cargans werden gesattelt dort im Hof stehen. Ich gebe die entsprechenden Anweisungen.« Lathan ergriff seinen Helm und machte Anstalten, den Schankraum zu verlassen.

* Ein dem Eichhörnchen ähnliches Tier, nur sehr viel größer, das sich in freiem Gelände sehr flink auf allen vieren fortzubewegen vermag und die Fähigkeit besitzt, mit Hilfe eines flügelähnlichen Hautlappens zwischen Vorder- und Hinterbeinen im Gleitflug von Baum zu Baum zu segeln.

Paithan zögerte; er war das Opfer widerstreitender Emotionen. Als Lathan an ihm vorüberging, hielt er ihn fest.

»Mein Freund ist kein Feigling«, sagte der Elf. »Er hat recht. Diese Riesen bedeuten den Tod. Ich ...«

Lathan neigte sich zu ihm. Er sprach leise, so daß nur der Elf ihn verstehen konnte. »Die Seekönige sind tüchtige Krieger. Ich weiß es. Ich habe gegen sie gekämpft. Nach allem, was wir gehört haben, hatten sie keine Chance. Wie die Zwerge wurden sie niedergemetzelt und bis auf den letzten Mann abgeschlachtet. Ein guter Rat, Elf.« Der Ritter schaute Paithan in die Augen. »Nimm deine Freunde und die Cargans, und dann macht euch davon, so schnell und so weit wie möglich.«

»Aber – die Waffen?« Paithan glaubte seinen Ohren nicht zu trauen.

»Nichts als Blabla. Um den Schein zu wahren. Vor meinen Leuten und den Dorfbewohnern. Du könntest auf keinen Fall schnell genug wieder hier sein. Und ich glaube nicht, daß Waffen – magisch oder nicht – einen Unterschied machen werden. Habe ich recht?«

Paithan nickte langsam. Der Ritter wandte den Blick ab; ein sinnender Ausdruck trat auf sein Gesicht. Er schien zu sich selbst zu sprechen.

»Wenn es je eine Zeit gab, in der wir die Hilfe der Verschwundenen Könige gebraucht hätten, dann jetzt. Aber sie werden nicht zurückkehren. Sie schlafen am Grund des Kithni-Golfs. Ich mache es ihnen nicht zum Vorwurf, daß sie uns diesen Kampf allein ausfechten lassen. Der ihre war ein leichter Tod. Unser Ende wird nicht so gnädig sein.«

Lathan richtete sich auf und schaute den Elf von oben herab an. »Genug gefeilscht!« sagte der Ritter laut und schob den Elf grob zur Seite. »Du wirst dein verfluchtes Geld bekommen.« An der Tür schaute er noch einmal zurück und meinte angewidert: »Das ist alles, was euch Krämerseelen interessiert, wie? Du da, Junge! Sattle drei ...«

»Vier«, berichtigte Paithan und folgte Sir Lathan aus der Tür. Der Ritter hob gereizt die Brauen. »Sattle vier Cargans. In einer halben Blattneige stehen sie bereit, Elf. Seid pünktlich.«

Paithan wußte nicht, was er sagen sollte, und nickte stumm. Er und Drugar gingen die Straße hinunter und sahen weiter vorn Roland mit hängenden Schultern an einer Mauer lehnen.

Nach ein paar Schritten blieb der Elf stehen und drehte sich halb um. »Danke«, rief er dem sich entfernenden Thillier nach.

Lathan hob die Hand zu einem grimmigen Salut.

»Menschen«, brummte Paithan vor sich hin und ging weiter. »Da soll einer draus schlau werden.«

Kapitel 24

Sorinth, Reise durch Thillia

»Der Ritter hat mir deutlich genug zu verstehen gegeben, daß er und seine Männer gegen die Riesen nichts ausrichten können. Uns bleibt nichts anderes übrig, als nach Sorinth zu fliehen, in meine Heimat. Und zwar gleich!« Paithan starrte aus dem Fenster auf den bedrohlich schweigenden Dschungel. »Ich weiß nicht, wie's euch geht, aber es liegt etwas in der Luft – wie damals, vor dem Auftauchen der Tytanen. Wir dürfen nicht länger hierbleiben!«

»Wie kommst du auf die Idee, daß Weglaufen etwas nützt?« fragte Roland dumpf. Er saß auf einem Stuhl, hatte die Ellenbogen auf den Tisch gestützt und den Kopf in beide Hände gelegt. Es war Paithan und Drugar zwar gelungen, ihn zu sich nach Hause zu schaffen, doch er steigerte sich immer weiter in seine Verzweiflung hinein. Er schien den Kampf gegen die Angst verloren zu haben. »Genausogut können wir hierbleiben und mit den anderen sterben.«

Paithan preßte die Lippen zusammen. Rolands Zusammenbruch war ihm besonders unerträglich, weil er wußte, das Häufchen Elend da am

Tisch konnte auch er sein. Jedesmal wenn der Elf daran dachte, wieder diesen schrecklichen, augenlosen Kreaturen gegenüberstehen zu müssen, drehte sich ihm der Magen um. Sein Heim. Seine Familie. Das waren die Dinge, die ihn aufrecht hielten.

»Ich gehe. Ich habe Verpflichtungen gegenüber meinem Volk . . .«

Wieder begann die Schlangenhauttrommel zu dröhnen. Drugar, der ebenfalls am Fenster stand, drehte sich herum.

»Was hat das zu bedeuten, Mensch?«

»Sie kommen«, erklärte Rega mit steifen Lippen. »Die Trommel sagt, daß der Feind in Sicht ist.«

Paithan fühlte sich hin- und hergerissen zwischen der Loyalität, die er seiner Familie schuldete, und der Liebe zu dieser Menschenfrau. »Ich kann nicht länger warten«, sagte er schließlich barsch. Die Cargans, die vor der Tür angebunden waren, zerrten an ihren Halfterleinen. »Beeilt euch, oder die Tiere reißen sich los!«

»Roland! Steh auf!« Rega schüttelte ihren Bruder.

»Wozu die Mühe.« Er schob sie zur Seite.

Drugar durchquerte schwerfällig das Zimmer und beugte sich über den Tisch. »Wir dürfen uns nicht trennen! Wir gehen alle. Komm jetzt! Es ist unsere einzige Hoffnung.« Er zog eine kleine Flasche aus seinem breiten Gürtel und hielt sie Roland hin. »Hier, trink! Das wird dir neuen Mut geben.«

Roland streckte die Hand aus, riß die Flasche an sich und setzte sie an die Lippen. Er nahm ein paar Schluck, rang nach Luft und hustete. Tränen liefen ihm über die Wangen, aber sein fahles Gesicht bekam wieder etwas Farbe.

»Schon gut«, sagte er nach einem tiefen Atemzug. »Ich komme.« Er trank noch einmal und drückte die Flasche an die Brust.

»Roland . . .«

»Gehen wir, Schwesterherz. Kannst du nicht sehen, daß dein Elfenfreund wartet? Er möchte mit dir nach Hause zurückkehren, in den Schoß seiner Familie. Falls wir so weit kommen. Drugar, Herzensbrüderchen – hast du noch mehr von dem Zeug?«

Roland legte dem Zwerg den Arm um die Schultern, und die beiden gingen zur Tür. Rega blieb allein in dem kleinen Haus zurück. Sie ließ den Blick durch das Zimmer wandern, schüttelte den Kopf und folgte den anderen. Fast wäre sie in Paithan hineingelaufen, der sehen wollte, wo sie blieb.

»Rega! Was ist denn?«

»Ich hätte nie gedacht, daß es mir einmal schwerfallen könnte, diese armselige Hütte zu verlassen, und doch . . . Vielleicht deshalb, weil sie das einzige wirkliche Eigentum ist, das ich je besessen habe.«

»Ich kann dir kaufen, was immer du dir wünscht. Du wirst in einem Haus wohnen, das hundertmal so groß ist!«

»O Paithan! Lüg mich nicht an. Auch du hast keine Hoffnung. Wir können fliehen« – sie schaute dem Elf tief in die Augen – »aber wo gibt es Sicherheit?«

Der Trommelschlag wurde zu einem rollenden Stakkato, der aufpeitschende Rhythmus ging durch Mark und Bein.

Tod und Verderben, du wirst es über uns bringen! – Und Ihr werdet derjenige sein, der sein Volk aus der Gefahr geleitet! – Der Himmel. Die Sterne!

»Nach Hause«, sagte Paithan und drückte Rega an sich. »Wir gehen nach Hause.«

Sie ließen den Trommelklang hinter sich, trieben die Cargans immer wieder zur Eile an und schlugen den Dschungelpfad ein. Cargans zu reiten erfordert einiges Geschick. Wenn das Tier die fledermausgleichen Schwingen ausbreitet, um von Baum zu Baum zu gleiten, ist es ratsam, sich mit Händen und Knien festzuklammern und den Kopf möglichst tief auf den Nacken des Cargans zu senken, will man nicht riskieren, von herabhängenden Ästen oder Ranken aus dem Sattel gestoßen zu werden.

Paithan war ein geübter Carganreiter. Die beiden Menschen hatten zwar nicht so viel Erfahrung, wußten aber, wie sie sich verhalten mußten. Selbst Roland gelang es trotz seines volltrunkenen Zustands, sich im Sattel zu halten – aber den Zwerg hätte beinahe sein Schicksal ereilt.

Da er nie zuvor ein solches Tier gesehen hatte, ahnte Drugar nicht, daß der Cargan fähig war zu fliegen. Als sein Reittier sich von einem Ast abstieß und anmutig durch die Luft segelte, stürzte der Zwerg in die Tiefe wie ein Stein.

Wie durch ein Wunder – Drugars Stiefel blieb im Steigbügel hängen – landeten das Cargan und der Zwerg mehr oder weniger gemeinsam im nächsten Baum. Doch es verging kostbare Zeit, bis man den Zwerg wieder in den Sattel gehievt hatte, und noch länger dauerte es, das Cargan zu überreden, den Zwerg wieder auf seinem Rücken zu dulden.

»Wir sollten zur Hauptstraße zurückkehren. Dort kommen wir schneller voran«, schlug Paithan vor.

Sein Vorschlag wurde angenommen, doch als sie die Straße erreichten, stellte sich heraus, daß an ein Weiterkommen dort erst recht nicht zu denken war, denn es herrschte ein unvorstellbares Gedränge von Menschen mit Kind und Kegel, Sack und Pack – Flüchtlinge auf dem Weg nach Sorinth. Paithan zügelte sein Reittier; Roland, der die Flasche mittlerweile geleert hatte, begann zu lachen.

»Verdammte Narren!«

Die Menschen gingen gebeugt unter sperrigen Bündeln, kleine Kinder wurden getragen, alte, kranke und schwache Familienmitglieder auf Karren gezogen. Ihren Weg säumte Strandgut: Hausrat, der sich als zu schwer erwiesen hatte; Wertgegenstände, die in der Gefahr ihren Wert verloren hatten, und beschädigte Fahrzeuge. Dazwischen erschöpfte Flüchtlinge, die nicht weiterzugehen vermochten. Manche streckten flehend die Hände aus; andere starrten mit trüben, angsterfüllten Augen vor sich hin und warteten drauf, daß ihre Kräfte wiederkehrten.

»Zurück in die Wälder«, meinte Rega, die ihr Cargan neben Paithan zum Stehen gebracht hatte. »Das ist die einzige Möglichkeit. Roland und ich, wir kennen uns da aus.«

»Schmugglerpfade«, lallte Roland, der im Sattel schwankte. »Weiß Bescheid.«

»Gute Idee«, meinte Paithan.

»Nun, dann komm!« drängte Rega.

Paithan rührte sich nicht. Er saß still und beobachtete das Drängen und Schieben der tausendköpfigen Menge. »All diese Menschen – und alle auf dem Weg nach Equilan. Wie wird mein Volk sich entscheiden . . .«

»Paithan?«

»Ja, ich komme.«

Sie kehrten den breiten Straßen und Wegen der Moossteppen den Rücken und hielten sich an die Dschungelpfade. Der Schmugglersteig war schmal und gewunden, aber dafür auch nicht so viel begangen. Paithan gönnte ihnen keine Ruhe; sie verausgabten ihre Tiere und sich selbst bis an den Rand der Erschöpfung. Wenn sie rasteten, waren sie zu müde, um zu essen, und schliefen sofort ein, bis sie nach wenigen Stunden von dem Elf geweckt wurden und ihren Weg fortsetzten. Hin und wieder begegneten sie anderen Reisenden – Leute, wie sie selbst, die am Rande der Gesellschaft lebten und mit diesen versteckten Pfaden bestens vertraut waren. Auch sie waren auf der Flucht nach Sorinth. Einer von diesen Wanderern taumelte in ihr Lager, nachdem sie drei Zyklen unterwegs gewesen waren.

»Wasser«, ächzte der Mann und brach zusammen.

Paithan holte Wasser. Rega hob den Kopf des Mannes und hielt ihm den Flaschenkürbis an die Lippen. Er war in mittleren Jahren, sein Gesicht grau vor Erschöpfung.

»Das tut gut. Danke.« Er richtete sich aus eigener Kraft auf, ließ den Kopf hängen und atmete tief.

»Du bist herzlich eingeladen, hier mit uns zu rasten«, lud Rega ihn ein. »Iß mit uns.«

»Rasten!« Der Mann hob den Blick und starrte sie verwundert an. Dann irrte sein Blick über die Bäume, er fröstelte und stand mühsam auf. »Keine Rast!« murmelte er. »Sie sind hinter mir! Gleich hinter mir!«

Seine Angst war fast greifbar. Paithan sprang auf und musterte den Mann erschreckt.

»Wie weit hinter Euch?«

Der Mann hatte ihnen bereits den Rücken gekehrt und hastete davon, obwohl die Beine ihn kaum trugen. Paithan lief ihm nach und ergriff seinen Arm.

»Wie weit?«

Der Mann schüttelte den Kopf.

»Einen Zyklus. Nicht mehr.«

»Ein Zyklus!« Rega holte zischend Atem.

»Der Mann ist verrückt«, brummte Roland. »Glaub ihm nicht.«

»Griffith zerstört! Terncis in Flammen! König Reginald tot! Ich weiß es.« Der Mann fuhr sich mit einer zitternden Hand über das ergraute Haar. »Ich war einer seiner Ritter.«

Bei genauerem Hinsehen erkannten sie, daß der Mann die gesteppte Baumwollkleidung trug, die unter einer Tyro-Rüstung angelegt wurde. Es war nicht verwunderlich, daß sie es nicht früher bemerkt hatten. Der Stoff war zerrissen und blutbefleckt und hing dem Mann in ausgefransten, schmutzigen Fetzen vom Leib.

»Ich hab' sie weggeworfen«, erklärte er und zupfte an dem zerschlissenen Hemd. »Die Rüstung. Sie war zu schwer, und sie bot keinen Schutz. Meine Freunde starben darin. Die Teufel packten sie und zerquetschten sie. Die Rüstung platzte auf ... Blut quoll aus den Rissen ... Knochen ... und die Schreie!«

»Heilige Thillia!« Roland erschauerte.

»Er soll aufhören!« schrie Rega Paithan an.

Niemand achtete auf den Zwerg, der wie immer abseits saß. Der Bart verbarg sein leichtes, rätselhaftes Lächeln.

»Wißt Ihr, weshalb ich noch am Leben bin?« Der Elf senkte den Blick und sah, daß die Hand des ehemaligen Ritters mit braunroten Flecken übersät war. »Die anderen liefen weg. Ich – ich hatte zuviel Angst! Ich war gelähmt vor Angst!« Er fing an zu kichern. »Gelähmt vor Angst! Ich konnte mich nicht rühren. Und die Riesen haben mich übersehen! Ist das nicht urkomisch? Gelähmt vor Angst!« Sein Gelächter klang schrill und zerrte an den Nerven. Mit einem erstickten Husten brach es ab. Er gab Paithan einen Stoß vor die Brust.

»Aber jetzt kann ich laufen. Seit drei Zyklen laufe ich und laufe. Ich kann nicht bleiben, kann nicht aufhören.« Er tat einen Schritt, blieb stehen, drehte sich um und betrachtete sie aus blutunterlaufenen, flackernden Augen. »Es hieß doch, sie würden wiederkehren«, meinte er zornig. »Habt ihr sie gesehen?«

»Wen?«

»Wiederkehren und uns beistehen! Feiglinge. Ein Haufen verdammter, nichtsnutziger Feiglinge. Wie ich!« Der Ritter lachte grell auf. Dann schüttelte er den Kopf und verschwand taumelnd zwischen den Bäumen.

»Wovon, zur Hölle, hat er gesprochen?« fragte Roland.

»Ich weiß es nicht.« Rega begann zu packen und verstaute den Proviant in den Lederbeuteln. »Ist mir auch gleich. Verrückt oder nicht, in einem Punkt hat er recht: Wir sollten keine Zeit vergeuden.«

So geschah es. Fünf Könige herrschten
– aus demselben, edlen Geschlecht –
ohne Neid, besonnen, gerecht,
brachten fünf Reichen eine goldene Zeit.

Es war Drugars volltönender Baß. »Ihr seht«, bemerkte er, als er geendet hatte, »ich habe es behalten.«

»Du hast recht«, meinte Roland, der keine Anstalten machte, beim Packen zu helfen. Er saß auf dem Boden und ließ die Arme zwischen den Knien hängen. »Das hat der Ritter gemeint. Und er hat recht: Sie sind nicht zurückgekommen. Warum nicht?« Verbittert hob er den Blick. »Warum nicht? Alles, wofür sie gearbeitet hatten – zerstört! Unsere Welt! Vernichtet! Warum? Welcher Sinn steckt dahinter?«

Rega preßte die Lippen zusammen; sie schnürte die Packen hinter die Sättel. »Das ist doch nur eine Sage. Keiner hat je wirklich daran geglaubt.«

»Ja«, knurrte Roland. »An die Tytanen hat auch keiner geglaubt.«

Rega schlang mit zitternden Fingern die letzten Knoten. Sie legte die Stirn an die Flanke des Cargans, umklammerte den Lederriemen, bis es weh tat, und befahl sich, nicht zu weinen, nicht zusammenzubrechen.

Paithans Hand legte sich über ihre Faust.

»Laß das!« fauchte sie wütend und stieß ihn mit dem Ellbogen zur Seite. Sie hob den Kopf, warf das Haar zurück und zerrte heftig an der Packschnur. »Geh. Ich komm' schon zurecht.«

Als der Elf sich abgewandt hatte, wischte sie sich verstohlen über die Augen.

Sie setzen ihre Reise fort, mutlos, niedergeschlagen, die Angst im Nacken. Sie hatten erst ein paar Meilen zurückgelegt, als sie den Ritter mit dem Gesicht nach unten auf dem Pfad liegen sahen.

Paithan glitt aus dem Sattel, kniete neben dem Mann nieder und legte ihm die Fingerspitzen an die Halsschlagader.

»Tot.«

Noch zwei weitere Zyklen waren sie unterwegs. Wenn sie haltmachten, luden sie nicht ab, sondern schliefen auf dem nackten Boden, die Zügel um die Hand gewickelt. Ihnen war schwindlig vor Müdigkeit und Hunger. Ihre mageren Vorräte waren aufgebraucht, und sie wagten nicht, mit Jagen

Zeit zu verschwenden. Sie sprachen wenig, um ihre Kräfte zu schonen, und hockten mit hängenden Schultern und gesenkten Köpfen im Sattel. Das einzige, was sie aus ihrer Lethargie aufschrecken konnte, war ein Geräusch hinter ihnen.

Ein brechender Ast genügte, daß sie zusammenzuckten und angstvoll die Schatten mit den Blicken zu durchdringen versuchten. Der Elf und die beiden Menschen schliefen häufig während des Reitens ein und neigten sich immer weiter zur Seite, bis sie plötzlich ins Rutschen gerieten und ruckartig erwachten. Der Zwerg, der die Nachhut bildete, verfolgte all das mit einem Lächeln.

Paithan staunte über den Zwerg, empfand aber auch ein zunehmendes Unbehagen. Er schien nie müde zu sein und bot oft freiwillig an, Wache zu halten, während die anderen schliefen.

Nicht selten erwachte Paithan aus fürchterlichen Träumen, in denen sich Drugar mit dem Messer in der Faust an ihn heranschlich, um ihn im Schlaf zu erdolchen. Doch jedesmal saß der Zwerg friedlich unter einem Baum, die Hände über dem Bart gefaltet, der lang und wellig über seinen Bauch fiel. Paithan fühlte sich versucht, über sein Unbehagen zu lachen. Schließlich hatte der Zwerg ihnen das Leben gerettet. Wenn er über die Schulter einen Blick auf Drugar warf, der hinter ihnen ritt, bemerkte der Elf das Leuchten in den wachsamen schwarzen Augen – Augen, die auf etwas Bestimmtes zu lauern schienen, und dem Elf erstarb das Lächeln auf den Lippen.

Paithan dachte über den Zwerg nach und fragte sich, welch entsetzliche Nahrung ein solches Feuer so unerbittlich in Gang halten mochte, als Regas Ausruf ihn aus seinen freudlosen Überlegungen auffahren ließ.

»Die Fähre!« Sie deutete auf ein primitives Schild, das an einen Baumstamm genagelt war. »Hier ist der Weg zu Ende. Wir müssen zurück zur . . .«

Ihre Worte gingen in einem fürchterlichen Geräusch unter, einem Aufschrei aus Hunderten von Kehlen, einem einstimmigen Angstgeheul.

»Die Hauptstraße!« Paithan umklammerte mit schweißnassen Händen die Zügel. »Die Tytanen haben die Hauptstraße erreicht!«

Vor seinem inneren Auge sah der Elf den Strom der Flüchtenden, sah die riesigen, augenlosen Kreaturen auftauchen. Er sah die Menschen nach allen Seiten auseinanderlaufen, aber es gab kein Versteck auf der Ebene, kein Entkommen. Der Strom würde sich zu einem blutigen Delta verzweigen.

Rega hielt sich die Ohren zu. »Aufhören!« schrie sie wieder und wieder, während ihr Tränen über die Wangen liefen. »Aufhören! Aufhören! Aufhören!«

Wie zur Antwort senkte sich eine bedrückende Stille über den Urwald, nur unterbrochen von den nicht allzu weit entfernten Schreien der Sterbenden.

»Sie sind hier!« bemerkte Roland mit einem matten Lächeln.
»Die Fähre!« stieß Paithan hervor. »Sie mögen Riesen sein, aber sie sind nicht groß genug, um den Kithni-Golf zu durchwaten. Das wird sie aufhalten, wenigstens eine Zeitlang.« Er gab seinem Cargan die Sporen. Das aufgeregte Tier, das die Gefahr witterte, setzte sich mit weiten Sprüngen in Bewegung.
Die Gefährten folgten ihm, duckten sich vor überhängenden Zweigen, während Ranken ihnen das Gesicht peitschten. Als sie ins Freie hinauskamen, erblickten sie vor sich die glitzernde, ruhige Wasserfläche des Kithni.
Fliehende Menschen stürmten blindlings den Weg hinunter, der zur Anlegestelle führte, und in der Panik, die von ihnen Besitz ergriffen hatte, dachte keiner mehr an seinen Nächsten. Wer hinfiel, war verloren. Im Gedränge wurden Eltern die Kinder aus den Armen gerissen, und wenn sich jemand bückte, um einem Gestürzten aufzuhelfen, wurde er von dem Mob überrannt. Paithan hob den Blick und sah, wie am Horizont der Dschungel näherrückte.
»Paithan! Sieh doch!« Rega umklammerte seinen Arm und deutete mit der ausgestreckten Hand nach vorn.
Der Elf wandte seine Aufmerksamkeit der Fähre zu. Die Anlegestelle war überfüllt, von hinten drängten immer neue Massen nach. Das Boot, das ein Stück draußen schwamm, hatte viel zu viele Passagiere an Bord, lag zu tief im Wasser und sank von Minute zu Minute tiefer. Es konnte unmöglich das andere Ufer erreichen und selbst wenn – die Menschen darauf waren in jedem Fall verloren.
Die zweite Fähre hatte vom jenseitigen Ufer abgestoßen. Sie war mit Bogenschützen besetzt, die ihre Waffen schußbereit im Anschlag hielten. Im ersten Moment glaubte Paithan, daß sie kamen, um den Menschen beizustehen, und sein Herz weitete sich vor Stolz. Sir Lathan hatte unrecht gehabt. Die Elfen würden die Tytanen zurückschlagen . . .
Ein Mensch, der schwimmend versuchte, den Golf zu überqueren, näherte sich dem Boot und streckte die Hand aus.
Ein Pfeil der Elfen tötete ihn. Der Leichnam sank unter die Oberfläche und verschwand. Fassungslos sah Paithan mit an, wie seine Landsleute ihre Waffen nicht gegen die näherkommenden Tytanen wandten, sondern gegen die Menschen, die vor dem Feind zu fliehen versuchten.
»Du Bastard!«
Ein Mann mit Todesangst im Blick hatte sich auf Roland gestürzt und bemühte sich, ihn aus dem Sattel zu zerren. Leute wurden auf die Cargans aufmerksam und erkannten, daß die Tiere eine Fluchtmöglichkeit darstellten. Ein außer Rand und Band geratener Mob schob sich heran. Es gelang Roland, den Mann abzuwehren und ihn zu Boden zu schlagen. Ein zweiter wollte mit einem drohend geschwungenen Ast über Rega herfallen. Sie trat ihm mit dem Stiefel ins Gesicht und stieß ihn zurück. Die von der all-

gemeinen Panik angesteckten Cargans begannen zu bocken und schlugen mit den scharfen Krallen nach den brüllenden Menschen. Drugar fluchte in der Zwergensprache und benutzte die Zügel als Peitsche, um sich die Horde vom Leib zu halten.

»Zurück in den Wald!« rief Paithan und zog sein Reittier herum.

Rega hielt sich neben ihm, aber Roland war eingekreist und vermochte sich kaum noch im Sattel zu halten. Drugar bemerkte die Gefahr, in der der Mensch sich befand, und drängte sein Cargan zwischen Roland und den Mob. Er bekam Rolands Zügel zu fassen und riß das Cargan mit, während er sein Tier hinter Paithan und Rega her spornte. Die vier flüchteten sich in den Schutz des Dschungels.

Sobald sie sich in Sicherheit glaubten, hielten sie an, um Atem zu schöpfen. Sie vermieden es, sich anzuschauen, um nicht das Unausweichliche im Gesicht des Gefährten lesen zu müssen.

»Es muß einen Pfad geben, der zum Ufer hinunterführt!« sagte Paithan. »Die Cargan können schwimmen.«

»Damit wir von den Elfen erschossen werden!« Roland wischte sich das Blut von der aufgeplatzten Lippe.

»Mich werden sie nicht erschießen.«

»Was soll uns das nützen!«

»Sie werden auch euch nichts tun, wenn ihr bei mir seid.« Paithan hätte gerne geglaubt, daß es sich tatsächlich so verhielt, aber wie die Dinge standen, kam es nicht darauf an.

»Wenn es einen Pfad gibt, weiß ich nichts davon«, sagte Rega. Ein Zittern schüttelte ihren Körper; sie hielt sich am Sattel fest, um nicht zu fallen.

Paithan verließ den Pfad und wandte sich in die Richtung, in der der Golf lag. Schon nach wenigen Augenblicken gebot das dichte Unterholz ihm und seinem Reittier Einhalt. Der Elf mochte sich nicht geschlagen geben und trieb das Tier weiter voran, aber schließlich mußte er einsehen, daß es Stunden dauern würde, sich einen Pfad zum Wasser zu bahnen, und soviel Zeit hatten sie nicht mehr. Verzagt kehrte er zu den anderen zurück.

Das Getöse von der Straße und der Anlegestelle wurde lauter und verzweifelter. Sie hörten das Wasser aufspritzen, als die Menschen sich in höchster Not in den Kithni stürzten.

Roland glitt aus dem Sattel. »Dieser Platz eignet sich ebensogut zum Sterben wie jeder andere«, meinte er und schaute sich um.

Langsam stieg auch Paithan von seinem Cargan und ging zu Rega hinüber. Sie warf sich in seine Arme, und er hielt sie fest.

»Ich kann nicht hinsehen, Paithan«, flüsterte sie. »Versprich mir, daß ich es nicht mit ansehen muß.«

»Ich verspreche es«, sagte er leise und strich ihr übers Haar. »Schau mich an.« Sie sahen sich in die Augen.

Roland nahm mitten auf dem Weg Aufstellung und blickte in die Richtung, aus der die Tytanen kommen mußten. Er hatte die alles beherrschende Angst verloren, oder vielleicht war er zu erschöpft, um sich noch fürchten zu können.

Mit einem furchtbaren Lächeln auf dem bärtigen Gesicht legte Drugar die Hand an den Gürtel und zog den Dolch mit dem Knochengriff heraus.

Seine Zeit war gekommen. Jetzt galt es, stark und entschlossen zu sein und mit jedem Stoß einen von ihnen zu töten. Und schließlich sich selbst.

Kapitel 25

Wipfelhöhe, Equilan

Haplo lag auf dem Rücken im Moos, beschirmte die Augen mit der Hand und zählte Sterne.

Es waren fünfundzwanzig helle Lichtpunkte, die er von dieser Stelle aus sehen konnte. Lenthan Quindiniar hatte ihm versichert, daß die Elfen insgesamt 96 gezählt hatten. Selbstverständlich waren sie nicht alle ständig zu sehen. Einige erloschen und tauchten erst nach etlichen Quintalen wieder auf. Außerdem hatten die Astronomen errechnet, daß es am Horizont Sterne gab, die wegen der Atmosphäre nicht auszumachen waren. Deshalb waren sie bei der Schätzung angelangt, daß zwischen 150 und 200 Sterne am Himmel standen.

Diese Informationen paßten nun ganz und gar nicht zu dem, was Haplo über Sterne wußte. Er hatte Monde in Betracht gezogen. Die frühere Welt war von einem Mond umkreist worden, das hatte sein Fürst aus den zurückgelassenen Schriften der Sartan erfahren. Doch in den aufgefundenen Beschreibungen und Darstellungen gab es keinen Mond, und Haplo hatte während seines Flugs keine mondähnlichen Objekte zu Gesicht bekommen. Abgesehen davon war er der Ansicht, daß Monde den Planeten umkreisen würden, und diese Lichter waren offenbar stationär. Oder vielmehr Pryan war stationär. Der Planet verfügte über keine Rotation. Es gab keinen Wechsel zwischen Tag und Nacht. Und dann dieser rätselhafte Kranz von Sternen, die leuchteten, erloschen und wieder aufflammten.

Haplo setzte sich auf, hielt nach dem Hund Ausschau und sah, daß das Tier im Hof herumwanderte und die fremden Gerüche von ihm unbekannten zwei- und vierbeinigen Wesen studierte. Der Patryn, der allein im Hof war, während alle anderen schliefen, kratzte sich die umwickelten Hände. Anfangs pflegten die Verbände fürchterlich zu jucken.

Vielleicht handelt es sich bei den Lichtern um nichts weiter als diesem Planeten eigentümliche Naturphänomene. Was bedeutet, daß es bloße Zeitverschwendung ist, über sie und die Sonne nachzudenken. Schließlich wurde ich nicht hergeschickt, um astronomische Erkenntnisse zu sammeln. Ich habe wichtigere Probleme. Zum Beispiel muß ich herausfinden, wo ich ansetzen kann, um meinen Auftrag zu erfüllen.

Am vorhergehenden Abend hatte Lenthan Quindiniar Haplo ein Bild der Welt gezeichnet, wie die Elfen es sahen. Die Skizze ähnelte den Bildern, die Haplo im Nexus gesehen hatte – eine Kugel mit einem feurigen Kern. Außerhalb der Kugel zeichnete er die Sonne und die ›Sterne‹ ein. Er zeigte ihm, wo sie sich auf dieser Welt befanden, und erzählte, wie die Elfen vor Jahrhunderten den Paragna-Ozean nach Est überquerten und die Küste der Fernhin-Lande erreichten.

»Sie flohen vor der Pest«, hatte Lenthan erklärt. »Andernfalls hätten sie niemals ihre Heimat verlassen.«

In Fernhin angelangt, verbrannten die Elfen ihre Schiffe und zerstörten damit jede Verbindung zu ihrem früheren Leben. Sie kehrten dem Meer den Rücken und richteten den Blick landeinwärts. Lenthans Urgroßvater gehörte zu dem kleinen Trupp von Abenteuerlustigen, die zu einer Erkundungsreise nach Vars aufbrachen, um das neue Territorium zu erforschen, und machte auf dieser Reise sein Glück, denn er entdeckte das Ornit*, das seinen späteren Reichtum begründen sollte. Die besonderen Eigenschaften des Steins ermöglichten es ihm, nach Fernhin zurückzukehren. Er unterrichtete die Elfen von seiner Entdeckung und bot all jenen Lohn und Arbeit, die sich bereit erklärten, mit ihm in die Wildnis zu gehen.

Equilan wurde ursprünglich von Pionieren gegründet und wäre ein kleines Dorf geblieben, hätten sich nicht im Vars die Menschen angesiedelt. Die Angehörigen der jetzt als Thillia bekannten Nation waren – so

* Ohne jedes Hilfsmittel zur Orientierung war die Erforschung unbekannter Gebiete ein gefährliches Unterfangen, denn es bestand nur eine verschwindend geringe Chance, den Rückweg zu finden.

berichteten ihre eigenen Sagen und Legenden – auf der Flucht vor irgendeiner mittlerweile in Vergessenheit geratenen Gefahr durch einen Tunnel unter dem Terinthischen Ozean in das neue Land gezogen, angeführt von König Georg dem Einzigen, dem Vater der in vielen Liedern besungenen fünf Brüder.

Elfen haben keine ausgeprägten Expansionsgelüste. Sie sind nicht wie andere Nationen von dem Drang besessen, sich andere Völker untertan zu machen und immer mehr Land zu erobern. Nach der Besiedelung Equilans war der Landhunger der Elfen gestillt; was sie jetzt zum Gedeihen ihres Gemeinwesens brauchten, war ein lebhafter Handel.

Den Elfen waren die Menschen willkommen, die ihrerseits mit großem Eifer Elfenwaffen und andere Güter erwarben. Als im Lauf der Zeit die Bevölkerungsdichte bei den Menschen zunahm, regte sich Unwille gegen die Elfen, die im Sorinth soviel Land in Anspruch nahmen. Die Thillier versuchten ihre Grenze nach Norinth vorzuschieben, aber dort saßen bereits die Seekönige – ein kriegerischer Stamm, der nach einem verlorenen Krieg im Kasnar-Imperium das Meer der Sterne überquert hatte. Weiter im Norinth und im Est lag das dunkle und mysteriöse Reich der Zwerge. Inzwischen war die Elfennation stark und mächtig geworden. Die Menschen waren schwach, uneins und wirtschaftlich von den Elfen abhängig. Den Thilliern blieb nichts weiter übrig, als leise zu murren und scheele Blicke auf das Land ihrer Nachbarn zu werfen.

Von den Zwergen wußte Lenthan nur wenig, außer daß der Überlieferung nach ihr Staat schon lange vor der Zeit seines Großvaters bestanden hatte.

»Aber wo seid ihr alle ursprünglich hergekommen?« hatte Haplo wissen wollen. Er kannte die Antwort, war aber neugierig zu erfahren, ob und in welcher Form die Erinnerung an die Große Teilung noch im Gedächtnis dieser Völker lebte. Außerdem hoffte er, Aufschlüsse über den eventuellen Aufenthaltsort und das Wirken der Sartan zu erhalten. Lenthan hatte eine lange und verwickelte Erklärung vom Stapel gelassen, und Haplo vermochte ihm sehr bald nicht mehr zu folgen. Die Antwort auf seine Frage schien davon abzuhängen, an wen man sie richtete. Bei den Elfen und Menschen gab es einen Mythos über die Vertreibung aus dem Paradies. Was die Zwerge glaubten, wußte Orn allein.

»Wie ist die politische Situation im Staat der Menschen?«

Lenthan hatte bekümmert die Hände gehoben. »Ich fürchte, darüber vermag ich Euch nichts zu sagen. Mein Sohn ist der Entdecker in der Familie. Mein Vater hielt mich nie für recht geeignet . . .«

»Euer Sohn? Ist er hier?« Haplo hatte sich im Zimmer umgesehen, als rechnete er damit, daß der Elf aus irgendeinem Wandschrank zum Vorschein käme – in diesem verrückten Haushalt mußte man auf alles gefaßt sein. »Kann ich mit ihm sprechen?«

»Nein, Paithan ist nicht hier. In Geschäften unterwegs, wißt Ihr. Es wird noch einige Zeit dauern, bis er zurückkommt.«

All das war für Haplo äußerst unbefriedigend. Der Patryn konnte sich des Gefühls nicht erwehren, daß er hier an einem toten Punkt angelangt zu sein schien. Es war Haplos Aufgabe, Unfrieden zu stiften und seinem Gebieter den Weg zu bereiten. Doch auf Pryan hatten die Zwerge keinen anderen Wunsch, als in Ruhe gelassen zu werden; die Menschen bekämpften sich gegenseitig, und die Elfen betätigten sich als Kriegsgewinnler. Den Versuch, die Menschen gegen die Elfen aufzuhetzen, hielt Haplo für ziemlich aussichtlos – es ist einigermaßen schwierig, gegen jemanden Krieg zu führen, von dem man alles Gerät bezieht, das man für einen Krieg braucht. Feindschaft gegen die Zwerge zu schüren war gleichfalls vergebliche Liebesmüh – sie besaßen nichts, worauf Elfen oder Menschen Wert gelegt hätten, und wie sollte man die Elfen zu Eroberungszügen überreden, wenn das Wort in ihrem Vokabular nicht enthalten war.

»Status quo«, hatte Lenthan Quindiniar gesagt. »Es ist ein altes Wort und bedeutet – nun ja – eben ›Status quo‹.«

Haplo kannte sowohl das Wort als auch seine Bedeutung. Verzicht auf Veränderung. Im wahrsten Sinne des Wortes ein himmelweiter Unterschied zu dem Chaos, das er auf Arianus vorgefunden und geschürt hatte.

Mit wachsender Ratlosigkeit und Gereiztheit schaute Haplo zu den hellen Lichtern am Himmel auf. Selbst wenn es mir gelingt, dieses Reich in Anarchie zu stürzen, wieviel Reiche müßte ich noch aufsuchen, um wirklich etwas in Bewegung zu setzen? Es ist durchaus möglich, daß es hier so viele Völker und Staaten gibt wie – wie Lichter am Himmel. Und wer weiß, ob es nicht sogar mehr sind? Ich könnte den Rest meines Lebens damit verbringen, sie auch nur ausfindig zu machen. Aber mein Gebieter und ich, wir können es uns nicht leisten, soviel Zeit zu verschwenden.

Was er bisher erfahren hatte, ergab keinen Sinn. Die Sartan dachten logisch und waren in ihrer Vorgehensweise überlegt und systematisch. Niemals hatten sie Zivilisationen wahllos verstreut und sie dann sich selbst überlassen. Es mußte ein übergeordnetes Etwas geben. Nur fehlte Haplo auch der kleinste Anhaltspunkt dafür, wie und wo er nach diesem Etwas suchen sollte.

Was hatte es mit dem alten Mann auf sich? Er war verrückt, unzweifelhaft. Aber war er verrückt wie ein Träumer* oder verrückt wie ein Wolfsmensch? Haplo erinnerte sich daran, welchen Fehler er auf Arianus began-

* Das Labyrinth fordert einen hohen Zoll von seinen Gefangenen. Patryns, die aufgrund der ständigen Gefahr und immerwährenden Mühsal den Verstand verloren haben, werden ›Träumer‹ genannt, wegen der merkwürdigen Form dieser Geisteskrankheit – alle davon Befallenen stürmen blindlings in die Wildnis, weil sie glauben, das letzte Tor erreicht zu haben.

gen hatte, als er einen Mann unterschätzte, von dem sich schließlich herausstellte, daß er alles andere als ein einfältiger Tölpel war. Ein solcher Fehler würde ihm nicht wieder unterlaufen. Er hatte noch viele Fragen zu der Person des alten Zauberers.

Als hätten seine Gedanken den Zauberer heraufbeschworen, wandte Haplo den Kopf und sah Zifnab auf sich niederschauen.

»Bist du's?« fragte die zitternde Stimme des Alten.

Haplo stand auf und klopfte sich das Moos von den Kleidern.

»O nein, er ist es nicht«, meinte Zifnab enttäuscht und schüttelte den Kopf. »Aber« – er reckte den Hals und schaute Haplo ins Gesicht – »ich glaube mich entsinnen zu können, daß ich dich auch gesucht habe. Komm, komm.« Er griff nach Haplos Arm. »Wir brauchen dein Schiff. Es gibt etwas Wichtiges zu tun. Du meine Güte! Guter Hund!«

Das Auftauchen eines Fremden, der Hand an seinen Herrn legte, veranlaßte den Hund, die eingebildete Beute im Stich zu lassen und sich dem Gegner aus Fleisch und Blut zuzuwenden. Er nahm vor dem Zauberer Aufstellung, fletschte die Zähne und knurrte.

»Ich rate dir, meinen Arm loszulassen, alter Mann«, sagte Haplo.

»Oh, natürlich.« Zifnab zog hastig die Hand zurück. »Liebes – liebes Hundchen.« Das Knurren verstummte, aber der Hund betrachtete den alten Mann immer noch mit tiefem Mißtrauen.

Zifnab kramte in der Tasche. »Ich hatte doch immer einen Knochen hier drin. Vom Mittagessen ... Hast du übrigens schon meinen Drachen kennengelernt?«

»Ist das eine Drohung?« fragte Haplo.

»Drohung?« Der Zauberer war so verdutzt und bestürzt, daß ihm der Hut vom Kopf fiel. »Aber nein, keineswegs! Ich kam nur darauf, weil wir von Haustieren sprachen ...« Zifnab dämpfte die Stimme, und seine Augen irrten nervös umher. »Außerdem ist mein Drache völlig harmlos. Er steht unter einem Bann, weißt du ...«

»Ein Bann?« Ein Kichern tönte aus der Tiefe herauf. Dem Hund sträubte sich das Nackenfell. Haplo war zusammengezuckt und lockerte die Stoffstreifen an seinen Händen. »Ah, du elender Ränkeschmied! Du miserabler Taschenspieler! Du törichter Zaubersprücheklopfer! Mich willst du mit einem Bann belegt haben! Ich werde dich demnächst belegen – mit Zwiebelringen!«

»Aber, aber.« Zifnab wich zurück und trat dabei auf seinen Hut.

»Hund als Hors d'oeuvre! Als Hauptgang Mensch. Elf zum Dessert!« Der Boden schwankte unter ihren Füßen.

»Wirst du wohl aufhören!« schrie der alte Mann erbost. »Du weckst die ganze verflixte Nachbarschaft auf, und wir sollten uns doch heimlich davonmachen, während alles schläft.« Das Beben wurde stärker. Das Knurren des Hundes wurde zu einem Winseln, und er blickte verängstigt zu seinem Herrn auf. »Es ist doch schier zum Verrücktwerden! Und grade wollte ich diesem Herrn erzählen, was für ein wunderbares Schoßtier du bist . . .«

»Schoßtier!«

Die Gewalt, mit der dieses Wort hervorgestoßen wurde, ließ den ganzen Mooshügel erzittern. Der Kopf des Drachen erhob sich aus dem Vorgarten. Haplo bemühte sich erfolglos, den alten Mann abzuschütteln, der sich haltesuchend an ihn klammerte. Der Hund klemmte den Schwanz zwischen die Beine, hielt aber tapfer neben seinem Herrn aus. Innerlich fluchend, machte der Patryn Anstalten, die Bandagen abzustreifen und die Runen zu entblößen, die geeignet waren, den Drachen zu bekämpfen. Dieser Zwischenfall ließ ihm keine andere Wahl – er mußte sich als das zu erkennen geben, was er war – ein Mann mit der Macht eines Halbgottes.

Mit haßerfülltem Gebrüll stieß der Drache auf sie herab; Geifer tropfte von seinen Lefzen. Plötzlich schlossen sich die Finger des Alten mit erstaunlicher Kraft um Haplos bandagierte Hände.

»Nicht nötig, mein lieber Junge.« Zifnab begann zu singen:

»So nahm's Leben seinen Lauf,
ich teilte aus und zahlte drauf,
traf Freund ›und Feind‹ zuhauf,
doch keinen wie Junker Veit.
Immer frisch, fromm, fröhlich, frei,
stets und überall dabei,
von rechtem Schrot und rechtem Korn,
tut keinem was zuleid'‹.

Zähne wie ein Hase,
breite Pratzen, rote Nase,
sitzt er gern beim Glase
und singt aus voller Brust.
Schreiben ist nicht sein Fach,
auch im Lesen ist er schwach,
doch allzeit froh und heiter
ist zu trinken seine Lust!

Die Kiefer des Drachen klappten zusammen, der gigantische Schädel wiegte sich versonnen hin und her, und Haplo hätte schwören können, daß er ihn summen hörte.

Zifnab hielt inne und rang nach Luft. Der Drache riß die Augen auf. Der Kopf zuckte herab, und Haplo fühlte, wie ein Prickeln durch seinen Körper lief, als die Runen ihre Macht entfalteten, um ihn zu schützen.

Vorsichtig nahm der Drache den Hut des Alten zwischen die Zähne und hob ihn auf.

»Ich glaube, Ihr habt etwas verloren, gnädiger Herr.«

»Vielen Dank.« Zifnab streckte zögernd die Hand aus, dann packte er den Hut und riß ihn an sich. »Sieh dir das an! Er ist ganz besabbert!«

»Ich bitte um Vergebung, gnädiger Herr. Darf ich Euch vielleicht erinnern, was die Stunde geschlagen hat? Ihr solltet im Bett sein. Ein Mann in Eurem hohen Alter . . .«

»Ja, ja. Ich gehe schon.« Zifnab bemühte sich, seinem Hut eine einigermaßen normale Form zu geben. »Es besteht kein Grund, mir nachzuspionieren.«

»Ein Glas warme Ziegenmilch, bevor Ihr Euch zurückzieht, gnädiger Herr?«

»Ich lege keinen Wert auf warme Ziegenmilch!«

»Gibt es sonst noch etwas . . .«

»Nichts, gar nichts! Du bist entschuldigt. Also geh deiner Wege.«

»Sehr wohl, gnädiger Herr. Wünsche angenehme Träume. Vergeßt die blaue Pille nicht.«

Der Kopf des Drachen sank tiefer und tiefer und verschwand schließlich in den Schatten. Haplo atmete auf und rieb sich die Arme; das leichte Brennen der Sigel ließ nur allmählich nach. Er schaute auf die Verbände, dann richtete er den Blick auf den Zauberer.

»Blaue Pille!« brummte Zifnab.

»Was sollte das bedeuten, alter Mann, als du meine Hand festgehalten und gesagt hast: ›Nicht nötig‹?«

»Ich weiß, daß es nicht nötig ist!« schnappte der Magier. »Ich habe die verdammten blauen Dinger satt. Man wird ganz dumpf im Kopf davon.«

»Nein, das meinte ich nicht. Als der Drache uns angreifen wollte, habe ich . . .« Haplo zögerte; er fürchtete, zu viel zu sagen. Doch gab es kaum einen Zweifel, daß der Alte von den Runen gewußt hatte. »Das heißt – du hast deine Hand auf meine gelegt und . . .«

Zifnab musterte Haplo verständnislos. »Drache? Angreifen? Nein, nein, da bestand nicht die mindeste Gefahr, das kannst du mir glauben. Er steht unter meinem Bann. Ich bin ein wirklich tüchtiger Zauberer. Für einen Trick bin ich weit und breit berühmt – tolle Explosion. Bumm! Gummiball heißt er. Glaube ich. Gummi? Nein, das kann nicht stimmen.« Zifnab kratzte sich am Kopf, knüllte den Hut zusammen und schob ihn geistesabwesend in die Tasche.

»Bei Fuß, alter Junge«, befahl Haplo dem Hund, wandte sich verärgert ab und ging zum Schiff.

»Beim Geist des großen Gandalf!« schrie Zifnab. »Wenn er einen Geist hatte. Ich bezweifle es. Er war so ein Snob! Wo war ich stehengeblieben? Ja, Rettung! Fast hätt' ich's vergessen!« Der Zauberer raffte seine langen

Gewänder und lief neben Haplo her. »Kommt schon! Kommt schon! Keine Zeit zu verlieren! Eil dich!«

Das weiße Haar stand ihm zu Berge, der Bart sträubte sich in alle Himmelsrichtungen. Er überholte den Patryn, blickte kurz über die Schulter zurück und legte den Finger an die Lippen. »Und leise, leise. Ich will nicht, daß *er* – er deutete auf den Boden und schnitt eine Grimasse – »mitkommt.«

Haplo blieb stehen.

Er verschränkte die Arme vor der Brust und wartete belustigt darauf, daß der Mann gegen die magische Barriere prallte, die der Patryn rund um das Schiff errichtet hatte.

Zifnab erreichte *Himmelsstürmer* und strich mit der Hand über den Rumpf.

Nichts geschah.

»He, bleib weg da!« Haplo fing an zu laufen. »Hund, halt ihn fest!«

Der Hund stürzte lautlos über den Moosboden und schnappte nach Zifnabs Gewand, als der Zauberer sich über die Reling schwingen wollte.

»Laß das sein!« Zifnab schlug mit dem Hut nach dem Tier. »Ich werde dich in ein Ferkel verwandeln! *Ast ab bula* – nein, halt! Das verwandelt *mich* in ein Ferkel. Laß los, du Biest!«

»Hund, sitz!« befahl Haplo. Der Hund gehorchte sofort, ließ den Zauberer jedoch nicht aus den Augen. »Hör zu, Alterchen. Ich weiß nicht, wie du es geschafft hast, meinen Schutzzauber zu durchbrechen, aber ich gebe dir einen guten Rat. Halte dich fern von meinem Schiff!«

»Natürlich fliege ich gern auf deinem Schiff, keine Frage.« Nach einem schrägen Blick auf den Hund tätschelte Zifnab behutsam Haplos Arm. »Und am besten brechen wir unverzüglich auf. Die Zeit drängt. Netter junger Mann, dein Begleiter«, fügte er zu dem Hund gewandt fort, »ist aber ein bißchen dösig.«

Der Zauberer schwang sich über die Reling und eilte mit einer erstaunlichen Behendigkeit zum Niedergang.

»Verdammt!« fluchte Haplo und lief hinterher. »Hund!«

Das Tier setzte in weiten Sprüngen über das Deck. Zifnab war bereits im Niedergang verschwunden; der Hund sprang ihm nach.

Haplo folgte ihnen. Er rutschte die Leiter hinab und stürmte auf die Brücke. Zifnab betrachtete neugierig den mit Runen bedeckten Obsidian. Neben ihm stand wachsam der Hund. Der alte Mann streckte die Hand nach dem Sigelstein aus. Der Hund knurrte, und Zifnab zog die Hand rasch wieder zurück.

Haplo blieb in der Luke stehen und überlegte. Er war nur ein Beobachter und sollte nach Möglichkeit jede Einmischung vermeiden. Doch jetzt blieb ihm keine Wahl. Der alte Mann hatte nicht nur die Runen gesehen, er hatte sogar die komplexen Verknüpfungen aufgelöst. Dann wußte er auch, mit wem er es zu tun hatte. Man durfte nicht zulassen, daß er sein Wissen weitergab. Außerdem mußte er ein Sartan sein.

Auf Arianus hinderten mich die Umstände, Rache an unserem alten Feind zu nehmen. Jetzt habe ich wieder einen Sartan in meiner Gewalt, und diesmal kann mich nichts davon abhalten, Vergeltung zu üben. Niemand wird den verrückten alten Zifnab vermissen. Diese dürre Weibsperson drüben im Haus würde mir vielleicht sogar einen Orden verleihen!

Haplo stand in der Luke und versperrte somit den einzigen Ausgang. »Ich habe dich gewarnt. Du hättest nicht hier herunterkommen sollen. Jetzt hast du gesehen, was du nicht hättest sehen dürfen.« Er begann die Stoffstreifen von den Händen zu wickeln. »Jetzt mußt du sterben. Ich weiß, daß du ein Sartan bist. Sie sind die einzigen, die über die Macht verfügen, meinen Zauber unwirksam zu machen. Sag mir eines. Wo hält sich der Rest deines Volkes versteckt?«

»Das habe ich befürchtet«, sagte Zifnab betrübt. »Dein Benehmen ist höchst unpassend für einen Erretter, findest du nicht auch?«

»Ich bin kein Erretter. Es ist mein Auftrag, Unfrieden und Aufruhr zu stiften und alles für den Tag vorzubereiten, an dem mein Fürst in diese Welt kommt und sie zu seinem Eigentum erklärt. Wir werden herrschen, die wir von Rechts wegen vor langer Zeit schon Herrscher hätten sein sollen. Du mußt inzwischen wissen, wer ich bin. Sieh dich um, Sartan. Erkennst du die Runen? Oder vielleicht hast du von Anfang an gewußt, wer ich bin. Immerhin hast du meine Ankunft vorhergesagt. Ich wüßte zu gerne, wie du das bewerkstelligt hast, und du wirst es mir gleich erzählen.«

Haplo ließ die Verbände fallen, hob die tätowierten Hände und näherte sich dem alten Zauberer.

Zifnab schien weder zu erschrecken, noch wich er vor Haplo zurück. Er blieb stehen und blickte dem Patryn mit gelassener Würde entgegen. »Du irrst dich«, sagte er mit ruhiger Stimme. Seine Augen hatten den vagen Ausdruck verloren und musterten Haplo scharf und wissend. »Ich bin kein Sartan.«

»Gib dir keine Mühe. Allein die Tatsache, daß du leugnest, ist Beweis genug – wenn man davon absieht, daß die Sartan früher nicht zu lügen pflegten. Aber früher pflegten sie auch nicht senil zu werden.«

Haplo umfaßte den Arm des alten Mannes und spürte die zerbrechlichen, dünnen Knochen unter der Haut. »Rede, Zifnab, oder wie immer dein wirklicher Name lauten mag. Ich habe die Macht, dir jeden einzelnen Knochen im Leib zu zermalmen, einen nach dem anderen. Es ist eine besonders schmerzhafte Art zu sterben. Den Anfang werde ich bei den Händen machen. Wenn ich schließlich bei deinem Rückgrat angelangt bin, wirst du mich anflehen, dich zu erlösen.«

Der Hund winselte und rieb den Kopf am Knie des Patryn. Haplo schenkte dem Tier keine Beachtung, sondern verstärkte den Griff um das Handgelenk des Zauberers. Die andere Hand legte er flach auf Zifnabs Brust. »Sag mir die Wahrheit, und ich werde gnädig sein. Was ich mit Knochen tun kann, vermag ich auch bei Organen. Das Herz zerbirst. Auch ein schmerzhafter Tod.«

Haplo konnte dem alten Mann seine Achtung nicht versagen. Stärkere Männer als Zifnab hatten im Griff des Patryn gezittert. Der Zauberer wirkte gefaßt. Wenn er Angst hatte, dann verstand er sich zu beherrschen.

»Ich sage die Wahrheit. Ich bin kein Sartan.«

Haplo bereitete sich darauf vor, die erste Rune zu sprechen. Schmerz würde als feurige Woge durch den greisen Körper rasen. Zifnab bewegte sich nicht.

»Was deine Verwunderung darüber betrifft, daß es mir gelungen ist, deine Magie zu entkräften, so mußt du wissen, daß es in diesem Universum Mächte gibt, von denen du keine Ahnung hast.« Die Augen, die Haplo unverwandt fixierten, wurden schmal. »Du kennst sie nicht, weil du nie danach gesucht hast.«

»Und warum rufst du diese wundersamen Mächte nicht zur Hilfe, um dein Leben zu retten?«

»Das tue ich.«

Haplo schüttelte gereizt den Kopf und sprach die erste Rune. Die Tätowierung auf seiner Hand verströmte einen blauen Schimmer, und die Magie floß aus seinem Körper in den des alten Mannes. Haplo konnte die Gelenkknochen brechen und splittern fühlen. Zifnab stöhnte leise.

Aus den Augenwinkeln sah Haplo den Hund durch die Luft schnellen. Es gelang ihm, den Arm hochzureißen und den Angriff abzuwehren, aber die Wucht des Ansprungs schleuderte ihn zu Boden und raubte ihm den Atem. Er lag still und rang nach Luft. Der Hund stand daneben und leckte ihm durchs Gesicht.

»Bist du verletzt, mein Junge?« Zifnab beugte sich besorgt über ihn und streckte die Hand aus, um ihm auf die Beine zu helfen – dieselbe Hand, die Haplo zerquetscht hatte.

Er starrte ungläubig auf die intakten Knochen, die sich deutlich unter der pergamentdünnen Haut abzeichneten. Der alte Mann hatte weder Runen ausgesprochen noch irgendwelche Symbole in die Luft gemalt. Haplo überprüfte das magische Feld, das ihn umgab, und entdeckte keine Anzeichen dafür, daß es beschädigt worden war. Aber er hatte gespürt, wie der Knochen zerbrach!

Haplo schob die dargebotene Hand zur Seite und stand auf. »Du bist gut«, gab er zu, »aber wie lange kannst du standhalten? Ein Tattergreis wie du!« Er trat einen Schritt auf den alten Mann zu und hielt inne. Der Hund stand zwischen ihnen.

»Hund! Aus dem Weg!« befahl Haplo.

Das Tier verharrte an Ort und Stelle und sah mit unglücklichen, flehenden Augen zu seinem Herrn auf.

Zifnab tätschelte mit einem sanften Lächeln den schwarzen Kopf. »Guter Junge. Ich habe es mir gedacht.« Er nickte weise und ernsthaft. »Ich weiß alles über den Hund, glaub mir.«

»Was immer das heißen soll!«

»Exakt, mein lieber Junge.« Der Zauberer strahlte ihn an. »Und nun, da wir alle gute Freunde geworden sind, machen wir uns am besten auf den Weg.« Zifnab drehte sich um, betrachtete die Obsidiankugel und rieb sich unternehmungslustig die Hände. »Ich bin wirklich gespannt darauf zu sehen, wie dieses Ding funktioniert.« Er griff in eine Tasche seiner mausgrauen Gewänder, zog eine Kette, an der nichts hing, hervor und starrte sie an. »Bei meinem Bart. Es ist spät!«

Haplo strafte den Hund mit einem funkelnden Blick. »Geh!«

Der Hund sank auf den Bauch, kroch über den Boden und suchte Zuflucht in einer Ecke. Dort legte er den Kopf auf die Vorderpfoten. Haplo wandte sich wieder dem alten Magier zu.

»Bringen wir diesen Zirkus endlich zum Wandern!« rief Zifnab euphorisch aus, klappte den imaginären Deckel der imaginären Taschenuhr zu und verstaute die Kette sorgfältig wieder. »Paithan ist . . .«

»Paithan.« Haplo verstummte.

»Der Sohn vom alten Quindiniar. Feiner Bursche. Ihm kannst du all diese Fragen stellen, die dir am Herzen liegen: über die politische Situation bei den Menschen, was die Elfen bewegen könnte, in den Krieg zu ziehen, und was man unternehmen muß, damit die Zwerge zu den Waffen greifen. Paithan weiß es. Nicht, daß es noch irgendeine Bedeutung hätte.« Zifnab schüttelte seufzend den Kopf. »Den Toten ist Politik gleichgültig. Aber einige werden wir retten. Die Besten und die Klügsten. Und jetzt ist es wirklich höchste Zeit.« Der Zauberer hielt interessiert Umschau. »Wie fliegt man dieses Ungetüm?«

Haplo kratzte gereizt die Tätowierungen auf dem Handrücken und musterte den alten Mann unter düster gesenkten Brauen.

Ein Sartan – er muß ein Sartan sein! Wie hätte er sich sonst heilen können? Aber vielleicht hat er sich gar nicht selbst geheilt . . . Vielleicht habe ich einen Fehler gemacht, vielleicht habe ich mir nur eingebildet, den Knochen brechen zu fühlen. Und daß der Hund ihn beschützt hat! Das will nicht viel heißen – das Tier entwickelt merkwürdige Sympathien. Wie damals auf Arianus, als er dieser Zwergenfrau das Leben rettete, die eigentlich dem Tod verfallen war. Zerstörer, Retter . . .

»Also gut, alter Mann. Fürs erste mache ich mit bei deinem Spiel, was immer es ist.« Haplo kniete nieder und kraulte dem Hund die seidigen Ohren. Das Tier wedelte eifrig, um seiner Freude Ausdruck zu verleihen, daß alles vergeben war. »Doch nur, bis ich mir über die Regeln klar geworden bin. Sobald ich Bescheid weiß, heißt es, daß der Sieger alles bekommt. Und ich bin fest entschlossen zu siegen.«

Er stand auf und legte die Hände um den Sigelstein. »Welcher Kurs?«

Zifnab blinzelte verwirrt. »Ich fürchte, ich habe nicht die leiseste Ahnung«, gestand er. »Aber bei Gott!« fügte er mit Nachdruck hinzu. »Wenn wir da sind, werd' ich's wissen!«

Kapitel 26

Varsport, Thillia

Das Drachenschiff schwebte über die Baumwipfel. Haplo steuerte in die Richtung, in der die von Menschen besiedelten Gebiete liegen sollten. Zifnab schaute aus dem Fenster und beobachtete gespannt die Landschaft, die unter ihnen vorüberglitt.

»Der Kithni!« rief er plötzlich. »Wir müssen ganz in der Nähe sein. Ach, du meine Güte.«

»Was ist?«

Haplo sah Elfen militärisch ausgerichtet am Ufer stehen. Die Küste verschwand hinter ihnen, und die *Himmelsstürmer* glitt über der schimmernden Wasserfläche durch den Himmel. Qualm von einem großen Feuer behinderte für Momente seine Sicht. Dann teilte eine Windbö die Rauchschwaden, und Haplo erblickte eine brennende Stadt und Menschen, die in Scharen zum Ufer strömten. Ein Stück von der Küste entfernt war ein Boot im Sinken begriffen.

»Schrecklich, schrecklich!« Zifnab fuhr sich mit der zitternden Hand über das schüttere weiße Haar. »Du mußt tiefer gehen. Ich kann nicht sehen, wo ...«

Haplo war selbst daran interessiert, genauer verfolgen zu können, was am Boden vor sich ging.

Das Drachenschiff näherte sich der jenseitigen Küste. Viele der am Ufer Stehenden fühlten den dunklen Schatten über sich hinweggleiten, hoben die Köpfe und deutete zum Himmel. Die Menge geriet in Bewegung, einige ergriffen vor der vermeintlichen neuen Gefahr die Flucht, andere rannten ziellos hin und her, weil sie erkannt hatten, daß es nirgends Schutz gab.

Haplo ließ die *Himmelsstürmer* einen Kreis beschreiben. Bogenschützen der Elfen in einem Boot richteten die schußbereiten Waffen auf das Schiff. Der Patryn schenkte ihnen keine Beachtung. Die Runen, die sein Schiff vor Schaden bewahrten, boten auch ihnen Schutz gegen die armseligen Waffen dieser Welt.

»Da! Da! Wenden! Wenden!« Der Zauberer schüttelte Haplo so heftig, daß er ihn beinahe zu Fall gebracht hätte. Zifnab deutete auf einen dicht bewaldeten Fleck, nicht weit vom Ufer entfernt. Der Patryn steuerte in die angegebene Richtung.

»Was denn, alter Mann? Ich kann nicht Besonderes entdecken.«

»Ja, ja!« Zifnab hüpfte ungeduldig von einem Fuß auf den anderen. Der von der allgemeinen Aufregung angesteckte Hund sprang herum und bellte.

»Das Wäldchen da unten. Nicht viel Platz zum Landen, aber du kannst es schaffen.«

Nicht viel Platz! Haplo verschluckte die Worte, die sich ihm als Beschreibung für diesen Landeplatz aufdrängten – eine winzige Lichtung, kaum zu sehen unter einem Dach aus Zweigen und Schlingpflanzen. Es lag ihm auf der Zunge, dem Magier zu sagen, daß es unmöglich war, dort niederzugehen, als ein widerwilliger zweiter Blick ihm zeigte, daß es sich vielleicht doch bewerkstelligen ließ.

»Und was tun wir, nachdem wir gelandet sind?«

»Nehmen Paithan an Bord, die zwei Menschen und den Zwerg.«

»Du hast mir immer noch nicht gesagt, worum es eigentlich geht.«

Zifnab wandte den Kopf und bedachte Paithan mit einem verschmitzten Blick. »Das mußt du mit eigenen Augen sehen, mein Junge. Sonst glaubst du es doch nicht.«

Wenigstens glaubte Haplo, zumindest das verstanden zu haben, denn das Bellen des Hundes übertönte alles andere. Offenbar blieb es ihm nicht erspart, sein Schiff mitten im Kampfgetümmel einer erbitterten Schlacht zu landen. Je mehr das Schiff an Höhe verlor, desto deutlicher erkannte er die kleine Gruppe auf der Lichtung.

»Festhalten!« schrie er dem alten Mann zu, falls er zuhörte. »Es wird eine harte Landung!«

Das Schiff schlug eine breite Schneise in die Baumwipfel. Der Blick aus dem Fenster wurde von dichtem Grün versperrt, das Schiff rollte und schlingerte. Zifnab verlor das Gleichgewicht und landete mit ausgebreiteten Armen und Beinen vor dem Bugfenster. Haplo klammerte sich an den Sigelstein. Der Hund stemmte die Pfoten gegen den Boden und kämpfte um einen Halt auf dem krängenden Deck.

Mit einem krachenden Bersten durchstießen sie die letzte Baumreihe und schwebten in die Lichtung. Während er verbissen manövrierte, erhaschte Haplo einen flüchtigen Blick auf die Wesen, die zu retten er sich anschickte. Sie drängten sich am Rand der Lichtung zusammen und wußten offenbar nicht recht, ob ihnen die Rettung nahte oder eine neue Gefahr auf sie zu kam.

»Hol sie an Bord, alter Mann!« brüllte Haplo dem Magier zu. »Hund, du bleibst hier.«

Das Tier war im Begriff gewesen, übermütig hinter Zifnab herzuspringen, der sich aufgerafft hatte und zu der Leiter torkelte, die zum Oberdeck führte.

Der Hund legte sich schweifwedelnd hin und blickte erwartungsvoll auf Haplo. Der Patryn fluchte stumm. Er mußte die Hände unbedeckt lassen, um fliegen zu können, und als er darüber nachdachte, wie er den Fremden die Tätowierungen erklären sollte, ließ plötzlich ein heftiger Schlag gegen den Rumpf das Schiff erbeben.

Beinahe wäre Haplo hingefallen. »Nein«, sagte er leise zu sich selbst. »Das kann nicht sein!«

Der Patryn hielt den Atem an, rührte sich nicht und wartete mit angespannten Sinnen.

Wieder ein Schlag. Ein Zittern lief durch den Rumpf, die Vibrationen erschütterten die Magie, erschütterten das Holz und trafen Haplo.

Das Runengewebe löste sich auf.

Haplo zog sich in sich selbst zurück, errichtete einen Schutzwall – der Körper reagierte instinktiv auf eine Gefahr, die sein Verstand nicht akzeptieren wollte. Vom Oberdeck hörte er eilige Schritte und die schrille, krächzende Stimme des alten Mannes, der etwas Unverständliches schrie.

Der nächste Schlag traf das Schiff. Der alte Mann rief um Hilfe, doch Haplo achtete nicht darauf. Der Patryn schmeckte, witterte, lauschte, tastete mit allen Sinnen und bemühte sich, das Rätsel zu ergründen. Die Magie der Runen wurde aufgelöst, langsam, Stück für Stück. Die Schläge hatten das Schiff nicht beschädigt, aber der Schutzschild war geschwächt. Der nächste Schlag oder der übernächste würde den Schild durchbrechen.

Es gab nur eine Art von Magie, die stark genug, mächtig genug war, um die seine zunichte zu machen – die Runenmagie der Sartan.

Eine Falle! Der alte Mann hat mich in eine Falle gelockt! Und ich war dumm genug, ihm ahnungslos ins Netz zu gehen!

Wieder ein Schlag, und Haplo glaubte, Holz splittern zu hören. Der Hund fletschte die Zähne und sträubte das Nackenfell.

»Bleib hier, alter Junge«, sagte Haplo, streichelte den schmalen Kopf und gab dem Tier durch den Druck seiner Hand zu verstehen, was er meinte. »Das ist mein Kampf.«

Er hatte sich lange gewünscht, einem Sartan zu begegnen, mit ihm zu kämpfen und ihn zu töten.

Haplo eilte den Niedergang hinauf und sprang an Deck. Der alte Zauberer raffte sich eben mühsam vom Boden auf. Haplo wollte sich auf ihn stürzen, doch der Ausdruck nackten Entsetzens auf Zifnabs Gesicht ließ ihn zögern. Der alte Zauberer schrie ihm etwas zu und deutete auf eine Stelle über Haplos Kopf.

»Hinter dir!«

»O nein, auf den alten Trick fall' ich . . .«

Wieder ein dröhnender Stoß, und Haplo verlor das Gleichgewicht. Was immer es war, es spielte sich hinter ihm ab. Haplo schnellte auf die Füße und wirbelte herum. Eine gewaltige Kreatur schlug mit etwas, das wie ein kleiner Baumstamm aussah, auf den Schiffsrumpf ein. In einiger Entfernung standen andere Wesen seiner Art und schauten zu. Andere schienen das Schiff überhaupt nicht zur Kenntnis zu nehmen und näherten sich unbeirrbar der kleinen Gruppe am Rand der Lichtung.

Schon jetzt war der Rumpf an mehreren Stellen eingedrückt, die schützenden Sigel zerschmettert, der magische Schild aufgesprengt.

Haplo schrieb die Runen in die Luft, sah, wie sie sich blitzschnell vervielfachten und ihrem Ziel entgegenschossen. Ein Ball aus blauem Feuer explodierte auf dem Baumstamm und schlug ihn dem Wesen aus der Hand. Der Patryn wollte vorläufig nicht töten, erst mußte er herausfinden, mit was für einem Gegner er es hier zu tun hatte.

Er wußte, was sie nicht waren. Es waren keine Sartan. Aber sie bedienten sich der Magie der Sartan.

»Guter Schuß!« schrie der alte Mann. »Warte hier. Ich hole unsere Freunde.«

Haplo schaute sich nicht um, aber er hörte, wie hastige Schritte sich entfernten. Also hatte der Magier das Schiff verlassen, um den Elf und seine Gefährten an Bord zu holen. Haplo wünschte dem alten Mann im stillen viel Glück. Helfen konnte er ihm nicht. Er hatte seine eigenen Probleme.

Das Geschöpf starrte ratlos auf seine leeren Hände, als könne es nicht begreifen, was geschehen war. Langsam wandte es dem unerwarteten Angreifer das Gesicht zu. Es besaß keine Augen, aber Haplo wußte, es konnte ihn wahrnehmen, vielleicht besser, als er es mit den Augen zu sehen vermochte. Das Wesen sandte unsichtbare Fühler aus; Haplo spürte, wie sie ihn betasteten, ihn analysierten. Jetzt gebrauchte das Wesen keine Magie, sondern verließ sich ganz auf seine eigenen Sinne, so rätselhaft und merkwürdig sie auch sein mochten.

Haplo straffte sich, wartete auf einen Angriff, während er in Gedanken die Runenstruktur aufbaute, die das Geschöpf fesseln und lähmen sollte und der Befragung des Patryn ausliefern.

Wo ist die Zitadelle? Was sollen wir tun?

Haplo zuckte zusammen, als die Stimme in seinem Kopf ertönte. Sie klang nicht drohend, eher verzweifelt, beinahe sehnsüchtig. Die anderen Geschöpfe auf der Lichtung vernahmen die stumme Frage ihres Gefährten, ließen von ihren Opfern ab und wandten erwartungsvoll die Köpfe.

»Erklär mir, was es mit der Zitadelle auf sich hat«, sagte Haplo vorsichtig und hob begütigend die Hände. »Vielleicht kann ich . . .«

Helligkeit blendete ihn, ohrenbetäubender Donner schleuderte ihn zu Boden. Auf dem Bauch liegend, strengte Haplo sich an, nicht das Bewußtsein zu verlieren, bemühte er sich zu begreifen und zu verstehen.

Es war ein primitiver Zauber gewesen – eine simple, elementare Konfiguration auf der Grundlage von Gewalten, wie sie in der Natur vorhanden waren. Ein siebenjähriges Kind hätte ihn zustande bringen können; ein siebenjähriges Kind hätte fähig sein müssen, ihn abzuwehren. Und doch war Haplo wie aus heiterem Himmel getroffen worden, als hätte das siebenjährige Kind den Zauber mit der Kraft von siebenhundert seinesgleichen gegen ihn geschleudert. Seine eigene Magie hatte ihn vor dem Tod bewahrt, aber der Panzer wies Risse auf. Er war verletzt, angreifbar.

Haplo verstärkte den magischen Schild. Die Sigel auf seiner Haut verströmten ein rotes und blaues Licht, das geisterhaft durch seine Kleidung strahlte.

Haplo war sich verschwommen der Tatsache bewußt, daß das Wesen den Baumstamm wieder aufgehoben hatte und Anstalten machte, ihn damit zu zerschmettern. Er rollte sich herum, sprang auf und schleuderte seinen Zauber gegen den Riesen. Runen umhüllten den Stamm und ließen ihn verschwinden.

Hinter sich hörte er keuchenden Atem. Die kurze Ablenkung mußte dem alten Mann genügt haben, um den Elf und seine Freunde vor dem Zugriff der Kreaturen zu retten. Haplo fühlte mehr, als daß er es sah oder hörte, wie einer von ihnen sich näherte.

»Kann ich Euch helfen?« fragte eine Stimme in der Elfensprache.

»Geht nach unten!« knurrte der Patryn zornig. Die Unterbrechung hatte eine ganze Runenstruktur zunichte gemacht. Er sah nicht, ob der Elf ihm gehorchte oder nicht; es war ihm auch gleichgültig.

Haplos Aufmerksamkeit galt ausschließlich seinem riesenhaften Gegner. Das Wesen bediente sich nicht mehr seiner magischen Kräfte, sondern beschränkte sich auf brutale Gewalt. Stumpfsinnig, dumm, folgerte Haplo. Womöglich war es gar nicht fähig, die magischen Kräfte bewußt einzusetzen.

Der Windstoß traf ihn mit der Gewalt eines Wirbelsturms. Haplo kämpfte gegen den feindlichen Zauber, errichtete undurchdringliche, komplexe Runenstrukturen, die ihn einhüllen und schützen sollten.

Ebensogut hätte er sich hinter einem Wall aus Federn verstecken können. Die rohe Kraft der primitiven Magie sickerte durch winzige Risse im Netz der Sigel und zerfetzte sie wie morsche Segel. Die nächste Bö stieß ihn auf die Decksplanken. Zweige und Blätter wirbelten an ihm vorbei, etwas prallte ihm gegen den Kopf, so daß er fast die Besinnung verloren hätte. Er verbiß sich den Schmerz und klammerte sich an die Reling, während der Sturm mit tausend Fäusten auf ihn einprügelte. Hinter dieser Zauberkraft stand kein Gehirn, keine Intelligenz, die er hätte erreichen, ansprechen können; er war hilflos. Seine Kräfte ließen rasch nach, während der Wind an Stärke zunahm.

Ein grimmiger Scherz bei den Patryn sagt, daß es nur zwei Arten von Leuten im Labyrinth gibt: die Schnellen und die Toten. Und ein guter Rat lautete: »Wenn die Übermacht zu groß ist, nimm die Beine in die Hand!«

Der Zeitpunkt war eindeutig gekommen.

Obwohl bei der Gewalt des Sturms jede Bewegung eine ungeheure Anstrengung erforderte, gelang es Haplo, den Kopf zu wenden und einen Blick über die Schulter zu werfen. Da war die offene Luke. Er sah den Elf herausschauen, offenbar wartete er im Niedergang. Auf seinem Kopf regte sich kein Haar, die volle Kraft des Zaubers richtete sich allein gegen Haplo.

Das konnte sich bald ändern.

Vorsichtig lockerte Haplo den Griff um die Reling. Der Wind packte ihn und stieß ihn über das Deck auf die Luke zu. Er reckte sich verzweifelt, bekam im Vorbeischlittern den Rand der Luke zu fassen und hielt fest. Der Elf umfaßte seine Handgelenke und bemühte sich, ihn unter Deck zu ziehen. Der Wind stürzte sich auf sie. Er heulte und tobte, riß und zerrte an ihnen wie ein lebendes Wesen, das die sicher geglaubte Beute entkommen sieht.

Der Griff des Elfs lockerte sich, er ließ los. Dann war er verschwunden.

Haplo spürte, wie seine Kräfte erlahmten. Innerlich fluchend, konzentrierte er all seine Energie, all seine magischen Fähigkeiten einzig darauf, sich festzuhalten. Unten hörte er den Hund aufgeregt bellen, und dann griffen wieder Hände nach ihm – diesmal keine feingliedrigen Elfenhände, sondern starke Menschenhände. Haplo schaute in das Gesicht eines Menschen – grimmig, entschlossen, gerötet von der Anstrengung. Haplo verwandte seine gesamte schwindende Energie darauf, diesem Mann zu helfen, ihm zu helfen. Die roten und blauen Schatten der Sigel auf seinen eigenen Armen und Händen umwanden die Arme des Menschen liehen ihm Haplos Kraft. Muskeln spannten sich, und Haplo flog mit dem Kopf voran durch die Luke.

Er landete schwer auf seinem Retter, hörte ihn ächzend ausatmen und dann schmerzerfüllt stöhnen.

Haplo sprang sofort auf, ohne der Stimme in seinem Kopf Gehör zu schenken, die versuchte, ihn auf seine eigenen Verletzungen aufmerksam zu machen. Dem Menschen, der ihn gerettet hatte, gönnte er keinen Blick. Der alte Zauberer redete auf ihn ein, er schob ihn grob zur Seite. Das Schiff erbebte; Holz knirschte. Entweder ließen die Kreaturen ihre Wut daran aus oder hatten vor, die Schale zu knacken, um sich des verwundbaren Lebens darin zu bemächtigen.

Der Sigelstein war alles, was Haplo zu sehen vermochte. Alles andere verschwand in dem schwarzen Nebel, der sich langsam auf ihn herabsenkte. Er schüttelte den Kopf, um die Dunkelheit zurückzudrängen. Vor dem Stein sank er auf die Knie, umfaßte ihn mit beiden Händen und fand irgendwie die Kraft, ihn zu aktivieren.

Ein Zittern lief durch den Rumpf, aber es war nicht die Art von Erschütterung, wie die blinden Wesen sie mit ihren zerstörerischen Attacken hervorriefen. Die *Himmelsstürmer* löste sich träge vom Boden.

Haplos Augen waren bis auf kleine Schlitze mit seinem eigenen Blut verklebt. Angestrengt spähte er aus dem Fenster. Die Kreaturen reagierten so, wie er es erwartet hatte. Überrascht, daß das Schiff plötzlich in die Höhe stieg, wichen sie zurück.

Aber sie zeigten keine Angst. Sie gerieten nicht in Panik und ergriffen die Flucht. Haplo spürte, wie sie mit ihren Sinnen das Schiff erforschten, witternd, lauschend, blind und doch sehend. Der Patryn wehrte sich gegen die heranziehende Dunkelheit und konzentrierte seine Kraft darauf, das Schiff höher und höher steigen zu lassen.

Er sah eine der Kreaturen den Arm heben. Eine riesige Hand streckte sich aus, griff nach einer der Schwingen. Das Schiff kippte zur Seite; die Passagiere verloren den Boden unter den Füßen.

Haplo hielt den Stein umklammert und lenkte die Magie an einen Punkt. Die Runen flammten auf, das Wesen zog die Hand zurück. Die *Himmelsstürmer* stieg in den Himmel. Haplo bemühte sich, mit seinen verklebten Augen etwas zu erkennen. Er sah grüne Baumwipfel und den verhangenen blauen Himmel, und dann verschwand alles hinter einem dichten, schwarzen, von Schmerz durchwobenen Schleier ...

Kapitel 27

Irgendwo über Equilan

»Wer – wer ist das?« fragte Rega und starrte auf den bewußtlose am Boden liegenden Mann. Er war arg zugerichtet: Schürfwunden, Blutergüsse, und aus einer Platzwunde an der Stirn sickerte Blut. Trotzdem zögerte die Frau, sich ihm zu nähern. »Er er hat geleuchtet! Ich hab's gesehen!«

»Ich weiß, du hast eine schwere Zeit hinter dir, mein Kind . . .« Zifnab nickte mitfühlend und verständnisvoll.

»Aber ich hab's wirklich gesehen.« Ihre Stimme brach. »Seine Haut hat geleuchtet! Rot und blau!«

». . . und viel durchgemacht.« Zifnab tätschelte ihr tröstend den Arm.

»Ich habe es auch gesehen«, bestätigte Roland und rieb sich schmerzerfüllt die Brust. »Und als ich ihn kaum noch festhalten konnte und mir die Arme weh taten, da begannen diese Zeichen auf seinen Händen förmlich zu glühen. Dann wanderte das Licht auf *meine* Hände, und plötzlich hatte ich Kraft genug, ihn durch die Luke zu ziehen.«

»Streß«, erklärte der alte Zauberer. »Hat manchmal die merkwürdigsten Auswirkungen. Halluzinationen und dergleichen. Richtig atmen, das ist das beste Mittel dagegen. Alle zusammen, auf mein Kommando: gute Luft ein, schlechte Luft aus. Gute Luft ein . . .«

»Ich sah ihn draußen auf Deck stehen und diese Ungeheuer bekämpfen«, murmelte Paithan ehrfürchtig. »Sein ganzer Körper war in Licht getaucht! Er *ist* unser Retter! Mutter Peytins Sohn ist gekommen! Orn ist gekommen, um uns beizustehen!«

»Ganz genau!« sagte Zifnab und tupfte sich den Schweiß von der Stirn. »Orn, natürlich. Der Mutter wie aus dem Gesicht geschnitten.«

»Unsinn«, warf Roland ein und deutete auf den Bewußtlosen. »Seht doch. Er ist ein Mensch. Der Sohn von Mutter Sowieso müßte ja wohl ein Elf sein. Wartet! Ich weiß! Er ist einer der Könige von Thillia. Er kehrt zurück, um seinem Volk zu helfen in der Stunde der Not, wie es die Sage berichtet!«

»Aber ja!« stimmte der Zauberer eilig zu. »Mir unverständlich, warum ich ihn nicht gleich erkannt habe. Das Ebenbild des Vaters . . .«

Rega schien nicht überzeugt zu sein. »Wer er auch sein mag, es geht ihm ziemlich schlecht.« Sie näherte sich ihm mit zögernden Schritten und streckte die Hand nach seiner Stirn aus. »Ich glaube, er stirbt – oh!«

Der Hund schob sich zwischen sie und seinen Herrn und sah von einem zum andern. Sein Blick sagte unmißverständlich: *Wir wissen die Freundlichkeit zu schätzen, aber bitte halten Sie Abstand.*

»Guter Hund, braver Hund«, sagte Rega und trat noch einen Schritt näher. Der Hund knurrte und zeigte die scharfen Zähne. Der buschige Schweif strich langsam von einer Seite zur anderen.

»Laß ihn in Ruhe, Schwesterchen.«

»Vermutlich hast du recht.« Rega wich zurück und stellte sich neben ihren Bruder.

Drugar kauerte im Dunkel einer Ecke. Die Vorgänge um ihn herum schien er nicht zur Kenntnis zu nehmen. Seine Augen hingen unverwandt an den Tätowierungen auf Haplos Händen und Armen. Nachdem er sich vergewissert hatte, daß niemand herschaute, griff er in sein Hemd und zog ein Medaillon hervor, das er um den Hals trug. Er hielt es ins Licht und verglich die in den Obsidian geschnittene Rune mit den Sigeln auf der Haut des Mannes. Verwundert runzelte der Zwerg die Stirn, seine Augen verschwanden fast unter den dichten Brauen, und er preßte die Lippen zusammen.

Rega bewegte sich. Drugar versteckte das Medaillon unter Bart und Hemd.

»Was meinst du, Schwarzbart?« wurde er von der Frau angesprochen.

»Mein Name ist Drugar. Und ich meine, daß es mir nicht gefällt hier oben, im Bauch dieses geflügelten Ungeheuers«, antwortete der Zwerg. Er deutete zum Fenster. Das Varsufer des Kithni glitt unter ihnen vorbei. Die

Tytanen wüteten unter den panikerfüllten Menschenmassen. Das Wasser an der Küste begann sich dunkel zu färben.

Roland sah hinaus und meinte grimmig: »Ich bin lieber hier oben als da unten, Zwerg.«

Paithan riß den Blick von dem rätselhaften Gott los und schaute ebenfalls aus dem Fenster. Das Blutbad neigte sich rasch dem Ende zu. Einige Tytanen wateten in den Kithni hinaus. Ihre augenlosen Köpfe starrten über das Wasser zur jenseitigen Küste.

»Ich muß zurück nach Equilan«, sagte Paithan, zog den Etherilit aus der Tasche und musterte ihn. »Es bleibt nicht mehr viel Zeit. Und ich glaube, wir befinden uns zu weit im Norinth . . .«

»Keine Sorge.« Zifnab krempelte die Ärmel hoch und rieb sich unternehmungslustig die Hände. »Ich übernehme das Steuer. Hochqualifiziert. Alter Hase. Mehr als vierzig Stunden Flugerfahrung. DC-3. Erster Klasse, selbstverständlich. Ich hatte einen erstklassigen Ausblick auf die Bordinstrumente, jedesmal wenn die Stewardeß den Vorhang öffnete. Also sehen wir mal.« Der Magier trat mit ausgestreckten Händen einen Schritt auf den Sigelstein zu. »Bremsklappen nach oben. Nase runterdrücken. Ich will nur . . .«

»Nicht berühren, alter Mann!«

Zifnab fuhr zusammen, riß die Hände zurück und versuchte, unschuldig dreinzuschauen. »Ich wollte nur . . .«

»Nicht einmal mit der Spitze deines kleinen Fingers. Außer du legst es darauf an, dein Fleisch schmelzen und von den Knochen schrumpfen zu sehen.«

Der Zauberer musterte den Stein mit finsteren Blicken und gesträubten Augenbrauen. »Etwas so Gefährliches solltest du nicht einfach herumliegen lassen! Es könnte jemand zu Schaden kommen!«

»Beinahe wäre jemand zu Schaden gekommen. Versuch das nie wieder, alter Mann. Der Stein ist von einem magischen Feld umgeben. Nur ich kann ihn handhaben.«

Haplo richtete sich mühsam auf und unterdrückte ein Stöhnen. Der Hund leckte ihm das Gesicht, und der Patryn stützte sich auf das Tier, um seine Schwäche zu verbergen. Die Gefahr war fürs erste gebannt, jetzt mußte er seine Wunden heilen – keine schwierige Aufgabe, doch er wäre dabei lieber unbeobachtet gewesen.

Er kämpfte gegen Schwindelgefühl und Schmerzen und vergrub das Gesicht an der Flanke des Hundes. Hatte die Geheimnistuerei noch einen Sinn? Sie hatten bereits zuviel gesehen, waren Zeuge gewesen, wie er sich der Runenmagie bediente – der Runenmagie der *Patryn*, die vor so langer Zeit aus dieser Welt verschwunden war, daß vermutlich nicht einmal Sagen und Märchen davon berichteten. Niemand würde ihn als das erkennen, was er war – ausgenommen ein Sartan. Ein Sartan wie der alte Mann.

»Nun aber frisch ans Werk! Keine lange Ziererei. Wir sind zutiefst dankbar, daß du uns gerettet hast, und es tut uns wirklich leid, daß es nicht ohne Blessuren abgegangen ist, aber wir haben nicht die Zeit zuzusehen, wie du in deinem neu gewonnenen Ruhm schwelgst.« Zifnab hatte die Fäuste in die Seiten gestemmt. »Heil deine Wunden, und dann bringen wir das Schiff wieder auf den rechten Kurs.«

Haplo hob den Kopf und musterte den alten Mann mit einem durchbohrenden Blick aus schmalen Augen.

»Schließlich bist du ja ein *Gott*!« Zifnab blinzelte heftig.

Ein Gott? Nun ja, warum eigentlich nicht. Haplo war zu erschöpft, um sich Gedanken darüber zu machen, in welche Schwierigkeiten ihn dieser Anspruch, ein Gott zu sein, bringen konnte.

»Guter alter Junge.« Er streichelte den Hund und schob ihn von sich. Das Tier schaute sich besorgt nach ihm um und winselte. »Es ist schon in Ordnung.« Haplo legte den Rücken der linken Hand auf den rechten Handrücken. Er schloß die Augen, entspannte sich und ergab sich den Strömen von Erneuerung, Belebung und Ruhe.

Der Kreis war geschlossen. Die Sigel an seinen Händen erwachten zum Leben. Die Runen leuchteten, während sie ihre Arbeit taten, linderten und heilten. Das Leuchten breitete sich über seinen ganzen Körper aus, verletzte Haut wurde durch gesunde ersetzt. Stimmengemurmel verriet ihm, daß der Vorgang nicht unbemerkt blieb.

»Heilige Thillia, schau dir das an!«

Haplo konnte jetzt nicht an die Nichtigen denken, konnte sich nicht mit ihnen beschäftigen. Er wagte es nicht, die Konzentration zu unterbrechen.

»Gut gemacht, wahrhaftig«, schmeichelte Zifnab und strahlte Haplo an, als wäre der Patryn ein Kunstwerk von seinen Gnaden. »An der Nase gäbe es noch was zu richten . . .«

Haplo tastete mit den Fingerspitzen über sein Gesicht. Die Nase war gebrochen, aus einem Schnitt an der Stirn tröpfelte Blut. Außerdem schien er sich eine Fraktur des Wangenknochens zugezogen zu haben. Im Augenblick mußte er sich auf eine oberflächliche Heilung beschränken, sonst versetzten die Runen ihn in einen Genesungsschlaf.

Drugar hatte seit seiner Rettung erst einmal den Mund aufgetan. Jetzt fragte er plötzlich: »Wenn er ein Gott ist, warum hat er den Tytanen nicht Einhalt geboten? Warum ist er weggelaufen?«

»Weil jene Geschöpfe Abkömmlinge des Bösen sind«, erklärte Paithan. »Jeder weiß, daß Mutter Peytin und ihre Söhne seit Anbeginn der Zeit gegen das Böse kämpfen.«

Damit stehe ich auf seiten der Guten, dachte Haplo ironisch.

»Er hat sich ihnen gestellt, etwa nicht?« fuhr der Elf fort. »Er hat sie zurückgehalten, damit wir entkommen konnten, und jetzt befiehlt er der

Kraft des Windes, uns in Sicherheit zu bringen. Er ist gekommen, mein Volk zu retten . . .«

»Warum nicht mein Volk?« empörte sich Drugar. »Warum hat er mein Volk nicht gerettet?«

»Und unseres«, sagte Rega mit bebenden Lippen. »Auch unser Volk hat er einfach sterben lassen.«

»Es ist doch allgemein bekannt, daß die Elfen das auserwählte Volk sind«, schnappte Roland und warf Paithan einen zynischen Blick zu.

Auf Paithans hohen Wangenknochen erschienen rote Flecke. »Das habe ich nicht gemeint! Ich wollte nur sagen . . .«

»Seid mal eine Minute still. Alle miteinander!« befahl Haplo. Jetzt, da er sich besser fühlte und wieder klar denken konnte, hatte er beschlossen, den Nichtigen die Wahrheit zu sagen, nicht weil er Ehrlichkeit für eine Tugend hielt, sondern weil er befürchtete, das Lügen könnte auf die Dauer reichlich unbequem werden. »Der alte Mann hat sich geirrt. Ich bin kein Gott.«

Der Elf und die beiden Menschen überschütteten ihn sofort mit einem Redeschwall, das Gesicht des Zwergs wurde noch finsterer. Haplo hob Schweigen gebietend eine tatowierte Hand. »Wer ich bin, tut nichts zur Sache. Ich verfüge über besondere Kräfte, aber dabei handelt es sich um Magie – eine andere Magie als die eurer Zauberer, aber mit irgendwelchen Göttern hat das alles nichts zu tun.«

Er zuckte unbedacht die Schultern und verzog schmerzlich das Gesicht. Sein Kopf dröhnte. Er hielt es für unwahrscheinlich, daß die Nichtigen in der Lage waren, aus dem wenigen, das er ihnen enthüllte, zu schließen, daß sie es mit dem Feind zu tun hatten – dem Erbfeind. Warum sollte es hier anders sein als auf Arianus, wo die dunklen Halbgötter, die einst um die Herrschaft über die Welt gerungen hatten, längst in Vergessenheit geraten waren. Aber wenn sie ihn doch erkannten, dann war es ihr Pech. Haplo hatte immer noch zu große Schmerzen und war zu müde, um viel Federlesens zu machen. Es würde ziemlich einfach sein, sich ihrer zu entledigen, bevor sie ihm schaden konnten. Und außerdem hatte er Fragen, auf die er Antwort haben wollte.

»Welcher Kurs?« fragte er. Es war nicht die wichtigste Frage, aber geeignet, die Gedanken in Anspruch zu nehmen.

Der Elf brachte irgendein Gerät zum Vorschein, fingerte daran herum und gab mit dem ausgestreckten Arm die Richtung an. Haplo berichtigte den Kurs. Sie hatten den Kithni-Golf und das Gemetzel an seinem Ufer weit hinter sich gelassen. Der Schatten des Drachenschiffs glitt über die Bäume unter ihnen und zog eine dunkle Bahn durch die vielfältigen Grünschattierungen – die schwerelose Silhouette des wirklichen Schiffs am Himmel.

Die Menschen und der Elf standen dicht beieinander auf einem Fleck und schauten fasziniert aus dem Fenster. Gelegentlich warf einer von ihnen Haplo einen scharfen, durchdringenden Blick zu. Doch er bemerkte, daß sie sich auch gegenseitig hin und wieder mit demselben Mißtrauen betrachteten. Die drei hatten sich kaum bewegt, seit sie an Bord gekommen waren. Sie hielten sich ganz still und starr, vermutlich weil sie fürchteten, jede Bewegung könnte das Schiff aus dem Gleichgewicht bringen und abstürzen lassen. Haplo verzichtete darauf, sie zu beruhigen. Ihm war es recht, daß sie sich nicht von der Stelle rührten und es ihm leichtmachten, sie im Auge zu behalten.

Der Zwerg war in seiner Ecke geblieben. Auch er hatte sich nicht gerührt. Aber Drugar hielt die dunklen Augen auf Haplo gerichtet und schaute nicht ein einziges Mal aus dem Fenster. Der Patryn wußte, daß die Zwerge die unterirdische Welt als ihre Heimat betrachteten und sie nur ungern verließen, deshalb empfand Drugar diesen Flug vermutlich wie einen Alptraum. Allerdings wunderte sich Haplo, daß er in Drugars Gesicht weder Angst noch Unbehagen zu erkennen vermochte, sondern nur Verwirrung und bitteren, schwelenden Zorn. Und dieser Zorn richtete sich offenbar gegen Haplo.

Der Patryn streckte die Hand aus, um den Hund an den Ohren zu kraulen, dabei veranlaßte er ihn unauffällig, den Kopf zu drehen, bis die intelligenten Augen auf den Zwerg gerichtet waren. »Paß auf ihn auf«, ordnete Haplo mit leiser Stimme an. Der Hund spitzte die Ohren. Er legte sich hin, bettete den Kopf auf die Vorderpfoten und ließ den Zwerg nicht aus den Augen.

Blieb noch der alte Mann. Ein Schnarchen verriet Haplo, daß er sich wegen Zifnab vorläufig keine Gedanken zu machen brauchte. Der Magier hatte sich auf dem Boden ausgestreckt, den zerknautschten Hut übers Gesicht gezogen, die Hände auf dem Bauch gefaltet und schlief. Selbst wenn er sich nur verstellte, sah es nicht so aus, als hegte er böse Absichten. Haplo schüttelte den schmerzenden Kopf.

»Diese Kreaturen. Wie habt ihr sie genannt? Tytanen? Was sind das für Wesen? Woher kommen sie?«

»Ich wünschte bei Orn, wir hätten auch nur die leiseste Ahnung«, antwortete Paithan.

»Ihr wußtet es nicht?« Haplo war überzeugt, daß der Elf log. Er richtete den Blick auf die Menschen. »Keiner von euch?«

Beide schüttelten den Kopf. Der Patryn schaute zu Drugar, aber der Zwerg schien sich nicht an dem Gespräch beteiligen zu wollen.

»Wir wissen nur«, sagte Roland, von einem Rippenstoß seiner Schwester zum Sprechen ermuntert, »daß sie aus dem Norinth gekommen sind. Es wurde berichtet, sie hätten das Kasnar-Imperium vernichtet.«

»Sie haben die Zwerge ausgerottet«, fügte Paithan hinzu, »und – Ihr habt gesehen, was mit Thillia passiert ist. Und jetzt ist Equilan an der Reihe.«

»Ich kann nicht glauben, daß sie aus dem Nichts gekommen sind!« Haplo blieb stur. »Es muß doch irgendwelche Überlieferungen gegeben haben.«

Rega und Roland schauten sich an, dann zuckte die Frau ratlos die Schultern. »Es gab Märchen, wie man sie während der Unwetter erzählt, wenn man am Feuer sitzt und jeder versucht, sich eine besonders gruselige Geschichte auszudenken. Es gab eine Geschichte über eine Kinderfrau . . .«

»Erzähl weiter«, drängte Haplo.

Rega war blaß geworden, schüttelte den Kopf und wandte das Gesicht ab.

»Warum hörst du nicht auf damit!« sagte Roland barsch.

Haplo schaute zu Paithan. »Wie tief ist dieser Kithni-Golf? Wieviel Zeit wird es sie kosten, ihn zu überqueren?«

Paithan leckte sich über die trockenen Lippen und holte tief Atem. »Der Golf ist sehr tief, aber sie können ihn auf dem Landweg umgehen. Und wir haben gehört, daß sie auch aus anderen Richtungen heranrücken, aus dem Est zum Beispiel.«

»Ich glaube, ihr solltet mir besser alles erzählen, was ihr wißt. Alte Frauen bewahren oftmals das Wissen von Generationen.«

»Also gut«, meinte Roland ergeben. »Es war einmal eine alte Frau, die sollte für die Kinder des Königs sorgen, während die königlichen Eltern unterwegs waren, um zu tun, was Könige im allgemeinen so zu tun pflegen. Die Kinder waren natürlich verwöhnte Blagen. Sie banden die alte Frau auf einem Stuhl fest und machten sich daran, das Schloß niederzureißen.

Nach einer Weile jedoch wurden sie hungrig. Die alte Frau versprach, ihnen Plätzchen zu backen, wenn sie ihr die Fesseln abnahmen. Die Kinder befreiten die Alte, die auch gleich in die Küche ging und die versprochenen Plätzchen backte, denen sie die Form von kleinen Männern gab. In Wirklichkeit war die alte Frau eine mächtige Zauberin. Sie nahm eine dieser Gestalten aus Teig und hauchte ihr Leben ein. Der Kuchenmann wuchs und wuchs, bis er größer war als der höchste Turm des Schlosses. Die alte Frau setzte den Riesen als Wächter über die Kinder ein, während sie selbst ein Nickerchen machte. Sie nannte den Riesen einen Tytanen . . .«

»Dieses Wort, *Tytane*«, unterbrach ihn Paithan. »Es stammt weder aus der Elfen- noch aus der Menschensprache. Ist es ein Zwergenwort?« Er sah Drugar an.

Der Zwerg schüttelte den Kopf.

»Woher kommt es dann? Vielleicht würde die ursprüngliche Bedeutung und Herkunft des Wortes uns einen Anhaltspunkt geben.«

Es war ein Schuß ins Blaue, aber es bestand die Möglichkeit, daß er der Wahrheit zu nahe kam. Haplo kannte das Wort und seine Herkunft. Es existierte sowohl in seiner, wie auch in der Sprache der Sartan. In der frü heren Welt hatte es die mythologischen Schöpfer dieser Welt bezeichnet. Im Lauf der Zeit erweiterte sich die Bedeutung des Wortes, bis es zu einem Synonym für *Riese* geworden war. Nur die Sartan konnte diesen Ungeheuern den Namen *Tytanen* gegeben haben – und das eröffnete ein weites Feld von Möglichkeiten.

»Es ist nur ein Wort«, sagte Haplo. »Erzähl weiter.«

»Anfangs fürchteten sich die Kinder vor dem Tytanen, aber bald merkten sie, daß er freundlich und sanft war. Sie fingen an, ihn zu ärgern. Sie nahmen die kleinen Kuchenmänner, bissen ihnen die Köpfe ab und drohten dem Tytanen, ihm dasselbe anzutun. Der Tytan geriet so in Angst, daß er weglief und ...« Roland verstummte und runzelte nachdenklich die Stirn. »Das ist merkwürdig. Daran habe ich bis jetzt gar nicht gedacht. Der Tytane im Märchen verirrt sich, geht herum und fragt die Leute ...«

» ... ›Wo ist die Burg?‹« murmelte Paithan.

»›Wo ist die Zitadelle?‹« fragte Haplo.

Paithan nickte aufgeregt. »›Wo ist die Zitadelle? Was sollen wir tun?‹«

»Ja, ich habe es auch gehört. Wie lautet die Antwort? Wo *ist* die Zitadelle?«

»*Was* ist eine Zitadelle?« fragte Paithan und gestikulierte heftig. »Niemand weiß genau, was das Wort überhaupt bedeutet.«

»Jeder, der die Antwort auf ihre Fragen kennt, wäre ein wirklicher Retter«, sagte Rega leise. Sie ballte die Fäuste. »Wenn wir nur eine Ahnung hätten, was sie von uns wollen!«

»Es wurde gemunkelt, daß die weisesten Männer und Frauen in Thillia Tag und Nacht die alten Schriften studierten, auf der verzweifelten Suche nach einem Hinweis.«

»Vielleicht hätten sie die alten Frauen fragen sollen«, meinte Paithan.

Haplo ließ geistesabwesend die Hände über die runenbedeckte Obsidiankugel gleiten. *Zitadelle* hieß wörtlich: ›kleine Stadt‹. Noch ein Wort aus seiner und der Sprache der Sartan. Eins führte zum anderen. Tytanen – ein Wort der Sartan. Tytanen – die sich der Magie der Sartan bedienten. Tytanen – die nach der Zitadelle der Sartan fragten. Und an diesem Punkt stand er vor einer Mauer.

Niemals hätten die Sartan dermaßen böse und blutgierige Wesen erschaffen oder zu ihren Dienern gemacht. Die Sartan hätten diesen Wesen auf keinen Fall magische Fähigkeiten verliehen, außer sie waren sicher, ihre Geschöpfe kontrollieren zu können. Tytanen, die Amok liefen, die nicht mehr von einer übergeordneten Macht gelenkt wurden – war das ein Beweis dafür, daß die Sartan aus dieser Welt verschwunden waren?

Haplos Blick wanderte zu dem alten Mann. Zifnabs Mund stand weit offen, der Hut rutschte ihm langsam über die Nase. Bei einem besonders herzhaften Schnarcher inhalierte der Alte zusammen mit dem Atem auch die ramponierte Krempe und hätte sich beinahe verschluckt. Hustend und spuckend fuhr er empor und schaute sich finster nach allen Seiten um.

»Wer war das?«

Haplo wandte sich kopfschüttelnd ab. Er dachte nach. Der Patryn war erst einem Sartan begegnet – dem linkischen Einfaltspinsel auf Arianus, der sich Alfred Montbank nannte. Und obwohl er es damals nicht gleich bemerkte, hatte er sich ihm in gewisser Weise verbunden gefühlt. Sie waren beide nicht Teil der Welt, in die es sie verschlagen hatte, und obwohl Todfeinde, erkannten sie einander als von der gleichen Art.

Bei diesem alten Mann gab es kein solches Gefühl des Erkennens. Er war ein Fremder, nichts weiter als ein Irrer, einer von diesen übergeschnappten Propheten. Er hatte Haplos Magie außer Kraft gesetzt, aber Verrückte brachten manchmal die erstaunlichsten Dinge zuwege.

»Wie lautet das Ende der Geschichte?« fiel es ihm ein zu fragen, während er das Schiff für eine Landung vorbereitete.

»Der Tytane fand das Schloß, kam zurück und biß den Kindern den Kopf ab«, antwortete Roland.

»Weißt du«, meinte Rega stockend, »als ich ein Kind war und die Geschichte hörte, hatte ich immer Mitleid mit dem Tytanen. Ich fand, die Kinder verdienten so ein fürchterliches Schicksal. Aber jetzt ...« Sie schüttelte den Kopf; Tränen rollten ihr über die Wangen.

»Wir nähern uns Equilan«, sagte Paithan, der sich zaghaft vorgebeugt hatte, um aus dem Fenster zu sehen. »Ich kann den Enthial-See erkennen. Das Wasser sieht allerdings von oben betrachtet eigenartig aus.«

»Es ist der See«, bestätigte Haplo gleichgültig. Seine Gedanken beschäftigten sich mit etwas anderem.

»Ich habe Euren Namen nicht verstanden«, meinte der Elf. »Wie lautet er noch?«

»Haplo.«

»Was heißt das?«

Der Patryn antwortete nicht.

»Der Einsame«, sagte der alte Zauberer.

Haplo runzelte die Stirn und warf ihm einen verärgerten Blick zu. Woher zum Teufel wußte er das?

»Es tut mir leid«, sagte Paithan, höflich wie immer. »Ich wollte nicht aufdringlich sein.« Er schwieg einen Augenblick, dann fuhr er zögernd fort: »Ich – das heißt, Zifnab hat gesagt, Ihr wäret – nun ja – unser Retter. Er sagt, Ihr könntet mit uns zu den Sternen fliegen. Ich habe es nicht geglaubt. Ich hielt es für unmöglich. Tod und Verderben. Er sagte, ich würde es über mein Volk bringen. Orn helfe mir, er hatte recht!« Er warf einen Blick auf die vorüberziehende Landschaft. »Was ich wissen möchte, ist – könnt Ihr uns retten? Werdet Ihr uns retten? Retten vor diesen Ungeheuern?«

»Er kann euch nicht alle retten«, sagte Zifnab betrübt, knetete seinen mißhandelten Hut zwischen den Händen und beraubte ihn endgültig jeder erkennbaren Form. »Nur einige wenige. Die Besten und die Klügsten.«

Haplo ließ den Blick über die Gesichter gleiten und sah Augen auf sich ruhen – schräge Elfenaugen, die großen dunklen Augen der Menschenfrau, die leuchtend blauen des Mannes, die schwarzen ausdruckslosen Augen des Zwergs und Zifnabs zwinkernde, verschmitzte Augen. Sie alle fixierten ihn – abwartend, hoffnungsvoll.

»Ja, natürlich«, antwortete er.

Warum nicht? Alles um des lieben Friedens willen und um die guten Leutchen bei Laune zu halten. Bei Laune und ahnungslos.

In Wirklichkeit hatte der Patryn keineswegs die Absicht, irgend jemanden zu retten außer sich selbst. Doch zuvor gab es noch etwas zu tun. Er mußte mit einem Tytanen sprechen.

Diese Leute sollten ihm als Köder dienen. Wie Rega gesagt hatte: Die Kinder bekamen genau das, was sie verdienten.

Kapitel 28

Wipfelhöhe, Equilan

»So!« sagte Calandra und schaute zwischen Paithan und Rega hin und her, die vor ihr auf der Eingangstreppe standen. »Ich hätte es mir denken können.«

Die Elfenfrau schickte sich an, ihnen die Eingangstür vor der Nase zuzuschlagen. Paithan schob geistesgegenwärtig Fuß und Schulter in den Spalt und erzwang sich den Zutritt. Calandra wich einen Schritt zurück. Sie hielt sich kerzengerade und verschränkte die Hände vor der eingeschnürten Taille. Sie musterte ihren Bruder mit kalter Verachtung.

»Wie ich sehe, hast du dir bereits ihre Gewohnheiten zu eigen gemacht. Barbar! Verschaffst dir mit Gewalt Einlaß in *mein** Haus!«

* Bei den Elfen herrscht eine matriarchalische Gesellschaftsform. Landbesitz, Wohnung und Haushaltsgerät gehen nach dem Gesetz von der Mutter an die älteste Tochter über; Geschäftsbetriebe bleiben in der Hand der männlichen Linie. Aus diesem Grund ist das Haus Calandras Eigentum. Alle Quindiniars – auch Lenthan, ihr Vater – wohnen dort nur mit ihrer Duldung. Allerdings haben die Elfen großen Respekt vor ihren Eltern und alten Leuten im allgemeinen, deshalb spricht Calandra gewöhnlich vom ›Haus ihres Vaters‹.

»Entschuldigt mich«, meldete sich Zifnab zu Wort und steckte den Kopf durch die Tür, »aber es ist ungeheuer wichtig, daß ich . . .«

»Calandra!« Paithan ergriff die kalten Hände seiner Schwester. »Begreifst du denn nicht, daß das alles keine Geltung mehr hat? Das Verderben naht, wie der alte Mann prophezeit hat! Ich habe es gesehen, Callie.« Sie versuchte sich von ihm loszureißen, doch Paithan hielt sie fest. »Das Reich der Zwerge ist zerstört, die Menschennation ausgerottet! Diese drei« – er warf einen hilflosen Blick auf den Zwerg und die beiden Menschen, die verlegen und von Unbehagen erfüllt auf der Schwelle standen – »sind vielleicht die einzigen Überlebenden ihrer Völker! Tausende wurden niedergemetzelt! Und wir sind als nächste an der Reihe, Callie!«

»Wenn ich etwas hinzufügen dürfte . . .« Zifnab hob belehrend den Zeigefinger.

Calandra riß ihre Hände zurück und glättete den gestärkten Rock. »Schmutzig genug bist du jedenfalls«, bemerkte sie. »Sieh dir nur die Fußspuren auf dem Teppich an! Geh in die Küche und wasch dich. Die Kleider laß hier. Ich werde sie verbrennen lassen und dir frische Sachen aufs Zimmer schicken. Dann setz dich hin und iß etwas. Deine Freunde« – ihre Stimme wurde höhnisch, und sie musterte seine Freunde mit frostigem Hochmut – »können in den Sklavenquartieren schlafen. Das gilt auch für den alten Mann. Seine Sachen wird er bereits dort vorfinden.«

Zifnab strahlte sie an und verbeugte sich bescheiden. »Vielen Dank für die Mühe, meine Liebe, aber das wäre wirklich nicht nötig ge . . .«

Die Elfenfrau machte auf dem Absatz kehrt und ging zur Treppe.

»Calandra, verdammt noch mal!« Paithan packte sie am Ellbogen und drehte sie zu sich herum. »Hast du nicht gehört, was ich gesagt habe?«

»Wie kannst du es wagen, in diesem Ton mit mir zu sprechen!« Calandras Augen waren schwärzer und kälter als die tiefsten Abgründe des Zwergenreichs. »In diesem Haus wirst du dich anständig benehmen, Paithan Quindiniar, oder du kannst dich zu deinen barbarischen Freunden gesellen und dein Bett bei den Sklaven aufschlagen.« Sie verzog den Mund und sah Rega an. »Woran du gewöhnt sein dürftest. Was deine hysterischen Schreckensmeldungen betrifft, so hat die Königin bereits vor einiger Zeit Nachricht von der Invasion erhalten. Wenn es wahr ist, dann sind wir vorbereitet. Die Palastgarde ist alarmiert, die Schattengarde hält sich in Bereitschaft, falls sie gebraucht werden sollte. Wir haben sie mit den neuesten Erzeugnissen der Waffenindustrie beliefert. Ich muß sagen«, gab sie widerwillig zu, »dieser ganze Unsinn ist wenigstens fürs Geschäft gut.«

»Der Markt eröffnete lebhaft«, warf Zifnab ein. »Seither ist der Dow-Jones-Index stetig gefallen . . .«

Paithan öffnete den Mund, aber sein Kopf war leer, er wußte nicht, was er sagen sollte. Diese Heimkehr erschien ihm wie ein Traum, als wäre er nach einem kurzen Ausflug in die furchtbare Wirklichkeit wieder eingeschlummert. Nur wenige Blütenblätter zuvor hatte ihm ein entsetzlicher Tod von der Hand der Tytanen gedroht. Er hatte unvorstellbare Schrecken durchlebt, grauenhafte Dinge gesehen, die ihn bis ans Ende seines Lebens nicht loslassen würden. Seit dem Frühmorgen, an dem er von hier aufgebrochen war, hatte er sich verändert, hatte die sorglose, träge Haut abgestreift, die ihn schützend umhüllte. Was zum Vorschein kam, war nicht hübsch, aber zäher, widerstandsfähiger und – hoffte er – klüger. Es war eine umgekehrte Metamorphose – der Schmetterling, der sich in eine Raupe verwandelt.

Doch hier hatte sich nichts verändert. Die Palastgarde einsatzbereit! Die Schattengarde hält sich in Bereitschaft, *falls sie gebraucht werden sollte!* Er konnte es nicht glauben und schon gar nicht begreifen. Warum hörte man keine Alarmsignale, warum liefen seine Landsleute nicht aufgescheucht hin und her, warum herrschten nicht Panik und Chaos, wie er es erwartet hatte? Statt dessen war alles ruhig und friedlich. Unverändert. Status quo.

Ihm stieg ein Schrei aus der Kehle auf. Er wollte brüllen und die hölzernen Glocken läuten, wollte die Leute packen und schütteln und ihnen ins Gesicht schreien: »Begreift ihr nicht? Begreift ihr nicht, was euch bevorsteht? Tod und Verderben!« Aber die Mauer der Stille war undurchdringlich. Er konnte nur ratlos dreinschauen und unzusammenhängende Worte stammeln, was seine Schwester als schlechtes Gewissen deutete.

Er verstummte und ließ Calandras Arm los.

Seine ältere Schwester drehte sich um, ohne ihn oder seine Begleiter noch eines Blicks zu würdigen, und verließ steif das Zimmer. Aber ich muß sie alle doch irgendwie warnen, dachte er verzweifelt, irgendwie zu ihnen durchdringen ...

»Paithan!«

»Aleatha!« Paithan drehte sich um, erleichtert, jemanden zu finden, der Vernunftsgründen zugänglicher war. Er streckte die Hände aus ...

Aleatha schlug ihm ins Gesicht.

»Thea!« Er legte die Hand an die brennende Wange.

Das Gesicht seiner Schwester war leichenblaß, die Augen glänzten fiebrig. »Wie kannst du es wagen? Wie kannst du es wagen, diese unverschämten Lügen der Menschen nachzuplappern!« Sie deutete auf Roland. »Nimm dieses Ungeziefer, und schert euch raus! Schert euch raus!«

»Ah! Hocherfreut, dich wiederzusehen, meine ...« begann Zifnab.

Roland konnte nicht verstehen, was geredet wurde, aber der Haß in den blauen Augen überwand alle Sprachbarrieren. Er hob entschuldigend die Hände. »Einen Moment, meine Dame, ich weiß nicht, was Ihr gesagt habt, aber ...«

»Ich sagte, schert euch raus!«

Mit gekrümmten Fingern stürzte sich Aleatha auf Roland. Bevor er sich versah, gruben sich scharfe Nägel in seine Wangen und hinterließen vier lange, blutige Spuren. Der überraschte Mann versuchte, die Elfenfrau abzuwehren, ohne ihr weh zu tun, und bemühte sich, die fuchtelnden Arme festzuhalten.

»Paithan! Befreit mich von ihr!«

Von dem plötzlichen Wutausbruch seiner Schwester auf dem falschen Fuß erwischt, reagierte der Elf mit Verspätung. Er schlang die Arme um Aleathas Taille, Rega bändigte ihre Arme, und gemeinsam gelang es ihnen, die spuckende, um sich schlagende Frau von Roland wegzuzerren.

»Faß mich nicht an!« kreischte Aleatha und schlug kraftlos nach Rega.

»Überlaß sie mir«, stöhnte Paithan in der Menschensprache.

Rega trat zu ihrem Bruder. Roland tastete mit den Fingern über die zerkratzte Wange und musterte die Elfenfrau verdrossen.

»Verwünschte Kratzbürste!« murmelte er und schaute auf das Blut an seinen Fingern.

Aleatha verstand die Worte nicht, aber der Tonfall, in dem sie geäußert wurden, ließ keinen Zweifel an ihrer Bedeutung. Sie wollte sich wieder auf den Menschen stürzen, aber Paithan hielt sie fest, und plötzlich war ihre Kraft verbraucht. Sie sank in sich zusammen und atmete schwer.

»Sag mir, daß alles nur eine Lüge ist, Paithan!« flehte sie leidenschaftlich mit gedämpfter Stimme und legte den Kopf an seine Brust. »Gib zu, daß du gelogen hast.«

»Ich wünschte bei Orn, so wäre es, Thea«, antwortete Paithan und streichelte ihr Haar. »Aber ich habe nicht gelogen. Ich habe Dinge gesehen – o heilige Mutter! Was ich mitansehen mußte...« Er schluchzte und drückte seine Schwester an sich.

Aleatha umfaßte sein Gesicht mit beiden Händen, hob seinen Kopf in die Höhe und schaute ihm in die Augen. Ihre Lippen verzogen sich zu einem heiteren Lächeln, und sie hob verheißungsvoll die Augenbrauen. »Ich werde heiraten. Ich werde ein Haus am See haben. Nichts und niemand wird das verhindern.« Sie entwand sich seiner Umarmung, strich das Haar zurück und ordnete die Locken auf ihren Schultern. »Willkommen daheim, Paithan, mein Lieber. Nun, da du wieder hier bist, schaff den Abschaum aus dem Haus, sei so gut.«

Aleatha schenkte Roland und Rega ein Lächeln, beugte sich vor und gab ihrem Bruder einen Kuß auf die Wange. Die letzten Worte hatte sie in gebrochenem Thillia gesprochen.

Roland nahm seine Schwester bei der Hand.

»Abschaum, ja? Komm, Schwesterlein. Wir gehen besser.«

Rega warf Paithan einen flehenden Blick zu, den der Elf ratlos erwiderte. Er fühlte sich wie jemand, der eben aus einem langen Schlaf erwacht ist und Schwierigkeiten hat, sich zurechtzufinden.

»Da siehst du's!« knurrte Roland. »Ich habe dich gewarnt!« Er ließ sie los und ging die erste Stufe hinunter. »Kommst du?«

»Vergebung«, mischte Zifnab sich ein, »aber dürfte ich darauf hinweisen, daß ihr eigentlich keinen Ort habt, an den ihr euch zurückziehen könnt . . .«

»Paithan! Bitte!« flehte Rega.

Roland stapfte die Treppe hinunter und über den Moosrasen. »Dann bleib doch!« rief er über die Schulter zurück. »Wärme dem Elf das Bett! Vielleicht besorgt er dir eine Arbeit in der Küche!«

Paithan wurde rot vor Zorn und setzte sich in Bewegung, um Roland zu folgen. »Ich liebe deine Schwester. Ich . . .«

Hörnerklang schallte durch die stille Morgenluft. Der Blick des Elfs flog in die Richtung des Enthial-Sees, seine Lippen wurden schmal. Er umarmte Rega und hielt sie fest. Unter ihren Füßen begann der Moosboden zu schwanken. Drugar, der die ganze Zeit über kein Wort gesprochen und sich nicht bewegt hatte, schob die Hand in den Gürtel.

»Jetzt aber!« rief Zifnab aufgebracht und hielt sich am Geländer fest. »Wenn es mir endlich vergönnt sein sollte, einen Satz zu beenden, möchte ich gerne sagen, sie . . .«

»Sir«, verkündete die Stimme des Drachen aus der Tiefe, »sie sind hier.«

»Sie kommen«, murmelte Haplo, als er die Hornsignale hörte. Er kauerte in dem Versteck, das er sich in einem Gehölz eingerichtet hatte. »Also gut. Du weißt, was du tun mußt. Und denk dran, ich will nur einen!«

Mit wenigen Sprüngen war der Hund im Urwald verschwunden. Haplo schaute sich unruhig vor Erwartung in dem Dickicht um. Alles war bereit. Er brauchte nur zu warten.

Der Patryn hatte seine Reisegefährten nicht zum Haus des Elfs begleitet, sondern war unter dem Vorwand, einige Reparaturen durchführen zu müssen, zurückgeblieben. Als er sie über den großen Hinterhof gehen sah, dessen Moosboden von Lenthans Luftfahrtexperimenten geschwärzt und verbrannt war, kletterte Haplo über die Reling des Schiffs, um über die hölzernen ›Knochen‹ des Drachenflügels zu balancieren.

Über den Drachenflügel schreiten. Alles riskieren, um ein Ziel zu erreichen. Wo hatte er das Sprichwort gehört. Von Hugh Mordhand? Oder von dem Elfenkapitän, dessen Schiff der Patryn sich ›angeeignet‹ hatte? Nicht, daß es wichtig gewesen wäre. Das Sprichwort galt nicht viel, während das Schiff sicher auf dem Landeplatz lag und der Abstand zum Boden vielleicht anderthalb Meter betrug statt anderthalbtausend. Dennoch paßte es auf die Situation, in der er sich jetzt befand.

Über den Drachenflügel schreiten.

Er saß in seinem Versteck, wartete und wiederholte in Gedanken die Runen, deren er sich bedienen wollte, befühlte und studierte jede einzelne wie ein Elfenjuwelier, der an einer Perlenkette nach Fehlern sucht. Die Konstruktion war perfekt. Der erste Spruch würde das Geschöpf fangen; der zweite es lähmen, der dritte sein Bewußtsein durchforschen – falls es über mehr als bloßen Instinkt verfügte.

Die Hornsignale in der Ferne wurden lauter und verworrener; hin und wieder brach einer plötzlich ab, mit einem schaurigen, gurgelnden Aufschrei. Die Schlacht hatte begonnen und näherte sich der Stelle, an der er sich befand. Haplo achtete nicht darauf. Wenn die Tytanen mit den Elfen auf dieselbe Weise verfuhren wie mit den Menschen, würde der ungleiche Kampf bald zu Ende sein.

Er lauschte angestrengt auf ein anderes Geräusch. Da war es – das Bellen des Hundes, der sich in seine Richtung bewegte. Außer dem Gebell vermochte Haplo nichts zu hören, und im ersten Moment war er irritiert. Dann fiel ihm ein, wie lautlos die Tytanen durch den Dschungel schritten. Er würde das Geschöpf nicht hören, bis es über ihm war. Er leckte sich über die Lippen und schluckte trocken.

Der Hund tauchte auf. Er hechelte erschöpft und machte einen verstörten Eindruck. In der Mitte des Gebüschs machte er kehrt und bellte wild. Der Tytane folgte ihm dichtauf. Wie erhofft, hatte er sich ablenken und von seinen Gefährten weglocken lassen. Plötzlich blieb er stehen und sog witternd die Luft ein. Der augenlose Kopf drehte sich langsam. Er roch oder hörte oder ›sah‹ den Menschen.

Die riesenhafte Gestalt ragte über Haplo auf, das Gesicht war dem Patryn zugewandt. Wenn der Tytane sich nicht bewegte, verschmolz sein Körper beinahe vollständig mit dem Hintergrund aus dichtem Wald. Haplo blinzelte, weil er sein Opfer fast aus den Augen verloren hätte. Einen Moment lang geriet er in Panik, aber er rief sich gleich wieder zur Ordnung. Keine Sorge, keine Sorge. Wenn mein Plan funktioniert, wird er sich schon bewegen.

Haplo begann die Runen zu rezitieren. Er hob die tätowierten Hände, die Sigel schienen sich von seiner Haut zu lösen und durch die Luft zu tanzen. Strahlendblau und feuerrot verknüpften sich die Runen zu einem stetig wachsenden Gerüst und vermehrten sich mit aberwitziger Geschwindigkeit.

Der Tytane betrachtete die Runen uninteressiert, als hätte er das alles schon oft gesehen und fände es ungemein langweilig. Während er sich Haplo mit schweren Schritten näherte, sandte er ihm wieder und wieder seine Frage entgegen.

»Zitadelle, richtig. Wo die Zitadelle ist? Tut mir leid, aber momentan kann ich nicht die Zeit erübrigen, dir zu antworten. Gleich werden wir uns unterhalten«, versicherte Haplo und wich langsam zurück.

Das Runengeflecht war vollendet, und er konnte nur hoffen, daß es seine Wirkung tat. Er ließ den Tytanen nicht aus den Augen. Das Wesen kam weiter auf ihn zu, das sehnsüchtige Flehen um Antwort schlug abrupt in gewalttätige Enttäuschung um. Haplo fühlte, wie sich sein Magen vor Angst zusammenkrampfte. Der Hund neben ihm winselte angstvoll.

Der Tytane hielt inne und wandte suchend den Kopf, während ihm der Speichel von der schlaffen Unterlippe tropfte. Haplo atmete erleichtert auf.

Die roten und blauen Runen hatten sich miteinander verbunden und wie riesige Vorhänge über die Dschungelbäume drapiert. Der Zauber umfaßte das gesamte Wäldchen und schloß den Tytanen vollkommen ein. Das Geschöpf wandte sich hierhin und dorthin. Die Runen zeigten ihm sein eigenes Bild, überfluteten sein Gehirn mit Reflektionen seiner selbst.

»Du hast recht. Ich werde dir nichts antun«, sagte Haplo beschwichtigend. Er bediente sich seiner eigenen Sprache – der Sprache der Patryn ... und der Sartan. »Ich werde dich freigeben, aber erst sprechen wir über die Zitadelle. Sag mir, was es damit auf sich hat.«

Der Tytane warf sich in die Richtung von Haplos Stimme. Der Patryn sprang zur Seite, und der Tytane griff ins Leere.

Haplo, der mit diesem Angriff gerechnet hatte, wiederholte die Frage geduldig.

»Erzähl mir von der Zitadelle. Haben die Sartan ...«

Sartan!

Der Wutausbruch des Tytanen traf Haplos Zauber mit ungezügelter, roher Gewalt. Das Runengerüst wankte. Das von der Illusion befreite Geschöpf wandte sich Haplo zu.

Der Patryn verstärkte seine Konzentration, und das Gefüge stabilisierte sich. Der Tytane vermochte ihn nicht mehr wahrzunehmen und tastete blind nach seiner Beute.

Du bist ein Sartan!

»Nein«, entgegnete Haplo. Während er darum betete, daß seine Kräfte reichen möchten, wischte er sich den Schweiß von der Stirn, der ihm in die Augen rann. »Ich bin kein Sartan. Ich bin ihr Feind, wie du auch.«

Du lügst! Du bist ein Sartan! Du uns betrogen. Zitadelle bauen, dann unsere Augen stehlen! Sehen nicht mehr das helle, strahlende Licht!

Der Zorn des Tytanen hämmerte auf Haplo ein, der mit jedem Schlag an Kraft verlor. Sein Zauber würde nicht mehr lange standhalten. Er mußte fliehen, während das Geschöpf noch verwirrt war. Aber es hatte sich gelohnt. Er hatte etwas erfahren. *Sehen nicht mehr das helle, strahlende Licht!* Er hatte das Gefühl, daß er allmählich zu verstehen begann. Hell und strahlend ... vor ihm ... über ihm ...

»Hund!« Haplo wandte sich zur Flucht und erstarrte mitten in der Bewegung. Überall, wohin er schaute, sah er nur sich selbst.

Der Tytane hatte Haplos eigenen Zauber gegen ihn gekehrt.

Haplo kämpfte gegen seine Furcht an. Er war gefangen, ein Entkommen war so gut wie unmöglich. Wenn er den Zauber auflöste, war auch der Tytane frei. Ausgelaugt und erschöpft, besaß er nicht die Kraft, ein neues Runengewebe zu knüpfen, das stark genug war, das urgewaltige Geschöpf aufzuhalten. Der Patryn wandte sich nach links – und erblickte sich selbst. Er wandte sich nach rechts – wieder nur sein eigenes Gesicht. Der Hund sprang aufgeregt im Kreis herum und bellte verstört.

Haplo konnte spüren, wie der Tytane auf der Suche nach ihm durch das Unterholz stolperte. Früher oder später mußte er ihn finden. Etwas streifte ihn, vielleicht eine riesige Hand...

Haplo warf sich blindlings zur Seite und stieß gegen einen Baum. Der harte Aufprall war schmerzhaft, und er rang keuchend nach Atem. Plötzlich bemerkte er, daß er wieder sehen konnte. Bäume, Gestrüpp, Schlingpflanzen! Der Zauber wirkte nicht mehr. Die Erleichterung, die ihn durchströmte, wurde rasch von heißer Angst verdrängt.

Das bedeutete, daß das Runengeflecht sich auflöste, und wenn es ihm wieder möglich war, seine Umgebung wahrzunehmen, dann vermochte es auch sein Gegner.

Der Tytane ragte vor ihm auf. Haplo ließ sich zu Boden fallen, versuchte kriechend, Unterschlupf zu finden. Hinter sich hörte er den Hund bellen, der tapfer versuchte, seinen Herrn zu verteidigen. Ein lautes, schmerzerfülltes Aufheulen, dann fiel ein dunkler, pelziger Körper neben ihm zu Boden.

Haplo bekam einen Ast zu fassen und erhob sich taumelnd.

Der Tytane entwand ihm den Knüppel, bückte sich und griff nach seinem Arm. Die Hand war ungeheuer groß, und die Finger griffen zu, daß Haplo glaubte, Fleisch und Knochen würden ihm zermalmt. Die Kreatur riß Haplo den Arm aus dem Gelenk. Er sank zu Boden.

Der Tytane verstärkte seinen Griff und zog ihn wieder in die Höhe. Haplo kämpfte gegen den Schmerz, kämpfte gegen die Bewußtlosigkeit, die von ihm Besitz ergreifen wollte. Der nächste Ruck würde ihm den Arm vom Körper reißen.

»Ich bitte um Vergebung, junger Mann, aber kann ich vielleicht in irgendeiner Weise zu Diensten sein?«

Ein flammend rotes Auge spähte aus dem Moos hervor.

Der Tytane riß Haplo zu sich empor; der Patryn vernahm ein Knacken und Brechen und verlor vor Schmerz fast die Besinnung.

Das zweite flammend rote Auge wurde sichtbar, ein mit Schlingpflanzen behangenes, grünes, schuppiges Haupt brach durch die Moosdecke. Ein flammend roter Rachen tat sich auf, weiße Zähne glitzerten, eine schwarze Zunge schnellte vor und zurück.

Haplo wurde losgelassen und stürzte zu Boden. Er umklammerte seine

Schulter und stellte fest, daß der Arm zwar ausgerenkt, aber nicht abgerissen war. Mit zusammengebissenen Zähnen und völlig bewegungslos, um nicht die Aufmerksamkeit auf sich zu lenken, lag er auf dem Moos und wartete ab, was geschah.

Der Drache sprach. Haplo konnte nicht verstehen, was er sagte, aber er spürte, wie der Zorn des Tytanen verging und Ehrfurcht und Angst an seine Stelle traten. Der Drache sprach wieder, und der Tytane floh in den Dschungel zurück. Sein grünfleckiger Körper bewegte sich so rasch und lautlos, daß es den trüben Augen des Patryn vorkam, als wären die Bäume selbst auf der Flucht.

Haplo drehte sich auf den Rücken und verlor das Bewußtsein.

Kapitel 29

Wipfelhöhe, Equilan

»Zifnab, du bist wieder zurück!« rief Lenthan Quindiniar.

»Bin ich das?« wunderte sich der alte Mann und machte ein verdutztes Gesicht.

Lenthan kam auf die Veranda gelaufen, ergriff Zifnabs Hand und schüttelte sie. »Und Paithan!« sagte er, als er seines Sohnes ansichtig wurde. »Gesegneter Orn! Und keiner hat mir was gesagt. Wissen deine Schwestern Bescheid?«

»Ja, wir haben uns schon begrüßt.« Der Elf musterte seinen Vater besorgt. »Geht es dir gut?«

»Und du hast Gäste mitgebracht?« Lenthan bedachte Rega und Roland mit seinem unsteten, schüchternen Lächeln. Roland hielt sich die zerkratzte Wange und nickte mürrisch. Rega trat zu Paithan und ergriff seine Hand. Paithan legte den Arm um sie, und beide erwiderten trotzig Lenthans Blick.

»O du meine Güte«, murmelte Lenthan und zerrte an seinen Frackschößen. »O du meine Güte!«

»Paps, hörst du nicht die Trompetensignale?« Paithan legte seinem Vater die Hand auf die schmale Schulter. »Es passieren schreckliche Dinge. Weißt du davon? Hat Callie es dir erzählt?«

Lenthan schaute sich um, als wäre er nur allzu glücklich, das Thema wechseln zu können, aber Zifnab starrte mit nachdenklich gerunzelter Stirn zum Waldrand hinüber. Und da hockte auch noch ein Zwerg am Boden und kaute an dem Brot und Käse, die Paithan in der Küche organisiert hatte, da zweifelsfrei feststand, daß niemand die Absicht hegte, sie zu einem Willkommensschmaus ins Haus zu bitten.

»Ich . . . ich glaube mich entsinnen zu können, daß deine Schwester etwas erwähnte, aber die Armee hat alles unter Kontrolle.«

»Hat sie nicht, Paps, kann sie auch gar nicht. Ich habe diese Ungeheuer gesehen! Sie haben die Zwergennation ausgelöscht. Thillia ist verloren, Paps! Zerstört, entvölkert! Uns wird es nicht anders ergehen. Es ist, wie der alte Zauberer gesagt hat: Tod und Verderben.«

Lenthan krümmte sich und drehte die Frackschöße zu Spiralen. Den Blick hatte er auf die Bodenplanken der Veranda gerichtet.

»Vater, hast du mir zugehört?« Paithan schüttelte ihn behutsam.

»Wie?« Lenthan schaute blinzelnd zu ihm auf und lächelte nervös. »O ja. Faszinierend, was du alles erlebt hast. Alles sehr interessant, mein lieber Junge. Sehr interessant. Aber warum kommst du nicht herein und redest mit deiner Schwester. Sag Callie, daß du wieder daheim bist.«

»Sie weiß, daß ich daheim bin!« rief Paithan aufgebracht. »Sie hat mir das Haus verboten, Paps. Sie hat mich beleidigt und die Frau, die ich heiraten werde! Ich werde dieses Haus nie wieder betreten!«

»O du meine Güte.« Lenthans Blick huschte von seinem Sohn zu den Menschen, zu dem Zwerg und zu dem alten Magier. »O du meine Güte.«

»Hör mal, Paithan«, sagte Roland und trat neben den Elf, »du bist zu Hause gewesen, du hast deine Familie begrüßt. Du hast dein Möglichstes getan, sie zu warnen. Was jetzt geschieht, geht dich nichts mehr an. Wir müssen los, oder die Tytanen erwischen uns hier.«

»Und wohin willst du gehen?« fragte Zifnab mit angriffslustig vorgerecktem Kinn.

»Weiß ich nicht!« Roland zuckte die Schultern und betrachtete den Zauberer unfreundlich. »In diesem Teil der Welt kenne ich mich nicht besonders gut aus. Vielleicht nach den Fernhin-Landen. Das liegt im Est, oder nicht? Oder Sinith Paragna . . .«

»Die Fernhin-Lande sind verwüstet, die Bevölkerung wurde niedergemetzelt«, erklärte Zifnab. Seine Augen unter den buschigen weißen Brauen funkelten. »In den Wäldern von Sinith Paragna *könntest* du dich eine Zeitlang verbergen, aber nach einiger Zeit würden die Tytanen dich aufspüren. Und was dann, mein Junge? Wieder fliehen? Fliehen, bis du die Küste des Terinthischen Ozeans erreicht hast? Wirst du Zeit haben, dir ein

Schiff zu bauen? Und selbst dann wäre es nur eine Sache der Zeit. Selbst dann werden sie dir folgen . . .«

»Sei still, alter Mann! Sei still. Entweder hältst du den Mund, oder du erzählst uns, was wir sonst tun können.«

»Das werde ich«, schnappte Zifnab. »Es gibt nur einen Ausweg.« Er deutete mit dem ausgestreckten Zeigefinger in die Höhe. »Nach oben.«

»Zu den Sternen!« Endlich glaubte Lenthan zu begreifen, worum es eigentlich ging. Er faltete die Hände. »Dann ist es jetzt soweit? Ich geleite mein Volk . . .«

». . . aus der Gefahr!« beendete Zifnab enthusiastisch den angefangenen Satz. »Aus Ägypten! Aus der Knechtschaft! Durch die Wüste! Die Feuersäule . . .«

»Wüste?« Lenthan schaute wieder ängstlich drein. »Feuer? Ich dachte, unser Ziel wären die Sterne?«

»Tut mir leid.« Zifnab wirkte zerknirscht. »Falscher Text. Das passiert nur, weil sie immer in letzter Minute das Drehbuch umschreiben. Man kommt völlig durcheinander. Und dann hatten wir auch noch diesen Autorenstreik . . .«

»Natürlich!« jubelte Roland. »Das Schiff! Zur Hölle mit den Sternen! Das Schiff fliegt uns über den Terinthischen Ozean!«

»Aber das bedeutet nicht die Rettung vor den Tytanen!« warf der alte Zauberer ungehalten ein. »Hast du denn nichts gelernt, Junge? Wo immer du in dieser Welt an Land gehst, wirst du sie vorfinden. Oder vielmehr werden sie dich finden. Die Sterne. Das ist der einzige sichere Zufluchtsort.«

Lenthan blickte zum sonnigen Himmel auf, zu den gleißenden Lichtpunkten in der wolkenlosen Bläue, hoch über Blut und Entsetzen und Tod. »Bald werde ich bei dir sein, mein Herz«, flüsterte er.

Roland zupfte Paithan am Ärmel und zog ihn mit sich zum Haus hinüber, wo sie in der Nähe eines offenen Fensters stehenblieben.

»Hör mal«, sagte er, »wir müssen den alten Spinner hinters Licht führen. Sterne! Bah! Wenn wir erst an Bord sind, fliegen wir mit dem Schiff wohin wir wollen!«

»Du meinst wohl, wohin dieser Haplo will.« Paithan schüttelte den Kopf. »Ein merkwürdiger Patron. Ich werde nicht schlau aus ihm.«

Die Männer waren so mit sich selbst beschäftigt, daß keiner von ihnen bemerkte, wie eine zarte weiße Hand nach der Gardine griff und sie ein wenig zur Seite schob.

»Stimmt schon. Ich auch nicht«, gab Roland zu. »Aber . . .«

»Und ich will mich auch nicht mit ihm in eine Rauferei einlassen! Ich habe gesehen, wie er diesem Tytanen den Baumstamm aus der Hand geschmettert hat, als wäre es ein Strohhalm! Abgesehen davon mache ich mir Sorgen über meinen Vater. Es geht ihm nicht gut. Ich bezweifle, daß er diese verrückte Reise überstehen würde.«

»Schon gut, dann einigen wir uns eben mit Haplo und lassen ihn das Ziel bestimmen. Ich möchte wetten, daß er gar nicht so scharf darauf ist, ausgerechnet zu den Sternen zu fliegen!«

»Ich weiß es nicht. Aber vielleicht regen wir uns ganz unnötig auf. Vielleicht gelingt es unsere Armee ja tatsächlich, sie zurückzuschlagen.«

»O ja. Und vielleicht wachsen mir Flügel, und ich kann selbst zu den Sternen fliegen!«

Paithan warf dem Menschen einen bitteren, verärgerten Blick zu, kehrte ihm den Rücken und ging mit steifen Schritten zur anderen Seite der Veranda. Dort blieb er stehen, riß eine Blüte von einem Hibiskusstrauch und zupfte verdrießlich die einzelnen Blätter aus. Roland, der den Disput zu Ende führen wollte, schickte sich an, ihm zu folgen, aber Rega hielt ihn fest.

»Laß ihn eine Zeitlang in Ruhe.«

»Warum? Er redet Unsinn . . .«

»Roland, begreifst du denn nicht? Er muß all dies zurücklassen! Das ist es, was ihm Kummer bereitet.«

»Was zurücklassen? Ein Haus?«

»Sein ganzes Leben.«

»Dir und mir ist es nicht schwergefallen, das zu tun.«

»Aber nur, weil wir uns immer wieder ein neues Leben aufbauen mußten«, sagte Rega ernst. »Aber ich kann mich daran erinnern, wie wir von zu Hause weggegangen sind, aus dem Haus, in dem wir geboren wurden.«

»Was für ein Stall!« brummte Roland.

»Nicht für uns. Wir kannten nichts anderes. Ich erinnere mich, wie es war, als Mutter nicht heimkam.« Rega schmiegte sich an ihren Bruder und legte die Wange gegen seinen Arm. »Wir haben gewartet – wie lange?«

»Einen Zyklus oder zwei.« Roland zuckte die Achseln.

»Wir hatten nichts zu essen und kein Geld. Und du hast immer wieder versucht, mich zum Lachen zu bringen, damit ich mich nicht fürchte.« Rega schob ihre Hand in die ihres Bruders und hielt sie fest. »Dann sagtest du: ›Also, Schwesterlein, die Welt ist groß, aber wenn wir hier in dieser Hütte bleiben, kriegen wir nichts davon zu sehen.‹ Dann sind wir losgezogen. Wir gingen aus dem Haus, bogen in die Straße ein und folgten ihr, wohin sie uns führte. Aber ich kann mich an noch etwas entsinnen, Roland. Auf dem Fußpfad bist du nämlich stehengeblieben und hast dich nach dem Haus umgesehen. Und ich weiß genau, als du zu mir zurückkamst, standen Tränen in deinen . . .«

»Damals war ich ein Kind. Paithan ist erwachsen oder gilt wenigstens dafür. Ja, schon gut. Ich lasse ihn in Ruhe. Ich werde jedoch an Bord des

Schiffes gehen, ob er mitkommt oder nicht. Und was tust *du*, wenn er sich entscheidet hierzubleiben?«

Roland wandte sich ab und ging. Rega blieb neben dem Fenster stehen, den sorgenvollen Blick auf Paithan gerichtet. Im Innern des Hauses wurde die Hand zurückgezogen, und die Spitzengardine hing vor dem Fenster, als wäre nichts gewesen.

»Wann brechen wir auf?« fragte Lenthan den alten Zauberer ungeduldig. »Sofort? Ich muß nur ein paar Sachen zusammenpacken . . .«

»Sofort?« Zifnab griff erschreckt in seinen Bart. »O nein, nicht sofort. Erst müssen wir alle zusammenrufen. Wir haben Zeit, mußt du wissen. Nicht viel, aber ein wenig.«

»Mich würde interessieren«, mischte Roland sich ein, »bist du eigentlich sicher, daß dieser Haplo mit deinem Plan einverstanden ist?«

»Aber ja, selbstverständlich!« erwiderte Zifnab überzeugt.

Roland musterte ihn aus zusammengekniffenen Augen.

»Nun«, der alte Zauberer suchte nach Worten, »vielleicht nicht gleich.«

»Aha!« Roland nickte ahnungsvoll.

»Um die Wahrheit zu sagen«, Zifnab schien sich zunehmend unbehaglich zu fühlen, »will er uns überhaupt nicht dabeihaben. Es könnte sein, daß wir uns – wie soll ich mich ausdrücken – an Bord schleichen müssen.«

»Schleichen!«

»Aber das könnt ihr getrost mir überlassen!« Der alte Zauberer nickte weise. »Ich werde das Zeichen geben. Laßt mich nachdenken. Wenn der Hund bellt! Das ist das Zeichen. Habt ihr alle gehört!« Zifnab erhob belehrend die Stimme. »Wenn der Hund bellt! Dann gehen wir an Bord!«

Ein Hund bellte.

»Jetzt?« fragte Lenthan, der beinahe aus den Schuhen gesprungen wäre.

»Aber nein!« Zifnab schien ernsthaft böse zu sein. »Was hat das zu bedeuten. Es ist doch noch gar nicht soweit!«

Der Hund kam um die Hausecke gestürmt. Er schnappte nach Zifnabs langem Gewand und zerrte daran.

»Wirst du wohl! Du reißt den ganzen Saum auf! Laß das!«

Das Tier knurrte und zerrte immer heftiger, dabei hielt es den Blick unverwandt auf den alten Mann gerichtet.

»Großer Nebukadnezar! Warum hast du das nicht gleich gesagt? Haplo ist in Gefahr. Er braucht unsere Hilfe!«

Der Hund ließ ihn los und verschwand mit weiten Sätzen zwischen den Bäumen. Zifnab raffte seinen Habit über die bloßen, dürren Knöchel und lief hinter dem Tier her.

Die anderen blieben zögernd stehen, tauschten unentschlossene Blicke und dachten plötzlich wieder daran, wie es war, den Tytanen gegenüberzustehen.

»Verdammt, er ist der einzige, der imstande ist, das Schiff zu fliegen!« sagte Roland und folgte dem alten Zauberer, Rega im Schlepptau.

Paithan wollte sich gleichfalls in Bewegung setzten, als er eine Tür schlagen hörte. Er drehte sich um und entdeckte Aleatha.

»Ich komme mit.«

Der Elf starrte sie an. Sie hatte sich seine alten Sachen angezogen: Lederhose, weißes Leinenhemd und Lederweste. Die Kleidungsstücke waren ihr viel zu eng. Die Hose spannte über den runden Oberschenkeln, und die Nähte ächzten. Sie steckte dermaßen prall in ihrem Anzug, daß sie nackter aussah als nackt. Paithan fühlte, wie ihm das Blut heiß in die Wangen stieg.

»Aleatha, geh ins Haus zurück. Das hier ist eine ernste . . .«

»Ich komme mit. Ich will mich mit eigenen Augen überzeugen!« Sie bedachte ihn mit einem hochmütigen Blick. »Ich werde dich zwingen, all diese Lügen zu widerrufen!«

Sie ging an ihm vorbei und folgte mit entschlossenen Schritten den anderen. Ihr wunderschönes Haar hatte sie im Nacken zu einem Knoten geschlungen. In der Hand trug sie einen kräftigen Wanderstock, vielleicht mit der Überlegung, ihn im Notfall als Waffe benutzen zu können.

Paithan stieß einen verzweifelten Seufzer aus. Mit ihr zu diskutieren hatte keinen Zweck. Ihr ganzes Leben hatte sie immer getan, was sie wollte, und jetzt würde sie damit nicht aufhören. Als er sie eingeholt hatte, bemerkte er nicht ohne Verwunderung, daß Aleathas Blick an dem Mann haftete, der sich vor ihnen einen Weg durch das Unterholz bahnte: an dem kräftigen Rücken und den wogenden Muskeln Rolands.

Lenthan Quindiniar, der allein vor dem Haus zurückgeblieben war, rieb sich die Hände, schüttelte den Kopf und murmelte: »O du meine Güte. O du meine Güte.«

Calandra stand im oberen Stockwerk am Fenster ihres Arbeitszimmers und sah ihren Bruder und die Fremden nacheinander über den Rasen laufen und dem Waldrand zustreben. In der Ferne riefen die Hörner verzweifelt zu den Waffen. Mit verächtlich emporgezogenen Augenbrauen kehrte sie zu den Geschäftsbüchern zurück und erlaubte sich ein flüchtiges Lächeln bei der Feststellung, daß der Profit dieses Jahres den vom letzten noch um ein Vielfaches übertreffen würde.

Kapitel 30

Wipfelhöhe, Equilan

Haplo erlangte das Bewußtsein wieder und fand sich nicht nur von Tytanen umringt, sondern von allen, mit denen er in dieser Welt Bekanntschaft geschlossen hatte, einschließlich der halben Elfenarmee. Er stöhnte laut und sah den Hund an.

»Das ist alles deine Schuld.«

Der Hund wedelte freudig mit dem Schwanz und öffnete das Maul zu einem stummen Lachen, ohne zu ahnen, daß er von seinem Herrn getadelt worden war. Haplo schaute in die Gesichter, die sich über ihn neigten. Sie erwiderten seinen Blick – mißtrauisch, zweifelnd, erwartungsvoll. Nur der alte Mann betrachtete ihn mit deutlich erkennbarer Sorge.

»Seid Ihr ... seid Ihr schwer verletzt?« fragte die Menschenfrau, er konnte sich nicht an ihren Namen erinnern. Sie musterte seine Schulter und den verdreht herabhängenden Arm. Schüchtern streckte sie die Hand aus. »Können wir Euch helfen?«

»Nicht anfassen!« sagte Haplo mit zusammengebissenen Zähnen.

Die Frau zuckte zurück. Das war natürlich so gut wie eine unverhohlene

Einladung an den weiblichen Elf, neben ihm niederzuknien. Er richtete sich schmerzerfüllt auf und schob sie mit der gesunden Hand zur Seite.

»Du!« stieß er hervor und sah Roland an. »Du mußt mir helfen, das in Ordnung zu bringen!« Er zeigte auf den ausgerenkten Arm.

Roland nickte und kniete sich hin. Er machte Anstalten, Haplo die ärmellose Weste und das Hemd auszuziehen, aber der Patryn hielt ihm die Hände fest.

»Nur die Schulter einrenken.«

»Aber das Hemd stört . . .«

»Nur die Schulter.«

Roland sah dem Mann in die Augen und wandte hastig den Blick ab. Vorsichtig betastete er die verletzte Schulter. Weitere Elfen schoben sich näher, um zuzuschauen, unter ihnen auch Paithan. Er war in einem ersten Gespräch mit einem fremden Elf vertieft gewesen, der in die blutbesudelten Fetzen einer einstmals eleganten Uniform gekleidet war. Beim Klang von Haplos Stimme brachen sie ihre Unterhaltung ab.

»Was immer Ihr so eifersüchtig unter diesem Hemd verbergt, muß etwas Besonderes sein«, bemerkte Aleatha. »Nicht wahr?«

Roland warf ihr einen finsteren Blick zu. »Wirst du nicht vielleicht anderswo gebraucht?«

»Entschuldigung«, erwiderte sie kühl. »Ich habe nicht verstanden, was Ihr gesagt habt. Ich spreche die Menschensprache nicht.«

Roland senkte finster die Brauen und bemühte sich, sie zu ignorieren. Das war nicht leicht. Sie saß über Haplo gebeugt und ließ die weiche Rundung ihrer Brüste sehen.

Für wen war diese Zurschaustellung bestimmt, fragte sich der Patryn. Er hätte die Situation vielleicht amüsant gefunden, wäre er nicht so zornig auf sich selbst gewesen. Wenn er Roland ansah, drängte sich ihm die Vermutung auf, daß Aleatha diesmal vielleicht ihren Meister getroffen hatte. Der Mann schien sich für nichts anderes zu interessieren als seinen Patienten. Er legte beide Hände um Haplos Arm.

»Es wird weh tun.«

»Ja.« Haplos Kiefer schmerzten, so fest biß er die Zähne zusammen. Er verfügte über die Mittel, sich den Schmerz zu ersparen; um die Verletzungen zu heilen, brauchte er nichts weiter zu tun, als die Runen zu aktivieren. Nur hatte er es verdammt satt, seine magischen Kräfte einem Viertel des bekannten Universums vorzuführen.

»Nun mach schon!«

»Ich glaube, du solltest dich beeilen«, meldete sich der Elf neben Paithan zu Wort. »Wir haben sie zurückgeschlagen, aber ich fürchte, nicht auf Dauer.«

Roland sah über die Schulter. »Ich brauche einen von euch Männern, um ihn festzuhalten.«

»Ich kann das übernehmen«, antwortete Aleatha. Sie sagte es in der Elfensprache, doch ihre Absicht war unmißverständlich.

»Das ist eine wichtige Sache«, schnappte Roland. »Ein Püppchen, das in Ohnmacht fällt, kann ich nicht brauchen!«

»Ich falle nie in Ohnmacht ... ohne guten Grund.« Aleatha schenkte ihm ein süßes Lächeln. »Wie geht es Eurer Backe? Tut's weh?«

Diesmal verstand Roland nicht, was sie sagte, grunzte zur Antwort und hielt den Blick auf seinen Patienten gerichtet. »Du mußt ihn so festhalten, daß er diesen Baumstamm als Stütze im Rücken hat, damit er sich nicht dreht, wenn ich den Arm einrenke.«

Aleatha legte Haplo die Arme um den Leib, ohne auf seine Einwände zu hören.

»Mich braucht niemand festzuhalten!« Er befreite sich aus den Armen der Elfenfrau. »Warte einen Augenblick, Roland. Nur einen Moment. Erst muß ich ...« Er suchte nach dem Elf in der eleganten Uniform. »Sie zurückgeschlagen? Tatsächlich? Wie ...«

Schmerz durchzuckte seinen Arm, die Schulter, strömte weißglühend in den Rücken und in seinen Kopf. Haplo sog röchelnd den Atem ein.

»Könnt Ihr ihn bewegen?« Roland setzte sich ins Moos und wischte sich den Schweiß von der Stirn.

Der Hund kroch winselnd zu Haplo heran und leckte ihm das Handgelenk. Behutsam und mit schmerzverzogenem Gesicht bewegte Haplo den Arm im Gelenk.

»Ihr braucht einen ordentlichen Verband«, warnte Roland, als er merkte, daß Haplo aufstehen wollte. »Die Kugel kann jederzeit wieder herausspringen, sehr leicht sogar. In dem Gelenk ist alles überdehnt ...«

»Es geht schon«, wehrte Haplo ab, umklammerte die Schulter und kämpfte gegen die Versuchung an, mit Hilfe der Runen den Heilungsprozeß zu vollenden. Das würde er tun, wenn er allein war. Er lehnte sich gegen den Baumstamm, schloß die Augen und hoffte, daß der Mann und die Elfenfrau den Hinweis verstanden und ihn sich selbst überließen. Er hörte, wie sich Schritte entfernten, wohin, war ihm gleich. Paithan und der Elfenfürst hatten ihre Unterhaltung wieder aufgenommen.

»... berichtet, daß konventionelle Waffen gegen sie nichts auszurichten vermochten. Der beste Beweis dafür ist die vollständige Niederlage der Menschen in Thillia. Menschen, die im Besitz unserer magischen Waffen waren, hatten etwas mehr Erfolg, konnten jedoch auch nur kurze Zeit standhalten. Damit war zu rechnen. Sie sind fähig, die in der Waffe enthaltene Magie zu nutzen, aber sie verfügen nicht wie wir über das Wissen, sie zusätzlich zu verstärken. Nicht, daß es uns viel geholfen hätte. Unsere eigenen Magier waren völlig hilflos. Wir warfen ihnen alles entgegen, was uns zur Verfügung stand, und nur eines erwies sich als erfolgreich.«

»Die Dracos, Fürst?« fragte Paithan.

»Ja, die Dracos.«

Was zum Teufel war ein Draco? Haplo öffnete die Augen einen Spalt und lugte zu den Sprechern hinüber. Der Elfenfürst hielt offenbar so ein Ding in der Hand. Er und Paithan studierten es eingehend. Haplo ebenfalls.

Der Draco ähnelte einem Kehlbogen, nur war er beträchtlich größer. Er verschoß holzgeschnitzte Projektile in der Form kleiner Drachen.

»Die Wirkung scheint nicht in den damit zugefügten Wunden zu liegen. Die meisten unserer Leute sind nicht nah genug an die Tytanen herangekommen, um ihnen überhaupt Verletzungen beizubringen«, fügte der adlige Elf beschämt hinzu. »Es ist der Anblick des Dracos an sich, der ihnen Furcht einflößt. Wann immer wir die Dracos abfeuern, hören die Ungeheuer sofort auf zu kämpfen. Sie machen auf der Stelle kehrt und ergreifen die Flucht.« Der Elfenfürst musterte die Waffe ratlos und schüttelte sie leicht. »Wenn ich nur wüßte, was sie daran so erschreckt! Vielleicht könnten wir sie besiegen.«

Haplo starrte mit schmalen Augen auf das Projektil. Er kannte den Grund. Vermutlich erwachte der Draco zum Leben, wenn er auf den Feind abgefeuert wurde – manche Elfenwaffen waren so konstruiert. Den Tytanen mußte es vorkommen, als würden sie von kleinen Drachen angegriffen. Er erinnerte sich an das Gefühl unnennbaren Entsetzens, das von dem Tytanen ausgegangen war, als der Drache auf der Lichtung auftauchte. Also waren die Drachen offenbar das geeignete Gegenmittel gegen die mordgierigen Scheusale.

Mein Gebieter wird das äußerst interessant finden, dachte Haplo, lächelte ein wenig und massierte sich die Schulter.

Ein Ruck an seinem Gürtel erregte seine Aufmerksamkeit. Er senkte den Blick und entdeckte den Zwerg. Wie lange hatte er schon dort gestanden? Haplo hatte seine Anwesenheit gar nicht bemerkt und verfluchte sich selbst deswegen. Man neigte dazu, den Zwerg zu vergessen, und nach dem Blick der schwarzen Augen zu urteilen, konnte das fatale Folgen haben.

»Ihr sprecht meine Sprache.« Es war keine Frage, Drugar kannte die Antwort bereits. Woher? fragte sich Haplo flüchtig.

»Ja.« Der Patryn hielt es nicht für nötig zu lügen.

»Worüber reden sie?« Drugar neigte den zottigen Kopf in die Richtung von Paithan und dem Elfenfürsten. »Ich spreche die Menschensprache, aber nicht die der Elfen.«

»Sie unterhalten sich über die Waffe, die der Elf in der Hand hält. Offenbar hat sie irgendeine besondere Wirkung auf die Tytanen. Sie ergreifen davor die Flucht.«

Die Augenbrauen des Zwergs zogen sich zu einer finsteren Linie zusammen und beschatteten die dunklen Augen, bis man nur noch den funkelnden Haß in ihren Tiefen erkennen konnte. Der Patryn kannte und würdigte Haß – er hielt die Gefangenen des Labyrinths am Leben. Er fragte sich, was Drugar bewegen mochte, sich Leuten anzuschließen, die er unverhohlen verabscheute. Plötzlich glaubte Haplo, den Grund zu kennen.

»Elfenwaffen«, murmelte Drugar in seinen dichten Bart, »verjagen sie. Elfenwaffen hätten mein Volk zu retten vermocht!«

Wie zur Antwort erhob sich Paithans Stimme. »Aber es hat sie nicht auf Dauer in die Flucht geschlagen, Durndrun.«

Der Fürst schüttelte den Kopf. »Nein, leider nicht. Sie kamen zurück, fielen uns in den Rücken und führten diese tödliche Elementarmagie gegen uns ins Feld, die ihnen zu Gebote steht – bewarfen uns mit Feuer und Felsen. Sie hüteten sich, uns vor die Augen zu kommen, und als wir flohen, haben sie uns nicht verfolgt.«

»Was sagen sie jetzt?« fragte Drugar. Seine Hand war unter dem Bart verborgen; Haplo konnte sehen, wie sich die Finger bewegten und etwas umklammerten.

»Die Waffen hielten sie auf, aber nicht für lange. Die Tytanen wehrten sich mit Elementarmagie.«

»Aber sie sind hier! Sie leben!«

»Ja. Die Elfen zogen sich zurück, und die Tytanen verzichteten darauf, sie zu verfolgen.« Haplo bemerkte, daß der Elfenfürst Paithan mit sich zwischen die Bäume zog, vermutlich, um etwas Wichtiges zu besprechen.

»Hund«, sagte Haplo. Das Tier hob den Kopf. Ein Wink seines Herrn, und es trottete lautlos hinter den beiden Elfen her.

»Pah!« Der Zwerg spuckte aus.

»Du glaubst ihnen nicht?« erkundigte sich Haplo interessiert. »Du weißt, was Elementarmagie ist?«

»Ich weiß es«, knurrte Drugar, »auch wenn wir sie nicht benutzen. Wir benutzen ...« er deutete mit dem plumpen Finger auf Haplos tätowierte Hände »... diese Magie.«

Haplo verschlug es die Sprache.

Dem Zwerg schien nicht aufzufallen, was seine Worte für eine Wirkung gehabt hatten. Er zog eine runde Obsidianplatte an einer Lederschnur aus seinem Hemd und hielt sie hoch, damit Haplo sie anschauen konnte. Der Patryn bückte sich und entdeckte eingegraben in den seltenen Stein eine einzelne Rune. Es war eine ungeschickte Arbeit, und das Zeichen an sich besaß nur wenig Macht, aber er brauchte nur einen Blick auf seine Arme zu werfen, um das Gegenstück in seine Haut eintätowiert zu sehen.

»Wir sind nicht fähig, davon Gebrauch zu machen, wie Ihr es tut.« Der Zwerg starrte sehnsüchtig und mit einem Ausdruck von Gier auf Haplos Hände. »Uns fehlt das Wissen, wie man sie zusammenfügen muß. Wir sind wie kleine Kinder: Zwar kennen wir einige Worte, sind aber nicht imstande, sie zu Sätzen zu verknüpfen.«

»Wer hat euch die Runenmagie gelehrt?« fragte Haplo, als er sich gefaßt hatte und wieder sprechen konnte.

Drugar hob den Kopf und richtete den Blick auf irgendeinen Punkt im Dschungel. »Der Sage nach taten sie es.«

Im ersten Moment dachte Haplo, er meinte die Elfen. Die dunklen Augen des Zwergs waren aber auf die Baumwipfel gerichtet, und der Patryn begriff. »Die Tytanen . . .«

»Einige von uns glaubten, es wäre ihre Absicht, zu uns zurückzukehren, uns zu helfen, uns zu lehren. Statt dessen . . .« Drugars Stimme verklang in einem Grollen wie von fernem Donner.

Noch ein Rätsel, das gelöst sein will. Aber nicht hier. Nicht jetzt. Allein – und weit weg. Haplo sah Paithan und den Elfenfürst zurückkehren. Der Hund folgte ihnen unbeachtet. Paithans Gesicht spiegelte einen inneren Kampf wieder, der recht schmerzlich zu sein schien. Der Elfenfürst näherte sich Aleatha, die allein und unnahbar am Rand einer Baumgruppe stand.

»Du hast mich links liegen gelassen«, beschwerte sie sich.

Lord Durndrun lächelte matt. »Ich bin untröstlich, mein Herz. Die Ernsthaftigkeit der Lage . . .«

»Aber jetzt ist doch wieder alles in bester Ordnung«, meinte Aleatha leichthin. »Und hier stehe ich in meinem ›Jungfer Marian-Kostüm‹, bereit, dein Schildknappe zu sein, doch leider scheine ich die Schlacht verpaßt zu haben.« Sie hob die Arme, um sich bewundern zu lassen. »Gefällt es dir? Ich werde es nach der Hochzeit tragen, jedesmal, wenn wir uns streiten. Obwohl ich ziemlich sicher bin, daß es deiner Mutter nicht gefallen wird.«

Der Fürst erbleichte und wandte das Gesicht ab, um seinen Schmerz zu verbergen. »Du siehst bezaubernd aus, mein Herz. Und jetzt habe ich deinen Bruder gebeten, dich nach Hause zu begleiten.«

»Aber natürlich, selbstverständlich. Es ist fast Essenszeit. Wir erwarten dich. Nachdem du ein wenig Ordnung geschaffen hast . . .«

»Ich fürchte, ich werde nicht kommen können, Liebes.« Er nahm die Hand seiner Verlobten und führte sie an die Lippen. Leb wohl, Aleatha.« Er wollte ihre Hand loslassen, doch Aleatha umklammerte seine Finger.

»Was ist das für ein Benehmen, mir in so einem Ton Lebwohl zu sagen?« Sie bemühte sich, ihre Worte heiter klingen zu lassen, aber die gepreßte Stimme verriet die Angst, die sie empfand.

»Quindiniar!« Lord Durndrun machte sich sanft von ihr frei.

Paithan trat vor und umfaßte Aleathas Arm. »Wir müssen gehen . . .«

Aleatha schüttelte ihn ab. »Lebt wohl, Fürst«, sagte sie kalt. Dann wandte sie ihm den Rücken zu und schritt in den Dschungel hinein.

»Thea!« rief Paithan besorgt. Sie reagierte nicht und ging weiter. »Verflucht, sie sollte nicht allein herumlaufen . . .« Er schaute Roland an.

»Oh, schon gut«, brummte der Mann und verschwand zwischen den Bäumen.

»Paithan, ich verstehe das alles nicht. Was ist los?« fragte Rega.

»Ich erzähle es dir später. Jemand soll den alten Mann aufwecken.« Paithan wies mit einer ärgerlichen Geste auf Zifnab, der gemütlich unter einem Baum lag und lauthals schnarchte. Er drehte sich zu Lord Durndrun herum. »Es tut mir leid, Fürst. Ich werde mit ihr reden und ihr alles erklären.«

Der Elfenfürst schüttelte den Kopf. »Nein, Quindiniar. Laßt es sein. Mir ist es lieber, wenn sie nichts weiß.«

»Durndrun, laßt mich mit Euch gehen . . .«

»Lebt wohl, Quindiniar«, sagte Lord Durndrun fest und schnitt dem jungen Mann das Wort ab. »Ich zähle auf Euch.« Er wandte sich ab und führte seine kleine Streitmacht zurück in den Dschungel.

Von Regas Stiefelspitze ermuntert, erwachte Zifnab mit einem verschluckten Schnarcher. »Was? Wie? Ich habe jedes Wort gehört! Nur mal kurz die Augen zumachen. Die Lider werden von Zeit zu Zeit ein bißchen schwer, wißt ihr.« Seine Gelenke knackten, als er aufstand. Er reckte sich und schnupperte. »Essenszeit. Die Köchin hat etwas von Tangfrucht gesagt. Das käme gelegen. Wir könnten sie trocknen und als Reiseproviant mitnehmen.«

Paithan warf dem alten Mann einen beunruhigten Blick zu und winkte Haplo. »Kommst du mit?«

»Geht schon vor. Ich muß langsam machen und würde euch nur aufhalten.«

»Aber die Tytanen . . .«

»Geht schon!« Haplo hatte Schmerzen und verlor allmählich die Geduld.

Der Elf nahm Rega bei der Hand, und die beiden folgten Roland und Aleatha, die inzwischen weit vorausgeeilt waren.

»Ich muß gehen!« sagte Drugar und beeilte sich, Paithan und Rega einzuholen. Dann allerdings blieb er ein paar Schritte zurück und ließ sie nicht aus den Augen.

»Wie's aussieht, muß ich wieder mal den ganzen Weg zu Fuß gehen!« brummelte Zifnab unzufrieden und entfernte sich. »Wo steckt dieser verflixte Drache? Nie ist er da, wenn ich ihn brauche, aber sonst ist er dauernd zur Stelle, will Leute verspeisen und macht ungezogene Bemerkungen über meine Verdauung.« Er spähte über die Schulter zu Haplo zurück. »Brauchst du Hilfe?«

Das Labyrinth soll mich holen, wenn ich dich je wiedersehe! rief Haplo in Gedanken der sich entfernenden Gestalt nach. *Verrückter alter Bastard.*

Er winkte dem Hund, zog ihn ganz dicht an sich heran und legte dem Tier die Hand auf den Kopf. In seinem Bewußtsein hörte er deutlich das von Paithan und dem Elfenfürsten geführte vertrauliche Gespräch.

Es war der Mühe nicht wert, mußte der Patryn enttäuscht feststellen. Der Elfenfürst hatte nur gesagt, daß es für die Elfen keine Rettung gab. Sie waren alle dem Tod geweiht.

»Du bist eine richtige kleine Kratzbürste, nicht wahr?« sagte Roland.

Es war gar nicht leicht gewesen, die Elfenfrau einzuholen. Die schmalen, filigranen Reeprankenbrücken, die sich von Wipfel zu Wipfel spannten, waren nicht sein Fall. Der Moosboden befand sich tief unter ihm, und bei jeder Bewegung schwankte die Brücke besorgniserregend. Aleatha, die von Kind auf an diese luftigen Pfade gewöhnt war, überquerte sie mit leichten, flinken Schritten. Es wäre ihr ein leichtes gewesen, Roland weit hinter sich zu lassen, aber dann hätte sie allein durch den Dschungel gehen müssen.

Als er sie eingeholt hatte, drehte sie sich um und sah ihm entgegen.

»Kitkninit*. Du verschwendest deinen Atem, wenn du mit mir sprichst.« Ihr Haar hatte sich aus dem nachlässig geschlungenen Knoten gelöst und umwogte als ungebändigte Mähne ihr von der Anstrengung zart gerötetes Gesicht.

»Blödsinn Kitkninit. Du hast mich sehr gut verstanden, als ich dir befahl, unseren Patienten festzuhalten.«

Aleatha zeigte ihm die kalte Schulter. Sie war groß, fast so groß wie Roland; in Paithans alten Lederhosen konnte sie ungehindert ausschreiten.

Sie verließen die Brücke und schlugen einen Moospfad ein. Es war ein schmaler und teils überwucherter Weg, und das Vorwärtskommen wurde durch die Tatsache erschwert, daß Aleatha jede Gelegenheit nutzte, um Roland eins auszuwischen. In den Weg ragende Zweige bog sie zur Seite und ließ sie achtlos zurückschnellen – ihm ins Gesicht. Ein andermal schlug sie unvermutet einen Haken und ließ ihn in einen Dornenbusch laufen. Doch wenn Thea hoffte, Roland wütend zu machen, blieb ihr der Erfolg versagt. Der Mann schien ein merkwürdiges Vergnügen an den Streichen zu finden, die sie ihm spielte. Als sie auf der weiten Rasenfläche vor dem Haus der Quindiniars herauskamen, mußte sie feststellen, daß Roland sich nicht hatte entmutigen lassen und unverdrossen neben ihr her schlenderte.

»Ich meine«, sagte er und setzte die Unterhaltung fort, als hätte es nie eine Unterbrechung gegeben, »du hast diesen Elf ziemlich schlecht behandelt. Es war leicht zu sehen, daß der Bursche sein Leben für dich geben würde. Tatsache ist, er *wird* es tun – sein Leben hingeben nämlich –, und du behandelst ihn, als wäre er ...«

* Elfenwort für ›Ich verstehe nicht‹.

Aleatha fuhr herum und sprang fauchend auf ihn zu. Roland bekam ihre Handgelenke zu fassen, bevor es ihr gelang, ihm wieder mit den Fingernägeln durchs Gesicht zu fahren. »Schluß jetzt, Mädchen! Ich weiß, du würdest mir am liebsten die Zunge herausreißen, nur um die Wahrheit nicht hören zu müssen. Hast du das Blut an seiner Uniform nicht gesehen? Es stammte von getöteten Elfen! Dein Volk. Tot. Genau wie meines. Tot!«

»Du tust mir weh.« Aleathas kühler Ton brachte Roland wieder zur Besinnung. Er wurde rot und ließ verlegen ihre Hände los.

»Es tut mir leid. Ich bitte um Verzeihung. Es ist nur . . .«

»Bitte entschuldigt mich«, sagte Aleatha. »Es ist spät, und ich muß mich zum Essen umkleiden.«

Sie ließ ihn stehen und schritt über den saftig grünen Moosrasen zum Haus. Wieder ertönten Hornsignale. In der unbewegten, stickigen Luft klangen sie flach und leblos. Roland stand immer noch an derselben Stelle und schaute der längst ins Haus getretenen Elfenfrau hinterher, als die anderen herankamen.

»Das ist das Zeichen für die Stadtgarde, auszurücken«, sagte Paithan. »Ich gehöre dazu. Eigentlich sollte ich dort sein und mit ihnen in den Kampf ziehen.« Doch er rührte sich nicht, sondern hielt den Blick auf das Haus gerichtet und den Himmelsstürmer dahinter.

»Was hat der Elfenfürst dir erzählt?« fragte Roland.

»Vorläufig glaubt die Bevölkerung noch, unsere Armee hätte die Tytanen zurückgeschlagen und besiegt. Durndrun weiß es besser. Das war nur ein kleiner Trupp. Nach den Berichten unserer Kundschafter hat sich die blutgierige Horde nach dem Massaker an den Zwergen geteilt – die eine Hälfte zog nach Vars, um Thillia zu vernichten, die andere nach den Fernhin-Landen im Est. Jetzt wollen sie sich offenbar wieder vereinen, um gemeinsam über Equilan herzufallen.«

Paithan legte den Arm um Rega und zog sie an sich. »Wir haben keine Chance. Der Fürst befahl mir, Aleatha und meine Familie zu nehmen und zu fliehen, solange noch Zeit ist. Selbstverständlich dachte er an eine Flucht auf normalem Wege. Er wußte nichts von dem Schiff.«

»Wir müssen uns noch heute abend auf den Weg machen!« sagte Roland.

»Vorausgesetzt, dieser Haplo läßt sich wirklich überreden, uns an Bord zu nehmen. Ich traue ihm nicht«, warf Rega ein.

»Das würde bedeuten, daß ich weglaufe, mein Volk im Stich lasse . . .« murmelte Paithan.

Nein, sagte Drugar zu sich selbst, die Hand am Dolchgriff. Niemand wird fliehen. Nicht heute nacht und auch später nicht. Niemals.

»Wenn der Hund bellt«, verkündete schnaufend der alte Zauberer, der mit einiger Verspätung hinter ihnen aus dem Wald gestolpert kam. »Das ist das Zeichen. Wenn der Hund bellt.«

Kapitel 31

Wipfelhöhe, Equilan

Haplo unternahm einen letzten Inspektionsgang um das Schiff und begutachtete kritisch die Reparaturen, die er durchgeführt hatte. Der Schaden war nicht so groß gewesen wie befürchtet; die schützenden Runen hatten das Schlimmste verhindert. Es war ihm gelungen, die Risse in den Planken zu verschließen und das magische Schutzfeld wieder aufzubauen. Nachdem er sich vergewissert hatte, daß das Schiff die lange Reise überstehen würde, ging Haplo wieder an Bord und ruhte sich aus.

Er fühlte sich erschöpft. Die Reparaturen an dem Schiff und die Behandlung seiner eigenen Verletzungen nach dem Kampf mit dem Tytanen hatten ihn geschwächt. Er wußte, daß er schwach war, weil er immer noch unter Schmerzen litt; die Schulter pulsierte im Rhythmus seines Herzschlags. Etwas Schlaf, um sich zu erholen, und die Verletzung wäre inzwischen nur mehr eine böse Erinnerung gewesen. Aber die Zeit wurde knapp. Er war den Tytanen nicht gewachsen. Seine Zauberkraft mußte er für das Schiff aufsparen und nicht an sich selbst vergeuden.

Der Hund legte sich neben ihn, Haplo streichelte das Tier über die

Schnauze und kraulte es am Unterkiefer. Es drückte den Kopf gegen seine Hand und verlangte nach mehr. Haplo klopfte ihm die Flanken.

»Bist du bereit zur nächsten Reise in den Himmel?«

Der Hund rollte sich herum, stand auf und schüttelte sich.

»Ja, der Meinung bin ich auch.« Haplo legte den Kopf in den Nacken und schaute mit zusammengekniffenen Augen in den weiten, grün überhauchten Himmel. Der Rauch der brennenden Elfenstadt verdeckte die Sterne.

. . . unsere Augen gestohlen! Sehen das helle, strahlende Licht nicht mehr!

Nun ja, warum nicht? Es ergab einen Sinn. Wenn die Sartan . . .

Der Hund stieß ein kehliges Grollen aus. Sofort vergaß Haplo seine Spekulationen und richtete den Blick auf das Haus. Dort steckten sie alle, er hatte sie hineingehen sehen und sich gewundert, daß sie nicht versuchten, an Bord zu kommen. Nach seiner Rückkehr zum Schiff hatte er als erstes das äußere Schutzfeld verstärkt. Als er jedoch den Hund als Kundschafter aussandte, stellte sich heraus, daß sie genau das taten, was von ihnen zu erwarten war – sie stritten.

Weil der Hund seine Aufmerksamkeit auf die Vorgänge im Haus gelenkt hatte, konnte er jetzt auch ihre Stimmen hören: laut, schrill, zornig und gereizt.

»Nichtige! Sie sind alle gleich. Sie sollten froh sein über einen starken Herrscher wie meinen Gebieter – jemanden, der sie zwingt, Frieden zu halten, und ihnen eine vernünftige Ordnung bringt. Das heißt, sofern noch welche von ihnen am Leben sind, wenn mein Fürst seinen Fuß in diese Welt setzt.« Haplo zuckte die Schultern, stand auf und ging in die Steuerkanzel.

Der Hund bellte warnend. Haplos Kopf zuckte herum. Hinter dem Haus bewegte sich der Wald.

Calandra stürmte in ihr Arbeitszimmer, schlug die Tür hinter sich zu und schloß ab. Sie nahm das Hauptbuch, öffnete es, setzte sich in kerzengerader Haltung an ihren Schreibtisch und begann damit, die Eintragungen des letzten Zyklus zu überprüfen.

Mit Paithan war nicht zu reden. Er hatte Fremde in *ihr* Haus eingeladen, darunter auch die Menschensklaven, und ihnen angeboten, es als Zufluchtsort zu betrachten! Der Köchin hatte er aufgetragen, in die Stadt zu laufen und ihre Familie zu holen. Mit seinen Schauergeschichten hatte er sie alle in Panik versetzt. Die Köchin war völlig außer sich. Vermutlich würde es an diesem Abend nichts zu essen geben! Es war eine für Calandra schmerzliche Erkenntnis, aber ihr Bruder war offenbar von demselben Wahn befallen, unter dem ihr bedauernswerter Vater litt.

»Mit Papa habe ich all die Jahre Geduld gehabt«, erzählte Calandra aufgebracht dem Tintenfaß. »Ich habe es hingenommen, daß er uns mehr als einmal fast das Haus über den Kopf angezündet hätte; ich habe die

Schande und die Demütigungen ertragen ... Immerhin ist er mein Vater, und ich stehe in seiner Schuld. Aber dir schulde ich nichts, Paithan! Du bekommst dein Erbteil und damit Schluß. Nimm das Geld und deine Schlampe und das andere Gesindel, und dann kannst du von mir aus versuchen, in dieser Welt deinen Weg zu machen. Du wirst bald zu mir zurückgekrochen kommen! Auf den Knien!«

Draußen begann ein Hund zu bellen. Es kam völlig überraschend und tönte so laut durch die sonnenwarme Stille, daß Calandras Hand zuckte und ein Tintentropfen von der Feder auf das Blatt fiel. Stimmengewirr, Schreie und Rufe drangen von unten herauf. Wie sollte man dabei arbeiten! Zornig griff Calandra nach dem Löschpapier und legte es über den Klecks, um die Tinte aufzusaugen. Die Eintragungen waren noch lesbar – die sauber gemalten Zahlen, wie sie in präzisen Kolonnen über die Seiten marschierten; Inhalt, Sinn und Summe ihres Lebens.

Sie legte die Feder behutsam in die Schale und stand auf, um mit Nachdruck das Fenster zu schließen. Sie warf einen flüchtigen Blick nach draußen, hielt den Atem an und beugte sich ungläubig vor. Es sah aus, als wären die Bäume zum Leben erwacht und näherten sich dem Haus.

Sie kniff die Augen zu und rieb mit den Fingern über die Lider. Manchmal, wenn sie zu lange und angestrengt arbeitete, verschwammen die Zahlen auf dem Papier. Ich bin aufgeregt, das ist alles. Paithan hat mich aus der Fassung gebracht. Ich bilde mir ein, Dinge zu sehen, die gar nicht da sind. Wenn ich die Augen aufmache, wird alles wieder sein, wie es sein sollte.

Calandra öffnete die Augen. Es waren nicht Bäume, die sich bewegten. Was sie sah, war der Vormarsch einer grauenerregenden Armee.

Hastige Schritte kamen die Treppe herauf, den Flur entlang. Eine Faust hämmerte gegen ihre Tür. Paithans Stimme rief: »Callie! Sie kommen! Callie, bitte! Du mußt jetzt mitkommen, sofort!«

Mitkommen? Und wohin?

Ihres Vaters sehnsuchtsvolle, von Vorfreude erfüllte Stimme sagte durch das Schlüsselloch: »Meine Liebe! Wir fliegen zu den Sternen!« Laute Rufe von unten übertönten seine Worte, als Calandra ihn wieder verstehen konnte, hörte sie etwas von ›deine Mutter‹.

»Geh schon hinunter, Vater. Ich werde mit ihr reden. Calandra!« Schläge gegen die Tür. »Calandra!«

Sie starrte wie gebannt aus dem Fenster. Die schrecklichen Wesen schienen zu zögern, auf die große, freie Fläche hinauszutreten; sie verharrten unentschlossen am Waldrand. Manchmal hob eines von ihnen den augenlosen Kopf – sie sahen aus wie Faultiere, denen eine Witterung zugetragen wurde, die ihnen nicht geheuer war.

Etwas prallte gegen die Tür. Paithan versuchte, sie einzurennen! Ein ziemlich aussichtsloses Unterfangen. Weil Calandra in ihrem Zimmer oft Geld zählte, hatte sie eine feste, eigens verstärkte Tür einbauen lassen. Paithan schien sich dieser Tatsache erinnert zu haben, denn er verlegte sich wieder aufs Bitten und flehte sie an, herauszukommen, mitzukommen, sich zu retten.

Eine ungewohnte Wärme ergriff von Calandra Besitz. Paithan liebte sie. Er liebte sie wirklich.

»Vielleicht, Mutter, habe ich doch nicht alles falsch gemacht«, sagte sie vor sich hin. Sie legte die Wange an das kühle Glas der Fensterscheibe und schaute nach unten, auf die ausgedehnte Rasenfläche und die Schar augenloser Giganten.

Paithan versuchte es erneut mit Gewalt. Er würde sich noch die Schulter verletzen. Sie mußte dem ein Ende machen. Mit knappen, entschlossenen Schritten begab sie sich zur Tür, schob den Riegel vor und ließ die Halterung einschnappen, ein Geräusch, das auf der anderen Seite deutlich zu hören war und eine betroffene Stille hervorrief.

»Ich habe zu tun, Paithan«, sagte Calandra streng, wie sie zu ihm gesprochen hatte, als er ein Kind war und sie bedrängte, mit ihm zu spielen. »Ich habe zu arbeiten. Geh jetzt und stör mich nicht.«

»Calandra! Sieh aus dem Fenster!«

Hielt er sie für eine Närrin?

»Ich habe aus dem Fenster gesehen, Paithan«, erwiderte Calandra ruhig. »Du bist schuld, daß ich mich verrechnet habe. Geht ihr alle, wohin ihr auch wollt, und laßt mich in Ruhe.«

Sie konnte sich sein Mienenspiel vorstellen, den Ausdruck von Schmerz und Verwirrung. So hatte er ausgesehen, als er von der Reise mit seinem Großvater nach Hause zurückkehrte. Am Tag von Elithenias Beerdigung.

Mutter ist nicht hier, Paithan. Sie ist für immer gegangen.

Das Rufen unten wurde lauter. Von der anderen Seite der Tür war ein scharrendes Geräusch zu vernehmen – noch eine von Paithans schlechten Angewohnheiten. Sie sah es bildhaft vor sich, wie er im Flur stand, mit gesenktem Kopf zu Boden schaute und niedergeschlagen mit der Schuhspitze gegen die Schwelle trat.

»Leb wohl, Callie«, sagte er so leise, daß das Schwirren der Schwanenfächer fast seine Worte übertönte. »Ich glaube, ich kann dich verstehen.«

Kaum, aber darauf kam es nicht an. *Leb wohl, Paithan,* sagte sie in Gedanken zu ihm und berührte mit den tintenfleckigen Finger sanft das Holz der Tür. *Gib auf Papa acht . . . und auf Thea.*

Schritte entfernten sich rasch und verklangen auf der Treppe.

Calandra wischte sich über die Augen. Sie trat ans Fenster, schlug es zu, kehrte an ihren Tisch zurück und setzte sich wieder hin – kerzengerade und steif wie immer. Sie nahm die Feder, tauchte sie mit einer ruckartigen, präzisen Bewegung ins Tintenfaß und neigte den Kopf über das Hauptbuch.

»Sie gehen nicht weiter«, sagte Haplo zu dem Hund. Der Patryn hatte die Tytanen seit ihrem Auftauchen nicht aus den Augen gelassen und bemerkt, daß sie unter den Bäumen am Waldrand stehengeblieben waren. »Ich wüßte zu gerne, was . . .«

Ein Rumoren in der Tiefe verhalf ihm zu der gesuchten Antwort. »Der Drache des alten Mannes! Bestimmt wittern sie ihn. Komm schon, Hund! Verschwinden wir, bevor diese Kreaturen zu der Einsicht gelangen, daß sie zu zahlreich sind, um sich zu fürchten.«

Haplo hatte fast die Brücke erreicht, als er nach unten schaute und entdeckte, daß er zu sich selbst sprach.

»Hund? Verdammt! Wo . . .?«

Der Patryn warf einen Blick über die Schulter und sah den Hund vom Deck auf das Moos hinunterspringen.

»Hund! Stures Biest!« Haplo stürmte zur Reling und beugte sich hinüber. Das Tier stand mit steifen Beinen und gesträubtem Fell unmittelbar unter ihm und bellte wie von Sinnen das Haus an. »Na gut! Du hast sie gewarnt. Du hast den ganzen Kontinent gewarnt. Jetzt komm wieder her!«

Der Hund gehorchte nicht. Vielleicht war sein eigenes Gebell so laut, daß er nichts anderes hören konnte.

Es blieb Haplo nichts anderes übrig, als murrend über die Reling zu Boden zu springen, wobei er seine Aufmerksamkeit zwischen den immer noch am Waldrand lauernden Kreaturen und dem Haus teilte.

»He, alter Junge, wir hatten doch abgemacht, allein zu reisen.«

Er bückte sich, um das Tier am Nackenfell zu packen. Der Hund schien ihm gar keine Beachtung zu schenken, aber kaum streckte Haplo die Hand aus, als das Tier wie von der Sehne geschnellt über den Rasen zum Haus stürmte. »Hund! Komm her! Hund! Ich warte nicht, hörst du?« Haplo tat einen drohenden Schritt zum Schiff hin. »Hund, du wertloses, flohverseuchtes . . . O Hölle!« Der Patryn folgte dem Vierbeiner.

»Der Hund bellt!« rief Zifnab. »Lauft um euer Leben! Mordio und Zeter!«

Niemand rührte sich, außer Aleatha, die einen gelangweilten Blick über die Schulter warf.

»Wo ist Callie?«

Paithan vermied es, seiner Schwester in die Augen zu sehen. »Sie kommt nicht mit.«

»Dann bleibe ich auch hier. Es war ohnehin eine alberne Idee. Ich warte hier auf meinen Verlobten.«

Dem Fenster den Rücken zugewandt, schritt Aleatha zum Spiegel und prüfte ihr Haar, ihren Aufzug und ihren Schmuck. Sie trug ihr schönstes Kleid, dazu die Juwelen, die ihr aus der Erbschaft ihrer Mutter zugefallen waren. Das Haar hatte sie kunstvoll zu einer besonders schmeichelhaften

Frisur aufgesteckt. Nie zuvor, bestätigte ihr der Spiegel, hatte sie schöner ausgesehen.

»Ich kann mir nicht denken, warum er nicht erschienen ist. Sonst ist mein Verlobter die Pünktlichkeit in Person.«

»Er ist nicht gekommen, weil er tot ist, Thea!« Angst und Kummer schnürten Paithan die Kehle zu. »Kannst du das nicht begreifen?«

»Und wir werden die nächsten sein!« Roland deutete aus dem Fenster. »Außer wir gehen endlich an Bord des Schiffes. Ich habe keine Ahnung, was diese Scheusale zurückhält, aber lange werden sie nicht mehr zögern.«

Paithan schaute sich im Zimmer um. Zehn Menschen – Sklaven, die trotz des Drachen bei den Quindiniars geblieben waren – hatten sich mit ihren Familien ins Haus geflüchtet. Die Köchin saß in einer Ecke und schluchzte hysterisch, umringt von einer vielköpfigen, bunt gemischten Schar – vielleicht ihre Kinder. Alle miteinander starrten auf Paithan, in der Erwartung, daß er ihnen sagte, was sie tun sollten, doch er wich ihren Blicken aus.

»Los doch! Lauft!« schrie Roland in der Menschensprache und winkte den Sklaven.

Einer weiteren Ermunterung bedurfte es nicht. Die Männer rissen die Kinder an sich, die Frauen schürzten die hinderlichen Röcke, und alle stürmten aus der Tür. Die Elfen verstanden Rolands Worte nicht, aber der Ausdruck seines Gesichts verriet ihnen genug. Sie packten die weinende Köchin und liefen mit ihr im Schlepptau den kleinen Hügel hinauf, wo das Schiff lag, von dem sie sich Rettung erhofften.

Menschensklaven. Die Köchin und ihre Familie. Wir selbst. Die Besten und die Klügsten.

»Paithan?« fragte Roland drängend.

Der Elf drehte sich zu seiner Schwester herum. »Thea?«

Aleatha wurde noch blasser, die Hand, mit der sie ihr Haar ordnete, zitterte leicht. Sie grub die Zähne in die Unterlippe, und als sie glaubte, sich einigermaßen in der Gewalt zu haben, sagte sie: »Ich bleibe bei Callie.«

»Wenn du bleibst, bleibe ich auch.«

»Paithan!«

»Laß ihn doch, Rega! Er will unbedingt Selbstmord begehen, das ist sein ...«

»Es sind meine Schwestern! Ich kann sie nicht im Stich lassen!«

»Wenn er bleibt, Roland, dann komme ich auch nicht mit«, sagte Rega.

»Du willst also hierbleiben und sterben. Und weshalb?«

Lenthan Quindiniars Stimme schnitt scharf und befehlend das Wort ab. Die Augen des ältlichen Mannes hatten den verschwommenen, desinteressierten Ausdruck verloren. Für einen kurzen Moment übernahmen die kühnen Forscher, Entdecker und Abenteurer, die ihr Leben riskiert hatten, um ihrem Volk neue Hoffnung zu bringen, den Körper ihres zaghaften, kraftlosen Nachfahren.

»Ich begreife den Wunsch meiner ältesten Tochter, dieses Haus nicht zu verlassen«, sagte Lenthan traurig, aber gefaßt und bestimmt. »Calandras Leben ist untrennbar mit dem Haus und der Firma verbunden. Wenn man ihr das nimmt, bedeutet es für sie das Ende, ob hier oder anderswo. Aber du, Paithan, und du, Aleatha – ihr steht noch am Anfang. Ihr habt die Chance zu wachsen, ihr seid der Zukunft verpflichtet.

Eure Mutter hat um ihr Leben gekämpft! Sie wehrte sich gegen die Krankheit, die ihre Kräfte aufzehrte.« Lenthans Augen füllten sich mit Tränen, aber seine Stimme blieb fest. »Ihre letzten Worte an mich waren: ›Es ist schwer! Es ist so schwer, alles aufgeben zu müssen!‹ Was soll ich ihr sagen, wenn ich sie wiedersehe? Muß sie erfahren, daß ihre Kinder das Leben fortwarfen, um das sie so tapfer gekämpft hat?«

Es war still. Die Schwanenfächer drehten sich knarrend. Aleatha hielt den Kopf gesenkt, das lange Haar verdeckte ihr Gesicht. Verstohlen hob sie die Hand an die Augen. Niemand regte sich – nicht die unschlüssig am Waldrand verharrenden Tytanen, nicht die unschlüssig im Haus verharrenden Menschen und Elfen. Es lag eine Atmosphäre über der Szenerie, als könne dieser Augenblick des Friedens ewig dauern, solange kein Laut, keine Bewegung die Erstarrung durchbrach.

Der Hund kam mit weiten Sätzen die Treppe herauf, stürmte in die Diele und stieß ein einziges, lautes »Wuff!« aus.

»Sie sind im Anmarsch!« meldete Roland aufgeregt von seinem Ausguck am Fenster.

»Wenn mein Verlobter kommt, sagt ihm, daß ich im Salon warte«, sagte Aleatha, raffte mit vornehmer Gelassenheit die Röcke, drehte sich um und ging zur Tür.

Paithan wollte ihr nachlaufen, aber Roland hielt ihn zurück. »Du kümmerst dich um Rega.«

Er selbst folgte Aleatha. Er hob die Elfenfrau hoch, warf sie sich über die Schulter und trug sie aus dem Haus, obwohl sie zappelte und schrie und mit den Fäusten auf seinen Rücken trommelte.

Haplo bog um die Hausecke, kam rutschend zum Stehen und starrte ungläubig auf die Elfen und Menschen, die plötzlich vor ihm auftauchten. Es konnte keinen Zweifel geben – sie wollten alle zu seinem Schiff!

Retter . . .

Ha! Wartet nur, bis ihr mit den Köpfen gegen die magische Barriere rennt!

Haplo ließ sie laufen, folgte dem Hund und sah, wie er die Vordertreppe hinaufsprang und im Haus verschwand.

»Wir kommen!« rief Paithan.

»Da seid ihr nicht die einzigen«, murmelte Haplo.

Die Tytanen hatten sich in Bewegung gesetzt und näherten sich auf ihre lautlose Art, unaufhaltsam und erschreckend schnell. Haplos Blick wanderte von dem Hund zu der großen Schar von Elfen und Menschen, die zu seinem Schiff flüchteten. Die ersten hatten es bereits erreicht, versuchten, an Bord zu gelangen, und mußten feststellen, daß es unmöglich war. Die Runen der Außenhülle glühten rot und blau und schützten das Schiff vor Eindringlingen. Die Nichtigen zeterten und schrien, fielen sich gegenseitig in die Arme. Einige drehten sich herum, bereit, mit Haplo um diese letzte Chance zu kämpfen.

Retter!

Haplo seufzte tief, dann hob er resigniert die Hand und zeichnete mit raschen Bewegungen einige Runen in die Luft. Sie brannten mit blauer Flamme. Die Sigel auf dem Schiffsrumpf begannen zu flackern und erloschen. Der Schutzzauber war außer Kraft gesetzt.

»Ihr solltet euch beeilen«, rief er und versetzte dem aufgeregt tänzelnden Hund einen Tritt, der sein Ziel weit verfehlte.

»Es hilft nichts, Quindiniar, wir müssen laufen!« rief Zifnab. Er schürzte das lange Gewand und entblößte seine dürren Waden. »Du warst übrigens großartig, Lenthan, mein Guter. Ich selbst hätte es nicht besser machen können.« Er legte Lenthan die Hand auf den Arm. »Fertig?«

Lenthan blinzelte verwirrt und schaute Zifnab trübe an. Seine Ahnen verschwanden wieder in den nebelhaften Abgründen der Vergangenheit und ließen das Wrack eines ältlichen Mannes zurück. »Ich bin fertig«, sagte er. »Wohin gehen wir?« Er ließ sich von Zifnab aus der Tür schieben.

»Zu den Sternen, alter Freund«, verkündete der Zauberer vergnügt. »Zu den Sternen!«

Drugar blieb hinter den anderen zurück. Der Zwerg verfügte über beachtliche Kräfte und noch größere Ausdauer, er hätte noch lange weiterlaufen können, nachdem die Menschen und Elfen am Wegrand zusammengebrochen waren, doch mit seinen kurzen, stämmigen Beinen konnte er in puncto Schnelligkeit nicht Schritt halten. Sie hatten ihn bei ihrer wilden Flucht zum Schiff bald hinter sich gelassen.

Der Zwerg gab nicht auf. Er konnte die Tytanen sehen, ohne den Kopf zu wenden: sie waren hinter ihm, zogen sich aber auseinander, mit der Absicht, ihre Beute einzukreisen. Langsam verringerte sich der Abstand zwischen den Kreaturen und den flüchtenden Elfen und Menschen, den Zwerg hatten sie fast schon eingeholt. Drugar verdoppelte seine Anstrengungen, nicht aus Furcht vor den Tytanen, sondern aus Angst, nicht mehr Rache nehmen zu können.

Von den schweren, plumpen Stiefeln behindert, stolperte Drugar über die eigenen Füße und schlug der Länge nach hin. Er wollte aufspringen, aber der Stiefel war ihm vom Fuß gerutscht. Unbeholfen hüpfte er auf einem Bein herum und bemühte sich mit schweißfeuchten Händen, den Stiefel hochzuziehen. Rauch stieg ihm beißend in Nase und Augen; die Tytanen hatten den Dschungel in Brand gesetzt.

»Paithan! Sieh doch!« Rega blickte über die Schulter. »Schwarzbart!«

Der Elf ruderte heftig mit den Armen, als er versuchte, mitten im Lauf innezuhalten. Er und Rega hatten das Schiff fast erreicht. Die beiden waren die Nachhut gewesen, für Zifnab, Lenthan und Roland mit der tobenden Aleatha. Den Zwerg hatten sie vergessen – nicht zum ersten Mal.

»Du gehst an Bord.« Paithan machte kehrt. Er sah die Flammen aus dem Wald schlagen, den schwarzen Rauch in den Himmel steigen. Das Feuer griff rasch um sich und näherte sich dem Haus. Paithan mußte sich zwingen, den Blick abzuwenden, und konzentrierte sich ganz auf den bedrohten Zwerg und die herannahenden Tytanen.

Eine Bewegung veranlaßte ihn, zur Seite zu schauen. »Ich dachte, ich hätte dir befohlen, an Bord zu gehen.«

Rega brachte ein verzerrtes Lächeln zustande. »Mach dir keine Hoffnungen, Elf! Mich wirst du nicht mehr los!«

Paithan lächelte müde zurück und schüttelte den Kopf. Für eine ausführlichere Antwort fehlte ihm der Atem.

Die beiden langten bei dem Zwerg an, der inzwischen den Stiefel weggeworfen hatte und mit zwei ungleich bekleideten Füßen weiterhumpelte. Paithan hakte ihn rechts unter, Rega links.

»Ich brauche eure Hilfe nicht!« protestierte Drugar heftig. »Laßt mich los!«

»Paithan, sie holen auf!« Rega nickte in die Richtung der Verfolger.

»Halt den Mund und hör auf, dich zu sträuben«, fuhr Paithan den Zwerg an. »Immerhin hast du uns damals das Leben gerettet.«

Drugar begann zu lachen – ein tiefes, wildes Grollen. Paithan fragte sich, ob der Zwerg vielleicht den Verstand verloren hatte, aber es war nicht der Moment, lange darüber nachzudenken. Aus den Augenwinkeln sah er, daß die Tytanen nicht mehr weit entfernt waren. Sie hatten kaum eine Chance. Er und Rega tauschten einen Blick und zuckten die Schultern. Sie griffen den Zwerg unter den Achseln und begannen zu laufen.

Haplo erreichte das Schiff vor den anderen. Die auf seinen Körper tätowierten Runen taten ihr möglichstes, seine nachlassenden Kräfte zu erneuern und ihm Ausdauer zu verleihen. Männer, Frauen und schreiende Kinder irrten auf dem Deck hin und her. Ein paar hatten den Niedergang gefunden und waren nach unten gestiegen. Andere standen an der Reling und starrten auf die Tytanen.

»Nach unten!« schrie Haplo und deutete auf die Luke. Er schwang sich über die Reling und machte sich – wieder einmal – auf den Weg zur

Brücke, als ihn etwas an der Ferse packte und ein aufgeregtes Winseln an seine Ohren drang.

»Was denn jetzt schon wieder?« fauchte er, wirbelte herum und sah sich dem Hund gegenüber, der ihn beinahe zu Fall gebracht hätte. Als er durch die heranziehenden Rauchschwaden den Hügel hinabspähte, entdeckte er die Menschenfrau, den Elf und den Zwerg, umringt von Tytanen.

»Und was erwartest du von mir? Ich kann doch nicht ... O warte!« Haplo beugte sich über die Reling zu Zifnab hinunter, der erfolglos versuchte, sich und Lenthan an Bord zu hieven. »Wo steckt der Drache?« fuhr ihn der Patryn an, reichte ihm die Hand und zog ihn hinauf. Statt zu antworten, drehte Zifnab sich um und half mit viel Ächzen und Schnaufen Lenthan Quindiniar an Bord. Erst dann schien ihm einzufallen, daß er etwas gefragt worden war.

»Flasche?« Zifnab blinzelte Haplo an wie eine geblendete Eule. »Gute Idee! Ich könnte einen Schluck gebrauchen.«

»Drache, du Einfaltspinsel! Drache!«

»Drache? Wo?« Der Alte zog erschreckt den Kopf ein. »Sag ihm nicht, daß du mich gesehen hast, tu mir den Gefallen. Ich gehe schnell nach unten ...«

»Hör mir zu, du taube Nuß – dein Drache ist das einzige Mittel, um sie noch zu retten!« Haplo wies auf die drei Flüchtlinge, die sich verbissen bemühten, das Schiff zu erreichen.

»Mein Drache? Jemanden retten?« Zifnab schüttelte traurig den Kopf. »Du mußt ihn mit irgendwem verwechseln – Smaug vielleicht? Nein. Ah, ich hab's! Der Wurm, mit dem der Heilige Georg so viel Scherereien gehabt hat. Wie hieß er noch? Ein wahres Prachtexemplar ...«

»Soll das heißen, ich bin keins?« Die Stimme tönte aus dem Abgrund, der sich im Moosboden aufgetan hatte und aus dem sich das Haupt des Drachen erhob. Die von seinem Auftauchen hervorgerufenen Erdbebenwellen hoben und senkten das Schiff und brachten Haplo aus dem Gleichgewicht. Zusammen mit Zifnab und Lenthan Quindiniar klammerte er sich an die Reling.

Der Moosboden beruhigte sich. Haplo spähte zu der Stelle, an der sich die Flüchtlinge eben noch befunden hatten, und sah, daß die Tytanen stehenblieben und die augenlosen Gesichter ihrem gigantischen Widersacher zuwandten.

Der Leib des Drachen glitt aus der Öffnung, die er sich im Moosboden geschaffen hatte. Die grüne, schuppige Haut glänzte im Sonnenschein. »Smaug!« zürnte der Drache. »Dieser überhebliche Versager! Und was diesen erbärmlichen Wurm betrifft, der sich mit dem Heiligen Georg herumgeschlagen hat ...«

Roland erreichte das Schiff und stemmte Aleatha zur Reling hinauf, wo sie von Haplo in Empfang genommen und der Obhut ihres Vaters übergeben wurde.

»Komm rauf!« Haplo streckte die Hand aus, doch Roland machte mit einem Kopfschütteln kehrt, um seiner Schwester, Paithan und dem Zwerg beizustehen, und verschwand in dem dichter werdenden Qualm. Haplo sah ihm nach und fluchte über die neuerliche Verzögerung. Die Sicht war schlecht, die Feuersbrunst hatte sich weiter ausgebreitet, aber der Patryn hatte den Eindruck, daß die Tytanen sich verstört zusammendrängten, gefangen zwischen dem von ihnen selbst gelegten Feuer und dem Drachen.

»Und zu denken, daß ich bei einem wertlosen alten Schwindler wie dir landen mußte!« röhrte der Drache. »Wäre ich doch irgendwohin gegangen, wo man mir die verdiente Anerkennung gezollt hätte! Nach Pern, zum Beispiel. Statt dessen . . .«

Hustend und mit tränenden Augen tauchte die kleine Gruppe aus den Rauchschwaden auf. Es war schwer zu erkennen, wer wen stützte, sie schienen sich alle gegenseitig festzuhalten. Mit Haplos Hilfe gelang es ihnen, über die Reling zu klettern, dann sanken sie erschöpft auf die Decksplanken.

»Alle nach unten!« schnappte der Patryn. »Schnell, schnell. Die Tytanen werden bald herausfinden, daß ihre Angst vor dem Drachen gar nicht so groß ist, wie sie glauben.«

Müde drängten sie sich zur Luke, stolperten die Leiter hinunter und zur Brücke. Haplo wollte ihnen folgen, als er Paithan an der Reling stehen und auf die Wand aus Rauch starren sah. Tränen standen ihm in den Augen, und er hielt den Handlauf so fest umklammert, daß die Knöchel weiß hervortraten.

»Komm jetzt, oder du mußt den Flug hier draußen mitmachen!« drohte Haplo.

»Das Haus – kannst du es sehen?« Paithan wischte sich unwillig über die Augen.

»Das Haus ist verloren, Elf, niedergebrannt! Kommst du jetzt . . .« Haplo unterbrach sich. »Jemand ist dort zurückgeblieben?«

Paithan nickte bedächtig und wandte sich ab. »Vermutlich war es besser so als – anders.«

»Das werden wir bald am eigenen Leib erfahren dürfen, wenn wir uns nicht endlich davonmachen. Tut mir leid, aber ich habe keine Zeit, ausführlich zu kondolieren.« Haplo nahm den Elf bei den Schultern und schob ihn vor sich her.

Im Innern des Schiffes herrschte Totenstille. Die Magie schützte es vor dem Rauch und dem Feuer, der Drache schützte es vor den Tytanen. Die Menschen, die Elfen und der Zwerg hatten in allen möglichen Winkeln Zuflucht gesucht, wo sie jetzt schweigend hockten, Augen und Hoffnung auf Haplo gerichtet. Er schaute sich grimmig um, ihm gefielen weder die Passagiere noch überhaupt die ganze Situation, in die er irgendwie hineingeschlittert war. Der Hund lag mit dem Kopf auf den Pfoten unter dem Bugfenster.

»Jetzt zufrieden?« murmelte der Patryn bitter.

Der Schweif des Tieres klopfte müde auf die Planken.

Haplo legte die Hände um die Obsidiankugel und hoffte, daß er noch genug Kraft hatte, das Schiff in die Luft zu bringen. Die Sigel auf seiner Haut glühten blau und rot, gleichzeitig erwachten die Runen auf dem Stein zum Leben. Plötzlich erschütterte ein heftiges Beben das Schiff, die Planken ächzten und knarrten.

»Tytanen!«

Das war das Ende. Er konnte sie nicht bekämpfen, er war zu sehr geschwächt. Wenn ich nicht zurückkehre, wird mein Gebieter wissen, daß mir etwas zugestoßen ist. Der Herrscher des Nexus wird mit aller gebotenen Vorsicht diese Welt betreten . . .

Grüne Schuppen tauchten vor dem Fenster auf und verdeckten die Sicht. Haplo durchfuhr ein Schreck, doch er faßte sich gleich wieder. Er wußte jetzt, weshalb das Schiff schaukelte und knackte wie ein Ruderboot im Sturm – ein gewaltiger, schuppiger Leib wand sich spiralengleich um den Rumpf.

Ein feuriges Auge spähte durch das Fenster auf den Patryn.

»Ich bin soweit, wenn's recht ist, gnädiger Herr.«

»Drei – Zwei – Eins – Zero! Auf geht's!« kommentierte der alte Zauberer und machte es sich auf dem Fußboden gemütlich. Der Hut rutschte ihm über das linke Ohr. »Dieser alte Kasten braucht einen neuen Namen! Etwas, das einem Sternenschiff angemessen ist. *Apollo? Gemini? Enterprise?* Alle schon vergeben. *Rasender Falke?* Ges. gesch. Alle Rechte vorbehalten. Nein! Warte, ich hab's! Drachenstern! Das ist es! Drachenstern!«

»Verdammter Mist«, brummte Haplo und legte die Hände wieder um den Sigelstein.

Das Schiff hob sich langsam, stetig in den Himmel. Die Passagiere kamen aus ihren Verstecken, um durch die kleinen Bullaugen in der Bordwand auf ihre Welt hinunterzuschauen, von der sie sich immer weiter entfernten.

Das Drachenschiff schwebte über Equilan hinweg. Die in den Baumwipfeln erbaute Elfenstadt war im Gewirr der verkohlten Äste und Zweige und unter dem Schleier aus Rauch und Flammen nicht zu erkennen.

Bald erreichte das Drachenschiff den Kithni-Golf, dessen Wasser rot war von Blut. Es flog über Thillia – verbrannt, verödet. Hier und dort sah man einen einsamen Überlebenden verloren am Straßenrand kauern oder ziellos durch ein totes Land wandern. Während es weiterhin ständig an Höhe gewann, glitt das Schiff über das Reich der Zwerge hinweg – dunkel, leblos.

Das Schiff stieg in den grünblauen Himmel empor, ließ die zerstörte Welt hinter sich und nahm Kurs auf die Sterne.

Kapitel 32

Drachenstern

Der erste Teil der Reise zu den Sternen war verhältnismäßig friedlich verlaufen. Eingeschüchtert und erschreckt von dem Anblick der immer weiter zurückbleibenden, ihnen vertrauten Welt drängten sich Haplos Passagiere – Menschen und Elfen trostsuchend zusammen. Ihr häufigstes Gesprächsthema war natürlich die Katastrophe, die ihre Welt betroffen hatte. Eingehüllt in den warmen Mantel gemeinsamen Leids, versuchten sie sogar den Zwerg in den Kreis der Nächstenliebe aufzunehmen. Drugar schenkte ihnen keine Beachtung. Er hockte stumm und düster in einer Ecke der Steuerkanzel, die er nur verließ, wenn ihn ein dringendes Bedürfnis ankam.

Zwischendurch sprachen sie über den Stern, zu dem sie unterwegs waren, über ihre neue Welt und über ihr neues Leben. Jetzt, da sie sich tatsächlich auf dem Weg zu einem Stern befanden, gab der alte Zauberer sich äußerst zugeknöpft, wenn er um Informationen angegangen wurde, wie Haplo belustigt feststellte.

»Wie sieht es dort aus? Woher kommt das Licht?« wollte Roland wissen.

»Es ist ein heiliges Licht«, sagte Lenthan Quindiniar mit sanftem Tadel, »und sollte nicht durch Neugier entweiht werden.«

»Tja, Lenthan hat schon recht – in gewisser Weise«, meinte Zifnab, der sich in seiner Haut nicht recht wohl zu fühlen schien. »Man könnte schon sagen, daß es ein heiliges Licht ist. Und dann gibt es noch die Nacht.«

»Nacht? Was ist Nacht?«

Der Magier räusperte sich mehrmals, und als ihm von keiner Seite Hilfe zuteil wurde, holte er Anlauf zu einer Erklärung. »Ihr erinnert euch doch an die Unwetter auf eurer Welt? Wie es an jedem Zyklus zu einer bestimmten Zeit regnet? Nacht ist so ähnlich, nur daß an jedem Zyklus zu einer bestimmten Zeit das Licht gewissermaßen ausgeht.«

»Und es wird dunkel!« Rega war entsetzt.

»Ja, aber es ist nicht zum Fürchten, sondern eigentlich recht angenehm. Man nutzt die Zeit, um zu schlafen. Bei Dunkelheit fällt es leichter, die Augen geschlossen zu halten.«

»Ich kann nicht im Dunkeln schlafen!« Rega schauderte und warf einen raschen Blick auf den Zwerg, der an seinem gewohnten Platz saß und sie alle ignorierte. »Ich habe es versucht. Dieser Stern ist mir nicht geheuer. Ich will da nicht hin.«

»Du wirst dich daran gewöhnen.« Paithan legte den Arm um sie. »Ich bin ja bei dir.«

Die beiden schmiegten sich aneinander. Haplo bemerkte den mißbilligenden Ausdruck auf den Gesichtern der Elfen, die das liebende Paar beobachteten. Denselben Ausdruck entdeckte er auf den Gesichtern der Menschen.

»Nicht in der Öffentlichkeit!« schnauzte Roland seine Schwester an und zerrte sie von Paithan weg.

Damit war die Unterhaltung über die Beschaffenheit ihrer neuen Welt beendet.

Paradies mit kleinen Fehlern, dachte Haplo.

Unter anderem kam seinen Passagieren allmählich zu Bewußtsein, daß das Schiff kleiner war, als sie zuerst geglaubt hatten. Nahrungs- und Wasservorräte verringerten sich mit beängstigender Geschwindigkeit. Einige der Menschen erinnerten sich wieder daran, daß sie Sklaven gewesen waren; die Elfen entsannen sich ihres Status als die Besitzer und Gebieter von Sklaven.

Die geselligen Zusammenkünfte endeten. Darüber, wie die Zukunft aussehen mochte, wurde nicht mehr gesprochen, wenigstens nicht allgemein. Die Elfen und Menschen kamen immer noch zusammen, um zu diskutieren, aber sie bildeten getrennte Gruppen und sprachen mit gedämpfter Stimme.

Haplo spürte die wachsende Spannung und verfluchte seine Passagiere. Er hatte nichts gegen Unfrieden, im Gegenteil, er war geneigt, ihn nach Kräften zu schüren – aber nicht an Bord seines Schiffes.

Proviant und Wasser waren kein Problem. Er hatte für sich und den Hund Vorräte angelegt – wobei er diesmal dem Aspekt der Abwechslung etwas mehr Beachtung schenkte –, und von dem, was vorhanden war, konnte er jederzeit ohne große Mühe Nachschub erschaffen. Aber wer konnte sagen, wie lange er diese Leute füttern und ertragen mußte? Nicht ohne ein ungutes Gefühl hatte er den Kurs eingeschlagen, der ihm von dem alten Zauberer genannt worden war. Sie steuerten auf den hellsten Stern am Himmel zu. Wer konnte sagen, wie lange es dauerte, bis sie ihn erreicht hatten?

Zifnab bestimmt nicht.

»Was gibt's zum Abendessen?« fragte der alte Zauberer und spähte durch die Luke des Laderaums, in dem Haplo stand und über wichtigere Fragen als den Speiseplan nachgrübelte. Der Hund, der neben Haplo stand, schaute auf und wedelte mit dem Schwanz. Haplo warf ihm einen gereizten Blick zu. »Sitz!« knurrte er.

Als er die geringe Menge der Vorräte bemerkte, verlor sich Zifnabs gute Laune; er wirkte niedergeschlagen und gleichzeitig sehr hungrig.

»Keine Sorge, alter Mann. Der Proviant soll unsere geringste Sorge sein«, sagte Haplo. Es bedeutete, daß er wieder seine magischen Fähigkeiten einsetzen mußte, aber wie die Dinge standen, brauchte er sich wirklich keine Zurückhaltung mehr aufzuerlegen. Was ihn viel mehr interessierte, war das Ziel seiner Passagiere, und wie lange er noch mit ihrer Anwesenheit rechnen mußte. »Du weißt Bescheid über die Sterne, nicht wahr?«

»Wirklich?« fragte Zifnab unbestimmt.

»Das behauptest du wenigstens. Wenn du ihnen« – er deutete mit dem Daumen nach mittschiffs, wo seine Passagiere sich meistens versammelten – »von dieser ›neuen‹ Welt erzählst.«

»Neu? Ich habe nichts von ›neu‹ gesagt«, protestierte Zifnab. Er kratzte sich am Kopf und verlor seinen Hut, der in den Laderaum hinabtrudelte und vor Haplos Füßen liegenblieb.

»Neue Welten – lang verstorbene Ehefrauen wiedersehen, war's nicht so?« Haplo bückte sich nach dem zerknautschten Hut und drehte ihn zwischen den Händen.

»Kann sein! Möglich!« rief der Zauberer schrill. »Alles ist möglich.« Zögernd streckte er die Hand nach seinem Hut aus. »Paß auf, daß die Krempe nicht zerdrückt wird.«

»Welche Krempe? Nun, alter Mann – wie weit sind wir noch von diesem Stern entfernt? Wie lange werden wir noch unterwegs sein?«

»Wenn du so fragst ...« Zifnab schluckte. »Wahrscheinlich hängt es davon ab, mit welcher Geschwindigkeit wir reisen. Das ist es! Von der Geschwindigkeit.« Er erwärmte sich für sein Thema. »Angenommen, wir fliegen mit Lichtgeschwindigkeit – unmöglich, wenn man den Physikern glauben will. Das ist übrigens mehr, als man von mir verlangen kann. Physiker weigern sich, an die Existenz von Zauberern zu glauben, was ich – als Zauberer – im höchsten Maße beleidigend finde. Deshalb nehme ich Rache an diesem Berufsstand, indem ich mich weigere, an die Existenz von Physikern zu glauben. Wie lautete die Frage noch?«

Haplo versuchte, geduldig zu sein. »Kannst du mir sagen, was es mit diesen Sternen auf sich hat?«

»Aber ja«, erwiderte Zifnab gekränkt und mit hochmütigem Gesichtsausdruck.

»Also was?«

»Also was was?«

»Die Sterne!«

»Du möchtest, daß ich dir etwas darüber erzähle?«

»Wenn's dir nichts ausmacht.«

»Nun, wenn man es einfach ausdrücken will ... Es sind eben Sterne.«

»Aha«, sagte Haplo grimmig. »Sei mal ehrlich – hast du überhaupt je einen Stern aus der Nähe gesehen?«

Zifnab betupfte sich mit dem Bartzipfel die Stirn und dachte angestrengt nach. »Beim Frisör, glaube ich, aber das ist schon lange her«, rang er sich nach langem Schweigen ab. »Kannst du damit was anfangen?«

Haplo schnaufte angewidert und warf mit einer knappen, ruckartigen Bewegung den Hut zur Luke hinauf. »Schon gut. Spiel du nur weiter deine Spiele, alter Mann.«

Der Patryn wandte seine Aufmerksamkeit wieder den Vorräten zu – ein Faß Wasser, eine Tonne mit gesalzenem Targ, Brot und Käse und ein Sack mit Tangfrucht. Mit finsterer Miene starrte Haplo auf das Wasserfaß.

»Stört es, wenn ich zusehe?« erkundigte sich Zifnab höflich.

»Weißt du, alter Mann, ich könnte der Sache ganz schnell ein Ende machen. ›Die Ladung löschen‹ – wenn du verstehst, was ich meine. Es ist ein weiter Weg nach unten.«

»Ja, das könntest du«, meinte Zifnab, setzte sich hin und ließ die Beine in die Luke baumeln. »Und du hättest nicht die geringsten Skrupel, stimmt's? Unsere Leben bedeuten dir nichts. Habe ich recht, Haplo? Die einzige Person, die je für dich gezählt hat, bist du.«

»Du irrst dich, alter Mann. Was immer es wert sein mag – eine Person besitzt meine ganze Ergebenheit und Loyalität. Ich würde mein Leben hingeben, um das seine zu retten, und mich betrogen fühlen, weil ich nichts mehr für ihn tun kann.«

»Ach ja«, sagte Zifnab leise. »Dein Gebieter. Er, der dich hierher geschickt hat.«

Haplos Gesichtsausdruck wurde noch finsterer. Woher kann der alte Knabe das wissen? Er muß es sich aus achtlos fallengelassenen Bemerkungen zusammengereimt haben. Ich bin unvorsichtig gewesen, sehr unvorsichtig. Verdammt! Alles geht schief! Der Patryn versetzte dem Wasserfaß einen wütenden Tritt. Die Dauben splitterten, ein Schwall der lauwarmen Flüssigkeit spritzte ihm ins Gesicht.

Ich bin daran gewöhnt, alles unter Kontrolle zu haben. Mein ganzes Leben lang, in jeder Situation, habe ich alles unter Kontrolle gehabt. Deshalb konnte ich im Labyrinth überleben und meine Mission auf Arianus erfolgreich beenden. Und jetzt tue ich und sage ich Dinge, die ich nie tun und sagen wollte! Ein Haufen Mutanten mit der Intelligenz einer Steckrübe bringt mich völlig um den Verstand. Ich chauffiere eine Horde von diesen Nichtigen zu einem Stern und ärgere mich mit einem verrückten Tattergreis herum, der vollkommen senil ist.

»Warum?« fragte Haplo laut und schob den Hund beiseite, der eifrig das Wasser von den Planken schlabberte. »Sag mir einer, warum?«

»Neugier«, antwortete der alte Zauberer gleichmütig. »Hat zu ihrer Zeit mehr als ein paar Katzen umgebracht.«

»Soll das eine Drohung sein?« Haplo schaute mit gerunzelten Brauen nach oben.

»Nein! Himmel, aber nein!« verneinte Zifnab hastig und schüttelte den Kopf. »Nur eine Warnung, mein Junge. *Manche* Leute halten Neugier für eine ungemein gefährliche Eigenschaft. Wer Fragen stellt, findet oft die Wahrheit heraus. Und *die* kann dich in ungeheure Schwierigkeiten stürzen.«

»Nun ja – das hängt davon ab, an was für eine Wahrheit man glaubt. Stimmt's, alter Mann?«

Haplo nahm eine der zerbrochenen Dauben, zeichnete mit dem Finger eine Rune auf das nasse Holz und warf es zurück in die Ecke. Augenblicklich kamen die übrigen Splitter geflogen und fügten sich wieder zusammen. Im Handumdrehen sah das Faß aus, als wäre nichts gewesen. Der Patryn schrieb weitere Runen in die Luft, und bald stand eine lange Reihe von Fässern, alle mit Wasser gefüllt, im Laderaum. Haplo ließ Tonnen mit gesalzenem Targfleisch aus dem Nichts erscheinen, Weinkrüge klirrten melodisch, und innerhalb weniger Augenblicke war die *Drachenstern* wieder ausreichend mit Proviant bestückt.

Haplo stieg die Leiter hinauf. Zifnab rückte zur Seite, um ihn vorbeizulassen.

»An was für eine Wahrheit man glaubt, alter Mann«, wiederholte der Patryn. »Das ist es.«

»Ja. Brot und Fische.« Zifnab blinzelte schlau. »Stimmt's, unser aller Heiland?«

Nahrung und Wasser führten irgendwie die Krise herbei, die beinahe Haplos sämtliche Probleme gelöst hätte – ohne sein Zutun.

»Was ist das für ein Gestank?« verlangte Aleatha zu wissen. »Und was gedenkst du deswegen zu unternehmen?«

Sie waren fast eine Woche unterwegs; eine mechanische Stundenblume, die noch von den ursprünglichen Erbauern stammte, half ihnen, nicht jedes Zeitgefühl zu verlieren. Aleatha war auf die Brücke gekommen, wo sie am Fenster stand und zu dem hellen Stern aufschaute, der immer noch scheinbar unerreichbar hoch über ihnen strahlte.

»Die Bilge«, antwortete Haplo geistesabwesend. Seine Gedanken beschäftigten sich damit, eine Methode zu ersinnen, um die Entfernung zwischen dem Schiff und ihrem Ziel zu bestimmen. »Ich habe doch gesagt, daß ihr euch an der Pumpe abwechseln müßt.«

Die Elfen von Arianus, Planer und Konstrukteure der *Drachenstern*, hatten ein effektives System der Abwasserbeseitigung entwickelt, teils auf Maschinen, teils auf Magie beruhend. In der Welt der Arianus ist Wasser selten und außerordentlich kostbar. Es bildet die Grundlage ihres Finanzwesens, und kein Tropfen wird verschwendet. Einige der ersten Magicka auf Arianus beschäftigten sich mit der Umwandlung von Abwässern in reines Trinkwasser. Die Wasserzauberer der Menschen bedienten sich der natürlichen Elemente, die Elfenmagier kamen mit Hilfe von Maschinen und Alchemie ans Ziel. Viele Elfen schworen, daß ihre Mechanimagie ein wohlschmeckenderes Produkt hervorbrachte als der Naturzauber der Menschen.

Als Haplo das Schiff übernahm, hatte er den größten Teil der Mechanik entfernt und nur die Bilgepumpe gelassen, falls das Schiff Regenwasser übernahm. Basierend auf ihrer Runenmagie, verfügen die Patryn über eine ganz eigene Methode, sich ihrer Körperausscheidungen zu entledigen. Sie unterliegt strikter Geheimhaltung – nicht aus Scham, sondern aus taktischer Überlegung. Ein Tier vergräbt seine Exkremente, um keine Feinde auf seine Spur zu locken.

Die sanitären Verhältnisse an Bord hatten Haplo keine großen Sorgen bereitet. Er hatte die Pumpe überprüft. Sie funktionierte. Die Menschen und Elfen an Bord konnten sich bei der Arbeit abwechseln. Da er ganz von seinen mathematischen Berechnungen in Anspruch genommen war, vergaß er das Gespräch mit Aleatha gleich wieder. Allerdings nahm er sich vor, dafür zu sorgen, daß wirklich alle an die Reihe kamen.

Seine Berechnungen wurden von einem Aufschrei, einem wütenden Ruf und lautem, zornigem Stimmengewirr unterbrochen. Der Hund, der dösend neben ihm gelegen hatte, sprang knurrend auf.

»Was denn jetzt schon wieder!« brummte Haplo, verließ die Brücke und stieg in die Mannschaftsquartiere hinunter.

»Wir sind hier nicht mehr deine Sklaven, verehrtes Fräulein!«

Der Patryn betrat das Quartier und sah Roland aufgebracht und mit rotem Gesicht vor der bleichen, aber beherrschten Aleatha stehen, die ihn mit eisigem Hochmut musterte. Die Menschen standen geschlossen hinter ihrem Wortführer; die Elfen gaben Aleatha den nötigen Rückhalt. Paithan und Rega standen hilflos zwischen den Parteien. Der alte Mann war natürlich nirgends zu entdecken – wie immer, wenn Schwierigkeiten auftauchten.

»Ihr Menschen werdet geboren, um Sklaven zu sein. Ihr kennt nichts anderes«, gab ein junger Elf zur Antwort, der Neffe der Köchin – ein besonders großes und kräftiges Exemplar der Elfenspezies.

Roland stürzte sich mit geballten Fäusten auf ihn; die anderen Männer folgten seinem Beispiel.

Der Neffe ließ sich nicht zweimal bitten, ebensowenig seine Brüder und Vettern. Paithan sprang dazwischen, um Roland und den Elf auseinanderzuhalten, und handelte sich einen gehörigen Schlag auf den Kopf ein – von einem Menschen, der von Kindesbeinen an den Quindiniars gedient und schon lange nach einer Gelegenheit gesucht hatte, seinen Frustrationen Ausdruck zu verleihen. Rega, die Paithan zur Hilfe eilen wollte, geriet zwischen die Fronten.

Bald war die schönste Prügelei im Gange, das Schiff begann heftig zu schaukeln, und Haplo fluchte aus Leibeskräften. Aleatha hielt sich abseits, verfolgte das Geschehen mit unbeteiligtem Interesse und achtete darauf, daß ihr Rock nicht etwa irgendwelche Blutflecken abbekam.

»Aufhören!« brüllte Haplo. Er watete in das Getümmel hinein, griff wahllos zu und riß die Kämpfenden auseinander. Der Hund folgte ihm, schnappte schmerzhaft nach nackten Knöcheln. »Ihr bringt es noch soweit, daß wir abstürzen!«

Es bestand kein Grund zur Sorge, die Magie war stark genug, das Schiff in der Luft zu halten, aber es war eine glaubhafte und beängstigende Vorstellung, und Haplo rechnete damit, daß der Schreck ausreichte, den Feindseligkeiten ein Ende zu bereiten.

Widerwillig ließen die Kontrahenten voneinander ab. Man wischte sich das Blut von aufgeplatzten Lippen und gebrochenen Nasen und funkelte sich gegenseitig an.

»Was zum Teufel ist hier los?« verlangte Haplo zu wissen.

Alle fingen gleichzeitig an zu reden. Eine zornige Geste des Patryn brachte sie wieder zum Schweigen. Haplo richtete den Blick auf Roland. »Also gut, du hast angefangen. Was ist vorgefallen?«

»Ihre Hochwohlgeboren ist an der Reihe, die Bilge abzupumpen«, erklärte Roland schweratmend und rieb sich den malträtierten Bauch. Mit der anderen Hand zeigte er auf Aleatha. »Sie hat sich geweigert. Sie kam herein und befahl einem von uns, die Arbeit für sie zu tun.«

»Ja, das stimmt«, bestätigten die Menschen zornig.

Flüchtig stand Haplo das beglückende Bild vor Augen, wie sich Kraft seiner Magie unter den Füßen dieser ganzen elenden und lästigen Bande der Schiffsrumpf auftat und sie alle miteinander die etlichen hunderttausend Meilen zu ihrer Welt hinunterstürzten.

Und warum tat er es nicht? Neugier, hatte der alte Mann behauptet. *Ja, ich bin neugierig, neugierig zu sehen, wohin der Alte diese Leute führen will und was der Grund dafür ist.* Doch Haplo sah voraus, daß in sehr naher Zukunft ganz andere Gefühle die Oberhand über seine Neugier gewinnen würden.

Sein Unwille mußte sich auf seinem Gesicht widergespiegelt haben. Die Menschen verstummten und wichen einen Schritt zurück. Aleatha, die bemerkte, daß er sie ins Visier nahm, wurde blaß, doch sie erwiderte seinen Blick mit eisiger und hochmütiger Verachtung. Haplo sagte kein Wort. Er griff nach ihrem Arm und zerrte sie aus der Kabine.

Aleatha schrie auf und stemmte die Füße gegen den Boden. Haplo zog sie mit einem heftigen Ruck weiter, und sie fiel hin. Der Patryn stellte sie auf die Beine und schleppte sie hinter sich her.

»Wohin bringst du sie?« rief Paithan ernsthaft besorgt. Aus dem Augenwinkel bemerkte Haplo, daß Roland kreidebleich geworden war. Er schien überzeugt zu sein, daß der Patryn vorhatte, die Frau vom Oberdeck in die Tiefe zu stürzen.

Gut, dachte er grimmig und ging weiter.

Aleatha hörte auf zu schreien; sie hatte genug damit zu tun, sich auf den Beinen zu halten, um nicht wieder hinzufallen und über die Planken geschleift zu werden. Haplo bugsierte sein Opfer eine Leiter hinunter, und beide standen in dem dunklen, übelriechenden Gelaß zwischen den Decks, wo die Bilgepumpe montiert war. Haplo versetzte Aleatha einen Stoß. Sie stolperte haltlos gegen die Maschine.

»Hund«, sagte er zu dem Tier, von dem man nicht genau wußte, ob es ihm gefolgt war oder sich neben ihm materialisiert hatte, »paß auf!«

Der Hund setzte sich gehorsam und fixierte mit schräg gelegtem Kopf die Elfenfrau.

Aus Aleathas Gesicht war alle Farbe gewichen. Ihr Haar war zerzaust, und zwischen den wirren Strähnen hindurch funkelte sie Haplo trotzig an. »Ich tu's nicht!« fauchte sie und tat einen Schritt von der Pumpe.

Der Hund begann leise zu knurren.

Aleatha sah ihn an, zögerte und tat noch einen Schritt.

Der Hund erhob sich. Das Grollen wurde lauter.

Mit zusammengepreßten Lippen warf Aleatha die aschblonde Haarmähne zurück und schritt an Haplo vorbei zum Ausgang.

Der Hund war mit einem Sprung zwischen ihr und der Luke, stand geduckt vor ihr und zeigte knurrend die weißen, scharfen Zähne. Aleatha wich hastig zurück, stolperte über den Rocksaum und wäre beinahe gestürzt.

»Ruf ihn zurück!« kreischte sie Haplo an. »Er tötet mich!«

»Nein, das wird er nicht«, versicherte ihr der Patryn kühl. »Nicht, solange du arbeitest.«

Aleatha warf Haplo einen Blick zu, von dem sie unzweifelhaft wünschte, es wäre ein Dolch, schluckte ihren Zorn hinunter und kehrte Hund und Herrn den Rücken. In kerzengerader Haltung ging sie zu der Maschine zurück. Sie legte die zarten weißen Hände um den Griff, zog ihn hoch, drückte ihn nach unten, zog ihn hoch, drückte ihn nach unten. Haplo, der aus dem Bullauge schaute, sah einen Schwall schmutzigen Wassers aus dem Schiffsrumpf schießen und sich in der Weite des Himmels auflösen.

»Hund, du bleibst hier und paßt auf«, ordnete er an und ging.

Der Hund legte sich, hielt den Kopf wachsam erhoben und ließ Aleatha keinen Moment aus den Augen.

Oben wurde Haplo von dem größten Teil seiner Passagiere erwartet, die sich um den Ausstieg versammelt hatten.

»Geht zurück an eure Arbeit«, befahl er und sah zu, wie sie davonschlichen. Dann kehrte er zur Brücke zurück und zu seinen Versuchen, eine Methode zu finden, um ihre Position zu bestimmen.

Roland massierte seine schmerzende Hand, die er sich geprellt hatte, als er dem Elf einen rechten Haken verpaßte. Er versuchte sich einzureden, daß Aleatha nur bekam, was sie verdiente; es geschah ihr recht, dem verwöhnten Luder schadete ein bißchen Arbeit überhaupt nichts. Als er plötzlich merkte, daß er schon auf halbem Weg zur Bilge war, schalt er sich einen Narren.

In der Luke blieb Roland stehen, ohne sich bemerkbar zu machen. Der Hund hatte sich hingelegt, den Kopf auf die Pfoten gebettet, und verfolgte wachsam jede Bewegung Aleathas. Die Elfenfrau unterbrach ihre Arbeit, richtete sich auf, stemmte die Hände in den Rücken und beugte sich nach hinten, um die schmerzhaften Verspannungen zu lindern. Ihr Körper war an harte Arbeit nicht gewöhnt. Der stolze Kopf sank müde herab, sie wischte sich den Schweiß von der Stirn und betrachtete die Innenflächen ihrer Hände. Roland erinnerte sich an die alabasterne Zartheit ihrer Handteller. Er konnte sich vorstellen, wie sie jetzt aussahen: aufgeschürft und blutig. Aleatha strich sich wieder über's Gesicht, diesmal, um Tränen abzuwischen.

»Komm schon, laß mich weitermachen«, erbot sich Roland übellaunig und trat über den Hund hinweg.

Aleatha fuhr zu ihm herum. Zu seiner Verblüffung stieß sie ihn beiseite und bediente die Pumpe so schwungvoll, wie es ihr schmerzender Rücken und die brennenden Handflächen erlaubten.

Roland starrte sie an. »Verdammt noch mal! Ich will dir doch nur helfen!«

»Ich lege keinen Wert auf deine Hilfe!« Aleatha schüttelte sich das Haar aus dem Gesicht und zerdrückte heftig blinzelnd die Tränen, die ihr noch in den Augen standen.

Eigentlich war Roland fest entschlossen, auf dem Absatz kehrt zu machen und zu gehen. Solle sie doch sehen, wie sie zurechtkam. Er hatte die Nase voll von ihr! Er – schlang die Arme um ihre schmale Taille und küßte sie.

Der Kuß schmeckte salzig, nach Schweiß und Tränen. Aber die Lippen der Frau waren nicht spröde und abweisend, wie er erwartet hatte, sondern warm und nachgiebig. Ihr Körper schmiegte sich an ihn; er versank in Weichheit und duftendem Haar und zarter Haut – wunderbar und begehrenswert, trotz des üblen Geruchs der Bilge, der ihr schwach anhaftete.

Der Hund richtete sich unschlüssig auf und hielt nach seinem Herrn Ausschau. Was sollte er jetzt tun?

Roland löste sich von ihr und trat zurück. Aleatha taumelte ein wenig, als er sie so plötzlich losließ.

»Du bist das dickköpfigste, selbstsüchtigste und arroganteste kleine Luder, das mir je begegnet ist! Ich hoffe, du verfaulst hier unten!« sagte Roland kalt. Dann drehte er sich ruckartig herum und marschierte hinaus.

Mit staunend geweiteten Augen und leicht geöffnetem Mund schaute Aleatha ihm nach.

Der Hund nahm befriedigt zur Kenntnis, daß der Störenfried verschwunden war, setzte sich wieder hin und kratzte sich hinterm Ohr.

Haplo war es gelungen, das Problem der Positionsbestimmung einigermaßen zufriedenstellend zu lösen. Er hatte einen primitiven Theodoliten entwickelt, der die unveränderliche Stellung der vier Sonnen und das helle Licht, das ihr Ziel war, als Bezugspunkte nutzte. Bei der täglichen Überprüfung der Positionen der übrigen am Himmel sichtbaren Sterne konnte der Patryn beobachten, daß sich ihre Stellung im Verhältnis zur *Drachenstern* zu ändern schien.

Diese scheinbare Bewegung resultierte aus der Bewegung des Schiffs; die Beständigkeit seiner Messungen ergab eine Tabelle von bemerkenswerter Symmetrie. Sie näherten sich ihrem Ziel, kein Zweifel. Genaugenommen sah es aus . . .

Der Patryn überprüfte seine Aufzeichnungen. Ja, es ergab einen Sinn. Er fing an zu begreifen. Wenn er recht hatte, stand seinen Passagieren der Schock ihres Lebens . . .

»Haplo? Entschuldige die Störung.«

Er schaute sich um, ärgerlich über die Unterbrechung. Paithan und Rega standen in der Tür, begleitet von dem alten Mann. Man konnte sich darauf verlassen, daß Zifnab auftauchte, sobald alle Schwierigkeiten bereinigt waren.

»Was wollt ihr? Und macht es kurz«, brummte Haplo.

»Nun – hm – Rega und ich . . . Wir wollen heiraten.«

»Glückwunsch.«

»Wir hoffen, damit zu erreichen, daß die Parteien sich versöhnen . . .«

»Vermutlich werdet ihr eher erreichen, daß die beiden Parteien sich die Köpfe einschlagen, aber das ist euer Problem.«

Rega schien den Mut zu verlieren und schaute Paithan unsicher an. Der Elf holte tief Atem und sprach weiter.

»Wir möchten, daß Ihr die Zeremonie durchführt.«

»Nach altem Gesetz«, warf Zifnab ein, »ist ein Kapitän befugt, auf hoher See Trauungen vorzunehmen.«

»Nach wessen altem Gesetz? Und wir sind nicht auf hoher See.«

»Hm, ich muß zugeben, daß mir die exakten gesetzlichen Grundlagen auch nicht . . .«

»Ihr habt den alten Mann.« Der Patryn nickte in die Richtung des Zauberers. »Soll er euch trauen.«

»Ich bin kein Geistlicher«, protestierte Zifnab beleidigt. »Man hat mich gedrängt, aber ich beharrte auf meiner Weigerung. Unsere Gruppe braucht einen Heiler, sagten sie. Ha! Krieger mit dem Gehirn eines Türknaufs attackieren etwas, das zwanzigmal so groß ist wie sie und zig Zillionen Wertungspunkte aufzuweisen hat, und erwarten dann, daß ich ihnen die Knochen richte, wenn sie ungespitzt in den Boden gerammt worden sind! Ich bin ein Magier. Ich kenne den fantastischsten Zauberspruch. Wenn ich mich nur erinnern könnte, wie er ging. Achtball! Nein, wieder nicht. Feuerirgendwas. Feuerlöscher! Rauchmelder. Nein. Aber langsam komme ich der Sache näher . . .«

»Schafft ihn von der Brücke.« Haplo wandte sich wieder seiner Arbeit zu.

Paithan und Rega drängten sich an dem alten Mann vorbei nach vorn. Der Elf legte dem Patryn vorsichtig die Hand auf den tätowierten Arm. »Tut Ihr uns den Gefallen? Werdet Ihr die Trauung vornehmen?«

»Ich kenne die bei den Elfen gebräuchlichen Zeremonien nicht.«

»Es braucht keine Heirat nach Elfenbrauch zu sein. Auch nicht nach Menschenbrauch. Auf diese Weise stoßen wir niemanden vor den Kopf.«

»Bestimmt gibt es in Eurem Volk auch irgendwelche Zeremonien«, schlug Rega vor. »Vielleicht können wir die nehmen . . .«

. . . Haplo vermißte die Frau nicht!

Die Läufer im Labyrinth sind Einzelgänger. Sie verlassen sich auf ihre Schnelligkeit und Kraft, ihre Klugheit und Erfindungsgabe, um ans Ziel zu kommen. Die Siedler verlassen sich auf den Schutz der Gruppe. Sie schließen sich zu Nomadenstämmen zusammen und folgen häufig den von den Läufern ausgekundschafteten Routen. Beide respektieren einander und teilen, was sie zu bieten haben: die Läufer ihr Wissen, die Siedler eine kurze Spanne der Sicherheit und Stabilität.

Haplo kam gegen Abend in das Lager der Siedler, drei Wochen nachdem die Frau ihn verlassen hatte. Die Stammesälteste erwartete ihn bereits; die Kundschafter mußten sein Kommen angekündigt haben. Er war tatsächlich hochbetagt, mit grauem Haar und Bart, die Tätowierungen auf seinen knorrigen Händen waren kaum noch zu entziffern. Dennoch hielt er sich sehr aufrecht, mit geradem Rücken und geraden Schultern. Sein Bauch war flach, die Arm- und Beinmuskeln straff und gut ausgebildet. Der Älteste legte die Handflächen zusammen und berührte mit den Daumen die Stirn. Der Kreis war geschlossen.

»Willkommen, Läufer.«

Haplo erwiderte die Geste und achtete darauf, den Blick ausschließlich auf den Ältesten gerichtet zu halten, denn alles andere würde man als Beleidigung empfinden oder vielleicht sogar als Gefahr deuten. Es konnte der Anschein entstehen, daß er die genaue Zahl der Siedler herauszufinden versuchte.

Das Labyrinth war hinterhältig, intelligent. Man hatte erlebt, daß es Betrüger aussandte, Spione. Nur wenn er sich strikt an die Regeln hielt, würde man ihm erlauben, das Lager zu betreten. Doch er konnte nicht anders, als verstohlen einen flüchtigen Blick auf die Leute zu werfen, die sich eingefunden hatten, um ihn zu betrachten. Sein besonderes Augenmerk galt den Frauen. Da er nirgends einen kastanienbraunen Schopf entdecken konnte, zwang er sich, seine Aufmerksamkeit wieder seinem Gastgeber zuzuwenden.

»Mögen dir die Tore offenstehen, Ältester.« Haplo verbeugte sich, die Hände an die Stirn gelegt.

»Und dir, Läufer.« Der Älteste verbeugte sich.

»Und deinem Volk, Ältester.« Haplo verneigte sich wieder. Die Zeremonie war beendet.

Haplo galt jetzt als Mitglied des Stammes. Die Leute gingen ihren Pflichten nach, als wäre er einer von ihnen, auch wenn mitunter eine Frau in seiner Nähe stehenblieb, ihm zulächelte und mit dem Kopf auf ihre Hütte deutete. Früher einmal hätte eine solche Einladung das Feuer in seinem Blut entzündet. Er brauchte nichts weiter zu tun, als das Lächeln zu erwidern, damit die betreffende Frau ihn mit in die Hütte nahm, ihm Speise und Trank vorsetzte und alle Rechte eines Ehemanns gewährte. Doch Haplos Blut schien kalt geworden zu sein. Da er nicht das Lächeln sah, auf das es ihm ankam, bemühte er sich um einen möglichst gleichgültigen Gesichtsausdruck, und die Frau entfernte sich enttäuscht.

Der Stammesälteste hatte höflich abgewartet, ob Haplo sich geneigt zeigte, eine dieser Einladungen anzunehmen. Da es nicht der Fall zu sein schien, lud er den Gast höflich in seine eigene Hütte ein. Haplo nahm die Einladung ebenso höflich an, und als er die Verwunderung und auch den Funken des Mißtrauens in den Augen des Ältesten bemerkte, fügte er hinzu: »Ich befinde mich in einer Phase der Läuterung.«

Sein Gastgeber nickte verstehend, sein Mißtrauen war zerstreut. Viele Patryn glaubten – zu Recht oder Unrecht –, daß Geschlechtsverkehr ihre magischen Kräfte beeinträchtigte. Ein Läufer, der die Absicht hatte, in unbekanntes Gebiet vorzustoßen, hielt es unter Umständen für geraten, sich durch eine Läuterungsphase auf dies gefährliche Unternehmen vorzubereiten, das heißt, er enthielt sich während einiger Tage vor dem Aufbruch aller Kontakte mit dem anderen Geschlecht. Ein Siedler pflegte vor einem Jagdausflug oder einer Schlacht dasselbe zu tun.

Haplo glaubte nicht an solchen Unsinn. Seine magischen Kräfte hatten ihn nie im Stich gelassen, unabhängig davon, wie er seine Nächte verbrachte. Aber es war eine gute Ausrede.

Das Stammesoberhaupt führte Haplo zu einer Hütte, die warm, trocken und gemütlich war. In der Mitte des Bodens brannte ein Feuer, der Rauch stieg durch eine Öffnung im Dach. Der Älteste ließ sich dicht am Feuer nieder. »Ein Zugeständnis an meine alten Knochen. Ich kann mit den jüngsten Männern Schritt halten. Ich vermag einen Karkan mit bloßen Händen niederzuringen, doch ich habe gemerkt, daß ein Feuer am Abend mir wohltut. Nimm Platz, Läufer.«

Haplo setzte sich in die Nähe des Eingangs. Es war eine warme Nacht, und die Hitze in der Hütte nahezu unerträglich.

»Du kommst zu einer guten Zeit, Läufer«, äußerte sein Gastgeber. »Wir feiern ein Gelöbnis heute nacht.«

Haplo antwortete mit der üblichen Bemerkung, ohne viel Enthusiasmus aufbringen zu können. Ihn beschäftigte etwas anderes. Er hätte die Frage, die ihm auf der Zunge brannte, jetzt ohne weiteres stellen können; allen Regeln war Genüge getan, aber er brachte sie nicht über die Lippen. Der Stammesälteste erkundigte sich nach den Pfaden, und bald waren sie in ein Gespräch über Haplos Wanderungen vertieft, in dessen Verlauf der Patryn seinem Gastgeber alles berichtete, was er über die vor ihnen liegende Region wußte.

Als die Dunkelheit hereinbrach, erinnerte das ungewöhnlich lebhafte Hin und Her im Lager Haplo an die bevorstehende Zeremonie. Ein loderndes Freudenfeuer machte die Nacht zum Tage. Der Stamm mußte sich sicherfühlen, dachte Haplo, als er dem Stammesoberhaupt aus der Hütte folgte. Andernfalls hätten sie es nicht gewagt. Ein blinder Drache konnte diese emporlodernden Flammen sehen.

Er gesellte sich zu den um das Feuer Versammelten.

Der Stamm war groß, erkannte er. Kein Wunder, daß sie sich sicherfühlten. Außerhalb des Lagers waren Wachen postiert, die den Stamm im Fall eines Angriffs warnten. Ihre große Zahl versetzte sie in die Lage, fast jeden Feind abzuwehren, vielleicht sogar einen Drachen. Für die Kinder, die herumtollten und ständig irgendwo im Weg waren, fühlte sich der ganze Stamm verantwortlich, und jeder Erwachsene wachte über ihr Wohlergehen.

Die Patryn im Labyrinth teilen alles miteinander – Nahrung, Liebe, Kinder. Gelöbnisse werden aus einem Gefühl besonders enger Bindung an eine Person geschlossen, es handelt sich aber nicht so sehr um ein Ehegelübde als vielmehr um einen Freundschaftsschwur. Gelöbnisse sind möglich zwischen einem Mann und einer Frau, zwischen zwei Männern oder zwischen zwei Frauen. Die Zeremonie war bei den Siedlern gebräuchlicher als bei den Läufern, aber gelegentlich banden auch Läufer sich an einen Partner. Haplos Eltern waren gebunden gewesen. Auch er selbst hatte an ein Gelöbnis gedacht. Wenn er sie wiederfand...

Der Älteste hob die Arme, das Zeichen zu schweigen. Alle Versammelten und selbst das jüngste Wickelkind verstummten augenblicklich. Als er sah, daß alles bereit war, streckte der Älteste die Hände aus und ergriff die Hände der links und rechts neben ihm Stehenden. Die Patryn folgten seinem Beispiel und bildeten einen riesigen Kreis um das Feuer. Auch Haplo fand sich Hand in Hand zwischen einem kräftigen, ungefähr gleichaltrigen Mann links und einem jungen Mädchen rechts wieder. Die Kleine war puterrot, als Haplo ihre Hand nahm.

»Der Kreis ist geschlossen«, verkündete der Älteste und musterte mit einem Ausdruck von Stolz in seinem faltigen und wettergegerbten Gesicht sein Volk. »Heute nacht sind wir zusammengekommen, um Zeugen zu sein des Gelöbnisses von zweien aus unserer Mitte, die ihren eigenen Kreis bilden möchten. Tretet vor.«

Ein Mann und eine Frau lösten sich aus dem Kreis, der sich hinter ihnen sofort wieder schloß, und blieben vor dem Ältesten stehen. Auch der Älteste verließ seinen Platz, und er, der Mann und die Frau faßten sich an den Händen. »Und wieder ist der Kreis geschlossen«, sagte das Oberhaupt des Stammes. Sein Blick, der auf den beiden ruhte, war liebevoll, aber auch ernst und streng. Der Kreis zog sich enger zusammen; das Volk lauschte in aufmerksamem Schweigen.

Haplo stellte fest, daß er sich wohl fühlte. Fast sein ganzes Leben hatte er sich leer und einsam gefühlt. Jetzt empfand er Wärme, Zusammengehörigkeit. Die Last des Einzelgängers war ihm von den Schultern genommen – wenn vielleicht auch nur vorübergehend. Er merkte plötzlich, daß er lächelte, daß er jeden und alles anlächelte.

»Ich gelobe, dich zu beschützen und zu verteidigen.« Das Paar wiederholte die Gelübde, der eine unmittelbar hinter dem anderen, in einem monotonen Kanon. »Mein Leben für dein Leben. Mein Tod für dein Leben. Mein Leben für deinen Tod. Mein Tod für deinen Tod.«

Nachdem die Gelübde gesprochen waren, verstummten die beiden. Der Älteste nickte; er hatte sich überzeugt, daß sie ihre Verpflichtung ernstnahmen. Er hob ihre Hände, die er in den seinen hielt, und legte sie mit den Innenflächen zusammen.

»Der Kreis ist geschlossen«, sagte er und nahm seinen Platz zwischen den anderen wieder ein. Das Paar blieb stehen, als eigener und doch vom Ganzen umschlossener Kreis. Sie lächelten sich an. Der äußere Kreis brach in Jubelgeschrei aus, und man trennte sich, um letzte Vorbereitungen für das Fest zu treffen.

Haplo glaubte, endlich die Frage stellen zu können. Er trat zu seinem Gastgeber, der in der Nähe des lodernden Feuers stand.

»Ich bin auf der Suche nach einer Frau mit kastanienbraunem Haar«, erklärte Haplo. »Sie ist Läuferin. Ist sie hiergewesen?«

Der Älteste dachte nach. »Ja, sie war hier. Vor nicht mehr als einer Woche.«

Haplo grinste. Es war nicht seine Absicht gewesen, ihr zu folgen, jedenfalls nicht bewußt, doch offenbar hatten sie denselben Pfad gewählt. »Wie hat sie ausgesehen? War sie wohlauf?«

Der Älteste warf Haplo einen scharfen, forschenden Blick zu. »Ja, sie war wohlauf. Aber ich habe sie kaum zu Gesicht bekommen. Frag Antius, dort drüben. Er hat die Nacht mit ihr verbracht.«

Die Wärme verwandelte sich in Eiseskälte, das Gefühl der Leere kehrte zurück. Haplo drehte sich um und sah den jungen Mann, der im Kreis neben ihm gestanden hatte, über den Platz gehen.

»Sie verließ das Lager früh am Morgen. Ich kann dir zeigen, welche Richtung sie eingeschlagen hat.«

»Das wird nicht nötig sein. Trotzdem vielen Dank«, fügte Haplo hinzu, um nicht allzu unhöflich zu erscheinen. Als er den Kopf wandte, sah er das junge Mädchen. Sie beobachtete ihn und errötete bis zu den Haarwurzeln, als sie merkte, daß ihr Blick erwidert wurde.

Haplo kehrte zur Hütte des Ältesten zurück und packte seine wenigen Habseligkeiten zusammen; Läufer pflegten mit leichtem Gepäck zu reisen. Der Älteste, der ihm gefolgt war, schaute verwundert zu.

»Deine Gastfreundschaft hat mein Leben gerettet.« Der Patryn verwendete den gebräuchlichen Abschiedsgruß. »Bevor ich gehe, will ich dir sagen, was ich weiß. Es wird berichtet, daß man den Westpfad zum einundfünfzigsten Tor nehmen soll. Gerüchte besagen, daß der Überwinder, dem als erstem die Flucht aus dem Labyrinth gelang, zurückgekehrt ist, um mit der Hilfe seiner magischen Kräfte an bestimmten Orten Zufluchtsstätten zu errichten, die – wenigstens für eine gewisse Zeit – Schutz und Sicherheit bieten. Ich kann nicht sagen, ob es wahr ist oder nicht, da ich von Süden gekommen bin.«

»Du gehst? Aber es ist gefährlich, bei Nacht durch das Labyrinth zu wandern!«

»Das ist mir gleichgültig«, antwortete Haplo. Er legte die Hände zusammen und führte sie zur rituellen Abschiedsgeste an die Stirn. Der Älteste erwiderte sie, und Haplo verließ die Hütte. In der Tür blieb er einen kurzen Moment stehen. Das Freudenfeuer verbreitete einen hellen Lichtschein, doch ließ es die Dunkelheit nur um so undurchdringlicher erscheinen. Haplo schickte sich an, in diese Dunkelheit einzutauchen, als er spürte, wie eine Hand nach seinem Arm griff.

»Das Labyrinth tötet, was es erreichen kann – wenn nicht unseren Leib, dann unseren Lebensmut«, sagte der Stammesälteste. »Traure um deinen

Verlust, mein Sohn, und vergiß nie, wer die Verantwortung trägt. Sie, die uns hier eingekerkert haben und sich zweifellos mit Vergnügen an unserem verzweifelten Überlebenskampf weiden.«

Es sind die Sartan . . . Sie haben uns zu dieser Existenz verdammt. Sie tragen die Verantwortung für all das Böse, das hier geschieht.

Die Frau sah ihn an, in ihren braunen Augen tanzten goldene Lichtpunkte. *Manchmal habe ich Zweifel. Vielleicht ist das Böse in uns.*

Haplo verließ das Lager der Siedler und setzte seine einsame Wanderung fort. Nein, er vermißte die Frau nicht. Vermißte sie überhaupt nicht . . .

Im Labyrinth gibt es einen Baum, den Waranth, der besonders köstliche und nahrhafte Früchte trägt, die allerdings in einem Nest giftiger Dornen sitzen. Da ausgerechnet die Innenseiten der Hände nicht von Runen geschützt sind, ist die Gefahr, sich zu stechen, beträchtlich. Das Gift der Dornen kann tödlich wirken, wenn es in den Blutkreislauf gerät, deshalb müssen sie trotz ihrer Widerhaken umgehend herausgerissen werden – was erhebliche Schmerzen verursacht.

Haplo war sicher gewesen, den Dorn entfernt zu haben, doch zu seinem Erstaunen mußte er feststellen, daß er ihn immer noch schmerzte und das Gift immer noch durch seinen Körper kreiste.

»Ich glaube nicht, daß die Zeremonie meines Volkes euch gefallen würde.« Seine Stimme war heiser, die gerunzelten Brauen beschatteten seine Augen. »Wollt ihr hören, was man sich bei uns gelobt? ›Mein Leben für dein Leben. Mein Tod für dein Leben. Mein Leben für deinen Tod. Mein Tod für deinen Tod.‹ Seid ihr sicher, daß ihr euch darauf einlassen möchtet?«

Rega war blaß geworden. »Was bedeuten die Worte? Ich habe das nicht verstanden.«

»›Mein Leben für dein Leben‹ – solange wir leben, teilen wir die Freuden des Lebens. ›Mein Tod für dein Leben‹ – ich bin willens, mein Leben zu opfern und das deine zu retten. ›Mein Leben für deinen Tod‹ – ich werde mein Leben lang danach streben, deinen Tod zu rächen, wenn ich ihn nicht verhindern kann. ›Mein Tod für deinen Tod‹ – Ein Teil von mir wird mit dir sterben.«

»Es ist nicht sehr – romantisch«, gab Paithan zu.

»Wo ich herkomme, gibt es keinen guten Nährboden für Romantik.«

»Ich glaube, ich möchte erst darüber nachdenken«, sagte Rega, ohne den Elf anzusehen.

»Ja, das halte ich auch für besser«, meinte Paithan nüchtern.

Die beiden verließen die Brücke. Diesmal hielten sie sich nicht an den Händen. Zifnab, der ihnen gerührt nachblickte, wischte sich mit dem Bartzipfel die Augen.

»Nur der Liebe wegen dreht sich die Welt!« seufzte er beglückt.

»Nicht *diese* Welt«, sagte Haplo mit einem stillen Lächeln. »Habe ich recht, alter Mann?«

Kapitel 33

An Bord der *Drachenstern*

»Ich habe keine Ahnung, wovon du redest«, schnaufte Zifnab und schickte sich an, die Brücke zu verlassen.

»O doch, du weißt es.« Haplos Finger schlossen sich um den mageren, knochigen Arm des Zauberers. »Siehst du, ich weiß, wohin wir unterwegs sind, und ich kann mir auch ziemlich genau denken, was wir bei unserer Ankunft dort vorfinden werden. Und du, alter Mann, kannst dich dann auf einiges gefaßt machen.«

Ein feuriges Auge tauchte plötzlich vor dem Fenster auf und spähte ungnädig ins Schiffsinnere. »Was hast du jetzt wieder angestellt?« verlangte der Drache zu wissen.

»Nichts. Alles unter Kontrolle!« versicherte Zifnab eifrig.

»*Unter* scheint mir das entscheidende Wort zu sein! Ich möchte lediglich deine geschätzte Aufmerksamkeit auf die unbedeutende Tatsache lenken, daß ich allmählich sehr, sehr hungrig werde.« Das Auge des Drachen klappte zu und verschwand. Haplo konnte fühlen, wie ein Beben durch das Schiff lief, als der Drache seine Schlingen fester zog.

Zifnab sank förmlich in sich zusammen. Er warf einen nervösen Blick zum Fenster. »Hast du's bemerkt – er hat mich geduzt. Ein schlechtes Zeichen. Ein sehr schlechtes Zeichen.«

Haplo reagierte mit einem verärgerten Knurren. Ein zorniger Drache war genau das, was ihm jetzt noch fehlte. Aus dem Mannschaftslogis tönte wieder einmal lautes Gebrüll herauf, gefolgt von einem Krachen, einem Poltern und einem Aufschrei. »Ich würde sagen, sie haben ihre Heiratspläne bekanntgegeben.«

»Du liebe Güte.« Zifnab nahm den Hut ab, knetete ihn mit zitternden Fingern und warf Haplo einen flehenden Blick zu. »Was soll ich nur tun?«

»Vielleicht kann ich dir helfen. Sag mir, wer du bist und was du bist. Erzähl mir von den ›Sternen‹. Erzähl mir von den Sartan.«

Zifnab dachte nach, dann kniff er die Augen zu schmalen Schlitzen zusammen. Er hob die Hand und stieß Haplo den knochigen Zeigefinger gegen die Brust.

»Drei senkrecht. Vier waagerecht. Lösungswort in den eingekreisten Feldern. Jetzt sieh zu!« Mit vorgerecktem Kinn schenkte er dem Patryn ein wohlwollendes Lächeln und stieß ein kurzes, schrilles Kichern aus. Dann stülpte er sich den mißhandelten Hut auf den Schädel, tätschelte Haplo begütigend den Arm und stapfte aus der Tür.

Haplo konnte ihm nur fassungslos nachblicken und sich fragen, wieso er dem Alten nicht den Kopf abgerissen hatte – samt Hut. Mit gerunzelter Stirn rieb er sich die Stelle an der Brust, wo der spitze Finger des Magiers sich in seine Haut gebohrt hatte, und versuchte die Erinnerung an die Berührung abzustreifen.

»Warte nur, alter Mann, bis wir den Stern erreichen!«

»Unsere Heirat sollte doch alle zusammenbringen!« sagte Rega und wischte sich die Tränen der Wut aus dem Gesicht. »Ich weiß gar nicht, was in Roland gefahren ist!«

»Willst du aufgeben oder weitermachen?« fragte Paithan und massierte sich eine Beule an der Stirn.

Beide schauten sich niedergeschlagen um. Blut war auf den Boden gespritzt. Diesmal war Haplo nicht erschienen, um die Streithähne auseinanderzuscheuchen; zahlreiche Menschen wie auch Elfen waren mit den Füßen voran aus der Kabine getragen worden. Lenthan Quindiniar stand an einem Bullauge und beobachtete den helleuchtenden Stern, der mit jedem Zyklus größer zu werden schien. Es sah aus, als hätte der Elf die Schlacht, die um ihn tobte, überhaupt nicht zur Kenntnis genommen.

Rega überlegte einen Moment und seufzte dann. »Wenn wir unsere Leute nur dazu bringen könnten, sich wieder zu vertragen! So, wie in der ersten Zeit auf dem Schiff.«

»Ich glaube nicht, daß das möglich ist. Haß und Mißtrauen sind in Tausenden von Jahren gewachsen. Wir zwei werden daran kaum etwas ändern können.«

»Soll das heißen, du willst nicht heiraten?« Regas braune Wangen färbten sich rötlich, die tränenfeuchten Augen begannen zu funkeln.

»Aber natürlich will ich! Aber ich mußte an diese Gelöbnisse denken. Vielleicht ist jetzt nicht die Zeit . . .«

»Und vielleicht hatte Roland recht mit seiner Meinung über dich! Du bist ein verwöhnter Faulenzer, der in seinem ganzen Leben noch keine vernünftige Arbeit geleistet hat! Und obendrein bist du ein Feigling und – o Paithan! Es tut mir leid!« Rega warf ihm die Arme um den Hals und legte den Kopf an seine Brust.

»Ich weiß.« Paithan ließ die Finger durch das lange, glänzende Haar gleiten. »Ich habe auch einiges zu deinem Bruder gesagt, auf das ich nicht besonders stolz bin.«

»Die Worte ließen sich einfach nicht zurückhalten! Irgendwo in meinem Kopf gibt es einen häßlichen, widerwärtigen Ort, wo sie herkommen. Es ist, wie du gesagt hast: Der Haß sitzt tief in uns drin!«

»Wir müssen Geduld miteinander haben. Und mit ihnen.« Paithan schaute aus dem Bullauge. Der Stern leuchtete ernst und erhaben; er verströmte ein klares, kaltes Licht. »Vielleicht leben die Bewohner dieser Welt in Frieden und Eintracht. Vielleicht werden wir daraus lernen. Doch ich bin mir immer noch nicht sicher, daß jetzt der geeignete Moment ist, um zu heiraten. Was meinst du, Vater?«

Paithan wandte sich an Lenthan Quindiniar, der den Blick nicht von dem fernen, leuchtenden Ziel abwenden konnte.

»Vater?«

Lenthan sah ihn an. Seine Augen waren leer, nur das Sternenlicht spiegelte sich in den Pupillen. »Was denn, mein Junge?«

»Findest du, daß wir heiraten sollten?«

»Ich denke – ich denke, wir sollten warten und deine Mutter um ihre Meinung fragen.« Mit einem glücklichen Seufzer wandte Lenthan sich wieder dem Bullauge zu. »Wenn wir den Stern erreichen, wird sie wieder bei uns sein.«

Drugar war an der Prügelei nicht beteiligt gewesen. Er nahm in keiner Beziehung teil am Leben an Bord. Die anderen ignorierten den Zwerg. Er saß zusammengekauert in seinem Winkel, fast gelähmt von der Vorstellung, daß sie höher als die Wolken über dem beruhigenden Dunkel seiner geliebten Tunnel schwebten, und versuchte, mit dem Feuer der Rache die Furcht aus seiner Seele auszubrennen. Aber dieses Feuer war zu schwelender Asche heruntergebrannt.

Sie haben dir das Leben gerettet. Die Feinde, die du zu töten gelobt hast, haben ihr eigenes Leben aufs Spiel gesetzt, um dich zu retten.

»Ich habe über den Leichen meines Volkes einen Eid geschworen, jene zu töten, die für ihren Tod verantwortlich sind.« Der Zwerg spürte, wie die Flammen erstarben; spürte, wie er fror ohne ihre tröstende Wärme, und bemühte sich, die Glut zu schüren. »Diese drei wußten, daß die Tytanen uns angreifen wollten! Sie wußten es! Und dennoch haben sie sich untereinander abgesprochen, haben unser Geld genommen und dafür gesorgt, daß die Waffen mein Volk nicht erreichten! Sie wollten unseren Untergang! Ich hätte sie töten sollen, als sich die Möglichkeit bot.«

Es war ein Fehler gewesen, sie nicht während der Flucht durch die unterirdischen Gänge zu ermorden. Damals hatte das Feuer noch heiß in ihm gebrannt. Doch sie wären gestorben, ohne selbst den Schmerz eines so unvorstellbaren Verlusts erfahren zu haben. Es wäre ein zu leichter Tod gewesen. Nein, er hatte nicht falsch gehandelt. Auf diese Art war es besser. Wenn sie auf ihrem ersehnten Stern landeten, wenn sie glaubten, vor einem neuen Anfang zu stehen . . .

. . . dann würden sie erfahren müssen, daß es das Ende war.

»Sie haben mein Leben gerettet. Na und? Es beweist nur, was für Narren sie sind. Ich habe ihnen zuerst das Leben gerettet. Also sind wir jetzt quitt. Ich schulde ihnen nichts! Drakar ist weise, er wacht über mich. Er hat meine Hand zurückgehalten und mich daran gehindert, Rache zu nehmen, als die Zeit noch nicht reif war.« Drugars Finger krampften sich um den Knochengriff seines Messers. »Sobald wir den Stern erreicht haben . . .«

»Wirst du nun mit dieser Farce weitermachen? Heiratest du den Elf?«

»Nein«, sagte Rega.

Roland lächelte grimmig. »Gut. Du hast dir also meine Worte durch den Kopf gehen lassen. Ich wußte, du würdest vernünftig werden!«

»Wir verschieben die Heirat nur! Bis wir auf dem Stern gelandet sind. Vielleicht bist *du* dann endlich vernünftig geworden!«

»Wir werden sehen«, murmelte Roland, während er sich ungeschickt abmühte, einen Verband um seine blutenden und aufgeplatzten Knöchel zu wickeln. »Wir werden sehen.«

»Warte, laß mich das machen.« Seine Schwester nahm ihm den Verband ab. »Was soll das heißen? Du siehst so merkwürdig aus.«

»Das kommt dir nur so vor! Du hast ja inzwischen deine Vorliebe für schräge Augen, weiche, kleine Hände und Haut wie Milch und Honig entdeckt!« Roland zog seine Hand zurück. »Verschwinde! Du stinkst nach ihnen! Elfen! Sie verführen dich dazu, sie zu lieben, sie zu begehren! Und hinter deinem Rücken lachen sie über dich.«

»Wovon redest du?« Rega starrte ihren Bruder verständnislos an. »Verführen? Wenn schon, dann habe ich Paithan verführt, sich in mich zu verlieben, und nicht umgekehrt. Und Thillia weiß, auf diesem Schiff hat niemand irgendeinen Grund zum Lachen!«

»So, meinst du?« Roland hielt seine verletzte Hand umfaßt und wich dem Blick seiner Schwester aus. Die nächsten Worte sprach er flüsternd vor sich hin, nachdem sie sich abgewandt hatte. »Wir werden's den Elfen schon zeigen! Nur noch ein wenig Geduld – bis wir den Stern erreicht haben.«

Aleatha wischte sich zum ersten Mal mit dem Handrücken über den Mund. Der Kuß war wie der Gestank der Bilge, der überall an ihr zu haften schien – an Kleidern, Haaren, Haut. Es wollte ihr einfach nicht gelingen, sich den Geschmack und die Berührung des Menschen von den Lippen zu reiben.

»Laß mich deine Hände sehen«, befahl Paithan.

»Tu nicht so, als ob du Mitleid hättest!« beschwerte sich Aleatha, erlaubte ihrem Bruder aber doch, die blutigen und mit Blasen übersäten Handflächen zu untersuchen. »Du bist nicht für mich eingetreten. Du hast ihre Partei ergriffen, und das alles nur wegen dieser kleinen Hure! Du hast zugelassen, daß er mich zu diesem Höllenloch schleppt.«

»Ich glaube nicht, daß ich Haplo hätte zurückhalten können«, hielt Paithan ihr in ruhigem Ton entgegen. »Wenn ich an den Ausdruck auf seinem Gesicht denke, würde ich sagen, du kannst dich glücklich schätzen, daß er dich nicht über Bord geworfen hat.«

»Hätte er es doch nur getan! Ich wäre viel lieber tot! Wie mein Verlobter und – und – Callie ...« Aleatha ließ den Kopf hängen. Ihre Stimme klang tränenerstickt. »Was für ein Leben ist das denn.« Sie schüttelte den Rock ihres zerrissenen, beschmutzten und fleckigen Kleides und schluchzte trostlos. »Wir leben im Dreck wie die Menschen. Kein Wunder, daß wir auf ihr Niveau hinabsinken. Tiere!«

»Thea, sag das nicht. Du kennst sie nicht.« Paithan nahm sie tröstend in die Arme, doch Aleatha stieß ihn zurück.

»Was weißt du schon! Die Liebe hat dich blind gemacht.« Wieder rieb sich Aleatha mit der Hand über den Mund. »Pfui! Barbaren! Ich hasse sie. Ich hasse sie alle. Nein, komm mir nicht in die Nähe. Du bist auch nicht mehr besser als sie, Paithan.«

»Du solltest dich daran gewöhnen, Thea«, sagte ihr Bruder verärgert. »Eine von ihnen wird bald deine Schwester sein.«

»Ha!« Aleatha hob den Kopf und musterte ihn mit einem kalten Blick und herabgezogenen Mundwinkeln – herrisch und unnachgiebig. Die plötzliche Ähnlichkeit mit ihrer älteren Schwester war erschreckend. »Ich – mich gewöhnen? Niemals! Wenn du diese Hure heiratest, habe ich keinen Bruder mehr. Ich werde nie mehr auch nur ein Wort mit dir sprechen!«

»Das kannst du nicht ernst meinen, Thea. Wir haben doch niemanden mehr, außer uns. Vater. Du siehst doch, was mit Vater ist. Er ist – krank.«

»Er ist verrückt. Und es wird noch schlimmer werden, wenn wir auf diesem ›Stern‹ ankommen und Mutter nicht da ist, um ihn zu begrüßen. Wahrscheinlich bringt es ihn um. Und was immer mit ihm passiert, ist ganz allein deine Schuld!«

»Ich habe getan, was ich für das beste hielt.« Paithan war blaß geworden. Trotz aller Selbstbeherrschung zitterte seine Stimme und brach.

Aleatha warf ihm einen reuigen Blick zu, trat an ihn heran und strich ihm sanft das Haar aus der Stirn. »Du hast recht. Wir haben nur noch uns. Warum lassen wir es nicht dabei. Bleib bei mir, Paithan. Geh nicht zurück zu dieser Menschenfrau. Sie spielt nur mit dir. Du weißt, wie diese Menschenkerle sind. Ich meine, du weißt, wie ihre Frauen sind. Wenn wir erst den Stern erreicht haben, können wir ein ganz neues Leben anfangen.

Wir werden uns um Papa kümmern und sehr glücklich sein. Vielleicht gibt es dort auch Elfen. Reiche Elfen, viel reichere als in Equilan. Und sie haben prächtige Häuser und werden uns freundlich aufnehmen. Und die abscheulichen, primitiven Menschen können zurück in ihren Dschungel kriechen.« Sie legte den Kopf an Paithans Brust. Nachdem sie die Tränen abgewischt hatte, fuhr sie sich wieder mit der Hand über den Mund.

Paithan sagte nichts, sondern ließ seine Schwester träumen. Wenn wir den Stern erreicht haben, dachte er. Was wird sein, wenn wir den Stern erreicht haben?

Seine Passagiere nahmen Haplos Drohung, das Schiff könne abstürzen, ernst. Ein unbehaglicher Frieden senkte sich über das Schiff – ein Friede, der sich von offenem Krieg nur dadurch unterschied, daß es keine lärmenden Schlachten gab und kein Blut vergossen wurde. Hätten Blicke und Wünsche allerdings die Macht besessen zu töten, wäre an Bord kaum jemand am Leben geblieben.

Menschen und Elfen ignorierten betont einer die Anwesenheit des anderen. Rega und Paithan hielten sich voneinander fern, entweder aus Klugheit und in gegenseitigem Einvernehmen oder weil die von ihren Landsleuten errichteten Barrieren zu hoch waren, um sie zu überwinden. Bei der hitzköpfigen Jugend kam es hin und wieder zu einer kleinen Rauferei, die von den Älteren rasch beendet wurde. Doch in aller Augen stand die unausgesprochene Drohung, daß es nur eine Frage der Zeit war.

»Wenn wir den Stern erreicht haben . . .«

Von Heirat war nicht mehr die Rede.

Kapitel 34

Der Stern

Ein scharfes Bellen, die Warnung vor ungebetenen Besuchern, riß Haplo aus tiefem Schlaf. Sein Körper und seine Instinke waren augenblicklich hellwach, wenn auch sein Verstand noch nicht richtig arbeitete. Haplo schmetterte den Eindringling gegen die Wand, hielt ihn mit dem über die Brust gelegten Unterarm fest und umklammerte mit den Fingern der freien Hand seinen Unterkiefer.

»Eine falsche Bewegung, und ich breche dir das Genick!«

Ein erschrecktes Aufstöhnen, und der Körper unter Haplos Griff wurde steif wie ein Stock.

Haplo blinzelte sich den Schlaf aus den Augen, erkannte seinen Besucher und ließ ihn los. »Versuch nicht wieder, dich an mich heranzuschleichen, Elf. Es ist einem langen und gesunden Leben nicht förderlich.«

»Ich hatte nicht die Absicht, mich *anzuschleichen*!« Paithan massierte sich den schmerzenden Hals, und sein Blick wanderte unbehaglich zwischen Haplo und dem knurrenden Hund hin und her.

»Still jetzt.« Haplo streichelte das Tier. »Ist schon gut.«

Der Hund hörte auf zu knurren, doch ließ er den Elf nicht aus den Augen. Haplo streckte sich, um die Muskeln zu lockern, und ging zum Fenster. Dort blieb er stehen, stutzte und stieß einen leisen Pfiff aus.

»Das ist der Grund, weshalb ich hergekommen bin.« Der immer noch schreckensbleiche Elf löste sich von der Wand, schlug einen großen Bogen um den Hund und stellte sich neben Haplo.

Der Himmel, die Sterne, die Sonnen, alles war verschwunden; verschluckt von etwas, das aussah wie eine Decke aus dicker, nasser Wolle, die vor dem Fenster hing. Wassertropfen perlten über die Scheiben und glitzerten auf den Schuppen des Drachen, der sich um das Schiff geringelt hatte.

»Was hat das zu bedeuten?« Paithan bemühte sich um einen gelassenen Tonfall. »Was ist mit dem Stern passiert?«

»Er ist immer noch da. Was du vor dir siehst, ist ein Hinweis darauf, daß wir ihm ganz nah sind. Sehr nah. Das ist eine Regenwolke, weiter nichts.«

Der Elf stieß erleichtert den Atem aus. »Regenwolken! Ganz wie auf unserer alten Welt!«

»Ja«, sagte Haplo. »Ganz wie auf eurer alten Welt.«

Das Schiff sank dem Stern entgegen. Wolkenfetzen zogen vorüber, Regen peitschte gegen die Fenster. Dann ließ die *Drachenstern* die Wolkenbank hinter sich und zog ihre Bahn durch hellen Sonnenschein. Tief unten war deutlich Land zu erkennen.

Die Runen, die Luftdruck und Schwerkraft geregelt hatten, verblaßten allmählich. Haplos Passagiere drängten sich um die Bullaugen und starrten gebannt auf ihre neue Heimat hinab.

Der alte Mann war nirgends zu finden.

Haplo lauschte den Gesprächen der Leute, beobachtete den Ausdruck auf ihren Gesichtern.

Zuerst – Freude. Die Reise war zu Ende, sie hatten den Stern sicher erreicht. Dann – Erleichterung. Üppige grüne Wälder, Seen, Meere, ganz ähnlich wie zu Hause.

Die Entfernung verringerte sich weiter. Verwirrung ergriff von den Passagieren Besitz – gerunzelte Stirnen, offene Münder. Sie drückten die Gesichter gegen die Fensterscheiben. Schauten und schauten mit großen Augen.

Schließlich – Begreifen, Verstehen.

Paithan kehrte auf die Brücke zurück. Sein blasses Gesicht war gerötet. Er deutete aus dem Fenster.

»Was geht hier vor? Das *ist* unsere alte Welt!«

»Und dort«, sagte Haplo, »ist euer Stern.«

Licht durchdrang das vielfarbige Grün von Moos und Dschungel. Grell, strahlend, weiß, pulsierend – das Licht schmerzte in den Augen; man glaubte wahrhaftig, in eine Sonne hineinzuschauen. Aber es war keine Sonne, es war auch kein Stern. Langsam begann das Licht zu verblassen. Ein Schatten zog heran, schirmte die blendende Helligkeit ab, und endlich war es ihnen möglich, die Quelle des Lichts zu erkennen.

»Eine Stadt!« murmelte Haplo verwundert in seiner eigenen Sprache. Und sie erschien vertraut!

Das Licht erlosch, die Stadt versank in Dunkelheit.

»Was ist das?« fragte Paithan mit rauher Stimme.

Haplo zuckte die Schultern. Die Störung war ihm lästig. Er mußte unbedingt nachdenken; er mußte diese Stadt unbedingt aus der Nähe betrachten. »Ich bin nur der Pilot. Warum gehst du nicht und fragst den alten Mann?«

Der Elf warf dem Patryn einen mißtrauischen Blick zu. Haplo achtete nicht darauf, er konzentrierte sich auf die Obsidiankugel zwischen seinen Händen. »Ich suche derweil nach einem geeigneten Landeplatz.«

»Vielleicht sollten wir besser nicht landen. Wenn nun Tytanen da unten sind . . .?«

Eine Möglichkeit. Haplo würde sich zu gegebener Zeit mit diesem Problem befassen müssen. »Wir landen!« beharrte er.

Paithan seufzte und sah wieder aus dem Fenster. »Unsere eigene Welt!« meinte er bitter. Er legte die Handflächen auf die Scheibe, lehnte die Stirn gegen das Glas und blickte auf die Bäume und Moossteppen, die mit unsichtbaren Fingern nach ihm zu greifen schienen, um ihn zu sich herunterzuziehen. »Wie konnte das geschehen? Dieser lange Flug! Sind wir vielleicht vom Kurs abgekommen? Im Kreis geflogen?«

»Du hast den Stern am Himmel leuchten gesehen. Wir sind schnurstracks darauf zu geflogen. Frag Zifnab, was das alles bedeuten soll.«

»Ja.« Das Gesicht des Elfs wirkte angespannt, grimmig, entschlossen. »Ihr habt recht. Ich werde den alten Mann fragen.«

Haplo sah, wie der Körper des Drachen, den man durch das Fenster sehen konnte, in Bewegung geriet. Ein Beben durchlief das Schiff. Ein funkelndes, rotes Auge tauchte kurz vor dem Fenster auf, dann lösten sich plötzlich die Schlingen, die den Schiffsrumpf umgaben.

Es gab einen gewaltigen Ruck, die *Drachenstern* neigte sich bedrohlich. Haplo klammerte sich haltsuchend an den Sigelstein. Es dauerte nicht lange, dann richtete das Schiff sich wieder auf und sank von einer schweren Last befreit anmutig dem Boden entgegen. Der Drache war verschwunden.

Haplo, der nach einem Landeplatz Ausschau hielt, glaubte einen gigantischen grünen Leib in den Dschungel tauchen zu sehen, er war aber zu sehr mit seinen eigenen Problemen beschäftigt, um sich die Stelle zu merken. Die Bäume hatten ihre Äste und Zweige zu einem dichten, beinahe undurchdringlichen Geflecht verwoben; freie Stellen waren selten. Zusätzlich wurde die Suche von der seltsamen Dunkelheit erschwert, die von der Stadt auszugehen schien, als hätte sie ihren gewaltigen Schatten über das Land geworfen.

Das war natürlich unmöglich. Damit es Nacht werden konnte, mußten die Sonnen verdeckt sein, und sie standen wie zuvor am Himmel. Ihr Licht strahlte auf die *Drachenstern*, glänzte auf den Schwingen, brach sich in den Fensterscheiben. Unterhalb des Schiffs herrschte Dunkelheit.

Zornige Beschuldigungen, ein schriller Protest, gefolgt von einem Schmerzensschrei – der alte Mann saß in der Klemme. Haplo konnte sich ein Lächeln nicht verkneifen und zuckte mit den Schultern. Er hatte eine geeignete Stelle gefunden, groß genug für das Schiff; in der Nähe der Stadt, aber nicht zu nahe.

Haplo brachte die *Drachenstern* nach unten. Zweige reckten sich ihnen entgegen, brachen ab. Blätter peitschten über die Fenster. Das Schiff setzte hart auf. Nach den Geräuschen aus dem Mannschaftslogis zu urteilen, hatte sich dort unten keiner auf den Füßen halten können.

Der Patryn schaute in die tiefe Dunkelheit hinaus.

Sie hatten den Stern erreicht.

Haplo hatte sich vor der Landung die Lage der Stadt eingeprägt und die Richtung, in die er sich halten mußte, um sie zu erreichen. So schnell es im Dunkeln möglich war – er wollte kein Licht anzünden –, packte er ein wenig Proviant zusammen und füllte einen Wasserschlauch. Dann stieß Haplo einen leisen Pfiff aus. Der Hund sprang auf und folgte seinem Herrn.

Der Patryn bewegte sich auf leisen Sohlen zum Niedergang und horchte. Das einzige, was er hörte, waren aufgeregte Stimmen aus dem Mannschaftslogis. Keine leisen Atemzüge im Gang; niemand, der ihm nachspionierte. Nicht, daß er damit gerechnet hatte. Die abrupt über das Schiff hereinbrechende Dunkelheit hatte dazu geführt, daß die meisten seiner Passagiere ihren Zorn vergaßen und in Panik gerieten. Vorläufig ließen sie ihre Wut und ihre Angst an dem alten Zauberer aus, aber nicht mehr lange, und sie würden angeschlichen kommen, um von Haplo Erklärungen, Antworten, Lösungen zu verlangen.

Einmal ein Retter – immer ein Retter.

Leise trat Haplo an die Schiffswandung. Er setzte das Bündel ab und legte die Handflächen an die Planken. Die Runen auf seiner Haut leuchteten rot und blau, Flammen huschten über seine Finger, breiteten sich aus. Die Planken begannen zu schimmern und sich langsam aufzulösen. Eine Öffnung, groß genug für einen Mann, tat sich auf.

Haplo schulterte seine Vorräte und trat auf das Moospolster hinaus, auf dem er gelandet war. Der Hund kam hinter ihm her. Sobald sie beide draußen standen, erlosch der rotblaue Schimmer, der den Rumpf überzog, und die Öffnung in der Beplankung verschwand.

Der Patryn überquerte das freie Gelände mit langen Schritten und verlor sich in der Dunkelheit. Erregtes Geschrei in zwei Sprachen hallte hinter ihm her. Die Worte mochten verschieden sein, doch ihre Bedeutung war dieselbe – Tod dem Zauberer.

Haplo grinste. Elfen und Menschen schienen endlich etwas gefunden zu haben, das sie einte.

»Haplo? Wir... Haplo?« Paithan tastete sich in die Steuerkanzel und blieb von bösen Ahnungen erfüllt stehen. Das Leuchten der Runen verblaßte nur allmählich, und die Helligkeit reichte aus, um zu erkennen, daß der Raum leer war.

Roland stürmte durch die Luke und schob den Elf zur Seite. »Haplo, wir haben beschlossen, den alten Mann aus unserer Gemeinschaft auszuschließen und diesen... Haplo? Wo steckt er?« fuhr er Paithan wütend an.

»Ich habe ihn nicht in der Tasche, falls du das glaubst. Er ist fort – und der Hund ebenfalls.«

»Ich wußte es! Haplo und Zifnab stecken unter einer Decke! Sie haben uns an diesen gräßlichen Ort gelockt! Und du bist auf sie hereingefallen!«

»Du hättest gern in Equilan bleiben können. Die Tytanen wären sicher entzückt gewesen, sich mit dir zu beschäftigen.«

Wütend und von ungerechtfertigten Schuldgefühlen gepeinigt, starrte Paithan auf die schwach leuchtenden Runen. »Seine Magie hat ihm geholfen. Ich wünschte, ich hätte eine Ahnung, wer oder was er ist.«

»Wir werden ihn zwingen, uns alles zu erklären.«

Blauer Lichtschein zuckte über Rolands geballte Faust und sein starres Gesicht. Paithan sah ihn an und lachte. »Falls wir ihn je wiedersehen. Falls wir überhaupt wieder *irgend etwas* sehen. Das hier ist schlimmer als die unterirdischen Gänge der Zwerge.«

»Paithan?« hörte man Regas Stimme rufen. »Roland?«

»Hier, Schwesterlein.«

Rega näherte sich mit tastenden Schritten und ergriff die ausgestreckte Hand ihres Bruders. »Hast du es ihm gesagt? Bringt er uns von hier weg?«

»Er ist nicht hier. Er ist verschwunden.«

»Und hat uns hier zurückgelassen – in der Dunkelheit?«

»Nicht doch. Beruhige dich!«

Der Schein der Sigel erlosch. Die drei standen in einem matten blauen Schimmer, der kurz aufflackerte und anschließend noch schwächer wurde. Das magische Licht glomm in eingesunkenen, angstvollen Augen und betonte die scharfen Linien der ratlosen Gesichter.

Paithan und Roland vermieden es, sich anzusehen, und warfen sich statt dessen verstohlen mißtrauische Blicke zu.

»Der alte Zauberer hat gesagt, diese Finsternis würde nur einen halben Zyklus dauern«, sagte Paithan schließlich verteidigend.

»Er sagte auch, er würde uns zu einer neuen Welt führen!« hielt Roland ihm entgegen. »Komm, Rega, ich bringe dich zurück zu . . .«

»Paithan!« Aleathas Stimme klang fast hysterisch. Sie stürzte auf die Brücke, und ihr Bruder fing sie auf. Im selben Moment erloschen die Runen endgültig, und sie standen in tiefer Dunkelheit.

»Paithan! Vater ist verschwunden! Und mit ihm der alte Mann!«

Die vier standen vor dem Schiff und blickten zum Waldrand. Es war hell, die merkwürdige Dunkelheit war verschwunden, und man konnte deutlich sehen, wo vor kurzem jemand gegangen war. Lenthan, Zifnab, Haplo oder alle drei? Die scharfe Klinge eines Holzschwerts hatte Ranken und Schlinggewächse durchtrennt; große Durnaublätter lagen abgeschlagen am Boden.

Aleatha rang die Hände. »Es ist meine Schuld! Nachdem wir gelandet waren, fing Papa an, von Mutter zu reden, weshalb sie nicht käme und weshalb es so lange dauerte. Er hörte überhaupt nicht mehr auf, und da – und da habe ich ihn angeschrien, Paithan! Ich konnte es nicht mehr ertragen! Ich bin weggegangen!«

»Weine nicht, Thea. Es ist nicht deine Schuld. Ich hätte bei ihm sein müssen. Ich hätte es wissen müssen. Jetzt bleibt mir nichts anderes übrig, als zu versuchen, ihn zu finden.«

»Ich gehe mit dir.«

Paithan öffnete den Mund zu einem Nein, sah das tränenüberströmte, blasse Gesicht seiner Schwester und änderte seine Meinung. Er nickte müde. »Also gut. Mach dir keine Sorgen, Thea. Er kann nicht sehr weit gekommen sein, aber für alle Fälle müssen wir Wasser mitnehmen.«

Aleatha eilte zum Schiff zurück. Paithan ging zu Roland hinüber, der am Waldrand den Boden nach Spuren absuchte. Rega stand in der Nähe ihres Bruders. Ihre Haltung drückte Niedergeschlagenheit und Sorge aus. Sie schaute Paithan entgegen, aber er wich ihrem Blick aus.

»Hast du etwas gefunden?«

»Nichts.«

»Haplo und Zifnab sind vermutlich zusammen weggegangen. Aber warum haben sie meinen Vater mitgenommen?«

Roland erhob sich aus seiner gebückten Haltung und wandte den Kopf. »Keine Ahnung. Aber es gefällt mir nicht. Irgendwas stört mich hier. Ich dachte immer, das Gebiet um Thun wäre wild! Es war der reinste Park, verglichen mit dieser Gegend!«

Schlinggewächse, Äste und Zweige wucherten dermaßen üppig und waren so verschlungen und verwoben, daß sie das Dach einer gigantischen Hütte zu bilden schienen. Eine graue, trübe Helligkeit sickerte hindurch. Die Luft war drückend und feucht, gesättigt mit dem Geruch von Fäulnis und Verwesung. Die Hitze war erstickend. Und obwohl eigentlich damit zu rechnen war, daß es im Dschungel von allen möglichen Lebewesen nur so wimmelte, hörte Roland keinen Laut. Die Stille war vielleicht eine Folge des Fremdkörpers auf der Lichtung, vielleicht bedeutete sie aber auch Gefahr.

»Ich weiß nicht, wie du darüber denkst, Elf, aber ich habe keine Lust, mich länger als irgend nötig hier aufzuhalten.«

»Ich glaube, da stimmen wir alle überein«, meinte Paithan ruhig.

Roland warf ihm einen schrägen Blick zu. »Was ist mit dem Drachen?«

»Er ist weg.«

»Hoffst du!«

Paithan schüttelte den Kopf. »Ich wüßte nicht, was wir tun könnten, wenn er wiederauftaucht.« Es hörte sich bitter und müde an.

»Wir begleiten dich.« Regas Gesicht war schweißnaß, das feuchte Haar klebte ihr in der Stirn und an den Wangen. Sie zitterte.

»Das ist nicht notwendig.«

»Doch ist es notwendig!« sagte Roland kalt. »Woher sollen wir wissen, ob du nicht auch mit diesem verrückten Alten und dem tätowierten Wunder unter einer Decke steckst? Ich möchte nicht erleben, daß ihr euch davonmacht und wir hier für alle Ewigkeit sitzenbleiben.«

Paithan wurde blaß vor Zorn, seine Augen blitzten. Er holte tief Luft, bemerkte Regas flehenden Blick und schluckte hart. Er hob die Achseln, sagte: »Ganz wie du meinst« und ging zum Schiff zurück, um auf seine Schwester zu warten.

Aleatha tauchte mit einem gefüllten Wasserschlauch an der Reling auf, und Paithan half ihr herunter. Die einst duftigen, bauschigen Röcke hingen zerschlissen und schlaff um ihre schlanke Gestalt. Sie hatte den Schal der Köchin um die Schultern gelegt, ihre Arme waren bloß. Roland betrachtete die zierlichen weißen Füße in den abgetragenen Schuhen.

»In dem Aufzug kannst du nicht in den Dschungel gehen!«

Er sah, wie der Blick der Elfenfrau sich auf die Schatten zwischen den Bäumen richtete, auf die Ranken, die sich schlangengleich über den Boden wanden. Ihre Finger krampften sich um den Trageriemen des Wasserschlauchs. Dann reckte sie das Kinn vor und schaute ihn an.

»Ich kann mich nicht erinnern, dich um deine Meinung gebeten zu haben, Mensch!«

»Stures Luder!«

Sie hatte Mumm, das mußte ihr der Neid lassen. Die Angst war ihr an der Nasenspitze abzulesen, aber sie ließ sich nicht abschrecken. Das Schwert in der Hand, brach er durch das Unterholz, hackte und schlug nach den Ranken und herzförmigen Blättern, die ihn als die leibhaftige Verkörperung der unerträglichen Gefühlsverwirrung zu verhöhnen schienen, die diese Frau in ihm hervorrief.

»Rega, kommst du?«

Rega zögerte und schaute zu Paithan zurück. Der Elf erwiderte ihren Blick und schüttelte leicht den Kopf. Begreifst du's nicht? Unsere Liebe war ein Irrtum. Alles war ein schrecklicher Irrtum.

Regas Schultern sanken kraftlos herab, und sie folgte ihrem Bruder.

Paithan wandte sich seufzend zu seiner Schwester herum.

»Roland hat recht. Es ist bestimmt nicht ungefährlich und...«

»Ich lasse Vater nicht im Stich«, unterbrach ihn Aleatha. Die Art, wie sie ihren Kopf hielt, und das Glitzern in ihren Augen sagten Paithan, daß es keinen Zweck hatte, mit ihr zu reden. Er nahm ihr den Wasserschlauch ab und legte ihn sich um die Schulter. Dann folgten sie dem schmalen Pfad, den Roland gebahnt hatte. Sie gingen so schnell, als hofften sie, ihre Angst hinter sich zu lassen.

Drugar stand auf Deck und schärfte sein Messer am Rahmen der Luke. Die schwerfälligen Zwerge sind keine lautlosen Jäger. Drugar wußte, daß es ihm nicht gelingen würde, sich jemandem unbemerkt zu nähern. Er mußte seiner Beute einen großen Vorsprung geben, bevor er die Verfolgung aufnahm.

Kapitel 35

Irgendwo auf Pryan

»Ich hatte recht. Sie sind tatsächlich gleich! Was kann das alles zu bedeuten haben?«

Vor ihm erhob sich eine aus Sternenlicht erschaffene Stadt. Wenigstens sah es so aus, bis Haplo näher herankam. Ihre strahlende Schönheit war unglaublich, und er hätte vielleicht tatsächlich nicht daran geglaubt, sie für das Trugbild eines von all dem Menschen- und Elfengeschwätz verwirrten Verstandes gehalten, doch er kannte sie, kannte sie genau. Er hatte sie schon einmal gesehen.

Nur nicht hier. Im Nexus.

Doch es gab einen Unterschied; eine grimmige Ironie. Die Stadt im Nexus war dunkel – ein Stern vielleicht, dessen Licht erloschen war. Oder den man nie zum Leben erweckt hatte.

»Was meinst du, Hund?« sagte er und streichelte den Kopf des Tieres. »Sie sind gleich, nicht wahr? Absolut gleich.«

Hinter einer gigantischen Mauer erhob sich die Stadt höher als die höchsten Dschungelbäume. In der Stadtmitte ragte von einer aus Marmorrippen gebildeten Kuppel eine säulengleiche, kristallene Spiere in den Himmel. Die Spitze dieses Pfeilers mußte einer der höchsten Punkte auf dieser Welt sein, dachte Haplo und ließ den Blick daran hinaufgleiten. Dieser Pfeiler verströmte den hellsten Glanz. Der Patryn vermochte kaum hinzuschauen, so sehr blendete ihn die gleißende Helligkeit. Dieser Pfeiler sammelte das Licht und sandte es in den Himmel hinaus.

»Wie ein Leuchtturm«, meinte er zu dem Hund. »Nur wer oder was soll sich danach orientieren?«

Das Tier reagierte nicht. Es musterte mit sichtlichem Unbehagen seine Umgebung. Ein Zucken durchlief die Haut an seinem Nacken, der Hund verspürte den Impuls, sich zu kratzen, doch anschließend stellte er fest, daß das Gefühl des Unbehagens noch immer nicht verschwunden war. Er kannte den Grund für das Gefühl nicht, er wußte nur, daß irgend etwas nicht war, wie es sein sollte. Der Hund winselte, und Haplo tätschelte ihm beruhigend den Kopf.

Der Mittelpfeiler wurde von vier anderen Säulen eingerahmt, die auf derselben Terrasse standen wie die Kuppel. Auf der Terrasse darunter befanden sich weitere acht Pfeiler. Dahinter wuchs, erbaut auf gigantischen Marmorterrassen, die Stadt stufenweise in die Höhe. Die beiden letzten Pfeiler, die Haplo sehen konnte, standen am linken und rechten Ende der Mauer.

Wenn diese Stadt nach demselben Plan erbaut war wie ihr Gegenstück im Nexus – und Haplo sah keinen Grund, etwas anderes zu vermuten –, gab es vier solcher Pfeiler, die in die vier hauptsächlichen Himmelsrichtungen wiesen.

Haplo setzte seinen Weg durch den Urwald fort, dicht gefolgt von dem Hund. Beide verstanden es, sich flink und lautlos in dem dichten Unterholz zu bewegen, und hinterließen keine Spuren, bis auf den schwachen, rasch verblassenden Schimmer der Runen auf den Blättern.

Und dann endete das Waldgebiet von einem Schritt auf den anderen. Vor ihnen wand sich im hellen Sonnenschein ein Pfad durch Geröll und Felsen. Ohne aus der Deckung der Bäume herauszutreten, beugte Haplo sich vor und legte die Hand auf den felsigen Grund. Er war hart und warm von der Sonne und kein Trugbild, wie er eigentlich vermutet hatte.

»Ein Berg. Sie haben die Stadt auf einem Berg errichtet.« Er legte den Kopf in den Nacken und sah, wie der Pfad in steten Windungen den Hügel hinaufführte.

Haplo nahm einen Schluck Wasser aus dem mitgeführten Schlauch, teilte ihn mit dem Hund und ließ den Blick forschend über das Panorama der Pfeiler, Terrassen und Gebäude wandern. Er dachte zurück an die primitiven Behausungen der Elfen – kaum mehr als in Astgabeln zusammengezimmerte Holzhütten.

»Es gibt keinen Zweifel. Das hier ist ein Werk der Sartan. Und vielleicht wohnen sie noch dort. Es besteht durchaus die Möglichkeit, daß wir von ein paar Tausend unserer Freunde empfangen werden.«

Er bückte sich und suchte den Pfad ab, obwohl er wußte, daß es eine überflüssige Vorsichtsmaßnahme war. Der Wind, der klagend durch die Felsen strich, verwehte alle Spuren.

Haplo brachte die Stoffstreifen zum Vorschein, die er in einer Tasche verstaut hatte, und fing an, langsam und sorgfältig seine Hände zu umwickeln. »Viel nützen wird es nicht«, erklärte er dem Hund, der seine Besorgnis zu teilen schien. »Auf Arianus hat dieser Sartan, der sich Alfred nannte, recht schnell herausgefunden, wer wir sind. Aber wir waren unvorsichtig, hab' ich recht, alter Junge?«

Der Hund schaute zu ihm auf, als wäre er anderer Meinung, wollte aber keine lange Diskussion anfangen.

»Diesmal werden wir vorsichtiger sein.«

Haplo hängte sich den Wasserschlauch um, trat aus dem Wald und setzte den Fuß auf den steinigen Pfad, der zwischen Felsblöcken und einigen wenigen zerzausten Kiefern die Bergflanke hinaufführte.

»Nur zwei harmlose Reisende, stimmt's? Zwei harmlose Reisende – die das Licht gesehen haben.«

»Es ist wirklich sehr freundlich von dir, mich zu begleiten«, meinte Lenthan Quindiniar.

»Aber, aber. Nicht der Rede wert«, antwortete Zifnab.

»Ich glaube nicht, daß ich es alleine geschafft haben würde. Du hast ein wirklich bemerkenswertes Geschick, den leichtesten Weg zu finden. Man könnte fast glauben, daß die Bäume zur Seite weichen, wenn sie dich kommen sehen.«

»Was heißt hier *weichen*? Wenn sie könnten, würden sie auswandern!« verkündete eine rumpelnde Stimme aus der Tiefe.

»Das brauche ich mir von dir nicht bieten zu lassen!« knurrte Zifnab und stampfte heftig auf.

»Ich kriege langsam einen Mordshunger.«

»Das ist nicht mein Tisch! Melde dich in einer Stunde wieder.«

»Immer dasselbe.« Ein riesiger Schatten glitt unter ihren Füßen davon.

»War das der Drache?« fragte Lenthan mit besorgtem Gesichtsausdruck. »Er wird ihr doch nichts antun, oder? Wenn sie sich zufällig begegnen?«

»Nein, nein«, beruhigte ihn Zifnab und schaute von einer Seite zur anderen. »Ich habe ihn im Griff. Kein Grund zur Sorge. Du hast nicht zufällig darauf geachtet, in welche Richtung er verschwunden ist? Nicht, daß es wichtig wäre.« Der alte Zauberer nickte heftig. »Unter Kontrolle. Ja. Alles im Griff.« Er blickte nervös über die Schulter.

Die beiden Männer saßen im Moos, den Rücken an den Stamm eines uralten, moosbewachsenen Baums gelehnt, der in einer kühlen, schattigen Lichtung stand.

»Und vielen Dank, daß du mich zu diesem Stern gebracht hast. Ich weiß das zu schätzen«, fuhr Lenthan fort. Er hatte die Hände auf den Knien liegen und musterte in stiller Zufriedenheit seine Umgebung – die knorrigen Bäume, die Blumen und Schlingpflanzen und die huschenden Schatten. »Ob es noch weit ist? Ich bin etwas müde.«

Zifnab betrachtete Lenthan mit einem gütigen Lächeln. Seine Stimme klang weich. »Nein, es ist nicht mehr weit, alter Freund.« Der Magier klopfte Lenthan ermutigend auf die altersfleckige Hand. »Keine Sorge. Um die Wahrheit zu sagen, ich glaube nicht, daß wir überhaupt noch weitergehen müssen. Ich glaube, sie wird zu uns kommen.«

»Wie herrlich!« Ein Hauch von Farbe stieg in Lenthans bleiche Wangen. Er stand auf und blickte erwartungsvoll in die Ferne, aber gleich verließen ihn die Kräfte, und er sank wieder zu Boden. Die leichte Röte verschwand aus seinem Gesicht, er sah plötzlich grau und wächsern aus und atmete schwer. Zifnab legte dem Elf den Arm um die Schultern und hielt ihn fest.

Lenthan holte zitternd Luft und versuchte ein Lächeln. »Ich hätte nicht so rasch aufstehen sollen. Mir ist plötzlich ganz schwindlig geworden.« Nach einer Weile fügte er hinzu. »Ich glaube, ich muß sterben.«

Zifnab schüttelte den Kopf. »Aber nicht doch, alter Freund. Nur keine voreiligen Schlüsse. Manchmal fühlt man sich eben ein bißchen schlapp, weiter nichts. Das geht vorüber . . .«

»Nein, bitte. Lüg mich nicht an.« Lenthan lächelte matt. »Ich bin bereit. Weißt du, ich bin einsam gewesen. Sehr einsam.«

Der Zauberer betupfte sich mit dem Bartzipfel die Augen. »Du wirst nie wieder einsam sein, mein Freund. Niemals wieder.«

Lenthan nickte, dann seufzte er.

»Es ist nur, daß ich mich so schwach fühle. Ich werde alle meine Kraft brauchen, um mit ihr zu gehen, wenn sie kommt. Würde es – würde es dich sehr stören, wenn ich mich an deine Schulter lehne? Nur ganz kurz? Bis alles aufhört, sich zu drehen.«

»Das kenne ich«, sagte Zifnab. »Nichts in der Welt will mehr bleiben, wo es hingehört. In unserer Jugend war das anders! Ich bin geneigt, an so manchem der modernen Technik die Schuld zu geben. Atomreaktoren und so.«

Der Magier lehnte sich an den mächtigen Baumstamm, der Elf lehnte den Kopf an die Schulter des alten Zauberers. Zifnab schwatzte unaufhörlich weiter. Lenthan empfand den Klang seiner Stimme als tröstlich, wenn er auch nicht darauf achtete, was er sagte. Ein Lächeln auf den Lippen, beobachtete er die Schatten und wartete auf seine Frau.

»Und was tun wir jetzt?« ereiferte sich Roland und starrte Aleatha böse an. Er deutete nach vorn, auf die trübe Wasserfläche, die ihnen den Weg versperrte. »Ich habe gleich gesagt, daß sie nicht mitkommen soll. Wir werden sie zurücklassen müssen.«

»Niemand läßt mich zurück!« entgegnete Aleatha, aber sie stand hinter den anderen und hütete sich, dem düsteren, sumpfigen Teich zu nahe zu kommen. Sie hatte in ihrer Sprache geantwortet, aber sie verstand, was die Menschen sagten. Während des von gelegentlichen Raufereien unterbrochenen Waffenstillstands an Bord der *Drachenstern* hatten die Menschen und Elfen wenigstens gelernt, sich gegenseitig in der Sprache des anderen zu beleidigen.

»Vielleicht können wir den Teich umgehen«, schlug Paithan vor.

»Und wenn« – Rega wischte sich den Schweiß aus dem Gesicht – »werden wir Tage brauchen, um uns durch das Gestrüpp zu arbeiten! Ich kann mir nicht vorstellen, wie sie es fertigbringen, in diesem Unterholz so schnell voranzukommen.«

»Zauberei«, knurrte Roland. »Und Zauberei hat ihnen vermutlich auch geholfen, diese trübe Pfütze zu überqueren. Wir haben kein solches Hilfsmittel. Uns wird nichts anderes übrigbleiben, als hindurchzuwaten oder zu schwimmen.«

»Schwimmen!« Aleatha zuckte zurück und schüttelte sich.

Roland sagte nichts, aber er warf ihr einen Blick zu – und dieser Blick sagte alles. Verwöhntes, verzärteltes Püppchen ...

Aleatha warf das Haar zurück, lief den Pfad hinunter, und bevor Paithan eine Bewegung machen konnte, um sie zurückzuhalten, watete sie in den Teich hinaus.

Das Wasser reichte ihr bis zur Wade. Träge, schlammige Kreise breiteten sich aus – plötzlich durchschnitten von einem langen, peitschendünnen Leib, der dicht unter der Wasseroberfläche auf die Elfenfrau zustrebte.

»Eine Schlange!« brüllte Roland, sprang ins Wasser, stellte sich vor Aleatha und hieb wild mit dem Raztar auf den Angreifer ein.

Paithan zerrte Aleatha ans Ufer zurück, während Roland heftig um sich schlug. Als er die Beute aus den Augen verlor, richtete er sich auf und hielt Ausschau.

»Wo ist sie hin? Habt ihr es gesehen?«

»Ich glaube, sie ist da drüben verschwunden. Im Schilf.« Rega deutete auf die Stelle.

Roland kam aus dem Wasser, achtete auf jede Bewegung und hielt das Raztar bereit.

»Du dummes Stück!« Er konnte vor Wut kaum sprechen. »Du hast dich beinahe selbst umgebracht!«

Aleatha zitterte in ihren nassen Kleidern. Ihr Gesicht war kreidebleich, aber sie erwiderte trotzig seinen Blick. »Ihr werdet mich nicht zurücklassen«, sagte sie mit klappernden Zähnen. »Wenn ihr es schafft, schaffe ich es auch!«

»Wir tragen Lederstiefel, Lederkleidung! Wir haben eine Chance ... Ach, das hat doch keinen Sinn!« Roland packte Aleatha, hob sie hoch und nahm sie auf die Arme.

»Laß mich runter!« Aleatha wand sich in seinem Griff und trat nach ihm. In der Aufregung war sie in die Menschensprache verfallen.

»Noch nicht. Erst wenn wir die Mitte erreicht haben, wo es am tiefsten ist«, brummte Roland und setzte tastend Fuß vor Fuß.

Aleatha starrte ins Wasser, erinnerte sich an die überstandene Gefahr und erschauerte. Verstohlen legte sie ihm die Arme um den Hals. »Das würdet Ihr doch nicht tun, oder?« fragte sie und drückte sich an ihn.

Roland schaute in das Gesicht, das ihm so nahe war. Die angstvollen, purpurnen Augen waren dunkel wie Wein, aber viel berauschender. Ihr weiches Haar kitzelte seine Haut. Er konnte den warmen Körper in seinen Armen zittern fühlen. Liebe durchfuhr ihn wie ein Blitz, brachte sein Blut in Wallung und bereitete ihm größere Qualen als jeder Schlangenbiß.

»Nein«, sagte er kurz. Seine Stimme klang rauh, weil das Verlangen ihm die Kehle zuschnürte. Er umschlang sie fester.

Paithan und Rega folgten ihnen.

»Was war das?« stieß Rega erschrocken hervor und drehte sich um.

»Fische vermutlich«, meinte Paithan und nahm ihren Arm. Rega lächelte hoffnungsvoll zu ihm auf.

Das Gesicht des Elfen war ernst und besorgt, Regas Lächeln verschwand. Schweigend gingen sie weiter, den Blick auf die Wasseroberfläche geheftet. Der Teich war nicht besonders tief, an keiner Stelle reichte er höher als bis zu den Knien. Am gegenüberliegenden Ufer angekommen, stieg Roland an Land und stellte Aleatha auf die Füße.

Er war bereits ein paar Schritte gegangen, als er eine schüchterne Berührung am Arm fühlte.

»Vielen Dank«, sagte Aleatha.

Die Worte kamen ihr nur schwer über die Lippen. Der Grund war nicht die fremde Sprache, es fiel ihr schwer, zu diesem Mann zu reden, der so angenehme und so widerstreitende Empfindungen in ihr weckte. Ihr Blick fiel auf seine schön geschwungenen Lippen; sie dachte an seinen Kuß und die Glut, die durch ihren Körper gerast war. Sie hätte gerne gewußt, ob es beim zweiten Mal auch so sein würde. Er stand ganz dicht vor ihr. Sie brauchte nur einen halben Schritt ...

Dann hörte sie plötzlich wieder seine Worte: *Ich hoffe, du verfaulst hier unten ... Stures Luder ... Dummes Stück ...* Er haßte und verachtete sie. Sein Kuß war eine Beleidigung gewesen, reiner Hohn.

Roland schaute in das ihm zugewandte Gesicht, las die Ablehnung in den starren Zügen. Sein eigenes Verlangen wurde zu Eis. »Nicht der Rede wert. Was sind wir Menschen denn schon anderes als eure Sklaven.«

Er wandte ihr den Rücken zu und stapfte weiter. Aleatha folgte ihm. Hinter ihr gingen Paithan und Rega, jeder für sich. Alle vier waren unglücklich. Alle vier fühlten sich enttäuscht. Alle vier dachten vorwurfsvoll und ärgerlich, wenn nur der *andere* irgend etwas sagen würde, wäre alles in Ordnung. Alle vier hatten jedoch beschlossen, daß es nicht an ihm oder ihr war, das erste Wort zu sprechen.

Das Schweigen zwischen ihnen wuchs, bis es zu einem lebenden Wesen wurde, das neben ihnen herging. Die Macht dieses Schweigens war so groß, daß Paithan, als er hinter ihnen ein Geräusch zu hören glaubte – wie von schweren Stiefeln, die durch Wasser wateten –, sich nicht überwinden konnte, es den anderen zu sagen.

Kapitel 36

Irgendwo, Pryan

Haplo und der Hund folgten dem Pfad. Der Patryn beobachtete wachsam die Stadtmauer, aber dort regte sich nichts. Er lauschte und hörte nichts als das klagende Flüstern des Windes zwischen den Steinen. Sie waren allein auf der sonnendurchglühten Bergflanke.

Der Pfad führte geradewegs zu einem großen Tor aus Metall, in der Form eines Hexagons und mit Runen beschriftet. Mauern aus glattem, weißem Marmor ragten lotrecht vor ihm auf und schienen bis in den Himmel zu streben. Auch wenn zehn Männer seiner Statur einer auf die Schultern des anderen gestiegen wären, hätte der oberste nicht über die Mauerkrone blicken können. Der Patryn legte die flachen Hände auf den Stein. Der Marmor war zu spiegelnder Glätte poliert; eine Spinne hätte Mühe gehabt, daran hinaufzukriechen. Das Stadttor war verschlossen und durch Zauberkraft versiegelt. Die Runen auf Haplos Körper brannten und juckten unter dem Einfluß der fremden Magie. Die Sartan hatten nichts dem Zufall überlassen. Niemand hätte die Stadt betreten können, ohne ihr Wissen und ihre Erlaubnis.

»Wache!« rief Haplo, legte den Kopf in den Nacken und schaute zur Mauerkrone hinauf.

Nur seine eigenen Worte hallten zu ihm zurück.

Der Hund, verstört von dem veränderten Klang der Stimme seines Herrn, reckte die Schnauze zum Himmel und heulte. Der langgezogene Laut wurde von den Mauern zurückgeworfen und wirkte sogar auf Haplo bedrückend, der dem Hund Ruhe gebietend die Hand auf den Kopf legte. Als die Echos erstorben waren, horchte er, doch alles blieb still.

Es konnte jetzt kaum noch einen Zweifel geben. Die Stadt war verlassen.

Haplo dachte an eine Welt, wo immer die Sonne schien, und wie diese Welt auf Neuankömmlinge wirken mochte, die an einen regelmäßigen Wechsel von Tag und Nacht gewöhnt waren. Er dachte an die Elfen und Menschen, die im Geäst der Bäume hausten wie Vögel; und an die Zwerge, die sich in den Moosboden wühlten, getrieben von der vagen Erinnerung an ihre frühere, unterirdische Heimat und in dem verzweifelten Bestreben, sie neu zu erschaffen. Er dachte an die Tytanen und ihre verderbenbringende, trostlose Suche.

Er betrachtete wieder die glatten, schimmernden Mauern und strich mit den Fingern darüber. Der Stein fühlte sich merkwürdig kühl an, trotz der brennenden Sonne. Kalt und hart und undurchdringlich – wie die Vergangenheit für all die aus dem Paradies Vertriebenen. Noch waren nicht alle seine Fragen beantwortet. Das Licht zum Beispiel. Damit verhielt es sich wie mit dem Allüberall auf Arianus: Wieso? Warum? Zu welchem Zweck? Auf Arianus hatte er das Rätsel gelöst, oder es war für ihn gelöst worden. Er war ziemlich sicher, auch den Schlüssel zum Geheimnis der Sterne von Pryan finden zu können. Immerhin stand er kurz davor, sich Zugang zu einem davon zu verschaffen.

Haplo schaute zu dem hexagonalen Tor zurück. Er kannte das System der Runenstruktur auf der silbern schimmernden Außenverkleidung. Eine Rune fehlte. Man brauchte nichts weiter zu tun, als das betreffende Sigel einzufügen, und das Tor öffnete sich. Es war eine simple Konstruktion, elementare Sartanmagie. Sie hatten sich nicht viel Mühe gemacht. Warum auch? Außer ihnen beherrschte niemand die Runenmagie.

Nun, fast niemand.

Haplo lächelte grimmig. Er kannte die Magie der Sartan, er verfügte über das Wissen, um das Tor zu öffnen, doch er zögerte. Wenn er sich ihrer Runen bediente, fühlte er sich unbeholfen und dumm, wie ein Kind, das Zeichen in den Sand malt. Außerdem würde es eine ungeheuer große Befriedigung bedeuten, sich Einlaß in diese so unbezwingbare Festung zu erzwingen, indem er von seiner eigenen Magie Gebrauch machte. Patrynmagie. Die Magie der erbittersten Feinde der Sartan.

Er hob die Hände, legte die Fingerspitzen gegen den Marmor und begann, die Runen auf den glatten weißen Stein zu zeichnen.

»Leise!«

»Ich habe gar nichts gesagt.«

»Weiß ich. Ihr sollt still sein. Ich glaube, ich habe was gehört.«

Die vier erstarrten mitten in der Bewegung und hielten den Atem an. Auch im Wald herrschte Totenstille. Kein Blatt regte sich, kein Tier huschte vorüber, kein Vogel sang. Zuerst hörten sie nichts. Die Stille war eine fast körperlich spürbare Last, bedrückend wie die Hitze. Die Schatten der mächtigen Bäume schienen sich zu verdichten und sie einzuschließen; mehr als einer von ihnen fröstelte und wischte sich den kalten Schweiß von der Stirn.

Und dann hörten sie eine Stimme.

»Und dann sagte ich zu George: ›Georgie‹, sagte ich, ›die dritte Folge war ein Hammer. Ganz süße kleine pelzige Viecher. Wer nur ein bißchen Verstand hatte, wurde von dem unwiderstehlichen Bedürfnis gepackt, sie allesamt ausstopfen zu lassen . . .‹«

»Warte«, ertönte eine zweite Stimme, matt und leise. »Hörst du nichts?« Die Stimme wurde lebhafter. »Doch, ich hatte recht! Ich glaube, sie kommt!«

»Vater!« rief Aleatha und stürmte blindlings vorwärts.

Die anderen stürzten hinter ihr mit kampfbereit gezückten Waffen auf die Lichtung. Sie blieben stehen, schauten sich um und kamen sich ziemlich albern vor, als sie nur den alten Zauberer und Lenthan Quindiniar an einen Baumstamm gelehnt im Moos sitzen sahen.

»Vater!« Aleatha wollte zu ihm, aber der Zauberer stellte sich ihr in den Weg. Sein Gesichtsausdruck war ernst und feierlich.

Hinter ihm stand Lenthan Quindiniar mit ausgebreiteten Armen, ein verklärtes Leuchten auf den Zügen.

»Meine liebe Elithenia!« hauchte er und tat einen Schritt nach vorn. »Wie bezaubernd du aussiehst. Genauso, wie ich dich in Erinnerung habe!«

Die vier folgten seinem Blick, vermochten aber nichts weiter zu erkennen als Dunkelheit und unstete Schatten.

»Mit wem spricht er?« fragte Roland in ehrfürchtigem Flüsterton.

Paithans Augen füllten sich mit Tränen, er schüttelte den Kopf. Rega trat verstohlen neben ihn und ergriff seine Hand.

»Laß mich vorbei!« rief Aleatha zornig. »Er braucht mich!«

Zifnab hielt sie zurück. In seinen dürren Armen steckte überraschend große Kraft.

»Nein, Kind. Nicht mehr.«

Aleatha starrte ihn wortlos an, dann richtete sie den Blick auf ihren Vater. Lenthan hatte die Hände ausgestreckt, wie um jemanden zu begrüßen, der ihm lieb und teuer war.

»Es waren meine Raketen, Elithenia«, sagte er mit schüchternem Stolz.

»Die ganz weite Reise war nur möglich wegen meiner Raketen. Ich wußte, daß du hier sein würdest. Immer, wenn ich zum Himmel schaute, konnte ich dich über mir leuchten sehen – hell und klar und unbeirrbar.«

»Vater!« flüsterte Aleatha.

Er hörte sie nicht; er bemerkte nicht einmal ihre Anwesenheit. Seine Hände schlossen sich, als wollte er etwas ergreifen und niemals mehr loslassen. Tränen des Glücks strömten über seine Wangen.

Lenthan drückte die leeren Arme an die Brust, umarmte die Gestalt, die nur für ihn sichtbar war, und sank zu Boden.

Aleatha lief an Zifnab vorbei und fiel neben ihrem Vater auf die Knie. »Es tut mir leid, Papa«, schluchzte sie, umschlang ihn mit den Armen und stützte ihn. »Es tut mir leid! Ich habe dich nicht lieb genug gehabt!«

Lenthan sah lächelnd zu ihr auf. »Meine Raketen.«

Seine Lider sanken herab, er seufzte, und sein Kopf fiel langsam zur Seite. Es sah aus, als wäre er eingeschlummert.

»Papa, bitte! Ich habe mich auch einsam gefühlt. Ich wußte es nicht, Papa. Ich wußte es nicht! Aber jetzt wird es anders werden, besser, ich verspreche es!«

Paithan machte sich sanft von Rega los, kniete nieder, nahm die schlaffe Hand seines Vaters und fühlte nach dem Pulsschlag. Er ließ die Hand wieder sinken, umarmte seine Schwester und zog sie an sich.

»Es ist zu spät. Er kann dich nicht hören, Thea.« Der Elf nahm seiner Schwester den Leichnam aus den Armen und bettete ihn auf den Moosboden. »Der arme Mann. In seinem Wahn befangen bis zuletzt.«

»Wahn?« Zifnab runzelte böse die Stirn. »Was meinst du mit Wahn? Er ist zu den Sternen gereist und hat seine Frau wiedergefunden, wie ich es ihm versprochen hatte. Deshalb habe ich ihn hierher gebracht.«

»Ich weiß nicht, wer von euch verrückter ist«, murmelte Paithan.

Aleatha hielt den Blick auf ihren Vater gerichtet. Sie hatte von einem Moment zum anderen aufgehört zu weinen und tief Atem geholt. Jetzt wischte sie sich über die Augen und Nase und stand auf.

»Es ist auch nicht wichtig. Seht ihn an. Er ist glücklich. Seit Mutters Tod war er nie mehr glücklich, ebensowenig wie wir.« Der Ton ihrer Stimme war bitter. »Wir hätten bleiben sollen und mit Callie sterben . . .«

»Ich bin froh, daß ihr so denkt«, sagte eine tiefe Stimme. »Das wird es euch leichter machen, dem Tod ins Auge zu sehen.«

Drugar stand am Rand der Lichtung. Mit der linken Hand umklammerte er Regas Arm, mit der rechten hielt er ihr seinen Dolch an den Leib.

»Du Bastard! Laß sie los!« Roland trat einen Schritt auf ihn zu.

Der Zwerg verstärkte den Druck der Klinge. Man konnte sehen, wie sie sich in den weichen Lederbund der Hose bohrte.

»Habt ihr schon mal jemanden mit einer Bauchwunde gesehen?« Drugar blickte mit finster gesenkten Brauen von einem zu anderen. »Es ist eine langsame, qualvolle Art zu sterben. Besonders hier, im Dschungel, mit all den Tieren und Insekten . . .«

Rega stöhnte auf und begann zu zittern.

»Schon gut.« Paithan hob beschwichtigend die Hände. »Was willst du?«

»Legt eure Waffen auf den Boden.«

Roland und der Elf gehorchten. Der Mensch warf sein Raztar, der Elf das Klingenholzschwert dem Zwerg vor die Füße. Der Zwerg beförderte beides mit einem Tritt ins Unterholz.

»Und du, alter Mann, keine Zauberei«, grollte der Zwerg.

»Ich? Aber nicht einmal im Traum«, verwahrte sich Zifnab entrüstet. Der Boden unter seinen Füßen vibrierte fast unmerklich, und ein besorgter Ausdruck trat auf sein Gesicht. »Du meine Güte. Vermutlich hat keiner von euch meinen – meinen Drachen gesehen?«

»Halt den Mund!« schnauzte Drugar. Er zerrte Rega neben sich her und trat auf die Lichtung hinaus. Die Messerklinge blieb unverändert auf ihren Leib gerichtet, und seine Augen registrierten jede Bewegung. »Da hinüber.« Er deutete mit einem Kopfnicken auf den Baum in der Mitte der Lichtung. »Alle miteinander! Wird's bald!«

Roland hielt die flachen Hände erhoben und wich langsam zurück, bis er gegen den Stamm prallte. Aleatha stand dicht neben ihm. Roland schob sich zwischen sie und den Zwerg. Paithan trat neben ihn und schirmte ebenfalls mit seinem Körper die Schwester gegen die Gefahr ab.

Zifnab schaute zu Boden, schüttelte den Kopf und murmelte: »Meine Güte! Meine Güte!«

»Du auch, alter Mann!« brüllte Drugar.

»Was?« Zifnab hob den Kopf und blinzelte. »Ach so, ja. Dürfte ich vielleicht was sagen?« Der Zauberer beugte sich vertraulich vor. »Ich glaube, wir haben da ein kleines Problem. Dieser Drache . . .«

Die Messerklinge bewegte sich blitzschnell und hinterließ einen klaffenden Schnitt im Leder von Regas Hose. Der Zwerg drückte die scharfe Spitze in ihre nackte Haut.

»Zurück, alter Mann!« schrie Paithan entsetzt.

Zifnab musterte Drugar mit traurigem Blick. »Vielleicht hast du recht. Dann stelle ich mich eben zu den anderen da an den Baum.« Er setzte sich schlurfend in Bewegung. Roland packte ihn und riß ihn wenig behutsam zu sich heran.

»Und was jetzt?« wollte Paithan wissen.

»Ihr werdet alle sterben«, sagte Drugar mit einem leidenschaftslosen, fast gleichgültigen Ton in der Stimme, der schrecklich anzuhören war.

»Aber warum? Was haben wir getan?«

»Ihr habt mein Volk getötet.«

»Aber das kannst du nicht uns zum Vorwurf machen!« schrie Rega verzweifelt auf. »Wir sind doch nicht schuld daran!«

»Er ist verrückt«, flüsterte Roland dem Elf ins Ohr. »Stürzen wir uns auf ihn. Er kann sich nicht gegen alle gleichzeitig verteidigen.«

»Nein«, antwortete Paithan entschieden. »Auf gar keinen Fall. Er hätte immer noch Zeit genug, Rega zu töten.«

»Mit den Waffen hätten wir die Möglichkeit gehabt, sie aufzuhalten«, sagte Drugar. In seinen Mundwinkeln bildete sich Schaum, die Augen unter den wulstigen schwarzen Brauen waren blutunterlaufen. »Wir hätten uns zur Wehr setzen können! Ihr habt sie uns vorenthalten! Ihr wolltet unsere Vernichtung!«

Drugar verstummte und lauschte in sich hinein. *Sie haben Wort gehalten. Sie kamen, wenn auch zu spät, aber das war nicht ihre Schuld. Sie ahnten nichts von der großen Gefahr.*

Der Zwerg schluckte die bittere Galle hinunter, die ihn zu ersticken drohte. »Nein!« schrie er wild. »Das stimmt nicht! Es war Absicht! Sie müssen bezahlen!«

Es hätte nichts genützt. Es hätte keinen Unterschied gemacht. Unser Volk war zum Untergang verurteilt, nichts hätte es zu retten vermocht.

»Drakar!« brüllte der Zwerg und hob das Gesicht zum Himmel. Die Hand mit dem Messer zitterte. »Verstehst du denn nicht? Ohne meine Rache bleibt mir nichts mehr!«

»Jetzt!« Roland stürmte los, gefolgt von Paithan. Der Mensch riß seine Schwester an sich und schleuderte sie mit einem Ruck zur Seite. Aleatha fing die zitternde, taumelnde Rega auf.

Paithan umklammerte Drugars Messerhand und verdrehte ihm das Gelenk. Roland nahm den Dolch aus den kraftlosen Fingern und hielt die scharfe Klinge an die Ader unter dem Ohr des Zwergs.

»Wir sehen uns in der Hölle ...«

Der Moosboden unter ihren Füßen geriet in wellenartige Bewegung, und sie wurden durcheinandergeworfen wie Puppen von der Hand eines unartigen Kindes. Ein gigantischer Schädel durchstieß das Moos, entwurzelte Bäume, zerriß das Geflecht der zähen Schlingpflanzen. Flammende rote Augen suchten den Boden ab, ein Rachen voll gewaltiger Zähne tat sich auf, eine schwarze Zunge schnellte witternd vor und zurück.

»Das habe ich befürchtet!« ächzte Zifnab. »Der Zauber ist gebrochen. Lauft! Lauft um euer Leben!«

»Wir können kämpfen!« Paithan tastete nach seinem Schwert, aber er mußte seine ganze Behendigkeit aufwenden, um auf dem schwankenden Boden überhaupt das Gleichgewicht zu bewahren.

»Man kann nicht gegen einen Drachen kämpfen! Und eigentlich hat er es nur auf mich abgesehen, stimmt es nicht?« Der alte Mann drehte sich langsam herum und hob den Blick zu dem gräßlichen Haupt, das sich über ihm wiegte.

»Ja!« zischte der Drache. Gift und Geifer troffen von der gegabelten

Zunge. »Ja, dich will ich, alter Mann! Mich gefangen halten wollen, mit Zaubersprüchen binden. Ha! Damit ist es vorbei! Du bist schwach geworden, alter Mann. Du hättest dich nicht darauf einlassen sollen, den Geist dieser Elfenfrau heraufzubeschwören. Und wozu? Um einen sterbenden Mann hinters Licht zu führen.«

Zifnab vermied es, in die glühenden Augen zu sehen, und begann mit zitternder Stimme zu singen:

Und wo's mich auch hin verschlagen
in meinen Wandertagen,
hörte ich rühmen und sagen
vom fröhlichen Junker Veit.
Als Saufkumpan geboren,
nie den Humor verloren
und kommt der Tod, hebt er den Krug
und sagt: ›Alles zu seiner Zeit!‹

Der Drache reckte träge den Hals. Unwillkürlich schaute der Magier auf, begegnete dem Blick der roten Basiliskenaugen und stockte.

Ich hab' die Welt . . . äh . . .
Moment mal. Hab' dies und das und so weiter . . .
Dadada . . .
Und . . . hm . . . irgendwas mit einer Maid.
Ich hab' mein Herz in Heidelberg ver . . .

»Das sind nicht die richtigen Worte!« schrie Roland. »Sieh doch! Der Zauber wirkt nicht. Verschwinden wir, solang's noch geht!«

»Wir können ihn nicht im Stich lassen«, wandte Paithan ein.

Zifnab wirbelte herum. Die Brauen des alten Zauberers sträubten sich zornig. »Ich habe euch aus einem bestimmten Grund hierhergebracht. Werft euer Leben nicht weg, oder ihr zerstört alles, wofür ich gearbeitet habe! Sucht die Stadt!« schrie er und wedelte mit den Armen. »Sucht die Stadt!«

Zifnab begann zu laufen. Der Kopf des Drachen schnellte vor, er bekam den fliegenden Saum des mausgrauen Habits zu fassen, und der alte Zauberer fiel zu Boden. In dem verzweifelten Bemühen, sich zu befreien, grub er die Finger in das weiche Moos.

»Flieht, ihr Narren!« schrie er, und dann schloß sich der gewaltige Rachen über ihm.

Kapitel 37

Irgendwo, Pryan

Haplo nahm sich Zeit, die verlassene Stadt zu erkunden, um nichts zu übersehen und seinem Gebieter einen präzisen und ausführlichen Bericht geben zu können. Mitunter kam ihm flüchtig der Gedanke an seine Passagiere, die er allein zurückgelassen hatte, doch ihr Schicksal war ihm zu gleichgültig, um ihn für länger von seiner eigentlichen Aufgabe ablenken zu können. Was er innerhalb der Stadtmauern vorfand – oder vielmehr nicht vorfand –, war von erheblich größerer Bedeutung.

Im Gegensatz zu seinem ersten Eindruck war diese Stadt doch verschieden von ihrem Gegenstück im Nexus. Die Unterschiede erklärten manches, ließen aber doch einige Fragen unbeantwortet.

Unmittelbar hinter dem Stadttor befand sich ein kreisrunder, gepflasterter freier Platz. Haplo zeichnete eine Reihe blau schimmernder Runen in die Luft und blieb abwartend stehen. Bilder, im Stein gefangene Erinnerungen an die Vergangenheit, erwachten zu unwirklichem Leben, und der Platz bevölkerte sich mit Geistern. Durchsichtige, schattenhafte Gestalten kauften ein, feilschten, tauschten Neuigkeiten aus. Elfen, Menschen und Zwerge drängten sich zwischen Buden und Ständen. Hier und da entdeckte Haplo die weißgekleidete, asketische Gestalt eines Sartan.

Es war Markttag – präziser: Markt*tage*, denn in dieser Geisterwelt wurden Jahre zu Augenblicken. Es herrschte nicht nur Friede und Harmonie innerhalb der weißen Mauern. Elfen und Menschen prallten aufeinander; Blut floß. Zwerge stürmten den Basar, rissen die Buden nieder, zertrampelten die Waren. Trotz ihrer überlegenen magischen Kräfte waren die Sartan unfähig, ein Mittel gegen das Gift von Rassenhaß und Vorurteilen zu finden.

Und dann tauchten zwischen den Bewohnern der Stadt gigantische Wesen auf, die selbst die meisten der hohen Gebäude überragten. Sie waren augenlos, stumm, stark und mächtig. Sie stellten die Ordnung wieder her und bewachten die Straßen. Die Nichtigen lebten in Frieden, aber es war ein erzwungener Friede – instabil und widerwillig.

Je mehr Zeit verstrich, desto undeutlicher wurden die Bilder. Er strengte die Augen an, trotzdem vermochte er kaum noch etwas zu erkennen und begriff schließlich, daß nicht seine Magie ihn im Stich ließ, sondern die Magie der Sartan im Schwinden begriffen war, von der die Stadt zusammengehalten wurde. Sie nahm stetig ab, löste sich auf und verlief wie Farben auf einem vom Regen verwaschenen Aquarell. Bald lag der Platz wieder tot und leer vor Haplo, die Geistergestalten der früheren Bewohner waren verschwunden.

»Nachdem die Sartan unsere Welt zerstört und sie in die vier Elemente aufgeteilt hatten«, sagte Haplo zu dem Hund, der sich steifbeinig erhob, nachdem er während der Bildervorführung auf dem Marktplatz gelangweilt eingenickt war, »brachten sie einen Teil der Nichtigen in diese Welt, durch das Todestor, wie sie bereits einen anderen Teil nach Arianus geführt hatten. Doch hier wie da sahen sie sich mit ungeahnten Problemen konfrontiert. In Arianus – der Welt der Lüfte – gab es auf den schwebenden Kontinenten alles, was die Nichtigen zum Leben brauchten, außer Wasser. Die Sartan bauten das gigantische Allüberall, um die Kontinente neu zu ordnen und von dem unter ihnen beständig tobenden Unwetter mit Wasser zu versorgen.

Aber dann muß etwas geschehen sein. Aus irgendeinem geheimnisvollen Grund ließen die Sartan ihr Projekt im Stich und gleichzeitig auch die Nichtigen. Auf Pryan mußten die Sartan entdecken, daß sie – nach ihren Maßstäben – unbewohnbar war. Alle wichtigen Bodenschätze liegen unter einer unsinnig wuchernden Vegetation begraben, und über allem leuchten vier erbarmungslose Sonnen, die niemals untergehen. Sie erbauten diese Städte und gaben sie den Nichtigen zur Wohnung. Ihre Fürsorge reichte sogar soweit, daß sie durch ihre magischen Kräfte einen künstlichen Zyklus von Tag und Nacht erzeugten, wie er das Leben auf der alten Welt bestimmt hatte.«

Der Hund leckte sich den feinen Staub von den Pfoten, der die Straßen der Stadt beherrschte, und ließ seinen Herrn weiterreden. Gelegentlich spitzte er die Ohren, um anzudeuten, daß er zuhörte.

»Aber die Nichtigen bezeigten ihren Wohltätern nicht die erwartete Dankbarkeit.«

Haplo pfiff dem Hund. Er verließ den stillen Marktplatz und wanderte durch die unbelebten Straßen. »Sieh nur, Schriftzeichen der Elfen. Hier – Beispiele für Elfenarchitektur: Türmchen, Arkaden, Filigran. Und da – Bauwerke der Menschen: solide, massiv, bodenständig. Auf diese Weise verleihen sie ihrem kurzen Leben das täuschende Gefühl von Beständigkeit. Und ich möchte wetten, unter diesen Marmorterrassen befinden sich die unterirdischen Behausungen der Zwerge. Es fehlte an nichts zu einem Leben in ungetrübter Harmonie.

Leider hat man den einzelnen Mitgliedern des Trios nicht dieselben Noten gegeben. Jeder sang von seinem eigenen Blatt, konträr zu den anderen Stimmen.«

Haplo blieb stehen und schaute sich forschend um. »Diese Stadt *ist* verschieden von der im Nexus! Die Stadt, die die Sartan uns hinterlassen haben, ist nicht gespalten. Alle Zeichen dort sind in der Sprache der Sartan gehalten. Offenbar hatten sie vor, zurückzukehren und die Stadt im Nexus zu bewohnen. Aber warum? Und warum eine beinahe identische Stadt auf Pryan errichten? Warum sind die Sartan verschwunden und wohin? Was hat die Nichtigen veranlaßt, aus den Städten zu fliehen? Und wie passen die Tytanen ins Bild?«

Der Mittelpfeiler aus glitzerndem, reflektierendem Glas ragte himmelhoch über ihm auf. Er war von jedem Punkt der Stadt aus zu sehen. Er war die Quelle des grellen, weißen Lichts – Sternenlicht. Der strahlende Glanz gewann an Intensität, als sich das seltsame, magische Zwielicht langsam über die Stadt auszubreiten begann.

»Dort werden wir die Antworten finden«, sagte Haplo zu dem Hund.

Das Tier spitzte die Ohren und schaute winselnd zum Tor zurück. Beide – Hund und Herr – vernahmen den fernen Klang von Stimmen und das Wutgebrüll eines Drachen.

»Komm«, befahl Haplo, der den Blick nicht von dem Pfeiler aus Licht abgewandt hatte. Der Hund zögerte und wedelte heftig mit dem Schweif. Der Patryn schnippte mit den Fingern. »Ich habe gesagt, komm!«

Mit hängenden Ohren und gesenktem Kopf trottete der Hund hinter ihm her. Sie folgten der Straße ins Herz der Stadt.

Den alten Mann zwischen den Kiefern, verschwand der Drache in der Tiefe. Die Menschen, die Elfen und der Zwerg blieben zurück, gelähmt vor Schreck und Angst. Aus den Abgründen unter dem Moos tönte ein gräßlicher Schrei zu ihnen herauf – wie von jemandem, der bei lebendigem Leib zerrissen wird.

Dann Stille, furchtbar, unheilvoll.

Paithan erwachte wie aus einem schrecklichem Traum. »Lauft! Nicht mehr lange, und er wird hinter uns her sein!«

»Welche Richtung?« wollte Roland wissen.

»Dort entlang! In die Richtung, die der alte Mann uns gezeigt hat.«

»Das kann ein Trick gewesen sein . . .«

»In Ordnung«, bemerkte der Elf. »Du kannst ja warten und den Drachen nach dem Weg fragen!« Er griff nach der Hand seiner Schwester.

Aleatha entzog sich ihm. »Vater!« rief sie und kniete sich neben den Leichnam, den Paithan behutsam ins Moos gelegt hatte.

»Jetzt ist Zeit, an die Lebenden zu denken, nicht an die Toten«, wies Paithan sie zurecht. »Seht doch! Da ist ein Pfad! Der alte Mann hatte recht.«

Paithan zerrte Aleatha fast mit Gewalt hinter sich her, den schmalen Weg entlang. Roland wollte ihm folgen, als Rega plötzlich rief: »Was wird aus dem Zwerg?«

Roland warf einen Blick auf Drugar. Der Zwerg kauerte düster in der Mitte der Lichtung. Die im Schatten der buschigen Brauen liegenden Augen verrieten nichts von seinen Gefühlen oder Gedanken.

»Er kommt mit«, beschloß Roland grimmig. »Ich will nicht, daß er uns nachschleicht, und wir haben nicht die Zeit, ihn zu töten. Hol unsere Waffen!«

Roland legte die Hand um Drugars muskulösen Oberarm, zerrte ihn auf die Füße und stieß ihn vor sich her zur anderen Seite der Lichtung, wo der Pfad zwischen die Bäume führte. Rega sammelte die Waffen ein, warf einen letzten furchtsamen Blick auf das Loch, in dem der Drache verschwunden war, und lief hinter den anderen her.

Der Pfad erinnerte an einen grünen Tunnel mit einem Dach aus Blättern und Ranken. Bäume waren gefällt worden und Äste abgeschlagen, um einen breiten Weg zu schaffen. Alle vier dachten bei sich an die ungeheuren Kräfte, die nötig waren, um diese mächtigen Bäume zu roden, und jedem stand das Bild der gigantischen Tytanen vor Augen. Keiner sprach es aus, aber alle fragten sich, ob sie nicht vor einer tödlichen Gefahr in die Arme eines anderen, ebenso unerbitterlichen Feindes flohen.

Die Angst vor ihrem Verfolger verlieh ihnen ungeahnte Kräfte. Sobald sie ermüdeten, fühlten sie, wie der Boden unter ihren Füßen bebte, und rannten weiter. Doch schließlich erwiesen sich die schwüle Hitze und stickige Luft als übermächtig. Aleatha stolperte über ein Schlinggewächs und stand nicht wieder auf. Paithan bückte sich, um ihr zu helfen, doch statt dessen sank er gleichfalls zu Boden.

Roland stand vor den beiden Elfen, starrte auf sie herab und wollte etwas sagen, doch er war zu sehr außer Atem, um sprechen zu können.

Er hatte den ganzen Weg den Zwerg mitgeschleift. Behindert von den schweren Stiefeln und dem dicken Lederwams, fiel Drugar der Länge nach hin und blieb wie tot liegen. Hinter ihrem Bruder tauchte Rega auf. Sie ließ die Waffen einfach fallen, sank auf einen Baumstumpf, legte den Kopf auf die gekreuzten Arme und rang schluchzend nach Atem.

»Wir müssen ausruhen«, sagte Paithan als Antwort auf Rolands anklagenden Blick, der sie drängte weiterzulaufen. »Wenn der Drache uns erwischt – erwischt er uns eben.« Er half seiner Schwester, sich hinzusetzen. Aleatha lehnte sich mit geschlossenen Augen gegen ihn.

Roland warf sich auf den Moosboden. »Geht's ihr einigermaßen?«

Paithan nickte, er war zu müde, um zu reden. Eine ganze Zeit lang saßen sie einfach nur still da, atmeten schwer und warteten darauf, daß ihr rasender Herzschlag sich beruhigte. Das Blut rauschte ihnen in den Ohren, und immer wieder schauten sie furchtsam zurück, in der Erwartung, den riesigen Echsenkopf mit den mörderischen Fängen auf sich herabstoßen zu sehen. Aber der Drache tauchte nicht auf, und allmählich verebbte auch das unterirdische Grollen, das ihnen solches Entsetzen eingejagt hatte.

»Ich glaube, er hatte es wirklich nur auf den alten Zauberer abgesehen«, meinte Rega leise. Es waren die ersten Worte nach einer geraumen Weile des Schweigens.

»Mag sein, aber er wird bald wieder hungrig werden und sich auf die Jagd nach frischem Fleisch machen«, sagte Roland. »Der alte Narr hat doch etwas von einer Stadt gesagt. Was kann er damit gemeint haben? Wenn das nicht wieder nur so ein verrücktes Geschwätz gewesen ist, könnte es vielleicht bedeuten, daß es hier in der Nähe einen Zufluchtsort gibt.«

»Dieser Weg muß schließlich irgendwohin führen«, gab Paithan zu bedenken. Er leckte sich über die trockenen Lippen. »Ich habe Durst! Die Luft hier hat einen merkwürdigen Geruch und schmeckt fast wie Blut.« Sein Blick wanderte von Roland zu dem Zwerg, der bei seinen Füßen lag. »Wie geht es Schwarzbart?«

Roland stieß Drugar den Zeigefinger gegen den Arm. Der Zwerg richtete sich auf. Er rückte an einen Baumstamm, lehnte sich mit dem Rücken dagegen und sah unter seinen finster gerunzelten Brauen hervor in die Runde.

»Ihm geht's ausgezeichnet. Was tun wir mit ihm?«

»Tötet mich«, sagte Drugar schroff. »Es ist euer gutes Recht. Ich hätte euch auch getötet.«

Paithan starrte ihn an, aber der Elf sah nicht Drugar vor sich. Er sah Menschen, gefangen zwischen dem Kithni und den Tytanen. Elfen, die sie mit Pfeilen überschütteten. Seine Schwester, eingeschlossen in ihrem Zimmer. Sein Haus in Flammen.

»Ich habe das Töten satt! Hat es nicht schon Blutvergießen genug gegeben, ohne daß wir auch noch unseren Teil beitragen? Außerdem weiß ich, wie ihm zumute ist. Wir alle wissen es. Wir alle mußten zusehen, wie unser Volk niedergemetzelt wurde.«

»Es war nicht unsere Schuld.« Rega legte dem Zwerg schüchtern die Hand auf den Arm. Drugar funkelte sie mißtrauisch an und rückte zur Seite. »Kannst du das nicht verstehen? Es war nicht unsere Schuld!«

»Vielleicht ist es doch unsere Schuld gewesen«, meinte Paithan. Er fühlte sich plötzlich ungeheuer müde. »Die Menschen unterließen es, den Zwergen gegen den übermächtigen Feind beizustehen, und bekämpften sich anschließend untereinander. Wir Elfen richteten unsere Waffen gegen die Menschen. Wenn wir uns verbündet hätten, wäre es uns vielleicht gelungen, die Tytanen zu besiegen. Doch wir taten es nicht, und deshalb wurden unsere Völker ausgelöscht. Es war unsere Schuld. Und es sieht aus, als würde hier wieder alles von vorne anfangen.«

Roland errötete schuldbewußt und wandte das Gesicht ab.

»Gib's zu«, forderte Paithan ihn auf. »Was hattest du vor zu tun, sobald wir auf diesem ›Stern‹ gelandet waren?«

Roland zuckte die Schultern. »Na gut. Ich rechnete damit, daß die anderen Menschen an Bord mir helfen würden, euch Elfen aus dem Weg zu schaffen.« Er reckte das Kinn vor und fügte hinzu: »Du brauchst gar nicht so selbstgefällig dreinzuschauen, Quindiniar. Ich wette, du hattest einen ganz ähnlichen Plan.«

»Stimmt. Ich dachte, es wäre die einzige Möglichkeit, um dem ewigen Hickhack ein Ende zu machen. Es tut mir leid, Rega. Ich liebe dich, glaub's mir. Ich habe immer geglaubt, Liebe wäre eine Art von magischem Elixier, das wir nur über die Welt zu träufeln brauchten, um Haß in Freundschaft zu verwandeln. Jetzt weiß ich, daß es nicht so ist. Das Elixier der Liebe ist rein und klar und süß, aber es hat keine magischen Kräfte. Es vermag nichts zu ändern.« Paithan stand auf. »Wir sollten weitergehen.«

Roland folgte ihm. Nacheinander erhoben sich auch Rega und Aleatha und schlossen sich den Männern an, nur Drugar blieb zurück. Er hatte die Worte verstanden, die gesprochen worden waren, aber ihre Bedeutung fand keinen Widerhall in der leeren Hülle seiner ausgebrannten Seele.

»Ihr wollt mich nicht töten?« fragte er.

Die anderen blieben stehen und sahen sich an.

»Nein«, sagte Paithan und schüttelte den Kopf.

Drugar vermochte es nicht zu fassen. Wie konnte man davon sprechen, jemanden zu lieben, der kein Zwerg war? Er war ein Zwerg, sie waren Elfen und Menschen. Und sie hatten ihr Leben riskiert, um das seine zu retten. Das allein war schon unbegreiflich. Und jetzt verzichteten sie darauf, ihn zu töten, nachdem er sie beinahe alle getötet hätte. Das überstieg jedes Vorstellungsvermögen.

»Warum nicht?« Drugar war außer sich.

»Ich glaube«, meinte Paithan langsam und nachdenklich, »wir sind einfach zu müde.«

»Und was soll ich jetzt tun?«

Aleatha strich sich das wirre Haar aus dem Gesicht. »Komm mit uns. Dann bist du nicht – allein.«

Der Zwerg verharrte unentschlossen mitten auf dem Weg. Er hatte sich so lange an seinem Haß festgeklammert, daß seine Hände leer waren ohne ihn. Vielleicht war es besser, etwas anderes in ihnen zu tragen als den Tod. Vielleicht war es das, was Drakar ihm vor Augen führen wollte.

Drugar setzte sich in Bewegung und stapfte hinter den anderen den Dschungelpfad entlang.

Silberne Stützbogen, anmutig geschwungen und fest gefügt, bildeten den Unterbau des Pfeilers. Auf diesem Unterbau erhob sich ein zweites, kleineres Rund solcher Bogen, darauf ein drittes, ein viertes, bis aus dem letzten und höchsten die kristallene Spiere gen Himmel ragte. Wände aus weißem Marmor und große Fenster aus Kristall sorgten für Stabilität und Helligkeit im Innern der Konstruktion. Eine hexagonale Tür aus Silber, mit den gleichen Runen beschriftet wie das große Stadttor, war der Eingang. Obwohl er das fehlende Sigel kannte, verschaffte Haplo sich auch diesmal Zutritt, indem er mit Hilfe seiner eigenen magischen Kräfte eine Pforte in der makellos weißen Marmorwand schuf. Der Hund schlüpfte hinter ihm hindurch.

Der Patryn stand in einem riesigen, kreisrunden Raum, dem Sockel des Pfeilers. Seine Schritte hallten auf den Marmorplatten des Bodens und durchbrachen die Stille, die seit vielen Generationen hier geherrscht hatte. Der Raum war leer bis auf einen von Stühlen umstandenen runden Tisch.

Über der Mitte des Tisches hing – gehalten von einem magischen Feld, das bestehen geblieben war – eine kleine Kristallkugel, im Innern erleuchtet von vier winzigen runden Leuchtkörpern.

Haplo näherte sich dem Tisch. Er zeichnete eine Rune in die Luft, die das magische Feld außer Kraft setzte. Die Kugel schlug dröhnend auf den Tisch und rollte zu der Stelle, wo der Patryn stand. Haplo griff danach und hob die Kugel hoch. Es handelte sich um eine dreidimensionale Darstellung Pryans, die jener ähnelte, die er in Lenthan Quindiniars Haus gesehen und die sein Gebieter besessen hatte. Doch als er jetzt das naturgetreue Modell in der Hand hielt, begriff Haplo endlich die ganze Wahrheit.

Sein Gebieter hatte sich geirrt. Die Nichtigen lebten nicht auf der Oberfläche des Planeten, wie es auf der alten Welt der Fall gewesen war.

Sie lebten im Innern.

Die Außenhaut der Kugel war glatt – solider Kristall, solider Stein. Im Innern war sie hohl. In der Mitte leuchteten vier Sonnen. Im Zentrum des von den Sonnen gebildeten Quadrats befand sich das Todestor.

Die Bewohner dieser Welt konnten keine anderen Planeten, keine anderen Sterne sehen, denn über ihnen spannte sich nicht die unermeßliche Weite des Alls; wenn sie den Blick zum Himmel erhoben, schauten sie zu Boden. Daher waren die anderen Sterne keine Sterne. Es waren Städte – Städte als neue Heimat für die Flüchtlinge aus einer zerstörten Welt.

Unglücklicherweise war diese neue Welt ein Ort, den die Nichtigen als erschreckend empfunden haben würden. Vielleicht war sie für die Sartan nicht weniger erschreckend gewesen. Das lebenspendende Licht tat des Guten zuviel. Bäume wurden zu wahren Giganten, ein monströser Pelz aus Vegetation überzog die Innenwand der Kugel. Eine solche Entwicklung hatten die Sartan vermutlich nie für möglich gehalten. Sie waren entsetzt über das, was sie geschaffen hatten. Sie verschlossen die Augen vor der Wahrheit und sorgten dafür, daß auch ihre Schützlinge gar nicht erst die Möglichkeit hatten, sich mit den neuen Gegebenheiten auseinanderzusetzen. Statt nachzugeben, statt sich der Welt anzupassen, die doch ihre Schöpfung war, bauten die Sartan diese Zitadellen, Exklaven in Feindesland.

Behutsam plazierte Haplo die Kugel wieder in dem stützenden Kraftfeld und löste seinen Zauber, damit die alte Magie erneut wirksam werden konnte. Pryan hing wieder über dem Ratstisch seiner verschwundenen Schöpfer.

Eine amüsante Vorstellung. Der Herrscher des Nexus würde die Ironie zu schätzen wissen.

Haplo schaute sich um, aber der Raum war tatsächlich sonst leer. Er sah nach oben. Ein Spitzgewölbe bildete die Decke der Halle und verhinderte den Blick auf den Kristallpfeiler, der von dem Gebäude aufragte. Während er die Kugel betrachtet hatte, war ihm ein merkwürdiges Geräusch aufgefallen. Er legte die flachen Hände auf den Tisch.

Seine Vermutung war richtig gewesen. Das Holz vibrierte summend. Haplo fühlte sich an die große Maschine auf Arianus erinnert – das Allüberall. Doch in der Stadt hatte er keine Anzeichen für das Vorhandensein einer solchen Maschine entdeckt.

»Wenn ich darüber nachdenke«, sagte er zu dem Hund, »draußen habe ich das Geräusch auch nicht gehört. Es muß von hier drinnen stammen. Vielleicht gibt es jemanden, der uns verrät, woher.«

Der Patryn hob die Hände über die Tischplatte und zeichnete mehrere Runen in die Luft. Der Hund tat einen tiefen Schnaufer und legte sich hin. Den Kopf zwischen den Pfoten, hielt er treu, aber unzufrieden Wache.

Nebelhafte Gestalten mit vagen Umrissen erwachten um den Tisch zum Leben; aus ferner Vergangenheit tönten leise Stimmen in die Gegenwart.

Da es nicht eine Zusammenkunft war, die Haplo belauschte, sondern aus Gründen des beschleunigten Zeitflusses eine ganze Reihe davon, blieben die Informationen, die ihm zuteil wurden, bruchstückhaft, unvollständig.

»Diesen ständigen Unfrieden zwischen den Rassen können wir fast nicht mehr bewältigen. Er zehrt an unseren Kräften, die wir brauchen, um unser Ziel zu erreichen . . .«

»Wir sind zu Zuchtmeistern verkommen, die gezwungen sind, ihre Zeit damit zu vergeuden, streitende Kinder zu trennen. Unsere große Vision leidet darunter, daß wir ihr nicht die gebührende Aufmerksamkeit schenken können . . .«

»Und es geht nicht nur uns so! Unsere Brüder und Schwestern in den anderen Zitadellen sehen sich denselben Problemen gegenüber. Manchmal frage ich mich, ob wir recht getan haben, sie hierher zu bringen . . .«

Der Kummer, das Gefühl hilfloser Frustration war spürbar. Haplo erkannte die Spuren in den geisterhaften Gesichtern, entdeckte die Anzeichen in den Bewegungen der Hände, die Entwicklungen zu greifen und zu lenken suchten, die ihnen entglitten. Der Patryn fühlte sich an Alfred erinnert, den Sartan, dem er auf Arianus begegnet war. Er hatte dieselbe Aura von Trauer, von Bedauern und Ratlosigkeit ausgestrahlt. Haplo nährte seinen Haß mit dem Leid seiner Feinde und genoß die wärmende Glut.

Die Bilder kamen und gingen, die Zeit verstrich. Die Sartan schrumpften und alterten vor seinen Augen. Ein merkwürdiges Phänomen – für Halbgötter.

»Das Konzil hat eine Lösung für unser Problem erarbeitet. Wie schon gesagt wurde, sind wir Zuchtmeister geworden, die wir doch Lehrer sein wollten. Wir müssen andere mit der Aufsicht über diese ›Kinder‹ betrauen. Es ist von größter Wichtigkeit, daß die Zitadellen in Betrieb genommen werden. Arianus leidet unter dem Mangel an Wasser. Dort braucht man unsere Hilfe, um das richtige Funktionieren der großen Maschine zu gewährleisten. Jena existiert in ewiger Dunkelheit – und eine nie endende Nacht ist noch um vieles schlimmer als ein nie endender Tag. Die Welt aus Stein benötigt unsere Energie. Die Zitadellen müssen betriebsbereit gemacht werden, und zwar bald, oder es ist mit tragischen Konsequenzen zu rechnen!

Deshalb hat das Konzil die Genehmigung erteilt, die Tytanen aus der Inneren Kammer zu entlassen, wo sie über das Sternenlicht gewacht haben. Die Tytanen werden die Nichtigen beaufsichtigen und sie vor sich selber schützen. Wir haben diese Riesen mit ungeheuer großer Kraft ausgestattet, damit sie uns bei unseren physischen Arbeiten helfen konnten. Aus demselben Grund beschenkten wir sie mit der Runenmagie. Sie werden fähig sein, ihre neue Aufgabe zu erfüllen.«

»Ist das klug? Ich erhebe Einspruch! Wir lehrten sie unsere Magie unter der Voraussetzung, daß sie die Zitadelle nie verlassen würden.«

»Keine Aufregung bitte. Das Konzil hat den Entschluß reiflich überlegt. Selbstverständlich werden wir die Tytanen ständig überwachen und kontrollieren. Sie sind blind – eine unerläßliche Notwendigkeit für ihre Arbeit im Sternenlicht. Und wie sollten sie uns auch gefährlich werden können . . .?«

Die Zeit verging. Die Sartan, die bisher gesprochen hatten, schwanden dahin; jüngere, stärkere nahmen ihren Platz um den Tisch ein, doch es waren weniger an der Zahl.

»Die Zitadellen arbeiten, ihr Licht erfüllt das All . . .«

»Nicht das All. Mach dir doch nichts vor.«

»Ich wollte mich nur bildhaft ausdrücken. Sei nicht so empfindlich.«

»Ich hasse es zu warten. Warum hören wir nichts von Arianus? Oder Jena? Was glaubt ihr, ist geschehen?«

»Vielleicht ergeht es ihnen nicht besser als uns. So viel zu tun und so wenig Hände. Ein kleiner Riß im Dach, und es regnet ins Zimmer. Wir stellen einen Eimer darunter und wollen hinausgehen, um den Riß zu reparieren, doch plötzlich fängt es an einer zweiten Stelle an zu tropfen. Wir stellen wieder einen Eimer hin. Jetzt müssen wir zwei Löcher stopfen und wollen gerade an die Arbeit gehen, als es noch an einer dritten Stelle hereinregnet. Wir haben keine Eimer mehr. Wir suchen und finden einen dritten Eimer, aber inzwischen sind die undichten Stellen größer geworden. Die Eimer laufen über. Wir gehen auf die Suche nach größeren Eimern, damit wir etwas Zeit gewinnen, um aufs Dach zu steigen und die Löcher zu reparieren.

»Aber mittlerweile«, die Stimme des Sprechers wurde leiser, »ist das Dach im Begriff einzustürzen.«

Der Strom der Zeit brandete gegen die Sartan am Tisch und ließ sie altern wie zuvor ihre Väter. Ihre Zahl nahm weiter ab.

»Die Tytanen! Die Tytanen freizulassen war der Fehler!«

»Zu Anfang verlief alles, wie wir es geplant hatten. Wer konnte diese Entwicklung vorhersehen?«

»Es sind die Drachen. Wir hätten gleich etwas gegen sie unternehmen sollen.«

»Die Drachen haben uns keine Schwierigkeiten bereitet, bis die Tytanen anfingen, unserer Kontrolle zu entgleiten.«

»Sie könnten uns immer noch nützlich sein, wenn wir stärker wären . . .«

»Zahlreicher, meinst du wohl. Vielleicht hast du recht. Ich bin mir nicht sicher.«

»Aber selbstverständlich könnten wir sie uns wieder untertan machen. Ihre Magie ist primitiv; wir haben ihnen nur das beigebracht, was wir auch unsere Kinder lehren . . .«

»Aber wir haben den Fehler begangen, diesem Kind die Kraft eines Gebirges zu verleihen!«

»Meiner Meinung nach ist alles, was geschehen ist, das Werk unserer Todfeinde. Wer von uns weiß denn bestimmt, daß die Patryn immer noch im Labyrinth gefangen sind? Die Verbindung mit ihren Wächtern ist schon vor langer Zeit abgebrochen.«

»Wir haben mit überhaupt niemandem mehr Verbindung! Die Zitadellen arbeiten, sammeln und speichern Energie und sind bereit, sie durch das Todestor zu senden. Aber gibt es auf der anderen Seite noch jemanden, der sie empfängt? Vielleicht sind wir die letzten. Vielleicht sind die anderen dahingeschwunden wie wir auch . . .«

Die Flamme des Hasses, die in Haplo brannte, war nicht mehr warm und heilsam, sondern loderte zu einem verzehrenden Feuer empor. Die beiläufige Erwähnung des Kerkers, in dem er geboren worden war, der so viele Angehörige seines Volkes das Leben gekostet hatte, erregte in ihm einen Zorn, der seine Augen trübte. Fast hätte er sich auf die schattenhaften Gestalten gestürzt, um sie mit den bloßen Händen zu erwürgen.

Der Hund richtete sich verstört auf und leckte seinem Herrn die Hand. Haplo beruhigte sich. Anscheinend war ihm ein großer Teil der folgenden Gespräche entgangen. Disziplin. Sein Gebieter würde verärgert sein. Der Patryn zwang sich, seine Aufmerksamkeit wieder auf den runden Tisch zu richten.

Eine einsame Gestalt saß dort, die Schultern unter einer unsichtbaren Last gebeugt. Verblüfft bemerkte Haplo, daß der Blick des Sartan auf ihn gerichtet war.

»Ihr, die ihr eines Tages diesen Raum betretet, wißt zweifellos keine Erklärung für das, was ihr hier vorgefunden oder vielmehr nicht vorgefunden habt. Ihr seht eine Stadt, doch wo sind die Bewohner. Ihr seht das Licht« – die Gestalt deutete zur Decke, zu dem Pfeiler über ihnen – »doch die Energie ist vergeudet. Oder vielleicht ist das Licht erloschen. Wer weiß, was geschieht, wenn wir nicht mehr hier sind, um die Zitadellen zu behüten. Warum soll das Licht nicht verblassen und schwinden, wie es uns ergangen ist.

Ihr habt durch eure magischen Fähigkeiten sehen können, wie alles gekommen ist. Wir haben es auch in Büchern niedergelegt, damit ihr nach Belieben unsere Geschichte studieren könnt. Wir haben unseren Bericht den Aufzeichnungen beigefügt, die von den Weisen unter den Nichtigen in ihrer jeweiligen Sprache aufgeschrieben werden. Da wir den Eingang der Zitadelle zu versiegeln beabsichtigen, wird leider keiner ihrer Nachfahren Gelegenheit haben, etwas über seine Vergangenheit in Erfahrung zu bringen.

Ihr kennt jetzt die furchtbaren Fehler, die wir begangen haben. Ich will nur hinzufügen, was in diesen letzten Tagen geschehen ist. Wir sahen uns gezwungen, die Nichtigen aus der Zitadelle zu verjagen. Die Feindseligkeiten zwischen den Rassen haben derartige Ausmaße angenommen, daß wir befürchteten, sie könnten sich gegenseitig ausrotten. Im Dschungel werden sie hoffentlich gezwungen sein, ihre überschüssige Energie darauf zu verwenden, am Leben zu bleiben.

Die wenigen von uns, die noch übriggeblieben sind, hatten vor, in den Zitadellen zu bleiben. Wir hofften, ein Mittel zu finden, die Kontrolle über die Tytanen zurückzugewinnen; einen Weg, wieder Verbindung mit den anderen Welten aufzunehmen. Doch es ist uns nicht vergönnt.

Wir selbst werden gezwungen, die Zitadellen zu verlassen. Die Macht, die sich uns entgegenstellt, ist uralt und sehr stark. Man kann sie nicht bekämpfen, nicht mit ihr verhandeln. Tränen beeindrucken sie nicht, noch all die Waffen, die uns zu Gebote stehen. Zu spät fanden wir uns bereit, ihre Existenz zu akzeptieren. Wir verneigen uns vor ihr und gehen.«

Das Bild löste sich auf. Haplo versuchte, neue Gestalten heraufzubeschwören, doch es gelang ihm nicht. Lange Zeit verweilte der Patryn in dem leeren Saal und betrachtete schweigend die Kristallkugel und die vier winzigen Sonnen um das Tor des Todes.

Zu seinen Füßen sitzend, wandte der Hund den Kopf hierhin und dorthin, auf der Suche nach etwas, von dem er nicht genau wußte, was es war. Es war nicht zu hören, nicht zu sehen, nicht zu fühlen.

Aber vorhanden.

Kapitel 38

Die Zitadelle

Sie standen am Waldrand, auf dem Pfad, den der alte Mann ihnen gewiesen hatte, und blickten zu der leuchtenden Stadt auf dem Berg. Ihre Schönheit, ihre Gewaltigkeit nahm ihnen den Atem; sie war so vollkommen fremdartig, wie von einer anderen Welt. Fast konnten sie glauben, daß sie tatsächlich zu einem Stern gereist waren.

Ein Rumoren, ein Rumpeln unter dem Moos rief ihnen den Drachen wieder in Erinnerung. Andernfalls hätten sie sich vielleicht nie überwunden, den Dschungel zu verlassen und den Bergpfad hinaufzuwandern – und hätten es nie gewagt, sich der strahlenden, kristallgekrönten Sonne zu nähern.

Trotz ihrer Angst vor der Gefahr, die ihnen im Nacken saß, empfanden sie beinahe ebensogroße Furcht vor den unbekannten Gefahren, die möglicherweise vor ihnen lauerten. Ihre Gedanken ähnelten denen Haplos. Sie stellten sich Wachposten vor, die von den ragenden Mauern herab die schroffen, steinigen Pfade beobachteten. Sie verschwendeten kostbare Zeit mit der Frage, ob sie sich der Stadt mit der blanken Waffe nähern sollten oder nicht. Sollten sie in demütiger Haltung anklopfen? Oder als stolze Ebenbürtige?

Schließlich einigte man sich darauf, die Waffen nicht zu verstecken. Wie Rega zu bedenken gab, mußten sie jederzeit damit rechnen, daß der Drache sich auf sie stürzte. Zögernd und vorsichtig traten sie aus dem Schatten unter den Bäumen – Schatten, die ihnen plötzlich Geborgenheit zu versprechen schienen – und traten ins Freie hinaus.

Ängstlich hielten sie nach allen Seiten Ausschau. Der Boden unter ihren Füßen zitterte nicht mehr, und es entbrannte ein Wortwechsel darüber, ob der Drache womöglich die Verfolgung aufgegeben hatte oder ob es daran lag, daß der Boden aus massivem Fels bestand. Langsam und wachsam stiegen sie den Pfad hinauf und rechneten jeden Augenblick damit, von einer fremden Stimme angesprochen oder aus dem Hinterhalt überfallen zu werden.

Nichts. Der Patryn hatte den Wind gehört, doch seit dem Einbruch der Dämmerung stand die Luft still. Für die fünf unterbrach nur ihr eigener keuchender Atem das lastende Schweigen. Endlich hatten sie die Bergkuppe erreicht und standen vor dem achteckigen Tor mit den seltsamen Schriftzeichen. Aus der Ferne hatte die Zitadelle sie mit ehrfürchtigem Staunen erfüllt. Aus der Nähe war sie angsteinflößend. Sie vergaßen die Waffen in ihren Händen.

»In dieser Stadt müssen die Götter wohnen«, sagte Rega mit leiser Stimme.

»Nein«, wurde ihr trocken und lakonisch geantwortet. »Einst habt ihr darin gewohnt.«

Ein Teil der Mauer begann bläulich zu schimmern. Haplo kam zum Vorschein, gefolgt von dem Hund. Das Tier schien sich zu freuen, sie wohlbehalten zu sehen. Es wäre an ihnen hochgesprungen, um sie zu begrüßen, hätte ein scharfer Befehl seines Herrn es nicht zurückgerufen.

»Wie ist es Euch gelungen, da hineinzukommen?« verlangte Paithan zu wissen. Er umklammerte den Schwertgriff fester.

Haplo machte sich nicht die Mühe, die Frage zu beantworten, und der Elf schien begriffen zu haben, daß es sinnlos war, den Mann mit den umwickelten Händen ausfragen zu wollen, denn er schwieg.

Aleatha hingegen schaute Haplo kühn ins Gesicht. »Was soll das heißen, einst haben *wir* sie bewohnt? Das ist lächerlich.«

»Nicht ihr. Eure Vorfahren. Die Vorfahren eines jeden von euch.« Haplo nickte den Menschen und Elfen zu, die vor ihm standen und ihn mißtrauisch betrachteten. Dann richtete er den Blick auf den Zwerg.

Drugar ignorierte ihn, ignorierte sie alle. Seine zitternden Hände tasteten über die Steine, den Fels, die Knochen der Erde, die in seinem Volk nur mehr eine vage Erinnerung gewesen waren.

»Eines jeden von euch«, wiederholte Haplo.

»Dann können wir jetzt auch wieder hinein«, sagte Aleatha. »Hinter den Mauern wären wir in Sicherheit. Nichts könnte uns ein Leid zufügen!«

»Ausgenommen das, was ihr mit euch nehmt«, meinte Haplo mit seinem stillen Lächeln. Er schaute vielsagend auf die Waffen, die sie in den Händen hielten, dann auf die Elfen – ein paar Schritte entfernt von den Menschen und auf den Zwerg, der sich von allen fernhielt. Rega wurde blaß und biß sich auf die Lippen, während Rolands Gesicht vor Zorn dunkel anlief. Paithan sagte nichts. Drugar hatte die Stirn gegen den Marmor gelehnt und weinte. Tränen liefen ihm über die Wangen und versickerten in seinem Bart.

Haplo griff den Hund, wandte ihnen den Rücken zu und schritt den Bergpfad hinab.

»Wartet doch! Ihr könnt uns hier nicht allein lassen!« rief Aleatha ihm nach. »Ihr könntet das Tor für uns öffnen. Oder uns mit Eurem Schiff in die Stadt fliegen . . .«

»Und wenn Ihr uns nicht helfen wollt« – Roland begann das Raztar zu schwingen; die tödlichen Klingen schoben sich aus dem runden Gehäuse – »dann . . .«

»Dann was?« Haplo drehte sich zu ihnen herum und zeichnete zwischen sich und Roland ein Sigel in die Luft.

Die Rune zog eine rotglühende Spur durch die magische Abenddämmerung, und ehe Roland überhaupt zu einer Abwehrbewegung fähig war, traf ihn ein ungeheuer wuchtiger Schlag gegen die Brust. Er stürzte schwer zu Boden; das Raztar wurde ihm aus der Hand geschlagen. Aleatha stürzte herbei, kniete nieder und nahm den blutigen Kopf des Mannes auf den Schoß.

»Wie typisch!« Haplo sprach leise, ohne die Stimme zu heben. »›Hilf mir!‹ wird geschrien. ›Hilf mir – sonst!‹ Bei euch Retter oder Erlöser oder Heiland zu spielen ist eine undankbare Aufgabe. Die Bezahlung nicht wert, weil ihr euch zu schade seid, auch nur einen Finger krumm zu machen. Diese Narren« – er deutete mit einer Kopfbewegung auf den Kristallpfeiler – »haben alles riskiert, um euch vor uns zu retten und dann euch vor euch selbst zu bewahren. Was dabei herausgekommen ist, sieht man ja. Aber wartet nur, ihr Jammergestalten. Eines Tages wird einer kommen, um euch zu erretten. Vielleicht wird es euch nicht gefallen, aber ihr werdet euch erretten lassen müssen.« Haplo lächelte. »Sonst . . .!«

Der Patryn ging weiter, blieb nach ein paar Schritten stehen und blickte über die Schulter. »Was ist übrigens aus dem alten Mann geworden?«

Keiner antwortete, alle vermieden es, ihm in die Augen zu sehen.

Mit einem zufriedenen Nicken stieg Haplo die Bergflanke hinunter. Der Hund trabte gemächlich hinter ihm her.

Als Haplo nach einer ereignislosen Wanderung durch den Dschungel wieder bei der *Drachenstern* eintraf, war zwischen den Elfen und Menschen eine erbitterte Fehde entbrannt. Beide Seiten gingen ihn um Hilfe an. Er schenkte keinem von ihnen Gehör und ging an Bord. Als den Streitenden zu Bewußtsein kam, daß er beabsichtigte, sie allein zurückzulassen, war es zu spät. Haplo horchte mit grimmigem Vergnügen auf das bestürzte, entsetzte Bitten und Flehen in zwei Sprachen, das wie ein monotones Jammergeschrei an seine Ohren drang.

Das Schiff gewann langsam an Höhe. Vom Bugfenster aus schaute er auf die gestikulierenden Gestalten hinunter.

»›Denn er, der nach mir kommt, wird größer sein als ich‹«, rief Haplo ihnen zu, blieb am Fenster stehen und beobachtete, wie sie immer kleiner wurden und schließlich zu einem Nichts schrumpften. Der Hund saß unglücklich zu seinen Füßen und jaulte, weil das Klagen und die flehenden Rufe ihn in Aufregung versetzten.

Die am Boden zurückgebliebenen Elfen und Menschen konnten nichts weiter tun, als in verbitterter, schmerzlicher Machtlosigkeit dem entschwindenden Schiff hinterherzuschauen. Es war noch lange Zeit zu sehen; die auf den Rumpf gemalten Runen strahlten hell in der von den Sartan zum Trost erschaffenen künstlichen Dunkelheit.

Kapitel 39

Die Zitadelle

Als der Drache kam, standen sie zusammengedrängt vor dem Tor der Zitadelle und bemühten sich vergeblich, eine Möglichkeit zu finden, um hineinzugelangen. Die Mauern waren spiegelglatt und boten nicht einmal dem Auge Halt. Sie hämmerten mit den Fäusten gegen das Tor und warfen sich in ihrer Verzweiflung dagegen – ohne den geringsten Erfolg.

Einer schlug Rammböcke vor, ein anderer Magie, doch alle wußten, daß es nur leeres Gerede war. Wenn Elfen- oder Menschenmagie hier etwas auszurichten vermocht hätte, wäre die Zitadelle längst von der einen oder anderen Partei in Besitz genommen worden.

Und dann strömte wieder wie eine schwarze Flut die ungewohnte und erschreckende Dunkelheit aus der Stadt den Berg hinunter und über den Dschungel. Doch während unten Dunkelheit herrschte, sandte über der Stadt der gleißende Kristallpfeiler seinen leuchtenden Ruf in eine Welt hinaus, die vergessen hatte, wie man ihn beantwortete. Der scharfe Kontrast zwischen Hell und Dunkel bewirkte, daß jeder Gegenstand entweder sichtbar oder unsichtbar war – in helles Licht getaucht oder in undurchdringlichen schwarzen Schatten verloren. Die Dunkelheit wirkte um so unnatürlicher, weil immer noch die vier Sonnen am Himmel standen.

Ihren Augen fiel es schwer, sich umzugewöhnen, deshalb hörten sie den Drachen lange, bevor sie seiner ansichtig wurden. Der Felsen bebte unter ihren Füßen, der Zwerg konnte spüren, wie die Stadtmauer unter seinen Händen erzitterte. Instinktiv wollten sie in den Dschungel flüchten, aber der Anblick der im Dunkeln schemenhaft erkennbare Bäume schreckte sie ab, außerdem war damit zu rechnen, daß der Drache genau aus dieser Richtung auftauchte. So drückten sie sich eng an die Stadtmauer, wider besseres Wissen nicht bereit, ihren trügerischen Schutz aufzugeben.

Dann war der Drache über ihnen. Das Sternenlicht glitzerte auf dem geschuppten Haupt und spiegelte sich in den roten Augen. Er öffnete den Rachen, das Blut an den messerscharfen Zähnen wirkte schwarz in der harten, weißen Helligkeit. Aufgespießt an einem der spitzen Hauer flatterte ein Fetzen mausgrauer Stoff.

Im Angesicht des sicheren Todes waren die zwei Menschen und die zwei Elfen zusammengerückt; Roland hatte sich schützend vor Aleatha gestellt, Paithan und Rega standen nebeneinander, Hand in Hand. Mit schmerzenden Fingern hielten sie die Waffen umklammert, von denen sie wußten, daß sie nutzlos waren.

Drugar wandte der Gefahr den Rücken zu. Man konnte glauben, der Zwerg hätte das Erscheinen des Drachen überhaupt nicht bemerkt. Er studierte gebannt das Runenmuster am Tor, das von dem Sternenschein in scharfem Relief hervorgehoben wurde.

»Ich erkenne jede einzelne«, sagte er und ließ die Finger liebevoll über das fremdartige, silbrig schimmernde Metall gleiten, in dem sich das helle Licht spiegelte.

»Ich kenne jedes Sigel«, wiederholte er und benannte sie nach der Reihe, wie ein Kind, das zwar das Alphabet kennt, aber noch nicht lesen kann, die einzelnen Buchstaben hersagt, die es auf dem Schild vor dem Gasthaus sieht.

Die anderen hörten den Zwerg in seiner eigenen Sprache leise vor sich hinmurmeln.

»Drugar!« schrie Roland, ohne sich umzudrehen, weil er es nicht wagte, den Blick von dem Drachen abzuwenden. »Wir brauchen dich!«

Der Zwerg gab keine Antwort. Er starrte wie hypnotisiert auf das Tor. Im Mittelpunkt des Hexagons befand sich eine freie Stelle. Sie war an allen Seiten von Runen umgeben, doch an ihrem Rand brachen die Verbindungs- und Unterscheidungssymbole ab, und es entstand eine Lücke in der ansonsten festgefügten Struktur. Vor seinem inneren Auge sah Drugar Haplo, wie er Zeichen in die Luft malte. Der Zwerg schob die Hand in den Hemdausschnitt und griff mit kalten Fingern nach dem Obsidianmedaillon auf seiner Brust. Er zog es hervor, hielt es vor die Lücke in dem Runenmuster und drehte es prüfend hin und her.

»Laß ihn doch in Ruhe«, sagte Paithan, als Roland anfing, den Zwerg zu verfluchen. »Was kann er denn schon tun?«

»Da hast du auch wieder recht«, knurrte Roland. Schweiß vermischte sich mit dem Blut auf seinem Gesicht. Er fühlte, wie Aleathas kühle Finger seinen Arm berührten. Sie schmiegte sich dichter an ihn, ihr Haar streifte seine Schulter. Eigentlich hatten seine Flüche gar nicht dem Zwerg gegolten, sondern waren eine bittere Anklage gegen das Schicksal. »Warum kommt das verdammte Vieh nicht her und macht ein Ende?«

Der flügellose Schlangenleib des Drachen bäumte sich vor ihnen auf, sein Kopf befand sich fast auf einer Höhe mit der Krone der Stadtmauern. Er schien sich am Anblick ihrer Todesangst zu weiden.

»Warum mußte es erst soweit kommen, damit wir zueinanderfinden?« flüsterte Rega und klammerte sich an Paithans Hand.

»Weil, wie unser ›Retter‹ sagte, wir niemals klug werden.«

Rega blickte sehnsüchtig über die Schulter auf die schimmernden weißen Mauern, das verschlossene Tor.

»Diesmal vielleicht doch. Ich glaube, diesmal hätten wir es besser gemacht.«

Der Drache senkte träge das Haupt, die Todgeweihten erkannten ihr Spiegelbild in seinen glitzernden Augen. Sein übler, nach Blut riechender Atem strich warm über ihre Leiber. Sie bereiteten sich auf das Ende vor. Roland spürte einen zarten Kuß an der Schulter und eine warme Träne auf der Haut. Er wandte den Kopf zu Aleatha und sah ihr Lächeln. Roland schloß die Augen und betete darum, dieses Lächeln mit in den Tod nehmen zu dürfen.

Drugars Aufmerksamkeit galt immer noch ausschließlich den Runen am Stadttor und dem Medaillon, das er in die Lücke einzufügen versuchte. Mühsam fing er an zu begreifen. W – A – L waren nicht mehr zusammenhanglose Buchstaben, die einzeln auswendig hergesagt wurden, sondern wurden zu der Ahnung von einem gewaltigen Lebewesen, das in den dunklen Tiefen fremdartiger Meere seine Bahnen zog.

In einem Taumel der Begeisterung zerriß er mit einem Ruck das Lederband, an dem das Medaillon hing und sprang auf das Tor zu.

»Ich hab's! Folgt mir!«

Die anderen wagten kaum zu hoffen, aber sie machten kehrt und liefen hinter ihm her.

Drugar reichte nicht an die freie Stelle heran und mußte einige Male hochspringen, bis es ihm gelang, das Medaillon in die Lücke einzusetzen.

Das einzelne Zeichen, die primitive Rune auf der Obsidianscheibe, die man dem Kind als schützendes Amulett um den Hals gehängt hatte, berührte den oberen Rand der Runen in der unteren Hälfte des Tores. Das

Medaillon war klein, kaum größer als Drugars Handteller, und die Rune darauf noch kleiner.

Der Drache hatte sich zum Angriff entschlossen. Brüllend stürzte er sich auf seine Opfer.

Das Sigel unter Drugars Hand begann zu glühen, blaues Licht quoll zwischen seinen kurzen, dicken Fingern hervor. Der Lichtschein wurde heller, das einzelne Sigel wuchs, war so groß wie der Zwerg, so groß wie Roland, so groß wie der Elf.

Das Feuer der Rune breitete sich über das ganze Tor aus, und wo immer ihr Schein eine andere Rune berührte, flammte auch diese auf, bis das silberne Tor in magischem Glanz erstrahlte. Drugar stieß einen lauten Schrei aus und stemmte sich mit ausgestreckten Armen dagegen.

Das Tor der Zitadelle erbebte, und die Flügel schwangen nach innen.

Kapitel 40

Irgendwo, Pryan

»Ich dachte, sie würden nie auf den Trichter kommen!« beschwerte sich der Drache erbittert. »Obwohl ich mich wahrhaftig nicht beeilt hatte, sie einzuholen, ließen sie mich warten und warten. Man kann nur eine gewisse Zeitlang geifern und brüllen, weißt du, bevor das Getue seine Wirkung verliert.«

»Meckern und nörgeln – das ist alles, was du kannst«, schnappte Zifnab. »Du hast noch kein Wort über meine Leistung verloren. ›Flieht, ihr Narren!‹ Du mußt zugeben, ich war ziemlich gut.«

»Gandalf war besser.«

»Gandalf!« schrie Zifnab in höchster Erregung. »Was soll das heißen, er war ›besser‹?«

»Er verlieh der Zeile eine tiefere Bedeutung, größere emotionale Kraft.«

»Das war ja wohl kein großes Kunststück! Er hatte immerhin einen Balrog am Hemdzipfel hängen! Unter solchen Umständen wäre ich auch emotional!«

»Ein Balrog!« Der Drache ringelte seinen gewaltigen Schweif. »Und ich bin vermutlich gar nichts wert. Nicht viel besser als ein fußloser gelber Regenwurm, wie?«

»Diese literarischen Anspielungen gehen mir auf den Wecker!«

»Was hast du gesagt?« fragte der Drache spitz. »Bedenke, Hexenmeisterlein, du bist nur mein Famulus und ohne weiteres zu ersetzen.«

»Ich meinte nur, deine Belesenheit ist erstaunlich«, stieß Zifnab hastig hervor. »Besonders für einen Drachen deiner imposanten Statur. Übrigens – was ist eigentlich aus den anderen geworden?«

»Aus welchen anderen? Drachen? Literaten?«

»Menschen! Elfen, du Dummkopf.«

»Gib nicht mir die Schuld. Deine unbestimmten Pronomen sollten nicht gar so unbestimmt sein.« Der Drache beschäftigte sich damit, sorgfältig seinen schimmernden Leib zu inspizieren. »Ich scheuchte die fröhliche Schar zur Zitadelle hinauf, wo sie von ihren Gesellen mit offenen Armen empfangen wurden. Es war keine leichte Aufgabe, das kann ich dir sagen. Sieh dir das an – ich habe mir eine Schuppe beschädigt.«

»Keiner hat je behauptet, daß es einfach sein würde«, meinte Zifnab mit einem Seufzer.

»Das stimmt«, pflichtete ihm der Drache bei. Sein flammender Blick richtete sich auf die Zitadelle, die in der Ferne leuchtete. »Für sie auch nicht.«

»Glaubst du, daß es nützen wird?« Das Gesicht des alten Mannes drückte Besorgnis aus.

»Das muß es einfach«, antwortete der Drache.

Epilog

Mein Fürst!

Mein Schiff befindet sich zur Zeit auf dem Flug über – unter – durch (ich weiß kaum, wie ich es ausdrücken soll) die Welt Pryan. Die Reise zurück zu den vier Sonnen ist lang und langweilig, und ich habe beschlossen, die Zeit zu nutzen, um meine Gedanken und Eindrücke bezüglich der sogenannten Sterne niederzuschreiben, während sie mir noch frisch im Gedächtnis haften.

Was ich in der Halle der Sartan erfahren habe, versetzt mich in die Lage, die Geschichte Pryans zu rekonstruieren. Nach welchem Plan die Sartan diese Welt erschaffen haben mögen (man fragt sich, ob sie überhaupt *irgendwelche* Pläne hatten!), wird wohl niemand je erfahren, doch bin ich ziemlich sicher, daß sie bei ihrer Ankunft hier etwas anderes vorfanden, als sie erwartet hatten. Sie taten ihr Möglichstes, um das Beste aus der Situation zu machen, bauten großartige Städte, in denen sie sich und die Menschen einschlossen, und stellten sich blind gegenüber der Realität.

Eine Zeitlang ging offenbar alles gut. Ich möchte annehmen, daß die

Nichtigen – immer noch betäubt und gelähmt von dem Schock der Vernichtung ihrer alten Welt und der Überführung in diese neue – weder gewillt noch fähig waren, den Sartan Schwierigkeiten zu bereiten. Dieses Stadium des Friedens dürfte aber bald zu Ende gewesen sein. Neue Generationen wuchsen heran, die nichts wußten von dem schrecklichen Verlust und Leid ihrer Eltern. Die Zitadellen waren trotz ihrer Größe zu klein für ihre Gier und ihren Ehrgeiz. Sie begannen, sich untereinander zu befehden.

Während dieser Periode widmeten sich die Sartan ausschließlich ihren eigenen wundersamen Projekten und taten ihr Bestes, die Nichtigen zu ignorieren. Um mehr darüber zu erfahren, wagte ich mich bis in das Herz des Kristallpfeilers vor, der das ›Sternenlicht‹ ausströmt. Dort fand ich eine große Maschine, die eine gewisse Ähnlichkeit mit dem Allüberall aufweist, das ich auf Arianus entdeckte. Die Maschine auf Pryan ist allerdings erheblich kleiner und hat eine gänzlich andere Funktion.

Was diese Funktion betrifft, habe ich eine Theorie aufgestellt. Nachdem ich jetzt zwei der vier von den Sartan erschaffenen Welten besucht habe, fällt mir auf, daß beide in schwerwiegender Hinsicht unvollkommen sind. Ich habe außerdem herausgefunden, daß die Sartan sich offenbar bemüht haben, diese Unvollkommenheiten auszugleichen. Die schwebenden Kontinente von Arianus brauchen Wasser. Die steinerne Welt Jena (die ich als nächstes besuchen werde) benötigt Licht. Die Sartan planten, diese Mängel zu beheben, mit der Hilfe der Energie, die ihnen Pryan liefern sollte, wo Energie im Überfluß vorhanden ist.

Die vier Sonnen Pryans sind von Stein umgeben, der nichts von ihrer Strahlung entweichen läßt. Diese Strahlung überflutet unablässig die Innenseite dieser isolierenden Gesteinshülle. Die Pflanzen absorbieren die Energie und transferieren sie in das Muttergestein, das ihr Fundament darstellt. Nach meiner Schätzung muß die dort aufgespeicherte Hitze unvorstellbar sein.

Die Sartan bauten die Zitadellen, um diese Energiequelle auszubeuten. Sie bohrten tiefe Schächte durch den Vegetationspanzer hindurch bis in den Fels. Diese Schächte dienen der Entlüftung, leiten die Hitze ab und führen sie wieder der Atmosphäre zu. Gesammelt wird die Energie an einer Stelle im Mittelpunkt des Komplexes, der Inneren Kammer. Eine ebenfalls von der gewonnenen Energie angetriebene Maschine transferiert sie in den Mittelpfeiler, der sie wiederum in den Himmel strahlt. Um diese schweren Arbeiten zu verrichten, erschufen die Sartan mit der Hilfe ihrer Magie ein Volk von Riesen. Sie nannten sie Tytanen und lehrten sie die Grundlagen der Runenmagie.

Ich gebe zu, daß mir der Beweis fehlt, aber ich versichere Euch, mein Fürst, daß die anderen ›Sterne‹ Pryans ebenfalls nichts anderes sind als Energiekollektoren und -umwandler, genau wie der eine, den ich erforscht habe. Wie aus den in der Zitadelle zurückgelassenen Schriften der Sartan eindeutig hervorgeht, war es ihre Absicht, diese Maschinen zu benutzen, um den Überfluß an Licht und Energie den drei anderen Welten zuzuführen. Ich habe ihre Erläuterungen zur Durchführung dieses Vorhabens gelesen, doch ich muß gestehen, daß ich einen großen Teil dieser Ausführungen nicht zu verstehen vermag. Ich habe die Pläne mitgenommen und werde sie Euch übergeben, damit Ihr sie nach Belieben studieren könnt.

Die Transferierung von Energie war, da bin ich sicher, der eigentliche Zweck der ›Sterne‹ Pryans. Doch ich glaube, obwohl ich keine Gelegenheit hatte, diese Vermutung auf ihre Richtigkeit zu überprüfen, daß die Sterne auch als Mittel zur Kommunikation geeignet sind. Die Sartan sprachen davon, in Kontakt mit ihren Brüdern auf dieser Welt zu stehen, und nicht nur das, sie erwarteten offenbar, von anderen Sartan auf anderen Welten Nachricht zu empfangen. Über die Einrichtungen zu verfügen, ein umfassendes Kommunikationsnetz aufzubauen, das könnte von unschätzbarem Wert sein bei unserem Bestreben, uns als die rechtmäßigen Herren unseres Universums zu etablieren.

Es ist begreiflich, weshalb die Sartan darauf bedacht waren, ihr Werk zu vollenden, aber die zunehmende Spannung zwischen den Nichtigen in den Zitadellen machte eine konzentrierte Weiterarbeit schwierig, wenn nicht gar unmöglich. Die Sartan mußten in immer kürzeren Abständen ihre Tätigkeit im Stich lassen, um schlichtend einzugreifen. Sie waren ratlos, verzweifelt – nach allem, was sie wußten, starben ihre Brüder in den anderen Welten durch den Mangel an Energie, die nur sie zu liefern imstande waren. Die Sartan setzten die Tytanen als Aufpasser für die Nichtigen ein.

Solange die Sartan in der Lage waren, die Tytanen zu kontrollieren, waren die Riesen zweifellos äußerst effektive und brauchbare Helfer. Sie hielten die Nichtigen im Zaum. Sie übernahmen die schwere körperliche Arbeit und die gewöhnlichen, alltäglichen Aufgaben, die bei der Organisation des Lebens in der Stadt anfielen. Von allen Nebensächlichkeiten unbelastet, konnten die Sartan endlich all ihre Kräfte auf den Bau der ›Sterne‹ konzentrieren.

Bis zu diesem Punkt ist mein Bericht über die Geschichte Pryans klar und präzise gewesen. Im folgenden bin ich leider auf Spekulationen angewiesen, da es mir nicht gelungen ist, die Antwort auf das Geheimnis von Pryan zu finden, ein Geheimnis, das zu enträtseln mir schon auf Arianus versagt blieb: Was geschah mit den Sartan?

Meine Nachforschungen haben ergeben, daß die Sartan immer weniger wurden und daß es den wenigen, die es noch gab, zunehmend schwerer fiel, sich mit der rasch unhaltbar werdenden Situation bei den Nichtigen auseinanderzusetzen. Die Sartan müssen zu ihrem Entsetzen bemerkt haben, daß es ein Fehler gewesen war, die Tytanen zu erschaffen und sie die Grundlagen der Sartanmagie zu lehren. Je weniger die Sartan imstande waren, die Tytanen zu kontrollieren, desto größer wurden deren Fähigkeiten in der Nutzung der Runenmagie.

Haben sich die Tytanen ähnlich den legendären Golems der alten Welt gegen ihre Schöpfer gewandt?

Da ich selbst von ihnen angegriffen worden bin, kann ich aus eigener Erfahrung berichten, daß ihre Magie primitiv, aber außerordentlich wirkungsvoll ist. Ich weiß nicht, wie sie es bewerkstelligen, da ich noch keine Gelegenheit hatte, ihre Art zu kämpfen genauer zu analysieren. Ich kann es vielleicht anhand eines Vergleichs darstellen: Sie durchbrechen die komplexe, durchdachte Struktur unserer Runen mit einem einzigen, simplen, unkomplizierten Sigel, hinter dem die Macht eines Gebirges steht.

Jetzt sind die Zitadellen unbewohnt, aber ihr Licht strahlt noch immer. Die Nichtigen hausen in den Wäldern und bekämpfen sich gegenseitig. Die Tytanen durchstreifen die Welt auf einer hoffnungslosen, verderbenbringenden Suche.

Wo kommen die Drachen ins Spiel, wenn überhaupt? Und was ist das für eine ›Macht‹, von der der Sartan in seinen letzten Worten an mich sprach? Die Macht ›die man nicht bekämpfen, mit der man nicht verhandeln kann‹. Und was ist schließlich aus den Sartan geworden. Wohin sind sie verschwunden?

Selbstverständlich besteht durchaus die Möglichkeit, daß sie gar nicht verschwunden sind, sondern in den anderen ›Sternen‹ leben. Aber, mein Fürst, ich glaube es nicht. Genau wie ihr großartiges Projekt auf Arianus gescheitert ist, blieb auch ihr Projekt auf Pryan ein Fehlschlag. Die ›Sterne‹ leuchten ungefähr eine Dekade, dann verringert sich die Energiezufuhr, das Licht wird schwächer und schwächer und erlischt schließlich ganz. Manche bleiben vermutlich für immer dunkel. Andere speichern im Lauf der Zeit neue Energie, und plötzlich ist der ›Stern‹ wiedergeboren und strahlt an einem ›Himmel‹, der in Wirklichkeit nichts anderes ist als der Boden unter unseren Füßen. Wäre das nicht sogar ein gutes Symbol für die Bestrebungen der Sartan?

Es bleiben noch zwei Welten, die zu erforschen sind. Und wir wissen, daß ein Sartan zumindest noch lebt. Alfred ist wie wir auf der Suche nach seinem Volk. Ich beginne mich zu fragen, ob unsere Suche nicht etwas mit der Reise der Tytanen gemein hat. Möglicherweise erhoffen auch wir eine Antwort, die es gar nicht gibt, auf eine Frage, an die sich niemand mehr erinnern kann.

Eben habe ich den letzten Absatz noch einmal gelesen. Vergebt mir diese Abschweifung, mein Fürst. Die Zeit wird mir lang. Aber im Zusammenhang mit den Tytanen möchte ich noch eine wichtige Beobachtung hinzufügen, bevor ich schließe.

Wenn man einen Weg finden könnte, um diese Kreaturen zu kontrollieren – und ich bin sicher, mein Fürst, daß es Euch mit Eurem Wissen und Eurer Macht ein leichtes sein wird –, dann steht Euch eine Streitmacht zur Verfügung, die schlagkräftig, effektiv und vollkommen amoralisch ist. Also unbesiegbar. Keine andere Macht könnte dann vor Euch bestehen.

Ich sehe nur eine Gefahr für unsere Pläne, mein Fürst. Die Möglichkeit, daß diese Gefahr eintreten könnte, ist so verschwindend gering, daß ich zögere, davon zu sprechen. Doch ich respektiere Euren Wunsch, vollständig über die Lage auf Pryan informiert zu werden, und deshalb stelle ich es Euch anheim, das folgende zu überdenken:

Falls es den Nichtigen je gelingt, sich wieder Zugang zu den Zitadellen zu verschaffen, könnten sie eventuell lernen, die ›Sterne‹ zu nutzen. Wenn Ihr Euch erinnert, mein Fürst, die Gegs auf Arianus waren recht geschickt darin, das Allüberall zu warten. Das Kind namens Gram war intelligent genug, den Zweck der Maschine herauszufinden.

Die Sartan haben in ihrer unendlichen Weisheit unzählige Bücher zurückgelassen, in der Sprache der Menschen, der Elfen und auch der Zwerge. Die Bücher, die ich gesehen habe, befaßten sich hauptsächlich mit der Geschichte der Völker und reichten sogar bis in die Zeit vor der Großen Teilung zurück. Die Menge der Schriften war allerdings zu groß, um sie alle studieren zu können, und so finden sich in manchen Wälzern vermutlich auch Informationen über die ›Sterne‹, ihren wahren Zweck und darüber, daß außer Pryan noch andere Welten existieren. Es liegt im Bereich des Möglichen, daß die Menschen sogar Aufzeichnungen über das Tor des Todes finden.

Ich will nicht verschweigen, daß nach allem, was ich gesehen und erlebt habe, kaum anzunehmen ist, daß die Nichtigen je in den Besitz dieser Informationen gelangen. Die Tore der Zitadelle sind geschlossen, und wenn sich nicht irgendein ›Retter‹ findet, glaube ich guten Gewissens vorhersagen zu können, daß sie für immer geschlossen bleiben werden.

Ich verbleibe, mein Fürst, Euer respektvoller und sehr ergebener Diener
Haplo*

ENDE

* Haplo – *Pryan, Welt des Feuers*, Bd. 2 der *Todestor-Journale*